【典藏版】

阅读无障碍本

阅微草堂笔记

下

〔清〕纪昀　撰

曹松　校注

岳麓书社·长沙

卷十三

槐西杂志三

丁卯同年郭彤纶，戊辰上公车，宿新中驿旅舍。灯下独坐吟哦，闻窗外语曰："公是文士，西壁有一诗请教。"出视，无所睹。至西壁，拂尘寻视，有旅邸卧病诗八句。诗甚凄苦，而鄙俚不甚成句。岂好济壁人死尚结习[①]未忘耶？抑欲彤纶传其姓名，俾[②]人知某甲旅卒于是，冀家人归其骨也？

注释

①结习：积久难改的习惯。 ②俾：使，让。

奴子宋遇，凡三娶。第一妻自合卺即不同榻，后竟仳离。第二妻子必孪生，恶其提携之烦，乳哺之不足，乃求药使断产。误信一王媪言，舂砺石为末服之，石结聚肠胃死。后遇病革[①]时，口喃喃如与人辩。稍苏，私语其第三妻曰："吾出初妻时，吾父母已受人聘，约日迎娶。妻尚未知，吾先一夕引与狎。妻以为意转，欣然相就。五更尚拥被共眠，鼓吹已至，妻恨恨去。然媒氏早以未尝同寝告后夫，吾母兄亦皆云尔。及至彼，非完璧，大遭疑诟，竟郁郁卒。继妻本不肯服石，吾痛捶使咽尽。殁后惧为厉，又贿巫斩殃。今并恍惚见之，吾必不起矣。"已而果然。

又奴子王成，性乖僻。方与妻嬉笑，忽叱使伏受鞭。鞭已，仍与嬉笑。或方鞭时，忽引起与嬉笑。既而曰：“可补鞭矣。”仍叱使伏受鞭。大抵一日夜中，喜怒反复者数次。妻畏之如虎。喜时不敢不强欢，怒时不敢不顺受也。一日，泣诉先太夫人，呼成问故。成跪启曰：“奴不自知，亦不自由。但忽觉其可爱，忽觉其可憎耳。”先太夫人曰：“此无人理，殆佛氏所谓夙冤耶？”虑其妻或轻生，并遣之去。后闻成病死，其妻竟着红衫。

夫夫为妻纲，天之经也。然尊究不及君，亲究不及父，故妻又训[②]齐，有敌体之义焉。则其相与，宜各得情理之平。宋遇第二妻，误杀也，罪止太悍。其第一妻，既已被出而受聘，则恩义已绝，不当更以夫妇论，直诱污他人未婚妻耳。因此致死，其取偿也宜矣。王成酷暴，然未致妇于死也。一日居其室，则一日为所天。殁不制服，反而从吉，其悖理乱常也。其受虐固无足悯焉。

注释

①革：病重。 ②训：解释。

吴惠叔言：太湖有渔户嫁女者，舟至波心，风浪陡作。舵师失措，已攲[①]仄欲沉，众皆相抱哭。突新妇破帘出，一手把舵，一手牵篷索，折戗[②]飞行，直抵婿家，吉时犹未过也。洞庭人传以为奇。

或有以越礼讥者，惠叔曰：“此本渔户女，日日船头持篙橹，不能责以必为宋伯姬也。”

又闻吾郡有焦氏女，不记何县人，已受聘矣。有谋为媵者，中以蜚语，婿家欲离婚。父讼于官，而谋者陷阱已深，非惟证佐凿凿，且有自承为所欢者。女见事急，竟倩[③]邻媪导至婿家，升堂拜姑曰："女非妇比，贞不贞有明证也。儿与其献丑于官媒，仍为所诬，不如献丑于母前。"遂阖户弛[④]服，请姑验。讼立解。

此较操舟之新妇更越礼矣，然危急存亡之时，有不得不如是者。讲学家动以一死责人，非通论也。

注释

①欹：歪斜。 ②折戗：船在逆风中扬帆行驶。 ③倩：请，央求。 ④弛：解开，松开。

杨雨亭言：劳山深处，有人兀坐木石间，身已与木石同色矣。然呼吸不绝[①]，目炯炯尚能视。此婴儿炼成，而闭不能出者也。不死不生，亦何贵于修道？反不如鬼之逍遥矣。大抵仙有仙骨，质本清虚；仙有仙缘，诀逢指授。不得真传而妄意冲举，因而致害者不一，此人亦其明鉴也。或曰："以刃破其顶，当兵解去。"此亦臆度之词，谈何容易乎！

注释

①绝：断。

古者大夫祭五祀，今人家惟祭灶神。若门神，若井神，若厕神，若中霤神，或祭或不祭矣。但不识天下一灶神欤？一城一乡一灶神欤？抑一家一灶神欤？如天下一灶神，如火神之类，必在祀典，今无此祀典也。如一城一乡一灶神，如城隍社公之类，必有专祠，今未见处处有专祠也。然则一家一灶神耳，又不识天下人家，如恒河沙数；天下灶神，亦当如恒河沙数——此恒河沙数之灶神，何人为之？何人命之？神不太多耶？人家迁徙不常，兴废亦不常，灶神之闲旷者何所归？灶神之新增者何自来？日日铨[①]除移改，神不又太烦耶？此诚不可以理解。

然而遇灶神者，乃时有之。余小时，见外祖雪峰张公家一司爨妪，好以秽物扫入灶。夜梦乌衣人呵之，且批其颊。觉而颊肿成痈，数日巨如杯。脓液内溃，从口吐出。稍一呼吸，辄入喉呕哕[②]欲死。立誓虔祷，乃愈。是又何说欤？

或曰："人家立一祀，必有一鬼凭之。祀在则神在，祀废则神废，不必一一帝所命也。"是或然矣。

注释

①铨（quán）：衡量轻重。②哕（yuě）：呕吐。

孙叶飞先生夜宿山家，闻了鸟了鸟，门上铁系也。李义山诗作此二字。丁东声，问为谁。门外小语曰："我非鬼非魅，邻女欲有所白也。"先生曰："谁呼汝为鬼魅？而先辩[①]非鬼非魅也，非欲盖弥彰乎？"再听之，寂无声矣。

注释

①辩：说明是非。

崔崇屽，汾阳人，以卖丝为业。往来于上谷、云中有年矣。一岁，折[①]阅十余金，其曹偶有怨言。崇屽恚愤，以刃自剖其腹。肠出数寸，气垂绝。主人及其未死，急呼里胥与其妻至。问："有冤耶？"曰："吾拙于贸易，致亏主人资。我实自愧，故不欲生，与人无预[②]也。其速移我返，毋以命案为人累。"主人感之，赠数十金为棺敛费，奄奄待尽而已，有医缝其肠，纳入腹中，敷药结痂，竟以渐愈。惟遗矢从刀伤处出，谷道闭矣。后贫甚，至鬻其妻。旧共卖丝者怜之，各赠以丝，俾拈线自给。渐以小康，复娶妻生子。至乾隆癸巳、甲午间，年七十乃终。其乡人刘炳为作传，曹受之侍御录以示余，因撮[3]记其大略。

夫贩鬻丧资，常事也。以十余金而自戕，祟岍谓轻生矣。然其本志，则以本无毫发私，而其迹有似于干没，心不能白，以死自明，其平生之自好可知矣。濒死之顷，对众告明里胥，使官府无可疑；切嘱其妻，使眷属无可讼。用心不尤忠厚欤！当死不死，有天道焉。事似异而非异也。

注释

①折（shé）：亏损。 ②预：参与。 ③撮：摘取。

文安王丈紫府言：霸州一宦家娶妇，甫却扇[1]，新婿失声狂奔出。众追问故，曰：“新妇青面赤发，状如奇鬼，吾怖而走。”妇故中人姿，莫解其故。强使复入，所见如前。父母迫之归房，竟伺隙自缢。既未成礼，女势当归。时贺者尚满堂，其父引之遍拜诸客。曰：“小女诚陋，然何至惊人致死哉？”

《幽怪录》载卢生娶弘农令女事，亦同于此，但婿未死耳。此殆夙冤，不可以常理论也。自讲学家言之，则必曰：“是有心疾，神虚[2]目眩[3]耳。”

注释

①却扇：古时行婚礼时新娘用扇子遮脸，交拜之后去掉。后用来指完婚。 ②神虚：精神虚弱。 ③目眩：视觉模糊。

李主事再瀛，汉三制府之孙也。在礼部时，为余属。气宇朗澈，余期[1]以远到。乃新婚未几，遽夭天年。闻其亲迎时，新妇拜神，怀中镜忽堕地裂为二，已讶不祥。既而鬼声啾啾，彻夜不息。盖衰气之所感，先兆之矣。

注释

①期：希望。

选人某，在虎坊桥租一宅。或曰："中有狐，然不为患，入居者祭之则安。"某性啬不从，亦无他异。既而纳一妾，初至日，独坐房中。闻窗外帘隙有数十人悄语，品评其妍媸[①]，忸怩不敢举首。既而灭烛就寝，满室吃吃作笑声。吃吃笑不止，出《飞燕外传》。或作嗤嗤，非也。又有作咥咥者，盖据毛亨《诗传》。然《毛传》咥咥乃笑貌，非笑声也。凡一动作，辄高唱其所为。如是数夕不止。

诉于正乙真人，其法官汪某曰："凡魅害人，乃可劾治。若止嬉笑，于人无损。譬互相戏谑，未酿事端[②]，即非王法之所禁。岂可以猥亵细事，渎及神明？"某不得已，设酒肴拜祝。是夕寂然。某喟然曰："今乃知应酬之礼不可废。"

注释

①妍媸（yánchī）：美丑。 ②事端：事故，纠纷。

王符九言：凤凰店民家，有儿持其母履戏，遗后圃花架下，为其父所拾。妇大遭诟诘，无以自明，拟就缢。忽其家狐祟大作，妇女近身之物，多被盗掷弃于他处，半月余乃止。遗履之疑，遂不辩而释[①]。若阴为此妇解结者，莫谕其故。或曰："其姑性严厉，有婢私孕，惧将投缳[②]，妇窃后圃钥纵之逃。有是阴功，故神遣狐救之欤？"或又曰："即为神佑，何不遣狐先收履，不更无迹乎？"符九曰："神正以有迹明因果也。"余亦以符九之言为然。

注释

①释：消除。 ②投缳：上吊，自杀。

胡太虚抚军能视鬼，云尝以葺屋巡视诸仆家，诸室皆有鬼出入，惟一室阒然。问之，曰："某所居也。"然此仆蠢蠢无寸长，其妇亦常奴耳。后此仆死，其妇竟守节终身。盖烈妇或激于一时，节妇非素有定志，必不能饮冰茹蘗[1]数十年。其胸中正气，蓄积久矣，宜鬼之不敢近也。

又闻一视鬼者曰："人家恒有鬼往来，凡闺房媟狎，必诸鬼聚观，指点嬉笑，但人不见不闻耳。鬼或望而引避者，非他年烈妇、节妇，即孝妇、贤妇也。"与胡公所言，若重规叠矩矣。

注释

①饮冰茹蘗：生活清苦，为人清白。

朱定远言：一士人夜坐纳凉，忽闻屋上有噪声。骇而起视，则两女自檐际格斗堕。厉声问曰："先生是读书人，姊妹共一婿，有是礼耶？"士人噤不敢语，女又促问。战栗嗫嚅曰："仆是人，仅知人礼。鬼有鬼礼，狐有狐礼，非仆之所知也。"二女唾曰："此人模棱不了事，当别问能了事人耳。"仍纠结而去。

苏味道模棱，诚自全之善计也。然以推诿偾事[1]，获谴者亦在在有之。盖世故太深，自谋太巧，恒并其不必避者而亦避，遂于其必当为者而亦不为，往往坐失事机，留为祸本，决裂有不可收拾者。此士人见诮于狐，其小焉者耳。

注释

①偾（fèn）事：使事情失败。

济南朱青雷言：其乡民家一少年，与邻女相悦，时相窥也。久而微露盗香迹，女父疑焉。夜伏墙上，左右顾视两家，阴伺其往来。乃见女室中有一少年，少年室中有一女，衣饰形貌皆无异。始知男女皆为狐媚也。此真黎丘之技矣。青雷曰："以我所见，好事者当为媒合[①]，亦一佳话。然闻两家父母皆恚甚，各延巫驱狐。时方束装北上，不知究竟如何也。"

注释

①媒合：谋合，撮合。

有视鬼者曰："人家继子，凡异姓者，虽女之子，妻之侄，祭时皆所生来享，所后者弗来也。凡同族者，虽五服以外，祭时皆所后来享，所生者虽亦来，而配食于侧，勿敢先也。惟于某抱养张某子，祭时乃所后来享。久而知其数世前，本于氏妇怀孕嫁张生，是子之祖也。此何义欤？"

余曰："此义易明。铜山西崩，洛钟东应，不以远而阻也。琥珀拾芥不引针，磁石引针不拾芥，不以近而合也。一本者气相属，二本者气不属耳。观此使人睦族之心，油然而生；追远之心，亦油然而生。一身歧[①]为四肢，四肢各歧为五指，是别为二十歧矣。然二十歧之痛痒，吾皆能觉，一身故也。昵莫近于妻妾，妻妾之痛痒，苟不自言，吾终不觉，则两身而已矣。"

注释

①歧：分岔的。

宋子刚言：一老儒训蒙[1]乡塾，塾侧有积柴，狐所居也。乡人莫敢犯，而学徒顽劣，乃时秽污之。一日。老儒往会葬，约明日返。诸儿因累几为台，涂朱墨演剧[2]。老儒突返，各挞之流血，恨恨复去。众以为诸儿大者十一二，小者七八岁耳，皆怪师太严。次日，老儒返，云昨实未归，乃知狐报怨也。有欲讼诸土神者，有议除积柴者，有欲往诟詈者。中一人曰："诸儿实无礼，挞不为过，但太毒耳。吾闻胜妖当以德，以力相角[3]，终无胜理。冤冤相报，吾虑祸不止此也。"众乃已。此人可谓平心，亦可谓远虑矣。

注释

①训蒙：对儿童的启蒙教育。 ②演剧：演戏。 ③角：竞赛，斗争。

雍正乙卯，佃户张天锡家生一鹅，一身而两首，或以为妖。沈丈丰功曰："非妖也。人有孪生，卵亦有双黄。双黄者，雏必枳首，吾数见之矣。"

与从侄虞惇偶话及此，虞惇曰："凡鹅一雄一雌者，生十卵即得十雏，两雄一雌者，十卵必瘕[1]一二，父气杂也。一雄两雌者，十卵亦必瘕一二，父气弱也。鸡鹜则不妨，物各一性尔。"余因思鹅鸭皆不能自伏卵，人以鸡代伏之。天地生物之初，羽族皆先以气化，后以卵生，不待言矣。凡物皆先气化而后形交，前人先有鸡先有卵之争，未之思也。第不知最初卵生之时，上古之民，淳淳闷闷，谁知以鸡代伏也？鸡不代伏，又何以传种至今也？此真百思不得其故矣。

注释

①鰕（duàn）：蛋内坏散，孵不出。

刘友韩侍御言：向寓山东一友家，闻其邻女为狐媚。女父迹知其穴，百计捕得一小狐。与约曰："能舍我女，则舍尔子。"狐诺之，舍其子而狐仍至。詈其负约，则谢[1]曰："人之相诳者多矣，而责我辈乎？"女父恨甚，使女阳劝之饮，而阴置砒焉。狐中毒，变形踉跄去。

越一夕，家中瓦砾交飞，窗扉震憾，群狐合噪来索命。女父厉声道始末，闻似一老狐语曰："悲哉！彼徒见人皆相诳，从而效尤，不知天道好还，善诳者终遇诳也。主人词直，犯之不祥，汝曹[2]随我归矣。"语讫寂然。此狐所见，过其子远矣。

注释

①谢：道歉。②汝曹：你们。

季廉夫言：泰兴旧宅后，有楼五楹，人迹罕至。廉夫取其僻静，恒独宿其中。一夕，甫启户，见板阁上有黑物，似人非人，鬖髿长毳如蓑衣。扑灭其灯，长吼冲人去。

又在扬州宿舅氏家，朦胧中见红衣女子推门入。心知鬼物，强起叱之。女子跪地，若有所陈，俄仍冉冉出门去。次日问主人，果有女缢此室，时为祟也。

盖幽房曲室，多鬼魅所藏，黑物殆精怪之未成者，潜伏已久，是夕猝不及避耳。缢鬼长跪，或求解脱沉沦乎？廉夫壮年气盛，故均不能近而去也。

俚巫言："凡缢死者着红衣，则其鬼出入房闼，中霤神不禁。盖女子不以红衣敛，红为阳色，犹似生魂故也。"此语不知何本。然妇女信之甚深，故衔愤死者多红衣就缢，以求为祟。此鬼红衣，当亦由此云。

先兄晴湖言：沧州吕氏姑家，余两胞姑皆适吕氏，此不知为二姑家、五姑家也？门外有巨树。形家言其不利，众议伐之，尚未决。夜梦老人语曰："邻居二三百年，忍相戕乎？"醒而悟为树之精，曰："不速伐，且为妖矣。"议乃定。此树如不自言，事尚未可知也。天下有先期防祸，弥缝周章，反以触发祸机者，盖往往如是矣。闻李太仆敬堂某科磨勘试卷，忽有举人来投刺，敬堂拒未见。然私讶曰："卷其有疵乎？"次日检之，已勘过无签。复加详核，竟得其谬，累停科。此举人如不干谒，已漏网矣。

奴子王敬，王连升之子也。余旧有质库在崔庄，从官久，折阅都尽，群从[①]鸠资[②]复设之，召敬司夜焉。一夕，自经[③]于楼上，虽其母其弟，莫测何故也。客作胡兴文，居于楼侧，其妻病剧。敬魂忽附之语，数其母弟之失，曰："我自以博负死，奈何多索主人棺敛费，使我负心？此来明非我志也。"或问："尔怨索负者乎？"曰："不怨也。使彼负我，我能无索乎？"又问："然则怨诱博者乎？"曰："亦不怨也。手本我手，我不博，彼能握我手博乎？我安意候代而已。"初附语时，人以为病者瞀乱[④]耳。既而序述生平，寒温故旧，语音宛然敬也。皆叹曰："此鬼不昧本心，必不终沦于鬼趣[⑤]。"

注释

①群从：堂兄弟及诸子侄。 ②鸠资：聚资。 ③自经：上吊自杀。 ④瞀（mào）乱：神志不清，精神错乱。 ⑤鬼趣：鬼道。

李玉典言：有旧家子，夜行深山中，迷不得路。望一岩洞，聊投憩息，则前辈某公在焉。惧不敢进，然某公招邀甚切。度[①]无他害，姑前拜谒。寒温劳苦如平生，略问家事，共相悲慨。因问：“公佳城在某所，何独游至此?”某公喟然曰：“我在世无过失。然读书第[②]随人作计，为官第循分供职，亦无所树立。不意葬数年后，墓前忽见一巨碑，螭额篆文，是我官阶姓字。碑文所述，则我皆不知；其中略有影响者，又都过实。我一生朴拙，意已不安。加以游人过读，时有讥评；鬼物聚观，更多姗笑[③]。我不耐其聒，因避居于此。惟岁时祭扫，到彼一视子孙耳。”士人曲相宽慰曰：“仁人孝子，非此不足以荣亲。蔡中郎不免愧词，韩吏部亦尝谀墓。古多此例，公亦何必介怀[④]?”某公正色曰：“是非之公，人心具在。人即可诳，自问已惭。况公论具存，诳亦何益?荣亲当在显扬，何必以虚词招谤乎?不谓后起胜流，所见皆如此也。”拂衣竟起。士人惘惘而归。

余谓此玉典寓言也。其妇翁田白岩曰：“此事不必果有，此论则不可不存。”

注释

①度：估计，揣测。 ②第：只，只是。 ③姗笑：讥笑。 ④介怀：在意。

交河老儒刘君琢，居于闻家庙，而设帐于崔庄。一日，夜深饮醉，忽自归家。时积雨之后，道途间两河皆暴涨，亦竟忘之。行至河干[①]，忽又欲浴，而稍惮波浪之深。忽旁有一人曰：“此间原有可浴处，请导君往。”至则有盘石如渔矶，因共洗濯。君琢酒少解，忽叹曰：“此去家不十余里，水阻迂折，当多行四五里矣。”其人曰：“此间亦有可涉处，再请导君。”复摄衣[2]径渡。将至家，其人匆匆作别去。叩门入室，家人骇路阻何以归？君琢自忆，亦不知所以也。揣摩其人，似高川贺某，或留不住村名，其取义则未详。赵某。后遣子往谢，两家皆言无此事。寻河中盘石，亦无踪迹。始知遇鬼。

鬼多嬲醉人，此鬼独扶导醉人。或君琢一生循谨[3]，有古君子风，醉涉层波，势必危，殆神阴相而遣之欤？

注释

①河干：河岸。 ②摄衣：提着衣服。 ③循谨：循善谨慎。

奴子董柱言：景河镇某甲，其兄殁，寡嫂在母家。以农忙，与妻共诣之，邀归助馌[1]饷。至中途，憩破寺中。某甲使妇守寺门，而入与嫂调谑。嫂怒叱，竟肆强暴。嫂扞[2]拒呼救，去人窎[3]远，无应者。妇自入沮解，亦不听。会有馌妇踣于途，碎其瓶罍，客作五六人，皆归就食。适经过，闻声趋视。具陈状，众共愤怒，纵其嫂先行。以二人更番持某甲，裸其妇而迭淫焉。濒[4]行叱曰："尔淫嫂，有我辈证，尔当死。我辈淫尔妇，尔嫂决不为证也。任尔控官，我辈午餐去矣。"某甲反叩额于地，祈众秘[5]其事。

此所谓假公济私者也，与前所记杨生事，同一非理，而亦同一快人意。后乡人皆知，然无肯发其事者。一则客作皆流民，一日耘毕，得值即散，无从知为谁何；一则恶某甲故也。皆曰："馌妇之踣，不先不后，是岂非若或使之哉？"

注释

①馌（yè）：送饭。 ②扞：抗拒。 ③窎（diào）：远。 ④濒（bīn）：临近。 ⑤秘：保守秘密。

缢鬼、溺鬼皆求代，见说部者不一。而自刭、自鸩以及焚死、压死者，则古来不闻求代事，是何理欤？热河罗汉峰，形酷似趺坐[①]老僧，人多登眺。近时有一人堕崖死，俄而市人时有无故发狂，奔上其顶，自倒掷而陨者。皆曰："鬼求代也。"延僧礼忏，无验。官守以逻卒，乃止。夫自戕之鬼候代。为其轻生也。失足而死，非其自轻生。为鬼所迷而自投，尤非其自轻生。必使辗转相代，是又何理欤？余谓是或冤谴，或山鬼为祟，求祭享耳。未可概目[②]以求代也。

注释

①趺坐：盘腿端坐。 ②目：看作。

余乡产枣，北以车运供京师，南随漕舶以贩鬻于诸省，土人多以为恒业。枣未熟时，最畏雾。雾浥[①]之则瘠而皱，存皮与核矣。每雾初起，或于上风积柴草焚之，烟浓而雾散；或排鸟铳迎击，其散更速。盖阳气盛，则阴霾消也，凡妖物皆畏火器。史丈松涛言："山峡间，每山中黄云暴起，则有风雹害稼。以巨炮迎击，有堕虾蟆如车轮大者。"余督学福建时，山魈或夜行屋瓦上，格格有声。遇辕门鸣炮，则踉跄奔迸，顷刻寂然，鬼亦畏火器。余在乌鲁木齐，曾以铳击厉鬼，不能复聚成形。语详《滦阳消夏录》。盖妖鬼亦皆阴类也。

注释

①浥（yì）：湿润。

董秋原言：东昌一书生，夜行郊外。忽见甲第甚宏壮，私念此某氏墓，安有是宅？殆狐魅所化欤？稔[①]闻《聊斋志异》

青凤、水仙诸事，冀有所遇，踯躅不行。俄有车马从西来，服饰甚华。一中年妇女揭帏指生曰："此郎即大佳，可延入。"生视车后一幼女，妙丽如神仙，大喜过望。既入门，即有二婢出邀。生既审为狐，不问氏族，随之入。亦不见主人出，但供张甚盛，饮馔丰美而已。生候合卺[②]，心摇摇如悬旌。至夕，箫鼓喧阗[③]，一老翁搴帘揖曰："新婿入赘，已到门。先生文士，定习婚仪，敢屈为傧相，三党有光。"生大失望。然原未议婚，无可复语；又饫[④]其酒食，难以遽辞。草草为成礼，不别而归。家人以失生一昼夜，方四出觅访。生愤愤道所遇，闻者莫不拊掌曰："非狐戏君，乃君自戏也。"

余因言：有李二混者，贫不自存，赴京师谋食。途遇一少妇骑驴，李趁与语，微相调谑。少妇不答，亦不嗔[⑤]。次日，又相遇，少妇掷一帕与之，鞭驴径去，回顾曰："吾今日宿固安也。"李启其帕，乃银簪珥数事。适资斧竭，持诣[⑥]质库，正质库昨夜所失，大受拷掠[⑦]，竟自诬为盗。是乃真为狐戏矣。秋原曰："不调少妇，何缘致此？仍谓之自戏可也。"

注释

①稔：熟悉。 ②合卺（jǐn）：旧时结婚男女同杯饮酒之礼，后泛指结婚。 ③喧阗（tián）：喧闹声。 ④饫：饱食。 ⑤嗔：生气。 ⑥诣：到。 ⑦拷掠：拷打，刑讯。

蒲田李生裕翀言：有陈至刚者，其妇死，遗二子一女。岁余，至刚又死。田数亩、屋数间，俱为兄嫂收去。声言以养其子女，而实虐遇之。俄而屋后夜夜闻鬼哭，邻人久不平，心知为至刚魂也，登屋呼曰："何不祟尔兄？哭何益？"魂却退数丈外，呜咽应曰："至亲者兄弟，情不忍祟[①]，父之下，兄为尊矣，礼亦不敢祟。吾乞哀而已。”兄闻之感动，詈其嫂曰：“尔使我不得为人也！”亦登屋呼曰：“非我也，嫂也。”魂又呜咽曰：“嫂者兄之妻，兄不可祟，嫂岂可祟也！”嫂愧不敢出。自是善视其子女，鬼亦不复哭矣。

使遭兄弟之变者，尽如是鬼，宁有阋墙[2]之衅乎？

注释

①祟：鬼神带来灾祸。 ②阋（xì）墙：兄弟不和睦。

卫媪，从侄虞惇之乳母也。其夫嗜酒，恒在醉乡。一夕，键户自出，莫知所往。或言邻圃井畔有履，视之，果所著；窥之，尸亦在。众谓墙不甚短，醉人岂能逾？且投井何必脱履？咸大惑不解。询守圃者，则是日卖菜未归，惟妇携幼子宿。言夜闻墙外有二人邀客声，继又闻牵拽固留声，又訇然[1]一声，如人自墙跃下者，则声在墙内矣。又闻延坐屋内声，则声在井畔矣。俄闻促客解履上床声，又訇然一声，遂寂无音响。此地故多鬼，不以为意。不虞[2]此人之入井也。其溺鬼求代者乎？遂堙[3]是井，后亦无他。

注释

①訇（hōng）然：巨响声。 ②虞：预料。 ③堙：填埋。

族叔楘庵言：尝见旋风中有一女子，张袖而行，迅如飞鸟，转瞬已在数里外。又尝于大槐树下，见一兽跳掷，非犬非羊，毛作褐色，即之已隐。均不知何物。

余曰：“叔平生专意研经，不甚留心于子、史。此二物，古书皆载之。女子乃飞天夜叉，《博异传》载唐薛淙于卫州佛寺见老僧，言居延海上见天神追捕者是也。褐色兽乃树精，

《史记·秦本纪》：二十七年，伐南山大梓，丰大特。注曰：‘今武都故道，有怒特祠，图大牛上生树本，有牛从木中出，复见于丰水之中。’《列异传》：秦文公时，梓树化为牛。以骑击之，骑不胜。或堕地，髻解被[①]发，牛畏之入水。故秦因是置旄头骑。庾信《枯树赋》曰：‘白鹿贞松，青牛文梓。’柳宗元《祭纛文》曰：‘丰有大特，化为巨梓。秦人凭神，乃建旄头。’即用此事也。”

注释

①被：同“披”。

王德圃言：有县吏夜息松林，闻有泣声。吏故有胆，寻往视之，则男女二人并坐石几上，喁喁[①]絮语，似夫妇相别者。疑为淫奔，诘问其由。男子起应曰：“尔勿近，我鬼也。此女吾爱婢，不幸早逝，虽葬他所，而魂常依此。今被配入转轮，从此一别，茫茫万古，故相悲耳。”问：“生为夫妇，各有配偶，岂死后又颠倒移换耶？”曰：“惟节妇守贞者，其夫在泉下暂留，待死后同生人世，再续前缘，以补其一生之茕[②]苦。余则前因后果，各以罪福受生，或及待，或不及待，不能齐矣。尔宜自去，吾二人一刻千金，不能与尔谈冥事也。”张口嘘气，木叶乱飞。吏悚然反走。后再过其地，知为某氏墓也。

德圃为凝斋先生侄。先生作《秋灯丛话》，漏载此事，岂德圃偶未言及，抑先生偶失记耶？

注释

①喁（yú）喁：小声说话。②茕（qióng）：孤独。

先外祖母曹太恭人，尝告先太夫人曰：“沧州一宦家妇，不见容于夫，郁郁将成心疾，性情乖剌，琴瑟愈不调。会有高行尼至，诣问因果。尼曰：‘某非冥吏，不能稽[①]配偶之籍也；亦非佛菩萨，不能照见三生也。然因缘之理，则吾知之矣。夫因缘无无故而合者也，大抵以恩合者心相欢，以怨结者必相忤。又有非恩非怨，亦恩亦怨者，必负欠使相取相偿也。如是而已。尔之夫妇，其以怨结者乎？天所定也，非人也。虽然，天定胜人，人定亦胜天，故释迦立法，许人忏悔。但消尔胜心，戢[②]尔傲气，逆来顺受，以情感而不以理争；修尔内职，事翁姑以孝，处娣姒[③]以和，待妾媵以恩，尽其在我，而不问其在人，庶几可以挽回乎！徒问往因，无益也。’妇用其言，果相睦如初。”

先太夫人尝以告诸妇曰：“此尼所说，真闺阁中解冤神咒也。信心行持，无不有验；如或不验，尚是行持未至耳。”

注释

①稽：查找。②戢（jí）：收敛。③娣姒（dìsì）：弟妻为娣，兄妻为姒。

蔡太守必昌云：判冥，论者疑之。然朱竹君之先德，唐人称人故父曰先德，见《北梦琐言》。蔡君先告以亡期；蔡君之母，亦自预知其亡期。皆日辰不爽[①]，是又何说欤？朱石君抚军，言其他事甚悉，石君非妄语人也。

顾郎中德懋，亦云判冥。后自言以泄漏阴府事，谪为社公[②]，无可验也。

余尝闻其论冥律，已载《滦阳消夏录》中。其论鬼之存亡，亦颇有理。大意谓人之余气为鬼，气久则渐消。其不消者有三：忠孝节义，正气不消；猛将劲卒，刚气不消；鸿材硕学，灵气不消。不遽[3]消者亦三：冤魂恨魄，茹痛黄泉，其怨结则气亦聚也；大富大贵，取多用宏，其精壮则气亦盛也；儿女缠绵，埋忧赍[4]恨，其情专则气亦凝也。至于凶残狠悍，戾气亦不遽消，然堕泥犁者十之九，又不在此数中矣。言之凿凿，或亦有所征耶？

注释

①爽：差。 ②社公：土地神。 ③遽：急速。 ④赍：怀着。

雍正戊申夏，崔庄有大旋风，自北而南，势如潮涌，余家楼堞半揭去。北方乡居者，率有明楼以防盗，上为城堞。从伯灿宸公家，有花二盎，水一瓮，并卷置屋上，位置如故，毫不攲[1]侧。而阶前一风炉铜铫，炭火方炽，乃安然不动，莫明其故。次日，询迤北诸村，皆云未见。过村数里，即渐高入云。其风黄色，嗅之有腥气。或地近东瀛，不过百里，海神来往，水怪飞腾，偶然狡狯[2]欤？

注释

①攲（qī）：倾斜。 ②狡狯：玩笑。

从侄虞惇，甲辰闰三月官满城教谕时，其同官戴君，邀游抱阳山。戴携彭、刘二生，从山前往。虞惇偕弟汝侨、子树璟及金、刘二生，由山后观牛角洞、仙人室诸胜，方升山麓，遥见一人岩上立，意戴君遣来迎也。相距尚里许，急往赴之。愈近，其人渐小，至则白石一片，倚岩植立，高尺五六寸，广四五寸耳。绝[1]不类[2]人形，而望之如人，奇矣。凡物远视必小，欧罗巴人所谓视差也。此石远视大而近视小，抑又奇矣。迨下山里许，再回视之，仍如初见状。众谓此石有灵，拟[3]上山携取归。彭生及树璟先往觅，不得。汝侨又与二刘生同往，道路依然，物物如旧，石竟不可复睹矣。

盖邃谷深崖，神灵所宅，偶然示现，往往有之。是山所谓仙人室者，在峭壁之上，人不能登。土人每遥见洞口人来往，其必炼精羽化之徒矣。

注释

①绝：全然。 ②类：好像。 ③拟：打算。

申丈苍岭言：刘智庙有两生应科试，夜行失道。见破屋，权投栖止。院落半圮，亦无门窗，拟就其西厢坐。闻树后语曰："同是士类，不敢相拒。西厢是幼女居，乞勿入。东厢是老夫训徒地，可就坐也。"心知非鬼即狐，然疲极不能再进，姑向树拱揖，相对且坐。忽忆当向之问路，再起致词，则不应矣。暗中摸索，觉有物触手；扪[1]之，乃身畔各有半瓜。谢之，亦不应。质明[2]将行，又闻树后语曰："东去二里，即大路矣。一语奉赠，《周易》互体，究不可废也。"不解所云，叩[3]之又不应。比就试，策果问互体。场中皆用程、朱说，惟二生依其语对，并列前茅焉。

注释

①扪：摸。 ②质明：天刚亮的时候。 ③叩：问。

乾隆甲子，余在河间应科试。有同学以帕幂首，云堕驴伤额也。既而有同行者知之，曰："是于中途遇少妇，靓妆独立官柳下，忽按辔问途。少妇曰：'南北驿路，车马往来，岂有迷途之患？尔直欺我孤立[1]耳。'忽有飞瓦击之，流血被[2]面。

少妇径入秫田去，不知是人是狐是鬼也。但未见举手，而瓦忽横击，疑其非人；鬼又不应白日出，疑其狐矣。”高梅村曰：“此不必深问，无论是人是狐是鬼，总之当击耳。”

又丁卯秋，闻有京官子，暮过横街东，为娼女诱入室。突其夫半夜归，胁使尽解衣履，裸无寸缕，负置门外丛冢[3]间。京官子无计，乃号呼称遇鬼，有人告其家迎归。姚安公时官户部，闻之笑曰：“今乃知鬼能作贼。”

此均足为佻薄[4]者戒也。

注释

①孤立：孤身一人。 ②被：覆盖。 ③丛冢：坟地。 ④佻薄：轻薄，轻佻。

乌鲁木齐千总柴有伦言：昔征霍集占时，率卒搜山，于珠尔土斯深谷中，遇玛哈沁，射中其一，负矢奔去；余七八人亦四窜，夺得其马及行帐。树上缚一回妇，左臂左股，已脔食见骨，嗷嗷[1]作虫鸟鸣。见有伦，屡引其颈，又作叩颡状。有伦知其求速死，剚刃贯其心，瞠目长号而绝。后有伦复经其地，水暴涨，不敢涉，姑憩息以待减退。有旋风来往马前，倏[2]行倏止，若相引者。有伦悟为回妇之鬼，乘骑从之，竟得浅处以渡。

注释

①嗷嗷：呼喊声。 ②倏：极快，迅速。

季廉夫言：泰兴有贾生者，食饩[1]于庠，而癖好符箓禁咒事。寻师访友，炼五雷法，竟成。后病笃，恍惚见鬼来摄。举手作诀，鬼不能近。既而家人闻屋上金铁声，奇鬼狰狞，汹涌而入，咸悚惶避出。遥闻若相格斗者，彻夜乃止。比[②]晓视之，已伏于床下死，手掊[③]地成一深坎，莫知何故也。

夫死生数也，数已尽矣，犹以小术与天争，何其不知命乎？

注释

①饩（xì）：赠送的粮食。 ②比：等到。 ③掊（póu）：用手扒土。

廉夫又言：钟太守光豫官江宁时，有幕友二人，表兄弟也。一司号籍，一司批发，恒在一室同榻寝。一夕，一人先睡。一人犹秉烛[①]，忽见案旁一红衣女子坐，骇极，呼其一醒。拭目惊视，则非女子，乃奇形鬼也。直前相搏，二人并昏仆。次日，众怪门不启，破扉入视。其先见者已死，后见者气息仅属，灌治得活，乃具述夜来状。

鬼无故扰人，事或有之。至现形索命，则未有无故而来者。幕府宾佐，非官而操[②]官之权，笔墨之间，动关生死。为善易，为恶亦易。是必冤谴相寻，乃有斯变，第[③]不知所缘何事耳。

注释

①秉烛：指点灯看书。 ②操：掌握。 ③第：只是。

乌鲁木齐军吏茹大业言：古浪回民，有踞佛殿饮博者。寺僧孤弱，弗能拒也。一夜，饮方酣，一人舒拇指呼曰："一。"突有大拳如五斗栲栳[①]，自门探入，五指齐张，厉声呼曰："六。"举掌一拍，烛灭几碎，十余人并惊仆。至晓，乃各渐苏，自是不敢复至矣。佛于众生无计较心，其护法善神之示现[2]乎？

注释

①栲栳：用柳条编制的器具。 ②示现：神灵的显现。

苏州朱生焕，举壬午顺天乡试第二人，余分校所取也。一日，集余阅微草堂，酒间各说异闻。生言：曩乘舟，见一舵工额上恒贴一膏药，纵约寸许，横倍之。云有疮，须避风。行数日，一篙工私语客曰："是大奇事，云有疮者，伪也。彼尝为会首，赛水神例应捧香而前。一夕犯不洁，方跪致祝[1]，有风飚炉灰扑其面，骨栗神悚，几不成礼。退而拂拭，则额上现一墨画秘戏图，神态生动，宛肖[2]其夫妇。洗濯不去，转更分明，故以膏药掩之也。"众不深信，然既有此言，出入往来，不能不注视其额。舵工觉之，曰："小儿又饶舌耶！"长喟而已。然则其事殆不虚，惜未便揭视之耳。

又余乳母李媪言：曩登泰山，见娼女与所欢皆往进香，遇于逆旅。伺隙偶一接唇，竟胶粘不解，擘[3]之则痛彻心髓。众为忏悔，乃开。或曰："庙祝贿娼女作此状，以耸人信心也。"是亦未可知矣。

注释

①祝：祈祷。 ②肖：像。 ③擘（bāi）：同"掰"。

献县刑房吏王瑾，初作吏时，受贿欲出一杀人罪。方濡笔起草，纸忽飞著承尘上，旋舞不下。自是不敢枉法取钱，恒举以戒其曹偶[1]，不自讳也。后一生温饱，以老寿终。

又一吏恒得贿舞文，亦一生无祸，然殁后三女皆为娼。其次女事发当杖，伍伯夙戒其徒曰："此某师傅女，土俗呼吏曰师傅。

宜从轻。”女受杖讫，语鸨母曰：“微我父曾为吏，我今日其殆[2]矣。”嗟乎！乌知其父不为吏，今日原不受杖哉！

注释

①曹偶：同类。 ②殆：危险。

交河有姊妹二妓，皆为狐所媚，羸病欲死。

其家延道士劾治，狐不受捕。道士怒，趣[1]设坛，牒雷部。狐化形为书生，见道士曰：“炼师勿苦相仇也。夫采补杀人，诚干天律，然亦思此二女者何人哉！饰其冶容，蛊惑年少，无论其破人之家，不知凡几，废人之业，不知凡几，间人之夫妇，不知凡几，罪皆当死。即彼摄人之精，吾摄其精；彼致人之疾，吾致其疾；彼戕人之命，吾戕其命，皆所谓请君入瓮，天道宜然。炼师何必曲庇之？且炼师之劾治，谓人命至重耳。夫人之为人，以有人心也。此辈机械[2]万端，寒暖百变，所谓人面兽心者也。既已兽心，即以兽论。以兽杀兽，事理之常。深山旷野，相食者不啻[3]恒河沙数，可一一上渎雷部耶?”道士乃舍去。

论者谓道士不能制狐，造此言也。然其言则深切著明矣。

注释

①趣（cù）：通“促”，赶快。 ②机械：巧诈，机巧。③啻（chì）：仅仅，只有。

程鱼门言：朱某昵[1]淮上一妓，金尽被斥出。一日，有西商过访妓，仆舆奢丽，挥金如土。妓兢兢[2]恐其去，尽谢他客，曲意效媚。日赠金帛珠翠，不可缕数。居两月余，云暂出赴扬州，遂不返。访问亦无知者。资货既饶，拟去北里为良家。检点箧笥[③]，所赠已一物不存，朱某所赠亦不存，惟留二百余金，恰足两月余酒食费。一家迷离惝恍[④]，如梦乍回。或曰，闻朱某有狐友，殆代为报复云。

注释

①昵：亲近。 ②兢兢：小心谨慎的样子。 ③笥（sì）：装衣物或食物的竹器。 ④惝恍（chǎnghuǎng）：迷惘，恍惚。

鱼门又言：游士某，在广陵纳一妾，颇娴文墨，意甚相得，时于闺中倡和。一日，夜饮归，僮婢已睡，室内暗无灯火。入视阒然，惟案上一札曰："妾本狐女，僻处山林。以夙负应偿，从君半载。今业缘已尽，不敢淹留[①]。本拟暂住待君，以展永别之意，恐两相凄恋，弥难为怀。是以茹痛竟行，不敢再面。临风回首，百结柔肠。或以此一念，三生石上，再种后缘，亦未可知耳。诸惟自爱，勿以一女子之故，至损清神。则妾虽去而心稍慰矣。"某得书悲感，以示朋旧，咸相慨叹。以典籍尝有此事，弗致疑也。

后月余，妾与所欢北上，舟行被盗。鸣官[②]待捕，稽留淮上者数月，其事乃露。盖其母重鬻于人，伪以狐女自脱也。

周书昌曰："是真狐女，何伪之云？吾恐志异诸书所载，始遇仙姬，久而舍去者，其中或不无此类也乎！"

注释

①淹留：久留。 ②鸣官：向官府控告。

余在翰林日，侍读索公尔逊同斋戒于待诏厅。厅旧有何义门书"衡山旧署"一匾，又联句一对。今联句尚存，扁则久亡矣。索公言：前征霍集占时，奉参赞大臣檄调。中途逢大雪，车仗不能至，仅一行帐随，姑支以憩。苦无枕，觅得二三死人首，主仆枕之。夜中并蠕蠕掀动，叱之乃止。余谓此非有鬼，亦非因叱而止也。当断首时，生气未尽，为严寒所束，郁伏于中，得人气温蒸，冻解而气得外发，故能自动。已动则气散，故不再动矣。凡物生性未尽者，以火炙[①]之皆动，是其理也。索公曰："从古战场，不闻逢鬼。吾心恶[②]之，谓吾命衰也。今日乃释此疑。"

注释

①炙：烤。 ②恶：讨厌，憎恨。

崔庄多枣，动辄成林，俗谓之枣行。户郎切。余小时，闻有妇女数人，出挑菜，过树下，有小儿坐树杪，摘红熟者掷地下。众竞拾取。小儿急呼曰："吾自喜周二姐娇媚，摘此与食。尔辈黑鬼，何得夺也？"众怒詈，二姐恶其轻薄，亦怒詈，拾块击之。小儿跃过别枝，如飞鸟穿林去。忽悟村中无此儿，必妖魅也。

姚安公曰："赖[①]周二姐一詈一击，否则必为所媚矣。凡妖魅媚人，皆自招致。苏东坡《范增论》曰：'物必先腐也而后虫生之。'"

注释

①赖：依靠，仗恃。

有选人在横街夜饮，步月而归。其寓在珠市口，因从香厂取捷径。一小奴持烛笼行，中路踣而灭。望一家灯未息，往乞火。有妇应门，邀入茗饮。心知为青楼，姑以遣兴。然妇羞涩低眉，意色惨沮。欲出，又牵袂固留。试调之，亦宛转相就。适携数金，即以赠之。妇谢不受，但祈曰："如念今宵爱，有长随某住某处，渠久闲居，妻亡子女幼，不免饥寒，君肯携之赴任，则九泉感德矣。”选人戏问：“卿可相随否？”泫然[①]曰：“妾实非人，即某妻也。为某不能赡子女，故冒耻相求耳。”选人悚然而出，回视乃一新冢也。后感其意，竟携此人及子女去。

求一长随，至鬼亦荐枕[②]，长随之多财可知。财自何来？其蠹[③]官而病[④]民可知矣。

注释

①泫然：流泪貌。 ②荐枕：进献枕席，借指侍寝。 ③蠹(dù)：蛀蚀。 ④病：损害。

牛犊马驹，或生麟角，蛟龙之所合，非真麟也。妇女露寝，为所合者亦有之。惟外舅马氏家，一佃户年近六旬，独行遇雨，雷电晦冥，有龙探爪按其笠。以为当受天诛，悸而踣[①]，觉龙碎裂其裤，以为褫衣而后施刑也。不意龙捩[②]转其背，据地淫之。稍转侧缩避，辄怒吼，磨牙其顶。惧为吞噬，伏不敢动。移一二刻，始霹雳一声去。呻吟塍上，腥涎满身。幸其子持蓑来迎，乃负以返。初尚讳匿，既而创甚，求医药，始道其实。耘苗之候，馌妇众矣，乃狎一男子；牧竖亦众矣，乃狎一衰翁。此亦不可以理解者。

注释

①踣（bó）：跌倒。 ②捩（liè）：扭转。

王方湖言：蒙阴刘生，尝宿其中表家，偶言家有怪物，出没不恒，亦不知其潜何所。但暗中遇之，辄触人倒，觉其身坚如铁石。刘故喜猎，恒以鸟铳随，曰：“若然，当携此自防也。”书斋凡三楹，就其东室寝。方对灯独坐，见西屋一物向门立，五官四体，一一似人，而目去[①]眉约二寸，口去鼻仅分许，部位乃无一似人。刘生举铳拟之，即却避。俄手掩一扉，出半面外窥，作欲出不出状。才一举铳，则又藏，似惧出而人袭其后者。刘生亦惧怪袭其后，不敢先出也。如是数回，忽露全面，向刘生摇首吐舌。忽发铳一击，则铅丸中扉上，怪已冲烟去矣。盖诱人发[②]铳，使一发不中，不及再发，即乘机遁也。两敌相持，先动者败，此之谓乎？使忍而不发，迟至天晓，此怪既不能透壁穿窗，势必由户出，则必中铳；不出，则必现形矣。

然自此知其畏铳，后伏铳窗棂，伺出击之，琤然仆地，如檐瓦堕裂声。视之，乃破瓮一片，儿童就近沿无泑[③]处戏画作人面，笔墨拙涩，随意涂抹，其状一如刘生所见云。

注释

①去：距离。 ②发：放，射。 ③泑（yòu）：同“釉”。

有富室子病危，绝尔复苏，谓家人曰：“吾魂至冥司矣。吾尝捐金活二命，又尝强夺某女也。今活命者在冥司具[①]保状，而女之父亦诉牒喧辩。尚未决，吾且归也。”越二日，又绝而复苏曰：“吾不济矣。冥吏谓夺女大恶，活命大善，可相抵[②]。冥王谓活人之命，而复夺其女，许抵可也。今所夺者此人之女，而所活者彼人之命；彼人活命之德，报此人夺女之仇，以何解之乎？既善业本重，未可全销，莫若冥司不刑赏，注来生恩自报恩，怨自报怨可也。”语讫而绝。

案欧罗巴书不取释氏轮回之说，而取其天堂地狱，亦谓善恶不相抵。然谓善恶不抵，是绝恶人为善之路也。大抵善恶可抵，而恩怨不可抵，所谓冤家债主，须得本人是也。寻常善恶可抵，大善大恶不可抵。曹操赎蔡文姬，不得不谓之义举，岂足抵篡弑[3]之罪乎？曹操虽未篡，然以周文王自比，其志则篡也，特畏公议耳。至未来生中，人未必相遇，事未必相值，故因缘凑合，或在数世以后耳。

注释

①具：备办。 ②抵：抵偿。 ③篡弑（cuànshì）：篡权弑君。

宋村厂从弟东白庄名，土人省语呼厂里。仓中，旧有狐。余家未析箸[1]时，姚安公从王德庵先生读书是庄。仆隶夜入仓院，多被瓦击，而不见其形。惟先生得纳凉其中，不遭扰戏。然时见男女往来，且木榻藤枕，俱无纤尘，若时拂拭者。

一日，暗中见人循墙走，似是一翁。呼问之曰："吾闻狐不近正人，吾其不正乎？"翁拱手对曰："凡兴妖作祟之狐，则不敢近正人；若读书知礼之狐，则乐近正人。先生君子也，故虽少妇稚女，亦不相避，信先生无邪心也。先生何反自疑耶？"先生曰："虽然，幽明[2]异路，终不宜相接。请勿见形可乎？"翁罄折[3]曰："诺。"自是不复睹矣。

注释

①析箸：分家。 ②幽明：阴间和阳间。 ③罄折：弯腰，表谦恭。

沈瑞彰寓高庙读书，夏夜就文昌阁廊下睡。人静后，闻阁上语曰："吾曹亦无用钱处，尔积多金，何也？"一人答曰："欲以此金铸铜佛，送西山潭柘寺供养。冀仰托福佑，早得解形[1]。”一人作啐声曰：“咄咄大错！布施须己财。佛岂不问汝来处，受汝盗来金耶？”再听之，寂矣。

善哉野狐！檀越云集之时，倘闻此语，应如霹雳声也。

注释

①解形：解脱。

瑞彰又言：尝偕数友游西山，至林峦深处，风日暄妍，泉石清旷，杂树新绿，野花半开。眺赏间，闻木杪诵书声。仰视无人，因揖而遥呼曰：“在此朗吟，定为仙侣。叨[1]同儒业，可请下一谈乎？”诵声忽止，俄琅琅又在隔溪。有欲觅路追寻者，瑞彰曰：“世外之人，趁此良辰，尚耽研典籍。我辈身列黉宫[2]，乃在此携酒榼[3]，看游女，其鄙而不顾宜矣。何必多此跋涉乎？”众乃止。

注释

①叨（tāo）：自谦，表不够格或受之有愧。 ②黉（hóng）宫：学宫。 ③榼（kē）：酒具。

沧州有一游方尼，即前为某夫人解说因缘者也，不许妇女至其寺，而肯至人家。虽小家以粗粝为供，亦欣然往。不劝妇女布施，惟劝之存善心，作善事。外祖雪峰张公家，一范姓仆妇，施布一匹。尼合掌谢讫，置几上片刻，仍举付此妇曰：“檀越功德，佛已鉴照矣。既蒙见施，布即我布。今已九月，顷见尊姑犹单衫，谨以奉赠，为尊姑制一絮衣可乎？”仆妇踧踖[1]无一词，惟面頳[2]汗下。

姚安公曰：“此尼乃深得佛心。”惜闺阁多传其轶事，竟无人能举其名。

注释

①踧踖（cùjí）：恭敬不安的样子。 ②赪（chēng）：同“赪”，红色。

先太夫人乳母廖媪言：四月二十八日，沧州社会[1]也，妇女进香者如云。有少年于日暮时，见城外一牛车向东去，载二女，皆妙丽，不类村妆。疑为大家内眷，又不应无一婢媪，且不应坐露车。正疑思间，一女遗红帕于地，其中似裹数百钱，女及御者皆不顾。少年素朴愿，恐或追觅为累，亦未敢拾。归以告母，诮诃[2]其痴。

越半载，邻村少年为二狐所媚，病瘵死。有知其始末者曰：“正以拾帕索帕，两相调谑媾[3]合也。”母闻之，憬然悟曰：“吾乃知痴是不痴，不痴是痴。”

注释

①社会：庙会。 ②诮诃（qiàohē）：喝骂，申斥。 ③媾（gòu）：交合。

有纳其奴女为媵者，奴弗愿，然无如何也。其人故隶旗籍，亦自有主。媵后生一女，年十四五，主闻其姝丽，亦纳为媵，心弗愿，亦无如何也。喟然曰：“不生此女，无此事。”其妻曰：“不纳某女，自不生此女矣。”乃爽然自失。

又亲串中有一女，日构其嫂，使受谯[1]责不聊生。乃出嫁，亦为小姑所构，日受谯责如其嫂。归而对嫂挥涕曰：“今乃知妇难为也。”天道好还，岂不信哉！

又一少年，喜窥妇女，窗罅帘隙，百计潜伺。一日醉寝，或戏以膏药糊其目。醒觉肿痛不可忍，急揭去，眉及睫毛并拔尽。且所糊即所蓄媚药，性至酷烈，目受其熏灼，竟以渐盲。

又一友好倾轧，往来播弄，能使胶漆成冰炭。一夜酒渴，饮冷茶。中先堕一蝎，陡螫其舌，溃为疮。虽不致命，然舌短而拗戾[2]，话言不复便捷矣。此亦若或使之，非偶然也。

注释

①谯（qiào）：同“诮”，责备。　②拗戾：生硬拗口。

先师陈文勤公言：有一同乡，不欲著其名，平生亦无大过恶，惟事事欲利归于己，害归于人，是其本志耳。一岁，北上公车，与数友投逆旅。雨暴作，屋尽漏。初觉漏时，惟北壁数尺无渍痕。此人忽称感寒，就是榻蒙被取汗。众知其诈病，而无词以移之也。雨弥甚，众坐屋内如露宿，而此人独酣卧。俄北壁颓圮[1]，众未睡，皆急奔出，此人正压其下，额破血流，一足一臂并折伤，竟舁[2]而归。此足为有机心者戒矣。

因忆奴子于禄，性至狡。从余往乌鲁木齐，一日早发，阴云四合，度天欲雨，乃尽置其衣装于车箱，以余衣装覆其上。行十余里，天竟放晴，而车陷于淖，水从下入，反尽濡焉。其事亦与此类，信巧者造物之所忌也。

注释

①颓圮：倒塌。　②舁：抬。

沈淑孙，吴县人，御史芝光先生孙女也。父兄早卒，鞠[1]于祖母。祖母，杨文叔先生妹也，讳芬，字瑶季，工诗文，画花卉尤精。故淑孙亦习词翰[2]，善渲染。幼许余侄汝备，未嫁而卒。

病革时，先太夫人往视之。沈夫人泣呼曰：“招孙，其小字也。尔祖姑来矣，可以相认也。”时已沉迷，犹张目视，泪承睫[3]，举手攀太夫人钏。解而与之，亲为贯于臂，微笑而瞑。始悟其意欲以纪氏物敛也。

初病时，自知不起，画一卷，缄封[4]甚固，恒置枕函[5]边，问之不答，至是亦悟其留与太夫人。发之，乃雨兰一幅，上题曰：“独坐写幽兰，图成只自看。怜渠空谷里，风雨不胜寒。”盖其家庭之间，有难言者，阻滞嫁期，亦是故也。

太夫人悲之，欲买地以葬。姚安公谓于礼不可，乃止。后其柩附漕舶归，太夫人尚恍惚梦其泣拜云。

注释

①鞠：养育，抚养。②词翰：诗词，文章。③泪承睫：泪水溢满眼眶。④缄封：封口。⑤枕函：可以藏东西的枕头。

王西侯言：曾与客作都四，夜行淮镇西。倦而少憩，闻一鬼遥呼曰：“村中赛神，大有酒食，可共往饮啖。”众鬼曰：“神筵那可近？尔勿造次[1]。”呼者曰：“是家兄弟相争，叔侄互轧，乖戾之气，充塞门庭，败征已具，神不享矣。尔辈速往，毋使他人先也。”西侯素有胆，且立观其所往。鬼渐近，树上系马皆惊嘶，惟见黑气濛濛，转绕从他道去，不知其诣谁氏也。

夫福以德基，非可祈也；祸以恶积，非可禳也。苟能为善，虽不祭，神亦助之。败理乱常，而渎祀以冀神佑，神受赇[2]乎？

注释

①造次：粗鲁，轻率。　②赇（qiú）：贿赂。

梁豁堂言：有廖太学悼其宠姬，幽郁不适。姑消夏[①]于别墅，窗俯清溪，时开对月。

一夕，闻隔溪榜掠[②]冤楚声，望似缚一女子，伏地受杖。正怀疑凝眺，女子呼曰："君乃在此，忍不相救耶？"谛视，正其宠姬，骇痛欲绝。而崖陡水深，无路可过，问："尔葬某山，何缘在此？"姬泣曰："生前恃宠，造业颇深。殁被谪配于此，犹人世之军流也。社公酷毒，动辄鞭棰。非大放焰口，不能解脱也。"语讫，为众鬼牵曳去。廖爱恋既深，不违所请，乃延僧施食，冀拔沉沦。月余后，声又如前。趋视，则诸鬼益多，姬裸身反接，更摧辱可怜。见廖哀号曰："前者法事未备，而牒神求释，被驳不行。社公以祈灵无验，毒虐更增，必七昼夜水陆道场，始能解此厄也。"

廖猛省若社公不在，谁此监刑？社公如在，鬼岂敢斥言其恶？且社公有庙，何为来此？毋乃黠鬼幻形，绐[③]求经忏耶？姬见廖凝思，又呼曰："我实是某，君毋过疑。"廖曰："此灼然伪矣。"因诘曰："汝身有红痣，能举其生于何处，则信汝矣。"鬼不能答，斯须间，稍稍散去。自是遂绝。

此可悟世情狡狯，虽鬼亦然。又可悟情有所牵，物必抵隙。廖自云有灶婢[④]殁葬此山下，必其知我眷念，教众鬼为之。又可悟外患突来，必有内间[⑤]矣。

注释

①消夏：避暑。　②榜掠：用鞭子或板凳拷打。　③绐（dài）：欺骗。　④灶婢：做饭的奴婢。　⑤内间：间谍。

豁堂又言：一粤东举子赴京，过白沟河，在逆旅午餐。见有骡车载妇女住对屋中，饭毕先行。偶步入，见壁上新题一词曰："垂杨袅袅映回汀，作态为谁青？可怜弱絮，随风来去，似我飘零。濛濛乱点罗衣袂，相送过长亭。丁宁嘱汝：沾泥也好，莫化浮萍。"按：此调名《秋波媚》，即《眼儿媚》也。举子曰："此妓语也，有厌倦风尘之意矣。"日日逐之同行。至京，犹遣小奴记其下车处。后宛转[1]物色，竟纳为小星。两不相期[2]，偶然凑合，以一小词为红叶，此真所谓前缘矣。

注释

①宛转：辗转。 ②期：约定。

舅祖陈公德音家，有婢恶猫窃食，见则挞之。猫闻其咳笑，即窜避。一日，舅祖母郭太安人使守屋，闭户暂寝，醒则盘中失数梨。旁无他人，猫犬又无食梨理，无以自明，竟大受捶楚。至晚，忽得于灶中，大以为怪。验之，一一有猫爪齿痕。乃悟猫故衔去，使亦以窃食受挞也。蜂虿有毒，信哉！

婢愤恚[1]，欲再挞猫。郭太安人曰："断无纵汝杀猫理。猫既被杀，恐冤冤相报，不知出何变怪矣。"此婢自此不挞猫，猫见此婢亦不复窜避[2]。

注释

①愤恚：怨恨。 ②窜避：逃窜，逃亡。

桐城耿守愚言：一士子游嵩山，搜剔[1]古碑，不觉日晚。时方盛夏，因藉草眠松下。半夜露零，寒侵衣袖，噤而醒。偃卧[2]看月，遥见数人从小径来，敷[3]席山冈，酌酒环坐。知其非人，惧不敢起，姑侧听所言。

一人曰："二公谪限将满，当入转轮，不久重睹白日矣。受生何所，已得消息否?"上坐二人曰："尚不知也。"既而皆起，曰："社公来矣。"俄一老人扶杖至，对二人拱手曰："顷得冥牒，来告喜音。二公前世良朋，来生嘉耦[4]。"指右一人曰："公官人。"指左人一人曰："公夫人也。"右者顾笑，左者默不语。社公曰："公何悒悒？阎罗王宁误注哉？此公性刚直，刚则凌物，直则不委曲体人情。平生多所树立，亦多所损伤。故沉沦几二百年，乃得解脱。然究君子之过，故仍得为达官。公本长者，不肯与人为祸福，然事事养痈[5]不治，亦贻患无穷。故堕鬼趣二百年，谪堕女身。以平生深而不险，柔而不佞[6]，故不失富贵。又以此公多忤，而公始终与相得，故生是因缘。神理分明，公何悒悒哉?"众哗笑曰："渠非悒悒，直初作新妇，未免娇羞耳。有酒有肴，请社公相礼，先为合卺可乎?"

酬酢[7]喧杂，不复可辨。晨鸡俄唱，各匆匆散去。不知为前代何许人也。

注释

①搜剔：搜寻。 ②偃卧：仰卧。 ③敷：铺开。 ④嘉耦：美满姻缘。 ⑤养痈：指姑息养奸。 ⑥佞：善辩，巧言谄媚。 ⑦酬酢（zuò）：宾客之间互相敬酒。

李应纮言：甲与乙邻居世好，幼同嬉戏，长同砚席[1]，相契如兄弟。两家男女时往来，虽隔墙，犹一宅也。

或为甲妇造谤，谓私其表弟。甲侦[2]无迹，然疑不释，密以情告乙，祈代侦之。乙故谨密畏事，谢不能。甲私念未侦而谢不能，是知其事而不肯侦也，遂不再问，亦不明言。然由是不答其妇。

妇无以自明，竟郁郁死。死而附魂于乙曰："莫亲于夫妇，夫妇之事，乃密祈汝侦，此其信汝何如也！使汝力白[3]我冤，甲疑必释；或阳许侦而徐告以无据，甲疑亦必释。汝乃虑脱侦得实，不告则负甲，告则汝将任怨也。遂置身事外，恝然[4]自全，致我赍恨[5]于泉壤[6]，是杀人而不操兵也。今日诉汝于冥王，汝其往质。"竟颠痫数日死。

甲亦曰："所以需朋友，为其缓急相资也。此事可欺我，岂能欺人？人疏者或可欺，岂能欺汝？我以心腹托汝，无则当言无，直词责我勿以浮言间夫妇；有则宜密告我，使善为计，勿以秽声累子孙。乃视若路人，以推诿启疑窦，何贵有此朋友哉！"遂亦与绝，死竟不吊焉。

乙岂真欲杀人哉？世故太深，则趋避太巧耳。然畏小怨，致大怨，畏一人之怨，致两人之怨。卒杀人而以身偿，其巧安在乎？故曰：非极聪明人，不能作极懵懂事。

注释

①砚席：砚台和坐席，指学习。 ②侦：侦查，探听。 ③白：陈述。 ④恝（jiá）然：冷漠不关心的样子。 ⑤赍（jī）恨：抱恨。 ⑥泉壤：泉下，指阴间。

窦东皋前辈言：前任浙江学政时，署中一小儿，恒往来供给使。以为役夫之子弟，不为怪也。后遣移一物，对曰："不能。"异而询之，始自言为前学使之僮，殁而魂留于是也。盖有形无质，故能传语而不能举物，于事理为近。然则古书所载，鬼所能为，与生人无异者，又何说欤？

特纳格尔为唐金满县地，尚有残碑。吉木萨有唐北庭都护府故城，则李卫公所筑也。周四十里，皆以土墼[①]垒成。每墼厚一尺，阔一尺五六寸，长二尺七八寸。旧瓦亦广尺余，长一尺五六寸。城中一寺已圮尽，石佛自腰以下陷入土，犹高七八尺。铁钟一，高出人头，四围皆有铭，锈涩模糊，一字不可辨识。惟刮视字棱，相其波磔[②]，似是八分书耳。城中皆黑煤，掘一二尺乃见土。额鲁特云："此城昔以火攻陷，四面炮台，即攻城时所筑。"其为何代何人，则不能言之，盖在准噶尔前矣。城东南山冈上一小城，与大城若相犄角[③]。额鲁特云："以此一城阻碍，攻之不克，乃以炮攻也。"

庚寅冬，乌鲁木齐提督标增设后营，余与永余斋名庆，时为迪化城督粮道，后官至湖北布政使。奉檄筹画驻兵地。万山丛杂，议数日未定。余谓余斋曰："李卫公相度[④]地形，定胜我辈。其所建城必要隘，盍因之乎？"余斋以为然，议乃定。即今古城营也。本名破城，大学士温公为改此名。其城望之似孤悬，然山中千蹊万径，其出也必过此城。乃知古人真不可及矣。

褚筠心学士修《西域图志》时，就访古迹，偶忘语此，今附识之。

注释

①墼（jī）：未烧的砖坯。　②波磔：笔画。　③犄角：对峙。　④相度：观察估量。

喀什噶尔山洞中，石壁劖[①]平处有人马像。回人相传，云是汉时画也。颇知护惜，故岁久尚可辨。汉画如武梁祠堂之类，仅见刻本，真迹则莫古于斯矣。后戍卒燃火御寒，为烟气所熏，遂模糊都尽。惜初出师时，无画手橐笔摹留一纸也。

注释

①剷（chán）：铲。

次子汝传妇赵氏，性至柔婉，事翁姑尤尽孝。马夫人称其工、容、言、德皆全备，非偏爱之词也。不幸早卒，年仅三十有三，余至今悼之。后汝传官湖北时，买一妾，体态容貌，与妇竟无毫发差，一见骇绝。署中及见其妇者，亦莫不骇绝。计其生时，妇尚未殁，何其相肖至此欤？又同归一夫，尤可异也。然此妾入门数月，又复夭逝。造物又何必作此幻影，使一见再见乎？

桐城姚别峰，工吟咏，书仿赵吴兴，神骨逼肖。尝摹吴兴体作伪迹，熏暗其纸，赏鉴家弗能辨也。与先外祖雪峰张公善，往来恒主其家，动淹旬月。后闻其观潮没于水，外祖甚悼惜之。余小时多见其笔迹，惜年幼不知留意，竟忘其名矣。

舅祖紫衡张公先祖母与先母为姑侄，凡祖母兄弟，惟雪峰公称外祖，有服之亲，从其近也；余则皆称舅祖，统于尊也。尝延之作书，居宅西小园中。一夕月明，见窗上有女子影，出视则无。四望园内，似有翠裙红袖，隐隐树石花竹间。东就之则在西，南就之则在北，环走半夜，迄不能一睹。倦而憩息，闻窗外语曰：“君为书《金刚经》一部，则妾当相见拜谢。不过七千余字，君肯见许耶？”别峰故好事，急问：“卿为谁？”寂不应矣。适有宣纸素册，次日，尽谢他笔墨，一意写经。写成，炷香供几上，觊[①]其来取。夜中已失之。至夕，徘徊怅望，果见女子冉冉花外来，叩颡至地。别峰方举手引之，挺然起立，双目上视，血淋漓胸臆间，乃自到鬼也。噭然惊仆。馆僮闻声，持烛至，已无睹矣。顿足恨为鬼所卖。

雪峰公曰："鬼云拜谢，已拜谢矣。鬼不卖君，君自生妄念，于鬼何尤[②]？"

注释

①觊（jì）：希望得到。 ②尤：责备。

于南溟明经曰："人生苦乐，皆无尽境；人心忧喜，亦无定程。曾经极乐之境，稍不适则觉苦；曾经极苦之境，稍得宽则觉乐矣。"

尝设帐康宁屯，馆室湫隘[①]，几不可举头。门无帘，床无帐，院落无树。久旱炎郁，如坐炊甑。解衣午憩，蝇扰扰不得交睫。烦躁殆不可耐，自谓此猛火地狱也。久之，倦极睡去。梦乘舟大海中，飓风陡作，天日晦冥，樯断帆摧，心胆碎裂，顷刻覆没。忽似有人提出，掷于岸上，即有人持绳束缚，闭置地窖中。暗不睹物，呼吸亦咽塞不通，恐怖窘急，不可言状。俄闻耳畔唤声，霍然开目，则仍卧三脚木榻上。觉四体舒适，心神开朗，如居蓬莱方丈间也。

是夕月明，与弟子散步河干，坐柳下，敷[②]陈此义。微闻草际叹息曰："斯言中理。我辈沉沦水次，终胜于地狱中人。"

注释

①湫隘（jiǎoài）：低下狭小。 ②敷：叙述。

外舅周箓马公家，有老仆曰门世荣。自言尝渡吴桥钩盘河，日已暮矣，积雨暴涨，沮洳[①]纵横，不知何处可涉。见二人骑马先行，迂回取道，皆得浅处，似熟悉地形者，因逐之行。将至河干，一人忽勒马立，待世荣至，小语曰："君欲渡河，当左绕半里许，对岸有枯树处可行。吾导此人来此，将有所为，君勿与俱败。"疑为劫盗，悚然返辔[2]，从所指路别行，而时时回顾。见此人策马先行，后一人随至中流，突然灭顶，人马俱没，前一人亦化旋风去。乃知为报冤鬼也。

注释

①沮洳：低湿。 ②返辔：回马。

田丈耕野官凉州镇时，携回万年松一片，性温而活血，煎之，色如琥珀。妇女血枯血闭诸证，服之多验。亲串家递相乞取，久而遂尽。

后余至西域，乃见其树，直古松之皮，非别一种也。土人煮以代茶，亦微有香气。其最大者，根在千仞深涧底。枝干亭茁，直出山脊，尚高二三十丈，皮厚者二尺有余。奴子吴玉保，尝取其一片为床。余谓闽广芭蕉叶可容一二人卧，再得一片作席，亦一奇观。又尝见一人家，即树孔施[1]门窗，以梯上下，入之俨然一屋。余与呼延化州名华国，长安人。己未进士，前化州知州。同登视，化州曰："此家以巢居兼穴处矣。"

盖天山以北，如乌孙、突厥，古多行国，不需梁柱之材，故斧斤不至。意其真盘古时物，万年之名，殆不虚矣。

注释

①施：设置，安放。

田白岩曰："名妓月宾，尝来往渔洋山人家，如东坡之于琴操也。"苏斗南因言少时见山东一妓，自云月宾之孙女，尚有渔洋所赠扇。索观之，上画一临水草亭，傍倚二柳，题"庚寅三月道冲写”。不知为谁。左侧有行书一诗曰：“烟缕濛濛蘸水青，纤腰相对斗娉婷。樽前试问香山老，柳宿新添第几星？”不署名字，一小印已模糊。斗南以为高年耆宿[1]，偶赋闲情，故讳不自著也。

余谓诗格风流，是新城宗派。然渔洋以辛卯夏卒，庚寅是其前一岁，是时不当有老友。“香山老”定指何人？如云自指，又不当云“试问”。且词意轻巧，亦不类老笔。或是维摩丈室，偶留天女散花，他少年代为题扇，以此调之。妓家借托盛名，而不解文义，遂误认颜标耳。

注释

①耆宿（qísù）：年高有德者。

王觐光言：壬午乡试，与数友共租一小宅读书。觐光所居室中，半夜灯光忽暗碧。剪剔复明，见一人首出地中，对炉嘘气。拍案叱之，急缩入。停刻许复出，叱之又缩。如是七八度，几四鼓矣。不胜其扰，又素以胆自负，不欲呼同舍，静坐以观其变。乃惟张目怒视，竟不出地。觉其无能为，息灯竟睡，亦不知其何时去。然自此不复睹矣。

吴惠叔曰：“殆冤鬼欲有所诉，惜未一问也。”余谓果为冤鬼，当哀泣不当怒视。粉房琉璃街迤东，皆多年丛冢，居民渐拓[1]，每夷而造屋。此必其骨在屋内，生人阳气熏烁，鬼不能安，故现变怪驱之去。初拍案叱，是不畏也，故不敢出。然见之即叱，是犹有鬼之见存，故亦不肯竟去。至息灯自睡，则全置此事于度外，鬼知其终不可动，遂亦不虚相恐怖矣。东坡书孟德事一篇，即是此义。

小时闻巨盗李金梁曰：“凡夜至人家，闻声而嗽者，怯也，可攻也。闻声而启户以待者，怯而示勇也，亦可攻也。寂然无声，莫测动静，此必勍[2]敌，攻之十恒七八败，当量力进退矣。”亦此义也。

注释

①拓：开辟，扩充。 ②勍（qíng）：强大。

《列子》谓蕉鹿[1]之梦，非黄帝、孔子不能知。谅[2]哉斯言！

余在西域，从办事大臣巴公履视军台。巴公先归，余以未了事暂留，与前副将梁君同宿。二鼓有急递，台兵皆差出，余从睡中呼梁起，令其驰送。约至中途遇台兵，则使接递。梁去十余里，相遇即还，仍复酣寝。次日，告余曰：“昨梦公遣我赍廷寄[3]，恐误时刻，鞭马狂奔，今日髀[4]肉尚作楚[5]。真大奇事。”以真为梦，仆隶皆粲然。余《乌鲁木齐杂诗》曰：“一笑挥鞭马似飞，梦中驰去梦中归。人生事事无痕过，东坡诗：“事如春梦了无痕。”蕉鹿何须问是非？”即纪此事也。

又有以梦为真者。族兄次辰言：静海一人，就寝后，其妇在别屋夜绩[6]。此人忽梦妇为数人劫去，噩而醒，不自知其梦也，遽携梃出门追之。奔十余里，果见旷野数人携一妇，欲肆强暴。妇号呼震耳。怒焰炽腾，奋力死斗，数人皆被创逸去。近前慰问，乃近村别一人妇，为盗所劫者也。素亦相识，故送还其家。惘惘自返，妇绩未竟，一灯尚荧然也。此则鬼神或使之，又不以梦论矣。

注释

①蕉鹿：指梦幻。 ②谅：信实。 ③赍：寄，送。 ④髀（bì）：大腿。 ⑤作楚：作痛。 ⑥绩：把麻搓捻成线或绳索。

交河黄俊生言：折伤骨者，以开通元宝钱此钱唐初所铸，欧阳询所书。其旁微有偃月形，乃进蜡样时，文德皇后误掐一痕，因而未改也。其字当回环读之。俗读为开元通宝，以为玄宗之钱，误之甚矣。烧而醋淬，研为末，以酒服下，则铜末自结而为圈，周束折处。曾以一折足鸡试之，果接续如故。及烹此鸡，验其骨，铜束宛然①。此理之不可解者。铜末不过入肠胃，何以能透膜自到筋骨间也？惟仓卒间，此钱不易得。后见张鹭《朝野佥载》曰："定州人崔务，堕马折足。医令取铜末酒服之，遂痊平。及亡后十余年改葬，视其胫骨折处，铜末束之。"然则此本古方，但云铜末，非定用开通元宝钱也。

注释

①宛然：真切，清楚。

招聚博塞，古谓之囊家，见李肇《国史补》，是自唐已然矣。至藏蓄粉黛，以分夜合之资，则明以前无是事。家有家妓，官有官妓故也。教坊既废，此风乃炽，遂为豪猾之利源，而呆痴之陷阱。律虽明禁，终不能断其根株。然利旁倚刀，贪还自贼①。余尝见操此业者，花娇柳亸，近在家庭，遂不能使其子孙，皆醉眠之阮籍。两儿皆染淫毒，延及一门，疠②疾缠绵，因绝嗣续③，若敖氏之鬼，竟至馁而。

注释

①自贼：害了自己。 ②疠（lì）：恶疾。 ③嗣续：子孙后代。

临清李名儒言：其乡屠者买一牛，牛知为屠也，缒不肯前，鞭之则横逸。气力殆竭，始强曳以行。牛过一钱肆[1]，忽向门屈两膝跪，泪涔涔下。钱肆悯之，问知价八千，如数乞赎。屠者恨其狞[2]，坚不肯卖，加以子钱，亦不许，曰："此牛可恶，必剸刃而甘心，虽万贯不易也。"牛闻是言，蹶然自起，随之去。屠者煮其肉于釜，然后就寝。五更，自起开釜，妻子怪不回，疑而趋视，则已自投釜中，腰以上与牛俱糜矣。夫凡属含生，无不畏死。不以其畏而悯恻，反以其畏而恚愤，牛之怨毒，加寻常数等矣。厉气所凭，报不旋踵[3]，宜哉！

先叔仪南公，尝见屠者许学牵一牛，牛见先叔，跪不起。先叔赎之，以与佃户张存。存豢[4]之数年，其驾耒服辕[5]，力作较他牛为倍。然则恩怨之间，物犹如此矣，可不深长思哉！

注释

①钱肆：钱庄。 ②狞：凶恶，凶猛。 ③旋踵：掉转脚跟，形容时间很短。 ④豢（huàn）：喂养。 ⑤驾耒服辕：耕地驾车。

甲与乙望衡而居，皆宦裔也。其妇皆以姣丽称，二人相契[1]如弟兄，二妇亦相契如姊妹。

乙俄卒，甲妇亦卒。乃百计图谋娶乙妇，士论讥焉。纳币之日，厅事有声，登登然如挝[2]叠鼓。却扇之夕，风扑花烛灭者再。人知为乙之灵也。一日，甲妇忌辰，悬画像以祀。像旁忽增一人影，立妇椅侧，左手自后凭其肩，右手戏摩其颊。画像亦侧眸流盼，红晕微生。谛视其形，宛然如乙。似淡墨所渲染，而绝无笔痕；似隐隐隔纸映出，而眉目衣纹，又纤微毕露。心知鬼祟，急裂而焚之。然已众目共睹，万口喧传矣。

异哉！岂幽冥恶其薄行，判使取偿于地下，示此变幻，为负死友者戒乎？

注释

①相契：相交深厚。 ②挝（zhuā）：敲击。

卷十四

槐西杂志四

林教谕清标言：曩馆崇安，传有士人居武夷山麓，闻采茶者言，某岩月夜有歌吹声，遥望皆天女也。士人故佻达[①]，乃借宿山家，月出辄往，数夕无所遇。山家亦言有是事，但恒在月望[②]，岁或一两闻，不常出也。士人托言[③]习静，留待旬余。

一夕，隐隐似有声，乃潜踪急往。伏匿丛薄间，果见数女皆殊绝。一女方拈笛欲吹，瞥见人影，以笛指之。遽僵如束缚，然耳目犹能视听。俄清响透云，曼声动魄，不觉自赞曰："虽遭禁制，然妙音媚态，已具赏矣。"语未竟，突一帕飞蒙其首，遂如梦魇，无闻无见，似睡似醒。迷惘约数刻，渐似苏息。诸女叱群婢曳出，谯呵[④]曰："痴儿无状，乃窥伺天上花耶？"趣折修篁[⑤]，欲行棰楚。士人苦自申理，言性耽[⑥]音律[⑦]，冀窃听幔亭法曲，如李謩之傍宫墙。实不敢别有他肠，希彩鸾甲帐。一女微哂曰："悯汝至诚，有小婢亦解横吹[⑧]，故以赐汝。"士人匐匍叩谢，举头已杳。

回顾其婢，广颡[⑨]巨目，短发鬖髾，腰腹彭亨，气咻咻如喘。惊骇懊恼，避欲却走。婢固引与狎，捉搦[⑩]不释。愤击仆地，化一豕嗥叫去。岩下乐声，自此遂绝。观于是婢，殆是妖，非仙矣。或曰："仙借豕化婢戏之也。"倘或然欤？

注释

①佻（tiāo）达：放荡轻浮。 ②望：农历每月十五日。③托言：借口。 ④谯（qiào）呵：呵斥。 ⑤修篁：修长的竹子。 ⑥耽：沉溺，入迷。 ⑦音律：泛指音乐。 ⑧横吹：横笛，短箫。 ⑨颡（sǎng）：额头。 ⑩搦（nuò）：捉弄。

刘燮甫言：有一学子，年十六七，聪俊韶秀，似是近上一流，甚望成立。

一日，忽发狂谵语，如见鬼神。俟醒时问之，自云："景城社会观剧，不觉夜深。归途过一家求饮，惟一少妇，取水饮我，留我小坐。言其夫应官外出，须明日方归。流目送盼，似欲相就。爱其婉媚，遂相燕好[①]。临行泣涕，嘱勿再来，以二钏赠我。次日视之，铜青斑斑，微有银色，似多年土中者。心知是鬼，而忆念不忘。昨再至其地，徘徊寻视。突有黑面长髯人，手批我颊。踉跄奔归，彼亦随至。从此时时见之，向我诟厉。我即忽睡忽醒，不知其他也。"

父母为诣墓设奠，并埋其钏。俄其子瞋目[②]呼曰："我妇失钏，疑有别故。而未得主名，仅倒悬鞭五百，转鬻远处。今见汝窃来，乃知为汝所诱。此何等事，可以酒食金钱谢[③]耶？"颠痫月余，竟以不起。

然则钻穴逾墙，即地下亦尚有祸患矣。

注释

①燕好：男女欢合。 ②瞋（chēn）目：瞪大眼睛。③谢：认错，道歉。

李云举言：东光有熏狐者，每载燧挟罟[①]，来往墟墓间。

一夜，伏伺之际，见一方巾襕衫人自墓顶出，䰩䰩苦侯反。《说文》曰："鬼声也。"长啸，群狐四集，围绕丛薄，狰狞嗥叫，齐呼捕此恶人，煮以作脯。熏狐者无路可逃，乃攀援上高树。方巾者指挥群狐，令锯树倒，即闻锯声訇訇然。熏狐者窘急，俯而号曰："如蒙见释，不敢再履此地。"群狐不应，锯声更厉。如是号再三，方巾者曰："果尔，可设誓。"誓讫，鬼狐俱不见。

此鬼此狐，均可谓善了事矣。盖侵扰无已，势不得不铤而走险，背城借一[2]。以群狐之力，原不难于杀一人。然杀一人易，杀一人而激众人之怒，不焚巢犁穴不止也。仅使知畏而纵之，姑取和焉，则后患息矣。有力者不尽其力，乃可以养威；屈人者使人易从，乃可以就服。召陵之役，不责以僭[3]王，而责以苞茅，使易从也；屈完来盟即旋[4]师，不尽其力，以养威也。讲学家说《春秋》者，动议齐桓之小就。方城汉水之固，不识可一战胜乎？一战而不胜，天下事尚可为乎？淮西、符离之事，吾征诸史册矣。

注释

①罟（gǔ）：渔网。 ②背城借一：背靠城墙，依仗最后一战来决定存亡。 ③僭（jiàn）：超越本分。 ④旋：回，归。

族弟继先，尝宿广宁门内友人家。夜大风雨，有雷火自屋山近房脊之墙谓之屋山，以形似山也。范石湖诗屡用之。穿过，如电光一掣然，墙栋皆摇。次日，视其处，东西壁各一小窦[1]如钱大。盖雷神逐精魅，贯而透也。

凡击人之雷，从天而下；击怪之雷，则多横飞，以遁[2]逃追捕故耳。若寻常[3]之雷，则地气郁积，奋而上出。余在福宁度岭，曾于山巅见云中之雷；在淮镇遇雨，曾于旷野见出地之雷。皆如烟气上冲，直到天半，其端火光一爆，即訇然有声，与铳炮之发无异。然皆在无人之地。其有人之地，则从无此事。或曰："天心仁爱，恐触之者死。"语殊未然。人为三才[④]之中，人之聚处，则天地气通，通则弗郁，安得有雷乎？塞外苦寒之地，耕种牧养，渐成墟落[⑤]，则地气渐温，亦此义耳。

注释

①窦：洞。 ②遁：逃。 ③寻常：平常。 ④三才：指天、地、人。 ⑤墟落：村落。

王岳芳言：其家有一刀，廷尉公故物也。或夜有盗警，则格格作爆声，挺出鞘外一二寸。后雷逐妖魅穿屋过，刀堕于地，自此不复作声矣。

世传刀剑曾渍人血者，有警皆能自响。是不尽然，惟曾杀多人者乃如是尔。每杀一人，刀上必有迹二条，磨之不去。幼年在河间扬威将军哈公元生家，曾以其佩刀求售，云夜亦有声，验之信然[①]也。

或又谓作声之故，乃鬼所凭[②]。是亦不然。战阵所用，往往曾杀千百人，岂有千百鬼长守一刀者哉？饮血既多，取精不少，厉气[③]之所聚也。盗贼凶骘[④]，亦厉气之所聚也。厉气相感，跃而自鸣，是犹抚琴者鼓宫宫应、鼓商商应而已。蕤宾之铁，跃乎池内；黄钟之铎，动乎土中，是岂有物凭之哉？

至雷火猛烈，一切厉气，遇之皆消，故一触焰光，仍为凡铁。亦非丰隆、列缺[⑤]专为此物下击也。

注释

①信然：确实，诚然。 ②凭：依附。 ③厉气：暴戾之气。 ④骘（zhì）：残暴。 ⑤丰隆、列缺：古代神话中的雷神

和闪电神。

余尝惜西域汉画毁于烟煤，而稍疑一二千年笔迹，何以能在？从侄虞惇曰："朱墨著[①]石，苟风雨所不及，苔藓所不生，则历久能存。易州、满城接壤处，有村曰神星。大河北来，复折而东南，有两峰对峙河南北，相传为落星所结，故以名村。其峰上哆下敛，如云朵之出地，险峻无路。好事者攀踏其孔穴，可至山腰。多有旧人题名，最古者有北魏人、五代人，皆手迹宛然[②]可辨。然则洞中汉画之存于今，不为怪矣。"惜其姓名虞惇未暇一一记也。易州、满城皆近地，当访其土人问之。

注释

①著：附着。 ②宛然：清楚。

虞惇又言："落星石北有渔梁，土人世擅其利，岁时以特牲祀梁神。偶有人教以毒鱼法，用芫花于上流挼渍[①]，则下流鱼虾，皆自死浮出，所得十倍于网罟。试之良验。因结团焦[②]于上流，日施此术。一日，天方午，黑云自龙潭暴涌出，狂风骤雨，雷火赫然，燔其庐为烬。众惧，乃止。

夫佃渔之法，肇[③]自庖羲；然数罟[④]不入，仁政存焉。绝流而渔，圣人尚恶，况残忍暴殄，聚族而坑哉？干神怒也宜矣。

注释

①挼渍（róu）：揉搓浸渍。 ②团焦：圆形草屋。 ③肇：开始，初始。 ④数罟：细密的鱼网。

周书昌曰："昔游鹊华，借宿民舍。窗外老树森翳，直接冈顶。主人言时闻鬼语，不辨所说何事也。是夜月黑，果隐隐闻之，不甚了了。恐惊之散去，乃启窗潜出，匍匐草际，渐近窃听。乃讲论韩、柳、欧、苏文，各标举其佳处。一人曰：'如此乃是中声，何前后七子，必排斥不数，而务言秦汉，遂启门户之争？'一人曰：'质文递变，原不一途。宋末文格猥琐，元末文格纤秾，故宋景濂诸公力追韩、欧，救以春容大雅[①]。三杨以后，流为台阁之体，日就肤廓[②]，故李崆峒诸公又力追秦汉，救以奇伟博丽。隆、万以后，流为伪体，故长沙一派，又反唇焉。大抵能挺然自为宗派者，其初必各有根柢[③]，是以能传；其后亦必各有流弊，是以互诋。然董江都、司马文园文格不同，同时而不相攻也。李、杜、王、孟诗格不同，亦同时而不相攻也。彼所得者深焉耳。后之学者，论甘则忌辛，是丹则非素，所得者浅焉耳。'语未竟，我忽作嗽声，遂乃寂然。惜不尽闻其说也。"

余曰："此与李词畹记饴山事，均以平心之论托诸鬼魅，语已尽，无庸歇后矣。"书昌微愠曰："永年百无一长，然一生不能作妄语。先生不信，亦不敢固争。"

注释

①春容大雅：文章气度雍容，用辞典雅。 ②肤廓：文辞空泛而不切实际。 ③根柢：基础，根基。

董曲江言：一儒生颇讲学，平日亦循谨无过失，然崖岸太甚，动以不情之论责人。友人于五月释服[①]，七月欲纳妾，此生抵以书曰："终制未三月而纳妾，知其蓄志久矣。《春秋》诛心，鲁文公虽不丧娶，犹丧娶也。朋友规过之义，不敢不以告。其何以教我？”其持论大抵类此。

一日，其妇归宁，约某日返，乃先期一日。怪而诘之。曰：“吾误以为月小也。”亦不为讶。次日，又一妇至，大骇愕。觅昨妇，已失所在矣。然自是日渐尪瘠[2]，因以成痨。盖狐女假形摄其精，一夕所耗已多也。前纳妾者闻之，亦抵以书曰：“夫妇居室，不能谓之不正也；狐魅假形，亦非意料之所及也。然一夕而大损真元，非恣情纵欲不至是。无乃燕昵之私，尚有不节以礼者乎？且妖不胜德，古之训也。周、张、程、朱，不闻曾有遇魅事。而此魅公然犯函丈[3]，无乃[4]先生之德，尚有所不足乎？先生贤者也，责备贤者，《春秋》法也。朋友规过之义，不敢不以告。先生其何以教我？”此生得书，但力辩实无此事，里人造言而已。

宋清远先生闻之曰：“此所谓以子之矛，陷子之盾。”

注释

①释服：除去丧服。 ②尪瘠（wāngjí）：瘦弱。 ③函丈：对前辈学者或老师的敬称。 ④无乃：表委婉反问，不是，岂不是。

袁愚谷制府，讳守侗，长山人。官至直隶总督，谥清悫。少与余同砚席，又为姻家。自言三四岁时，尚了了[1]记前生。五六岁时，即恍惚不甚记。今则但记是一岁贡生，家去长山不远，姓名籍贯，家世事迹，全忘之矣。余四五岁时，夜中能见物，与昼无异。七八岁后，渐昏暗。十岁后，遂全无睹。或夜半睡醒，偶然能见，片刻再如故。十六七后以至今，则一两年或一见，如电光石火，弹指即过。盖嗜欲日增，则神明日减耳。

注释

①了了：清清楚楚。

景州李西崖言：其家一佃户，最有胆。种瓜亩余，地在丛冢侧。熟时恒自守护，独宿草屋中，或偶有形声，亦恬[1]不为惧。一夕，闻鬼语嘈杂，似相喧诟。出视，则二鬼冢上格斗，一女鬼痴立于旁。呼问其故，一人曰："君来大佳，一事乞君断曲直。天下有对其本夫调其定婚之妻者耶？"其一人语亦同。佃户呼女鬼曰："究竟汝与谁定婚？"女鬼靦覥良久，曰："我本妓女。妓家之例，凡多钱者皆密订相嫁娶。今在冥途，仍操旧术，实不能一一记姓名，不敢言谁有约，亦不敢言谁无约也。"佃户笑且唾曰："何处得此二痴物！"举首则三鬼皆逝矣。

又小时闻舅祖陈公讳颖孙，岁久失记其字号。德音公之弟，庚子进士，仙居知县秋亭之祖也。说亲见一事曰：亲串中有殁后妾改适者，魂附病婢灵语曰："我昔问尔，尔自言不嫁。今何负心？"妾殊不惧，从容对曰："天下有夫尚未亡，自言必改适者乎？公此问先愦愦，何怪我如是答乎？"二事可互相发明[2]也。

注释

①恬：坦然，安静。　②发明：证明，佐证。

有讲学者论无鬼，众难之曰："今方酷暑，能往墟墓中独宿，纳凉一夜乎？"是翁毅然竟往，果无所见。归益自得，曰："朱文公岂欺我哉！"

余曰："重赍千里，路不逢盗，未可云路无盗也；纵猎终日，野不遇兽，未可云野无兽也，以一地无鬼，遂断天下皆无鬼；以一夜无鬼，遂断万古皆无鬼，举一废百矣。且无鬼之论，创自阮瞻，非朱子也。朱子特谓魂升魄降为常理，而一切灵怪非常理耳，未言无也。故金去伪录曰：‘二程初不说无鬼神，但无如今世俗所谓鬼神耳。’杨道夫录曰：‘雨风露雷，日月昼夜，此鬼神之迹也，此是白日公平正直之鬼神。若所谓有啸于梁，触于胸，此则所谓不正邪暗，或有或无，或来或去，或聚或散者。又有所谓祷之而应，祈之而获，此亦所谓鬼神同一理也。’包扬录曰：‘鬼神死生之理，定不如释家所云，世俗所见。然又有其事昭昭，不可以理推者，且莫要理会。’又曰：‘南轩亦只是硬不信。如禹鼎魑魅魍魉之属，便是有此物。深山大泽，是彼所居。人往占之，岂不为祟？豫章刘道人，居一山顶结庵。一日，众蜥蜴入来，尽吃庵中水。少顷，庵外皆堆雹。明日，山下果雹。有一妻伯刘文，人甚朴实，不能妄语。言过一岭，闻溪边林中响，乃无数蜥蜴，各抱一物如水晶，未去数里下雹。此理又不知如何。旧有一邑，泥塑一大佛，一方尊信之。后被一无状宗子断其首，民聚哭之，佛颈泥木出舍利。泥木岂有此物？只是人心所致。’吴必大录曰：‘因论薛士龙家见鬼，曰：世之信鬼神者，皆谓实有在天地间；其不信者，断然以为无鬼。然却又有真个见者，郑景望遂以薛氏所见为实。不知此特虹霓之类耳。问：虹霓只是气，还有形质？曰：既能啜水，亦必有肠肚。只才散便无，如雷部神亦此类。’林赐录曰：‘世之见鬼神者甚多，不审有无如何？曰：世间人见者极多，如何谓无？但非正理耳。如伯有为厉，伊川谓别是一理。盖其人气未当尽而强死，魂魄无所归，自是如此。昔有人在淮上夜行，见无数形象，似人非人，出没于两水之间。此人明知其鬼，不得已冲之而过。询之，此地乃昔人战场也。彼皆死于非命，衔冤抱恨，固宜未散。坐间或云：乡间有李三者，死而为厉。乡曲凡有祭祀佛事，必设此人一分。后因为人放爆仗，焚其所依之树，自是遂绝。曰：是他枉死气未散，被爆仗惊散。’沈僩录曰：‘人有不伏其死者，所以既死而此气不散，为妖为怪。如人之凶死及僧道既死多不散。’原注：僧道务养精神，所以凝聚不散。万人杰录曰：‘死而气散，泯然无迹者，是其常道理。恁地有托生者，是偶然聚得气不散，又恁生去凑着那生气，便再生。’叶贺孙录曰：‘潭州一件公事，妇杀夫，密埋之，后为祟。事已发觉，当时便不为祟。以是知刑狱里面，这般事若不与决罪，则死者之冤必不解。’李壮祖录曰：‘或问：世有庙食之神，绵历数百年，又何理也？曰：寖[①]久亦散。昔守南康，久旱，不免便祷于神。忽到一庙，但有三间敞屋，狼藉之甚。彼人言三五十年前，其灵如响，有人来而帷中之神与之言者。昔之灵如彼，今之灵如此，亦自可见。’叶贺孙录曰：‘论鬼神之事，谓蜀中灌口二郎庙，是李冰因开离堆立庙。今来现许多灵怪，乃是他第二儿子出来，初间封为王，后来徽宗好道，遂改封为真君。张魏公用兵，祷于其庙，夜梦神语曰：我向来封为王，有血食之奉，故威福得行，今号为真君虽尊，人以素食祭我，无血食之养，故无威福之灵。今须复封我为王，当有威灵。魏公遂乞复其封。不知魏公是有此梦，是一时用兵，托为此说。又有梓潼神极灵。此二神似乎割据两川。大抵鬼神用生物祭者，皆是假此生气为灵。古人衅[②]钟衅龟，皆此意。汉卿云，李通说有人射虎，见虎后数人随之，乃是为虎伤死之人。生气未散，故结成此形。’黄义刚录曰：‘论及请紫姑神吟诗之事，曰：亦有请得正身出现，其家小女子见，不知此是何物。且如衢州有一人事一神，只开所录事目于纸，而封之祠前。少间开封，而纸中自有答语。此不知是如何。’凡此诸说，黎靖德所编语类，班班具载，先生何竟诬朱子乎？”此翁索书观之，良久，怃然曰：“朱子尚有此书耶？”悯默而散。

然余犹有所疑者。朱子大旨，谓人秉天地之气生，死则散还于天地。叶贺孙录所谓“如鱼在水，外面水便是肚里水，鳜鱼肚里水与鲤鱼肚里水只是一般”，其理精矣。而无如祭祀之理，制于圣人，载于经典，遂不得不云子孙一气相感，复聚而受祭。受祭既毕，仍散入虚无。不识此气散还以后，与元气浑合为一欤？抑参杂于元气之内欤？如混合为一，则如众水归海，共为一水，不能使江淮河汉，复各聚一处也。如五味和羹，共成一味，不能使姜盐醯酱，复各聚一处也。又安能于中犁出某某之气，使各与子孙相通耶？如参杂于元气之内，则如飞尘四散，不知析为几万亿处，如游丝乱飞，不知相去几万亿里。遇子孙享荐，乃星星点点，条条缕缕，复合为一，于事理毋乃不近耶？即以能聚而论，此气如无知，又安能感格？安能歆享？此气如有知，知于何起？当必有心，心于何附？当必有身，既已有身，则仍一鬼矣。且未聚以前，此亿万微尘，亿万缕缕，尘尘缕缕，各有所知，则不止一鬼矣。不过释氏之鬼，地下潜藏；儒者之鬼，空中旋转。释氏之鬼，平日常存；儒家之鬼，临时凑合耳。又何以相胜耶？此诚非末学所知也。

注释

①寖：同“浸”，浸渍。 ②衅（xìn）：古代杀牲以血涂器物行祭。

乌鲁木齐千总某，患寒疾。有道士踵门[1]求诊，云有夙缘，特相拯[2]也。会一流人高某妇，颇能医，见其方，骇曰："桂枝下咽，阳盛乃亡。药病相反，乌可轻试?"力阻之。道士叹息曰："命也夫!"振衣竟去。然高妇用承气汤，竟愈，乃以道士为妄。余归以后，偶阅邸抄，忽见某以侵蚀屯粮伏法。乃悟道士非常人，欲以药毙之，全其首领也。此与旧所记兵部书吏事相类，岂非孽由自作，非智力所可挽回欤?

注释

①踵门：登门，上门。 ②拯：救。

姚安公云：人家有奇器妙迹，终非佳事。因言癸巳同年牟丈瀜家不知即牟丈，不知或牟丈之伯叔，幼年听之未审也。有一砚，天然作鹅卵形，色正紫，一鸜鹆眼如豆大，突出墨池中心，旋螺纹理分明，瞳子炯炯有神气。拊之，腻不留手。叩之，坚如金铁。呵之，水出如露珠。下墨无声，数磨即成浓沈[1]。无款识铭语，似爱其浑成，不欲椎凿。匣亦紫檀根所雕，出入无滞，而包裹无纤隙，摇之无声。背有"紫桃轩"三字，小仅如豆，知为李太仆日华故物也。太仆有说部名《紫桃轩杂缀》。平生所见宋砚，此为第一。然后以珍惜此砚忤上官，几罹不测，竟恚而撞碎。祸将作时，夜闻砚若呻吟云。

注释

①沈：通"瀋"，汁。

余在乌鲁木齐日，守城营都司朱君馈新菌。守备徐君与朱均偶忘其名。盖日相接见，惟以官称，转不问其名字耳。因言：昔未达时，偶见卖新菌者，欲买。一老翁在旁，呵卖者曰："渠尚有数任官，汝何敢为此?"卖者逡巡去。此老翁不相识，旋亦不知其何往。次日，闻里有食菌死者。疑老翁是社公。卖者后亦不再见，疑为鬼求代也。

《吕氏春秋》称味之美者，越骆之菌。本无毒，其毒皆蛇虺[1]之故，中者使人笑不止。陈仁玉《菌谱》载水调苦茗、白矾解毒法，张华《博物志》、陶弘景《名医别录》并载地浆解毒法，盖以此也。以黄泥调水，澄而饮之，曰地浆。

注释

①虺（huǐ）：古书上说的一种毒蛇。

亲串家厅事之侧有别院，屋三楹。一门客每宿其中，则梦见男女裸逐，粉黛杂沓，四周环绕，备诸媟状。初甚乐观，久而夜夜如是，自疑心病也。然移住他室则不梦，又疑为妖。然未睡时寂无影响，秉烛至旦，亦无见闻。其人亦自相狎戏，如不睹旁尚有人，又似非魅。终莫能明。

一日，忽悟书厨贮牙镌石琢横陈像，凡十余事，秘戏册卷，大小亦十余事，必此物为祟。乃密白主人尽焚之。有知其事者曰："是物何能为祟哉？此主人征歌选妓之所也，气机所感，而淫鬼应之。此君亦青楼之狎客也，精神所注，而妖梦通之。水腐而后蠛蠓[1]生，酒酸而后醯鸡[2]集，理之自然也。市肆鬻杂货者，是物不少，何不一一为祟？宿是室者非一人，何不一一入梦哉？此可思其本矣。徒焚此物，无益也。某氏其衰乎！"

不十岁，而屋易主。

注释

①蠛蠓：一种小虫。　②醯（xī）鸡：酒瓮中生的一种小虫。

明公恕斋，尝为献县令，良吏也。官太平府时，有疑狱[①]，易服自察访之。

偶憩小庵，僧年八十余矣，见公合掌肃立，呼其徒具茶。徒遥应曰："太守且至，可引客权[②]坐别室。"僧应曰："太守已至，可速来献。"公大骇曰："尔何以知我来？"曰："公一郡之主也，一举一动，通国皆知之，宁独老僧？"又问："尔何以识我？"曰："太守不能识一郡之人，一郡之人，则孰不识太守？"问："尔知我何事出？"曰："某案之事，两造皆遣其党，布散道路间久矣。彼皆阳不识公耳。"公怃然[③]自失。因问："尔何独不阳不识？"僧投地膜拜曰："死罪死罪！欲得公此问也。公为郡不减龚、黄，然微不慊于众心者，曰好访。此不特神奸巨蠹[④]，能预为蛊惑计也。即乡里小民，孰无亲党，孰无恩怨乎哉？访甲之党，则甲直[⑤]而乙曲[⑥]；访乙之党，则甲曲而乙直。访其有仇者，则有仇者必曲；访其有恩者，则有恩者必直。至于妇女孺子，闻见不真；病媪衰翁，语言昏愦，又可据为信谳[⑦]乎？公亲访犹如此，再寄耳目于他人，庸有幸乎？且夫访之为害，非仅听讼为然也。闾阎[⑧]利病，访亦为害，而河渠堤堰为尤甚。小民各私其身家，水有利则遏[⑨]以自肥，水有患则邻国为壑，是其胜算矣。孰肯揆地形之大局，为永远安澜[⑩]之计哉？老僧方外人也，本不应预世间事，况官家事耶？第[⑪]佛法慈悲，舍身济众，苟利于物，固应冒死言之耳。惟公俯察焉。"公沉思其语，竟不访而归。次日，遣役送钱米。归报曰："公返之后，僧谓其徒曰：'吾心事已毕。'竟泊然[⑫]逝矣。"

此事杨丈汶川尝言之。姚安公曰："凡狱情虚心研察，情伪乃明，信人信己，皆非也。信人之弊，僧言是也；信己之弊，亦有不可胜言者。安得再一老僧，亦为说法乎！”

注释

①疑狱：疑难不明的案件。 ②权：姑且。 ③怃然：怅然失意的样子。 ④神奸巨蠹：指奸猾狡诈的人。 ⑤直：公正，合理。 ⑥曲：不公正。 ⑦信谳：证据确凿的判决。 ⑧闾阎：泛指平民百姓。 ⑨遏：阻止。 ⑩安澜：安定，太平。 ⑪第：但是。 ⑫泊然：恬淡，安然。

舅氏健亭张公言：读书野云亭时，诸同学修禊佟氏园。偶扶乩召仙，共请姓名。乩题曰：“偶携女伴偶闲行，词客何劳问姓名。记否瑶台明月夜，有人嗔唤许飞琼。”再请下坛诗，乩又题曰：“三面纱窗对水开，佟园还是旧楼台。东风吹绿池塘草，我到人间又一回。”众窃议诗情凄惋，恐是才女香魂。然近地无此闺秀，无乃炼形拜月之仙姬乎？众情颠倒[1]，或凝思伫立，或微谑通词，乩忽奋迅大书曰：“衰翁憔悴雪盈颠，傅粉熏香看少年。偶遣诸郎作痴梦，可怜真拜小婵娟。”复大书一“笑”字而去。此不知何代诗魂，作此狡狯[2]。要亦轻薄之意，有以召之。

注释

①颠倒：错乱。 ②狡狯：玩笑。

胡厚庵先生言：有书生昵一狐女，初遇时，以二寸许壶卢授生，使佩于衣带，而自入其中。欲与晤，则拔其楔，便出嬿婉[1]；去则仍入而楔之。一日，行市中，壶卢为偷儿剪去，从此遂绝，意恒怅怅。偶散步郊外，以消郁结，闻丛翳中有相呼者，其声狐女也。就往与语，匿不肯出，曰：“妾已变形，不能复与君见矣。”怪诘其故，泣诉曰：“采补炼形，狐之常理。近不知何处一道士，又搜索我辈，供其采补。捕得禁[2]以神咒，即僵如木偶，一听其所为。或有道力稍坚，吸之不吐者，则蒸以为脯。血肉既啖，精气亦为所收。妾入壶卢，盖避此难，不意仍为所物色，攘[3]之以归。妾畏罹汤镬，已献其丹，幸留残喘。然失丹以后，遂复兽形。从此炼形，又须二三百年，始能变化。天荒地老，后会无期，感念旧恩，故呼君一诀。努力自爱，毋更相思也。”生愤恚曰：“何不诉于神？”曰：“诉者多矣。神以为悖入悖出，自作之愆[4]，杀人人杀，相酬之道，置不为理也。乃知百计巧取，适以自戕。自今以往，当专心吐纳，不复更操此术矣。”

此事在乾隆丁巳、戊午间，厚庵先生曾亲见此生。后数年，闻山东雷击一道士。或即此道士淫杀过度，又伏天诛欤？螳螂捕蝉，黄雀在后，挟弹者又在其后，此之谓矣。

注释

①嬿婉：欢好，和美。 ②禁：控制。 ③攘：侵夺。④愆：罪过。

从弟东白宅，在村西井畔。从前未为宅时，缭以周垣，环筑土屋。其中有屋数间，夜中辄有叩门声。虽无他故，而居者恒病不安。一日，门旁墙圮，出一木人，作张手叩门状，上有符箓。乃知工匠有嗛[1]于主人，作此镇魇[2]也。故小人不可与轻作缘，亦不可与轻作难。

注释

①嗛：怨恨。 ②镇魇：用咒语和法术来加害他人的巫术。

何子山先生言：雍正初，一道士善符箓。尝至西山极深处，爱其林泉，拟结庵习静。土人言："是鬼魅之巢窟，伐木采薪，非结队不敢入，乃至狼虎不能居，先生宜审[①]。"弗听也。俄而鬼魅并作，或窃其屋材，或魇[②]其工匠，或毁其器物，或污其饮食。如行荆棘中，步步挂碍；如野火四起，风叶乱飞。千手千目，应接不暇也。道士怒，结坛召雷将。神降，则妖已先遁。大索空山，无所得。神去，则数日复集。如是数回，神恶其渎，不复应。乃一手结印，一手持剑，独与战。竟为妖所踣，拔须败面，裸而倒悬。遇樵者得解，狼狈逃去。

道士盖恃其术耳。夫势之所在，虽圣人不能逆；党之已成，虽帝王不能破。久则难变，众则不胜诛也。故唐去牛、李之倾轧，难于河北之藩镇。道士昧众寡之形，客主之局，不量力而婴[③]其锋，取败也宜矣。

注释

①审：慎重。 ②魇：迷惑。 ③婴：同"撄"，触犯。

小人之计万变，每乘机而肆其巧。

小时，闻村民夜中闻履声，以为盗，秉炬[①]搜捕，了无形迹。知为魅也，不复问。既而胠箧者[②]知其事，乘夜而往。家人仍以为魅，偃息[③]弗省。遂饱所欲去。此犹因而用之也。

邑有令，颇讲学，恶僧如仇。一日，僧以被盗告。庭斥之曰："尔佛无灵，何以庙食？尔佛有灵，岂不能示报于盗，而转渎官长耶？"挥之使去，语人曰："使天下守令用此法，僧不沙汰[④]而自散也。"僧固黠甚，乃阳与其徒修忏祝佛；而阴赂丐者，使捧衣物跪门外，状若痴者。皆曰佛有灵，檀施转盛。此更反而用之，使厄我者助我也。人情如是，而区区执一理与之角，乌有幸哉？

注释

①炬：火把。 ②胠箧者：指小偷。 ③偃息：休息。 ④沙汰：淘汰。

张某、瞿某，幼同学，长相善也。瞿与人讼，张受金，刺得其阴谋，泄于其敌。瞿大受窘辱，衔之次骨[①]。然事密无左证，外则未相绝也。俄张死，瞿百计娶得其妇。虽事事成礼，而家庭共语，则仍呼曰张几嫂。妇故朴愿[②]，以为相怜相戏，亦不较也。一日，与妇对食，忽跃起自呼其名曰："瞿某，尔何太甚耶？我诚负心，我妇归汝，足偿矣。尔必仍呼嫂何耶？妇再嫁常事，娶再嫁妇亦常事。我既死，不能禁妇嫁，即不能禁汝娶也。我已失朋友义，亦不能责汝娶朋友妇也。今尔不以为妇，仍系我姓呼为嫂，是尔非娶我妇，乃淫我妇也。淫我妇者，我得而诛之矣。"竟颠狂数日死。

夫以直报怨，圣人不禁。张固小人之常态，非不共之仇也。计娶其妇，报之已甚矣，而又视若倚门妇，玷其家声，是已甚之中又已甚焉。何怪其愤激为厉哉！

注释

①衔之次骨：恨之入骨。 ②朴愿：朴，质朴；愿，老实。

一恶少感寒疾，昏愦中魂已出舍，怅怅无所适。见有人来往，随之同行。不觉至冥司，遇一吏，其故人也。为检籍良久，蹙额[①]曰："君多忤父母，于法当付镬汤[②]狱。今寿尚未终，可且反，寿终再来受报可也。"恶少惶怖，叩首求解脱。吏摇首曰："此罪至重，微我难解脱，即释迦牟尼亦无能为力也。”恶少泣涕求不已。吏沉思曰：“有一故事，君知乎？一禅师登座，问：‘虎颔下铃，何人能解？’众未及对，一沙弥曰：‘何不令系铃人解？’得罪父母，还向父母忏悔，或希冀可免乎。”少年虑罪业深重，非一时所可忏悔。吏笑曰：“又有一故事，君不闻杀猪王屠，放下屠刀，立地成佛乎？”遣一鬼送之归，霍然遂愈。自是洗心涤虑，转为父母所爱怜，后年七十余乃终。虽不知其果免地狱否，然观其得寿如是，似已许忏悔矣。

注释

①蹙额：皱着眉头。 ②镬汤：地狱中用滚烫的开水烹煮的酷刑。

许文木言：老僧澄止，有道行。临殁，谓其徒曰：“我持律精进，自谓是四禅天人。世尊嗔我平生议论，好尊佛而斥儒，我相未化，不免仍入轮回矣。”其徒曰：“崇奉世尊，世尊反嗔[1]乎？”曰：“此世尊所以为世尊也。若党同而伐异，扬己而抑人，何以为世尊乎？我今乃悟，尔见犹左[2]耳。”

因忆杨槐亭言：乙丑上公车时，偕同年数人行。适一僧同宿逆旅，偶与闲谈。一同年目止之曰：“君奈何与异端语？”僧不平曰：“释家诚与儒家异，然彼此均各有品地。果为孔子，可以辟[3]佛，颜、曾以下弗能也；果为颜、曾，可以辟菩萨，郑、贾以下弗能也；果为郑、贾，可以辟阿罗汉，程、朱以下弗能也；果为程、朱，可以辟诸方祖师，其依草附木，自托讲学者弗能也。何也？其分量不相及也。先生而辟佛，毋乃高[4]自位置乎？”同年怒且笑曰：“惟各有品地，故我辈儒可辟汝辈僧也。”几于相哄而散。

余谓各以本教而论，譬如居家，三王以来，儒道之持世久矣，虽再有圣人弗能易[5]，犹主人也。佛自西域而来，其空虚清净之义，可使驰骛者息营求，忧愁者得排遣。其因果报应之说，亦足警戒下愚，使回心向善。于世不为无补，故其说得行于中国。犹挟技之食客也，食客不修其本技，而欲变更主人之家政，使主人退而受教，此佛者之过也。

各以末流而论，譬如种田，儒犹耕耘者也。佛家失其初旨，不以善恶为罪福，而以施舍不施舍为罪福。于是惑众蠹[6]财，往往而有，犹侵越疆畔，攘[7]窃禾稼者也。儒者舍其耒耜，荒其阡陌，而皇皇持梃荷戈，日寻侵越攘窃者与之格斗。即格斗全胜，不知己之稼穑如何也。是又非儒者之颠耶？

夫佛自汉明帝后，蔓延已二千年，虽尧、舜、周、孔复生，亦不能驱之去。儒者父子君臣兵刑礼乐，舍之则无以治天下，虽释迦出世，亦不能行彼法于中土。本可以无争，徒以缁徒不胜其利心，妄冀儒绌[8]佛伸，归佛者檀施当益富。讲学者不胜其名心，著作中苟无辟佛数条，则不足见卫道之功。故两家语录，如水中泡影，旋生旋灭[9]，旋灭旋生，互相诟厉而不止。然两家相争，千百年后，并存如故；两家不争，千百年后，亦并存如故也。各修其本业可矣。

注释

①嗔（chēn）：责怪。 ②左：不正。 ③辟：排斥。 ④高：抬高。 ⑤易：改变。 ⑥蠹：侵吞。 ⑦攘：偷窃。 ⑧绌：同“黜”，罢免，革除。 ⑨旋生旋灭：产生不久随即消亡。

陈瑞庵言：献县城外诸丘阜，相传皆汉冢也。有耕者误犁一家，归而寒热谵语，责以触犯。时瑞庵偶至，问：“汝何人?”曰：“汉朝人。”又问：“汉朝何处人?”曰：“我即汉朝献县人，故家在此，何必问也?”又问：“此地汉即名献县耶?”曰：“然。”问：“此地汉为河间国，县曰乐成，金始改献州，明乃改献县。汉朝安得有此名?”鬼不语。再问之，则耕者苏矣。盖传为汉冢，鬼亦习[①]闻，故依托以求食，而不虞适以是[②]败也。

注释

①习：对某事熟悉。②以是：因此。

毛其人言：有耿某者，勇而悍。山行遇虎，奋一梃与斗。虎竟避去，自以为中黄、佽飞之流也。

偶闻某寺后多鬼，时嬲醉人，愤往驱逐。有好事数人随之往。至则日薄暮，乃纵饮至夜，坐后垣上待其来。二鼓后，隐隐闻啸声，乃大呼曰：“耿某在此!”倏人影无数，涌而至，皆吃吃笑曰：“是尔耶? 易与耳。”耿怒跃下，则鸟兽散去，遥呼其名而詈之。东逐则在西，西逐则在东，此没彼出，倏忽千变。耿旋转如风轮，终不见一鬼。疲极欲返，则嘲笑以激之。渐引渐远，突一奇鬼当路立，锯牙电目，张爪欲搏。急奋拳一击，忽噭然自仆，指已折，掌已裂矣，乃误击墓碑上也。群鬼合声曰：“勇哉!”瞥然俱杳。诸壁上观者闻耿呼痛，共持炬舁归。卧数日，乃能起，右手遂废。从此猛气都尽，竟唾面自干[①]焉。

夫能与虓虎[②]敌，而不能不为鬼所困，虎斗力，鬼斗智也。以有限之力，欲胜无穷之变幻，非天下之痴人乎? 然一惩即戒，毅然自返，虽谓之大智慧人，亦可也。

注释

①唾面自干：别人朝自己脸上吐口水，也不擦掉，让口水自己干。比喻受到侮辱，也能忍受。　②虓（xiāo）虎：咆哮怒吼的老虎。

张桂岩自扬州还，携一琴砚见赠。斑驳剥落，古色黝然。右侧近下，镌“西涯”二篆字，盖怀麓堂故物也。中镌行书一诗曰：“如以文章论，公原胜谢刘。玉堂挥翰手，对此忆风流。”款曰“稚绳”，高阳孙相国字也。左侧镌小楷一诗曰：“草绿湘江叫子规，茶陵青史有微词。流传此砚人犹惜，应为高阳五字诗。”款曰“不凋”，乃太仓崔华之字。华，渔洋山人之门人。渔洋《论诗绝句》曰：“溪水碧于前渡日，桃花红似去年时。江南肠断何人会？只有崔郎七字诗。”即其人也。二诗本集皆不载，岂以诋诃[①]前辈，微涉讦直[②]，编集时自删之欤？后以赠庆大司马丹年，刘石庵参知颇疑其伪。然古人多有集外诗，终弗能明也。

又杨丈汶川讳可镜，杨忠烈公曾孙也。以拔贡官户部郎中，与先姚安公同事。赠姚安公一小砚，背有铭曰：“自渡辽，携汝伴。草军书，恒夜半。余之心，惟汝见。”款题“芝冈铭”。盖熊公廷弼军中砚，云得之于其亲串家。又家藏一小砚，左侧有“白谷手琢”四字，当是孙公传庭所亲制。二砚大小相近，姚安公以皆前代名臣，合为一匣。后在长儿汝佶处，汝佶夭逝，二砚为婢媪所窃卖，今不可物色矣。

注释

①诋诃（dǐhē）：诋毁，呵责。　②讦直：亢直敢言。

余十七岁时，自京师归应童子试，宿文安孙氏。土语呼若巡诗，音之转也。室庐皆新建，而土炕下钉一桃杙[①]。上下颇碍，呼主人去之。主人颇笃实，摇手曰："是不可去，去则怪作矣。"诘问其故，曰："吾买隙地构此店，宿者恒夜见炕前一女子立，不言不动，亦无他害。有胆者以手引之，乃虚无所触。道士咒桃杙钉之，乃不复见。"余曰："其下必古冢，人在上，鬼不安耳。何不掘出其骨，具棺迁葬？"主人曰："然。"然不知其果迁否也。

又辛巳春，余乞假养疴北仓。姻家赵氏请余题主，先姚安公命之往。归宿杨村，夜已深，余先就枕，仆隶秣[②]马尚未睡。忽见彩衣女子揭帘入，甫露面，即退出。疑为趁座妓女，呼仆隶遣去。皆云外户已闭，无一人也。主人曰："四日前，有宦家子妇宿此卒，昨移柩去，岂其回煞[③]耶？"

归告姚安公，公曰："我童子时，读书陈氏舅家。值[④]仆妇夜回煞，月明如昼，我独坐其室外，欲视回煞作何状，迄无见也。何尔乃有见耶？然则尔不如我多矣。"至今深愧此训也。

注释

①杙（yì）：木桩。 ②秣（mò）：喂养。 ③回煞：旧时按人死时年月干支推算魂灵返舍的时间，并称返回之日有煞鬼出现。 ④值：遇到，碰上。

河豚惟天津至多，土人食之如园蔬，然亦恒有死者，不必家家皆善烹治也。姨丈惕园牛公言：有一人嗜河豚，卒中毒死。死后见梦于妻子曰："祀我何不以河豚耶？"此真死而无悔也。

又姚安公言：里有人粗温饱，后以博破家。临殁，语其子曰："必以博具[①]置棺中。如无鬼，与白骨同为土耳，于事何害？如有鬼，荒榛蔓草之间，非此何以消遣耶？"比大殓，佥曰："死葬之以礼，乱命不可从也。"其子曰："独不云事[②]死如事生乎？生不能几谏[③]，殁乃违之乎？我不讲学，诸公勿干预人家事。"卒从其命。

姚安公曰："非礼也，然亦孝子无已之心也。吾恶[④]夫事事遵古礼，而思亲之心则漠然者也。"

注释

①博具：赌博用具。 ②事：侍奉。 ③几谏：对长辈委婉而和气的劝告。谏，劝阻。 ④恶：憎恨。

一奴子业针工，其父母鬻身时未鬻此子，故独别居于外。其妇年二十余，为狐所媚，岁余病瘵死。初不肯自言，病甚，乃言狐初来时为女形，自言新来邻舍也。留与语，渐涉谑，既而渐相逼，遽前拥抱，遂昏昏如魇。自是每夜辄来，来必换一形，忽男忽女，忽老忽少，忽丑忽好，忽僧忽道，忽鬼忽神，忽今衣冠忽古衣冠，岁余无一重复者。至则四肢缓纵，口噤[①]不能言，惟心目中了了而已。狐亦不交一言，不知为一狐所化，抑众狐更番[②]而来也。其尤怪者，妇小姑偶入其室，突遇狐出，一跃即逝。小姑所见，是方巾道袍人，白须鬖鬖[③]；妇所见则黯黑垢腻，一卖煤人耳。同时异状，更不可思议耳。

注释

①噤：闭口不说。 ②更番：轮流。 ③鬖鬖（sān）：乱蓬蓬。

及孺爱先生言：先生于余为疏从表侄，然幼时为余开蒙，故始终待以师礼。交河有人田在丛冢旁，去家远，乃筑室就之。夜恒闻鬼语，习见不怪也。一夕，闻冢间呼曰："尔狼狈何至是？"一人应曰："适路遇一女，携一童子行。见其面有衰气，死期已近，未之避也。不虞女忽一嚏，其气中人，如巨杵舂撞平声，伤而仆地。苏息良久，乃得归。今胸鬲尚作楚[①]也。"此人默记其语。

次日，耘者聚集，具述其异，因问："昨日谁家女子傍晚行，致中途遇鬼？"中一宋姓者曰："我女昨晚同我子自外家归，无遇鬼事也。"众以为妄语。

数日后，宋女为强暴所执，捍刃抗节死。乃知贞烈之气，虽届[②]衰绝，尚刚劲如是也。鬼魅畏正人，殆以此夫！

注释

①楚：疼痛。 ②届：临近。

张完质舍人言：有与狐为友者，将商于外，以家事托狐。凡火烛盗贼，皆为警卫。僮婢或作奸，皆摘发无遗。家政井井，逾于商未出时。惟其妇与邻人昵，狐若弗知。

越两岁，商归，甚德[①]狐。久而微闻邻人事，又甚咎[②]狐。狐谢曰："此神所判，吾不敢违也。"商不服曰："鬼神祸淫，乃反导淫哉？"狐曰："是有故。邻人前世为巨室，君为司出纳。因其倚信，侵蚀其多金。冥判以妇偿负，一夕准宿妓之价销金五星。今所欠只七十余金矣。销尽自绝，君何躁焉？君倘未信，试以所负偿之，观其如何耳。"商乃诣邻人家，曰："闻君贫甚，仆此次幸多赢，谨以八十金奉助。"邻人感且愧，自是遂与妇绝。

岁暮，馈肴品示谢，甚精腆。计其所值，正合七十余金所赢数。乃知夙生债负，受者毫厘不能增，与者毫厘不能减也。是亦可畏也已。

注释

①德：感激。 ②咎：责怪。

族侄竹汀言：有农家妇少寡，矢志不嫁，养姑抚子数年矣。一日，见华服少年，从墙缺窥伺，以为过客误入，詈之去。次日复来，念近村无此少年，土人亦无此华服，心知是魅，持梃驱逐。乃复抛掷砖石，损坏器物。自是日日来，登墙自道相悦意。妇无计，哭诉于社公祠，亦无验。越七八日，白昼晦冥[①]，雷击裂村南一古墓，魅乃绝。不知是狐是鬼也。

以妖媚人，已干[②]天律，况媚及柏舟之妇？其受殛也固宜。顾必迟久而后应，岂天人一理，事关殊死，亦待奏请而后刑，由社公辗转上闻，稍稽[③]时日乎？然匹妇一哭，遽达天听，亦足见孝弟之通神明矣。

注释

①晦冥：昏暗。 ②干：触犯。 ③稽：停留，拖延。

沧州一带海滨煮盐之地，谓之灶泡。袤[①]延数百里，并斥卤[②]不可耕种，荒草粘天，略如塞外，故狼多窟穴[③]于其中。捕之者掘地为阱，深数尺，广三四尺，以板覆其上，中凿圆孔如盂大，略如枷状。人蹲阱中，携犬子或豚子[④]，击使嗥叫。狼闻声而至，必以足探孔中攫[⑤]之。人即握其足立起，肩以归。狼隔一板，爪牙无所施其利也。然或遇其群行，则亦能搏噬[⑥]。故见人则以喙[⑦]据地嗥，众狼毕集，若号令然，亦颇为行客道途患。

有富室偶得二小狼，与家犬杂畜，亦与犬相安。稍长，亦颇驯[8]，竟忘其为狼。一日，主人昼寝厅事，闻群犬呜呜作怒声，惊起周视，无一人。再就枕将寐，犬又如前。乃伪睡以俟，则二狼伺其未觉，将啮其喉，犬阻之不使前也。乃杀而取其革。

此事从侄虞惇言。狼子野心，信不诬哉！然野心不过遁逸耳，阳为亲昵，而阴怀不测，更不止于野心矣。兽不足道，此人何取而自贻患耶？

注释

①袤：南北距离的长度。 ②斥卤：盐碱，盐碱地。 ③窟穴：穴居，居住。 ④豚子：猪仔。 ⑤攫：抓取。 ⑥搏噬：搏击吞噬。 ⑦喙：嘴巴。 ⑧驯：顺从，驯良。

田村一农妇，甚贞静。一日馌饷[1]，有书生遇于野，从乞瓶中水，妇不应，出金一锭投其袖，妇掷且詈，书生皇恐遁。晚告其夫，物色[2]之，无是人，疑其魅也。数日后，其夫外出，阻雨不得归。魅乃幻其夫形，作冒雨归者，入与寝处，草草息灯，遽相媟戏。忽电光射窗，照见乃向书生。妇恚甚，爪败其面。魅甫跃出窗，闻呦然一声，莫知所往。次早夫归，则门外一猴脑裂死，如刃所中也。

盖妖之媚人，皆因其怀春而媾合。若本无是心，而乘其不意，变幻以败其节，则罪当与强污等。揆[3]诸神理，自必不容。而较前记竹汀所说事，其报更速。或社公权微，不能即断，此遇大神立殛[4]之；抑彼尚未成，此则已玷，可以不请而诛欤？

注释

①馌饷：送午饭。 ②物色：寻找。 ③揆（kuí）：度量，考察。 ④殛（jí）：诛杀。

同年邹道峰言：有韩生者，丁卯夏读书山中。窗外为悬崖，崖下为涧[1]。涧绝陡，两岸虽近，然可望而不可至也。月明之夕，每见对岸有人影，虽知为鬼，度其不能越，亦不甚怖。久而见惯，试呼与语，亦响应。自言是堕涧鬼，在此待替。戏以余酒凭窗洒涧内，鬼下就饮，亦极感谢。自此遂为谈友，诵肄[2]之暇，颇消岑寂[3]。

一日试问："人言鬼前知，吾今岁应举[4]，汝知我得失否？"鬼曰："神不验籍，亦不能前知，何况于鬼？鬼但能以阳气之盛衰，知人年运；以神光之明晦，知人邪正耳。若夫禄命，则冥官执役之鬼，或旁窥窃听而知之；城市之鬼，或辗转相传而闻之；山野之鬼弗能也。城市之中，亦必捷巧之鬼乃闻之，钝鬼亦弗能也。譬君静坐此山，即官府之事不得知，况朝廷之机密乎？"

一夕，闻隔涧呼曰："与君送喜，顷城隍巡山，与社公相语，似言今科解元[5]是君也。"生亦窃自贺。及发榜，解元乃韩作霖，鬼但闻其姓同耳。生太息曰："乡中人传官里事，果若斯乎！"

注释

①涧：山间的水流。 ②诵肄：读书修业。 ③岑寂：孤独寂寞。 ④应举：参加科举考试。 ⑤解元：科举考试中，乡试中的第一名。

王史亭编修言：有崔生者，以罪戍广东。恐携孥[①]有意外，乃留其妻妾，只身行。到戍后，穷愁抑郁，殊不自聊。且回思少妇登楼，弥增忉怛[②]。

偶遇一叟，自云姓董，字无念。言颇契，愍[③]其流落，延为子师，亦甚相得。一夕，宾主夜酌，楼高月满，忽动离怀，把酒倚栏，都忘酬酢。叟笑曰："君其有'云鬟玉臂'之感乎？托在契末[④]，已早为经纪[⑤]，但至否未可知，故先不奉告，旬月后当有耗耳。"又半载，叟忽戒僮婢扫治别室，意甚匆遽。顷之，则三小肩舆至，妻妾及一婢揭帘出矣。惊喜怪问，皆曰："得君信相迓[⑥]，嘱随某官眷属至。急不能久待，故草草来。家事托几房几兄代治，约岁得租米，岁岁鬻金寄至矣。"问："婢何来？"曰："即某官之媵，嫡不能容，以贱价就舟中鬻得也。"生感激拜叟，至于涕零。从此完聚成家，无复故园之梦。越数月，叟谓生曰："此婢中途邂逅，患难相从，当亦是有缘。似当共侍巾栉，无独使向隅也。"

又数载，遇赦得归，生喜跃不能寐，而妻妾及婢俱惨惨有离别之色。生慰之曰："尔辈念主人恩耶？倘不死，会有日相报耳。"皆不答，惟趣为生治装。濒行，翁治酒作饯，并呼三女出曰："今日事须明言矣。"因拱手对生曰："老夫地仙也。过去生中，与君为同官。殁后，君百计营求，归吾妻子，恒耿耿不忘。今君别鹤离鸾，自合为君料理。但山川绵邈[⑦]，二孱弱女子何以能来？因摄召花妖，俾先至君家中半年，窥尊室容貌语言，摹拟俱似，并刺知家中旧事，使君有证不疑。渠本三姊妹，故多增一婢耳。渠皆幻相，君勿复思。到家相对旧人，仍与此间无异矣。"生请与三女俱归，叟曰："鬼神各有地界，可暂出不可久越也。"三女握手作别，洒泪沾衣，俯仰间已俱不见。登舟时，遥见立岸上，招之不至矣。

归后，妻子具言家日落，赖君岁岁寄金来，得活至今。盖亦此叟所为也。

使世间离别人皆逢此叟，则无复牛女银河之恨矣。史亭曰："信然。然粤东有地仙，他处亦必有地仙；董叟有此术，他仙亦必有此术。所以无人再逢者，当由过去生中，原未受恩，故不肯竭尽心力，缩地补天[⑧]耳。"

注释

①孥：妻子儿女。 ②忉怛（dāodá）：悲伤，忧愁。 ③愍（mǐn）：哀怜。 ④契末：朋友之间对自己的谦称。 ⑤经纪：料理，安排。 ⑥迓（yà）：迎接。 ⑦绵邈：广远。 ⑧缩地补天：改造天地，比喻做非凡的事情。

有客在泊镇宿妓，与以金。妓反复审谛，就灯铄[①]之，微笑曰："莫纸铤否？"怪问其故。云数日前粮艘演剧赛神，往看至夜深归，遇少年与以金，就河干草屋野合。至家，探怀觉太轻，取出乃一纸铤。盖遇鬼也。

注释

①铄：熔化。

因言相近一妓家，有客赠衣饰甚厚。去后，皆已箧中物，钥故未启[①]，疑为狐所给矣。客戏曰："天道好还。"

又瞽者刘君瑞言：青县有人与狐友，时共饮甚昵[②]。忽久不见，偶过丛莽，闻有呻吟声，视之，此狐也。问："何狼狈乃尔？"狐愧沮良久，曰："顷见小妓颇壮盛，因化形往宿，冀采其精。不虞妓已有恶疮，采得之后，毒渗命门，与平生所采混合为一，如油入面，不可复分。遂溃裂蔓延，达于面部，耻见故人，故久疏来往耳。”此又狐之败于妓者。机械[③]相乘，得失倚伏，胶胶扰扰，将伊于胡底乎？

注释

①启：开。 ②昵：友好。 ③机械：奸诈。

李千之侍御言：某公子美丰姿，有卫玠璧人之目。雍正末，值秋试，于丰宜门内租僧舍过夏。以一室设榻，一室读书。每晨兴，书室几榻笔墨之类，皆拂拭无纤尘，乃至瓶插花，砚池注水，亦皆整顿如法，非粗材所办。忽悟北地多狐女，或藉通情愫[①]，亦未可知，于意亦良得，既而盘中稍稍置果饵，皆精品。虽不敢食，然益以美人之贻[②]，拭目以待佳遇。一夕月明，潜至北牖外，穴纸窃窥，冀睹艳质。夜半，闻器具有声，果一人在室料理。谛视，则修髯[③]伟丈夫也，怖而却走。次日，即移寓，移时承尘上似有叹声。

注释

①情愫：感情。 ②贻：赠送。 ③修髯：长长的胡须。

康师，杜林镇僧也。北俗呼僧多以姓，故名号不传焉。工疡[①]医。余小时曾及见之。言其乡人家一婢，怀春死，魂不散，时出祟人。然不现形，不作声，亦不附人语，不使人病。惟时与少年梦中接，稍尪瘦，则别媚他少年，亦不至杀人。故为祟而不以为祟。即尝为所祟者，亦梦境恍惚，莫能确执[②]。如是数十年，不为人所畏，亦不为人所劾治。真黠鬼哉！可谓善藏其用，善遁于虚，善留其不尽，善得老氏之旨矣。然终有人知之，有人传之，则黠巧终无不败也。

注释

①疡（yáng）：指治疮伤。 ②确执：明确认定。

相传康熙中，瓜子店火，在正阳门之南而偏东。有少年病瘵不能出，并屋焚焉。火熄掘之，尸已焦，而有一狐与俱死，知其病为狐媚也。然不知狐何以亦死。

或曰："狐情重，救之不出，守之不去也。"或曰："狐媚人至死，神所殛也。"是皆不然。狐鬼皆能变幻，而鬼能穿屋透壁出。罗两峰云尔。鬼有形无质，纯乎气也。气无所不达，故莫能碍。狐能大能小，与龙等，然有形有质。质能缩而小，不能化而无。故有隙即遁，而无隙则碍[①]不能出。虽至灵之狐，往来亦必由户牖[②]。此少年未死间，狐尚来媚，猝[③]遇火发，户牖俱焰，故并为烬焉耳。

注释

①碍：阻隔。 ②户牖：门窗。 ③猝：突然。

门人徐通判敬儒言：其乡有富室，昵一婢，宠眷甚至。婢亦倾意向其主，誓不更适[①]。嫡心妒之，而无如何。会富室以事他出，嫡密召女侩鬻诸人。待富室归，则以窃逃报。家人知主归事必有变也，伪向女侩买出，而匿诸尼庵。婢自到女侩家，即直视不语，提之立则立，扶之行则行，捺[②]之卧则卧，否则如木偶，终日不动。与之食则食，与之饮则饮，不与亦不索也。到尼庵亦然。医以为愤恚痰迷，然药之不效，至尼庵仍不苏。如是不死不生者月余。富室归，果与嫡操刃斗。屠一羊沥血[③]告神，誓不与俱生。家人度不可隐，乃以实告。急往尼庵迎归，痴如故。富室附耳呼其名，乃霍然如梦觉。自言初到女偿家，念此特主母意，主人当必不见弃，因自奔归。虑为主母见，恒藏匿隐处，以待主人之来。今闻主人呼，喜而出也。因言家中某日见某人，某人某日作某事，历历不爽。乃知其形去而魂归也。

因是推之，知所谓离魂倩女，其事当不过如斯，特小说家点缀成文，以作佳话。至云魂归后衣皆重著，尤为诞谩[4]。著衣者乃其本形，顷刻之间，襟带不解，岂能层层搀入？何不云衣如委蜕，尚稍近事理乎？

注释

①更适：改嫁。 ②捺（nà）：用手按住。 ③沥血：滴血祭祀。 ④诞谩（màn）：荒诞无稽。

客作田不满，初以其取不自满假之义，称其命名有古意。既乃知以饕餮得此名，取田填同音也。夜行失道[1]。误经墟墓[2]间，足踏一髑髅。髑髅作声曰："毋败我面，且祸尔。"不满戆[3]且悍，叱曰："谁遣尔当路？"髑髅曰："人移我于此，非我当路也。"不满又叱曰："尔何不祸移尔者？"髑髅曰："彼运方盛，无如何也。"不满笑且怒曰："岂我衰耶？畏盛而凌衰，是何理耶？"髑髅作泣声曰："君气亦盛，故我不敢祟，徒以虚词恫[4]喝也。畏盛凌衰，人情皆尔，君乃责鬼乎？哀而拨入土窟中，公之惠也。"不满冲之竟过，惟闻背后呜呜声，卒无他异。

余谓不满无仁心，然遇莽卤[5]之人，而以大言激其怒，鬼亦有过焉。

注释

①失道：迷路。 ②墟墓：墓地。 ③戆：鲁莽。 ④恫（dòng）：恐吓。 ⑤莽卤："鲁莽"，粗鲁冒失。

蒋苕生编修言：一士人北上，泊舟北仓、杨柳青之间。北仓去天津二十里，杨柳青距天津四十里。时已黄昏，四顾渺漫。去人家稍远，独一小童倚树立，姣丽特甚，然衣裳华洁，而神意不似大家儿。士故轻薄，自上岸与语。口操南音，自云流落至此，已有人相约携归，待尚未至。渐相款洽，因挑之微词，解扇上汉玉佩为赠。赪颜[1]谢曰："君是解人，亦不能自讳。然故人情重，实不忍别抱琵琶。"置佩而去。士人意未已，欲觇[2]其居停。蹑迹从之。数十步外，倏已[3]灭迹[4]，惟丛莽中一小坟。方悟为鬼也。

女子事夫，大义也，从一则为贞，野合乃为荡耳。男子而抱衾裯[5]，已失身矣，犹言从一，非不揣本而齐末乎？然较反面负心，则终为差胜也。

注释

①赪颜：脸红。 ②觇（chān）：偷看。 ③倏已：忽然。 ④灭迹：消失。 ⑤抱衾裯（qīnchóu）：侍寝。

先师陈白崖先生言：业师某先生，忘其姓字，似是姓周。笃信洛、闽，而不骛[1]讲学名，故穷老以终，声华阒寂。然内行醇至，粹然古君子也。尝税居空屋数楹，一夜，闻窗外语曰："有事奉白，虑君恐怖，奈何？"先生曰："第入无碍。"入则一人戴首于项，两手扶之，首无巾而身襕衫，血渍其半。先生拱之坐，亦谦逊如礼。先生问："何语？"曰："仆不幸，明末戕于盗，魂滞此屋内。向有居者，虽不欲为祟，然阴气阳光，互相激薄，人多惊悸，仆亦不安。今有一策：邻家一宅，可容君眷属。仆至彼多作变怪，彼必避去，有来居者，扰之如前，必弃为废宅。君以贱价售[2]之，迁居于彼；仆仍安居于此。不两得乎?”先生曰：“吾平生不作机械事，况役[3]鬼以病[4]人乎?义不忍为。吾读书此室，图少静耳。君既在此，即改以贮杂物，日扃锁之可乎?”鬼愧谢曰：“徒见君案上有性理，故敢以此策进。不知君竟真道学，仆失言矣。既荷见容，即托宇下可也。”后居之四年，寂无他异。盖正气足以慑之矣。

注释

①骛：追求。　②售：购买。　③役：驱使。　④病：祸害。

凡物太肖人形者，岁久多能幻化。

族兄中涵言：官旌德时，一同官好戏剧，命匠造一女子，长短如人；周身形体以及隐微之处，亦一一如人。手足与目与舌，皆施关捩[1]，能屈伸运动。衣裙簪珥，可以按时更易。所费百金，殆夺偃师之巧。或植立书室案侧，或坐于床凳，以资笑噱[2]。一夜，僮仆闻书室格格声。时已镭[3]闭，穴纸窃视，月光在牖，乃此偶人来往自行。急告主人自觇之，信然。焚之，嘤嘤作痛声。

又先祖母言：舅祖蝶庄张公家，有空屋数间，贮杂物。媪婢或夜见院中有女子，容色姣好，两颔下修髯如戟，两颊亦磔如蝟毛，携四五小儿游戏。小儿或跛或盲，或头面破损，或无耳鼻。人至则倏隐，莫知何妖。然不为人害，亦不外出。或曰目眩，或曰妄语，均不甚留意。后检点此屋，见破裂虎丘泥孩一床，状如所见。其女子之须，则儿童嬉戏以墨笔所画云。

注释

①捩：扭动。 ②噱（xué）：逗乐。 ③鐍（jué）：锁闭。

景州方夔典言：少尝患心气不宁，稍作劳，则似簌簌动。服枣仁、远志之属[①]，时作时止，不甚验[②]也。偶遇友人家扶乩，云是纯阳真人，因拜乞方。乩判曰："此证现于心，而其原出于脾，脾虚则子食母气故也。可炒白术常服之。"试之果验。

注释

①属：类。 ②验：效果。

夔典又言：尝向乩仙问科第，乩判曰："场屋文字，只笔酣墨饱，书味盎然，即中式矣。何必预问乎？"后至乾隆丙辰登进士，本房同考官出阅卷簿视之，所注批词即此八字也。然则科名前定，并[①]批词亦前定乎？

注释

①并：一起。

高梅村言：有二村民同行，一人偶便旋，蹴[①]起片瓦，下有一罂。瓦上刻一字，则同行者姓也。惧为所见，托故自返，而潜伏荟翳[②]中。望其去远，乃往私取，则满罂皆清水矣。不胜其恚[③]，举而尽饮之，时日已暮，无可栖止。忆同行者家尚近，径往借宿。夜中忽患霍乱，呕泄并作，秽[④]其床席几遍。愧不自容，竟宵遁。质明[⑤]，其家视之，则皆精银，如熔汁泻地成片然。

余谓此语特供谐笑，未必真有，而梅村坚执谓不诬。然则物各有主，非人力可强求，凿然信矣。

注释

①蹴：踢。 ②荟翳：枝叶繁茂的草木。 ③恚：生气。 ④秽：弄脏。 ⑤质明：天亮的时候。

梅村又言：有姜挺者，以贩布为业，恒携一花犬自随。一日独行，途遇一叟呼之住。问："不相识，何见招？"叟遽[1]叩首有声曰："我狐也。夙生负君命，三日后君当嗾[2]花犬断我喉。冥数已定，不敢逃死。然窃念事隔百余年，君转生人道，我堕为狐，必追杀一狐，与君何益？且君已不记被杀事，偶杀一狐，亦无所快于心。愿纳女自赎，可乎？"姜曰："我不敢引狐入室，亦不欲乘危劫人女。贳[3]则贳汝，然何以防犬终不噬也？"曰："君但手批一帖曰：'某人夙负，自愿销除。'我持以告神，则犬自不噬。冤家债主，解释须在本人，神不违也。"适携记簿纸笔，即批帖予之。叟喜跃去。

后七八载，姜贩布渡大江，突遇暴风，帆不能落，舟将覆。见一人直上樯竿杪，掣断其索，骑帆俱落。望之似是此叟，转瞬已失所在矣。

皆曰："此狐能报恩。"余曰："此狐无术自救，能数千里外救人乎？此神以好生延其寿，遣此狐耳。"

注释

①遽：急忙。 ②嗾（sǒu）：使唤。 ③贳（shì）：赦免，饶恕。

周泰宇言：有刘哲者，先与一狐女狎，因以为继妻。操作如常人，孝舅姑，睦娣姒，抚前妻子女如己出，尤人所难能。

老而死，而尸亦不变狐形。

或曰："是本奔女，讳其事，托言狐也。"或曰："实狐也，炼成人道，未得仙，故有老有死；已解形，故死而尸如人。"余曰："皆非也，其心足以持[1]之也。凡人之形，可以随心化。郗皇后之为蟒，封使君之为虎，其心先蟒先虎，故其形亦蟒亦虎也。旧说狐本淫妇阿紫所化，其人而狐心也，则人可为狐；其狐而人心也，则狐亦可为人。缁衣[2]黄冠[3]，或坐蜕不仆；忠臣烈女，或骸存不腐，皆神足以持其形耳。此狐死不变形，其类是夫！"

泰宇曰："信然。相传刘初纳狐，不能无疑惮。狐曰：'妇欲宜家耳，苟宜家，狐何异于人？且人徒知畏狐，而不知往往与狐侣。彼妇之容止无度，生疾损寿，何异狐之采补乎？彼妇之逾墙钻穴，密会幽欢，何异狐之冶荡乎？彼妇之长舌离间，生衅[4]家庭，何异狐之媚惑乎？彼妇之隐盗资产，私给亲爱，何异狐之攘窃[5]乎？彼妇之嚣凌诟谇，六亲不宁，何异狐之祟扰[6]乎？君何不畏彼而反畏我哉？'是狐之立志，欲在人上久矣。宜其以人始以人终也。若所说种种类狐者，六道轮回，惟心所造，正恐眼光落地，不免堕入彼中耳。"

注释

①持：控制。 ②缁衣：和尚。 ③黄冠：道士。 ④衅：争端。 ⑤攘窃：偷窃。 ⑥祟扰：作怪骚扰。

古者世禄世官，故宗子[1]必立后。支子[2]不祭，则礼无必立后之文。孟皮不闻有后，亦不闻孔子为立后，非嫡故也。支子之立后，其为茕嫠守志，不忍节妇之无祀乎？譬诸士本无诔[3]，而县贲父则始诔，死职故也。童子本应殇[4]，而汪锜则不殇，卫社稷故也。礼以义起，遂不可废。凡支子之无后者，亦遂沿为例不可废，而家庭之难，即往往由是作焉。

董曲江言：东昌有兄弟三人，仲先死无后，兄欲以其子继，弟亦欲以其子继。兄曰弟当让兄，弟曰兄子幼而其子长，弟又当让兄。讼经年，卒为兄夺。弟恚甚，郁结成疾。疾甚时，语其子曰："吾必求直于地下。"既而昏眩，经半日复苏，曰："岂特阳官悖[5]哉，阴官之悖乃更甚。顷魂游冥司，陈诉此事。一阴官诘我曰：'汝为汝兄无后耶？汝兄已有后矣。汝特为资产争耳。见兽于野，两人并逐，捷足者先得，汝何讼焉？'竟不理也。夫争继原为资产，乃瞋目与我讲宗祀，何不解事至此耶？多置纸笔我棺中，我且诉诸上帝也。"此真至死不悟者欤！曲江曰："吾犹取其不自讳也。"

注释

①宗子：嫡长子。 ②支子：庶子。 ③诔（lěi）：祭文。 ④殇（shāng）：夭亡。 ⑤悖：违背常理，错误。

己卯典试山西时，陶序东以乐平令充同考官。卷未入时，共闲话仙鬼事。序东言有友尝游南岳，至林壑深处，见女子倚石坐花下。稔[1]闻智琼、兰香事，遽往就之。女子以纨扇障[2]面曰："与君无缘，不宜相近。"曰："缘自因生，不可从此种因乎？"女子曰："因须夙造，缘须两合，非一人欲种即种也。"翳然[3]灭迹，疑为仙也。

余谓情欲之因缘，此女所说是也。至恩怨之因缘，则一人欲种即种，又当别论矣。

注释

①稔（rěn）：素来，素常。 ②障：遮挡。 ③翳（yì）然：隐没。

大同宋中书瑞言：昔在家中戏扶乩，乩动，请问仙号。即书曰："我本住深山，来往白云里。天风忽飒然，云动如流水。我偶随之游，飘飘因至此。荒村茅舍静，小坐亦可喜。莫问我姓名，我忘已久矣。且问此门前，去山凡[①]几里？"书讫[②]，乩遂不动。或者此乃真仙欤？

注释

①凡：一共。 ②讫（qì）：完毕。

和和呼通诺尔之战，兵士有没蕃者。乙亥平定伊犁，望大兵旗帜，投出宥[①]死，安置乌鲁木齐，群呼之曰"小李陵"。此人不知李陵为谁，亦漫应之，久而竟迷其本名。己丑、庚寅间，余在乌鲁木齐，犹见其人，已老矣。言在准噶尔转鬻数主，皆司牧羊。大兵将至前一岁八月中旬，夜栖山谷，望见沙碛有火光。西域诸部，每互相抄掠，疑为劫盗。登冈眺望，乃见一巨人，长丈许，衣冠华整，侍从秉[②]炬前导，约七八十人。俄列队分立，巨人端拱[③]向东拜，意甚虔肃，知为山灵。时准噶尔乱，已微闻阿睦尔撒纳款塞请兵事，窃意或此地当内属，故鬼神预东向耶？既而果然。时尚不知八月中旬为圣节，归正后，乃悟天声震叠，为遥祝万寿云。

注释

①宥（yòu）：饶恕。 ②秉：举着。 ③端拱：正身拱手，指恭敬有礼。

甘肃李参将名璇，精康节观梅之术，占事多验。平定西域时，从大学士温公在军营。有兵士遗火，焚辕前枯草，阔丈许。公使占何祥[①]，曰："此无他，公数日内当有密奏耳。火得枯草，行最速，急递之象也。烟气上升，上达之象也。知为密奏。凡密奏，当焚草也。"公曰："我无当密奏事。"曰："遗火亦无心，非预定也。"既而果然。

其占人终身，则使随手拈一物。或同拈一物，而所断又不同。至京师时，一翰林拈[②]烟筒。曰："贮火而其烟呼吸通于内，公非冷局官也。然位不甚通显，尚待人吹嘘故也。"问："历官当几年？"曰："公毋怪直言。火本无多，一熄则为灰烬，热不久也。"问："寿几何？"摇首曰："铜器原可经久，然未见百年烟筒也。"其人愠[③]去。后岁余，竟如所言。又一郎官同在座，亦拈此烟筒，观其复何所云。曰："烟筒火已熄，公必冷官也。已置于床，是曾经停顿也。然再拈于手，是又遇提携复起矣。将来尚有热时，但热又占与前同耳。"后亦如所言。

注释

①祥：吉凶的预兆。 ②拈：拿着。 ③愠：生气。

吴惠叔携一小幅挂轴，纸色似百年外物，云得之长椿寺市上。笔墨草略[①]，半以淡墨扫烟霭，半作水纹，中惟一小舟，一女子坐篷下，一女子摇橹而已。右角浓墨写一诗曰："沙鸥同住水云乡，不记荷花几度香。颇怪麻姑太多事，犹知人世有沧桑。"款曰"画中人自画并题"，无年月，无印记。或以为仙笔，然女仙手迹，人何自得之？或以为游女，又不应作此世外语。疑是明末女冠[2]，避兵于渔庄蟹舍，自作此图。无旧人跋语，亦难确信。惠叔索题，余无从着笔，置数日还之。惠叔殁于蜀中，此画不知今在否也。

注释

①草略：潦草。 ②女冠：女道士。

舅氏实斋安公言：程老，村夫子也。女颇韶秀，偶门前买脂粉，为里中少年所挑，泣告父母。惮[1]其暴横，弗敢较。然恚愤不可释，居恒郁郁。故与一狐友，每至辄对饮。一日，狐怪其惨沮[2]，以实告，狐默然去。

后此少年复过其门，见女倚门笑，渐相软语，遂野合于小圃空屋中。临别，女涕泣不舍，相约私奔。少年因夜至门外，引以归。防程老追索，以刃拟妇曰："敢泄者死！"越数日，无所闻。知程老讳其事，意甚得，益狎昵无度。后此女渐露妖迹，乃知为魅，然相悦甚，弗能遣也。岁余病瘵，惟一息仅存，此女乃去。百计医药，幸得不死，资产已荡然。夫妇露栖，又尪弱不任力作，竟食妇夜合之资，非复从前之悍气矣。

程老不知其由，向狐述说。狐曰："是吾遣黠婢戏之耳。必假君女形，非是不足饵之也；必使知为我辈，防败君女之名也；濒危而舍之，其罪不至死也。报之已足，君无更怏怏[3]矣。"

此狐中之朱家、郭解欤？其不为已甚，则又非朱家、郭解所能也。

注释

①惮（dàn）：害怕，畏惧。 ②惨沮：忧伤沮丧的样子。③怏怏：闷闷不乐的样子。

从孙树宝言：辛亥冬，与从兄道原访戈孝廉仲坊，见案上新诗数十纸，中有二绝句云：“到手良缘事又违，春风空自锁双扉。人间果有乘龙婿，夜半居然破壁飞。”“岂但蛾眉斗尹邢，仙家亦自妒娉婷。请看搔背麻姑爪，变相分明是巨灵。”皆不省所云。

询其本事，仲坊曰：昨见沧州张君辅言：南皮某甲，年二十余，未娶。忽二艳女夜相就。诘所从来，自云：‘是狐，以夙命当为夫妇。虽不能为君福，亦不至祸君。’某甲耽昵其色，为之不婚。有规戒之者，某甲谢曰：‘狐遇我厚，相处日久，无疾病，非相魅者。且言当为我生子，于嗣续亦无害。实不忍负心也。’后族众强为纳妇，甲闻其女甚姣丽，遂顿负旧盟。迨洞房停烛之时，突声若风霆，震撼檐宇，一手破窗而入，其大如箕，攫某甲以去。次日，四出觅访，杳然无迹。七八日后，有数小儿言：‘某神祠中有声如牛喘。’北方之俗，凡神祠无庙祝者，虑流丐栖息，多以土墼墐①其户，而留一穴置香炉。自穴窥之，似有一人裸体卧，不辨为谁。启户视之，则某甲在焉，已昏昏不知人矣。多方疗治，仅得不死。自是狐女不至，而妇家畏狐女之报，亦竟离婚。此二诗记此事也。”

夫狐已通灵，事与人异。某甲虽娶，何碍倏忽②之往来？乃逞厥③凶锋，几④戕其命，狐可谓妒且悍矣！然本无夙约，则曲在狐；既不慎于始而与约，又不善其终而背之，则激而为祟⑤，亦自有词。是固未可罪狐也。

注释

①墐（jìn）：用泥涂塞。②倏忽：飞快，迅速。③厥：她的。④几：差一点。⑤为祟：作怪。

北方之桥，施栏楯以防失足而已。闽中多雨，皆于桥上覆以屋，以庇行人。邱二田言：有人夜中遇雨，趋桥屋。先有一吏携案牍，与军役押数人避屋下，枷锁琅然。知为官府录囚，惧不敢近，但畏缩于一隅。中一囚号哭不止，吏叱曰："此时知惧，何如当日勿作耶？"囚泣曰："吾为吾师所误也。吾师日讲学，凡鬼神报应之说，皆斥为佛氏之妄语。吾信其言，窃以为机械能深，弥缝能巧，则种种惟所欲为，可以终身不败露。百年之后，气反太虚，冥冥漠漠，并毁誉不闻，何惮而不恣吾意乎？不虞地狱非诬，冥王果有，始知为其所卖。故悔而自悲也。"又一囚曰："尔之堕落由信儒，我则以信佛误也。佛家之说，谓虽造恶业，功德即可以消灭；虽堕地狱，经忏即可以超度。吾以为生前焚香布施，殁后延僧持诵，皆非吾力所不能。既有佛法护持，则无所不为，亦非地府所能治。不虞所谓罪福，乃论作事之善恶，非论舍财之多少。金钱虚耗，舂煮[①]难逃。向[②]非恃佛之故，又安敢纵恣至此耶？"语讫长号，诸囚亦皆痛哭。乃知其非人也。

夫《六经》具在，不谓无鬼神；三藏所谈，非以敛财赂。自儒者沽名[③]，佛者渔利[④]，其流弊[⑤]遂至此极。佛本异教，缁徒藉是以谋生，是未足为责，儒者亦何必乃尔乎？

注释

①舂煮：酷刑。　②向：如果。　③沽名：猎取名誉。
④渔利：谋取利益。　⑤流弊：相沿下来的弊端。

倪媪，武清人，年未三十而寡。舅姑欲嫁之，以死自誓。舅姑怒，逐诸门外，使自谋生。流离艰苦，抚二子一女，皆婚嫁，而皆不才。茕茕无倚，惟一女孙度为尼，乃寄食佛寺，仅以自存，今七十八岁矣。所谓青年矢志，白首完贞者欤！

余悯其节，时亦周[①]之。马夫人尝从容谓曰："君为宗伯，主天下节烈之旌典，而此媪失诸目睫前，其故何欤？"余曰："国家典制，具有条格。节妇烈女，学校同举于州郡，州郡条上于台司，乃具奏请旨，下礼曹议，从公论也。礼曹得察核之，进退之，而不得自搜罗之，防私防滥也。譬司文柄者，棘闱墨牍，得握权衡，而不能取未试遗材，登诸榜上。此媪久去其乡，既无举者；京师人海，又谁知流寓之内，有此孤嫠？沧海遗珠，盖由于此，岂余能为而不为欤？"

念古来潜德，往往藉[②]稗官小说，以发幽光。因撮厥大凡，附诸琐录。虽书原志怪，未免为例不纯，于表章风教之旨，则未始不一耳。

注释

①周：救济。　②藉：同"借"。

卷十五

姑妄听之一

余性耽孤寂，而不能自闲。卷轴笔砚，自束发至今，无数十日相离也。三十以前，讲考证之学，所坐之处，典籍环绕如獭祭。三十以后，以文章与天下相驰骤，抽黄对白，恒彻夜构思。五十以后，领修秘籍，复折而讲考证。今老矣，无复当年之意兴，惟时拈纸墨，追录旧闻，姑以消遣岁月而已。故已成《滦阳消夏录》等三书，复有此集。缅昔作者，如王仲任、应仲远，引经据古，博辨宏通；陶渊明、刘敬叔、刘义庆，简淡数言，自然妙远。诚不敢妄拟前修，然大旨期不乖[①]于风教。若怀挟恩怨，颠倒是非，如魏泰、陈善之所为，则自信无是矣。适盛子松云欲为剞劂[②]，因率书数行弁于首。以多得诸传闻也，遂采庄子之语，名曰《姑妄听之》。乾隆癸丑七月二十五日，观弈道人自题。

注释

①乖：违背，背离。 ②剞劂（jījué）：刻印，雕版。

冯御史静山家，一仆忽发狂自挝[①]，口作谵语云："我虽落拓以死，究是衣冠[②]。何物小人，傲不避路？今惩尔使知。"静山自往视之，曰："君白昼现形耶？幽明异路，恐于理不宜。

君隐形耶？则君能见此辈，此辈不能见君，又何从而相避？”其仆俄如昏睡，稍顷而醒，则已复常矣。

门人桐城耿守愚，狷介自好，而喜与人争礼数。余尝与论此事，曰：“儒者每盛气凌轹，以邀人敬，谓之自重。不知重与不重，视所自为。苟道德无愧于圣贤，虽王侯拥篲[③]不能荣，虽胥靡版筑不能辱。可贵者在我，则在外者不足计耳。如必以在外为重轻，是待人敬我我乃荣，人不敬我我即辱。舆台仆妾，皆可操[④]我之荣辱，毋乃自视太轻欤？”守愚曰：“公生长富贵，故持论如斯。寒士不贫贱骄人，则崖岸不立，益为人所贱矣。”余曰：“此田子方之言，朱子已驳之。其为客气不待辨，即就其说而论，亦谓道德本重，不以贫贱而自屈，非毫无道德，但贫贱即可骄人也。信如君言，则乞丐较君为更贫，奴隶较君为更贱，群起而骄君，君亦谓之能立品乎？先师陈白崖先生，尝手题一联于书室曰：‘事能知足心常惬，人到无求品自高。’斯真探本之论，七字可以千古矣。”

注释

①挝（zhuā）：打，击。 ②衣冠：读书人。 ③篲（huì）：扫帚。 ④操：操纵。

龚集生言：乾隆己未，在京师寓灵佑宫，与一道士相识，时共杯酌。一日观剧，邀同往，亦欣然相随。薄暮归，道士拱揖曰：“承诸君雅意，无以为酬，今夜一观傀儡[①]可乎？”

入夜，至所居室中，惟一大方几，近边略具酒果，中央则陈一棋局。呼童子闭外门，请宾四面围几坐。酒一再行，道士拍界尺一声，即有数小人，长八九寸，落局上，合声演剧。呦呦嘤嘤，音如四五岁童子。而男女装饰，音调关目，一一与戏场无异。一齣终，传奇以一折为一齣。古无是字，始见吴任臣《字汇补注》，曰读如尺。相沿已久，遂不能废，今亦从俗体书之。瞥然不见。又数人落下，别演一出。众且骇且喜，畅饮至夜分。道士命童子于门外几上置鸡卵数百，白酒数罂。戛然乐止，惟闻铺啜[2]之声矣。

诘其何术，道士曰："凡得五雷法者，皆可以役狐。狐能大能小，故遣作此戏，为一宵之娱。然惟供驱使则可，若或役之盗物，役[3]之祟人，或摄召狐女荐枕席，则天谴立至矣。"

众见所未见，乞后夜再观，道士诺之。次夕诣所居，则早起已携童子去。

注释

①傀儡：木偶戏。 ②铺啜：亦作"哺啜"，吃喝。 ③役：驱使。

卜者童西硐言：尝见有二人对弈，一客预点一弈图，如黑九三，白六五之类，封置笥中。弈毕发视，一路不差。竟不知其操何术。

按《前定录》载：开元中，宣平坊王生为李揆卜进取。授以一缄[1]，可数十纸，曰："君除[2]拾遗日发此。"后揆以李璆荐，命宰臣试文词，一题为《紫丝盛露囊赋》，一题为《答吐蕃书》，一题为《代南越献白孔雀表》。揆自午至酉而成，凡涂八字，旁注两句。翌日，授左拾遗。旬余，乃发王生之缄视之，三篇皆在其中，涂注者亦如之。是古有此术，此人偶得别传耳。

夫操管运思，临枰布子，虽当局之人，有不能预自主持者，而卜者乃能先知之。是任我自为之事，尚莫逃定数，巧取强求，营营[3]然日以心斗者，是亦不可以已[4]乎！

注释

①缄：信封。 ②除：任命官职。 ③营营：奔走追逐。 ④已：停止。

乌鲁木齐遣犯刚朝荣言：有二人诣西藏贸易，各乘一骡，山行失路，不辨东西。忽十余人自悬崖跃下，疑为夹坝。西番以劫盗为夹坝，犹额鲁特之玛哈沁也。渐近，则长皆七八尺，身毵毵有毛，或黄或绿，面目似人非人，语啁哳不可辨。知为妖魅，度必死，皆战栗伏地。十余人乃相向而笑，无搏噬之状，惟挟人于胁下，而驱其骡行。至一山坳，置人于地，二骡一推堕坎中，一抽刃屠割，吹火燔熟，环坐吞噉[①]。亦提二人就坐，各置肉于前。察其似无恶意，方饥困，亦姑食之。既饱之后，十余人皆扪腹仰啸，声类马嘶。中二人仍各挟一人，飞越峻岭三四重，捷如猿鸟，送至官路旁，各予以一石，瞥然竟去。石巨如瓜，皆绿松也。携归货之，得价倍于所丧。

事在乙酉、丙戌间。朝荣曾见其一人，言之甚悉。此未知为山精，为木魅，观其行事，似非妖物。殆[②]幽岩穹谷之中，自有此一种野人，从古未与世通耳。

注释

①噉（dàn）：吃。 ②殆：大概。

漳州产水晶，云五色皆备，然赤者未尝见，故所贵惟紫。别有所谓金晶者，与黄晶迥殊，最不易得。或偶得之，亦大如豇豆、如瓜种止矣。惟海澄公家有一三足蟾，可为扇坠，视之如精金熔液，洞澈空明，为希有之宝。杨制府景素官汀漳龙道时，尝为余言。然亦相传如是，未目睹也。姑录之以广异闻。

陈来章先生，余姻家也。尝得一古砚，上刻云中仪凤形。梁瑶峰相国为之铭曰："其鸣将将，乘云翱翔。有妫之祥，其鸣归昌。云行四方，以发德光。"时癸巳闰三月也。案原题惟作闰月，盖古例如斯。至庚子，为人盗去。丁未，先生仲子闻之，多方购得。癸丑六月，复乞铭于余。余又为之铭曰："失而复得，如宝玉大弓。孰使之然？故物适逢。譬威凤之翀云，翩没影于遥空。及其归也，必仍止于梧桐。"

故家子孙，于祖宗手泽，零落弃掷者多矣。余尝见媒媪携玉佩数事，云某公家求售。外裹残纸，乃北宋椠[1]《公羊传》四页，为怅惘久之。闻之于先人已失之器，越八载购得，又乞人铭[2]以求其传。人之用心，盖相去远矣。

注释

①椠（qiàn）：版本，刻本。 ②铭：题写铭文。

董家庄佃户丁锦，生一子曰二牛。又一女赘曹宁为婿，相助工作，甚相得也。二牛生一子曰三宝。女亦生一女，因住母家，遂联名曰四宝。其生也同年同月，差数日耳。姑嫂互相抱携，互相乳哺，襁褓中已结婚姻。三宝、四宝又甚相爱，稍长，即跬步[1]不离。小家不知别嫌疑，于二儿嬉戏时，每指曰："此汝夫，此汝妇也。"二儿虽不知为何语，然闻之则已稔矣。七八岁外，稍稍解事，然俱随二牛之母同卧起，不相避忌。

会康熙辛丑至雍正癸卯，岁屡歉[2]，锦夫妇并殁。曹宁先流转至京师，贫不自存，质四宝于陈郎中家。不知其名，惟知为江南人。二牛继至，会郎中求馆僮[3]，亦质三宝于其家，而诫勿言与四宝为夫妇。郎中家法严，每笞四宝，三宝必暗泣；笞三宝，四宝亦然。郎中疑之，转质四宝于郑氏，或云即貂皮郑也。而逐三宝。三宝仍投旧媒媪，又引与一家为馆僮。久而微闻四宝所在，乃夤缘入郑氏家。数日后，得见四宝，相持痛哭。时已十三四矣。郑氏怪之，则诡以兄妹相逢对。郑氏以其名行第相连，遂不疑。然内外隔绝，仅出入时相与目成而已。

后岁稔，二牛、曹宁并赴京赎子女，辗转寻访至郑氏。郑氏始知其本夫妇，意甚悯恻，欲助之合卺，而仍留服役。其馆师严某，讲学家也，不知古今事异，昌言排斥曰："中表为婚礼所禁，亦律所禁，违之且有天诛。主人意虽善，然我辈读书人，当以风化④为己任。见悖理乱伦而不沮，是成人之恶，非君子也。"以去就力争。郑氏故良懦⑤，二牛、曹宁亦乡愚，闻违法罪重，皆慑而止。后四宝鬻为选人妾，不数月病卒。三宝发狂走出，莫知所终。

或曰："四宝虽被迫胁去，然毁容哭泣，实未与选人共房帏。惜不知其详耳。"果其如是，则是二人者，天上人间，会当相见，定非一瞑不视者矣。惟严某作此恶业，不知何心，亦不知其究竟。然神理昭昭，当无善报。或又曰："是非泥古，亦非好名。殆觊觎四宝，欲以自侍耳。"若然，则地狱之设，正为斯人矣！

注释

①跬步：半步。 ②歉：收成不好。 ③馆僮：书童。④风化：社会风气。 ⑤良懦：善良，懦弱。

乾隆戊午，运河水浅，粮艘衔尾不能进。共演剧赛神，运官皆在。方演《荆钗记·投江》一出，忽扮钱玉莲者长跪哀号，泪随声下，口喃喃诉不止，语作闽音，啁哳①无一字可辨。

知为鬼附，诘问其故，鬼又不能解人语。或投以纸笔，摇首似道不识字，惟指天画地，叩额痛哭而已。无可如何，掖于岸上，尚呜咽跳掷，至人散乃已。久而稍苏，自云突见一女子，手携其头自水出，骇极失魂，昏然如醉，以后事皆不知也。此必水底羁魂，见诸官会集，故出鸣冤。然形影不睹，言语不通，遣善泅者求尸，亦无迹。旗丁又无新失女子者，莫可究诘。乃连衔具牒[2]，焚于城隍祠。越四五日，有水手无故自刭死。或即杀此女子者，神谴之欤？

注释

①啁哳（zhāozhā）：声音杂乱细碎。 ②牒：讼辞，状子。

郑太守慎人言：尝有数友论闽诗，于林子羽颇致不满。夜分就寝，闻笔砚格格有声，以为鼠也。次日，见几上有字二行，曰："如'檄雨古潭暝，礼星寒殿开'，似钱、郎诸公都未道及，可尽以为唐摹晋帖乎？"时同寝数人，书皆不类[1]。数人以外，又无人能作此语者。知文士争名，死尚未已。郑康成为厉之事，殆不虚乎？

注释

①类：像，似。

黄小华言：西城有扶乩者，下坛诗曰："策策西风木叶飞，断肠花谢雁来稀。吴娘日暮幽房冷，犹着玲珑白苎衣。"皆不解所云。乩又书曰："顷过某家，见新来稚妾，锁闭空房。流落仳离，自其定命，但饥寒可念，振触人心，遂恻然咏此。敬告诸公，苟无驯狮、调象之才，勿轻举此念，亦阴功也。"请问仙号，书曰"无尘"。再问之，遂不答。按李无尘，明末名妓，祥符人。开封城陷，殁于水。有诗集，语颇秀拔[①]。其《哭王烈女》诗曰："自嫌予有泪，敢谓世无人。"措词得体，尤为作者所称也。

注释

①秀拔：隽秀，挺拔。

"遗秉""滞穗"，寡妇之利，其事远见于周雅。乡村麦熟时，妇孺数十为群，随刈者之后，收所残剩，谓之拾麦。农家习以为俗，亦不复回顾，犹古风也。人情渐薄，趋利若鹜，所残剩者不足给，遂颇有盗窃攘夺，又浸淫而失其初意者矣。故四五月间，妇女露宿者遍野。

有数人在静海之东，日暮后，趁凉夜行，遥见一处有灯火，往就乞饮。至则门庭华焕，僮仆皆鲜衣，堂上张灯设乐，似乎燕宾。遥望三贵人据榻坐，方进酒行炙。众陈投止意，阍者为白主人，颔[①]之。俄又呼回，似附耳有所嘱。阍者出，引一媪悄语曰："此去城市稍远，仓卒不能致妓女。主人欲于同来女伴中，择端正者三人侑酒[②]荐寝[③]，每人赠百金，其余亦各有犒赏。媪为通词，犒赏当加倍。"媪密告众。众利得资，怂恿幼妇应其请。遂引三人入，沐浴妆饰，更衣裙侍客。诸妇女皆置别室，亦大有酒食。至夜分，三贵人各拥一妇入别院，阖家[④]皆灭烛就眠。诸妇女行路疲困，亦酣卧不知晓。比日高睡醒，则第宅人物，一无所睹，惟野草芃芃，一望无际而已。寻觅三妇，皆裸露在草间。所更衣裙已不见，惟旧衣抛十余步外，幸尚存。视所与金，皆纸铤[⑤]。疑为鬼，而饮食皆真物，又疑为狐。或地近海滨，蛟螭[⑥]水怪所为欤？

贪利失身，乃只博一饱。想其惘然相对，忆此一宵，亦大似邯郸枕上矣。先兄晴湖则曰：“舞衫歌扇，仪态万方，弹指繁华，总随逝水。鸳鸯社散之日，茫茫回首，旧事皆空，亦与三女子裸露草间，同一梦醒耳！岂但海市蜃楼，为顷刻幻景哉?”

注释

①颔：点头。 ②侑（yòu）酒：劝酒助兴。 ③荐寝：荐枕，侍寝。 ④阖家：全家。 ⑤铤（dìng）：同“锭”。 ⑥蛟螭：蛟龙，泛指水族。

乌鲁木齐参将德君楞额言：向在甘州，见互控于张掖令者，甲云造言污蔑，乙云事有实证。讯其事，则二人本中表。甲携妻出塞，乙亦同行。至甘州东数十里，夜失道，遇一人似贵家仆，言此僻径少人，我主人去此不远，不如投止一宿，明日指路上官道。随行三四里，果有小堡。其人入，良久出，招手曰：“官唤汝等人。”进门数重，见一人坐堂上，问姓名籍贯，指挥曰：“夜深无宿饭，只可留宿。门侧小屋，可容二人。女子令与媪婢睡可也。”二人就寝后，似隐隐闻妇唤声。暗中出视，摸索不得门，唤声亦寂，误以为耳偶鸣也。

比睡醒，则在旷野中。急觅妇，则在半里外树下，裸体反接，鬓乱钗横，衣裳挂在高枝上。言一婢持灯导至此，有华屋数楹，婢媪数人。俄主人随至，逼同坐，拒不肯，则婢媪合手抱持，解衣缚臂置榻上。大呼无应者，遂受其污。天欲明，主人以二物置颈旁，屋宇顿失，身已卧沙石上矣。视颈旁物，乃银二铤，各镌[1]重五十两。其年号则崇祯，其县名则榆次。土蚀黑黯，真百年以外铸也。

甲戒乙勿言，约均分。后违约，乙怒诟争，其事乃泄。甲夫妇虽坚不承，然诘银所自，则云拾得；又诘妇缚伤，则云搔破。其词闪烁，疑乙语未必诳[2]也。令笑遣甲曰："于律得遗失物当入官。姑念尔贫，可将去。"又瞋视乙曰："尔所告如虚，则同拾得，当同送官，于尔无分；所告如实，则此为鬼以酬甲妇，于尔更无分。再多言，且笞尔。"并驱之出。以不理理之，可谓善矣。

此与拾麦妇女事相类。一以巧诱而以财移其心，一以强胁而以财消其怒。其揣度人情，投其所好，伎俩亦略相等也。

注释

①镌（juān）：刻。　②诳（kuáng）：欺骗。

金重牛鱼，即沈阳鲟鳇鱼，今尚重之。又重天鹅，今则不重矣。辽重毗离，亦曰毗令邦，即宣化黄鼠，明人尚重之，今亦不重矣。明重消熊、栈鹿，栈鹿当是以栈饲养，今尚重之；消熊则不知为何物，虽极富贵家，问此名，亦云未睹。盖物之轻重，各以其时之好尚[1]，无定准也。

记余幼时，人参、珊瑚、青金石价皆不贵，今则日昂。绿松石、碧鸦犀价皆至贵，今则日减。云南翡翠玉，当时不以玉视之，不过如蓝田乾黄，强名以玉耳，今则以为珍玩，价远出真玉上矣。又灰鼠旧贵白，今贵黑。貂旧贵长毳，故曰丰貂，今贵短毳。银鼠旧比灰鼠价略高，远不及天马，今则贵几如貂。珊瑚旧贵鲜红如榴花，今则贵淡红如樱桃，且有以白类车渠为至贵者。盖相距五六十年，物价不同已如此，况隔越数百年乎？儒者读《周礼》蚳酱[2]，窃窃疑之，由未达[3]古今异尚耳。

注释

①尚：喜好。 ②蚳（chí）酱：用蚁卵做的酱。 ③达：理解，明白。

八珍惟熊掌、鹿尾为常见，驼峰出塞外，已罕觏[①]矣。此野驼之单峰，非常驼之双峰也。语详《槐西杂志》。猩唇则仅闻其名。乾隆乙未，闵抚军少仪馈余二枚，贮以锦函，似甚珍重。乃自额至颏全剥而腊之，口鼻眉目，一一宛然，如戏场面具，不仅两唇。庖人不能治[②]，转赠他友。其庖人亦未识，又复别赠。不知转落谁氏，迄未晓其烹饪法也。

注释

①觏（gòu）：看见。 ②治：整治。

李又聃先生言：东光毕公偶忘其名，官贵州通判，征苗时运饷遇寇，血战阵亡者也。尝奉檄勘苗峒地界，土官盛宴款接。宾主各一磁盖杯置面前，土官手捧启视，则贮一虫如蜈蚣，蠕蠕旋动。译者云："此虫兰开则生，兰谢则死，惟以兰蕊为食，至不易得。今喜值兰时，搜岩剔穴，得其二。故必献生，表至敬也。"旋以盐末少许洒杯中，覆之以盖。须臾启视，已化为水，湛然净绿，莹澈如琉璃，兰气扑鼻。用以代醯[①]，香沁齿颊，半日后尚留余味。惜未问其何名也。

注释

①醯（xī）：醋。

西域之果，蒲桃莫盛于土鲁番，瓜莫盛于哈密。

蒲桃京师贵绿者，取其色耳。实则绿色乃微熟，不能甚甘。渐熟则黄，再熟则红，熟十分则紫，甘亦十分矣。此福松岩额驸名福增格，怡府婿也。镇辟展时为余言。

瓜则充贡品者，真出哈密。馈赠之瓜，皆金塔寺产。然贡品亦只熟至六分有奇①，途间封闭包束，瓜气自相郁蒸，至京可熟至八分。如以熟八九分者贮运，则蒸而霉烂矣。

余尝问哈密国王苏来满：额敏和卓之子。“京师园户，以瓜子种殖者，一年形味并存；二年味已改，惟形粗近；三年则形味俱变尽。岂地气不同欤？”苏来满曰：“此地土暖泉甘而无雨，故瓜味浓厚。种于内地，固应少减，然亦养子不得法。如以今年瓜子，明年种之，虽此地味亦不美，得气薄也。其法当以灰培瓜子，贮于不湿不燥之空仓，三五年后乃可用。年愈久则愈佳，得气足也。若培至十四五年者，国王之圃乃有之，民间不能待，亦不能久而不坏也。”其语似为近理。然其灰培之法，必有节度②，亦必有宜忌，恐中国以意为之，亦未必能如所说耳。

注释

①有奇：还有余，还有零头。　②节度：规则。

裘超然编修言：杨勤悫公年幼时，往来乡塾，有绿衫女子时乘墙缺窥之。或偶避入，亦必回眸一笑，若与目成。公始终不侧视。一日，拾块掷公曰：“如此妍皮，乃裹痴骨！”公拱手对曰：“钻穴逾墙，实所不解。别觅不痴者何如？”女子忽瞠目直视曰：“汝狡黠如是，安能从尔索命乎？且待来生耳。”散发吐舌而去，自此不复见矣。此足见立心端正，虽冤鬼亦无如何。又足见一代名臣，在童稚之年，已自树立①如此也。

注释

①树立：培养。

河间王仲颖先生，安溪李文贞公为先生改字曰仲退。然原字行已久，无人称其改字也。名之锐，李文贞公之高弟。经术湛深，而行谊方正，粹然古君子也。乙卯、丙辰间，余随姚安公在京师，先生犹官国子监助教，未能一见，至今怅然。

相传先生夜偶至邸后空院，拔所种莱菔[1]下酒，似恍惚见人影，疑为盗。倏已不见，知为鬼魅，因以幽明异路之理厉声责之。闻丛竹中人语曰："先生邃[2]于《易》，一阴一阳，天之道也。人出以昼，鬼出以夜，是即幽明之分。人居无鬼之地，鬼居无人之地，是即异路焉耳。故天地间无处无人，亦无处无鬼，但不相干，即不妨并育。使鬼昼入先生室，先生责之是也。今时已深更，地为空隙，以鬼出之时，入鬼居之地，既不炳烛，又不扬声，猝不及防，突然相遇，是先生犯鬼，非鬼犯先生。敬避似已足矣，先生何责之深乎？"先生笑曰："汝词直，姑置勿论。"自拔莱菔而返。后以语门人，门人谓："鬼既能言，先生又不畏怖，何不叩其姓字，暂假词色，问冥司之说为妄为真，或亦格物[3]之一道。"先生曰："是又人与鬼狎矣，何幽明异路之云乎？"

注释

①莱菔：萝卜。 ②邃：精通。 ③格物：探究事物的道理。

郑慎人言：曩与数友往九鲤湖，宿仙游山家。夜凉未寝，出门步月。忽轻风泠然[1]，穿林而过，木叶簌簌，栖鸟惊飞。

觉有种种花香，沁人心骨。出林后沿溪而去，水禽亦磔格乱鸣，似有所见，然凝睇[2]无睹也，心知为仙灵来往。次日，寻视林内，微雨新晴，绿苔如罽，步步皆印弓弯，又有跣[3]足之迹，然总无及三寸者。溪边泥迹亦然，数之，约二十余人。指点徘徊，相与叹异，不知是何神女也。慎人有四诗纪之，忘留其稿，不能追忆矣。

注释

①泠（líng）然：寒凉貌。 ②凝睇：注视。 ③跣（xiǎn）：光脚。

慎人又言：一日，庭花盛开。闻婢妪惊相呼唤，推窗视之，竞以手指桂树杪，乃一蛱蝶大如掌，背上坐一红衫女子，大如拇指，翩翩翔舞。斯须过墙去，邻家儿女又惊相呼唤矣。此不知为何怪，殆所谓花月之妖欤？说此事时，在刘景南家。景南曰："安知非闺阁游戏，以蓪草花朵中人物，缚于蝶背而纵[1]之耶？"是亦一说。慎人曰："实见小人在蝶背，有磬控驾驭之状，俯仰顾盼，意态生动，殊不类偶人也。"是又不可知矣。

注释

①纵：放。

舅氏安公介然言：曩随高阳刘伯丝先生官瑞州，闻城西土神祠有一泥鬼，忽仆地；又一青面赤发鬼，衣装面貌与泥鬼相同，压于其下。视之，则里中少年某，伪为鬼状也，已断脊死矣。众相骇怪，莫明其故。久而有知其事者曰："某邻妇少艾[1]，挑之，为所詈。妇是日往母家，度必夜归过祠前。祠去人稍远，乃伪为鬼状伏像后，待其至而突掩之，将乘其惊怖昏仆，以图一逞。不虞神之见谴也。”盖其妇弟预是谋，初不敢告人，事定后，乃稍稍泄之云。

介然公又言：有狂童荡妇，相遇于河间文庙前，调谑无所避忌。忽飞瓦破其脑，莫知所自来也。

夫圣人道德侔[2]乎天地，岂如二氏之教，必假灵异而始信，必待护法而始尊哉？然神鬼㧑呵，则理所应有。必谓朱锦作会元，由于前世修文庙，视圣人太小矣；必谓数仞宫墙，竟无灵卫，是又儒者之迂也。

注释

①少艾：年轻美貌。 ②侔（móu）：相等。

三座塔蒙古名古尔板苏巴尔，汉唐之营州柳城县，辽之兴中府也，今为喀喇沁右翼地。金巡检言：裘文达公之侄婿，偶忘其名。有樵者山行遇虎，避入石穴中，虎亦随入。穴故嵌空而缭曲，辗转内避，渐不容虎，而虎必欲搏樵者，努力强入。樵者窘迫，见旁一小窦，尚足容身，遂蛇行而入。不意蜿蜒数步，忽睹天光，竟反出穴外。乃力运数石，窒[1]虎退路，两穴并聚柴以焚之。虎被熏灼，吼震岩谷，不食顷[2]，死矣。此事亦足为当止不止之戒也。

注释

①窒：堵塞。 ②食顷：吃一顿饭的时间，形容时间很短。

金巡检又言：巡检署中一太湖石，高出檐际，皴皱斑驳，孔窍玲珑，望之势如飞动，云辽金旧物也。考金尝拆[1]艮岳奇石，运之北行，此殆所谓“卿云万态奇峰”耶？然金以大定府为北京，今大宁城是也。辽兴中府，金降为州，不应置石于州治，是又疑不能明矣。

又相传京师兔儿山石，皆艮岳故物，余幼时尚见之。余虎坊桥宅，为威信公故第，厅事东偏，一石高七八尺，云是雍正中初造宅时所赐，亦移自兔儿山者。南城所有太湖石，此为第一。余又号“孤石老人”，盖以此云。

注释

①拆：开采。

京师花木最古者，首给孤寺吕氏藤花，次则余家之青桐，皆数百年物也。

桐身横径尺五寸，耸峙高秀，夏月庭院皆碧色。惜虫蛀一孔，雨渍其内，久而中朽至根，竟以枯槁。

吕氏宅后售与高太守兆煌，又转售程主事振甲。藤今犹在，其架用梁栋之材，始能支拄。其阴覆厅事一院，其蔓旁引，又覆西偏书室一院。花时如紫云垂地，香气袭衣。慕堂孝廉在日，慕堂名元龙，庚午举人，朱石君之妹婿也。与余同受业于董文恪公。或自宴客，或友人借宴客，觞[①]咏[②]殆无虚夕。迄今四十余年，再到曾游，已非旧主，殊深邻笛之悲。倪穟畴年丈尝为题一联曰：“一庭芳草围新绿，十亩藤花落古香。”书法精妙，如渴骥怒猊[③]，今亦不知所在矣。

注释

①觞（shāng）：饮酒。 ②咏：赋诗。 ③渴骥怒猊：口渴的骏马奔向泉水，愤怒的狮子攫扒石头。形容书法遒劲有力。

陈句山前辈移居一宅，搬运家具时，先置书十余箧于庭。似闻树后小语曰：“三十余年，此间不见此物也。”视之阒如。

或曰："必狐也。"句山掉首曰："解作此语，狐亦大佳。"

先祖光禄公，康熙中于崔庄设质库，司事者沈玉伯也。尝有提傀儡者，质木偶二箱，高皆尺余，制作颇精巧。逾期未赎，又无可转售，遂为弃物，久置废屋中。一夕月明，玉伯见木偶跳舞院中，作演剧之状。听之，亦咿嘤似度曲[1]。玉伯故有胆，厉声叱之，一时迸散[2]。次日，举火焚之，了无他异。盖物久为妖，焚之则精气烁散，不复能聚。或有所凭亦为妖，焚之则失所依附，亦不能灵。固物理之自然耳。

注释

①度曲：按曲谱唱歌。 ②迸散：逃散。

献县一令，待吏役至有恩。殁后，眷属尚在署，吏役无一存问者。强[1]呼数人至，皆狰狞相向，非复曩时。夫人愤恚[2]，恸哭柩前，倦而假寐。恍惚见令语曰："此辈无良，是其本分。吾望其感德已大误，汝责其负德，不又误乎？"霍然忽醒，遂无复怨尤。

注释

①强：勉强。 ②恚（huì）：愤怒。

康熙末，张歌桥河间县地有刘横者，横读去声，以其强悍得此称，非其本名也。居河侧。会河水暴满，小舟重载者往往漂没。偶见中流一妇，抱断橹浮沉波浪间，号呼求救。众莫敢援，横独奋然曰："汝曹非丈夫哉，乌有见死不救者！"自棹舴艋[1]追三四里，几覆没者数，竟拯出之，越日，生一子。

月余，横忽病，即命妻子治后事。时尚能行立，众皆怪之。横太息曰："吾不起也。吾援溺之夕，恍惚梦至一官府。吏卒导入，官持簿示吾曰：'汝平生积恶种种，当以今岁某日死，堕豕身，五世受屠割之刑。幸汝一日活二命，作大阴功，于冥律当延二纪。今销除寿籍，用抵业报，仍以原注死日死。缘期限已迫，恐世人昧昧[2]，疑有是善事，反促其生，故召尔证明，使知其故。今生因果并完矣，来生努力可也。'醒而心恶之，未以告人。今届期果病，尚望活乎?"既而竟如其言。

此见神理分明，毫厘不爽。乘除进退，恒合数世而计之。勿以偶然不验，遂谓天道无知也。

注释

①舴艋（zéměng）：小船。　②昧昧：糊涂无知。

郑苏仙言：有约邻妇私会，而病其妻在家者，夙负妻家钱数千，乃遣妻赍[1]还。妻欣然往。不意邻妇失期，而其妻乃途遇强暴，尽夺衣裙簪珥，缚置秫丛。皆客作流民，莫可追诘。其夫惟俯首太息，无复一言。人亦不知邻妇事也。后数年，有村媪之子挑人妇女，为媪所觉，反覆戒饬[2]，举此事以明因果，人乃稍知。盖此人与邻妇相闻，实此媪通词，故知之审[3]。惟邻妇姓名，则媪始终不肯泄，幸不败焉。

注释

①赍：送给。　②饬：同"敕"，告诫。　③审：详细。

狐所幻化，不知其自视如何，其互相视又如何，尝于《滦阳消夏录》论之，然狐本善为妖惑者也。至鬼则人之余气，其灵不过如人耳。人不能化无为有，化小为大，化丑为妍。而诸书载遇鬼者，其棺化为宫室，可延人入；其墓化为庭院，可留人居。其凶终之鬼，备诸恶状者，可化为美丽。岂一为鬼而即能欤？抑有教之者欤？此视狐之幻，尤不可解。

忆在凉州路中，御者指一山坳曰："曩与车数十辆露宿此山，月明之下，遥见山半有人家，土垣周络[1]，屋角一一可数。明日过之，则数冢而已。"是无人之地，亦能自现此象矣。明器之作，圣人其知此情状乎？

注释

①周络：环绕。

吴僧慧贞言：有浙僧立志精进，誓愿坚苦，胁未尝至席。一夜，有艳女窥户。心知魔至，如不见闻。女蛊惑万状，终不能近禅榻。后夜夜必至，亦终不能使起一念。女技穷，遥语曰："师定力如斯，我固宜绝断妄想。虽然，师忉利天中人也，知近我则必败道，故畏我如虎狼。即努力得到非非想天，亦不过柔肌著体，如抱冰雪；媚姿到眼，如见尘壒，不能离乎色相也。如心到四禅天，则花自照镜，镜不知花；月自映水，水不知月，乃离色相矣。再到诸菩萨天，则花亦无花，镜亦无镜，月亦无月，水亦无水，乃无色无相，无离不离，为自在神通，不可思议。师如敢容我一近，而真空不染，则摩登伽一意皈依，不复再扰阿难矣。"僧自揣道力足以胜魔，坦然许之。偎倚抚摩，竟毁戒体。懊丧失志，侘傺[1]以终。

夫"磨而不磷，涅而不缁"，惟圣人能之，大贤以下弗能也。此僧中于一激，遂开门揖盗。天下自恃[2]可为，遂为人所不敢为，卒至溃败决裂者，皆此僧也哉！

注释

①侘傺（chàchì）：精神恍惚，失意的样子。 ②恃：依仗。

德慎斋扶乩，其仙降坛不作诗，自署名曰刘仲甫。众不知为谁。有一国手在侧，曰："是南宋国手，著有《棋诀》四篇者也。"因请对弈。乩判曰："弈则我必负。"固请，乃许。乩果负半子。众曰："大仙谦挹[①]，欲奖成后进之名耶？"乩判曰："不然。后人事事不及古，惟推步与奕棋则皆胜古。或谓因古人所及，更复精思，故已到竿头，又能进步。是为推步言，非为弈棋言也。盖风气日薄，人情日巧，其倾轧攻取之术，两机激薄，变幻万端，吊诡出奇，不留余地。古人不肯为之事，往往肯为；古人不敢冒之险，往往敢冒；古人不忍出之策，往往忍出。故一切世事心计，皆出古人上。弈棋亦心计之一，故宋元国手，至明已差一路，今则差一路半矣。然古之国手，极败不过一路耳。今之国手，或败至两路三路，是则蹈实蹈虚之辨也。"问："弈竟无常胜法乎？"又判曰："无常胜法，而有常不负法，不弈则常不负矣。仆猥以夙慧，得作鬼仙。世外闲身，名心都尽。逢场作戏，胜败何关？若当局者角争得失，尚慎旃哉[②]！"四座有经历世故者，多喟然太息。

注释

①谦挹（yì）：同"抑"，谦逊，退让。 ②尚慎旃哉：语出《诗经·魏风》，意思是还要谨慎小心啊。

季沧洲言：有狐居某氏书楼中数十年矣，为整理卷轴，驱除虫鼠，善藏弆者不及也。能与人语，而终不见其形。宾客宴集，或虚置一席，亦出相酬酢。词气恬雅，而谈言微中，往往倾其座人。

一日，酒纠[①]宣觞政[②]，约各言所畏，无理者罚，非所独畏者亦罚。有云畏讲学者，有云畏名士者，有云畏富人者，有云畏贵官者，有云畏善谀者，有云畏过谦者，有云畏礼法周密者，有云畏缄默慎重、欲言不言者。最后问狐，则曰："吾畏狐。"众哗笑曰："人畏狐可也，君为同类，何所畏？请浮大白。"狐哂曰："天下惟同类可畏也。夫瓯、越之人，与奚、霫不争地；江海之人，与车马不争路。类不同也。凡争产者，必同父之子；凡争宠者，必同夫之妻；凡争权者，必同官之士；凡争利者，必同市之贾。势近则相碍，相碍则相轧耳。且射雉者媒以雉，不媒以鸡鹜；捕鹿者由以鹿，不由以羊豕。凡反间内应，亦必以同类。非其同类，不能投其好而入，伺其隙而抵也。由是以思，狐安得不畏狐乎？"座有经历险阻者，多称其中理。独一客酌酒狐前曰："君言诚确。然此天下所同畏，非君所独畏，仍宜浮大白。"乃一笑而散。

余谓狐之罚觞，应减其半。盖相碍相轧，天下皆知之。至伏肘腋[③]之间，而为心腹之大患；托水乳之契，而藏钩距之深谋，则不知者或多矣。

注释

①酒纠：劝酒监酒令的人。　②觞政：酒令。　③肘腋：比喻非常贴近的地方。

沧州李媪，余乳母也。其子曰柱儿，言昔往海上放青时，海滨空旷之地，茂草丛生。土人驱牛马往牧，谓之放青。有灶丁夜方寝，海上煮盐之户，谓之灶丁。闻室内窸窣有声。时月明穿牖，谛视无人，以为虫鼠类也。俄闻人语嘈杂，自远而至。有人连呼曰："窜入此屋矣。”疑讶间，已到窗外，扣窗问曰：“某在此乎？”室内泣应曰：“在。”又问：“留汝乎？”泣应曰：“留。”又问：“汝同床乎？别宿乎？”泣良久，乃应曰：“不同床谁肯留也！”窗外顿足曰：“败矣！”忽一妇大笑曰：“我度其出投他所，人必不相饶。汝以为未必，今竟何如？尚有面目携归乎？”此语之后，惟闻索索人行声，不闻再语。既而妇又大笑曰：“此尚不决，汝为何物乎？”扣窗呼灶丁曰：“我家逃婢投汝家，既已留宿，义无归理。此非尔胁诱，老奴无词以仇汝；即或仇汝，有我在，老奴无能为也。尔等且寝，我去矣。”穴纸私窥，阒然无影。

回顾枕畔，则一艳女横陈。且喜且骇，问所自来。言：“身本狐女，为此家狐买作妾。大妇妒甚，日日加捶楚[①]。度不可住，逃出求生。所以不先告君者，虑恐怖不留，必为所执。故跧伏床角，俟其追至，始冒死言已失身，冀或相舍。今幸得脱，愿生死随君。”灶丁虑无故得妻，或为人物色，致有他虞[②]。女言：“能自隐形，不为人见。顷缩身为数寸，君顿忘耶？”遂留为夫妇。亲操井臼，不异贫家，灶丁竟以小康。

柱儿于灶丁为外兄，故知其审。李媪说此事时，云女尚在。今四十余年，不知如何矣。

此婢遭逢患难，不辞诡语以自污，可谓铤而走险。然既已自污，则其夫留之为无理，其嫡去之为有词。此冒险之计，实亦决胜之计也，婢亦黠矣哉！惟其夫初既不顾其后，后又不为之所，使此婢援绝路穷，至一决而横溃，又何如度德量力，早省此一举欤！

注释

①捶楚：杖击，鞭打。 ②虞：忧虑。

老儒周懋官，口操南音，不记为何许人。久困名场，流离困顿，尝往来于周西擎、何华峰家。华峰本亦姓周，或二君之族欤？乾隆初，余尚及见之，迂拘拙钝，古君子也。每应试，或以笔画小误被贴，或已售而以一二字被落。亦有过遭吹索，如题目写曰字偶稍狭，即以误作日字贴，写巳字末笔偶锋尖上出，即以误作已字贴，尤抑郁不平。

一日，焚牒文昌祠，诉平生未作过恶，横见沮抑。数日后，梦朱衣吏引至一殿，神据案语曰："尔功名坎坷，遽渎明神，徒挟怨尤[1]，不知因果。尔前身本部院吏也，以尔狡黠舞文，故罚尔今生为书痴，毫不解事。以尔好指摘文牒，虽明知不误，而巧词锻炼，以挟制取财，故罚尔今生处处以字画见斥。"因指簿示之曰："尔以日字见贴者，此官前世乃福建驻防音德布之妻，老节妇也。因咨文写音为殷，译语谐声，本无定字，尔反复驳诘，来往再三。使穷困孤嫠所得建坊之金，不足供路费。尔以已字见贴者，此官前世以知县起服，本历俸三年零一月。尔需索不遂，改其文三字为五，一字为十，又以五年零十月核计，应得别案处分。比及辨白，坐原文错误，已沉滞年余。业报牵缠，今生相遇，尔何冤之可鸣欤？其他种种，皆有夙因，不能为尔备陈，亦不可为尔预泄。尔宜委顺[2]，无更哓哓[3]。傥其不信，则缁袍黄冠，行且有与尔为难者，可了然悟矣。"语讫，挥出。霍然而醒，殊不解缁袍黄冠之语。时方寓佛寺，因迁徙避之。

至乙卯乡试，闱中已拟第十三。二场僧道拜父母判中，有

"长揖君亲"字，盖用傅弈表"不忠不孝，削发而揖君亲"语也。考官以为疵累，竟斥落。方知神语不诬。

此其馆步丈陈谟家，名登廷，枣强人，官制造库郎中。自详述于步丈者。后不知所终，殆坎壈以殁矣。

注释

①尤：怨恨。 ②委顺：顺从。 ③哓（xiāo）哓：争辩。

虞倚帆待诏言：有选人[①]张某，携一妻一婢至京师，僦居海丰寺街。岁余，妻病殁。又岁余，婢亦暴卒。方治榇，忽似有呼吸，既而目睛转动，已复苏，呼选人执手泣曰："一别年余，不意又相见。"选人骇愕，则曰："君勿疑谵语[②]，我是君妇，借婢尸再生也。此婢虽侍君巾栉，恒郁郁不欲居我下。商于妖尼，以术魇我，我遂发病死。魂为术者收瓶中，镇以符咒，埋尼庵墙下。局促昏暗，苦状难言。会尼庵墙圮，掘地重筑，圬者劚土破瓶，我乃得出。茫茫昧昧，莫知所往，伽蓝神指我诉城隍。而行魇法者皆有邪神为城社，辗转撑拄，狱不能成。达于东岳，乃捕逮术者，鞫治得状，拘婢付泥犁。我寿未尽，尸已久朽，故判借婢尸再生也。"阖家悲喜，仍以主母事之。而所指作魇之尼，则谓选人欲以婢为妻，故诈死片时，造作斯语。不顾陷人于重辟，汹汹欲讦讼[③]。事无实证，惧干妖妄罪，遂讳不敢言。然倚帆尝私叩其僮仆，具道妇再生后，述旧事无纤毫差，其语音行步，亦与妇无纤毫异。又婢拙女红，而妇善刺绣，有旧所制履未竟，补成其半，宛然[④]一手，则似非伪托矣。此雍正末年事也。

注释

①选人：候补、候选的官员。 ②谵语：胡言乱语。 ③讦(jié)讼：控告诉讼。 ④宛然：非常相像。

范蘅洲山阴人，名家相，甲戌进士，官柳州府知府。之侄女，未婚殉节，吞金环不死，卒自投于河。曾太守嘉祥人，曾子裔也，偶忘其名字。之女，以[①]救母并焚死。其事迹始末，当时皆了了[②]知之。今四十余年，不能举其详矣。奇闻易记，庸行易忘，固事理之常欤！附存姓氏，冀不泯幽光[③]。《孔子家语》载弟子七十二人，固不必一一皆具行实尔。

注释

①以：因为。 ②了了：清楚。 ③幽光：潜隐的光辉，指人的品质。

蘅洲言：其乡某甲甚朴愿，一生无妄为。一日昼寝，梦数役持牒摄之去。至一公署，则冥王坐堂上，鞫[①]以谋财杀某乙。某乙至，亦执甚坚。盖某乙自外索逋归，天未曙，趁凉早发。遇数人，见腰缠累然[②]，共击杀之，携资遁，弃尸岸旁。某甲适棹舴艋过，见尸大骇。视之，识为某乙，尚微有气。因属邻里，抱置舟上，欲送之归。某乙垂绝，忽稍苏，张目见某甲，以为众夺财去，某甲独载尸弃诸江也。故魂至冥司，独讼某甲。冥王检籍，云盗为某某，非某甲。某乙以亲见固争。冥吏又以冥籍无误理，与某乙固争。冥王曰："冥籍无误，论其常也。然安知千百万年不误者，不偶此一误乎？我断之不如人质之也，吏言之不如囚证之也。"故拘某甲。某甲具述载送意。照以业镜，如所言，某乙乃悟。某甲初窃怪误拘，冥王告以故，某甲亦悟。遂别治某乙狱，而送某甲归。

夫折狱之明决，至冥司止矣；案牍之详确，至冥司亦止矣。而冥王若是不自信也，又若是不惮烦也，斯冥王所以为冥王欤！

注释

①鞫：审讯。 ②累然：众多的样子。

"仲尼不为已甚"，岂仅防矫枉过直哉？圣人之所虑远也。老子曰："民不畏死，奈何以死畏之？"夫民未尝不畏死，至知必死乃不畏；至不畏死，则无事不可为矣。

小时闻某大姓为盗劫，悬赏格购捕。半岁余，悉就执，亦俱引伏。而大姓恨盗甚，以多金赂狱卒，百计苦之，至足不蹑地，胁不到席，束缚不使如厕，裈[①]中蛆虫蠕蠕嘬股髀，惟不绝饮食，使勿速死而已。盗恨大姓甚，私计强劫得财，律不分首从斩；轮奸妇女，律亦不分首从斩。二罪从一科断，均归一斩，万无加至磔裂理。乃于庭鞫时，自供遍污其妇女。官虽不据以录供，而众口坚执，众耳共闻，迄不能灭此语。不善大姓者又从而附会，谓盗已论[②]死，足蔽罪，而不惜多金，又百计苦之，其衔恨次骨正以此。人言籍籍[③]，亦无从而辨此疑。遂大为门户玷，悔已无及。

夫劫盗骈戮，不能怨主人；即拷掠追讯，桎梏幽系，亦不能怨主人，法所应受也。至虐以法外，则其志不甘。掷石击石，力过猛必激而反。取一时之快，受百世之污，岂非已甚之故乎？然则圣人之所虑远矣。

注释

①裈（kūn）：内裤。 ②论：判罪。 ③籍籍：众口喧腾貌。

霍养仲言：雍正初，东光有农家，粗具中人产。一夕，有劫盗，不甚搜财物，惟就衾中曳其女，掖[1]入后圃，仰缚曲项老树上。盖其意本不在劫也。女哭詈，客作高斗，睡圃中，闻之跃起，挺刃出与斗。盗尽披靡[2]，女以免。女恚愤泣涕，不语不食，父母宽譬终不解。穷诘再三，始出一语曰："我身裸露，可令高斗见乎？"父母喻意，竟以妻斗。

此与楚钟建事适相类。然斗始愿不及此，徒以其父病，主为医药，及死为棺敛，葬以隙地，而招其母司炊煮，故感激出死力耳。罗大经《鹤林玉露》载咏朱亥诗曰："高论唐虞儒者事，负君卖友岂胜言！凭君莫笑金椎陋，却是屠沽解报恩。"至哉言乎！

注释

①掖：拽着别人的胳膊。 ②披靡：溃败逃散。

太白诗曰："徘徊映歌扇，似月云中见。相见不相亲，不如不相见。"此为冶游言也。人家夫妇有睽离[1]阻隔，而日日相见者，则不知是何因果矣。

郭石洲言：中州有李生者，娶妇旬余而母病，夫妇更番守侍，衣不解结者七八月。母殁后，谨守礼法，三载不内宿。后贫甚，同依外家。外家亦仅仅温饱，屋宇无多，扫一室留居。未匝月，外姑之弟远就馆，送母来依姊。无室可容，乃以母与女共一室，而李生别榻书斋，仅早晚同案食耳。

阅两载，李生入京规进取，外舅亦携家就幕江西。后得信，云妇已卒。李生意气懊丧，益落拓[②]不自存，仍附舟南下觅外舅。外舅已别易主人，随往他所，无所栖托，姑卖字糊口。

一日，市中遇雄伟丈夫，取视其字，曰："君书大好，能一岁三四十金，为人书记乎？"李生喜出望外，即同登舟。烟水渺茫，不知何处。至家，供张亦甚盛。及观所属笔札，则绿林豪客也。无可如何，姑且依止。虑有后患，因诡易里籍姓名。

主人性豪侈，声伎满前，不甚避客。每张乐，必召李生。偶见一姬，酷肖其妇，疑为鬼。姬亦时时目李生，似曾相识。然彼此不敢通一语。盖其外舅江行，适为此盗所劫，见妇有姿首，并掠以去。外舅以为大辱，急市薄槥，诡言女中伤死，伪为哭敛，载以归。妇惮死失身，已充盗后房，故于是相遇。然李生信妇已死，妇又不知李生改姓名，疑为貌似，故两相失。大抵三五日必一见，见惯亦不复相目矣。

如是六七年，一日，主人呼李生曰："吾事且败，君文士不必与此难。此黄金五十两，君可怀之，藏某处丛荻间。候兵退，速觅渔舟返。此地人皆识君，不虑其不相送也。"语讫，挥手使急去伏匿。未几，闻哄然格斗声。既而闻传呼曰："盗已全队扬帆去，且籍[③]其金帛妇女。"时已曛黑[④]，火光中窥见诸乐伎皆被发肉袒，反接系颈，以鞭杖驱之行。此姬亦在内，惊怖战栗，使人心恻。

明日，岛上无一人，痴立水次[⑤]。良久，忽一人棹小舟呼曰："某先生耶？大王故无恙，且送先生返。"行一日夜，至岸。惧遭物色，乃怀金北归。

至则外舅已先返，仍住其家，货所携，渐丰裕。念夫妇至相爱，而结褵[6]十载，始终无一月共枕席。今物力稍充，不忍终以薄槥葬，拟易佳木；且欲一睹其遗骨，亦夙昔之情。外舅力阻不能止，词穷吐实。急兼程至豫章，冀合乐昌之镜。则所俘乐伎，分赏已久，不知流落何所矣。每回忆六七年中，咫尺千里，辄惘然如失。又回忆被俘时，缧绁[7]鞭笞之状，不知以后摧折，更复若何，又辄肠断也。从此不娶，闻后竟为僧。

戈芥舟前辈曰："此事竟可作传奇，惜末无结束，与《桃花扇》相等。虽曲终不见，江上峰青，绵邈含情，正在烟波不尽，究未免增人怊怅耳。"

注释

①睽（kuí）离：分离，分散。②落拓：贫困潦倒。③籍：登记。④曛（xūn）黑：天快黑的时候。⑤水次：水边。⑥结褵（lí）：结婚。⑦缧绁（léixiè）：用绳子捆绑。

金可亭此浙江金孝廉，名嘉炎。与金大司农同姓同号，各自一人。言：有赵公者，官监司。晚岁家居，得一婢曰紫桃，宠专房，他姬莫当夕[1]。紫桃亦婉娈善奉事，呼之必在侧，百不一失。赵公固聪察，疑有异，于枕畔固诘。紫桃自承为狐，然夙缘当侍公，与公无害。昵爱久，亦弗言。家有园亭，一日立两室间，呼紫桃，则两室各一紫桃出。乃大骇，紫桃谢曰："妾分形也。"

偶春日策杖郊外，逢道士与语，甚有理致，情颇洽。问所自来，曰："为公来。公本谪仙，限满当归三岛。今金丹已为狐所盗，不可复归。再不治，虑寿限亦减。仆，公旧侣，故来视公。"赵公心知紫桃事，邀同归。

道士踞坐厅事，索笔书一符，曼声长啸。邸中纷纷扰扰，有数十紫桃，容色衣饰，无毫发差，跪庭院皆满。道士呼真紫桃出，众相顾曰：“无真也。”又呼最先紫桃出，一女叩额曰：“婢子是。”道士叱曰：“尔盗赵公丹已非，又呼朋引类，务败其道，何也？”女对曰：“是有二故。赵公前生，炼精四五百年，元关坚固，非更番迭取不能得。然赵公非碌碌者，见众美遝[②]进，必觉为蛊惑，断不肯纳。故终始共幻一形，匿其迹也。今事已露，愿散去。”

道士挥手令出，顾赵公太息曰：“小人献媚旅[③]进，君子弗受也。一小人伺君子之隙，投其所尚，众小人从而阴佐之，则君子弗觉矣。《易·姤卦》之初六，一阴始生，其象为系于金柅。柅以止车，示当止也。不止则履霜之初，即坚冰之渐，浸假而《剥卦》六五至矣。今日之事，是之谓乎？然苟无其隙，虽小人不能伺；苟无所好，虽小人不能投。千金之堤，溃于蚁漏，有罅故也。公先误涉旁门，欲讲容成之术；既而耽玩艳冶，失其初心。嗜欲日深，故妖物乘之而麕[④]集。衅因自起，于彼何尤？此始此终，固亦其理。驱之而不谴，盖以是耳。吾来稍晚，于公事已无益。然从此摄心清静，犹不失作九十翁。”再三珍重，瞥然而去。赵公后果寿八十余。

注释

①当夕：妻妾侍寝。　②遝（tà）：众多。　③旅：共同。
④麕（qún）：成群。

哈密屯军，多牧马西北深山中。屯弁或往考牧，中途恒憩一民家。主翁或具瓜果，意甚恭谨。久渐款洽[①]，然窃怪其无邻无里，不圃不农，寂历空山，作何生计？

一日，偶诘其故。翁无词自解，云实蜕形之狐。问：“狐喜近人，何以僻处？狐多聚族，何以独居？”曰：“修道必世外幽栖，始精神坚定。如往来城市，则嗜欲日生，难以炼形服气，不免于媚人采补，摄取外丹。傥[2]所害过多，终干天律。至往来墟墓，种类太繁，则踪迹彰明，易招弋猎，尤非远害之方。故均不为也。”屯弁喜其朴诚，亦不猜惧，约为兄弟，翁亦欣然。因出便旋，循墙环视。翁笑曰：“凡变形之狐，其室皆幻。蜕形之狐，其室皆真。老夫尸解以来，久归人道，此并葺茅伐木，手自经营，公毋疑如海市也。”

他日再往，屯军告月明之夕，不睹人形，而石壁时现二人影，高并丈余，疑为鬼物，欲改牧厂。屯弁以问，此翁曰：“此所谓木石之怪夔罔两也。山川精气，翕合而生。其始如泡露，久而渐如烟雾，久而凝聚成形，尚空虚无质，故月下惟见其影。再百余年，则气足而有质矣。二物吾亦尝见之，不为人害，无庸避也。”后屯弁泄其事，狐遂徙去，惟二影今尚存焉。

此哈密徐守备所说。徐云久拟同屯弁往观，以往返须数日，尚未暇也。

注释

①款洽：亲切，亲密。　②傥：假如。

乌鲁木齐牧厂，一夕大风雨，马惊逸者数十匹，追寻无迹。七八日后，乃自哈密山中出。知为乌鲁木齐马者，马有火印故也。是地距哈密二十余程，何以不十日即至？知穹谷幽岩，人迹未到之处，别有捷径矣。大学士温公，遣台军数辈，裹[1]粮往探。皆粮尽空返，终不得路。或曰：“台军惮路远，在近山逗遛旬日，诡[2]云已往。”或曰：“台军惮伐山开路劳，又惮移台搬运费，故讳不言。”或曰：“自哈密辟展至迪化，即乌鲁木齐之城名，今因为州名。人烟相接，村落市廛③，邮传馆舍如内地，又沙平如掌。改而山行，则路既险阻，地亦荒凉，事事皆不适。故不愿。”或曰：“道途既减大半，则台军之额，驿马之数，以及一切转运之费，皆应减大半，于官吏颇有损，故阴掣肘。”是皆不可知。然七八日得马之事，终不可解。或又为之说曰：“失马谴重，司牧者以牢醴祷山神。神驱之，故马速出，非别有路也。”然神能驱之行，何不驱之返乎？

注释

①裹：携带。 ②诡：欺诈。 ③廛（chán）：古代平民的住所。

奴子王廷佑之母言：幼时家在卫河侧，一日晨起，闻两岸呼噪声。时水暴涨，疑河决。踉跄出视，则河中一羊头昂出水上，巨如五斗栲栳①，急如激箭，顺流向北去，皆曰羊神过。余谓此蛟螭之类，首似羊也。《埤雅》载龙九似亦称首似牛云。

注释

①栲栳：一种柳条编成的容器，又叫笆斗。

居卫河侧者言：河之将决，中流之水必凸起，高于两岸，然不知其在何处也。至棒椎鱼集于一处，则所集之处不一两日溃矣。父老相传，验之百不失一。棒椎鱼者，象其形而名。平时不知在何所，网钓亦未见得之者；至河暴涨，乃麕至。护堤者见其以首触岸，如万杵齐筑，则决在斯须间矣。岂非数哉！

然唐尧洪水，天数也；神禹随刊，则人事也。惟圣人能知天，惟圣人不委过于天。先事而绸缪，后事而补救，虽不能消弭，亦必有所挽回。

先曾祖母王太夫人八旬时，宾客满堂。奴子李荣司茶酒，窃沧酒半罂，匿房内。夜归将寝，闻罂中有鼾声，怪而撼之。罂中忽语曰："我醉欲眠，尔勿扰。"知为狐魅，怒而极撼之，鼾益甚。探手引之，则一人首出罂口，渐巨如斗，渐巨如栲栳。荣批其颊，则掉首一摇，连罂旋转，砰然有声，触瓮而碎，已涓滴不遗矣。荣顿足[①]极骂，闻梁上语曰："长孙无礼！长孙，荣之小名也。许尔盗不许我盗耶？尔既惜酒，我亦不胜酒。今还尔。"据其项而呕，自顶至踵，淋漓殆遍。此与余所记西城狐事相似，而更恶作剧。然小人贪冒[②]，无一事不作奸，稍料理之。未为过也。

注释

①顿足：跺脚。 ②贪冒：贪财利。

安州陈大宗伯，宅在孙公园。其后废墟即孙退谷之别业。后有楼贮杂物，云有狐居，然不甚露形色也。一日，闻似相诟谇，忽乱掷牙牌于楼下，琤琤如雹，数之，得三十一扇，惟阙[①]二四一扇耳。二四幺二，牌家谓之至尊，以合为九数故也。得者为大捷。疑其争此二扇，怒而抛弃欤？余儿时曾亲见之。杜工部大呼五白，韩昌黎博塞争财，李习之作《五木经》，杨大年喜叶子戏，偶然寄兴，借此消闲，名士风流，往往不免；乃至元邱校尉，亦复沿波。余性迂疏，终以为非雅戏也。

注释

①阙：缺少。

蒋心余言：有客人赴游湖约，至则画船箫鼓、红裙而侑[①]

酒者，谛视乃其妇也。去家二千里，不知何流落到此。惧为辱，噤不敢言。妇乃若不相识，无恐怖意，亦无惭愧意，调丝度曲，引袖飞觞，恬如也。惟声音不相似。又妇笑好掩口，此妓不然，亦不相似。而右腕红痣如粟颗，乃复宛然。大惑不解，草草终筵，将治装为归计。俄得家书，妇半载前死矣。疑为见鬼，亦不复深求。所亲见其意态殊常，密诘再三，始知其故，咸以为貌偶同也。

后闻一游士来往吴越间，不事干谒[②]，不通交游[③]，亦无所经营贸易，惟携姬媵数辈闭门居。或时出一二人，属媒媪卖之而已。以为贩鬻妇女者，无与人事，莫或过问也。一日，意甚匆遽，急买舟欲赴天目山，求高行僧作道场。僧以其疏语掩抑支离，不知何事；又有"本是佛传，当求佛佑。仰藉慈云之庇，庶宽雷部之刑"语，疑有别故，还其衬施，谢遣之。至中途，果殒于雷。后从者微泄其事，曰："此人从一红衣番僧受异术，能持咒摄取新敛女子尸，又摄取妖狐淫鬼，附其尸以生，即以自侍。再有新者，即以旧者转售人，获利无算。因梦神责以恶贯将满，当伏天诛，故忏悔以求免，竟不能也。"疑此客之妇，即为此人所摄矣。理藩院尚书留公，亦言红教喇嘛有摄召[④]妇女术，故黄教斥以为魔云。

注释

①侑（yòu）：劝人饮食。 ②干谒：有所求而请见。 ③交游：交际。 ④摄召：摄取。

外祖安公，前母安太夫人父也。殁时家尚盛，诸舅多以金宝殉。或陈璠玙之戒，不省。又筑室墓垣外，以数壮夫逻守，柝声铃声，彻夜相答。或曰："是树帜招盗也。"亦不省。既而果被发。盖盗乘守者昼寝，衣青蓑，逾垣伏草间，故未觉其入。至夜，以椎凿破棺。柝二击则以二椎，柝三击则以三椎，故转以击柝不闻声。伏至天欲晓，铃柝皆息，乃逾墙遁，故未觉其出。一含珠巨如龙眼核，亦裂颏取去。先闻之也，告官大索，未得间，诸舅同梦外祖曰："吾夙生负此三人财，今取偿，捕亦不获。惟我未尝屠割彼，而横见酷虐，刃劙断我颐，是当受报，吾得直于冥司矣。"后月余，获一盗，果取珠者。珠为尸气所蚀，已青暗不值一钱。其二盗灼知姓名，而千金购捕不能得，则梦语不诬矣。

表叔王月阡言：近村某甲买一妾，两月余逃去。其父反以妒杀焚尸讼。会县官在京需次[①]时，逃妾构讼，事与此类。触其旧愤，穷治得诬状。计不得逞，然坚不承转鬻。盖无诱逃实证，难于究诘，妾卒无踪。某甲妇弟住隔县，妇归宁[②]，闻弟新纳妾，欲见之。妾闭户不肯出，其弟自曳之来。一见即投地叩额，称死罪，正所失妾也。妇弟以某甲旧妾，不肯纳。某甲以曾侍妇弟，亦不肯纳。鞭之百，以配老奴，竟以爨婢终焉。

夫富室构讼，词连帷簿，此不能旦夕结也，而适值是县官。女子转鬻，深匿闺帏，此不易物色求也，而适值其妇弟。机械百端，可云至巧，乌[③]知造物更巧哉！

注释

①需次：旧指官吏授职后，按照资历依次补缺。 ②归宁：出嫁女子回家省亲。 ③乌：哪，何。

门人葛观察正华，吉州人。言其乡有数商，驱骡纲行山间。见樵径上立一道士，青袍棕笠，以麈尾招其中一人曰：

"尔何姓名?"具以对。又问籍何县，曰："是尔矣。尔本谪仙，今限满当归紫府。吾是尔本师，故来导尔。尔宜随我行。"此人私念平生不能识一字，鲁钝如是，不应为仙人转生；且父母年已高，亦无弃之求仙理，坚谢不往。道士太息，又招众人曰："彼既堕落，当有一人补其位。诸君相遇，即是有缘，有能随我行者乎？千载一遇，不可失也。"众亦疑骇无应者，道士哱[①]然去。众至逆旅，以此事告人。或云仙人接引，不去可惜。或云恐或妖物，不去是。有好事者，次日循樵径探之。甫登一岭，见草间残骸狼藉，乃新被虎食者也。惶遽而返。

此道士殆虎伥欤？故无故而致非常之福，贪冒者所喜，明哲者所惧也；无故而作非分之想，侥幸者其偶，颠越者其常也。谓此人之鲁钝，正此人之聪明可矣。

注释

①哱：生气。

宋人《咏蟹》诗曰："水清讵免双螯黑，秋老难逃一背红。"借寓朱勔之贪婪必败也。然他物供庖厨，一死焉而已。惟蟹则生投釜甑，徐受蒸煮，由初沸至熟，至速亦逾数刻。其楚毒[①]有求死不得者。意非夙业深重，不堕是中。

相传赵公宏燮官直隶巡抚时，时直隶尚未设总督。一夜，梦家中已死僮仆媪婢数十人，环跪阶下，皆叩额乞命，曰："奴辈生受豢养恩，而互结朋党，蒙蔽主人。久而枝蔓牵缠，根柢胶固，成牢不可破之局。即稍有败露，亦众口一音，巧为解结，使心知之而无如何。又久而阴相掣肘，使不如众人之意，则不能行一事。坐是罪恶，堕入水族，使世世罹汤镬之苦。明日主人供膳蟹，即奴辈后身，乞见赦宥[②]。"公故仁慈，天曙，以梦告司庖，饬举蟹投水，且为礼忏作功德。时霜蟹肥美，使宅所供，尤精选膏腴。奴辈皆窃笑曰："老翁狡狯，造此语怖人耶！吾辈岂受汝绐者！"竟效校人之烹，而以已放告；又干没其功德钱，而以佛事已毕告。赵公竟终不知也。此辈作奸，固其常态；要亦此数十僮仆婢媪者，留此锢习，适以自戕。请君入瓮，此之谓欤？

注释

①楚毒：痛苦。②赦宥：宽恕。

魂与魄交而成梦，究不能明其所以然。先兄晴湖，尝咏高唐神女事曰："他人梦见我，我固不得知。我梦见他人，人又乌知之？孱王自幻想，神女宁幽期？如何巫山上，云雨今犹疑？"足为瑶姬雪谤[①]。

然实有见人之梦者。奴子李星，尝月夜村外纳凉，遥见邻家少妇掩映枣林间。以为守圃防盗，恐其翁姑及夫或同在，不敢呼与语。俄见其循塍西行半里许，入秫丛中。疑其有所期会，益不敢近，仅远望之。俄见穿秫丛出行数步，阻水而返，痴立良久，又循水北行百余步，阻泥泞又返，折而东北入豆田。诘屈行，颠踬[②]者再。知其迷路，乃遥呼曰："几嫂深夜往何处？迤[③]北更无路，且陷淖中矣。"妇回顾应曰："我不能出，几郎可领我还。"急赴之，已无睹矣。知为遇鬼，心惊骨栗，狂奔归家。乃见妇与其母坐门外墙下，言适纺倦睡去，梦至林野中，迷不能出，闻几郎在后唤我，乃霍然醒。与星所见，一一相符。

盖疲苶之极，神不守舍，真阳飞越，遂至离魂。魄与形离，是即鬼类，与神识[④]起灭自生幻象者不同，故人或得而见之。独孤生之梦游，正此类耳。

注释

①雪谤：洗清冤情。 ②颠蹶：摔倒。 ③迤：斜行。 ④神识：精神意识。

有州牧以贪横伏诛。既死之后，州民喧传其种种冥报，至不可殚[1]书。余谓此怨毒未平，造作讹言耳。先兄晴湖则曰："天地无心，视听在民。民言如是，是亦可危也已！"

注释

①殚：尽，竭尽。

里媪遇饭食凝滞者，即以其物烧灰存性，调水服之。余初斥其妄，然亦往往验[1]。审思其故，此皆油腻凝滞者也。盖油腻先凝，物稍过多，则遇之必滞。凡药物入胃，必凑其同气。故某物之灰，能自到某物凝滞处。凡油腻得灰即解散，故灰到其处，滞者自行，犹之以灰浣[2]垢而已。若脾弱之凝滞，胃满之凝滞，气郁之凝滞，血瘀痰结之凝滞，则非灰所能除矣。

注释

①验：有效果。 ②浣：洗。

乌鲁木齐军校王福言：曩在西宁，与同队数人入山射生。遥见山腰一番妇独行，有四狼随其后。以为狼将搏噬，番妇未见也，共相呼噪。番妇如不闻。一人引满射狼，乃误中番妇，倒掷堕山下。众方惊悔，视之，亦一狼也，四狼则已逸去矣。盖妖兽幻形，诱人而啖，不幸遭殪[1]也。岂恶贯已盈，若或使之欤？

注释

①殪（yì）：杀死。

卷十六

姑妄听之二

天下事，情理而已，然情理有时而互妨。里有姑虐其养媳者，惨酷无人理。遁归母家，母怜而匿[①]别所，诡云未见，因涉讼。姑以朱老与比邻，当见其来往，引为证。朱私念言女已归，则驱人就死；言女未归，则助人离婚。疑不能决，乞签于神。举筒屡摇，签不出。奋力再摇，签乃全出。是神亦不能决也。辛彤甫先生闻之曰："神殊愦愦。十岁幼女，而日日加炮烙[②]，恩义绝矣。听其逃死不为过。"

注释

①匿：藏。　②炮烙：酷刑。

戈孝廉仲坊，丁酉乡试后，梦至一处，见屏上书绝句数首。醒而记其两句曰："知是蓬莱第一仙，因何清浅几多年？"壬子春，在河间见景州李生，偶话其事。李骇曰："此余族弟屏上近人题梅花作也。句殊不工，不知何以入君梦？"前无因缘，后无征验，《周官》六梦，竟何所属乎？

《新齐谐》即《子不语》之改名。载雄鸡卵事，今乃知竟实有之。其大如指顶，形似闽中落花生，不能正圆，外有斑点，向日映之，其中深红如琥珀，以点目眚[①]，甚效。德少司空成、汪副宪承霈皆尝以是物合药。然不易得，一枚可以值十金。阿少司农迪斯曰："是虽罕睹，实亦人力所为。以肥壮雄鸡闭笼中，纵群雌绕笼外，使相近而不能相接。久而精气抟结，自能成卵。"此亦理所宜然。然鸡秉巽风之气，故食之发疮毒。其卵以盛阳不泄，郁积而成，自必蕴热，不知何以反明目？又《本草》之所不载，医经之所未言，何以知其能明目？此则莫明其故矣。汪副宪曰："有以蛇卵售欺者，但映日不红，即为伪托。"亦不可不知也。

注释

①眚（shěng）：眼睛生的翳。

沈媪言：里有赵三者，与母俱佣于郭氏。母殁后年余，一夕似梦非梦，闻母语曰："明日大雪，墙头当冻死一鸡，主人必与尔，尔慎勿食。我尝盗主人三百钱，冥司判为鸡以偿。今生卵足数而去也。"次日，果如所言。赵三不肯食，泣而埋之。反复穷诘，始吐其实。此数年内事也。然则世之供车骑受刲[①]煮者，必有前因焉，人不知耳。此辈之狡黠攘窃者，亦必有后果焉，人不思耳。

注释

①刲（kuī）：宰杀。

余十一二岁时，闻从叔灿若公言：里有齐某者，以罪戍黑龙江，殁数年矣。其子稍长，欲归其骨，而贫不能往，恒蹙然如抱深忧。一日，偶得豆数升，乃屑以为末，水抟[①]成丸，衣以赭土，诈为卖药者以往，姑以给取数文钱供口食耳。乃沿途买其药者，虽危证亦立愈。转相告语，颇得善价，竟藉是达戍所。得父骨，以箧负归。归途于窝集[②]遇三盗，急弃其资斧[③]，负箧奔。盗追及，开箧见骨，怪问其故。涕泣陈述，共悯而释之，转赠以金。方拜谢间，一盗忽擗踊[④]大恸曰："此人孱弱如是，尚数千里外求父骨。我堂堂丈夫，自命豪杰，顾乃不能耶！诸君好住，吾今往肃州矣。"语讫，挥手西行。其徒呼使别妻子，终不反顾，盖所感者深矣。惜人往风微，无传于世。余作《滦阳消夏录》诸书，亦竟忘之。癸丑三月三日，宿海淀直庐，偶然忆及，因录以补志乘之遗。傥亦潜德未彰，幽灵不泯，有以默启余衷乎？

注释

①抟（tuán）：把东西揉弄成圆形。　②窝集：吉林黑龙江一带的原始森林，当地称"窝集"。　③资斧：钱财。　④擗踊（pǐyǒng）：形容极度悲哀。擗，捶胸。踊，以足顿地。

李蟠木言：其乡有灌园叟，年六十余矣。与客作数人同屋寝，忽闻其哑哑作颤声，又呢呢作媚语，呼之不应。一夕，灯未尽，见其布衾蠕蠕掀簸，如有人交接者，问之亦不言。既而白昼或忽趋僻处，或无故闭门。怪而觇[①]之，辄有瓦石飞击。人方知其为魅所据。

久之不能自讳，言初见一少年至园中，似曾相识，而不能记忆，邀之坐，问所自来。少年言："有一事告君，祈君勿拒。君四世前与我为密友，后忽藉胥魁势豪夺我田。我诉官，反遭笞。郁结以死，诉于冥官。主者以契交隙末，当以欢喜解冤，判君为我妇二十年。不意我以业重，遽堕狐身，尚有四年未了。比我炼形成道，君已再入轮回，转生今世。前因虽昧，旧债难消，夙命牵缠，遇于此地。业缘凑合，不能待君再堕女身，便乞相偿，完此因果。”我方骇怪，彼遽嘘我以气，惘惘然如醉如梦，已受其污。自是日必一两至，去后亦自悔恨，然来时又帖然意肯，竟自忘为老翁，不知其何以故也。

一夜，初闻狎昵声，渐闻呻吟声，渐闻悄悄乞缓声，渐闻切切求免声。至鸡鸣后，乃嗷然失声。突梁上大笑曰：“此足抵笞三十矣。”自是遂不至。后葺治草屋，见梁上皆白粉所画圈，十圈为一行。数之，得一千四百四十，正合四年之日数，乃知为所记淫筹。计其来去，不满四年，殆以一度抵一日矣。

或曰：“是狐欲媚此叟，故造斯言。”然狐之媚人，悦其色，摄[2]其精耳。鸡皮鹤发，有何色之可悦？有何精之可摄？其非相媚也明甚。且以扶杖之年，讲分桃之好，逆来顺受，亦太不情。其为身异性存，夙根未泯，自然相就，如磁引针，亦明甚。狐之所云，殆非虚语。然则怨毒纠结，变端百出，至三生之后而未已，其亦慎勿造因哉！

注释

①觇：偷偷观察。　②摄：吸取。

文水李秀升言：其乡有少年山行，遇少妇独骑一驴，红裙蓝帔，貌颇娴雅，屡以目侧睨[1]。少年故谨厚，虑或招嫌，恒在其后数十步，俯首未尝一视。至林谷深处，妇忽按辔不行，待其追及，语之曰：“君秉心端正，大不易得。我不欲害君，此非往某处路，君误随行。可于某树下绕向某方，斜行三四里，即得路矣。”语讫，自驴背一跃，直上木杪，其身渐渐长丈余，俄风起叶飞，瞥然已逝。再视其驴，乃一狐也。少年悸[2]几失魂。殆飞天夜叉之类欤？使稍与狎昵，不知作何变怪矣。

注释

①睨（nì）：斜眼看。 ②悸：害怕。

癸丑会试，陕西一举子于号舍遇鬼，骤发狂疾。众掖出归寓，鬼亦随出。自以首触壁，皮骨皆破。避至外城，鬼又随至，卒以刃自刺死。未死间，手书片纸付其友，乃“天网恢恢，疏而不漏”八字。虽不知所为何事，其为冤报则凿凿[1]矣。

注释

①凿凿：确实。

南皮郝子明言：有士人读书僧寺，偶便旋于空院，忽有飞瓦击其背。俄闻屋中语曰：“汝辈能见人，人则不能见汝辈。不自引避，反嗔人耶？”方骇愕间，屋内又语曰：“小婢无礼，当即笞之，先生勿介意。然空屋多我辈所居，先生凡遇此等处，宜面墙便旋，勿对门窗，则两无触忤[1]矣。”此狐可谓能克己。

余尝谓僮仆吏役与人争，角而不胜，其长恒引以为辱，世态类然。夫天下至可耻者，莫过于悖理。不问理之曲直，而务求我所隶属，人不能犯以为荣，果足为荣也耶？昔有属官私其胥魁，百计袒护。余戏语之曰：“吾侪[2]身后，当各有碑志一篇，使盖官论定，撰文者奋笔书曰：‘公秉正不阿，于所属吏役，犯法者一无假借。’人必以为荣，谅君亦以为荣也。又或奋笔书曰：‘公平生喜庇吏役，虽受赇[3]骫[4]法，亦一一曲为讳匿。’人必以为辱，谅君亦以为辱也。何此时乃以辱为荣，以荣为辱耶?”先师董文恪曰:“凡事不可载入行状,即断断不可为。”斯言谅矣。

注释

①触忤:冒犯。 ②侪(chái):辈。 ③赇(qiú):贿赂。④骫(wěi):枉曲。

侍鹭川言:侍氏未详所出,疑本侍其氏,明洪武中,凡复姓皆令去一字,因为侍氏也。有贾于淮上者,偶行曲巷,见一女姿色明艳,殆类天人。私访其近邻,曰:“新来未匝[①]月,只老母携婢数人同居,未知为何许人也。”贾因赂媒媪觇之,其母言:“杭州金姓,同一子一女往依其婿。不幸子遘疾,卒于舟;二仆又乘隙窃资逃。茕茕孤嫠,惧遭强暴,不得已税屋权住此,待亲属来迎,尚未知其肯来否。”语讫泣下。媒舔以既无所归,又无地主,将来作何究竟。有女如是,何不于此地求佳婿,暮年亦有所依。母言:“甚善!我亦不求多聘币,但弱女娇养久,亦不欲草草。有能制衣饰奁具[②]约值千金者,我即许之。所办仍是渠家物,我惟至彼一阅视,不取纤芥归也。”

媒以告贾,贾私计良得。旬日内,趣[③]办金珠锦绣,殚极华美;一切器用,亦事事精好。先亲迎一日,邀母来观,意甚惬足。次日,箫鼓至门,乃坚闭不启。候至数刻,呼亦不应。询问邻舍,又未见其移居。不得已,逾墙入视,则阒无一人。遍索诸室,惟破床堆髑髅[④]数具,乃知其非人。回视家中,一物不失,然无所用之,重鬻仅能得半价。懊丧不出者数月,竟莫测此魅何所取。

或曰:“魅本无意惑贾,贾妄生窥伺,反往觇魅,魅故因而戏弄之。”是于理当然。或又曰:“贾富而悭,心计可以析秋毫。犯鬼神之忌，故魅以美色颠倒之。”是亦理所宜有也。

注释

①匝：满。 ②奁（lián）具：嫁妆。 ③趣：同“促”，急促。 ④髑髅（dúlóu）：死人头骨。

《宣室志》载陇西李生左乳患痈[1]，一日痈溃，有雉自乳飞出，不知所之。《闻奇录》载崔尧封外甥李言吉左目患瘤，剖之，有黄雀鸣噪而去。其事皆不可以理解。札阁学郎阿亲见其亲串家小婢项上生疮，疮中出一白蝙蝠。知唐人记二事非虚，岂但“六合之外，存而不论”哉？

注释

①痈：脓疮。

曹慕堂宗丞有乩仙所画《醉钟馗图》，余题以二绝句曰：“一梦荒唐事有无，吴生粉本几临摹。纷纷画手多新样，又道先生是酒徒。”“午日家家蒲酒香，终南进士亦壶觞。太平时节无妖疠，任尔闲游到醉乡。”画者题者，均弄笔狡狯而已。

一日，午睡初醒，听窗外婢媪悄语说鬼：有王媪家在西山，言曾月夕守瓜田，遥见双灯自林外冉冉来，人语嘈杂，乃一大鬼醉欲倒，诸小鬼掖之踉跄行。安知非醉钟馗乎？

天地之大，无所不有。随意画一人，往往遇一人与之肖[1]，随意命一名，往往有一人与之同。无心暗合，是即化工之自然也。

注释

①肖：相像。

相传魏环极先生尝读书山寺，凡笔墨几榻之类，不待拂拭，自然无尘。初不为意，后稍稍怪之。一日晚归，门尚未启，闻室中窸窣有声。从隙窃觇，见一人方整饬[①]书案。骤入掩之，其人瞥穿后窗去。急呼令近，其人遂拱立窗外，意甚恭谨。问："汝何怪?"磬折对曰："某狐之习儒者也。以公正人，不敢近；然私敬公，故日日窃执仆隶役，幸公勿讶。"先生隔窗与语，甚有理致。自是虽不敢入室，然遇先生不甚避，先生亦时时与言。

一日，偶问："汝视我能作圣贤乎?"曰："公所讲者道学，与圣贤各一事也。圣贤依乎中庸，以实心励实行，以实学求实用。道学则务语精微，先理气，后彝伦；尊性命，薄事功，其用意已稍别。圣贤之于人，有是非心，无彼我心；有诱导心，无苛刻心。道学则各立门户，不能不争；既已相争，不能不巧诋以求胜。以是意见，生种种作用，遂不尽可令孔孟见矣。公刚大之气，正直之情，实可质鬼神而不愧，所以敬公者在此。公率其本性，为圣为贤亦在此。若公所讲，则固各自一事，非下愚之所知也。"公默然遣之。

后以语门人曰："是盖因明季[②]党祸，有激而言，非笃论也。然其抉摘[③]情伪，固可警世之讲学者。"

注释

①饬：整理。 ②季：末。 ③抉摘：揭发指摘。

沧州南一寺临河干，山门圮于河，二石兽并沉焉。阅十余岁，僧募金重修，求二石兽于水中，竟不可得，以为顺流下矣。棹数小舟，曳铁钯，寻十余里无迹。

一讲学家设帐寺中，闻之笑曰："尔辈不能究物理，是非木柹[1]，岂能为暴涨携之去？乃石性坚重，沙性松浮，湮[2]于沙上，渐沉渐深耳。沿河求之，不亦颠[3]乎？”众服为确论。

一老河兵闻之，又笑曰：“凡河中失石，当求之于上流。盖石性坚重，沙性松浮，水不能冲石，其反激之力，必于石下迎水处啮沙为坎穴。渐激渐深，至石之半，石必倒掷坎穴中。如是再啮，石又再转。转转不已，遂反溯流逆上矣。求之下流固颠，求之地中，不更颠乎？”如其言，果得于数里外。

然则天下之事，但知其一，不知其二者多矣，可据理臆断欤？

注释

①木柹：木片。　②湮：淹没。　③颠：颠倒。

交河及友声言：有农家子，颇轻佻。路逢邻村一妇，伫目睨视。方微笑挑之，适有馌者同行，遂各散去。阅日，又遇诸途，妇骑一乌犉牛，似相顾盼。农家子大喜，随之。时霖雨之后，野水纵横，牛行沮洳中甚速。沾体濡足，颠蹶[1]者屡。比至其门，气殆不属。及妇下牛，觉形忽不类。谛视之，乃一老翁。恍惚惊疑，有如梦寐。翁讶其痴立，问：“到此何为？”无可置词，诡以迷路对，踉跄而归。次日，门前老柳削去木皮三尺余，大书其上曰：“私窥贞妇，罚行泥泞十里。”乃知为魅所戏也。邻里怪问，不能自掩，为其父棰几殆。自是愧悔，竟以改行。此魅虽恶作剧，即谓之善知识可矣。

友声又言：一人见狐睡树下，以片瓦掷之，不中。瓦碎有声，狐惊跃去。归甫入门，突见其妇缢树上，大骇呼救。其妇狂奔而出，树上缢者已不见。但闻檐际大笑曰：“亦还汝一惊。”此亦足为佻达者戒也。

注释

①颠蹶：跌倒。

同年陈半江言：有道士善符箓，驱鬼缚魅，具有灵应。所至惟蔬食茗饮而已，不受铢金寸帛也。久而术渐不验，十每失四五。后竟为群魅所遮，大见窘辱，狼狈遁走，诉于其师。师至，登坛召将，执群魅鞫状。乃知道士虽不取一物，而其徒往往索人财，乃为行法；又窃其符箓，摄狐女媟狎。狐女因窃污其法器，故神怒不降，而仇之者得以逞也。师拊髀叹曰："此非魅败尔，尔徒之败尔也；亦非尔徒之败尔，尔不察尔徒，适以自败也。赖尔持戒清苦，得免幸矣，于魅乎何尤？"拂衣竟去。

夫天君泰然，百体从令，此儒者之常谈也。然奸黠之徒，岂能以主人廉介，遂辍[1]贪谋哉？

半江此言，盖其官直隶时，与某令相遇于余家，微以相讽。此令不悟，故清风两袖，而卒被[2]恶声，其可惜也已。

注释

①辍：停止。　②被：遭受。

里有少年，无故自掘其妻墓，几见棺矣。时耕者满野，见其且詈且掘，疑为颠痫，群起阻之。诘其故，坚不肯吐。然为众手所牵制[1]，不能复掘，荷锸恨恨去。皆莫测其所以然也。

越日，一牧者忽至墓下，发狂自挝[2]曰："汝播弄是非，间人骨肉多矣，今乃诬及黄泉耶？吾得请于神，不汝贷[3]也。"因缕陈始末，自啮其舌死。盖少年恃其刚悍，顾盼自雄，视乡党如无物，牧者惎焉，因为造谤曰："或谓某帷薄不修，吾固未信也。昨偶夜行，过其妻墓，闻林中呜呜有声，惧不敢前，伏草间窃视。月明之下，见七八黑影，至墓前与其妻杂坐调谑，媟声艳语，一一分明。人言其殆不诬耶?”有闻之者，以告少年。少年为其所中，遽有是举。方窃幸得计，不虞[4]鬼之有灵也。

小人狙诈，自及也宜哉！然亦少年意气凭陵，乃招是忌。故曰君子不欲多上人。

注释

①牵制：拉扯。 ②挞：打耳光。 ③贷：饶恕。 ④虞：料想。

从孙树宝，盐山刘氏甥也。言其外祖有至戚，生七女，皆已嫁。中一婿，夜梦与僚婿六人，以红绳连系，疑为不祥。会其妇翁殁，七婿皆赴吊。此人忆是[1]噩梦，不敢与六人同眠食，偶或相聚，亦稍坐即避出。怪诘之，具述其故。皆疑其别有所嗛，托是言也。一夕，置酒邀共饮，而私键[2]其外户，使不得遁。突殡宫火发，竟七人俱烬。

乃悟此人无是梦，则不避六人；不避六人，则主人不键户；不键户，则七人未必尽焚。神特以一梦诱之，使无一得脱也。此不知是何夙因。同为此家之婿，同时而死，又不知是何夙因。七女同生于此家，同时而寡，殆必非偶然矣。

注释

①是：这个。 ②键：锁住。

周密庵言：其族有孀妇，抚一子，十五六矣。偶见老父携幼女，饥寒困惫，踣不能行，言愿与人为养媳。女故端丽，孀妇以千钱聘之。手书婚帖，留一宿而去。

女虽孱弱，而善操作，井臼[①]皆能任，又工针黹[②]，家藉以小康。事姑先意承志，无所不至，饮食起居，皆经营周至，一夜往往三四起。遇疾病，日侍榻旁，经旬月目不交睫，姑爱之乃过于子。姑病卒，出数十金与其夫，使治棺衾。夫诘所自来，女低回良久，曰："实告君，我狐之避雷劫者也。凡狐遇雷劫，惟德重禄重者庇之可免。然猝不易逢，逢之又皆为鬼神所呵护，猝不能近。此外惟早修善业，亦可以免。然善业不易修，修小善业亦不足度大劫。因化身为君妇，黾勉[③]事姑。今藉姑之庇，得免天刑，故厚营葬礼以申报，君何疑焉？"子故孱弱，闻之惊怖，竟不敢同居，女乃泣涕别去。后遇祭扫之期，其姑墓上必先有焚楮酹酒[④]迹，疑亦女所为也。

是特巧于逭死[⑤]，非真有爱于其姑。然有为为之，犹邀神福，信孝为德之至矣。

注释

①井臼：打水舂米，指各种家务。 ②针黹（zhǐ）：针线活。③黾（mǐn）勉：勤勉，努力。 ④焚楮（chǔ）酹（lèi）酒：烧纸钱，洒酒。 ⑤逭（huàn）死：逃命，逃避。

闻有村女，年十三四，为狐所媚。每夜同寝处，笑语媟狎，宛如伉俪。然女不狂惑，亦不疾病，饮食起居如常人，女甚安之。狐恒给钱米布帛，足一家之用。又为女制簪珥衣裳，及衾枕茵褥之类，所值逾数百金，女父亦甚安之。如是岁余，狐忽呼女父语曰："我将还山，汝女奁具亦略备，可急为觅一佳婿，吾不再来矣。汝女犹完璧，无疑我始乱终弃也。"女故无母，倩[①]邻妇验之，果然。此余乡近年事，婢媪辈言之凿凿[②]，竟与乖厓还婢其事略同。狐之媚人，从未闻有如是者。其亦夙缘应了、夙债应偿耶？

注释

①倩：请。②凿凿：鲜明的样子。

杨雨亭言：登莱间有木工，其子年十四五，甚姣丽；课之读书，亦颇慧。一日，自乡塾独归，遇道士对之诵咒，即惘惘[①]不自主，随之俱行。至山坳一草庵，四无居人，道士引入室，复相对诵咒。心顿明了，然口噤不能声，四肢缓弹不能举。又诵咒，衣皆自脱。道士掖伏榻上，抚摩偎倚，调以媟词。方露体近之，忽蹶起却坐曰："修道二百余年，乃为此狡童败乎？"沉思良久，复偃卧其侧，周身玩视，慨然曰："如此佳儿，千载难遇。纵败吾道，不过再炼气二百年，亦何足惜！"奋身相逼，势已万万无免理。间不容发之际，又掉头自语曰："二百年辛苦，亦大不易。"掣身下榻，立若木鸡。俄绕屋旋行如转磨，突抽壁上短剑，自刺其臂，血如涌泉。欹倚呻吟，约一食顷，掷剑呼此子曰："尔几败，吾亦几败。今幸俱免矣。"更对之诵咒，此子觉如解束缚。急起披衣，道士引出门外，指以归路。口吐火焰，自焚草庵，转瞬已失所在，不知其为妖为仙也。

余谓妖魅纵淫，断无顾虑。此殆谷饮岩栖，多年胎息，偶差一念，魔障遂生。幸道力原深，故忽迷忽悟，能勒悬崖耳。老子称不见可欲，使心不乱；若已见已乱，则非大智慧不能猛省，非大神通不能痛割。此道士于欲海横流，势不能遏[②]，竟毅然一决，以楚毒断绝爱根，可谓地狱劫中证天堂果矣。其转念可师，其前事可勿论也。

注释

①惘惘：昏昏沉沉。　②遏：阻止。

朱秋圃初入翰林时，租横街一小宅。最后有破屋数楹，用贮杂物。一日，偶入检视，见尘壁仿佛有字迹。拂拭谛观，乃细楷书二绝句。其一曰："红蕊几枝斜，春深道韫家。枝枝都看遍，原少并头花。"其二曰："向夕对银釭，含情坐绮窗。未须怜寂寞，我与影成双。"墨迹暗淡，殆已多年。又有行书一段，剥落残缺。玩其句格，似是一词，惟末二句可辨，曰："天孙莫怅阻银河，汝尚有牵牛相忆。"不知是谁家娇女，寄感摽[①]梅。然不畏人知，濡[②]毫题壁，亦太放诞风流矣。余曰："《摽梅》三章，非女子自赋耶?"秋圃曰："旧说如是，于心终有所格格。忆先儒有一说，云是女子父母所作。是或近之。"倪余疆闻之曰："详词末二语，是殆思妇之作，遘[③]脱辐之变者也。二公其皆失之乎?"既而秋圃揭换壁纸，又得数诗。其一曰："门掩花空落，梁空燕不来。惟余双小婢，鞋印在青苔。"其二曰："久已梳妆懒，香奁偶一开。自持明镜看，原让赵阳台。"又一首曰："咫尺楼窗夜见灯，云山似阻几千层。居家翻作无家客，隔院真成退院僧。镜里容华空若许，梦中晤对亦何曾?侍儿劝织回文锦，懒惰心情病未能。"则余疆之说信矣。后为程文恭公诵之，公俯思良久，曰："吾知之，吾不言。"既而曰："语语负气，不见答也亦宜。"

注释

①摽（biào）：落下。②濡：沾湿。③遘（gòu）：遭遇。

季漱六言：有佃户所居枕旷野。一夕，闻兵仗格斗声，阖家惊骇，登墙视之，无所睹，而战声如故，至鸡鸣乃息，知为鬼也。次日复然。病[①]其聒[②]不已，共谋伏铳击之，果应声啾啾奔散。既而屋上屋下，众声合噪曰："彼劫我妇女，我亦劫彼妇女为质，互控于社公[③]。社公愦愦，劝以互抵息事。俱不肯伏，故在此决胜负，何预汝事？汝以铳击我，今共至汝家，汝举铳则我去，汝置铳则我又来，汝能夜夜自昏至晓，发铳不止耶？"思其言中理，乃跪拜谢过，大具酒食纸钱送之去。然战声亦自此息矣。

夫不能不为之事，不出任之，是失几也；不能不除之害，不力争之，是养痈也。鬼不干人，人反干鬼，鬼有词矣，非开门揖盗乎？孟子有言，乡邻有斗者，被发缨冠而往救之，则惑也，虽闭户可也。

注释

①病：厌恶。 ②聒：吵闹。 ③社公：土地神。

尹松林舍人言：有赵延洪者，性伉[①]直，嫉恶至严。每面责人过，无所避忌。偶见邻妇与少年语，遽告其夫。夫侦之有迹，因伺其私会，骈[②]斩之，携首鸣官。官已依律，勿论矣。越半载，赵忽发狂自挝，作邻妇语，与索命，竟啮断其舌死。

夫荡妇逾闲，诚为有罪，然惟其亲属得执之，惟其夫得杀之，非乱臣贼子，人人得而诛者也。且所失者一身之名节，所玷者一家之门户，亦非神奸巨蠹，弱肉强食，虐焰横煽，沉冤莫雪，使人人公愤者也。律以隐恶扬善之义，即转语他人，已伤盛德。傥伯仁由我而死，尚不免罪有所归；况直告其夫，是诚何意？岂非激以必杀哉？游魂为厉，固不为无词。观事经半载，始得取偿，其必得请于神，乃奉行天罚矣。然则以讦[③]为直，固非忠厚之道，抑亦非养福之道也。

注释

①伉（kàng）：刚直。 ②骈：一起。 ③讦（jié）：揭发别人的隐私。

御史佛公伦，姚安公老友也。言贵家一佣奴，以游荡为主人所逐。衔恨次骨，乃造作蜚语，诬主人帷薄不修[①]，缕述其下烝上报状。言之凿凿，一时传布。主人亦稍闻之，然无以钳其口，又无从而与辩；妇女辈惟爇香吁神而已。一日，奴与其党坐茶肆，方抵掌纵谈，四座耸听，忽噭然一声，已仆于几上死。无由检验，以痰厥具报。官为敛埋，棺薄土浅，竟为群犬掊食，残骸狼藉。始知为负心之报矣。

佛公天性和易，不喜闻人过，凡僮仆婢媪，有言旧主之失者，必善遣使去，鉴此奴也，尝语昀曰："宋党进闻平话说韩信，优人演说故实，谓之平话。《永乐大典》所载，尚数十部。即行斥逐。或请其故，曰：'对我说韩信，必对韩信亦说我，是乌可听？'千古笑其愦愦，不知实绝大聪明。彼但喜对我说韩信，不思对韩信说我者，乃真愦愦耳。"真通人之论也。

注释

①帷薄不修：指家庭生活淫乱。修，整治。

福建泉州试院，故海防道署也，室宇宏壮。而明季兵燹[①]，署中多婴杀戮；又三年之中，学使按临仅两次。空闭日久，鬼物遂多。阿雨斋侍郎言：尝于黄昏以后，隐隐见古衣冠人，暗中来往。即而视之，则无睹。余按临是郡，时幕友孙介亭，亦曾见纱帽红袍人入奴子室中，奴子即梦魇。介亭故有胆，对窗唾曰："生为贵官，死乃为僮仆辈作祟，何不自重乃尔耶?"奴子忽醒，此后遂不复见。意其魂即栖是室，故欲驱奴子出，一经斥责，自知理屈而止欤?

注释

①兵燹（xiǎn）：兵火，战火。

里俗遇人病笃时，私剪其着体衣襟一片，炽火焚之。其灰有白文、斑驳如篆籀者，则必死；无字迹者，即生。又或联纸为衾，其缝不以糊粘，但以秤锤就捣衣砧上捶之。其缝缀合[①]者必死，不合者即生。试之，十有八九验。此均不测其何理。

注释

①缀合：连接。

莆田林生霈言：闻泉州有人，忽灯下自顾其影，觉不类己形。谛审之，运动转侧，虽一一与形相应，而首巨如斗，发鬠鬙如羽葆，手足皆钩曲如鸟爪，宛然一奇鬼也。大骇，呼妻子来视，所见亦同。自是每夕皆然，莫喻其故，惶怖不知所为。

邻有塾师闻之，曰："妖不自兴[①]，因人而兴。子其阴[②]有恶念，致罗刹感而现形欤?"其人悚然具服，曰："实与某氏有积仇，拟手刃其一门，使无遗种，而跳身以从鸭母。康熙末，台湾逆寇朱一贵结党煽乱。一贵以养鸭为业，闽人皆呼为鸭母云。今变怪如是，毋乃神果警我乎？且辍是谋，观子言验否。"是夕鬼影即不见。此真一念转移，立分祸福矣。

注释

①兴：起。 ②阴：私下里。

丁御史芷溪言：曩在天津，遇上元，有少年观灯夜归，遇少妇甚妍丽，徘徊歧路[①]，若有所待，衣香鬓影，楚楚动人。初以为失侣之游女，挑与语，不答。问姓氏里居，亦不答。乃疑为幽期密约迟所欢而未至者，计可以挟制留也，邀至家少憩，坚不肯。强迫之同归。

柏酒粉团，时犹未彻[②]，遂使杂坐妻妹间，联袂共饮。初甚靦觍[③]，既而渐相调谑，媚态横生，与其妻妹互劝酬。少年狂喜，稍露留宿之意，则微笑曰："缘蒙不弃，故暂借君家一卸妆。恐伙伴相待，不能久住。"起解衣饰卷束之，长揖径行，乃社会中拉花者也。秧歌队中作女妆者，俗谓之拉花。少年愤恚，追至门外，欲与斗。邻里聚问，有亲见其强邀者，不能责以夜入人家；有亲见其唱歌者，不能责以改妆戏妇女。竟哄笑而散。此真侮人反自侮矣。

注释

①歧路：岔路。 ②彻：撤下。 ③靦觍：腼腆，害羞的样子。

老仆卢泰言：其舅氏某，月夜坐院中枣树下，见邻女在墙上露半身，向之索枣。扑数十枚与之。女言今日始归宁[①]，兄嫂皆往守瓜，父母已睡，因以手指墙下梯，斜盼而去。其舅会意，蹑梯而登。料女甫下，必有几凳在墙内，伸足试踏，乃踏空堕溷[②]中。女父兄闻声趋视，大受捶楚[③]。众为哀恳，乃免。然邻女是日实未归，方知为魅所戏也。

前所记骑牛妇，尚农家子先挑之；此则无因而至，可云无妄之灾。然使招之不往，魅亦何所施其技？仍谓之自取可矣。

注释

①归宁：回家省亲。 ②溷：厕所。 ③捶楚：杖击，鞭打。

李芍亭言：有友尝避暑一僧寺，禅室甚洁，而以板窒其后窗，友置榻其下。一夕月明，枕旁有隙如指顶，似透微光。疑后为僧密室，穴纸觇之，乃一空园，为厝[①]棺之所。意其间必有鬼，因侧卧枕上，以一目就窥。夜半，果有黑影，仿佛如人，来往树下。谛视粗能别男女，但眉目不了了。以耳就隙窃听，终不闻语声。厝棺约数十，然所见鬼少仅三五，多不过十余。或久而渐散，或已入转轮欤？如是者月余，不以告人，鬼亦竟未觉。一夕，见二鬼媟狎于树后，距窗下才七八尺，冶荡之态，更甚于人。不觉失声笑，乃阒然灭迹。次夜再窥，不见一鬼矣。越数日，寒热大作，疑鬼为祟，乃徙居他寺。

变幻如鬼，不免于意想之外，使人得见其阴私。十目十手，殆非虚语。然智出鬼上，而卒不免为鬼驱。察见渊鱼者不祥，又是之谓矣。

注释

①厝（cuò）：停柩。

大学士温公镇乌鲁木齐日，军屯报遣犯王某逃，缉捕无迹。久而微闻其本与一吴某皆闽人，同押解至哈密辟展间，王某道死。监送台军不通闽语，不能别孰吴孰王。吴某因言死者为吴，而自冒王某之名。来至配所数月，伺隙潜遁。官府据哈密文牒，缉王不缉吴，故吴幸逃免。然事无左证，疑不能明，竟无从究诘。

军吏巴哈布因言：有卖丝者妇，甚有姿首。忽得奇疾，终日惟昏昏卧，而食则兼数人，如是两载余。一日，噭然长号，僵如尸厥，灌治竟夜[1]，稍稍能言。自云魂为城隍判官所摄[2]，逼为妾媵，而别摄一饿鬼附其形。至某日寿尽之期，冥牒拘召，判官又嘱鬼役别摄一饿鬼抵。饿鬼亦喜得转生，愿为之代。迨城隍庭讯，乃察知伪状，以判官鬼役付狱，遣我归也。后判官塑像无故自碎，此妇又两年余乃终。计其复生至再死，与其得疾至复生，日数恰符。知以枉被掠夺，仍还其应得之寿矣。然则移甲代乙，冥司亦有，所惜者少此城隍一讯耳。

注释

①竟夜：一夜。 ②摄：抓捕。

李阿亭言：滦州民家，有狐据其仓中居，不甚为祟，或偶然抛掷砖瓦，盗窃饮食耳。后延术士劾治，殪[1]数狐，且留符曰："再至则焚之。"狐果移去。然时时幻形为其家妇女，夜出与邻舍少年狎。甚乃幻其幼子形，与诸无赖同卧起，大播丑声，民固弗知。一日，至佛寺，闻禅室嬉笑声。穴纸窃窥，乃其女与僧杂坐。愤甚，归取刃，其女乃自内室出，始悟为狐复仇。再延术士，术士曰："是已窜逸，莫知所之矣。"

夫狐魅小小扰人，事所恒有，可以不必治，即治亦罪不至死。遽骈诛之，实为已甚，其衔冤[2]也固宜。虽有符可恃，狐不能再逞，而相报之巧，乃卒生于所备外。然则君子于小人，力不足胜，固遭反噬；即力足胜之，而机械潜伏，变端百出，其亦深可怖已。

注释

①殪：杀死。　②衔冤：怀恨。

嵩辅堂阁学言：海淀有贵家守墓者，偶见数犬逐一狐，毛血狼藉。意甚悯之，持杖击犬散，提狐置室中。俟其苏息，送至旷野，纵之去。

越数日，夜有女子款扉[1]入，容华绝代。骇问所自来，再拜曰："身是狐女，昨遘大难，蒙君再生，今来为君拂枕席。"守墓者度无恶意，因纳之。往来狎昵两月余，日渐瘵瘦，然爱之不疑也。

一日，方共寝，闻窗外呼曰："阿六贱婢，我养创甫愈，未即报恩，尔何得冒托我名，魅郎君使病？脱有不讳，族党中谓我负义，我何以自明？即知事出于尔，而郎君救我，我坐视其死，又何以自安？今偕姑姊来诛尔。"女子惊起欲遁，业有数女排闼[2]入，掊[3]击立毙。守墓者惑溺已久，痛惜恚忿，反斥此女无良，夺其所爱。此女反复自陈，终不见省，且拔刃跃起，欲为彼女报冤。此女乃痛哭越墙去。守墓者后为人言之，犹恨恨也。此所谓"忠而见谤，信而见疑"也欤！

注释

①款扉：敲门。　②排闼（tà）：推门。　③掊（pǒu）：打。

董曲江前辈言：有讲学者，性乖僻，好以苛礼绳[1]生徒。生徒苦之，然其人颇负端方名，不能诋其非也。

塾后有小圃，一夕，散步月下，见花间隐隐有人影。时积雨初晴，土垣微圮，疑为邻里窃蔬者。迫而诘之，则一丽人匿树后，跪答曰："身是狐女，畏公正人，不敢近，故夜来折花。

不虞为公所见，乞曲恕。”言词柔婉，顾盼间百媚俱生。讲学者惑之，挑与语。宛转相就，且云妾能隐形，往来无迹，即有人在侧，亦不睹，不至为生徒知也，因相燕昵。比天欲晓，讲学者促之行。曰：“外有人声，我自能从窗隙去，公无虑。”俄晓日满窗，执经者麕[2]至，女仍垂帐偃卧。讲学者心摇摇，然尚冀人不见。忽外言某媪来迓[3]女，女披衣径出，坐皋比上，理鬓讫，敛衽谢曰：“未携妆具，且归梳沐。暇日再来访，索昨夕缠头锦耳。”乃里中新来角妓，诸生徒贿使为此也。讲学者大沮，生徒课毕归早餐，已自负衣装遁矣。外有余必中不足，岂不信乎？

注释

①绳：约束。 ②麕：同“麇”。 ③迓：迎接。

曲江又言：济南有贵公子，妾与妻相继殁。一日，独坐荷亭，似睡非睡，恍惚若见其亡姬。素所怜爱，即亦不畏，问：“何以能返？”曰：“鬼有地界，土神禁不许阑入。今日明日，值娘子诵经期，连放焰口，得来领法食也。”问：“娘子已来否？”曰：“娘子狱事未竟，安得自来？”问：“施食无益于亡者，作焰口何益？”曰：“天心仁爱，佛法慈悲，赈人者佛天喜，赈[1]鬼者佛天亦喜。是为亡者资[2]冥福，非为其自来食也。”问：“泉下况味何似？”曰：“堕女身者妾夙业，充下陈者君夙缘。业缘俱满，静待转轮，亦无大苦乐。但乏一小婢供驱使，君能为焚一偶人乎？”懵腾而醒，姑信其有，为作偶人焚之。次夕见梦，则一小婢相随矣。

夫束刍缚竹，剪纸裂缯，假合成质，何亦通灵？盖精气抟结，万物成形。形不虚立，秉气含精。虽久而腐朽，犹蛸蠕以化，芝菌以蒸。故人之精气，未散者为鬼；布帛之精气，鬼之衣服亦如生。其于物也，既有其质，精气斯凝。以质为范，象肖以成。火化其渣滓，不化其菁英。故体为灰烬，而神聚幽冥。如人殂谢，魄降而魂升。夏作明器，殷周相承，圣人所以知鬼神之情也。若夫金釭、春条，未闷佳城，殡宫阒寂，彳亍[3]夜行，投畀[4]炎火，微闻咿嘤。是则衰气所召，妖以人兴，抑或他物之所凭矣。有樊媪者，在东光见有是事。

注释

①赈：救济。 ②资：提供。 ③彳亍（chìchù）：慢步行走。 ④畀（bì）：给与。

朱子颖运使言：昔官叙永同知时，由成都回署，偶遇茂林，停舆小憩。遥见万峰之顶，似有人家；而削立千仞，实非人迹所到。适携西洋远镜，试以窥之。见草屋三楹，向阳启户。有老翁倚松立，一幼女坐檐下，手有所持，似俯首缝补。屋柱似有对联，望不了了[1]。俄云气滃郁，遂不复睹。后重过其地，林麓依然，再以远镜窥之，空山而已。其仙灵之宅，误为人见，遂更移居欤？

注释

①了了：清楚。

潘南田画有逸气，而性情孤峭，使酒骂座，落落然[1]不合于时。偶为余作梅花横幅，余题一绝曰："水边篱落影横斜，曾在孤山处士家。只怪樛枝蟠似铁，风流毕竟让桃花。"盖戏之也。后余从军塞外，侍姬辈嫌其敝暗，竟以桃花一幅易之。然则细琐之事，亦似皆前定矣。

注释

①落落然：形容孤高，与人难合。

青县王恩溥，先祖母张太夫人乳母孙也。一日，自兴济夜归，月明如昼，见大树下数人聚饮，杯盘狼藉[①]。一少年邀之入座，一老翁嗔[②]语少年曰："素不相知，勿恶作剧。"又正色谓恩溥曰："君宜速去，我辈非人，恐小儿等于君不利。"恩溥大怖，狼狈奔走，得至家，殆无气以动。后于亲串家作吊，突见是翁，惊仆欲绝，惟连呼："鬼！鬼！"老翁笑掖之起，曰："仆耽曲糵[③]，日恒不足。前值月夜，荷邻里相邀，酒已无多。遇君适至，恐增一客则不满枯肠，故诡语遣君。君乃竟以为真耶？"宾客满堂，莫不绝倒。

中一客目击此事，恒向人说之。偶夜过废祠，见数人轰饮，亦邀入座。觉酒味有异，心方疑讶，乃为群鬼挤入深淖，化磷火荧荧散。东方渐白，有耕者救之，乃出。缘此胆破，翻疑恩溥所见为真鬼。后途遇此翁，竟不敢接谈。

此表兄张自修所说。戴君恩诏则曰实有此事，而所传殊倒置。乃此客先遇鬼，而恩溥闻之。偶夜过某村，值一多年未晤之友，邀之共饮。疑其已死，绝裾[④]奔逃。后相晤于姻家，大遭诟谇也。

二说未审孰是。然由张所说，知不可偶经一事，遂谓事事皆然，致失于误信。由戴所说，知亦不可偶经一事，遂谓事事皆然，反败于多疑也。

注释

①狼藉：乱七八糟的样子。 ②嗔：责怪。 ③曲糵(niè)：酒。 ④绝裾：扯断衣襟。

李秋厓言：一老儒家，有狐居其空仓中，三四十年未尝为祟。恒与人对语，亦颇知书。或邀之饮，亦肯出，但不见其形耳。老儒殁后，其子亦诸生，与狐酬酢[①]如其父。狐不甚答，久乃渐肆扰。生故设帐于家，而兼为人作讼牒。凡所批课文，皆不遗失；凡作讼牒，则甫具草辄碎裂，或从手中掣其笔。凡脩脯所入，毫厘不失；凡刀笔所得，虽扃锁严密，辄盗去。凡学子出入，皆无所见；凡讼者至，或瓦石击头面流血，或檐际作人语，对众发其阴谋。

生苦之，延道士劾治。登坛召将，摄[②]狐至。狐侃侃辩曰："其父不以异类视我，与我交至厚。我亦不以异类自外，视其父如弟兄。今其子自堕家声，作种种恶业，不陨身不止。我不忍坐视，故挠之使改图。所攫金皆埋其父墓中，将待其倾覆，周[③]其妻子。实无他肠，不虞炼师之见谴，生死惟命。"

道士蹶然[④]下座，三揖而握其手曰："使我亡友有此子，吾不能也。微我不能，恐能者千百无一二。此举乃出尔曹乎！"不别主人，太息径去。其子愧不自容，誓辍是业，竟得考终。

注释

①酬酢：交往，往来。 ②摄：拘捕。 ③周：接济。 ④蹶然：疾起貌。

乾隆丙辰、丁巳间，户部员外郎长公泰有仆妇，年二十余，中风昏眩，气奄奄如缕，至夜而绝。次日，方为营棺敛，手足忽动，渐能屈伸。俄起坐，问："此何处？"众以为犹谵语[①]也。既而环视室中，意若省悟，喟然者数四，默默无语，从此病顿愈。然察其语音行步，皆似男子，亦不能自梳沐。见其夫若不相识。觉有异，细诘其由。始自言本男子，数日前死，魂至冥司，主者检算未尽，然当谪为女身，命借此妇尸复生。觉倏如[2]睡去，倏如梦醒，则已卧板榻上矣。问其姓名里贯，坚不肯言，惟曰事已至此，何必更为前世辱，遂不穷究。初不肯与仆同寝，后无词可拒，乃曲从。然每一荐枕，辄饮泣至晓。或窃闻其自语曰："读书二十年，作官三十余年，乃忍耻受奴子辱耶！"其夫又尝闻呓语曰："积金徒供儿辈乐，多亦何为？"呼醒问之，则曰未言。知其深讳，亦姑置之。长公恶言神怪事，禁家人勿传，故事不甚彰，然亦颇有知之者。越三载余，终郁郁病死，讫不知其为谁也。

注释

①谵语：胡言乱语，说胡话。　②倏如：忽然。

先师裘文达公言：有郭生，刚直负气。偶中秋燕集，与朋友论鬼神，自云不畏。众请宿某凶宅以验之，郭慨然仗剑往。宅约数十间，秋草满庭，荒芜蒙翳。扃户独坐，寂无见闻。四鼓后，有人当户立，郭奋剑欲起，其人挥袖一拂，觉口噤体僵，有如梦魇，然心目仍了了。其人磬折[1]致词曰："君固豪士，为人所激，因至此。好胜者常情，亦不怪君。既蒙枉顾，本应稍尽宾主意。然今日佳节，眷属皆出赏月，礼别内外，实不欲公见。公又深夜无所归，今筹一策，拟请君入瓮，幸君勿嗔。觞酒豆肉，聊以破闷，亦幸勿见弃。"遂有数人舁郭置大荷缸中，上覆方桌，压以巨石。俄隔缸笑语杂遝，约男女数十，呼酒行炙，一一可辨。忽觉酒香触鼻，暗中摸索，有壶一、杯一、小盘四，横阁象箸二。方苦饥渴，且姑饮啖。复有数童子绕缸唱艳歌，有人扣缸语曰："主人命娱宾也。"亦靡靡可听。良久，又扣缸语曰："郭君勿罪，大众皆醉，不能举巨石。君且姑耐，贵友行至矣。"语讫，遂寂。次日，众见门不启，疑有变，逾垣而入。郭闻人声，在缸内大号。众竭力移石，乃闯然出。述所见闻，莫不拊掌。视缸中器具，似皆己物。还家讯问，则昨夕家燕[2]，并酒肴失之，方诟谇[3]大索也。此魅可云狡狯矣，然闻之使人笑，不使人怒。当出瓮时，虽郭生亦自哑然也。真恶作剧哉！

余容若曰："是犹玩弄为戏也。曩客秦陇间，闻有少年随塾师读书山寺。相传寺楼有魅，时出媚人。私念狐女必绝艳，每夕诣楼外，祷以媟词，冀有所遇。一夜，徘徊树下，见小鬟招手，心知狐女至，跃然相就。小鬟悄语曰：'君是解人，不烦絮说，娘子甚悦君。然此何等事，乃公然致祝[4]？主人怒君甚，以君贵人，不敢祟，惟约束娘子颇严。今夜幸他出，娘子使来私招君，君宜速往。'少年随之行，觉深闺曲弄，都非寺内旧门径。至一房，朱槅半开，虽无灯，隐隐见床帐。小鬟曰：'娘子初会，觉靦覥，已卧帐内。君第解衣，径登榻，无出一言，恐他婢闻也。'语讫，径去。少年喜不自禁，遽揭其被，拥于怀而接唇。忽其人惊起大呼，却立愕视，则室庐皆不见，乃塾师睡檐下乘凉也。塾师怒，大施夏楚[5]。不得已吐实，竟遭斥逐。此乃真恶作剧矣。"

文达公曰："郭生恃刚气，故仅为魅侮；此生怀邪心，故竟为魅陷。二生各自取耳，岂魅有善恶哉！"

注释

①磬折：弯腰，躬身。 ②燕：同"宴"。 ③诟谇：怒骂。④祝：祷告。 ⑤夏楚：夏同"榎（jiǎ）"，夏楚泛指体罚学童的工具。

李村有农家妇，每早晚出馌，辄见女子随左右，问同行者，则不见，意大恐怖。后乃渐随至家，然恒在院中，或在墙隅，不入寝室。妇逼视，即却走；妇返，即仍前。知为冤对，因遥问之。女子曰："汝生前与我并贵家妾，汝妒我宠，以奸盗诬我致幽死。今来取偿，讵[1]汝今生事姑孝，恒为善神所护，我不能近，故日日相随。揆度事势，万万无可相报理。汝傥作道场度我，我得转轮，即亦解冤矣。"妇辞以贫，女子曰："汝贫非虚语。能发念诵佛号万声，亦可度我。"问："此安得能度鬼？"曰："常人诵佛号，佛不闻也，特念念如对佛，自摄此心而已。若忠臣孝子，诚感神明，一诵佛号，则声闻三界，故其力与经忏等。汝是孝妇，知必应也。"妇如所说，发念持诵。每诵一声，则见女子一拜。至满万声，女子不见矣。此事故老时说之，知笃[2]志事[3]亲，胜信心礼佛。

注释

①讵（jù）：岂，怎。 ②笃：专心。 ③事：侍奉。

又闻洼东有刘某者，母爱其幼弟，刘爱弟更甚于母。弟婴[1]痼疾，母忧之，废寝食。刘经营疗治，至鬻其子供医药。尝语妻曰："弟不救，则母可虑，毋宁我死耳！"妻感之，鬻及袒[2]衣，无怨言。弟病笃，刘夫妇昼夜泣守。有丐者夜栖土神祠，闻鬼语曰："刘某夫妇轮守其弟，神光照烁，猝不能入，有违冥限，奈何？"土神曰："兵家声东而击西，汝知之乎？"次日，其母灶下卒[3]中恶。夫妇奔视，母苏而弟已绝矣，盖鬼以计取之也。后夫妇并年八十余乃卒。

奴子刘琪之女，嫁于东洼，言闻诸故老曰：刘自奉母以外，诸事蠢蠢如一牛。有告以某忤其母者，刘掉头曰：“世宁有是人？人宁有是事？汝毋造言。”其痴多类此，传以为笑。不知乃天性纯挚，直以尽孝为自然，故有是疑耳。元人王彦章墓诗曰：“谁信人间有冯道？”即此意矣。

注释

①婴：缠绕。 ②衵（yì）：内衣。 ③卒：同“猝”，突然。

景少司马介兹官翰林时，斋宿清秘堂。此因乾隆甲子御题“集贤清秘”额，因相沿称之，实无此堂名。积雨初晴，微月未上，独坐廊下，闻瀛洲亭中语曰：“今日楼上看西山，知杜紫微‘雨余山态活’句，真神来之笔。”一人曰：“此句佳在活字，又佳在态字烘出活字。若作‘山色’‘山翠’，则兴象俱减矣。”疑为博晰之等尚未睡，纳凉池上。呼之不应，推户视之，阒[1]无人迹。次日，以告晰之。晰之笑曰：“翰林院鬼，故应作是语。”

注释

①阒：寂静。

释家能夺舍，道家能换形。夺舍者托孕妇而转生，换形者血气已衰，大丹未就，则借一壮盛之躯，与之互易也。狐亦能之。

族兄次辰云：有张仲深者，与狐友，偶问其修道之术。狐言：“初炼幻形，道渐深则炼蜕形，蜕形之后，则可以换形。凡人痴者忽黠，黠者忽颠，与初不学仙而忽好服饵导引，人怪其性情变常，不知皆魂气已离，狐附其体而生也。然既换人形，即归人道，不复能幻化飞腾。由是而精进，则与人之修仙同，其证果较易。或声色货利，嗜欲牵缠，则与人之惑溺[①]同，其堕轮回亦易。故非道力坚定，多不敢轻涉世缘，恐浸淫[②]而不自觉也。”其言似亦近理。然则人欲之险，其可畏也哉！

注释

①惑溺：迷惑，沉溺。 ②浸淫：浸染。

朱介如言：尝因中暑眩瞀[①]，觉忽至旷野中，凉风飒然，意甚爽适。然四顾无行迹，莫知所向。遥见数十人前行，姑往随之。至一公署，亦姑随入。见殿阁宏敞，左右皆长廊，吏役奔走，如大官将坐衙状。中一吏突握其手曰：“君何到此？”视之，乃亡友张恒照。悟为冥司，因告以失路状。张曰：“生魂误至，往往有此，王见之亦不罪，然未免多一诘问。不如且坐我廊屋，俟放衙，送君返。我亦欲略问家事也。”

入坐未几，王已升座。自窗隙窃窥，见同来数十人，以次庭讯。语不甚了了，惟一人昂首争辩，似不服罪。王举袂[②]一挥，殿左忽现一大圆镜，围约丈余，镜中现一女子反缚受鞭像。俄似电光一瞥，又现一女子忍泪横陈像。其人叩颡曰：“伏矣。”即曳去。

良久放衙，张就问子孙近状，朱略道一二。张挥手曰：“勿再言，徒乱人意。”因问：“顷所见者业镜耶？”曰：“是也。”问：“影必肖形，今无形而现影，何也？”曰：“人镜照形，神镜照心。人作一事，心皆自知；既已自知，即心有此事；心有此事，即心有此事之象，故一照而毕现也。若无心作过，本不自知，则照亦不见。心无是事，即无是象耳。冥司断狱，惟以有心无心别善恶，君其识之。”又问：“神镜何以能照心？”曰：“心不可见，缘物以形。体魄已离，存者性灵。神识不灭，如灯荧荧。外光无翳，内光虚明。内外莹澈，故纤芥[3]必呈也。”语讫，遽曳之行。觉此身忽高忽下，如随风败箨[4]，倏然惊醒，则已卧榻上矣。

此事在甲子七月。怪其乡试后期至，乃具道之。

注释

①眘：眼花。 ②袂：衣袖。 ③纤芥：细微之事。 ④箨(tuò)：笋壳。

东光马节妇，余妻党也。年未二十而寡，无翁姑兄弟，亦无子女。艰难困苦，坐卧一破屋中，以浣濯缝纫自给，至鬻釜以易粟，而拾破瓦盆以代釜。年八十余，乃终。

余尝序马氏家乘，然其夫之名字与母之族氏，则忘之久矣。相传其十一二时，随母至外家。故有狐，夜掷瓦石击其窗，闻屋上厉声曰：“此有贵人，汝辈勿取死。”然竟以民妇终，殆孟子所谓“天爵”欤？

先师李又聃先生与同里[1]，尝为作诗曰：“早岁吟黄鹄，颠连四十春。怀贞心比铁，完节鬓如银。慷慨期千古，凋零剩一身。几番经坎坷，此念未缁磷。原注：节妇初寡时，尚存薄田数亩。有欲迫之嫁者，侵凌至尽。震撼惊风雨，扔呵赖鬼神。原注：一岁霖雨经旬，邻屋新造者皆圮。节妇一破屋，支柱欹斜，竟得无恙。天原常佑善，人竟不怜贫。稍觉亲朋少，羞为乞索频。一家徒四壁，九食度三旬。绝粒肠空转，佣针手尽皴。有薪皆扫叶，无甑可生尘。黧面真如鹄，悬衣半似鹑。遮门才破荐，原注：屋扉破碎不能葺，以破荐代扉者十余年。藉草是华茵。只自甘饥冻，翻嫌话苦辛。偷儿嗤饿鬼，原注：夜有盗过节妇屋上，节妇呼问，盗大笑曰：“吾何至进汝饿鬼家？”女伴笑痴人。原注：有同巷贫妇，再醮富室。归宁时华服过节妇曰：“看我享用，汝岂非大痴耶?”生死心无改，存亡理亦均。喧阗凭燕雀，坚劲自松筠。伊我钦贤淑，多年共里闉。不辞歌咏拙，取表性情真。公议存乡校，廷评待史臣。他时邀紫诰，光映九河滨。”盖先生壬申公车主余家时所作，故仅云“颠连四十春”。诗格绝类香山，敬录于此，一以昭[②]节妇之贤，一以存先师之遗墨也。后外舅周箓马公见此诗，遂割腴田三百亩为节妇立嗣，且为请旌[③]。或亦讽谕之力欤?

注释

①同里：同乡。 ②昭：宣扬。 ③请旌：旧时凡忠孝节义之人，得向朝廷请求表扬。

余从军西域时，草奏草檄，日不暇给，遂不复吟咏；或得一联一句，亦境过辄忘。《乌鲁木齐杂诗》百六十首，皆归途追忆而成，非当日作也。

一日，功加毛副戎自述生平，怅怀今昔，偶为赋一绝句曰：“雄心老去渐颓唐，醉卧将军古战场。半夜醒来吹铁笛，满天明月满林霜。”毛不解诗，余亦不复存稿。后同年杨君逢元过访，偶话及之。不知何日杨君登城北关帝祠楼戏书于壁，不署姓名。适有道士经过，遂传为仙笔。余畏人乞诗，杨君畏人乞书，皆不肯自言。人又微[①]知余能诗不能书，杨君能书不能诗，亦遂不疑及，竟几于流为丹青[②]。迨余辛卯还京祖饯，于是始对众言之，乃爽然若失。

昔南宋闽人林外题词于西湖，误传仙笔。王黄华诗刻于山西者，后摹刻于滇南，亦误传仙笔。然则诸书所谓仙诗者，此类多矣。

注释

①微：稍微。 ②丹青：史籍。

图裕斋前辈言：有选人游钓鱼台，时西顶社会，游女如织。薄暮，车马渐稀，一女子左抱小儿，右持鼗[①]鼓，袅袅来。见选人，举鼗一摇，选人一笑，女子亦一笑。选人故狡黠，揣女子装束类贵家，而抱子独行，又似村妇，踪迹诡异，疑为狐魅，因逐之絮谈。女子微露夫亡子幼意，选人笑语之曰："毋多言，我知尔，亦不惧尔。然我贫，闻尔辈能致财，若能赡我，我即从尔去。"女子亦笑曰："然则同归耳。"至其家，屋不甚宏壮，而颇华洁；亦有父母姑姊妹。彼此意会，不复话氏族，惟献酬款洽而已。酒阑就宿，备极嬿婉[②]。

次日入城，携小奴及襆被往，颇相安。惟女子冶荡无度，奔命殆疲。又渐使拂枕簟，侍梳沐，理衣裳，司洒扫，至于烟筒茗碗之役，亦遣执之。久而其姑若姊妹，皆调谑指挥，视如僮婢。选人耽[③]其色，利其财，不能拒也。一旦，使涤厕牏[④]，选人不肯。女子愠曰："事事随汝意，此乃不随我意耶！"诸女亦助之诮责，由此渐相忤。

既而每夜出不归，云亲戚留宿。又时有客至，皆曰中表。日嬉笑燕饮，或琵琶度曲，而禁选人勿至前，选人恚愤。女子亦怒且笑曰："不如是，金帛从何来？使我谢客易，然一家三十口，须汝供给，汝能之耶？"选人知不可留，携小奴入京，僦住屋。次日再至，则荒烟蔓草，无复人居，并衣装不知所往矣。

选人本携数百金，善治生，衣颇褴褛。忽被服华楚，皆怪之。具言赘婿状，人亦不疑。俄又褴褛，讳不自言。后小奴私泄其事，人乃知之。

曹慕堂宗丞曰："此魅窃逃，犹有人理。吾所见有甚于此者矣。"

注释

①鼗（táo）鼓：拨浪鼓。 ②嬿婉：欢好，和美。 ③耽：沉溺。 ④厕牏（yú）：内衣。

武强张公令誉，康熙丁酉举人，刘景南之妇翁也。言有选人纳一姬，聘币颇轻，惟言其母爱女甚，每月当十五日在寓，十五日归宁，悦其色美而值廉，竟曲从[1]之。后一选人纳姬，约亦如是。选人初不肯，则举此选人为例。询访信然，亦曲从之。二人本同年，一日话及，前选人忽省曰："君家阿娇归宁上半月耶？下半月耶？"曰："下半月。"前选人大悟，忽引入内室，视之，果一人也。盖其初鬻之时，已预留再鬻地矣。

张公淳实君子，度[2]必无妄言。惟是京师鬻女之家，虽变幻万状，亦必欺以其方，故其术一时不遽[3]败。若月月克日归宁，已不近事理；又不时往来于两家，岂人不能闻？是必败之道，狡黠者断不出此。或传闻失实，张公误听之欤？然紫陌看花，动多迷路。其造作是语，固亦不为无因耳。

注释

①曲从：委曲顺从。 ②度：估计。 ③遽：立刻，马上。

朱青雷言：李华麓在京，以五百金纳一姬。会以他事诣天津，还京之日，途遇一友，下车为礼。遥见姬与二媒媪同车驰过，大骇愕，而姬若弗见华麓者。恐误认，思所衣绣衫又己所新制，益怀疑，草草话别。至家，则姬故在。一见即问："尔先至耶？媒媪又将尔嫁何处？”姬仓皇不知所对。乃怒遣家僮呼其父母来领女。父母狼狈至，其妹闻姊有变，亦同来。入门则宛然车中女，其绣衫乃借于姊者，尚未脱。盖少其姊一岁，容貌略相似也。华麓方跳踉如虓[①]虎，见之省悟，嗒然[②]无一语。父母固诘相召意，乃述误认之故，深自引愆。父母亦具述方鬻次女，借衣随媒媪同往事。问价几何，曰：“三百金，未允也。”华麓輾然，急开箧取五百金置几上，曰：“与其姊同价可乎？”顷刻议定，留不遣归，即是夕同衾焉。风水相遭，无心凑合，此亦可为佳话矣。

注释

①虓（xiāo）：虎啸。 ②嗒然：沮丧的样子。

刘东堂言：狂生某者，性悖妄，诋訾今古，高自位置。有指摘[①]其诗文一字者，衔之次骨，或至相殴。值河间岁试，同寓十数人，或相识，或不相识，夏夜散坐庭院纳凉，狂生纵意高谈。众畏其唇吻，皆缄口不答。惟树后坐一人，抗词与辩，连抵其隙。理屈词穷，怒问：“子为谁？”暗中应曰：“仆焦王相也。”河间之宿儒。骇问：“子不久死耶？”笑应曰：“仆如不死，敢捋虎须耶？”狂生跳掷叫号，绕墙寻觅。惟闻笑声吃吃，或在木杪，或在檐端而已。

注释

①指摘：指出错误并加以批评。

王洪绪言：鄚州筑堤时，有少妇抱衣袱行堤上，力若不胜，就柳下暂息。时佣作数十人，亦散憩树下。少妇言归自母家，幼弟控一驴相送。驴惊坠地，弟入秫田追驴，自辰至午尚未返。不得已，沿堤自行。家去此西北四五里，谁能抱袱送我，当谢百钱。一少年私念此可挑，不然亦得谢，乃随往。一路与调谑，不甚答，亦不甚拒。行三四里，突七八人要于路曰："何物狂且，敢觊觎[①]我家妇女！"共执缚捶楚，皆曰："送官徒涉讼，不如埋之。"少妇又述其谑语，益无可辩，惟再三哀祈。一人曰："姑贳[②]尔。然须罚掘开此塍，尽泄其积水。"授以一锸，坐守促之。掘至夜半，水道乃通，诸人亦不见。环视四面，芦苇丛生，杳无村落。疑狐穴被水，诱此人浚[③]治云。

注释

①觊觎（jìyú）：非分的企图。　②贳（shì）：饶恕。
③浚：疏通。

卷十七

姑妄听之三

族侄竹汀言：文安有佣工古北口外者，久无音问。其父母值岁荒，亦就食口外，且觅子，亦久无音问。后乃有人见之泰山下，言昔至密云东北，日已暮，风云并作。遥见山谷有灯光，漫往投止。至则土屋数楹，围以秫篱，有老妪应门，问其里贯，入以告。又遣问姓名年岁，并问："曾有子出口否？子何名？年几何岁？"具以实对。忽有女子整衣出，延入上坐，拜而侍立，促老妪督婢治酒肴，意甚亲昵，莫测其由，起而固诘，则失声伏地曰："儿不敢欺翁姑。儿狐女也，尝与翁姑之子为夫妇。本出相悦，无相媚意。不虞其爱恋过度，竟以瘵亡。心恒愧悔，故誓不别适，依其墓以居。今无意与翁姑遇，幸勿他往，儿尚能养翁姑。"初甚骇怖，既而见其意真切，相持涕泣，留共居。狐女奉事无不至，转胜于有子。

如是六七年，狐女忽遣老妪市[①]一棺，且具锸畚。怪问其故，欣然曰："翁姑宜贺儿。儿奉事翁姑，自追念逝者，聊尽寸心耳。不期感动土地，闻于岳帝。岳帝悯之，许不待丹成，解形证果。今以遗蜕合窆[②]，表同穴意也。"引至侧室，果一黑狐卧榻上，毛光如漆，举之轻如叶，扣之乃作金石声。信其真仙矣。葬事毕，又启曰："今隶碧霞元君为女官，当往泰山。

请共往。”故相偕至此，僦[③]屋与土人杂居。狐女惟不使人见形，其供养仍如初也。后不知其所终。

此与前所记狐女略相近，然彼有所为而为，故仅得逭[④]诛；此无所为而为，故竟能成道。天上无不忠不孝之神仙，斯言谅哉！

注释

①市：买。②合窆：合葬。③僦：租。④逭（huàn）：免除。

竹汀又言：有夜宿城隍庙廊者，闻殿中鬼语曰：“奉牒拘某妇。某妇恋其病姑，不肯死，念念固结，神不离舍，不能摄取，奈何？”城隍曰：“愚忠愚孝，多不计成败。与命数争，徒自苦者，固不少；精诚之至，鬼神所不能夺者，挽回一二，间亦有之。与强魂捍拒，其事迥殊，此宜申[①]岳帝取进止，毋遽以厉鬼往也。”语讫，遂寂。后不知究竟能摄[②]否。然足知人定胜天，确有是理矣。

注释

①申：旧时下级向上级行文。②摄：拘捕。

顾郎中德懋，世所称判冥者也。尝自言平反一狱，颇自喜。其姓名不敢泄，其事则有姑出其妇者，以小姑之谗，非其罪也。姑性卞[①]，仓卒度无挽回理；而母家亲党无一人，遂披缁尼庵，待姑意转。其夫怜之，时往视妇，亦不能无情。庵旁有废园，每约以夜伏破屋，而自逾墙缺私就之，来往岁余，为其师所觉。师持戒严，以为污佛地，斥其夫勿来，来且逐妇。夫遂绝迹，妇竟郁郁死。

冥官谓既入空门，宜遵佛法，乃耽淫犯戒，当从僧律科断，议付泥犁。顾驳之曰：“尼犯淫戒，固有明刑。然必初念皈依，中违誓愿，科[②]以僧律，百喙[③]无词。此妇则无罪仳离[④]，冀收覆水，恩非断绝，志且坚贞。徒以孤苦无归，托身荒刹，其为尼也，但可谓之毁容，未可谓之奉法；其在庵也，但可谓之借榻，不可谓之安禅。若据其浮踪，执为恶业，则瑶光夺婿，更以何罪相加？至其感念故夫，逾墙幽会，迹似赠以芍药，事均采彼蘼芜。人本同衾，理殊失节。阳律于未婚私媾，仅拟杖刑，犹容纳赎。兹之违礼，恐视彼为轻。况已抑郁捐生，纵有微愆，足以蔽罪。自应宽其薄罚，径付转轮。准理酌情，似乎两协。”事上，冥王竟从其议。

此语真妄，无可证验。然据其所议，固持平之论矣。

又顾临殁，自云以多泄阴事，谪为社公。姑存其说，亦足为轻谈温室者箴也。

注释

①卞：性急。 ②科：判定。 ③喙（huì）：嘴。 ④仳（pǐ）离：夫妻分离。

库尔喀喇乌苏库尔喀喇，译言黑。乌苏，译言水也。台军李印，尝随都司刘德行山中。见悬崖老松贯一矢，莫测其由。晚宿邮舍，印乃言昔过是地，遥见一骑飞驰来，疑为玛哈沁，伏深草伺之。渐近，则一物似人非人，据马上，马乃野马也，知为怪，发一矢，中之，嗡然如钟声，化黑烟去，野马亦惊逸。今此矢在树，知为木妖也。问：“顷见之何不言？”曰：“射时彼原未见我。彼既有灵，恐闻之或报复，故宁默也。”其机警多类此。

一日，塔尔巴哈台押逋寇满答尔至，命印接解。以铁杻贯手，以铁链从马腹横锁其足。时已病，奄奄仅一息。与之食，亦不甚咽。在马上每欲倒掷下，赖絷[①]足得不堕。但虑其死，不虑其逃也。至戈壁，两马相并，又作欲堕状。印举手引之，突挺然而起，以杻击印仆马下，即旋辔[②]驰入戈壁去。戈壁东北连科布多，北路定边副将军所属。绵亘[③]数百里，古无人迹，竟莫能追。始知其病者伪也。参将岳济，坐是获重谴，印亦长枷。

既而伊犁复捕得满答尔。盖额鲁特来降者，赏赉[④]最厚。满答尔贪饵而出，因就擒。讯其何以敢再至，则曰："我罪至重，谅必不料我来；我随众而来，亦必不疑其中有我。"其所计良是，而不虞识其项上箭瘢也。

以印之巧密，而卒为术愚；以满答尔之深险，而卒以诈败。日以心斗，诚不知其所穷。然任智终遇其敌，未有千虑不一失者，则定理也。

注释

①絷（zhí）：束缚。 ②旋辔：回马，掉转马头。 ③绵亘（gèn）：绵延不断。 ④赉：同"资"，钱财。

李义山诗"空闻子夜鬼悲歌"，用晋时鬼歌子夜事也。李昌谷诗"秋坟鬼唱鲍家诗"，则以鲍参军有《蒿里行》，幻窅[①]其词耳。然世固往往有是事。

田香沚言：尝读书别业[②]。一夕，风静月明，闻有度昆曲者，亮折清圆，凄心动魄。谛审之，乃《牡丹亭·叫画》一出也。忘其所以，静听至终。忽省墙外皆断港荒陂，人迹罕至，此曲自何而来？开户视之，惟芦荻瑟瑟而已。

注释

①窅（yǎo）：使隐晦。 ②别业：别墅。

香沚又言：有老儒授徒野寺，寺外多荒冢，暮夜或见鬼形，或闻鬼语。老儒有胆，殊不怖，其僮仆习惯，亦不怖也。一夕，隔墙语曰：“邻君已久，知先生不讶。尝闻吟咏，案上当有温庭筠诗，乞录其《达摩支曲》一首焚之。”又小语曰：“末句‘邺城风雨连天草’，祈写‘连’为‘粘’，则感极矣。顷争此一字，与人赌小酒食也。”老儒适有温集，遂举投墙外。约一食顷，忽木叶乱飞，旋飚[1]怒卷，泥沙洒窗户如急雨。老儒笑且叱曰：“尔辈勿劣相，我筹之已熟。两相角赌，必有一负。负者必怨，事理之常。然因改字以招怨，则吾词曲[2]；因其本书以招怨，则吾词直。听尔辈狡狯，吾不愧也。”语讫而风止。

褚鹤汀曰：“究是读书鬼，故虽负气求胜，而能为理屈。然老儒不出此集，不更两全乎？”王谷原曰：“君论世法也。老儒解世法，不老儒矣。”

注释

①飚：狂风。 ②曲：理亏。

司爨王媪言：即见醉钟馗者。有樵者伐木山冈，力倦小憩。遥见一人持衣数袭，沿途弃之，不省其何故。谛视之，履险阻如坦途，其行甚速，非人可及；貌亦惨淡不似人，疑为妖魅。登高树瞰之，人已不见。由其弃衣之路宛转至山坳，则一虎伏焉。知人为伥鬼[1]，衣所食者之遗也，急弃柴自冈后遁。次日，闻某村某甲于是地死于虎矣。路非人径所必经，知其以衣为饵，导之至是也。

物莫灵于人，人恒以饵取物。今物乃以饵取人，岂人弗灵哉？利汩[②]其灵，故智出物下耳。然是事一传，猎者因循衣所在，得虎窟，合铳群击，殪其三焉，则虎又以智败矣。辗转倚伏，机械又安有穷欤？

或又曰："虎至悍而至愚，心计万万不到此。闻伥役于虎，必得代乃转生。是殆伥诱人自代，因引人捕虎报冤也。"伥者人所化，揆诸人事，固亦有之。又惜虎知伥助己，不知即伥害己矣。

注释

①伥（chāng）鬼：古代传说中被老虎咬死的人变成鬼又助虎伤人。 ②汩：扰乱。

梁豁堂言：有粤东大商，喜学仙。招纳方士数十人，转相神圣，皆曰冲举[①]可坐致。所费不资，然亦时时有小验，故信之益笃。

一日，有道士来访，虽敝衣破笠，而神意落落[②]，如独鹤孤松。与之言，微妙玄远，多出意表。试其法，则驱役鬼神，呼召风雨，如操券也；松鲈、台菌、吴橙、闽荔，如取携也；星娥琴竽，玉女歌舞，犹仆隶也。握其符，十洲三岛，可以梦游。出黍颗之丹，点瓦石为黄金，百炼不耗。粤商大骇服，诸方士自顾不及，亦稽首[③]称圣师，皆愿为弟子，求传道。道士曰："然则择日设坛，当一一授汝。"

至期，道士登座，众拜讫。道士问："尔辈何求？"曰："求仙。"问："求仙何以求诸我？"曰："如是灵异，非真仙而何？"道士轩渠[④]良久，曰："此术也，非道也。夫道者冲漠自然，与元气为一，乌有如是种种哉？盖三教之放失久矣。儒之本旨，明体达用而已。文章记诵，非也；谈天说性，亦非也。佛之本旨，无生无灭而已。布施供养，非也；机锋语录，亦非也。道之本旨，清净冲虚而已。章咒符箓，非也；炉火服饵，亦非也。尔所见种种，是皆章咒符箓事，去炉火服饵，尚隔几尘，况长生乎？然无所征验，遽斥其非，尔必谓誉其所能，而毁其所不能，徒大言耳。今示以种种能为，而告以种种不可为，尔庶几[⑤]知返乎？儒家释家，情伪日增，门径各别，可勿与辩也。吾疾夫道家之滋伪，故因汝好道，姑一正之。"因指诸方士曰："尔之不食，辟谷丸也。尔之前知，桃偶人也。尔之烧丹，房中药也。尔之点金，缩银法也。尔之入冥，茉莉根也。尔之召仙，摄灵鬼也。尔之返魂，役鬼魅也。尔之般运，五鬼术也。尔之辟兵，铁布衫也。尔之飞跃，鹿卢蹻也。名曰道流，皆妖人耳。不速解散，雷部且至矣。"振衣欲起。

众牵衣叩额曰："下士沉迷，已知其罪。幸逢仙驾，是亦前缘，忍不一度脱乎？"道士却坐，顾粤商曰："尔曾闻笙歌锦绣之中，有一人挥手飞升者乎？"顾诸方士曰："尔曾闻炫术鬻财之辈，有一人脱屣羽化者乎？夫修道者须谢绝万缘，坚持一念。使此心寂寂如死，而后可不死；使此气绵绵不停，而后可长停。然亦非枯坐事也。仙有仙骨，亦有仙缘，骨非药物所能换，缘亦非情好所能结。必积功累德，而后列名于仙籍，仙骨以生。仙骨既成，真灵自尔感通，仙缘乃凑。此在尔辈之自度，仙家安有度人法乎？"因索纸大书十六字曰："内绝世缘，外积阴骘，无怪无奇，是真秘密。"投笔于案，声如霹雳，已失所在矣。

注释

①冲举：飞升成仙。 ②落落：孤高，不与世合。 ③稽首：磕头。 ④轩渠：笑貌。 ⑤庶几：表可能或希望。

表伯王洪生家，有狐居仓中，不甚为祟，然小儿女或近仓游戏，辄被瓦击。一日，厨下得一小狐，众欲捶杀以泄愤。洪生曰："是挑衅也。人与妖斗，宁有胜乎？"乃引至榻上，哺[①]以果饵，亲送至仓外。自是儿女辈往来其地，不复击矣。此不战而屈人也。

注释

①哺：喂养。

又舅氏安公五占，居县东留福庄。其邻家二犬，一夕吠甚急。邻妇出视，无一人，惟闻屋上语曰："汝家犬太恶，我不敢下。有逃婢匿汝家灶内，烦以烟熏之，当自出。"妇大骇，入视灶内，果嘤嘤有泣声。问："是何物？何以至此？"灶内小语曰："我名绿云，狐家婢也。不胜鞭棰，逃匿于此，冀少缓须臾[①]死。惟娘子哀之。"妇故长斋礼佛，意颇怜悯，向屋仰语曰："渠畏怖不出，我亦实不忍火攻。苟无大罪，乞仙家舍之。"里俗呼狐曰仙家。屋上应曰："我二千钱新买得，那能即舍？"妇曰："二千钱赎之，可乎？"良久，乃应曰："是或尚可。"妇以钱掷于屋上，遂不闻声。妇扣[②]灶呼曰："绿云可出，我已赎得汝。汝主去矣。"灶内应曰："感活命恩，今便随娘子驱使。"妇曰："人那可蓄狐婢？汝且自去。恐惊骇小儿女，亦慎勿露形。"果似有黑物瞥然逝。后每逢元旦，辄闻窗外呼曰："绿云叩头。"

注释

①须臾：片刻。 ②扣：敲。

蒙古以羊骨卜，烧而观其坼[①]兆，犹蛮峒鸡卜也。霍丈易书在葵苏图军台时，有老妇解此术。使卜归期，妇侧睨良久，曰："马未鞍，人未冠，是不行也。然鞍与冠皆已具，行有兆矣。"越数月，又使卜，妇一视即拜，曰："马已鞍，人已冠矣，公不久其归乎？"既而果赐环。

又大学士温公言：曩征乌什，俘回部十余人，禁地窖中。一日，指口诉饥。投以杏，众分食讫，一年老者握其核，喃喃密祝，掷于地上，观其纵横奇偶，忽失声哭。其党环视，亦皆哭，既而骈诛之牒至。疑其法如火珠林钱卜也。

是与蓍[②]龟虽不同，然以骨取象者，龟之变；以物取数者，蓍之变。其藉人精神以有灵，理则一耳。

注释

①坼（chè）：裂开。 ②蓍（shī）：古人以蓍草龟甲占卜吉凶。

康熙癸巳秋，宋村厂佃户周甲，不胜其妇之捶楚。夜伺妇寝，逃匿破庙，将待晓介邻里乞怜。妇觉之，追迹至庙，对神像数其罪，叱使伏受鞭。庙故有狐，鞭甫十余，方哀呼，群狐合噪而出，曰："世乃有此不平事！"齐夺甲置墙隅，执其妇，褫无寸缕，即以其鞭鞭之，至流血未释。突狐妇又合噪而出，曰："男子但解护男子。渠背妻私昵某家女，不应死耶？"亦夺其妇置墙隅，而相率执甲。群狐格斗争救，喧哄良久。守田者疑为劫盗，大呼鸣铳为声援，狐乃各散。妇已委顿[①]，甲竭蹶[②]负以归。王德庵先生时设帐于是，见妇在途中犹喃喃骂也。先生尝曰："快哉诸狐！可谓礼失而求野。狐妇乃恶伤其类，又别执一理，操同室之戈。盖门户分而朋党起，朋党盛而公论淆，轇轕纷纭，是非蜂起，其相轧也久矣。"

注释

①委顿：疲乏。 ②竭蹶：竭尽全力。

张铉耳先生家，一夕觅一婢不见，意其逋逃。次日，乃醉卧宅后积薪下。空房锁闭，不知其何从入也。沃发渍面，至午乃苏。言昨晚闻后院嬉笑声，稔知狐魅，习惯不惧，窃从门隙窥之。见酒炙罗列，数少年方聚饮。俄为所觉，遽跃起拥我逾墙入。恍惚间如睡如梦，噤不能言，遂被逼入坐。陈醖醇酞，加以苛罚，遂至沉酣，不记几时眠，亦不知其几时去也。

铉耳先生素刚正，自往数之曰："相处多年，除日日取柴外，两无干犯。何突然越礼，以良家婢子，作倡女侑觞[①]？子弟猖狂，父兄安在？为家长者宁不愧乎？"至夜半，窗外语曰："儿辈冶荡，业已笞之。然其间有一线乞原者，此婢先探手入门，作谑词乞肉，非出强牵。且其月下花前，采兰赠芍，阅人非一，碎璧多年，故儿辈敢通款曲[②]。不然，则某婢某婢色岂不佳，何终不敢犯乎？防范之疏，仆与先生似当两分其过。惟俯察之。"先生曰："君既笞儿，此婢吾亦当痛笞。"狐哂曰："过摽梅之年，而不为之择配偶，郁而横决，罪岂独在此婢乎？"先生默然。

次日，呼媒媪至，凡年长数婢，尽嫁之。

注释

①侑（yòu）觞：劝酒佐助饮兴。侑，相劝。 ②款曲：情意。

邱县丞天锦言：西商有杜奎者，不知其乡贯，其语似泽、潞人也。刚劲有胆，不畏鬼神，空宅荒祠，所至恒襆被独宿，亦无所见闻。

偶行经六盘山麓，日已曛黑，遂投止。废堡破屋，荒烟蔓草，四无人踪。度万万无寇盗，解装绊马，拾枯枝爇火御寒竟，展衾安卧。方欲睡间，闻有哭声。谛听之，似在屋后，似出地下。时榾柮方燃，室明如昼，因侧眠握刀以待之。俄声渐近，已在窗外黑处，呜呜不已，然终不露形。杜叱问曰："平生未曾见尔辈。是何鬼物？可出面言！"暗中有应者曰："身是女子，裸无寸缕，愧难相见。如不见弃，许入被中，则有物蔽形，可以对语。"杜知其欲相媚惑，亦不惧之，微哂曰："欲入即入。"阴风飒然，已一好女共枕矣。羞容觍觍，掩面泣曰："一语才通，遽相偎倚。人虽冶荡，何至于斯？缘有苦情，迫于陈诉。虽嫌造次，勿讶淫奔。此堡故群盗所居，妾偶独行，为其所劫，尽褫衣裳簪珥，缚弃涧中。夏浸寒泉，冬埋积雪，沉阴沍[①]冻，万苦难名。后恶党伏诛，废为墟莽。无人可告，茹痛至今。幸空谷足音，得见君子。机缘难再，千载一时，故忍耻相投，不辞自献。拟以一宵之爱，乞市薄槥[②]，移骨平原。庶地气少温，得安营魄。倘更作佛事，超拔转轮，则再造之恩，誓世世长执巾栉[③]。"语讫拭泪，纵体入怀。杜慨然曰："本谓尔为妖，乃沉冤如是。吾虽耽花柳，然乘人窘急，挟制求欢，则落落丈夫，义不出此。汝既畏冷，无妨就我取温。如讲幽期，则不如径去。”女伏枕叩额，亦不再言。杜拥之酣眠，帖然就抱。天晓，已失所在。乃留数日，为营葬营斋。

越数载归里，有邻家小女，见杜辄恋恋相随。后老而无子，求为侧室，父母不肯，女自请相从，竟得一男。知其事者，皆疑为此鬼后身也。

注释

①沍（hù）：寒冻。 ②槥（huì）：棺材。 ③执巾栉：古时为人妻妾的谦称。

《宋书·符瑞志》曰：珊瑚钩，王者恭信则见。然不言其形状，盖自然之宝也。杜工部诗曰：“飘飘青琐郎，文采珊瑚钩。”似即指此。萧诠诗曰：“珠帘半上珊瑚钩。”则以珊瑚为钩耳。余见故大学士杨公一带钩，长约四寸余，围约一寸六七分。其钩就倒垂椏杈，截去附枝，作一螭头。其系绦镮柱，亦就一横出之瘿瘤，作一芝草。其干天然弯曲，脉理分明，无一毫斧凿迹，色亦纯作樱桃红，殆为奇绝。其挂钩之环，则以交柯[①]连理之枝，去其外歧，而存其周围相属者，亦似天成。然珊瑚连理者多，佩环似此者亦多，不为异也。云以千四百金得诸洋船[②]。此在壬午、癸未间，其时珊瑚易致，价尚未昂云。

注释

①交柯：交错的枝条。 ②洋船：西洋商船。

又余在乌鲁木齐时，见故大学士温公有玉一片，如掌大，可作臂阁。质理莹白，面有红斑四点，皆大如指顶，鲜活如花片，非血浸，非油炼，非琥珀烫，深入腠理[①]，而晕脚四散，渐远渐淡，以至于无，盖天成也。公恒以自随。木果木之战，公理轮縶马，慷慨捐生。此物想流落蛮烟瘴雨[2]间矣。

注释

①腠（còu）理：中医指皮肤的纹理和皮下肌肉之间的空隙。②蛮烟瘴雨：南方有瘴气的烟雨，指十分荒凉的地方。

又尝见贾人持一玉簪，长五寸余，圆如画笔之管，上半纯白，下半莹澈如琥珀，为目所未睹。有酬[1]以九百金者，坚不肯售。余终疑为药炼也。

注释

①酬：偿付。

五十年前，见董文恪公一玉蟹，质不甚巨，而纯白无点瑕。独视之亦常玉，以他白玉相比，则非隐青即隐黄隐赭，无一正白者，乃知其可贵。顷与柘林司农话及，司农曰："公在日，偶值匮乏[1]，以六百金转售之矣。"

注释

①匮乏：缺少，不足。

益都有书生，才气飚发，颇为隽上。一日，晚凉散步，与村女目成。密遣仆妇通词，约某夕虚掩后门待。生潜踪匿影，方暗中扪壁窃行，突火光一掣，朗若月明，见一厉鬼当户立。狼狈奔回，几失魂魄。

次日至塾，塾师忽端坐大言曰："吾辛苦积得小阴骘[1]，当有一孙登第。何逾墙钻穴，自败成功？幸我变形阻之，未至削籍，然亦殿两举矣。尔受人脩脯，教人子弟，何无约束至此耶？"自批其颊十余，昏然仆地。方灌治间，宅内仆妇亦自批其颊曰："尔我家三世奴，岂朝秦暮楚者耶？幼主妄行当劝戒，不从则当告主人。乃献媚希赏，几误其终身，岂非负心耶？后再不悛，且褫尔魄。"语讫，亦昏仆，并久之乃苏。门人李南涧曾亲见之。

盖祖父之积累如是其难，子孙之败坏如是其易也，祖父之于子孙如是其死尚不忘也，人可不深长思乎？然南涧言此生终身不第，颇颔[2]以终，殆流荡不返，其祖亦无如何欤？抑或附形于塾师，附形于仆妇，而不附形于其孙，亦不附形于其子，犹有溺爱者存，故终不知惩欤？

注释

①阴骘（zhì）：阴德。 ②颇颔（kǎnhàn）：因饥饿而面黄肌瘦的样子。

狐魅，人之所畏也。而有罗生者，读小说杂记，稔闻狐女之姣丽，恨不一遇。近郊古冢，人云有狐，又云时或有人与狎昵。乃诣其窟穴，具贽[1]币牲醴，投书求婚姻。且云或香闺娇女，并已乘龙，或鄙弃樗材，不堪倚玉，则乞赐一艳婢，用充贵媵，衔感亦均。再拜置之而返，数日寂然。

一夕，独坐凝思，忽有好女出灯下，嫣然笑曰："主人感君盛意，卜今吉日，遣小婢三秀来充下陈，幸见收录。"因叩谒如礼，凝眸侧立，妖媚横生。生大欣慰，即于是夜定情。自以为彩鸾甲帐，不是过也。婢善隐形，人不能见；虽远行别宿，亦复相随，益惬生所愿。惟性饕餮，家中食物多被窃。食物不足，则盗衣裳器具，鬻钱以买。亦不知谁为料理，意有徒党同来也。以是稍谯[2]责之，然媚态柔情，摇魂动魄，低眉一盼，亦复回嗔。又冶荡殊常，蛊惑万状，卜夜卜昼，靡有已时，尚嗛嗛不足。以是家为之凋，体亦为之敝。久而疲于奔命，怨詈时闻，渐起衅端，遂成仇隙。呼朋引类，妖祟大兴，日不聊生。

延[3]正一真人劾治，婢现形抗辩曰："始缘祈请，本异私奔；继奉主命，不为苟合。手札具存，非无故为魅也。至于盗窃淫佚，狐之本性，振古如是，彼岂不知？既以耽色之故，舍人而求狐，乃又责狐以人理，毋乃悖欤？即以人理而论，图声色之娱者，不能惜蓄养之费。既充妾媵，即当仰食于主人。所给不敷[4]，即不免私有所取。家庭之内，似此者多。较攘窃他人，终为有间。若夫闺房燕昵，何所不有？圣人制礼，亦不能立以程限；帝王定律，亦不能设以科条。在嫡配尚属常情，在姬侍尤其本分。录以为罪，窃有未甘。"真人曰："鸠众肆扰，又何理乎？"曰："嫁女与人，意图求取。不满所欲，聚党喧哄者，不知凡几。未闻有人科[5]其罪，乃科罪于狐欤？"真人俯思良久，顾罗生笑曰："君所谓求仁得仁，亦复何怨？老夫耄[6]矣，不能驱役鬼神，预人家儿女事。"

后罗生家贫如洗，竟以瘵终。

注释

①贽（zhì）：礼物。 ②谯：责备。 ③延：请。 ④敷：够，足。 ⑤科：判刑。 ⑥耄（mào）：年老。

从侄秀山言：奴子吴士俊尝与人斗，不胜，恚而求自尽，欲于村外觅僻地。甫出栅，即有二鬼邀之。一鬼言投井佳，一鬼言自缢更佳，左右牵掣[1]，莫知所适。俄有旧识丁文奎者从北来，挥拳击二鬼遁去，而自送士俊归。士俊惘惘[2]如梦醒，自尽之心顿息。文奎亦先以缢死者。盖二人同役于叔父栗甫公家，文奎殁后，其母婴[3]疾困卧，士俊尝助以钱五百，故以是报之。此余家近岁事，与《新齐谐》所记针工遇鬼略相似，信凿然有之。而文奎之求代而来，报恩而去，尤足以激薄俗矣。

注释

①掣：拽，扯。 ②惘惘：迷迷茫茫。 ③婴：缠绕。

周景垣前辈言：有巨室眷属，连舻之任，晚泊大江中。俄一大舰来同泊，门灯樯帜，亦官舫也。日欲没时，舱中二十余人露刃跃过，尽驱妇女出舱外。有靓妆女子隔窗指一少妇曰："此即是矣。"群盗应声曳之去。一盗大呼曰："我即尔家某婢父。尔女酷虐我女，鞭棰炮烙无人理。幸逃出遇我，尔追捕未获。衔冤次骨，今来复仇也。"言讫，扬帆顺流去，斯须[1]灭影。缉寻无迹，女竟不知其所终，然情状可想矣。

夫贫至鬻女，岂复有所能为？而不虑其能为盗也。婢受惨毒，岂复能报？而不虑其父能为盗也。此所谓蜂虿[2]有毒欤？

又李受公言：有御婢残忍者，偶以小过闭空房，冻饿死，然无伤痕。其父讼不得直，反受笞。冤愤莫释，夜逾垣入，并其母女手刃之。海捕多年，竟终漏网。是不为盗亦能报矣。

又言京师某家火，夫妇子女并焚，亦群婢怨毒之所为。事无显证，遂无可追求[3]。是不必有父亦自能报矣。

余有亲串，鞭笞婢妾，嬉笑如儿戏，间[4]有死者。一夕，有黑气如车轮，自檐堕下，旋转如风，啾啾然有声，直入内室而隐。次日，疽发于项如粟颗，渐以四溃，首断如斩。是人所不能报，鬼亦报之矣。

人之爱子，谁不如我？其强者衔冤茹痛，郁结莫申，一决横流，势所必至。其弱者横遭荼毒[5]，赍恨黄泉，哀感三灵，岂无神理！不有人祸，必有天刑，固亦理之自然耳。

注释

①斯须：片刻。　②虿（chài）：毒虫。　③追求：追究。④间：有时。　⑤荼毒：毒害。

世谓古玉皆昆吾刀刻，不尽然也。魏文帝《典论》已不信世有昆吾刀，是汉时已无此器。李义山诗："玉集胡沙割。"是唐已沙碾矣。

今琢玉之巧，以痕都斯坦为第一，其地即《佛经》之印度，《汉书》之身毒。精是技者，相传犹汉武时玉工之裔[1]。故所雕物像，颇有中国花草，非西域所有者，沿旧谱也。

又云别有奇药能软玉，故细入毫芒，曲折如意。余尝见玛少宰兴阿自西域买来梅花一枝，虬干夭矫，殆可以插瓶。而开之则上盖下底成一盒，虽细条碎瓣，亦皆空中。又尝见一钵，内外两重，可以转而不可出。中间隙缝，仅如一发。摇之无声，断无容刀之理；刀亦断无屈曲三折，透至钵底之理。疑其又有粘合无迹之药，不但能软也。此在前代，偶然一见，谓之鬼工。今则纳赆[2]输琛[3]，有如域内，亦寻常视之矣。

注释

①裔（yì）：后代。　②赆（jìn）：赠送的财物。　③琛（chēn）：珍宝。

闽人有女未嫁卒，已葬矣。阅岁余，有亲串见之别县。初疑貌相似，然声音体态，无相似至此者。出其不意，从后试呼其小名，女忽回顾。知不谬，又疑为鬼。归告其父母，开冢验视，果空棺。

共往踪迹，初阳[①]不相识，父母举其胸胁瘢痣，呼邻妇密视，乃具伏。觅其夫，则已遁矣。盖闽中茉莉花根，以酒磨汁饮之，一寸可尸蹶一日，服至六寸尚可苏，至七寸乃真死。女已有婿，而私与邻子狎，故磨此根使诈死，待其葬而发墓共逃也。婿家鸣官，捕得邻子，供词与女同。

时吴林塘官闽县，亲鞫[②]是狱。欲引开棺见尸律，则人实未死，事异图财；欲引药迷子女例，则女本同谋，情殊掠卖。无正条可以拟罪，乃仍以奸拐本律断。人情变幻，亦何所不有乎？

注释

①阳：假装。

唐宋人最重通犀[①]，所云种种人物，形至奇巧者。唐武后之简，作双龙对立状。宋孝宗之带，作南极老人扶杖像。见于诸书者不一，当非妄语。今惟有黑白二色，未闻有肖人物形者，此何以故欤？惟大理石往往似画，至今尚然。

尝见梁少司马铁幢家一插屏，作一鹰立老树斜柯上，嘴距翼尾，一一酷似。侧身旁睨，似欲下搏，神气亦极生动。

朱运使子颖，尝以大理石镇纸赠亡儿汝佶。长约二寸，广约一寸，厚约五六分。一面悬崖对峙，中有二人乘一舟顺流下；一面作双松欹[②]立，针鬣分明，下有水纹，一月在松梢，一月在水。宛然两水墨小幅。上有刻字，一题曰“轻舟出峡”，一题曰“松溪印月”，左侧题“十岳山人”，字皆八分书。盖明王寅故物也。汝佶以献余，余于器玩不甚留意，后为人取去。烟云过眼矣，偶然忆及，因并记之。

注释

①通犀：犀角的一种。 ②攲（qī）：倾斜。

旧蓄北宋苑画八幅，不题名氏，绢丝如布，笔墨沉著[①]，工密中有浑浑穆穆之气，疑为真迹。所画皆故事，而中有三幅不可考。一幅下作甲仗隐现状，上作一月衔树杪，一女子衣带飘舞，翩如飞鸟，似御风而行。一幅作旷野之中，一中使背诏立。一人衣巾褴褛自右来，二小儿迎拜于左，其人作引手援之状。中使若不见三人，三人亦若不见中使。一幅作一堂甚华敞，阶下列酒罂五。左侧作艳女数人，靓妆彩服，若贵家姬。右侧作媪婢携抱小儿女，皆侍立甚肃。中一人常服据榻坐，自抱一酒罂，持钻钻之。后前一幅辨为红线，后二幅则终不知为谁。姑记于此，俟[②]博雅者考之。

注释

①沉著：深沉郁结。 ②俟：等。

张石粼先生，姚安公同年老友也。性伉直，每面折人过，然慷慨尚义，视朋友之事如己事，劳与怨皆不避也。尝梦其亡友某公盛气相诘曰："君两为县令，凡故人子孙零替者，无不收恤。独我子数千里相投，视如陌路，何也？"先生梦中怒且笑曰："君忘之欤？夫所谓朋友，岂势利相攀援，酒食相征逐哉？为缓急可恃，而休戚相关也。我视君如弟兄，吾家奴结党以蠹[①]我，其势蟠固，我无可如何。我常密托君察某某，君目睹其奸状，而恐招嫌怨，讳不肯言。及某某贯盈[②]自败，君又博忠厚之名，百端为之解脱。我事之偾[③]不偾，我财之给不给，君皆弗问，第求若辈感激，称长者而已。是非厚其所薄，薄其所厚乎？君先陌路视我，而怪我视君如陌路，君忘之欤？”其人瑟缩而去。此五十年前事也。

大抵士大夫之习气，类以不谈人过为君子，而不计其人之亲疏，事之利害。余尝见胡牧亭为群仆剥削，至衣食不给。同年朱学士竹君奋然代为驱逐，牧亭生计乃稍苏。又尝见陈裕斋殁后，孀妾孤儿，为其婿所凌逼。同年曹宗丞慕堂亦奋然鸠率旧好，代为驱逐，其子乃得以自存。一时清议，称古道者百不一二，称多事者十恒八九也。又尝见崔总宪应阶娶孙妇，赁彩轿亲迎。其家奴互相钩贯[④]，非三百金不能得，众喙一音[⑤]。至前期一两日，价更倍昂。崔公恚愤，自求朋友代赁。朋友皆避怨不肯应，甚有谓彩轿无定价，贫富贵贱，各随其人为消长，非他人所可代赁，以巧为调停者。不得已，以己所乘轿结彩缯用之。一时清议，谓坐视非理者亦百不一二，谓善体下情者亦十恒八九也。彼一是非，此一是非，将乌乎质之哉？

注释

①蠹：祸害。 ②贯盈：恶贯满盈，罪大恶极。 ③偾：败坏，破坏。 ④钩贯：串通。 ⑤众喙一音：众口一词。

朱青雷言：尝谒椒山祠，见数人结伴入，众皆叩拜，中一人独长揖。或诘其故，曰：“杨公员外郎，我亦员外郎，品秩相等，无庭参礼也。”或又曰：“杨公忠臣。”咈然曰：“我奸臣乎？”于大羽因言：聂松岩尝骑驴，遇一治磨者，嗔[①]不让路。治磨者曰：“石工遇石工，松岩安丘张卯君之弟子，以篆刻名一时。何让之有？”余亦言：交河一塾师，与张晴岚论文相诋[②]。塾师怒曰：“我与汝同岁入泮，同至今日，皆不第，汝何处胜我耶？”三事相类，虽善辩者无如何也。

田白岩曰："天地之大，何所不有？遇此种人，惟当以不治治之，亦于事无害。必欲其解悟，弥出葛藤。尝见两生同寓佛寺，一詈紫阳，一詈象山，喧诟至夜半。僧从旁解纷，又谓异端害正[3]，共与僧斗。次日，三人破额，诣讼庭。非天下本无事，庸人自扰之乎？"

注释

①嗔：责怪。 ②诋：攻击，诋毁。 ③异端害正：佛教是异端邪说，危害儒学正流。

昌平有老妪，蓄鸡至多，惟卖其卵。有买鸡充馔[1]者，虽十倍其价不肯售。所居依山麓，日久滋衍，殆以谷量。将曙时，唱声竞作，如传呼之相应也。会刈[2]麦曝[3]于门外，群鸡忽千百齐至，围绕啄食。媪持杖驱之不开，遍呼男女，交手扑击，东散西聚，莫可如何。方喧呶间，住屋五楹，訇然摧圮，鸡乃俱惊飞入山去。此与《宣室志》所载李甲家鼠报恩事相类。

夫鹤知夜半，鸡知将旦，气之相感而精神动焉，非其能自知时也。故邵子曰："禽鸟得气之先。"至万物成毁之数，断非禽鸟所先知。何以聚族而来，脱主人于厄乎？此必有凭之者矣。

注释

①馔：饮食。 ②刈（yì）：收割。 ③曝（pù）：晒。

从侄汝夔言：甲乙并以捕狐为业，所居相距十余里。一日，伺得一冢有狐迹，拟共往，约日落后会于某所。乙至，甲已先在。同至冢侧相其穴，可容人。甲令乙伏穴内，而自匿冢畔丛薄中，待狐归穴，甲御其出路，而乙在内禽絷[①]之。

乙暗坐至夜分，寂无音响，欲出与甲商进止。呼良久，不应。试出寻之，则二墓碑横压穴口，仅隙光一线，阔寸许。重不可举，乃知为甲所卖。次日，闻外有叱牛声，极力号叫，牧者始闻。报其家往视，鸠人移石，已幽闭一昼夜矣。疑甲谋杀，率子弟诣甲，将执送官。

至半途，乃见甲裸体反缚柳树上，众围而唾詈，或鞭扑之。盖甲赴约时，路遇馌妇相调谑，因私狎于秫丛。时盛暑，各解衣置地，甫脱手，妇跃起掣其衣走，莫知所向。幸无人见，狼狈潜归。未至家，遇明火持械者，见之呼曰："奴在此。"则邻家少妇三四，睡于院中，忽见甲解衣就同卧，惊唤众起，已弃衣逾墙遁，方共里党追捕也。甲无以自白，惟呼天而已。乙述昨事，乃知皆为狐所卖。

然伺其穴而掩袭，此戕杀之仇也。戕杀之仇，以游戏报之，一闭使不出，而留隙使不死；一褫其衣，使受缚无辩，而人觉即遁，使其罪亦不至死。犹可谓善留余地矣。

注释

①絷（zhí）：束缚。

天下有极细之事，而皋陶亦不能断者。

门人折生遇兰，健令也。官安定日，有两家争一坟山，讼四五十年，阅[①]两世矣。其地广阔不盈亩，中有二冢，两家各以为祖茔。问邻证，则万山之中，裹粮挈水乃能至，四无居人。问契券，则皆称前明兵燹[②]已不存。问地粮串票，则两造具在。其词皆曰："此地万不足耕，无锱铢[③]之利，而有地丁之额。所以百控不已者，徒以祖宗丘陇，不欲为他人占耳。"

又皆曰："苟非先人之体魄，谁肯涉讼数十年，认他人为祖宗者?"或疑为谋占吉地，则又皆曰："秦陇素不讲此事，实无此心，亦彼此不疑有此心。且四围皆石，不能再容一棺，如得地之后，掘而别葬，是反授不得者以间。谁敢为之?"竟无以折服，又无均分理，无入官理，亦莫能判定。大抵每祭必斗，每斗必讼官。惟就斗论斗，更不问其所因矣。

后蔡西斋为甘肃藩司，闻之曰："此争祭非争产也，盍[④]以理喻之曰：'尔既自以为祖墓，应听尔祭。其来争祭者既愿以尔祖为祖，于尔祖无损，于尔亦无损也，听其享荐亦大佳，何必拒乎?'"亦不得已之权词，然迄不知其遵否也。

注释

①阅：经历。 ②兵燹（xiǎn）：战火。 ③锱铢（zīzhū）：喻极微小的数量。 ④盍：何不。

胡牧亭言：其乡一富室，厚自奉养，闭门不与外事，人罕得识其面。不善治生，而财终不耗；不善调摄，而终无疾病。或有祸患，亦意外得解。

尝一婢自缢死，里胥大喜，张其事报官。官亦欣然即日来。比陈尸检验，忽手足蠕蠕动。方共骇怪，俄欠伸，俄转侧，俄起坐，已复苏矣。官尚欲以逼污投缳，锻炼罗织，微以语导之。婢叩首曰："主人妾媵如神仙，宁有情到我?设其到我，方欢喜不暇，宁肯自戕?实闻父不知何故为官所杖杀，悲痛难释，愤恚求死耳，无他故也。"官乃大沮去。其他往往多类此。

乡人皆言其蠢然一物，乃有此福，理不可明。偶扶乩召仙，以此叩之。乩判曰："诸公误矣，其福正以其蠢也。此翁过去生中，乃一村叟。其人淳淳闷闷[1]，无计较心；悠悠忽忽，无得失心；落落漠漠，无爱憎心；坦坦平平，无偏私心。人或凌侮，无争竞心；人或欺绐，无机械心；人或谤詈，无嗔怒心；人或构害，无报复心。故虽槁死牖下[2]，无大功德，而独以是心为神所福，使之食报于今生。其蠢无知识，正其身异性存，未昧前世善根也。诸君乃以为疑，不亦误耶？”时在侧者，信不信参半，吾窃有味斯言也。

余曰：“此先生自作传赞，托诸斯人耳。然理固有之。”

注释

①淳淳闷闷：纯朴少言。 ②槁死牖下：老死在自己家中。

刘约斋舍人言：刘生名寅，此在刘景南家酒间话及，南北乡音各异，不知是此寅字否也。家酷贫。其父早年与一友订婚姻，一诺为定，无媒妁，无婚书庚帖，亦无聘币，然子女则并知之也。刘生父卒，友亦卒。刘生少不更事，窭[1]益甚，至寄食僧寮。友妻谋悔婚，刘生无如之何，女竟郁郁死。刘生知之，痛悼而已。是夕，灯下独坐，悒悒[2]不宁。忽闻窗外啜泣声，问之不应，而泣不已。固问之，仿佛似答一我字。刘生顿悟，曰：“是子也耶？吾知之矣。事已至此，来生相聚可也。”语讫，遂寂。后刘生亦夭死，惜无人好事，竟不能合葬华山。

《长恨歌》曰：“天长地久有时尽，此恨绵绵无绝期。”此之谓乎！虽悔婚无迹，不能名以贞；又以病终，不能名以烈，然其志则贞烈兼矣。说是事时，满座太息，而忘问刘生里贯。约斋家在苏州，意其乡里欤？

注释

①窭（jù）：穷困。 ②悒悒（yì）：忧郁，愁闷。

河间有游僧，卖药于市，以一铜佛置案上，而盘贮药丸，佛作引手取物状。有买者，先祷于佛，而捧盘进之。病可治者，则丸跃入佛手；其难治者，则丸不跃。举国[1]信之。后有人于所寓寺内，见其闭户研[2]铁屑。乃悟其盘中之丸，必半有铁屑，半无铁屑；其佛手必磁石为之，而装金于外。验之信然，其术乃败。

会有讲学者，阴作讼牒，为人所讦。到官昂然不介意，侃侃而争。取所批《性理大全》核对，笔迹皆相符，乃叩额伏罪。

太守徐公，讳景曾，通儒也。闻之笑曰："吾平生信佛不信僧，信圣贤不信道学。今日观之，灼然不谬。"

注释

①举国：全国。 ②研：细细地磨。

杨槐亭前辈有族叔，夏日读书山寺中。至夜半，弟子皆睡，独秉烛咿唔[1]。倦极假寐，闻叩窗语曰："敢敬问先生，此往某村当从何路?"怪问为谁，曰："吾鬼也。溪谷重复，独行失路。空山中鬼本稀疏，偶一二无赖贱鬼，不欲与言。即问之，亦未必肯相告。与君幽明虽隔，气类原同，故闻书声而至也。"具以告之，谢而去。

后以语槐亭，槐亭怃然[2]曰："吾乃知孤介寡合[3]，即作鬼亦难。"

注释

①咿唔：读书声，象声词。 ②怃然：怅然失意貌。 ③寡合：性格孤僻，很难与世人相合。

李秋厓与金谷村，尝秋夜坐济南历下亭。时微雨新霁，片月初生。秋厓曰："韦苏州'流云吐华月'句，兴象天然，觉张子野'云破月来花弄影'句，便多少著力。"谷村未答。忽暗中人语曰："岂但著力不著力，意境迥殊。一是诗语，一是词语，格调亦迥殊也。即如《花间集》'细雨湿流光'句，在词家为妙语，在诗家则靡靡[1]矣。"愕然惊顾，寂无一人。

注释

①霁（jì）：雨过天晴。

胶州法南墅，尝偕一友登日观。先有一道士倚石坐，傲不为礼，二人亦弗与言。俄丹曦欲吐，海天滉耀，千汇万状，不可端倪。南墅吟元人诗曰："'万古齐州烟九点，五更沧海日三竿。'不信然乎？"道士忽哂曰："昌谷用作《梦天》诗，故为奇语。用之泰山，不太假借乎？"南墅回顾，道士即不再言。

既而踆乌涌上，南墅谓其友曰："太阳真火，故入水不濡也。"道士又哂曰："公谓日自海出乎？此由不知天形，故不知地形；不知地形，故不知水形也。盖天椭圆如鸡卵，地浑圆如弹丸。水则附地而流，如核桃之皴[1]皱。椭圆者，东西远而上下近，凡有九重：最上曰宗动，元气之表，无象可窥；次为恒星，高不可测；次七重，则日月五星各占一重，随大气旋转，去地且二百余万里，无论海也。浑圆者地无正顶，身所立处皆为顶；地无正平，目所见处皆为平。至广漠之野，四望天地相接处，其圆中规，中高而四隤[2]之证也，是为地平。圆规以外，目所不见者，则地平下矣。湖海之中，四望天水相合处，亦圆中规，是又水随地形，中高四隤之证也。然江河之水狭且浅，夹以两岸，行于地中，故日出地上，始受日光。惟海至广至深，附于地面，无所障蔽，故中高四隤之处，如水晶球之半。日未至地平，倒影上射，则初见如一线；日将近地平，则斜影横穿，未明先睹。今所见者，是日之影，非日之形；是天上之日影隔水而映，非海中之日影浴水而出也。至日出地平，则影斜落海底，转不能见矣。儒家盖尝见此景，故以为天包水，水浮地，日出入于水中。而不知日自附天，水自附地。佛家未见此景，故以须弥山四面为四州，日环绕此山，南昼则北夜，东暮则西朝，是日常旋转，平行竟不入地。证以今日所见，其谬更无庸辩矣。"

南墅惊其博辩，欲与再言。道士笑曰："更竟其说，子不知九万里之围圆，以渐而迤，以渐而转，渐迤渐转，遂至周环。必以为人能正立，不能倒立，拾杨光先之说，苦相诘难[3]。老夫慵惰，不能与子到大郎山上看南斗，大郎山在亚禄国，与中国上下反对。其地南极出地三十五度，北极入地三十五度。不如其已也。"振[4]衣径去，竟莫测其何许人。

注释

①皴（cūn）：皱纹。 ②隤（tuí）：同"颓"，坍塌。③诘难：诘问驳难。 ④振：抖动。

大学士温公言：征乌什时，有骁骑校腹中数刃，医不能缝。适生俘数回妇，医曰："得之矣。"择一年壮肥白者，生刳[1]腹皮，幂[2]于创上，以匹帛缠束，竟获无恙。创愈后，浑合为一，痛痒亦如一。公谓非战阵无此病，非战阵亦无此药，信然。然叛徒逆党，法本应诛，即不剥肤，亦即断脰[3]。用救忠义之士，固异于杀人以活人尔。

注释

①刳（kū）：割。 ②脰（dòu）：头。

周化源言：有二士游黄山，留连松石，日暮忘归。夜色苍茫，草深苔滑，乃共坐于悬崖之下。仰视峭壁，猿鸟路穷，中间片石斜欹，如云出岫。缺月微升，见有二人坐其上，知非仙即鬼，屏息静听。

右一人曰："顷游岳麓，闻此翁又作何语？"左一人曰："去时方聚众讲《西铭》，归时又讲《大学衍义》也。"右一人曰："《西铭》论万物一体，理原如是。然岂徒心知此理，即道济[1]天下乎？父母之于子，可云爱之深矣。子有疾病，何以不能疗？子有患难，何以不能救？无术焉而已。此犹非一身也。人之一身，虑无不深自爱者。己之疾病，何以不能疗？己之患难，何以不能救？亦无术焉而已。今不讲体国经野之政，捍灾御变之方，而曰吾仁爱之心，同于天地之生物。果此心一举，万物即可以生乎？吾不知之矣。至《大学》条目，自格致以至治平，节节相因，而节节各有其功力。譬如土生苗，苗成禾，禾成谷，谷成米，米成饭，本节节相因。然土不耕则不生苗，苗不灌则不得禾，禾不刈[2]则不得谷，谷不舂则不得米，米不炊则不得饭，亦节节各有其功力。西山作《大学衍义》，列目至齐家而止，谓治国平天下，可举而措之。不知虞舜之时，果瞽瞍允若而洪水即平，三苗即格乎？抑犹有治法在乎？又不知周文之世，果太姒徽音而江汉即化，崇侯即服乎？抑别有政典存乎？今一切弃置，而归本于齐家，毋亦如土可生苗，即炊土为饭乎？吾又不知之矣。”

左一人曰：“琼山所补，治平之道其备乎？”右一人曰：“真氏过于泥[③]其本，丘氏又过于逐其末，不究[④]古今之时势，不揆南北之情形，琐琐屑屑，缕陈多法，且一一疏请施行，是乱天下也。即其海运一议，胪列历年漂失之数，谓所省转运之费，足以相抵。不知一舟人命，讵止数十；合数十舟即逾千百，又何为抵乎？亦妄谈而已矣。”

左一人曰：“是则然矣。诸儒所述封建井田，皆先王之大法，有太平之实验，究何如乎？”右一人曰：“封建井田，断不可行，驳者众矣。然讲学家持是说者，意别有在，驳者未得其要领也。夫封建井田不可行，微驳者知之，讲学者本自知之。知之而必持是说，其意固欲借一必不行之事，以藏其身也。盖言理言气，言性言心，皆恍惚无可质。谁能考未分天地之前，作何形状；幽微暧昧之中，作何情态乎？至于实事，则有凭矣。试之而不效，则人人见其短长矣。故必持一不可行之说，使人必不能试，必不肯试，必不敢试，而后可号于众曰：‘吾所传先王之法，吾之法可为万世致太平，而无如人不用何也！’人莫得而究诘，则亦相率而欢曰：‘先生王佐之才，惜哉不竟其用’云尔。以棘刺之端为母猴，而要以三月斋戒乃能观，是即此术。第彼犹有棘刺，犹有母猴，故人得以求其削。此更托之空言，并无削之可求矣。天下之至巧，莫过于是。驳者乃以迂阔议之，乌识其用意哉！”相与太息者久之，划然长啸而去。

二士窃记其语，颇为人述之。有讲学者闻之曰：“学求闻道而已。所谓道者，曰天曰性曰心而已。忠孝节义，犹为末务；礼乐刑政，更末之末矣。为是说者，其必永嘉之徒也夫？”

注释

①济：拯救。 ②刈（yì）：收割。 ③泥：拘泥。 ④究：探求。

刘香畹寓斋扶乩，邀余未赴。或传其二诗曰："是处春山长药苗，闲随蝴蝶过溪桥。林中借得樵童斧，自斫槐根木瘿瓢。""飞岩倒挂万年藤，猿狖攀缘到未能。记得随身棕拂子，前年遗在最高层。"虽意境微狭，亦楚楚有致。

《春秋》有原心之法，有诛心之法。

青县有人陷大辟[①]，县令好外宠，其子年十四五，颇秀丽。乘其赴省宿馆舍，邀之于途，托言牒诉而自献焉。狱竟解。实为娈童，人不以娈童贱之，原其心[②]也。

里有少妇，与其夫狎昵无度，夫病瘵死。姑察其性佚荡，恒自监之，眠食必共，出入必偕，五六年未尝离一步，竟郁郁以终。实为节妇，人不以节妇许之，诛其心也。

余谓此童与郭六事相类，惟欠一死耳。语详《滦阳消夏录》。此妇心不可知，而身则无玷。《大车》之诗所谓"畏子不奔，畏子不敢"者，在上犹为有刑政，则在下犹为守礼法。君子与人为善，盖棺之后，固应仍以节许之。

注释

①陷大辟：被判死刑。 ②原其心：探求他的本心。

啄木能禹步劾禁，竟实有之。奴子李福，性顽劣，尝登高木之杪，以杙[①]塞其穴口，而锯平其外，伏草间伺之。啄木返，果翩然下树，以喙画沙若符篆。画毕，以翼拂之，其穴口之杙，铮然拔出如激矢。此岂可以理解欤？余在书局销毁妖书，见《万法归宗》中载有是符。其画纵横交贯，略如小篆两无字相并之形。不知何以得之，亦不知其信否也。

注释

①杙（yì）：小木桩。

李福又尝于月黑之夜，出村南丛冢间，呜呜作鬼声，以恐行人。俄燐火四起，皆呜呜来赴，福乃狼狈逃归，此以类相召也。故人家子弟，于交游[①]当慎其所召。

注释

①交游：结交朋友。

壬午顺天乡试，与安溪李延彬前辈同分校。偶然说虎，延彬曰："里有入山樵采者，见一美妇隔涧行，衣饰华丽，不似村妆。心知为魅，伏丛薄中觇所往。适一鹿引麑下涧饮，妇见之，突扑地化为虎，衣饰委地如蝉蜕，径搏二鹿食之。斯须[①]仍化美妇，整顿衣饰，款款循山去。临流照影，妖媚横生，几忘其曾为虎也。"秦涧泉前辈曰："妖媚蛊惑，但不变虎形耳，搏噬之性则一也。偶露本质，遽[②]相惊讶，此樵何少见多怪乎？"

注释

①斯须：片刻。　②遽：就。

大学士伍公镇乌鲁木齐日，颇喜吟咏，而未睹其稿。惟于驿壁见一诗曰："极目孤城上，苍茫见四郊。斜阳高树顶，残雪乱山坳。牧马嘶归枥，啼乌倦返巢。秦兵真耐冷，薄暮尚鸣散。”殊有中唐气韵[1]。

注释

①中唐气韵：中唐诗歌的风格。

東州佃户邵仁我言：有李氏妇，自母家归。日薄暮，风雨大作，避入废庙中。入夜稍止，已暗不能行。适客作俗谓之短工，为人锄田刈禾，计日受值，去来无定者也。数人荷锄入，惧遭强暴，又避入庙后破屋。客作暗中见影，相呼追迹，妇窘急无计，乃呜呜作鬼声。既而墙内外并呜呜有声，如相应答，数人怖而反。夜半雨晴，竟潜踪得脱。此与李福事相类，而一出偶相追逐，一似来相救援。虽谓秉心贞正[1]，感动幽灵，亦未必不然也。

注释

①贞正：坚贞端方。

仁我又言：有盗劫一富室，攻楼门垂破。其党手炬露刃，迫胁家众曰：“敢号呼者死！且大风，号呼亦不闻，死何益！”皆噤不出声。

一灶婢年十五六，睡厨下，乃密持火种，黑暗中伏地蛇行，潜至后院，乘风纵火，焚其积柴。烟焰烛天，阖村惊起，数里内邻村亦救视。大众既集，火光下明如白昼，群盗格斗不能脱，竟骈首[1]就擒。

主人深感此婢，欲留为子妇。其子亦首肯，曰：“具此智略，必能作家，虽灶婢何害？”主人大喜，趣[2]取衣饰，即是夜成礼。曰：“迟则讲尊卑，论良贱，是非不一，恐有变局矣。”亦奇女子哉！

注释

①骈首：头靠头，指一起、全部。 ②趣：同“促”，催促。

边秋厓前辈言：一宦家夜至书斋，突见案上一人首，大骇，以为咎征[①]。里有道士能符箓，时预人丧葬事，急召占之，亦骇曰：“大凶！然可禳解，斋醮之费，不过百余金耳。”正拟议间，窗外有人语曰：“身不幸伏法就终，幽魂无首，则不可转生，故恒自提携，累如疣赘。顷见公棐几[②]滑净，偶置其上。适公猝至，仓皇忘取，以致相惊。此自仆之粗疏，无关公之祸福。术士妄语，慎不可听。”道士乃丧气而去。

又言：一宦家狐祟，延术士劾治。法不验，反为狐所窘。走投其师，更乞符箓至。方登坛檄将，已闻楼上般移声，呼应声，汹汹然相率[③]而去。术士顾盼有德色，宦家亦深感谢。忽举首见壁上一帖曰：“公衰运将临，故吾辈得相扰。昨公捐金九百建育婴堂，德感神明，又增福泽，故吾辈举族而去。术士行法，适值其时。据以为功，深为忝窃。赐以觞豆[④]，为稍障羞颜，庶几或可。若有所酬赠，则小人太侥幸矣。”字径寸余，墨痕犹湿。术士惭沮，竟噤不敢言。

梁简文帝《与湘东王书》引谚曰：“山川而能语，葬师食无所。肺腑而能语，医师面如土。”此二事者，可谓鬼魅能语矣，术士其知之？

注释

①咎征：凶兆。 ②棐（fěi）几：用棐木做的几桌。 ③相率：一个接着一个。 ④觞豆：古代盛酒肴之具，指饮食。

朱导江言：有妻服已释，忽为礼忏者，意甚哀切，过于初丧。问之，初不言。所亲或私叩之，乃泫然曰："亡妇相聚半生，初未觉其有显过。顷忽梦至冥司，见女子数百人，锁以锒铛，驱以骨朵，入一大官署中。俄闻号呼凄惨，栗魄动魂。既而一一引出，并流血被骭，匍匐膝行，如牵羊豕。中一人见我招手，视即亡妇。惊问：'何罪至此？'曰：'坐事事与君怀二意。初谓为家庭常态，不意阴律至严，与欺父欺君竟同一理，故堕落如斯。'问：'二意者何事？'曰：'不过骨肉之中私庇子女，奴隶之中私庇婢媪，亲串之中私庇母党，均使君不知而已。今每至月朔[①]，必受铁杖三十，未知何日得脱。此累累者皆是也。'尚欲再言，已为鬼卒曳去。多年伉俪，未免有情，故为营斋造福耳。"

夫同牢之礼，于情最亲，亲则非疏者所能间；敌体之义，于分本尊，尊则非卑者所能违。故二人同心，则家庭之纤微曲折，男子所不能知，与知而不能自为者，皆足以弥缝[②]其阙[③]。苟徇其私爱，意有所偏，则机械百出，亦可于耳目所不及者，无所不为。种种衅端[④]，种种败坏，皆从是起。所关者大，则其罪自不得轻。况信之者至深，托之者至重，而欺其不觉，为所欲为，在朋友犹属负心，应干神谴；则人原一体、分属三纲者，其负心之罪不更加倍蓰乎？寻常细故，断以严刑，固不得谓之深文矣。

注释

①朔：农历每月初一。　②弥缝：补救。　③阙：过错。
④衅端：纷争，事端。

人情狙诈，无过于京师。

余常买罗小华墨十六铤，漆匣暗敝，真旧物也。试之，乃抟泥而染以黑色，其上白霜，亦庵于湿地所生。又丁卯乡试，在小寓买烛，爇之不燃，乃泥质而幂以羊脂。又灯下有唱卖炉鸭者，从兄万周买之，乃尽食其肉，而完其全骨，内傅以泥，外糊以纸，染为炙煿[①]之色，涂以油，惟两掌头颈为真。又奴子赵平以二千钱买得皮靴，甚自喜。一日骤雨，着以出，徒跣[②]而归。盖靿则乌油高丽纸揉作绉纹，底则糊粘败絮，缘之以布。其他作伪多类此，然犹小物也。

有选人见对门少妇甚端丽，问之，乃其夫游幕，寄家于京师，与母同居。越数月，忽白纸糊门，合家号哭，则其夫讣音至矣。设位祭奠，诵经追荐，亦颇有吊者。既而渐鬻衣物，云乏食，且议嫁，选人因赘其家。又数月，突其夫生还，始知为误传凶问。夫怒甚，将讼官。母女哀吁，乃尽留其囊箧，驱选人出。越半载，选人在巡城御史处，见此妇对簿。则先归者乃妇所欢，合谋挟取选人财，后其夫真归而败也。黎丘之技，不愈出愈奇乎！

又西城有一宅，约四五十楹，月租二十余金。有一人住半载余，恒先期纳租，因不过问。一日，忽闭门去，不告主人。主人往视，则纵横瓦砾，无复寸椽，惟前后临街屋仅在。盖是宅前后有门，居者于后门设木肆，贩鬻屋材，而阴拆宅内之梁柱门窗，间杂卖之。各居一巷，故人不能觉。累栋连甍，般运无迹，尤神乎技矣。

然是五六事，或以取贱值，或以取便易，因贪受饵，其咎亦不尽在人。钱文敏公曰："与京师人作缘，斤斤自守，不入陷阱已幸矣。稍见便宜，必藏机械[③]，神奸巨蠹，百怪千奇，岂有便宜到我辈！"诚哉是言也。

注释

①炙焯（zhìbó）：熏烤。 ②跣（xiǎn）：光脚。 ③机械：圈套，陷阱。

王青士言：有弟谋夺兄产者，招讼师至密室，篝灯筹画。讼师为设机布阱，一一周详，并反间内应之术，无不曲到。谋既定，讼师掀髯曰："令兄虽猛如虎豹，亦难出铁网矣。然何以酬我乎？"弟感谢曰："与君至交，情同骨肉，岂敢忘大德！"时两人对据一方几，忽几下一人突出，绕室翘一足而跳舞，目光如炬，长毛毵毵①如蓑衣，指讼师曰："先生斟酌，此君视先生如骨肉，先生其危乎？"且笑且舞，跃上屋檐而去。二人与侍侧童子并惊仆。家人觉声息有异，相呼入视，已昏不知人。灌治至夜半，童子先苏，具述所闻见。二人至晓乃能动。事机已泄，人言藉藉②，竟寝③其谋，闭门不出者数月。

相传有狎一妓者，相爱甚。然欲为脱籍，则拒不从。许以别宅自居，礼数如嫡，拒益力。怪诘其故，喟然曰："君弃其结发而昵我，此岂可托终身者乎？"与此鬼之言，可云所见略同矣。

注释

①毵毵（sān）：毛发散乱的样子。 ②藉藉：杂乱众多。 ③寝：停止，平息。

张夫人，先祖母之妹，先叔之外姑也。病革时，顾侍者曰："不起矣。闻将死者见先亡，今见之矣。"即而环顾病榻，若有所觅，喟然曰："错矣！"俄又拊枕曰："大错矣！"俄又瞑目啮齿，掐掌有痕，曰："真大错矣！"疑为谵语，不敢问。

良久，尽呼女媳至榻前，告之曰："吾向以为夫族疏而母族亲，今来导者皆夫族，无母族也；吾向以为媳疏而女亲，今亡媳在左右，而亡女不见也。非一气者相关，异派者不属乎？回思平日之存心，非厚其所薄[①]，薄其所厚[②]乎？吾一误矣，尔曹[③]勿再误也。"此三叔母张太宜人所亲闻。妇女偏私，至死不悟者多矣。此犹是大智慧人，能回头猛省也。

注释

①厚其所薄：亲近了该疏远的人。　②薄其所厚：疏远了该亲近的人。　③尔曹：你们。

孔子有言："谏有五，吾从其讽。"圣人之究悉物情也。

亲串中一妇，无子而阴忮[①]其庶子，侄若婿又媒蘖[②]短长，私党胶固，殆不可以理喻。妇有老乳母，年八十余矣。闻之，匍匐入谒，一拜辄痛哭曰："老奴三日不食矣。"妇问："曷[③]不依尔侄?"曰："老奴初有所蓄积，侄事我如事母，诱我财尽，今如不相识，求一盂饭不得矣。"又问："曷不依尔女若婿?"曰："婿诱我财如我侄，我财尽后，弃我亦如我侄，虽我女无如何也。"又问："至亲相负，曷不讼之?"曰："讼之矣。官以为我已出嫁，于本宗为异姓；女已出嫁，又于我为异姓。其收养为格外情，其不收养律无罪，弗能直也。"又问："尔将来奈何?"曰："亡夫昔随某官在外，娶妇生一子，今长成矣。吾讼侄与婿时，官以为既有此子，当养嫡母，不养则律当重诛。已移牒拘唤，但不知何日至耳。"妇爽然若失，自是所为遂渐改。

此亲戚族党唇焦舌敝不能争者，而此妪以数言回其意。现身说法，言之者无罪，闻之者足以戒耳。触龙之于赵太后，盖用此术矣。

注释

①忮（zhì）：嫉妒。 ②媒蘖：诬蔑构陷。 ③曷：何，为什么。

卷十八

姑妄听之四

马德重言：沧州城南，盗劫一富室，已破扉入，主人夫妇并被执，众莫敢谁何。

有妾居东厢，变服逃匿厨下，私语灶婢曰："主人在盗手，是不敢与斗。渠辈屋脊各有人，以防救应，然不能见檐下。汝抉后窗循檐出，密告诸仆：各乘马执械，四面伏三五里外。盗四更后必出，四更不出，则天晓不能归巢也。出必挟主人送，苟无人阻，则行一二里必释，不释恐见其去向也。俟其释主人，急负还而相率随其后，相去务在半里内。彼如返斗即奔还，彼止亦止，彼行又随行。再返斗仍奔，再止仍止，再行仍随行。如此数四，彼不返斗则随之。得其巢，彼返斗则既不得战，又不得遁。逮[①]至天明，无一人得脱矣。"婢冒死出告，众以为中理[②]，如其言，果并就擒，重赏灶婢。妾与嫡故不甚协，至是亦相睦。

后问妾何以办此，泫然曰："吾故盗魁[③]某甲女。父在时，尝言行劫所畏惟此法，然未见有用之者。今事急姑试，竟侥幸验也。"故曰：用兵者务得敌之情。又曰：以贼攻贼。

注释

①逮：等到。 ②中理：合理。 ③盗魁：强盗头目。

戴东原言：有狐居人家空屋中，与主人通言语，致馈遗，或互假器物，相安若比邻。一日，狐告主人曰："君别院空屋，有缢鬼多年矣。君近拆是屋，鬼无所栖，乃来与我争屋。时时现恶状，恐怖小儿女，已自可憎；又作祟使患寒热，尤不堪忍。某观道士能劾鬼，君盍求之除此害？"主人果求得一符，焚于院中。俄暴风骤起，声轰然如雷霆。方骇愕间，闻屋瓦格格乱鸣，如数十人奔走践踏者。屋上呼曰："吾计大左[1]，悔不及。顷神将下击，鬼缚而吾亦被驱，今别君去矣。"盖不忍其愤，急于一逞，未有不两败俱伤者。观于此狐，可为炯鉴。

又吕氏表兄言：忘其名字，先姑之长子也。有人患狐祟，延术士禁咒。狐去而术士需索无厌，时遣木人纸虎之类至其家扰人。赂之暂止，越旬日复然，其祟更甚于狐。携家至京师避之，乃免。锐于求胜，借助小人，未有不遭反噬[2]者。此亦一征矣。

注释

①大左：大错。 ②反噬：反咬一口。

乌鲁木齐参将海起云言：昔征乌什时，战罢还营，见岩下树桠间一人，探首外窥。疑为间谍，奋矛刺之。军中呼矛曰苗子，盖声之转。中石上，火光激迸，矛折，臂几损。疑为目眩，然矛上地上皆有血迹，不知何怪。余谓此必山精也，深山大泽，何所不育？《白泽图》所载，虽多附会，殆亦有之。

又言有一游兵，见黑物蹲石上。疑为熊，引满射之。三发皆中，而此物夷然[1]如不知。骇极，驰回呼伙伴，携铳往，则已去矣。余谓此亦山精耳。

注释

①夷然：平静镇定的样子。

常山峪道中加班轿夫刘福言：九卿肩舆，以八人更番，出京则加四人，谓之加班。长姐者，忘其姓，山东流民之女。年十五六，随父母就食于赤峰，即乌蓝哈达。乌蓝译言红，哈达译言峰也。今建为赤峰州。租田以耕。一日，入山采樵，遇风雨，避岩下。雨止已昏黑，畏虎不敢行，匿草间。遥见双炬，疑为虎目。至前，则官役数人，衣冠不古不今。叱问何人，以实告。官坐石上，令曳出，众呼跪。长姐以为山神，匍匐听命。官曰："汝夙孽应充我食，今就擒，当啖尔。速解衣伏石上，无留寸缕，致挂碍齿牙。"知为虎王，觳觫[①]祈免。官曰："视尔貌尚可，肯侍我寝，当赦尔。后当来往于尔家，且福尔。"长姐愤怒跃起曰："岂有神灵肯作此语？必邪魅也！啖则啖耳，长姐良家女，不能蒙面作此事！"拾石块奋击，一时奔散。

此非其力足胜之，其气足胜之，其贞烈之心足以帅其气也。故曰："其为气也，至大至刚。"

注释

①觳觫（húsù）：恐惧得发抖。

张太守墨谷言：德、景间有富室，恒积谷而不积金，防劫盗也。康熙、雍正间，岁频歉，米价昂。闭廪[①]不肯粜升合，冀价再增。乡人病之，而无如何。

有角妓号玉面狐者曰："是易与，第备钱以待可耳。"乃自诣其家曰："我为鸨母钱树，鸨母顾虐我。昨与勃谿[②]，约我以千金自赎。我以厌倦风尘，愿得一忠厚长者托终身，念无如公者。公能捐千金，则终身执巾栉。闻公不喜积金，即钱二千贯亦足抵。昨有木商闻此事，已回天津取资。计其到，当在半月外，我不愿随此庸奴。公能于十日内先定，则受德多矣。”张故惑此妓，闻之惊喜，急出谷贱售。廪已开，买者坌至[③]，不能复闭，遂空其所积，米价大平。谷尽之日，妓遣谢富室曰：“鸨母养我久，一时负气相诟，致有是议。今悔过挽留，义不可负心，所言姑俟诸异日。”富室原为私约，无媒无证，无一钱聘定，竟无如何也。

此事李露园亦言之，当非虚谬。闻此妓年甫十六七，遽能办此，亦女侠哉！

注释

①廪：粮仓。 ②勃豀：吵架。 ③坌（bèn）至：纷至，一起到来。坌，尘埃。

丁药圃言：有孝廉四十无子，买一妾，甚明慧。嫡不能相安，旦夕诟谇。越岁生一子，益不能容，竟转鬻于远处。

孝廉惘惘如有失，独宿书斋，夜分未寐，妾忽搴[①]帷入。惊问：“何来？”曰：“逃归耳。”孝廉沉思曰：“逃归虑来追捕，妒妇岂肯匿？且事已至此，归何所容？”妾笑曰：“不欺君，我实狐也。前以人来，人有人理，不敢不忍诟。今以狐来，变幻无端，出入无迹，彼乌得而知之？”因嬿婉[②]如初。

久而渐为僮婢泄，嫡大恚，多金募术士劾治。一术士檄将拘妾至，妾不服罪，攘臂与术士争曰：“无子纳妾，则纳为有理；生子遣妾，则夫为负心。无故见出，罪不在我。”术士曰：“既见出矣，岂可私归？”妾曰：“出母未嫁，与子未绝；出妇未嫁，于夫亦未绝。况鬻我者妒妇，非见出于夫。夫仍纳我，是未出也，何不可归？”术士怒曰：“尔本兽类，何敢据人理争？”妾曰：“人变兽心，阴律阳律皆有刑。兽变人心，反以为罪，法师据何宪典耶？”术士益怒曰：“吾持五雷法，知诛妖耳，不知其他。”妾大笑曰：“妖亦天地之一物，苟其无罪，天地未尝不并育。上帝所不诛，法师乃欲尽诛乎？”术士拍案曰：“媚惑男子，非尔罪耶？”妾曰：“我以礼纳，不得为媚惑。倘其媚惑，则摄精吸气，此生久槁矣。今在家两年，复归又五六年，康强无恙，所谓媚惑者安在？法师受妒妇多金，锻炼周内，以酷济贪耳，吾岂服耶？”问答之顷，术士顾所召神将，已失所在。无可如何，嗔目曰：“今不与尔争，明日会当召雷部。”明日，嫡再促设坛，则宵遁矣。

盖所持之法虽正，而法以贿行，故魅亦不畏，神将亦不满也。相传刘念台先生官总宪时，题御史台一联曰：“无欲常教心似水，有言自觉气如霜。”可谓知本矣。

注释

①搴（qiān）：揭开。　②嬿婉：欢好。

莫雪崖言：有乡人患疫，困卧草榻，魂忽已出门外。觉顿离热恼，意殊自适。然道路都非所曾经，信步所之。偶遇一故友，相见悲喜。忆其已死，忽自悟曰：“我其入冥耶？”友曰：“君未合[①]死，离魂到此耳。此境非人所可到，盍[②]同游览，以广见闻？”因随之行，所经城市墟落，都不异人世。往来扰扰，亦各有所营。见乡人皆目送之，然无人交一语也。

乡人曰：“闻有地狱，可一观乎？”友曰：“地狱如囚牢，非冥官不能启，非冥吏不能导，吾不能至也。有三数奇鬼，近乎地狱，君可以往观。”因改循歧路，行半里许，至一地，空旷如墟墓。见一鬼，状貌如人，而鼻下则无口。问：“此何故？”曰：“是人生时，巧于应对，谀词颂语，媚世悦人，故受此报，使不能语。或遇焰口浆水，则饮以鼻。”又见一鬼，尻耸向上，首折向下，面著于腹，以两手支拄而行。问：“此何故？”曰：“是人生时，妄自尊大，故受此报，使不能仰面傲人。”又见一鬼，自胸至腹，裂罅数寸，五脏六腑，虚无一物。问：“此何故？”曰：“是人生时，城府深隐，人不能测，故受是报，使中无匿形。”又见一鬼，足长二尺，指巨如椎，踵巨如斗，重如千斛之舟，努力半刻，始移一寸。问：“此何故？”曰：“此人生时，高材捷足，事事务居人先，故受是报，使不能行。”又见一鬼，两耳拖地，如曳双翼，而混沌无窍。问：“此何故？”曰：“此人生时，怀忌多疑，喜闻蜚语，故受此报，使不能听。是皆按恶业浅深，待受报期满，始入转轮。其罪减地狱一等，如阳律之徒流也。”

俄见车骑杂遝，一冥官经过，见乡人，惊曰：“此是生魂，误游至此，恐迷不得归。谁识其家，可导使去。”友跪启是旧交，官即令送返。将至门，大汗而醒，自是病愈。

雪崖天性爽朗，胸中落落无宿物。与朋友谐戏，每俊辩横生。此当是其寓言，未必真有。然庄生、列子，半属寓言，义足劝惩，固不必刻舟求剑尔。

注释

①合：该。 ②盍：何不。

陈半江言：有书生月夕遇一妇，色颇姣丽。挑以微词，欣然相就。自云家在邻近，而不肯言姓名。又云夫恒数日一外出，家有后窗可开，有墙缺可逾[①]，遇隙即来，不能预定期也。如是五六年，情好甚至。

一岁，书生将远行，妇夜来话别。书生言随人作计，后会无期，凄恋万状，哽咽至不成语。妇忽嬉笑曰：“君如此情痴，必相思致疾，非我初来相就意。实与君言，我鬼之待替者也。凡人与鬼狎，无不病且死，阴剥阳也。惟我以爱君韶秀，不忍玉折兰摧，故必越七八日后，待君阳复，乃肯再来。有剥有复，故君能无恙。使遇他鬼，则纵情冶荡，不出半载，索君于枯鱼之肆矣。我辈至多，求如我者则至少，君其宜慎。感君义重，此所以报也。”语讫，散发吐舌作鬼形，长啸而去。书生震栗几失魂。自是虽遇冶容[②]，曾不侧视。

注释

①逾：越过。　②冶容：艳丽妖冶的美女。

王梅序言：交河有为盗诬引者，乡民朴愿，无以自明，以赂求援于县吏。吏闻盗之诬引，由私调其妇，致为所殴。意其妇必美，却赂而微示以意曰：“此事秘密，须其妇潜身自来，乃可授方略。”居间者以告乡民，乡民惮死失志，呼妇母至狱，私语以故。母告妇，咈[①]然不应也。

越两三日，吏家有人夜扣门，启视，则一丐妇，布帕裹首，衣百结破衫，闯然入。问之不答，且行且解衫与帕，则鲜妆华服艳妇也。惊问所自，红潮晕颊，俯首无言，惟袖出片纸。就所持灯视之，“某人妻”三字而已。吏喜过望，引入内室，故问其来意，妇掩泪曰：“不喻君语，何以夜来？既已来此，不必问矣，惟祈毋失信耳。”吏发洪誓，遂相嬿婉。潜留数日，大为妇所蛊惑，神志颠倒，惟恐不得当妇意。妇暂辞去，言村中日日受侮，难于久住。如城中近君租数楹，便可托庇荫，免无赖凌藉[②]，亦可朝夕相往来。吏益喜，竟百计白其冤。

狱解之后，遇乡民，意甚索漠。以为狎昵其妇，愧相见也。后因事到乡，诣其家，亦拒不见。知其相绝，乃大恨。

会有挟妓诱博者讼于官，官断妓押归原籍。吏视之，乡民妇也。就与语，妇言苦为夫禁制，愧相负，相忆殊深。今幸相逢，乞念旧时数日欢，免杖免解。吏又惑之，因告官曰："妓所供乃母家籍，实县民某妻。宜究其夫。"盖觊怂恿官卖，自买之也。遣拘乡民，乡民携妻至，乃别一人。问乡里，皆云不伪。问吏何以诬乡民，吏不能对，第曰风闻。问闻之何人，则噤无语。呼妓问之，妓乃言吏初欲挟污乡民妻，妻念从则失身，不从则夫死，值妓新来，乃尽脱簪珥，赂妓冒名往，故与吏狎识。今当受杖，适与相逢，因仍诳托乡民妻，冀脱棰楚[③]。不虞其又有他谋，致两败也。官复勘乡民，果被诬。姑念其计出救死，又出于其妻，释不究，而严惩此吏焉。

神奸巨蠹，莫吏若矣，而为村妇所笼络，如玩弄婴孩。盖愚者恒为智者败，而物极必反，亦往往于所备之外，有智出其上者，突起而胜之。无往不复，天之道也。使智者终不败，则天地间惟智者存，愚者断绝矣。有是理哉！

注释

①咈（fú）：不高兴。　②凌藉：侵凌，欺侮。　③棰楚：杖刑。

鬼魇人至死，不知何意。倪余疆曰："吾闻诸施亮生矣，取啖其生魂耳。盖鬼为余气，渐消渐减，以至于无。得生魂之气以益之，则又可再延。故女鬼恒欲与人狎，摄其精也。男鬼不能摄人精，则杀人而吸其生气。均犹狐之采补耳。"

因忆刘挺生言：康熙庚子，有五举子晚遇雨，栖破寺中。四人已眠，惟一人眠未稳，觉阴风飒然，有数黑影自牖①入，向四人嘘气，四人即梦魇。又向一人嘘气，心虽了了，而亦渐昏瞀，觉似有拖曳之者。及稍醒，已离故处，似被絷缚②，欲呼则噤不能声。视四人，亦纵横偃卧。众鬼共举一人啖之，斯须而尽，又以次食二人，至第四人，忽有老翁自外入，厉声叱曰："野鬼无造次③，此二人有禄相，不可犯也。"众鬼骇散。二人倏然自醒，述所见相同。后一终于教谕，一终于训导。鲍敬亭先生闻之，笑曰："平生自薄此官，不料为鬼神所重也。"

观其所言，似亮生之说不虚矣。

注释

①牖：窗。 ②絷缚：捆绑。 ③造次：轻率，鲁莽。

李庆子言：朱生立园，辛酉北应顺天试。晚过羊留之北，因绕避泥泞，遂迂回失道，无逆旅可栖。遥见林外有人家，试往投止。至则土垣瓦舍，凡六七楹。一童子出应门，朱具道乞宿意。一翁衣冠朴雅，延宾入，止旁舍中。呼灯至，暗暗无光。翁曰："岁歉①油不佳，殊令人闷，然无如何也。"又曰："夜深不能具肴馔，村酒小饮，勿以为亵。"意甚款洽。朱问："家中有何人？"曰："零丁孤苦，惟老妻与僮婢同居耳。"问朱何适，朱告以北上。曰："有一札及少物欲致京中，僻路苦无书邮，今遇君甚幸。"朱问："四无邻里，独居不怖乎？"曰："薄田数亩，课②奴辈耕作，因就之卜居。贫无储蓄，不畏盗也。"朱曰："谓旷野多鬼魅耳。"翁曰："鬼魅即未见。

君如怖是，陪坐至天曙，可乎？”因借朱纸笔，入作书札。又以杂物封函内，以旧布裹束，密缝其外。付朱曰：“居址已写于函上，君至京拆视自知。”天曙作别，又切嘱信物勿遗失，始殷勤分手。

朱至京，拆视布裹，则函题“朱立园先生启”字，其物乃金簪银钏各一双。其札称：“仆老无子息，误惑妇言，以婿为嗣。至外孙犹间一祭扫，后则视为异姓。纸钱麦饭，久已阙如[3]。三尺孤坟，亦就倾圮。九泉茹痛，百悔难追。谨以殉棺薄物，祈君货鬻。归途以所得之直，修治荒茔，并稍浚冢南水道，庶淫潦[4]不浸幽窀[5]。如允所祈，定如杜回结草。知君畏鬼，当暗中稽首，不敢见形，勿滋疑虑。亡人杨宁顿首。”

朱骇汗浃背，方知遇鬼。以书中归途之语，知必不售，既而果然。还至羊留，以所卖簪钏钱遣仆往治其墓，竟不敢再至焉。

注释

①歉：收成不好。②课：督促。③阙如：空缺。④淫潦：久雨积水为灾。⑤窀（zhūn）：墓穴。

吴云岩言：有秦生者，不畏鬼，恒以未一见为歉。一夕，散步别业，闻树外朗吟唐人诗曰：“自去自来人不知，归时惟对空山月。”其声哀厉而长。隔叶窥之，一古衣冠人倚石坐。确知为鬼，遽前掩之，鬼亦不避。秦生长揖曰：“与君路异幽明，人殊今古，邂逅相遇，无可寒温。所以来者，欲一问鬼神情状耳。敢问为鬼时何似？”曰：“一脱形骸，即已为鬼。如茧成蝶，亦不自知。”问：“果魂升魄降，还入太虚乎？”曰：“自我为鬼，即在此间。今我全身现与君对，未尝随絪缊元气，升降飞扬。子孙祭时始一聚，子孙祭毕则散也。”问：“果有神乎？”曰：“鬼既不虚，神自不妄。譬有百姓，必有官师。”问：“先儒称雷神之类，皆旋生旋化，果不诬乎？”曰：“作措大时，饱闻是说。然窃疑霹雳击格，轰然交作，如一雷一神，则神之数多于蚊蚋；如雷止神灭，则神之寿促于蜉蝣。以质先生，率遭呵叱。为鬼之后，乃知百神奉职，如世建官，皆非顷刻之幻影。恨不能以所闻见，再质先生。然尔时拥皋比者，计为鬼已久，当自知之，无庸再诘矣。大抵无鬼之说，圣人未有。诸大儒恐人谄渎，故强造斯言。然禁沉湎可，并废酒醴则不可；禁淫荡可，并废夫妇则不可；禁贪婪可，并废财货则不可；禁斗争可，并废五兵则不可。故以一代盛名，挟百千万亿朋党之助，能使人噤不敢语，而终不能惬服其心，职是故耳。传其教者，虽心知不然，然不持是论，即不得称为精义之学，亦违心而和之曰‘理必如是’云尔。君不察先儒矫枉之意，生于相激，非其本心。后儒辟邪之说，压于所畏，亦非其本心。竟信儒者，真谓无鬼神，皇皇质问，则君之受绐久矣。泉下之人，不欲久与生人接，君亦不宜久与鬼狎。言尽于此，余可类推。”曼声长啸而去。

案此谓儒者明知有鬼，故言无鬼，与黄山二鬼谓儒者明知井田封建不可行，故言可行，皆洞见症结之论。仅目以迂阔，犹堕五里雾中矣。

汪主事厚石言：有在西湖扶乩者，下坛诗曰：“旧埋香处草离离，只有西陵夜月知。词客情多来吊古，幽魂肠断看题诗。沧桑几劫湖仍绿，云雨千年梦尚疑。谁信灵山散花女，如今佛火对琉璃。”众知为苏小小也。客或请曰：“仙姬生在南齐，何以亦能七律？”乩判曰：“阅历岁时，幽明一理。性灵不昧，即与世推移。宣圣惟识大篆，祝词何写以隶书？释迦不解华言，疏文何行以骈体？是知千载前人，其性识至今犹在，即能解今之语，通今之文。江文通、谢玄晖能作爱妾换马八韵律赋，沈休文子青箱能作《金陵怀古》五言律诗，古有其事，又何疑于今乎？”又问：“尚能作永明体否？”即书四诗曰：“欢来不得来，侬去不得去。懊恼石尤风，一夜断人渡。”“欢从何处来？今日大风雨。湿尽杏子衫，辛苦皆因汝。”“结束蛱蝶裙，为欢棹舴艋。宛转沿大堤，绿波双照影。”“莫泊荷花汀，且泊杨柳岸。花外有人行，柳深人不见。”盖《子夜歌》也。虽才鬼依托，亦可云俊辩矣。

表兄安伊在言：河城秋获时，有少妇抱子行塍上，忽失足仆地，卧不复起。获者遥见之，疑有故。趋视，则已死，子亦触瓦角脑裂死。骇报田主，田主报里胥。辨验死者，数十里内无此妇。且衣饰华洁，子亦银钏红绫衫，不类贫家。大惑不解，且覆以苇箔，更番[①]守视，而急闻于官。河城去县近，官次日晡时至。启箔检视，则中置藁秸一束，二尸已不见。压箔之砖固未动，守者亦未顷刻离也。官大怒，尽拘田主及守者去，多方鞫治，无丝毫谋杀弃尸状。纠结缴绕[②]至年余，乃以疑案上。上官以案情恍惚，往返驳诘。又岁余，乃姑俟访，而是家已荡然矣。此康熙癸巳、甲午间事。

相传村南墟墓间，有黑狐夜夜拜月，人多见之。是家一子好弋猎，潜往伏伺，彀弩中其股，嗷然长号，化火光西去。搜其穴，得二小狐，絷以返。旋逸去，月余而有是事。疑狐变幻来报冤，然荒怪无据，人不敢以入供，官亦不敢入案牍，不能不以匿尸论，故纷扰至斯也。

又言：城西某村有丐妇，为姑所虐，缢于土神祠。亦箔复待检，更番守视。官至，则尸与守者俱不见。亦穷治如河城。后七八年，乃得之于安平。深州属县。盖妇颇白皙，一少年轮守时，褫下裳而淫其尸。尸得人气复生，竟相携以逃也。此康熙末事。或疑河城之事当类此，是未可知。或并为一事，则传闻误矣。

注释

①更番：轮流。 ②缴绕：纠缠，缠绕。

同年龚肖夫言：有人四十余无子，妇悍妒，万无纳妾理，恒郁郁不适。偶至道观，有道士招之曰："君气色凝滞，似有重忧。道家以济物为念，盍言其实，或一效铅刀之用乎？"异其言，具以告。道士曰："固闻之，姑问君耳。君为制鬼卒衣装十许具，当有以报命。如不能制，即假诸伶官亦可也。"心益怪之，然度其诳取无所用，当必有故，姑试其所为。

是夕，妇梦魇，呼不醒，且呻吟号叫声甚惨。次日，两股皆青暗。问之，秘不言，吁嗟而已。三日后复然。自是每三日后皆复然。半月后，忽遣奴唤媒媪，云将买妾，人皆弗信，其夫亦虑后患，殊持疑。既而妇昏瞀累日，醒而促买妾愈急。布金于案，与僮仆约，三日不得必重抶[①]，得而不佳亦重抶。观其状，似非诡语。觅二女以应，并留之。是夕，即整饰衾枕，促其夫入房，举家骇愕，莫喻其意，夫亦惘惘如梦境。

后复见道士，始知其有术能摄魂。夜使观中道众为鬼装，而道士星冠羽衣坐堂上，焚符摄妇魂。言其祖宗翁姑以斩祀不孝，具牒诉冥府，用桃杖决一百，遣归，克期[②]令纳妾。妇初以为噩梦，尚未肯。俄三日一摄，如征比然。其昏瞀累日，则倒悬其魂，灌鼻以醋，约三日不得好女子，即付泥犁也。

摄魂小术，本非正法。然法无邪正，惟人所用。如同一戈矛，用以杀掠则劫盗，用以征讨则王师耳。术无大小，亦惟人所用，如不龟手之药，可以洴澼绕，亦可以大败越师耳。道士所谓善用其术欤？至嚚顽悍妇，情理不能喻，法令不能禁，而道士能以术制之。尧牵一羊，舜从而鞭，羊不行，一牧竖驱之则群行。物各有所制，药各有所畏。神道设教，以驯天下之强梗，圣人之意深矣。讲学家乌乎识之？

注释

①抶（chì）：鞭打。 ②克期：约定日期。

褚鹤汀言：有太学生，资巨万。妻生一子死，再娶，丰于色，太学惑之。托言家政无佐理，迎其母至，母又携二妹来。不一载，其一兄二弟亦挈家来。久而僮仆婢媪皆妻党，太学父子反茕茕[①]若寄食。又久而管钥簿籍，钱粟出入，皆不与闻。残杯冷炙，反遭厌薄矣。稍不能堪，欲还夺所侵权，则妻兄弟哄于外，妻母妹等诟于内。尝为众所聚殴，至落须败面，呼救无应者。其子狂奔至，一捆仆地，惟叩额乞缓死而已。恚不自胜，诣后圃将自经。忽一老人止之曰：“君勿尔。君家之事，神人共愤久矣。我居君家久，不平尤甚。君但焚牒土神祠，云乞遣后圃狐驱逐，神必许君。”如其言。

是夕，果屋瓦乱鸣，窗扉震撼，妻党皆为砖石所击，破额流血。俄而妻党妇女并为狐媚，虽其母不免。昼则发狂裸走，丑词亵状，无所不至。夜则每室坌集数十狐，更番嬲戏，不胜其创，哀乞声相闻。厨中肴馔，俱摄置太学父子前。妻党所食，皆杂以秽物。知不可住，皆窜归。太学乃稍稍召集旧仆，复理家政，始可以自存。妻党觊觎未息，恒来探视，入门辄被击。或私有所携，归家则囊已空矣，其妻或私馈亦然，由是遂绝迹。然核计资产，损耗已甚。

微狐力，则太学父子饿殍矣。此至亲密友所不能代谋，此狐百计代谋之，岂狐之果胜人哉？人于世故深，故远嫌畏怨，趋易避难，坐视而不救。狐则未谙[2]世故，故不巧博忠厚长者名，义所当为，奋然而起也。虽狐也，为之执鞭，所欣慕焉。

注释

①茕茕（qióng）：孤独的样子。 ②谙：熟悉，精通。

瞽者刘君瑞言：一瞽者年三十余，恒往来卫河旁，遇泊舟者，必问："此有殷桐乎？"又必申之曰："夏殷之殷，梧桐之桐也。"有与之同宿者，其梦中呓语，亦惟此二字。问其姓名，则旬日必一变，亦无深诘之者。如是十余年，人多识之。或逢其欲问，辄呼曰："此无殷桐，别觅可也。"

一日，粮艘泊河干，瞽者问如初。一人挺身上岸曰："是尔耶？殷桐在此，尔何能为？"瞽者狂吼如虓虎，扑抱其颈，口啮其鼻，血淋漓满地。众前拆解，牢不可开。竟共堕河中，随流而没。后得尸于天妃宫前，海口不受尸，凡河中求尸不得，至天妃宫前必浮出。桐捶其左胁骨尽断，终不释[1]手。十指抠桐肩背，深入寸余。两颧两颊，啮肉几尽。迄不知其何仇，疑必父母之冤也。

夫以无目之人，侦有目之人，其不得决也；以孱弱之人，搏强横之人，其不敌亦决也。此较伍胥之仇楚，其报更难矣。乃十余年坚意不回，竟卒得而食其肉，岂非精诚之至，天地亦不能违乎？宋高宗之歌舞湖山，究未可以势弱解也。

注释

①释：放下。

王昆霞作《雁宕游记》一卷，朱导江为余书挂幅，摘其中一条云：四月十七日，晚出小石门。至北硐，耽玩忘返，坐树下待月上。倦欲微眠，山风吹衣，慄然忽醒。微闻人语曰："夜气澄清，尤为幽绝，胜罨画图中看金碧山水。"以为同游者夜至也。俄又曰："古《琴铭》云：'山虚水深，万籁萧萧。古无人踪，惟石嶕峣。'真妙写难状之景。尝乞洪谷子画此意，竟不能下笔。"窃讶斯是何人，乃见荆浩。起坐听之，又曰："顷东坡为画竹半壁，分柯布叶，如春云出岫，疏疏密密，意态自然，无杈枒怒张之状。"又一人曰："近见其西天目诗，如空江秋净，烟水渺然；老鹤长唳，清飔远引，亦消尽纵横之气。缘才子之笔，务殚心巧；飞仙之笔，妙出天然。境界故不同耳。"知为仙人，立起仰视。忽扑簌一声，山花乱落，有二鸟冲云去。其诗有"蹑屐颇笑谢康乐，化鹤亲见徐佐卿"句，即记此事也。

刘拟山家失金钏，掠问小女奴，具承卖与打鼓者。京师无赖游民多，妇女在家倚门，其夫白昼避出，担二荆筐，操短柄小鼓击之，收买杂物，谓之打鼓。凡僮婢幼孩窃出之物，多以贱价取之。盖虽不为盗，实盗之羽翼。然赃物细碎，所值不多，又踪迹诡秘，无可究诘，故王法亦不能禁也。又掠问[1]打鼓者衣服形状，求之不获。仍复掠问，忽承尘上微嗽曰："我居君家四十年，不肯一露形声，故不知有我，今则实不能忍矣。此钏非夫人检点杂物，误置漆奁中耶？"如言求之，果不谬。然小女奴已无完肤矣。

拟山终身愧悔，恒自道之曰："时时不免有此事，安能处处有此狐!"故仕宦二十余载，鞫狱[②]未尝以刑求。

注释

①掠问：拷问。掠，拷打。 ②鞫狱：审理案件。

多小山言：尝于景州见扶乩者，召仙不至。再焚符，乩摇撼良久，书一诗曰："薄命轻如叶，残魂转似蓬。练拖三尺白，花谢一枝红。云雨期虽久，烟波路不通。秋坟空鬼唱，遗恨宋家东。"知为缢鬼，姑问姓名。又书曰："妾系本吴门，家侨楚泽。偶业缘之相凑，宛转通词。讵[①]好梦之未成，仓皇就死。律以圣贤之礼，君子应讥；谅其儿女之情，才人或悯。聊抒哀怨，莫问姓名。"此才不减李清照。其圣贤儿女一联，自评亦确也。

注释

①讵（jù）：岂，怎。

《新齐谐》载冥司榜吕留良之罪曰："辟佛太过。"此必非事实也。留良之罪，在明亡以后，既不能首阳一饿，追迹夷齐；又不能戢影逃名，鸿冥世外，如真山民之比。乃青衿应试，身列胶庠，其子葆中，亦高掇科名，以第二人入翰苑，则久食周粟，断不能自比殷顽。何得肆作谤书，荧惑黔首[①]？诡托于桀犬之吠尧，是首鼠两端，进退无据，实狡黠反覆之尤。核其生平，实与钱谦益相等。殁罹阴谴，自必由斯。至其讲学辟佛，则以尊朱之故，不得不辟陆、王为禅。既已辟禅，自不得不牵连辟佛，非其本志，亦非其本罪也。金人入梦以来，辟佛者多，辟佛太过者亦多。以是为罪，恐留良转有词矣。

抑尝闻五台僧明玉之言曰：辟佛之说，宋儒深而昌黎浅，宋儒精而昌黎粗。然而披缁之徒，畏昌黎不畏宋儒，衔昌黎不衔宋儒也。盖昌黎所辟，檀施供养之佛也，为愚夫妇言之也。宋儒所辟，明心见性之佛也，为士大夫言之也。天下士大夫少而愚夫妇多，僧徒之所取给，亦资于士大夫者少，资于愚夫妇者多。使昌黎之说胜，则香积无烟，祇园无地。虽有大善知识，能率恒河沙众，枵腹露宿而说法哉？此如用兵者先断粮道，不攻而自溃也。故畏昌黎甚，衔昌黎亦甚。使宋儒之说胜，不过尔儒理如是，儒法如是，尔不必从我；我佛理如是，佛法如是，我亦不必从尔。各尊所闻，各行所知，两相枝拄，未有害也。故不畏宋儒，亦不甚衔宋儒。然则唐以前之儒，语语有实用；宋以后之儒，事事皆空谈。讲学家之辟佛，于释氏毫无所加损，徒喧哄耳。录以为功，固为说论；录以为罪，亦未免重视留良耳。

注释

①黔首：百姓。

奴子王发，夜猎归。月明之下，见一人为二人各捉一臂，东西牵曳，而寂不闻声。疑为昏夜之中，剥夺衣物，乃向空虚鸣一铳。二人奔迸散去，一人返奔归，倏皆不见。方知为鬼。

比及村口，则一家灯火出入，人语嘈嘈，云："新妇缢死复苏矣。"妇云："姑命晚餐作饼，为犬衔去两三枚。姑疑窃食，痛批其颊。冤抑莫白，痴立树下。俄一妇来劝：'如此负屈，不如死。'犹豫未决，又一妇来怂恿之。恍惚迷瞀①，若不自知，遂解带就缢，二妇助之。闷塞痛苦，殆难言状。渐似睡去，不觉身已出门外，一妇曰：'我先劝，当代我。'一妇曰：'非我后至不能决，当代我。'方争夺间，忽霹雳一声，火光四照，二妇惊走，我乃得归也。"

后发夜归，辄遥闻哭詈，言破坏我事，誓必相杀。发亦不畏。一夕，又闻哭詈，发诃曰："尔杀人，我救人，即告于神，我亦理直。敢杀即杀，何必虚相恐怖！"自是遂绝。

然则救人于死，亦招欲杀者之怨，宜袖手者多欤？此奴亦可云小异矣。

注释

①迷瞀（mào）：迷乱。

宋清远先生言：昔在王坦斋先生学幕时，一友言梦游至冥司，见衣冠数十人累累入。冥王诘责良久，又累累出，各有愧恨之色。

偶见一吏，似相识，而不记姓名。试揖之，亦相答。因问："此并何人，作此形状？"吏笑曰："君亦居幕府，其中岂无一故交耶？"曰："仆但[①]两次佐学幕，未入有司署也。"吏曰："然则真不知矣。此所谓四救先生者也。"

问："四救何义？"曰："佐幕者有相传口诀，曰救生不救死，救官不救民，救大不救小，救旧不救新。救生不救死者，死者已死，断无可救；生者尚生，又杀以抵命，是多死一人也，故宁委曲以出之，而死者衔冤与否，则非所计也。救官不救民者，上控之案，使冤得申，则官之祸福不可测；使不得申，即反坐不过军流耳，而官之枉断与否，则非所计也。救大不救小者，罪归上官，则权位重者谴愈重，且牵累必多；罪归微官，则责任轻者罚可轻，且归结较易，而小官之当罪与否，则非所计也。救旧不救新者，旧官已去，有所未了，羁留之恐不能偿；新官方来，有所委卸，强抑之尚可以办，其新官之能堪与否，则非所计也。是皆以君子之心，行忠厚长者之事，非有所求取，巧为舞文，亦非有所恩仇，私相报复。然人情百态，事变万端，原不能执一而论。苟坚持此例，则矫枉过直，顾此失彼，本造福而反造孽，本弭[2]事而反酿事，亦往往有之。今日所鞫，即以此贻祸者。"

问："其果报何如乎？"曰："种瓜得瓜，种豆得豆。夙业牵缠，因缘终凑。未来生中，不过亦遇四救先生，列诸四不救而已矣。"

俯仰之间，霍然忽醒，莫明其入梦之故，岂神明或假[3]以告人欤？

注释

①但：只。 ②弭：平息，停止。 ③假：借。

乾隆癸丑春夏间，京中多疫。以张景岳法治之，十死八九。以吴又可法治之，亦不甚验。有桐城一医，以重剂石膏治冯鸿胪星实之姬，人见者骇异。然呼吸将绝，应手辄痊。踵[1]其法者，活人无算。有一剂用至八两，一人服至四斤者。虽刘守真之《原病式》，张子和之《儒门事亲》，专用寒凉，亦未敢至是，实自古所未闻矣。考喜用石膏，莫过于明缪仲淳，名希雍，天、崇间人，与张景岳同时，而所传各别。本非中道，故王懋竑《白田集》有《石膏论》一篇，力辩其非。不知何以取效如此。此亦五运六气，适值是年，未可执为定例也。

注释

①踵：追随。

从伯君章公言：中表某丈，月夕纳凉于村外。遇一人，似是书生，长揖曰："仆不幸获谴于社公，自祷弗解也。一社之中，惟君祀社公最丰，而数十年一无所祈请。社公甚德[1]君，亦甚重君，君为一祷，必见从。"表丈曰："尔何人？"曰："某故诸生，与君先人亦相识，今下世三十余年矣。昨偶向某家索食，为所诉也。"表丈曰："己事不祈请，乃祈请人事乎？人事不祈请，乃祈请鬼事乎？仆无能为役，先生休矣！"其人掉臂去曰："自了汉耳，不足谋也！"

夫肴酒必丰，敬鬼神也；无所祈请，远之也。敬鬼神而远之，即民之义也。视流俗之谄渎，迂儒之傲侮，为得其中矣。

说此事时，余甫八九岁，此表丈偶忘姓名。其时乡风淳厚，大抵必端谨笃实之家，始相与为婚姻。行谊似此者多，不能揣度为谁也。"高山仰止，景行行止"，俯仰七十年间，能勿睾[2]然远想哉？

注释

①德：感激。 ②睾：通"皋"，高远貌。

黄叶道人潘班，尝与一林下巨公连坐，屡呼巨公为兄。巨公怒且笑曰："老夫今七十余矣。"时潘已被酒，昂首曰："兄前朝年岁，当与前朝人序齿，不应阑入本朝。若本朝年岁，则仆以顺治二年九月生，兄以顺治元年五月入大清，仅差十余月耳。唐诗曰：'与兄行年较一岁。'称兄自是古礼，君何过责耶？"满座为之咋舌。

论者谓潘生狂士，此语太伤忠厚，宜其坎壈[①]终身，然不能谓其无理也。余作《四库全书总目》，明代集部以练子宁至金川门卒，龚诩八人列解缙、胡广诸人前，并附案语曰：“谨案练子宁以下八人，皆惠宗旧臣也。考其通籍之年。盖有在解缙等后者。然一则效死于故君，一则邀恩于新主，枭鸾异性，未可同居。故分别编之，使各从其类。至龚诩卒于成化辛丑，更远在缙等后，今亦升列于前，用以昭名教是非。”千秋论定，纡青拖紫之荣，竟不能与荷戟老兵争此一纸之先后也。黄泉易逝，青史难诬。潘生是言，又安可以佻薄[②]废乎？

注释

①坎壈：坎坷不得志。 ②佻薄：轻佻刻薄。

曾映华言：有数书生赴乡试，长夏溽暑，趁月夜行。倦投一废祠之前，就阶小憩，或睡或醒。一生闻祠后有人声，疑为守瓜枣者，又疑为盗，屏息细听。

一人曰：“先生何来？”一人曰：“顷与邻冢争地界，讼于社公。先生老于幕府者，请揣其胜负。”一人笑曰：“先生真书痴耶？夫胜负乌有常也？此事可使后讼者胜，诘先讼者曰：‘彼不讼而尔讼，是尔兴戎侵彼也。’可使先讼者胜，诘后讼者曰：‘彼讼而尔不讼，是尔先侵彼，知理曲也。’可使后至者胜，诘先至者曰：‘尔乘其未来，早占之也。’可使先至者胜，诘后至者曰：‘久定之界，尔忽翻旧局，是尔无故生衅也。’可使富者胜，诘贫者曰：‘尔贫无赖，欲使畏讼赂尔也。’可使贫者胜，诘富者曰：‘尔为富不仁，兼并不已，欲以财势压孤茕也。’可使强者胜，诘弱者曰：‘人情抑强而扶弱，尔欲以肤受之诉耸听也。’可使弱者胜，诘强者曰：‘天下有强凌弱，无弱凌强。彼非真枉，不敢冒险婴尔锋也。’可以使两胜，曰：‘无券无证，纠结安穷？中分以息讼，亦可以已也。’可以使两败，曰：‘人有阡陌，鬼宁有疆畔？一棺之外，皆人所有，非尔辈所有，让为闲田可也。’以是种种胜负，乌有常乎？”一人曰：“然则究竟当何如？”一人曰：“是十说者，各有词可执，又各有词以解，纷纭反覆，终古不能已也。城隍社公不可知，若夫冥吏鬼卒，则长拥两美庄矣。”语讫遂寂。

此真老于幕府之言也。

蛇能报冤，古记有之，他毒物则不能也。然闻故老之言曰：“凡遇毒物，无杀害心，则终不遭螫。或见即杀害，必有一日受其毒。”验之颇信。是非物之知报，气机相感耳。狗见屠狗者群吠，非识其人，亦感其气也。又有生啖毒虫者，云能益力。毒虫中人或至死，全贮其毒于腹中，乃反无恙，此又何理欤？崔庄一无赖少年习此术，尝见其握一赤练蛇，断其首而生啮，如有余味。殆其刚悍鸷忍之气足以胜之乎？力何必益？即益力方药亦颇多，又何必是也？

贾公霖言：有贸易来往于樊屯者，与一狐友。狐每邀之至所居，房舍一如人家，但出门后，回顾则不见耳。一夕，饮狐家，妇出行酒，色甚妍丽。此人醉后心荡，戏捘[①]其腕。妇目狐，狐侧睨笑曰：“弟乃欲作陈平耶？”亦殊不怒，笑谑如平时。

此人归后，一日，忽家中客作控一驴送其妇来，云得急信，君暴中风，故借驴仓皇连夜至。此人大骇，以为同伴相戏也。旅舍无地容眷属，呼客作送归，客作已自去。距家不一日程，时甫辰巳，乃自控送归。中途遇少年，与妇摩肩过，手触妇足。妇怒詈，少年惟笑谢，语涉轻薄。此人愤与相搏，致驴惊逸入歧路。蜀秫方茂，斯须[2]不见。此人舍少年追妇，寻蹄迹行一二里，驴陷淖中，妇则不知所往矣。野田连陌，四无人踪，彻夜奔驰，旁皇至晓。姑骑驴且返，再商觅妇。未及数里，闻路旁大呼曰："贼得矣！"则邻村驴昨夜被窃，方四出缉捕也。众相执缚，大受棰楚。赖遇素识多方辩说，始得免。

懊丧至家，则纺车琤然，妇方引线。问以昨事，茫然不知。始悟妇与客作及少年皆狐所幻，惟驴为真耳。狐之报复恶矣，然衅[3]则此人自启也。

注释

①捘（zùn）：按，捏。 ②斯须：片刻，一会儿。 ③衅：事端。

壬子春，滦阳采木者数十人夜宿山坳，见隔涧坡上有数鹿散游，又有二人往来林下，相对泣。共诧人入鹿群，鹿何不惊？疑为仙鬼，又不应对泣。虽崖高水急，人径不通，然月明如昼，了然可见，有微辨其中一人似旧木商某者。俄山风陡作，木叶乱鸣，一虎自林突出，搏二鹿殪焉。知顷所见，乃其生魂矣。东坡诗曰："未死神先泣。"是之谓乎？

闻此木商亦无大恶，但心计深密，事事务得便宜耳。阴谋者道家所忌，良有以夫！

又闻巴公彦弼言：征乌什时，一日攻城急，一人方奋力酣战，忽有飞矢自旁来，不及见也。一人在侧见之，急举刀代格[1]，反自贯颅死。此人感而哭奠之，夜梦死者曰："尔我前世为同官，凡任劳任怨之事，吾皆卸尔；凡见功见长之事，则抑尔不得前。以是因缘，冥司注今生代尔死。自今以往，两无恩仇。我自有赏恤，毋庸尔祭也。”

此与木商事相近。木商阴谋，故谴[2]重；此人小智，故谴轻耳。然则所谓巧者，非正其拙欤？

注释

①格：击，打。 ②谴：责备，惩罚。

门人郝瑗，孟县人，余己卯典试所取士也。成进士，授进贤令。菲衣恶食，视民事如家事。仓库出入，月月造一册。预储归途舟车费，扃一笥中，虽窘急不用铢两。囊箧皆结束室中，如治装[1]状，盖无日不为去官计。人见其日日可去官，亦无如之何。后患病乞归，不名一钱，以授徒终于家。

闻其少时，值村社，游人如织。见一媪将二女，村妆野服，而姿致天然。瑗与同行，未尝侧盼。忽见妪与二女，踏乱石横行至绝涧，鹄立树下。怪其不由人径，若有所避，转凝睇视之。媪从容前致词曰：“节物暄妍[2]，率儿辈踏青，各觅眷属。以公正人，不敢近。亦乞公毋近儿辈，使刺促不宁。”瑗悟为狐魅，掉臂去之。然则花月之妖，为人心自召明矣。

注释

①治装：整理行李。 ②暄妍：天气暖和，景色明媚。

木兰伐官木者，遥见对山有数虎。悬崖削壁，非迂回数里不能至。人不畏虎，虎亦不畏人也。俄见别队伐木者，冲虎径过，众顿足危栗。然人如不见虎，虎如不见人也。数日后，相晤话及。别队者曰：“是日亦遥见众人，亦似遥闻呼噪声。然所见乃数巨石，无一虎也。”

是殆命不遭咥[①]乎？然命何能使虎化石？其必有司命者矣。司命者空虚无朕，冥漠无知，又何能使虎化石？其必天与鬼神矣。天与鬼神能司命，而顾谓天即理也，鬼神二气之良能也。然则理气浑沦，一屈一伸，偶遇斯人，怒而搏者，遂峙而嶙峋乎？吾无以测之矣。

注释

①咥（dié）：咬。

景州高冠瀛，以梦高江村而生，故亦名士奇。笃学能文，小试必第一，而省闱辄北[①]，竟坎壈以终。年二十余时，日者推其命，谓天官、文昌、魁星贵人皆集于一宫，于法当以鼎甲入翰林。而是岁只得食饩[②]。计其一生遭遇，亦无更得志于食饩者。盖其赋命本薄，故虽极盛之运，所得不过如是也。田白岩曰：张文和公八字，日者以其一生仕履，较量星度，其开坊仅抵一衿耳。此与冠瀛之命，可以互勘。术家宜以此消息，不可徒据星度，遽断休咎也。

又尝见一术士云：凡阵亡将士，推其死绥之岁月，运必极盛。盖尽节一时，垂名千古，馨香百世，荣逮子孙，所得有在王侯将相之上者故也。立论极奇，而实有至理。此又法外之意，不在李虚中等格局中矣。

注释

①北：失败。 ②食饩（xì）：成为廪生。

冠瀛久困名场，意殊抑郁，尝语余及雪崖曰：“闻旧家一宅，留宿者夜辄遭魇。或鬼或狐，莫能明也。一生有胆力，欲伺为祟者何物，故寝其中。二更后，果有黑影瞥落地，似前似却。闻生转侧，即伏不动。知其畏人，佯睡以俟之，渐作鼾声。俄觉自足而上，稍及胸腹，即觉昏沉。急奋右手搏之，执得其尾，即以左手扼其项。嗷然一声，作人言求释。急呼灯视之，乃一黑狐。众共捺制，刃穿其髀[①]，贯以索而自系于左臂。度不能幻化，乃持刀问其作祟意。狐哀鸣曰：'凡狐之灵者，皆修炼求仙。最上者调息炼神，讲坎离龙虎之旨；吸精服气，饵日月星斗之华。用以内结金丹，蜕形羽化。是须仙授，亦须仙才，若是者吾不能。次则修容成素女之术，妖媚蛊惑，摄精补益，内外配合，亦可成丹。然所采少则道不成，所采多则戕人利己，不干冥谪，必有天刑，若是者吾不敢。故以剽窃之功，为猎取之计，乘人酣睡，仰鼻息以收余气。如蜂采蕊，无损于花。凑合渐多，融结为一，亦可元神不散，岁久通灵，即我辈是也。虽道浅术疏，积功亦苦。如不见释，则百年精力，尽付东流，惟君子哀而恕之。'生悯其词切，竟纵之使去。此事在雍正末年，相传已久。吾因是以思，科场上者鸿才硕学，吾亦不能；次者行险徼幸[②]，吾亦不敢；下者剽窃猎取，庶几能之，而吾又有所不肯。吾道穷矣。二君皆早掇科第，其何以教我乎？”雪崖戏曰：“以君作江村后身，如香山之为白老矣。惟此一念，当是身异性存。此病至深，仆辈实无药相救也。”相与一笑而罢。

盖冠瀛为文，喜戛戛生造，硬语盘空。屡踬[③]有司，率多坐是，故雪崖用以为戏。《贾长江集》有“独行潭底影，数息树边身”一联，句下夹注一诗曰：“二句三年得，一吟双泪流。知音如不赏，归卧故山秋。”千古畸人，其意见略相似矣。

注释

①髀（bì）：大腿。 ②徼幸：同“侥幸”。 ③踬（zhì）：受挫折。

吉木萨台军言：尝逐雉入深山中，见悬崖之上，似有人立。越涧往视，去地不四五丈，一人衣紫氆氇，面及手足皆黑毛茸茸，长寸许。一女子甚姣丽，作蒙古装，惟跣足不靴，衣则绿氆氇也。方对坐共炙肉。旁侍黑毛人四五，皆如小儿，身不著寸缕，见人嘻笑。其语非蒙古，非额鲁特，非回部，非西番，啁哳如鸟，不可辨。观其情状，似非妖物，乃跪拜之。忽掷一物于崖下，乃熟野骡肉半肘也。又拜谢之，皆摇手。乃携以归，足三四日食。再与牧马者往迹，不复见矣。意其山神欤？

世言虹见则雨止，此倒置也，乃雨止则虹见耳。盖云破日露，则回光返照，射对面之云。天体浑圆，上覆如笠，在顶上则仰视，在四垂则侧视，故敛为一线。其形随下垂，两面之势，屈曲如弓。又侧视之中，斜对目者近，平对目者远。以渐而远，故重重云气，皆见其边际，叠为重重红绿色，非真有一物如带，横亘[①]天半也。其能下涧饮水，或见其首如驴者，见《朱子语录》。并有能狎昵妇女者，见《太平广记》。当是别一妖气，其形似虹；或别一妖物，化形为虹耳。

注释

①横亘：绵延横陈。

及孺爱先生言：尝亲见一蝇，飞入人耳中为祟[①]，能作人言，惟病者闻之。或谓蝇之蠢蠢，岂能成魅？或魅化蝇形耳。此语近之。青衣童子之宣赦，浑家门客之吟诗，皆小说妄言，不足据也。

注释

①祟：鬼神作怪。

辟尘之珠，外舅马公周箓曾遇之，确有其物，而惜未睹其形也。初，隆福寺鬻杂珠宝者，布茵于地，俗谓之摆摊。罗诸小箧于其上。虽大风霾，无点尘。或戏以囊有辟尘珠，其人椎鲁[1]，漫笑应之，弗信也。如是半载，一日，顿足大呼曰："吾真误卖至宝矣！"盖是日飞尘忽集，始知从前果珠所辟也。

按医书有服响豆法。响豆者，槐实之夜中爆响者也。一树只一颗，不可辨识。其法槐始花时，即以丝网幂树上，防鸟鹊啄食。结子熟后，多缝布囊贮之。夜以为枕，听无声者即弃去。如是递[2]枕，必有一囊作爆声者。取此一囊，又多分小囊贮之枕听，初得一响者则又分。如二枕渐分至仅存二颗，再分枕之，则响豆得矣。此人所鬻之珠，谅亦无几。如以此法分试，不数刻得矣，何至交臂失之乎？乃漫然[3]不省，卒以轻弃，当缘禄相原薄耳。

注释

①椎（chuí）鲁：愚钝。 ②递：轮流，顺次。 ③漫然：全然，浑然。

乾隆甲辰，济南多火灾。四月杪，南门内西横街又火，自东而西，巷狭风猛，夹路皆烈焰。

有张某者，草屋三楹在路北。火未及时，原可挈妻孥出。

以有母柩，筹所以移避。既势不可出，夫妇与子女四人，抱棺悲号，誓以身殉。时抚标参将方督军扑救，隐隐闻哭声，令标军升后巷屋寻声至所居，垂绠[①]使缒出。张夫妇并呼曰："母柩在此，安可弃也？"其子女亦呼曰："父母殉父母，我不当殉父母乎？"亦不肯上。

俄火及，标军越屋避去，仅以身免。以为阖门并煨烬[②]，遥望太息而已。乃火熄巡视，其屋岿然独存。盖回飙忽作，火转而北，绕其屋后，焚邻居一质库[③]，始复西也。非鬼神呵护，何以能然？

此事在癸丑七月，德州山长张君庆源录以寄余。与余《滦阳消夏录》载孀妇事相类。而夫妇子女，齐心同愿，则尤难之难。夫"二人同心，其利断金"，况六人乎？庶女一呼，雷霆下击，况六人并纯孝乎？精诚之至，哀感三灵。虽有命数，亦不能不为之挽回。人定胜天，此亦其一。事虽异闻，即谓之常理可也。余于张君不相识，而张君间关邮致，务使有传，则张君之志趣可知矣。因为点定字句，录之此编。

注释

①绠（gěng）：绳子。 ②煨烬：烧尽。 ③质库：典当库。

吕太常含晖言：京师有一民家，停柩遇火，无路可出，亦无人肯助舁。乃阖[①]家男妇，锹镢刀铲，合手于室内掘一坎[②]，置棺于中，上覆以土。坎甫掩而火及，屋虽被焚，棺在坎中，竟无恙，火性炎上故也。此亦应变之急智，因张孝子事附录之。

注释

①阖：合。 ②坎：坑穴。

交河泊镇有王某，善技击，所谓王飞骽者是也。骽俗作腿，相沿已久，然非正字也。一夕，偶过墟墓间，见十余小儿当路戏，约皆四五岁。叱使避，如不闻。怒掴[1]其一，群儿共噪詈。王愈怒，蹴以足。群儿坌涌[2]，各持砖瓦击其髁，捷若猿猱，执之不得，拒左则右来，御前则后至。盘旋撑拄，竟以颠陨，头目亦被伤。屡起屡仆，至于夜半，竟无气以动。次日，家人觅之归，两足青紫，卧半月乃能起。小儿盖狐也。

以王之力，平时敌数十壮夫，尚挥霍自如，而遇此小魅，乃一败涂地。《淮南子》引尧诫曰："战战栗栗，日慎一日。人莫踬[3]于山而踬于垤[4]。"《左传》曰："蜂虿有毒。"信夫！

注释

①掴（guó）：用巴掌打。 ②坌（bèn）涌：涌出，涌现。指一拥而上。 ③踬（zhì）：跌倒，绊倒。 ④垤（dié）：小土堆。

郭彤纶言：阜城有人外出，数载无音问。一日，仓皇夜归，曰："我流落无藉，误落群盗中，所劫杀非一。今事败，幸跳身免；然闻他被执者已供我姓名居址，计已飞檄拘眷属。汝曹宜自为计，俱死无益也。"挥泪竟去，更无一言。阖家震骇，一夜星散尽，所居竟废为墟，人亦不明其故也。

越数载，此人至其故宅，访父母妻子移居何处。邻人告以久逃匿，亦茫然不测所由。稍稍踪迹，知其妻在彤纶家佣作。叩门寻访，乃知其故。然在外实无为盗事，后亦实无夜归事。

彤纶为稽[①]官牍[②]，亦并无缉捕事。

久而忆耕作八沟时，汉右北平之故地也。筑室山冈。冈后有狐，时或窃物，又或夜中嗥叫，搅人睡。乃聚徒劚[③]破其穴，薰之以烟，狐乃尽去。疑或其为魅以报欤？

注释

①稽：考证。 ②牍：公文。 ③劚（zhú）：挖掘。

奴子史锦文，尝往沧州延医。暑月未携襆被，乘一马而行。至张家沟西，痁[①]忽作，乃系马于树，倚树小憩。渐懵腾睡去，梦至一处，草屋数楹，一翁一妪坐门外，见锦文邀坐，问姓名。自言姓李行六，曾在崔庄住两载，与其父史成德有交，锦文幼时亦相见，今如是长成耶？感念存殁，意颇凄怆。妪又问："五魁无恙否？五魁，史锦彩之乳名。三黑尚相随否？"三黑李姓，锦文异父弟，随继母同来者也。亦颇周至。翁因言今年水潦[②]，由某路至某处，水虽深，然沙底不陷；由某路至某处，水虽浅，然皆红土胶泥，粘马足难行。雨且至，日已过午，尔宜速往，不留汝坐矣。霍然而醒，遥见四五丈外，有一孤冢，意即李六所葬欤？如所指路，晚至常家砖河，果遇雨。归告其继母，继母曰："是尝在崔庄卖瓜果，与尔父日游醉乡者也。"殂[③]谢黄泉，尚惓惓[④]故人之子，亦小人之有意识者矣。

注释

①痁（shān）：疟疾。 ②潦（lǎo）：雨水大。 ③殂（cú）：死亡。 ④惓（quán）惓：深切思念，念念不忘。

奴子傅显，喜读书，颇知文义，亦稍知医药。性情迂缓，望之如偃蹇[①]老儒。

一日，雅步[2]行市上，逢人辄问："见魏三兄否？"奴子魏藻，行三也。或指所在，复雅步以往。比相见，喘息良久。魏问相见何意，曰："适在苦水井前，遇见三嫂在树下作针黹[3]，倦而假寐。小儿嬉戏井边，相距三五尺耳，似乎可虑。男女有别，不便呼三嫂使醒，故走觅兄。"魏大骇，奔往，则妇已俯井哭子矣。

夫僮仆读书，可云佳事。然读书以明理，明理以致用也。食而不化，至昏愦僻谬，贻害无穷，亦何贵此儒者哉！

注释

①偃蹇（yǎnjiǎn）：高傲的样子。 ②雅步：从容安闲地行走。 ③针黹（zhǐ）：针线活。

武强一大姓，夜有劫盗。群起捕逐，盗逸去。众合力穷追，盗奔其祖茔松柏中。林深月黑，人不敢入，盗亦不敢出。相持之际，树内旋飚四起，沙砾乱飞，人皆眯目不相见，盗乘间突围得脱。众相诧异，先灵何反助盗耶？

主人夜梦其祖曰："盗劫财不能不捕，官捕得而伏法，盗亦不能怨主人。若未得财，可勿追也。追而及，盗还斗伤人，所失不大乎？即众力足殪盗，盗殪则必告官，官或不谅，坐以擅杀，所失不更大乎？且我众乌合，盗皆死党；盗可夜夜伺我，我不能夜夜备盗也。一与为仇，隐忧方大，可不深长思乎？旋风我所为，解此结也，尔又何尤[1]焉？"主人醒而喟然[2]曰："吾乃知老成远虑，胜少年盛气多矣！"

注释

①尤：怨恨。 ②喟（kuì）然：叹气的样子。

沧州城守尉永公宁，与舅氏张公梦征友善。余幼在外家，闻其告舅氏一事曰：某前锋有女曰平姐，年十八九，未许人。一日，门外买脂粉，有少年挑之，怒詈而入。父母出视，路无是人，邻里亦未见是人也。夜扃[①]户寝，少年乃出于灯下。知为魅，亦不惊呼，亦不与语，操利剪伪睡以俟之。少年不敢近，惟立于床下，诱说百端。平姐如不见闻。少年倏去，越片时复来，握金珠簪珥数十事，值约千金，陈于床上。平姐仍如不见闻。少年又去，而其物则未收。至天欲曙，少年突出曰："吾伺尔彻夜，尔竟未一取视也。人至不可以利动，意所不可，鬼神不能争，况我曹乎！吾误会尔私祝一言，妄谓托词于父母，故有是举，尔勿嗔[②]也"。敛其物自去。

盖女家素贫，母又老且病，父所支饷不足赡，曾私祝佛前，愿早得一婿养父母，为魅所窃闻也。然则一语之出，一念之萌，暧昧中俱有伺察矣。耳目之前，可涂饰假借乎？

注释

①扃（jiōng）：上闩，关门。 ②嗔（chēn）：生气。

瑶泾有好博者，贫至无甑[①]。夫妇寒夜相对泣，悔不可追。夫言："此时但有钱三五千，即可挑贩给朝夕，虽死不入囊家[②]矣。顾安所从得乎？"忽闻扣窗语曰："尔果悔，是亦易得，即多于是亦易得，但恐故智复萌耳。"以为同院尊长悯恻[③]相周，遂饮泣设誓，词甚坚苦。随开门出视，月明如昼，寂无一人，惘惘莫测其所以。次夕，又闻扣窗曰："钱已尽返，可自取。"秉火起视，则数百千钱累累然皆在屋内，计与所负，适相当。夫妇狂喜，以为梦寐，彼此掐腕皆觉痛，知灼然是真。俗传梦中自疑是梦者，但自掐腕觉痛者是真，不痛者是梦也。以为鬼神佑助，市牲醴[4]祭谢。途遇旧博徒曰："尔术进耶？运转耶？何数年所负，昨一日尽复也？"罔知所对，唯诺而已。

归甫设祭，闻檐上语曰："尔勿妄祭，致招邪鬼，昨代博者是我也。我居附近尔父墓，以尔父愤尔游荡，夜夜悲啸，我不忍闻，故幻尔形往囊家取钱归。尔父寄语，事可一不可再也。"语讫，遂寂。此人亦自此改行，温饱以终。

呜呼！不肖之子，自以为惟所欲为矣，其亦念黄泉之下，有夜夜悲啸者乎！

注释

①甑（zèng）：陶制的锅。②囊家：设局聚赌抽头取利者。③悯恻：哀怜。④牲醴：祭品。

李秀升言：山西有富室，老惟一子。子病瘵，子妇亦病瘵，势皆不救，父母甚忧之。子妇先卒，其父乃趣[1]为子纳妾。其母骇曰："是病至此，不速之死乎？"其父曰："吾固知其必不起。然未生是子以前，吾尝祈嗣于灵隐，梦大士言：'汝本无后，以捐金助赈活千人，特予一孙送汝老。'不趁其未死，早为纳妾，孙自何来乎？"促成其事，不三四月而子卒。遗腹果生一子，竟延其祀。山谷诗曰："能与贫人共年谷，必有明月生蚌胎。"信不诬矣。

注释

①趣：同"促"，催促。

宝坻王泗和，余姻家也。尝示余《书艾孝子事》一篇曰：

艾子诚，宁河之艾邻村人。父文仲，以木工自给。偶与人斗，击之踣。误以为死，惧而逃。虽其妻莫知所往，第仿佛传闻似出山海关尔。是时妻方娠[①]，越两月，始生子诚。文仲不知已有子。子诚幼鞠[②]于母，亦不知有父也。迨稍有知，乃问母父所在。母泣语以故，子诚自是惘惘如有失，恒絮问其父之年齿状貌，及先世之名字，姻娅之姓氏里居。亦莫测其意，姑一一告之。比长，或欲妻以女。子诚固辞曰："乌[③]有其父流离，而其子安处室家者？"始知其有志于寻父，徒以孀母在堂，不欲远离耳。然文仲久无音耗，子诚又生未出里闾，天地茫茫，何从踪迹？皆未信其果能往。子诚亦未尝议及斯事，惟力作以养母。

越二十年，母以疾卒。营葬毕，遂治装裹粮[④]赴辽东。有沮以存亡难定者，子诚泫然曰："苟相遇，生则共返，殁则负骨归。苟不相遇，宁老死道路间，不生还矣。"众挥涕而送之。

子诚出关后，念父避罪亡命，必潜踪于僻地。凡深山穷谷，险阻幽隐之处，无不物色。久而资斧[⑤]既竭，行乞以糊口。凡二十载，终无悔心。

一日，于马家城山中遇老父，哀其穷饿，呼与语，询得其故，为之感泣。引至家，款以酒食。俄有梓人携具入，计其年与父相等。子诚心动，谛审其貌，与母所说略相似。因牵裾泣涕，具述其父出亡年月，且缕述家世及戚党，冀其或是。是人且骇且悲，似欲相认，而自疑在家未有子。子诚具陈始末，乃噭然相持哭。盖文仲辗转逃避，乃至是地，已阅四十余年，又变姓名为王友义，故寻访无迹，至是始偶相遇也。

老父感其孝，为谋归计。而文仲流落久，多逋负，滞不能行。子诚仍踉跄奔还，质田宅，贷亲党，得百金再往，竟奉以归。归七年，以寿终。

子诚得父之后，始娶妻。今有四子，皆勤俭能治生。昔文安王原寻亲万里之外，子孙至今为望族。子诚事与相似，天始将昌其家乎？子诚佃种余田，所居距余别业仅二里。余重其为人，因就问其详而书其大略如右，俾[6]学士大夫，知陇亩[7]间有是人也。时癸丑重阳后二日。

案子诚求父多年，无心忽遇，与宋朱寿昌寻母事同，皆若有神助，非人力所能为。然精诚之至，故哀感幽明，虽谓之人力亦可也。

注释

①娠（shēn）：怀孕。 ②鞠：养育，抚养。 ③乌（wū）：何。 ④裹粮：携带干粮。 ⑤资斧：费用。 ⑥俾（bǐ）：使。⑦陇亩：民间。

引据古义，宜征经典，其余杂说，参酌而已，不能一一执为定论也。《汉书·五行志》以一产三男列于人痾，其说以为母气盛也，故谓之咎征。然成周八士，四乳而生，圣人不以为妖异，抑又何欤？夫天地氤氲，万物化醇，非地之自能生也；男女构精，万物化生，非女之自能生也。使三男不夫而孕，谓之人痾可矣；既为有父之子，则父气亦盛可知，何独以为阴盛阳衰乎？循是以推，则嘉禾专车，异亩同颖，见于《书序》者，亦将谓地气太盛乎？大抵《洪范》五行，说多穿凿[1]，而此条之难通为尤甚，不得以源出伏胜，遂以传为经。国家典制，凡一产三男，皆予赏赉[2]。一扫曲学之陋说，真千古定议矣。余修《续文献通考》，于《祥异考》中，变马氏之例，削去此门，遵功令也。

癸丑七月草此书成，适仪曹以题赏一产三男本稿请署。偶与论此，因附记于书末。

注释

①穿凿：牵强附会。 ②赉（lài）：赏赐。

卷十九

滦阳续录一

景薄桑榆，精神日减，无复著书之志，惟时作杂记，聊以消闲。《滦阳消夏录》等四种，皆弄笔遣日者也。年来并此懒为，或时有异闻，偶题片纸；或忽忆旧事，拟补前编。又率不甚收拾，如云烟之过眼，故久未成书。今岁五月，扈从滦阳。退直之余，昼长多暇，乃连缀成书，命曰《滦阳续录》。缮写既完，因题数语，以志[①]缘起。若夫立言之意，则前四书之序详矣，兹不复衍焉。嘉庆戊午七夕后三日，观奕道人书于礼部直庐，时年七十有五。

注释

①志：记载。

嘉庆戊午五月，余扈从滦阳。将行之前，赵鹿泉前辈云：有瞽者郝生，主彭芸楣参知家，以揣骨游士大夫间，语多奇验。惟揣胡祭酒长龄，知其四品，不知其状元耳。在江湖术士中，其艺差[①]精。郝自称河间人，余询乡里，无知者，殆久游于外欤？郝又称其师乃一僧，操术弥高。与人接一两言，即知其官禄。久住深山，立意不出。其事太神，则余不敢信矣。

案相人之法，见于《左传》，其书汉志亦著录。惟太素脉、揣骨二家，前古未闻。太素脉至北宋始出，其授受渊源，皆支离附会，依托显然。余于《四库全书总目》已详论之。揣骨亦莫明所自起。考《太平广记》一百三十六引《三国·典略》称：北齐神武与刘贵、贾智等射猎，遇盲妪，遍扪[②]诸人，云并富贵；及扪神武，云皆由此人。似此术南北朝已有。又《定命录》称：天宝十四载，东阳县瞽者马生，捏赵自勤头骨，知其官禄。刘公《嘉话录》称：贞元末，有相骨山人，瞽双目。人求相，以手扪之，必知贵贱。《剧谈录》称：开成中，有龙复本者，无目，善听声揣骨。是此术至唐乃盛行也。流传既古，当有所受。故一知半解，往往或中，较太素脉稍有据耳。

注释

①差：稍微地，比较地。 ②扪：摸。

诚谋英勇公阿公文成公之子，袭封。言：灯市口东有二郎神庙。其庙面西，而晓日初出，辄有金光射室中，似乎返照。其邻屋则不然，莫喻[①]其故。或曰："是庙基址与中和殿东西相直，殿上火珠宫殿金顶，古谓之火珠。唐崔曙有明堂火珠诗是也。映日回光耳。"其或然欤？

注释

①喻：明白。

阿公偶问余刑天干戚事，余举《山海经》以对。阿公曰："君勿谓古记荒唐，是诚有也。昔科尔沁台吉达尔玛达都尝猎于漠北深山，遇一鹿负箭而奔，因引弧殪之。方欲收取，忽一骑驰而至，鞍上人有身无首，其目在两乳，其口在脐，语啁啁[①]自脐出。虽不可辨，然观其手所指画，似言鹿其所射，不应夺之也。从骑皆震慑失次。台吉素有胆，亦指画示以彼射未仆，此箭乃获，当剖而均分。其人会意，亦似首肯，竟持半鹿而去。不知其是何部族，居于何地。据其形状，岂非刑天之遗类欤？天地之大，何所不有，儒者自拘[②]于见闻耳。"

案《史记》称《山海经》《禹本纪》所有怪物，余不敢信。是其书本在汉以前。《列子》称：大禹行而见之，伯益知而名之，夷坚闻而志之。其言必有所受，特后人不免附益又窜乱之，故往往悠谬太甚，且杂以秦汉之地名，分别观之可矣。必谓本依附《天问》作《山海经》，不应引《山海经》反注《天问》，则太过也。

注释

①啁哳（zhāozhā）：形容声音杂乱细碎。 ②拘：束缚，限制。

胡中丞太初、罗山人两峰，皆能视鬼。恒阁学兰台，亦能见之，但不能常见耳。戊午五月，在避暑山庄直庐，偶然话及。兰台言：鬼之形状仍如人，惟目直视。衣纹则似片片挂身上，而束之下垂，与人稍殊。质如烟雾，望之依稀似人影。侧视之，全体皆见；正视之，则似半身入墙中，半身凸出。其色或黑或苍，去人恒在一二丈外，不敢逼近。偶猝[①]不及避，则或瑟缩匿墙隅，或隐入坎井，人过乃徐徐出。盖灯昏月黑，日暮云阴，往往遇之，不为讶也。所言与胡、罗二君略相类，而形状较详。知幽明之理，不过如斯。其或黑或苍者，鬼本生人之余气，渐久渐散，以至于无。故《左传》称新鬼大，故鬼小。殆[②]由气有厚薄，斯色有浓淡欤？

注释

①猝：突然。 ②殆：大概。

兰台又言：尝晴昼仰视，见一龙自西而东，头角略与画图同。惟四足开张，摇撼如一舟之鼓四棹。尾扁而阔，至末渐纤，在似蛇似鱼之间。腹下正白如匹练。夫阴雨见龙，或露首尾鳞爪耳，未有天无纤翳[①]，不风不雨，不电不雷，视之如此其明者。录之亦足资博物也。

注释

①纤翳（yì）：微小的障蔽，指浮云。翳，遮蔽。

赵鹿泉前辈言：孙虚船先生未第时，馆于某家。主人之母适病危，馆童具晚餐至，以有他事，尚未食，命置别室几上。倏见一白衣人入室内，方恍惚错愕，又一黑衣短人逡巡入。先生入室寻视，则二人方相对大嚼。厉声叱之，白衣者遁去，黑衣者以先生当[①]门，不得出，匿于墙隅。先生乃坐于户外观其变。俄主人踉跄出，曰："顷病者作鬼语，称冥使奉牒来拘。其一为先生所扼[②]，不得出。恐误程限，使亡人获大咎。未审真伪，故出视之。"先生乃移坐他处，仿佛见黑衣短人狼狈去，而内寝哭声如沸矣。

先生笃实[③]君子，一生未尝有妄语，此事当实有也。惟是阴律至严，神听至聪，而摄魂吏卒不免攘夺病家酒食。然则人世之吏卒，其可不严察乎？

注释

①当：挡住。②扼：控制。 ③笃实：忠诚厚道。

门人伊比部秉绶言：有书生赴京应试，寓西河沿旅舍中。壁悬仕女一轴，风姿艳逸，意态如生，每独坐，辄注视凝思，客至或不觉。一夕，忽翩翩然自画下，宛一好女子也。书生虽知为魅，而结念既久，意不自持[①]，遂相与笑语嬿婉。比下第南归，竟买此画去。

至家悬之书斋，寂无灵响，然真真之唤弗辍也。三四月后，忽又翩翩然下。与话旧事，不甚答，亦不暇致诘，但相悲喜。自此狎媟无间，遂患羸疾。

其父召茅山道士劾治[②]。道士熟视壁上，曰："画无妖气，为祟者非此也。"结坛作法。次日，有一狐殪坛下。知先有邪心，心邪召邪，狐故得而假借。其京师之所遇，当亦别一狐也。

注释

①自持：自我克制。 ②劾治：推究审问。

断天下之是非，据礼据律而已矣。然有于礼不合，于律必禁，而介然孤行其志者。

亲党家有婢名柳青，七八岁时，主人即指与小奴益寿为妇。迨年十六七，合婚有日。益寿忽以博负逃，久而无耗[①]。主人将以配他奴，誓死不肯。婢颇有姿，主人乘间挑之，许以侧室，亦誓死不肯，乃使一媪说之曰："汝既不肯负益寿，且暂从主人，当多方觅益寿，仍以配汝。如不从，既鬻诸远方，无见益寿之期矣。"婢暗泣数日，竟俯首荐枕席，惟时时促觅益寿。

越三四载，益寿自投归，主人如约为合卺[②]。合卺之后，执役如故，然不复与主人交一语。稍近之，辄避去。加以鞭答，并赂益寿，使逼胁，讫不肯从。无可如何，乃善遣之。临行以小箧置主母前，叩拜而去。发之，皆主人数年所私给，纤毫不缺。

后益寿负贩，婢缝纫，拮据[3]自活，终无悔心。余乙酉家居，益寿尚持铜磁器数事来售，头已白矣。问其妇，云久死。异哉！此婢不贞不淫，亦贞亦淫，竟无可位置。录以待君子论定之。

注释

①耗：消息。 ②合卺（jǐn）：结婚。 ③拮据：比喻经济窘迫。

吴茂邻，姚安公门客也。见二童互詈，因举一事曰：交河有人尝于途中遇一叟泥滑失足，挤此人几仆。此人故暴横，遂辱詈叟母。叟怒，欲与角，忽俯首沉思，揖而谢罪，且叩其名姓居址，至歧路别去。

此人至家，其母白昼闭房门。呼之不应，而喘息声颇异。疑有他故，穴窗窥之。则其母裸无寸丝，昏昏如醉，一人据而淫之。谛视，即所遇叟也。愤激叫呶，欲入捕捉，而门窗俱坚固不可破。乃急取鸟铳自棂外击之，噭然而仆，乃一老狐也。邻里聚观，莫不骇笑。

此人詈狐之母，特托空言，竟致此狐实报之，可以为善詈者戒。此狐快一朝之愤，反以陨[1]身，亦足为睚眦[2]必报者戒也。

注释

①陨：同"殒"，死亡。 ②睚眦（yázì）：发怒时瞪大眼睛。指极小的仇恨。

诚谋英勇公言：畅春苑前有小溪，直夜内侍，每云阴月黑，辄见空中朗然悬一星。共相诧异，辗转寻视，乃见光自溪中出。知为宝气，画计取之。得一蚌，横径四五寸。剖视得二珠，缀合为一，一大一稍小，巨似枣，形似壶卢。不敢私匿，遂以进御，至今用为朝冠之顶。此乾隆初事也。

小溪不能产巨蚌，蚌珠未闻有合欢，斯由天命。圣人因地呈符瑞，寿跻[①]九旬，康强如昔，岂偶然也哉？

注释

①跻（jī）：升，登。

莲以夏开，惟避暑山庄之莲，至秋乃开，较长城以内迟一月有余。然花虽晚开，亦复晚谢，至九月初旬，翠盖红衣，宛然尚在。苑中每与菊花同瓶对插，屡见于圣制诗中。盖塞外地寒，春来较晚，故夏亦花迟。至秋早寒而不早凋，则莫明其理，今岁恭读圣制诗注，乃知苑中池沼汇武列水之三源，又引温泉以注之，暖气内涵[①]，故花能耐冷也。

注释

①涵：包含。

戴遂堂先生讳亨，姚安公癸巳同年也。罢齐河令归，尝馆余家。言其先德本浙江人，心思巧密，好与西洋人争胜。在钦天监，与南怀仁忤[①]，怀仁西洋人，官钦天监正。遂徙铁岭，故先生为铁岭人。

言少时见先人造一鸟铳，形若琵琶。凡火药铅丸皆贮于铳脊，以机轮开闭。其机有二，相衔如牝牡。扳一机则火药铅丸自落筒中，第二机随之并动，石激火出而铳发矣。计二十八发，火药铅丸乃尽，始需重贮。拟献于军营，夜梦一人诃责曰："上帝好生，汝如献此器，使流布人间，汝子孙无噍类[②]矣。"乃惧而不献。

说此事时，顾其侄秉瑛乾隆乙丑进士，官甘肃高台知县。曰："今尚在汝家乎？可取来一观。"其侄曰："在户部学习时，五弟之子窃以质钱，已莫可究诘矣。"其为实已亡失，或祇惜不出，盖不可知，然此器亦奇矣。

诚谋英勇公因言：征乌什时，文成公与勇毅公明公犄角为营，距寇垒约里许。每相往来，辄有铅丸落马前后，幸不为所中耳。度鸟铳之力不过三十余步，必不相及，疑沟中有伏。搜之无见，皆莫明其故。破敌之后，执俘讯之，乃知其国宝器有二铳，力皆可及一里外。搜索得之，试验不虚，与勇毅公各分其一。勇毅公征缅甸，殁于阵，铳不知所在。文成公所得，今尚藏于家。究不知何术制作也。

注释

①忤：违反，抵触。 ②噍（jiào）类：能吃东西的动物，特指活着的人。噍，吃东西。

宋代有神臂弓，实巨弩也。立于地而踏其机，可三百步外贯[①]铁甲。亦曰克敌弓，洪容斋试词科，有《克敌弓铭》是也。宋军拒金，多倚此为利器。军法不得遗失一具，或败不能携，则宁碎之，防敌得其机轮仿制也。元世祖灭宋，得其式，曾用以制胜。至明乃不得其传，惟《永乐大典》尚全载其图说。然其机轮一事一图，但有短长宽窄之度与其牝牡凸凹之形，无一全图。余与邹念乔侍郎穷数日之力，审谛逗合，讫无端绪。

余欲钩摹其样，使西洋人料理[2]之。先师刘文正公曰："西洋人用意至深，如算术借根法，本中法流入西域，故彼国谓之东来法。今从学算，反秘密不肯尽言。此弩既相传利器，安知不阴[3]图以去，而以不解谢[4]我乎？《永乐大典》贮在翰苑，未必后来无解者，何必求之于异国？"余与念乔乃止。"维此老成，瞻言百里。"信乎所见者大也！

注释

①贯：穿。②料理：处理。③阴：暗中。④谢：拒绝。

贝勒春晖主人言：热河碧霞元君庙俗谓之娘娘庙。两厢，塑地狱变相[1]。西厢一鬼卒，惨淡可畏，俗所谓地方鬼也。有人见其出买杂物，如柴炭之类，往往堆积于庙内。问之土人，信然。然不为人害，亦习而相忘。

或曰："鬼不烹饪，是安用此？《左传》曰：'石不能言，物或凭焉。'其他精怪欤？恐久且为患，当早图之。"余谓天地之大，一气化生，深山大泽，何所不有？热河穹岩巨壑，密迩民居，人本近彼，彼遂近人，于理当有之。抑或草木之妖，依其本质；狐狸之属，原其故居，借形幻化，托诸土偶，于理当亦有之。要皆造物所并育也。圣人以魑魅魍魉铸于禹鼎，庭氏方相列于周官，去其害民者而已，原未尝尽除异类。既不为害，自可听其去来。海客狎鸥，忽翔不下。鸥字《列子》本作沤，盖古字假借。然古今行用，从无书作沤鸟者，故今以通行字书之。机心[2]一起，机心应之，或反胶胶扰扰矣。

注释

①变相：佛教画术语，用绘画或雕刻所表现的佛经故事。②机心：巧诈之心。

宛平陈鹤龄，名永年，本富室，后稍落。其弟永泰先亡，弟妇求析箸[①]，不得已从之。弟妇又曰："兄公男子能经理[②]，我一孀妇，子女又幼，乞与产三分之二。"亲族皆曰不可。鹤龄曰："弟妇言是，当从之。"弟妇又以孤寡不能征逋负[③]，欲以资财当二分，而以积年未偿借券，并利息计算，当鹤龄之一分。亦曲从之。后借券者皆索取无着，鹤龄遂大贫。此乾隆丙午事也。陈氏先无登科者，是年，鹤龄之子三立竟举于乡。放榜之日，余同年李步玉居与相近，闻之喟然曰："天道固终不负人！"

注释

①析箸：分家。 ②经理：经营。 ③逋负：拖欠赋税，债务。

南皮张浮槎，名景运，即著《秋坪新语》者也。有一子，早亡，其妇缢以殉。缢处壁上有其子小像，高尺余，眉目如生。其迹似画非画，似墨非墨。妇固不解画，又无人能为追写，且寝室亦非人所能到。是时亲党毕集，均莫测所自来。张氏纪氏为世姻，纪氏之女适张者数十人，张氏之女适[①]纪者亦数十人。众目同观，咸诧为异。

余谓此烈妇精诚之至极，不为异也。盖神之所注，气即聚焉；气之所聚，神亦凝焉。神气凝聚，象即生焉。象之所丽[②]，迹即著焉。生者之神气动乎此，亡者之神气应乎彼，两相翕合，遂结此形。故曰缘心生象，又曰至诚则金石为开也。

浮槎录其事迹，征士大夫之歌咏。余拟为一诗，而其理精微，笔力不足以阐发。凡数易稿，皆不自惬。至今耿耿于心，姑录于此以昭幽明之感，诗则期诸异日焉。

注释

①适：旧称女子出嫁。 ②丽：依附。

神仙服饵，见于杂书者不一。或亦偶遇其人，然不得其法，则反能为害。戴遂堂先生言：尝见一人服松脂十余年，肌肤充溢，精神强固，自以为得力。然久而觉腹中小不适，又久而病燥结。润以麻仁之类，不应。攻以硝黄之类，所遗者细仅一线。乃悟松脂粘挂于肠中，积渐凝结愈厚，则其窍愈窄，故束而至是也。无药可医，竟困顿至死。又见一服硫黄者，肤裂如磔[1]。置冰上，痛乃稍减。古诗“服药求神仙，多为药所误”，岂不信哉！

注释

①磔（zhé）：把肢体分裂。

长城以外，万山环抱，然皆坡陀如冈阜。至王家营迤东，则嵚崎秀拔，皴皱皆含画意。盖天开地献，灵气之所钟故也。

有罗汉峰，宛似一僧趺[1]坐，头项胸腹臂肘，历历可数。

有磬锤峰，即《水经注》所称武列水侧有孤石云举者也。上丰下锐，屹若削成。余修《热河志》时，曾蹑梯挽绠[2]至其下，乃无数石卵与碎砂凝结而成，亘古不圮，莫明其故。

有双塔峰，亭亭对立，远望如两浮图，拔地涌出，无路可上。或夜闻上有钟磬经呗声，昼亦时有片云往来。乾隆庚戌，命守吏构木为梯，遣人登视。一峰周围一百六步，上有小屋。屋中一几一香炉，中供片石，镌“王仙生”三字。一峰周围六十二步，上种韭二畦，塍畛方正，如园圃之所筑。是决非人力所到，不谓之仙踪灵迹不得矣。耳目之前，惝恍莫测尚如此，讲学家执其私见，动曰此理之所无，不亦颠乎！距双塔峰里许有关帝庙，住持僧悟真云：乾隆壬寅，一夜大雷雨，双塔峰坠下一石佛，今尚供庙中。然仅粗石一片，其一面略似佛形而已。此事在庚戌前八年。毋乃以此峰尚有灵异，欲引而归诸彼法欤？疑以传疑，并附著之。

注释

①趺（fū）：佛教徒的一种坐法。 ②蹑梯挽绠：踩着梯子，拉着绳子。

同年蔡芳三言：尝与诸友游西山，至深处，见有微径，试缘[①]而登，寂无居人，只破屋数间，苔侵草没。视壁上大书一“我”字，笔力险劲。因入观之，复有字迹，谛审乃二诗。其一曰：“溪头散步遇邻家，邀我同尝嫩蕨芽。携手贪论南渡事，不知触折亚枝花。”其二曰：“酒酣醉卧老松前，露下空山夜悄然。野鹿经年相见熟，也来分我绿苔眠。”不著年月姓名。味其词意，似前代遗民。或以为仙笔，非也。

又表弟安中宽，昔随木商出古北口，因访友至古尔板苏巴尔汉。俗称三座塔，即唐之营州，辽之兴中府也。居停主人云：山家尝捕得一鹿，方缚就涧边屠割，忽绳寸寸断，蹶然[②]逸去。遥见对山一戴笠人，似举手指画，疑其以术禁制之。是山陡立，古无人踪，或者其仙欤？

注释

①缘：攀援。 ②蹶然：忽然。

先师何励庵先生，讳琇，雍正癸丑进士，官至宗人府主事。宦途坎坷，贫病以终。著有《樵香小记》，多考证经史疑义，今著录《四库全书》中。为诗颇喜陆放翁。一日，作《咏怀》诗曰："冷署萧条早放衙，闲官风味似山家。偶来旧友寻棋局，绝少余钱落画叉。浅碧好储消夏酒，嫣红已到殿春花。镜中频看头如雪，爱惜流光倍有加。"为余书于扇上，姚安公见之，沉吟曰："何摧抑哀怨乃尔！殆神志已颓乎？"果以是年夏秋间谢世。古云诗谶[①]，理或有之。

注释

①诗谶（chèn）：诗作预示了将来发生的事。

赵鹿泉前辈言：吕城，吴吕蒙所筑也。夹河两岸，有二土神祠。其一为唐汾阳王郭子仪，已不可解。其一为袁绍部将颜良，更不省其所自来。土人祈祷，颇为灵应。所属境周十五里，不许置一关帝祠，置则为祸。有一县令不信，值颜祠社会，亲往观之，故令伶人演《三国志》杂剧。狂风忽起，卷芦棚苫盖至空中，斗掷而下，伶人有死者。所属十五里内，瘟疫大作，人畜死亡。令亦大病几殆。

余谓两军相敌，各为其主，此胜彼败，势不并存。此以公义杀人，非以私恨杀人也。其间以智勇之略，败于意外者，其数在天，不得而尤人。以驽下之才，败于胜己者，其过在己，亦不得而尤人。张睢阳厉鬼杀贼，以社稷安危，争是一郡，是为君国而然，非为一己而然也。使功成事定之后，殁于战阵者皆挟以为仇，则古来名将，无不为鬼所殛[①]矣，有是理乎？且颜良受歼已久，越一二千年，曾无灵响，何忽今日而为神？何忽今日而报怨？揆[②]以天理，殆必不然。是盖庙祝师巫，造为诡语，山妖水怪，因民听荧惑而依托之。

刘敬叔《异苑》曰："丹阳县有袁双庙，真第四子也。真为桓宣武诛，便失所在。太元中，形见于丹阳，求立庙。未即就功，大有虎灾。被害之家，辄梦双至，催功甚急。百姓立祠，于是猛暴用息。常以二月晦[③]鼓舞祈祠，其日恒风雨。至元嘉五年，设奠讫，村人邱都于庙后见一物，人面鼍身，葛巾，七孔端正而有酒气。未知为双之神，为是物凭也。"余谓来必风雨，其为水怪无疑，然则是事古有之矣。

注释

①殛（jí）：诛杀。 ②揆（kuí）：推测。 ③晦：农历每月的最后一天。

舅氏张公梦征亦字尚文，讳景说。言：沧州吴家庄东一小庵，岁久无僧，恒为往来憩息地。有月作人[①]，每于庵前遇一人招之坐谈，颇相投契。渐与赴市沽饮，情益款洽。偶询其乡贯居址，其人愧谢曰："与君交厚，不敢欺，实此庵中老狐也。"月作人亦不怖畏，来往如初。

一日复遇，挈[②]鸟铳相授曰："余狎一妇，余弟亦私与狎，是盗嫂也。禁之不止，殴之则余力不敌。愤不可忍，将今夜伺之于路歧，与决生死。闻君善用铳，俟交斗时，乞发以击彼，感且不朽。月明如昼，君望之易辨也。"月作人诺之，即所指处伏草间。既而私念曰："其弟无礼诚当死。然究所媚之外妇，彼自有夫，非嫂也。骨肉之间，宜善处置，必致之死，不太忍乎？彼兄弟犹如此，吾时与往来，傥有睚眦，虑且及我矣。"因乘其纠结不解，发一铳而两杀之。

《棠棣》之诗曰："兄弟阋[③]于墙，外御其侮。"家庭交构，未有不归于两伤者。舅氏恒举此事为子侄戒，盖是人负两狐归，尝目睹也。

注释

①月作人：按月受雇为人劳作的人。 ②挈：带。 ③阋(xì)：不和，争吵。

司庖杨媪言：其乡某甲将死，嘱其妇曰："我生无余资，身后汝母子必冻饿。四世单传，存此幼子，今与汝约，不拘何人，能为我抚孤则嫁之，亦不限服制月日，食尽则行。"嘱讫，闭目不更言，惟呻吟待尽。越半日，乃绝。

有某乙闻其有色，遣媒妁请如约。妇虽许婚，以尚足自活，不忍行。数月后，不能举火[①]，乃成礼。合卺之夜，已灭烛就枕，忽闻窗外叹息声。妇识其謦咳[②]，知为故夫之魂，隔窗呜咽，语之曰："君有遗言，非我私嫁。今夕之事，于势不得不然，君何以为祟？"魂亦呜咽曰："吾自来视儿，非来祟汝。因闻汝啜泣卸妆，念贫故使汝至于此，心脾凄动，不觉喟然耳。"某乙悸甚，急披衣起曰："自今以往，所不视君子如子者，有如日。"灵语遂寂。后某乙耽玩艳妻，足不出户，而妇恒惘惘如有失。某乙倍爱其子以媚之，乃稍稍笑语。七八载后，某乙病死，无子，亦别无亲属。妇据其资，延师教子，竟得游泮[③]，又为纳妇，生两孙。

至妇年四十余，忽梦故夫曰："我自随汝来，未曾离此。因吾子事事得所，汝虽日与彼狎昵，而念念不忘我，灯前月下，背人弹泪，我皆见之。故不欲稍露形声，惊尔母子。今彼已转轮，汝寿亦尽。余情未断，当随我同归也。"数日果微疾，以梦告其子，不肯服药，荏苒[④]遂卒。其子奉棺合葬于故夫，从其志也。

程子谓饿死事小，失节事大，是诚千古之正理。然为一身言之耳。此妇甘辱一身，以延宗祀，所全者大，似又当别论矣。杨媪能举其姓氏里居，以碎璧归赵，究非完美，隐而不书。悯其遇，悲其志，为贤者讳也。

又吾乡有再醮故夫之三从表弟者，两家所居，距一牛鸣地。嫁后仍以亲串礼回视其姑，三数日必一来问起居，且时有赡助，姑赖以活。殁后，出资敛葬，岁恒遣人祀其墓。又京师一妇，少寡，虽颇有姿首，而针黹烹饪，皆非所能。乃谋于翁姑，伪称己女，鬻为宦家妾，竟养翁姑终身。

是皆堕节之妇，原不足称。然不忘旧恩，亦足励薄俗。君子与人为善，固应不没其寸长。讲学家持论务严，遂使一时失足者，无路自赎，反甘心于自弃，非教人补过之道也。

注释

①举火：生火做饭。 ②謦（qǐng）咳：咳嗽。 ③泮（pàn）：古代的学校。 ④荏苒（rěnrǎn）：时光渐渐过去。

慧灯和尚言：有举子于丰宜门外租小庵过夏，地甚幽僻。一日，得揣摩秘本，于灯下手抄。闻窗外似窸窣有人，试问为谁，外应曰："身是幽魂，沉滞于此，不闻书声者百余年矣。连日听君讽诵，枨触[1]夙心，思一晤谈，以消郁结。与君气类，幸勿相惊。"语讫，揭帘径入，举止温雅，甚有士风。举子惶怖，呼寺僧。僧至，鬼亦不畏，指一椅曰："师且坐，我故识师。师素朴野，无丛林市井气，可共语也。"僧及举子俱踧踖[2]不能答。鬼乃探取所录书，才阅数行，遽掷之于地，奄然[3]而灭。

注释

①枨（chéng）触：触动。 ②踧踖（cùjí）：局促不安的样子。 ③奄然：突然。

杨雨亭言：莱州深山，有童子牧羊，日恒亡一二，大为主人扑责。留意侦之，乃二大蛇从山罅[1]出，吸之吞食。其巨如瓮，莫敢撄也。童子恨甚，乃谋于其父，设犁刀于山罅，果一蛇裂腹死。惧其偶之报复，不敢复牧于是地。时往潜伺，寂无形迹，意其他徙矣。半载以后，贪是地水草胜他处，仍驱羊往牧。牧未三日，而童子为蛇吞矣。盖潜匿不出，以诱童子之来也。

童子之父有心计，阳[2]不搜索，而阴祈营弁藏一炮于深草中，时密往伺察。两月以外，见石上有蜿蜒痕，乃载燧夜伏其旁。蛇果下饮于涧，簌簌有声，遂一发而糜碎焉。还家之后，忽发狂自挝[3]曰："汝计杀我夫，我计杀汝子，适相当也。我已深藏不出，汝又百计以杀我，则我为枉死矣，今必不舍汝！"越数日而卒。

俚谚有之曰："角[4]力不解，必同仆地；角饮不解，必同沉醉。"斯言虽小，可以喻大矣。

注释

①罅（xià）：缝隙。 ②阳：假装。 ③挝（zhuā）：打耳光。 ④角（jué）：较量。

孟鹭洲自记巡视台湾事曰：乾隆丁酉，偶与友人扶乩，乩赠余以诗曰："乘槎万里渡沧溟，风雨鱼龙会百灵。海气粘天迷岛屿，潮声簸地走雷霆。鲸波不阻三神岛，鲛室争看二使星。记取白云飘缈处，有人同望蜀山青。”

时将有巡视台湾之役，余疑当往。数日，果命下。六月启行，八月至厦门渡海，驻半载始归。归时风利，一昼夜即登岸。去时飘荡十七日，险阻异常。初出厦门，即雷雨交作，云雾晦冥。信[①]帆而往，莫知所适[②]。忽腥风触鼻，舟人曰：“黑水洋也。”其水比海水凹下数十丈，阔数十里，长不知其所极。黝然而深，视如泼墨。舟中摇手戒勿语，云其下即龙宫，为第一险处，度此可无虞矣。至白水洋，遇巨鱼鼓鬣而来，举其首如危峰障日。每一拨刺，浪涌如山，声砰訇如霹雳。移数刻始过尽，计其长，当数百里。舟人云来迎天使，理或然欤？既而飓风四起，舟几覆没。忽有小鸟数十，环绕樯竿。舟人喜跃，称天后来拯。风果顿止，遂得泊澎湖。圣人在上，百神效职，不诬也。遐思所历，一一与诗语相符，非鬼神能前知欤？时先大夫尚在堂，闻余有过海之役，命兄到赤嵌来视余。遂同登望海楼，并末二句亦巧合。益信数皆前定，非人力所能为矣。

戊午秋，扈从滦阳，与晓岚宗伯话及。宗伯方草《滦阳续录》，因书其大略付之，或亦足资谈柄耶。以上皆鹭洲自序。

考唐钟辂作《定命录》，大旨在戒人躁竞[③]，毋涉妄求[④]。此乩仙预告未来，其语皆验，可使人知无关祸福之惊恐，与无心聚散之踪迹，皆非偶然，亦足消趋避之机械矣。

注释

①信：听凭。②适：往。③躁竞：急于进取而争竞。④妄求：非分的要求。

高密单作虞言：山东一巨室，无故家中廪[①]自焚，以为偶遗火也。俄怪变数作，阖家大扰。一日，厅事上砰磕有声，所陈设玩器俱碎。主人性素刚劲，厉声叱问曰：“青天白日之下，是何妖魅，敢来为祟？吾行诉尔于神矣！”梁上朗然应曰：“尔好射猎，多杀我子孙。衔尔次骨，至尔家伺隙八年矣。尔祖宗泽厚，福运未艾[②]，中霤神、灶君、门尉禁我弗使动，我无如何也。今尔家兄弟外争，妻妾内讧，一门各分朋党，俨若寇仇。败征已见，戾气应之，诸神不歆[③]尔祀，邪鬼已瞰[④]尔室，故我得而甘心焉。尔尚愦愦哉？”其声愤厉，家众共闻。

主人悚然有思，抚膺太息曰：“妖不胜德，古之训也。德之不修，于妖乎何尤？”乃呼弟及妻妾曰：“祸不远矣，幸未及也。如能共释宿憾，各逐私党，翻然[⑤]一改其所为，犹可以救。今日之事，当自我始。尔等听我，祖宗之灵，子孙之福也。如不听我，我披发入山矣。”反复开陈，引咎自责，泪涔涔渍衣袂。众心感动，并伏几哀号，立逐离间奴婢十余人。凡彼此相轧之事，并一时顿改。执豕于牢，歃血盟神曰：“自今以往，怀二心者如此豕！”方彼此谢罪，闻梁上顿足曰：“我复仇而自漏言，我之过也夫！”叹诧而去。

此乾隆八九年间事。

注释

①廪：仓库。　②艾：停止，终结。　③歆（xīn）：享用。④瞰（kàn）：望。　⑤翻然：同“幡然”，迅速而彻底地。

侍姬明玕，粗知文义，亦能以常言成韵语。尝夏夜月明，窗外夹竹桃盛开，影落枕上。因作《花影》诗曰：“绛桃映月数枝斜，影落窗纱透帐纱。三处婆娑花一样，只怜两处是空花。”意颇自喜，次年竟病殁。其婢玉台，侍余二年余，年甫十八，亦相继夭逝。两处空花，遂成诗谶。气机所动，作者殊不自知也。

一庖人随余数年矣，今岁扈从[①]滦阳，忽无故束装[②]去，借住于附近巷中。盖挟余无人烹饪，故居奇以索高价也。同人皆为不平，余亦不能无愤恚。既而忽忆武强刘景南官中书时，极贫窘，一家奴偃蹇求去。景南送之以诗曰："饥寒迫汝各谋生，送汝依依尚有情。留取他年相见地，临阶惟叹两三声。"忠厚之言，溢于言表。再三吟诵，觉褊急[③]之气都消。

注释

①扈从：皇帝出巡时随从。 ②束装：整理行李。 ③褊(biǎn)急：气量狭小，性情急躁。

卷二十

滦阳续录二

一馆吏议叙得经历，需次会城，久不得差遣，困顿殊甚。上官有怜之者，权[①]令署典史。乃大作威福，复以气焰轹[②]同僚，缘是以他事落职。

邵二云学士偶话及此。因言其乡有人方夜读，闻窗棂有声。谛视之，纸裂一罅，有两小手擘之，大才如瓜子。即有一小人跃而入，彩衣红履，头作双髻，眉目如画，高仅二寸余。掣案头笔举而旋舞，往来腾踏于砚上，拖带墨渖，书卷俱污。此人初甚错愕，坐观良久，觉似无他技，乃举手扑之。噭然就执。踡跼[③]掌握之中，音呦呦如虫鸟，似言乞命。此人恨甚，径于灯上烧杀之，满室作枯柳木气，迄无他变。

炼形甫成，毫无幻术，而肆然侮人以取祸，其此吏之类欤？此不知实有其事，抑二云所戏造，然闻之亦足以戒也。

注释

①权：暂且。　②轹（lì）：欺压。　③踡跼：屈曲不能伸直。

昌吉守备刘德言：昔征回部时，因有急檄，取珠尔土斯路驰往。阴晦失道，十余骑皆迷。裹粮垂尽，又无水泉，姑坐树根，冀天晴辨南北。见岩下有人马骨数具，虽风雪剥蚀，衣械并朽，察其形制，似是我兵。因对之慨叹曰："再两日不晴，与君辈在此为侣矣。"顷之，旋风起林外，忽来忽去，似若相招。试纵马随之，风即前导；试暂憩息，风亦不行。晓然[①]知为斯骨之灵，随之返行三四十里，又度岭两重，始得旧路，风亦欻[②]然息矣。众哭拜而去。

嗟乎！生既捐躯，魂犹报国，精灵长在，而名氏翳如[③]。是亦可悲也已！

注释

①晓然：明白貌。 ②欻（xū）：忽然。 ③翳（yì）如：湮灭无闻。

谓无神仙，或云遇之；谓有神仙，又不恒遇。刘向、葛洪、陶弘景以来，记神仙之书，不啻[①]百家；所记神仙之名姓，不啻千人。然后世皆不复言及。后世所遇，又自有后世之神仙。岂保固精气，虽得久延，而究亦终归迁化耶？又神仙清静，方士幻化，本各自一途。诸书所记，凡幻化者皆曰神仙，殊为无别。

有王媪者，房山人，家在深山。尝告先母张太夫人曰：山有道人，年约六七十。居一小庵，拾山果为粮，掬[②]泉而饮，日夜击木鱼诵经，从未一至人家。有就其庵与语者，不甚酬答，馈遗[③]亦不受。王媪之侄佣于外，一夕，归省母，过其庵前。道人大骇曰："夜深虎出，尔安得行？须我送尔往。"乃琅琅击木鱼前导。未半里，果一虎突出。道人以身障之，虎自去，道人不别亦自去，后忽失所在。此或似仙欤！

从叔梅庵公言：尝见有人使童子登三层明楼上，北方以覆瓦者为暗楼，上层作雉堞形以备御寇者为明楼。以手招之，翩然而下，一无所损。又以铜盂投溪中，呼之徐徐自浮出。此皆方士禁制之术，非神仙也。

舅氏张公健亭言：砖河农家，牧数牛于野，忽一时皆暴死。有道士过之，曰："此非真死，为妖鬼所摄耳。急灌以吾药，使脏腑勿坏，吾为尔劾治，召其魂。"因延至家，禹步作法。约半刻，牛果皆蹶然起。留之饭，不顾而去。有知其事者曰："此先以毒草置草中，后以药解之耳。不肯受谢，示不图财，为再来荧惑地也。吾在山东，见此人行此术矣。"此语一传，道士遂不复至。是方士之中，又有真伪，何概曰神仙哉？

注释

①不啻：不止。　②掬：双手捧取。　③馈遗（kuìwèi）：赠送的物品。

李南涧言：其邻县一生，故家子也。少年佻达[①]，颇渔猎男色。一日，自亲串家饮归，距城稍远，云阴路黑，度[②]不及入，微雪又簌簌下。方踌躇间，见十许步外有灯光，遣仆往视，则茅屋数间，四无居人，屋中惟一童一妪。问："有栖止处否？"妪曰："子久出外，惟一孙与我住此。尚有空屋两间，不嫌湫隘[③]，可权宿也。"遂呼童系二马树上，而邀生入坐。妪言老病须早睡，嘱童应客。童年约十四五，衣履破敝，而眉目极姣好。试挑与言，自吹火煮茗不甚答。渐与谐笑，微似解意。忽乘间悄语曰："此地密迩祖母房，雪晴当亲至公家乞赏也。"生大喜慰，解绣囊玉玦赠之，亦羞涩而受。软语良久，乃掩门持灯去。

生与仆倚壁倦憩，不觉昏睡。比醒，则屋已不见，乃坐人家墓柏下。狐裘貂冠，衣裤靴袜，俱已褫无寸缕矣。裸露雪中，寒不可忍。二马亦不知所在。幸仆衣未褫，乃脱其敝裘蔽上体，蹩躠[4]而归，诡言遇盗。俄二马识路自归，已尽剪其尾鬣。衣冠则得于溷中，并狼藉污秽。灼然非盗，无可置词，仆始具泄其情状，乃知轻薄招侮，为狐所戏也。

注释

①佻达：轻浮。 ②度（duó）：估计。 ③湫隘：低小，狭小。 ④蹩躠（biéxiè）：跛行貌。

戊子昌吉之乱，先未有萌也。屯官以八月十五夜犒诸流人，置酒山坡，男女杂坐。屯官醉后逼诸流妇使唱歌，遂顷刻激变，戕杀屯官，劫军装库，据其城。

十六日晓，报至乌鲁木齐。大学士温公促聚兵。时班兵散在诸屯，城中仅一百四十七人，然皆百战劲卒，视贼蔑如[1]也。温公率之即行。至红山口，守备刘德叩马曰："此去昌吉九十里，我驰一日至城下，是彼逸而我劳，彼坐守而我仰攻，非百余人所能办也。且此去昌吉皆平原，玛纳斯河虽稍阔，然处处策马可渡，无险可扼；所可扼者，此山口一线路耳。贼得城必不株守，其势当即来。公莫如驻兵于此，借陡崖遮蔽。贼不知多寡，俟其至而扼险下击，是反攻为守，反劳为逸，贼可破也。"温公从之。

及贼将至，德左执红旗，右执利刃，令于众曰："望其尘气，虽不过千人，然皆亡命之徒，必以死斗，亦不易当。幸所乘皆屯马，未经战阵，受创必反走。尔等各擎枪屈一膝跪，但伏而击马，马逸则人乱矣。"又令曰："望影鸣枪，则枪不及贼，火药先尽，贼至反无可用。尔等视我旗动，乃许鸣枪。敢先鸣者，手刃之。”俄而贼众枪争发，砰訇动地。德曰：“此皆虚发，无能为也。”迨铅丸击前队一人伤，德曰：“彼枪及我，我枪必及彼矣。”举旗一挥，众枪齐发，贼马果皆横逸，自相冲击。我兵噪而乘之，贼遂歼焉。

温公叹曰：“刘德状貌如村翁，而临阵镇定乃尔。参将都司，徒善应对趋跄耳。”故是役以德为首功。然捷报不能缕述曲折，今详著之，庶不湮没焉。

注释

①蔑如：微小，没有什么了不起。

由乌鲁木齐至昌吉，南界天山，无路可上。北界苇湖，连天无际，淤泥深丈许，入者辄灭顶。贼之败也，不西还据昌吉，而南北横奔，悉入绝地，以为惶遽迷瞀也。后执俘讯之，皆曰惊溃之时，本欲西走，忽见关帝立马云中，断其归路。故不得已而旁行，冀或匿免也。

神之威灵，乃及于二万里外；国家之福祚[①]，又能致神助于二万里外。蜩锋螗斧，潢池盗弄何为哉！

注释

①福祚（zuò）：福分。

昌吉未乱以前，通判赫尔喜奉檄调至乌鲁木齐，核检仓库。及闻城陷，愤不欲生，请示温公曰：“屯官激变，其反未必本心。愿单骑迎贼于中途，谕以利害，如其缚献渠魁[①]，可勿劳征讨；如其枭獍成群，不肯反正，则必手刃其帅，不与俱生。”温公阻之不可，竟櫜鞬[②]驰去，直入贼中，以大义再三开导。贼皆曰：“公是好官，此无与公事。事已至此，势不可回。”遂拥至路旁，置之去。知事不济，乃掣刀奋力杀数贼，格斗而死。

当时公论惜之曰：“屯官非其所属，流人非其所治，无所谓徇纵也；衅起一时，非预谋不轨，无所谓失察也；奉调他出，身不在署，无所谓守御不坚与弃城逃遁也；所劫者军装库，营弁所掌，无所谓疏防也。于理于法，皆可以无死。而终执城存与存，城亡与亡之一言，甘以身殉，推是志也，虽为常山、睢阳可矣。”故于其柩归，罔③不哭奠。而于屯官之残骸归，屯官为贼以铁剸自踵寸寸剸至顶。乱定后，始掇拾之。无焚一陌纸钱者。

注释

①渠魁：首领，头目。 ②櫜鞬：装弓箭的袋子。 ③罔：无，没有。

朱青雷言：曾见一长卷，字大如杯，怪伟极似张二水。首题《纪梦》十首，而蠹蚀①破烂，惟二首尚完整可读。其一曰：“梦到蓬莱顶，琼楼碧玉山。波浮天半壁，日涌海中间。遥望仙官立，翻输野老闲。云帆三十丈，高挂径西还。”其二曰：“郁郁长生树，层层太古苔。空山未开凿，元气尚胚胎。灵境在何处？梦游今几回？最怜鱼鸟意，相见不惊猜。”年月姓名，皆已损失，不知谁作也。尝为李玉典书扇，并附以跋。或曰：“此青雷自作，托之古人。”然青雷诗格婉秀如秦少游小石调，与二诗笔意不近。或又曰：“诗字皆似张东海。”东海集余昔曾见，不记有此二诗否，待更考之。青雷跋谓：前诗后四句，未经人道。然昌黎诗：“我能屈曲自世间，安能从汝求神仙？”即是此意，特袭取无痕耳。

注释

①蠹蚀：被虫蛀坏。

同郡有富室子，形状臃肿，步履蹒跚，又不修边幅，垢腻恒满面。然好游狭斜，遇妇女必注视。

一日独行，遇幼妇，风韵绝佳。时新雨泥泞，遽前调之曰："路滑如是，嫂莫要扶持否?"幼妇正色曰："尔勿愦愦，我是狐女。平生惟拜月修形，从不作媚人采补事。尔自顾何物，乃敢作是言，行且祸尔!"遂掬沙屑洒其面。惊而却步，忽堕沟中。努力踊出，幼妇已不知所往矣。自是心恒惴惴，虑其为祟，亦竟无患。

数日后，友人邀饮，有新出小妓侑酒。谛视，即前幼妇也。疑似惶惑，罔知所措，强试问之曰："某日雨后，曾往东村乎?"妓漫应曰："姊是日往东村视阿姨，吾未往也。姊与吾貌相似，公当相见耶?"语殊恍惚，竟莫决是怪是人，是一是二，乃托故逃席去。

去后，妓述其事曰："实憎其丑态，且惧行强暴，姑诳以伪词，冀求解免。幸其自仆，遂匿于麦场积柴后。不虞其以为真也。"席中莫不绝倒。一客曰："既入青楼，焉能择客?彼固能千金买笑者也。盍挈尔诣彼乎?"遂偕之同往，具述妓翁姑及夫名氏，其疑乃释。妓姊妹即所谓大杨、二杨者，当时名士多作《杨柳枝词》，皆借寓其姓也。妓复谢[①]以小时固识君，昨喜见怜，故答以戏谑。何期反致唐突，深为歉仄，敢抱衾枕以自赎。吐词娴雅，忞态横生。遂大为所惑，留连数夕。召其夫至，计月给夜合之资。狎昵经年，竟殒于消渴。

先兄晴湖曰："狐而人，则畏之，畏死也。人而狐，则非惟不畏，且不畏死，是尚未能充其类也乎？行且祸汝，彼固先言。是子也死于妓，仍谓之死于狐可也。”

注释

①谢：道歉。

郭大椿、郭双桂、郭三槐，兄弟也。三槐屡侮其兄，且诣县讼之。归憩一寺，见缁袍满座，梵呗竞作。主人虽吉服，而容色惨沮，宣疏通诚之时，泪随声下。叩之，寺僧曰：“某公之兄病危，为叩佛祈福也。”三槐痴立良久，忽发颠狂，顿足捶胸而呼曰：“人家兄弟如是耶？”如是一语，反复不已。掖至家，不寝不食，仍顿足捶胸，诵此一语，两三日不止。大椿、双桂故别住，闻信俱来，持其手哭曰：“弟何至是？”三槐又痴立良久，突抱两兄曰：“兄固如是耶？”长号数声，一踊而绝。咸曰神殛之，非也。

三槐愧而自咎，此圣贤所谓改过，释氏所谓忏悔也。苟充是志，虽田荆、姜被，均所能为，神方许之，安得殛之？其一恸立殒[①]，直由感动于中，天良激发，自觉不可立于世，故一瞑不视，戢[②]影[③]黄泉，岂神之褫其魄哉？惜知过而不知补过，气质用事，一往莫收。无学问以济之，无明师益友以导之，无贤妻子以辅之，遂不能恶始美终，以图晚盖，是则其不幸焉耳。

昔田氏姊买一小婢，倡家女也。闻人诮[④]邻妇淫乱，瞿然惊曰：“是不可为耶？吾以为当如是也。”后嫁为农家妻，终身贞洁。然则三槐悖理，正坐不知，故子弟当先使知礼。

注释

①殒：死亡。 ②戢（jí）：收敛。 ③影：隐匿踪迹。④诮（qiào）：讥讽。

朝鲜使臣郑思贤，以棋子两奁赠予，皆天然圆润，不似人工。云黑者海滩碎石，年久为潮水冲激而成。白者为小车渠壳，亦海水所磨莹。皆非难得，惟检寻其厚薄均，轮廓正，色泽匀者，日积月累，比较抽换，非一朝一夕之力耳。置之书斋，颇为雅玩，后为范大司农取去，司农殁后，家计萧然[1]，今不知在何所矣。

注释

①萧然：萧条空寂。

海中三岛十洲，昆仑五城十二楼，词赋家沿用久矣。

朝鲜、琉球、日本诸国，皆能读华书。日本，余见其五京地志及山川全图，疆界袤延数千里，无所谓仙山灵境也。朝鲜、琉球之贡使，则余尝数数[1]与谈。以是询之，皆曰东洋自日本以外，大小国土凡数十，大小岛屿不知几千百，中朝人所必不能至者，每帆樯万里，商舶往来，均不闻有是说。惟琉球之落漈[2]，似乎三千弱水。然落漈之舟，偶值潮平之岁，时或得还，亦不闻有白银宫阙，可望而不可即也。然则三岛十洲，岂非纯构虚词乎？

《尔雅》《史记》皆称河出昆仑。考河源有二，一出和阗，一出葱岭。或曰葱岭其正源，和阗之水入之。或曰和阗其正源，葱岭之水入之。双流既合，亦莫辨谁主谁宾。然葱岭、和阗，则皆在今版图内，开屯列戍四十余年，即深岩穷谷，亦通耕牧，不论两山之水孰为正源，两山之中必有一昆仑确矣。而所谓瑶池、悬圃、珠树、芝田，概乎未见，亦概乎未闻。然则五城十二楼，不又荒唐矣乎？

不但此也，灵鹫山在今拔达克善，诸佛菩萨骨塔具存，题记梵书，一一与经典相合。尚有石室六百余间，即所谓大雷音寺，回部游牧者居之。我兵追剿波罗泥都霍集占，曾至其地，所见不过如斯。种种庄严，似亦藻绘之词矣。相传回部祖国[③]，以铜为城。近西之回部云，铜城在其东万里。近东之回部云，铜城在其西万里。彼此遥拜，迄[④]无人曾到其地。因是以推，恐南怀仁《坤舆图说》所记五大人州，珍奇灵怪，均此类焉耳。周编修书昌则曰："有佛缘者，然后能见佛界；有仙骨者，然后能见仙境。未可以寻常耳目，断其有无。曾见一道士游昆仑归，所言与旧记不殊也。"是则余不知之矣。

注释

①数数（shuòshuò）：迫切貌。 ②落漈（jì）：海底深陷处。 ③祖国：祖先居住的地方。 ④迄：至今。

蔡季实殿撰有一仆，京师长随也。狡黠善应对，季实颇喜之。忽一日，二幼子并暴卒，其妻亦自缢于家。莫测其故，姑殓之而已。其家有老妪私语人曰："是私有外遇，欲毒杀其夫，而后携子以嫁。阴市砒制饼饵，待其夫归。不虞二子窃食，竟并死。妇悔恨莫解，亦遂并命。"然妪昏夜之中，窗外窃听，仅粗闻秘谋之语，未辨所遇者为谁，亦无从究诘矣。其仆旋亦发病死。死后，其同侪[①]窃议曰："主人惟信彼，彼乃百计欺主人。他事毋论，即如昨日四鼓诣圆明园侍班，彼故纵驾车骡逸，御者追之复不返。更漏[②]已促，叩门借车必不及。急使雇倩，则曰风雨将来，非五千钱，人不往。主人无计，竟委曲从之。不太甚乎！奇祸或以是耶？”季实闻之曰：“是死晚矣，吾误以为解事人也。”

注释

①同侪（chái）：同辈。 ②更漏：夜晚的时间。

杨槐亭前辈言：其乡有宦成归里者，闭门颐养，不预外事，亦颇得林下之乐，惟以无嗣为忧。晚得一子，珍惜殊甚。患痘甚危，闻劳山有道士能前知，自往叩之。道士𪿒然[①]曰：“贤郎尚有多少事未了，那能便死！”果遇良医而愈。后其子冶游骄纵，竟破其家，流离寄食，若敖之鬼，遂馁。

乡党论之曰：“此翁无咎无誉，未应遽有此儿。惟萧然寒士，作令不过十年，而宦橐[②]逾数万。毋乃致富之道有不可知者在乎？”

注释

①𪿒（chǎn）然：笑的样子。 ②宦橐：做官而得到的钱财。

槐亭又言：有学茅山法者，劾治鬼魅，多有奇验。有一家为狐所祟，请往驱除。整束法器，克日[①]将行。有素识老翁诣之曰：“我久与狐友，狐事急，乞我一言。狐非获罪于先生，先生亦非有憾于狐也。不过得其贽[②]币，故为料理耳。狐闻事定之后，彼许馈廿四金。今愿十倍其数，纳于先生，先生能止不行乎？”因出金置案上。此人故贪婪，当即受之。次日，谢遣请者曰：“吾法能治凡狐耳。昨召将检查，君家之祟乃天狐，非所能制也。”得金之后，竟殊自喜。

因念狐既多金，可以术取。遂考召四境之狐，胁以雷斧火狱，俾纳贿焉。征索既频，狐不胜扰，乃共计盗其符印。遂为狐所凭附，颠狂号叫，自投于河。群狐仍摄其金去，铢两不存。人以为如费长房、明崇俨也。后其徒阴泄之，乃知其致败之故。

夫操持符印，役使鬼神，以驱除妖厉，此其权与官吏侔[③]矣。受赂纵奸，已为不可；又多方以盈其溪壑，天道神明，岂逃鉴察？微群狐杀之，雷霆之诛，当亦终不免也。

注释

①克日：约定日期。 ②贽（zhì）：古代初次拜见尊长时所送的礼物。 ③侔（móu）：相等。

天地高远，鬼神茫昧，似与人无预。而有时其应如响，殚[①]人之智力，不能与争。

沧州上河涯，有某甲女，许字某乙子。两家皆小康，婚期在一二年内矣。有星士过某甲家，阻雨留宿。以女命使推，星士沉思良久，曰："未携算书，此命不能推也。"觉有异，穷诘之。始曰："据此八字，侧室命也，君家似不应至此。且闻嫁已有期，而干支无刑克，断不再醮。此所以愈疑也。"有黠者闻此事，欲借以牟利，说某甲曰："君家资几何，如以嫁女必多费，益不支矣。命既如是，不如先诡言女病，次诡言女死，市空棺速葬，而夜携女走京师，改名姓鬻为贵家妾，则多金可坐致矣。"某甲从之。

会有达官嫁女，求美媵，以二百金买之。越月余，泛舟送女南行。至天妃闸，阖门俱葬鱼腹，独某甲女遇救得生，以少女无敢收养，闻于所司。所司问其由来，女在是家未久，仅知主人之姓，而不能举其爵里；惟父母姓名居址，言之凿凿。乃移牒[2]至沧州，其事遂败。

时某乙子已与表妹结婚，无改盟理。闻某甲之得多金也，愤恚欲讼。某甲窘迫，愿仍以女嫁其子。其表妹家闻之，又欲讼。纷纭轇轕[3]，势且成大狱。两家故旧戚众为调和，使某甲出赀往迎女，而为某乙子之侧室，其难乃平。女还家后，某乙子已亲迎。某乙以牛车载女至家，见其姑，苦辩非己意。姑曰："既非尔意，鬻尔时何不言有夫？"女无词以应。引使拜嫡，女稍趑趄[4]，姑曰："尔买为媵时，亦不拜耶？"又无词以应，遂拜如礼。姑终身以奴隶畜之。

此雍正末年事，先祖母张太夫人，时避暑水明楼，知之最悉。尝语侍婢曰："其父不过欲多金，其女不过欲富贵，故生是谋耳。乌知非徒无益，反失所本有哉！汝辈视此，可消诸妄念矣。"

注释

①殚：用尽。 ②移牒：发送公文。 ③轇轕（jiāogé）：纵横交错。 ④趑趄（zījū）：犹豫不前。

先四叔母李安人，有婢曰文鸾，最怜爱之。会余寄书觅侍女，叔母于诸侄中最喜余，拟以文鸾赠。私问文鸾，亦殊不拒。叔母为制衣裳簪珥，已戒日[1]脂车。有妒之者嗾[2]其父多所要求，事遂沮格[3]。文鸾竟郁郁发病死，余不知也。数年后稍稍闻之，亦如雁过长空，影沉秋水矣。

今岁五月，将扈从启行，摒挡小倦，坐而假寐。忽梦一女翩然来，初不相识，惊问为谁，凝立无语。余亦遽醒，莫喻其故也。适家人会食，余偶道之。第三子妇——余甥女也，幼在外家与文鸾嬉戏，又稔知其赍恨事——瞿然曰："其文鸾也耶?"因具道其容貌形体，与梦中所见合。是耶非耶?何二十年来久置度外，忽无因而入梦也?询其葬处，拟将来为树片石。皆曰丘陇已平，久埋沉于荒榛蔓草，不可识矣。姑录于此，以慰黄泉。忆乾隆辛卯九月，余题秋海棠诗曰："憔悴幽花剧可怜，斜阳院落晚秋天。词人老大风情减，犹对残红一怅然。"宛似为斯人咏也。

注释

①戒日：卜日。 ②嗾（sǒu）：教唆。 ③沮格：阻挠。

宗室敬亭先生，英郡王五世孙也。著《四松堂集》五卷，中有《拙鹊亭记》曰："鹊巢鸠居，谓鹊巧而鸠拙也。小园之鹊，乃十百其侣，惟林是栖。窥其意，非故厌乎巢居，亦非畏鸠夺之也。盖其性拙，视鸠为甚，殆不善于为巢者。故雨雪霜霰，毛羽褵褷[①]，而朝阳一晞[②]，乃复群噪于木杪。其音怡然，似不以露栖为苦。且飞不高翥[③]，去不远扬，惟饮啄于园之左右。或时入主人之堂，值主人食弃其余，便就而置其喙，主人之客来，亦不惊起，若视客与主人皆无机心者然。辛丑初冬，作一亭于堂之北，冻林四合，鹊环而栖之，因名曰拙鹊亭。夫鸠拙宜也，鹊何拙?然不拙不足为吾园之鹊也。"

案此记借鹊寓意，其事近在目前，定非虚构，是亦异闻也。先生之弟仓场侍郎宜公，刻先生集竟，余为校雠[④]，因掇[⑤]而录之，以资谈柄。

注释

①褵褷（líshī）：羽毛濡湿貌。 ②晞（xī）：晒干。 ③翥（zhù）：鸟向上飞。 ④校雠（chóu）：校对文字。 ⑤掇：

摘取。

疡医[1]殷赞庵，自深州病家归，主人遣杨姓仆送之。杨素暴戾，众名之曰横去声虎，沿途寻衅，无一日不与人竞也。一日，昏夜至一村，旅舍皆满，乃投一寺。僧曰："惟佛殿后空屋三楹，然有物为祟[2]，不敢欺也。"杨怒曰："何物敢祟杨横虎！正欲寻之耳。"促僧扫榻，共赞庵寝。赞庵心怯，近壁眠。横虎卧于外，明烛以待。人定后，果有声呜呜自外入，乃一丽妇也。渐逼近榻，杨突起拥抱之，即与接唇狎戏。妇忽现缢鬼形，恶状可畏。赞庵战栗，齿相击。杨徐笑曰："汝貌虽可憎，下体当不异人，且一行乐耳。"左手揽其背，右手遽褪其裤，将按置榻上。鬼大号逃去，杨追呼之，竟不返矣，遂安寝至晓。临行，语寺僧曰："此屋大有佳处，吾某日还，当再宿，勿留他客也。"赞庵尝以语沧州王友三曰："世乃有逼奸缢鬼者，横虎之名，定非虚得。"

注释

①疡（yáng）医：外科医生。 ②祟：鬼神作怪。

科场为国家取人材，非为试官取门生也。后以诸房额数有定，而分卷之美恶则无定，于是有拨房之例。雍正癸丑会试，杨丈农先房，杨丈讳椿，先姚安公之同年。拨入者十之七。杨丈不以介意，曰："诸卷实胜我房卷，不敢心存畛域[1]，使黑白倒置也。"此闻之座师介野园先生，先生即拨入杨丈房者也。乾隆壬戌会试，诸襄七前辈不受拨，一房仅中七卷，总裁亦听之。闻静儒前辈，本房第一，为第二十名。王铭锡竟无魁选。任钧台前辈，乃一房两魁。戊辰会试，朱石君前辈为汤药冈前辈之房首，实从金雨叔前辈房拨入，是雨叔亦一房两魁矣。当时均未有异词。所刻同门卷，余皆尝亲见也。

庚辰会试，钱箨石前辈以蓝笔画牡丹，遍赠同事，遂递相题咏。时顾晴沙员外拨出卷最多，朱石君拨入卷最多，余题晴沙画曰："深浇春水细培沙，养出人间富贵花。好是艳阳三四月，余香风送到邻家。"边秋厓前辈和余韵曰："一番好雨净尘沙，春色全归上苑花。此是沉香亭畔种上声，莫教移到野人家。"又题石君画曰："乞得仙园花几茎，嫣红姹紫不知名。何须问是谁家种，到手相看便有情。"石君自和之曰："春风春雨剩枯茎，倾国何曾一问名？心似维摩老居士，天花来去不关情。"张镜壑前辈继和曰："墨捣青泥砚涴沙，浓蓝写出洛阳花。云何不著胭脂染，拟把因缘问画家。""黛为花片翠为茎，欧谱知居第几名？却怪玉盘承露冷，香山居士太关情。"盖皆多年密友，脱略形骸[2]，互以虐谑[3]为笑乐，初无成见于其间也。

蒋文恪公时为总裁，见之曰："诸君子跌宕风流，自是佳话。然古人嫌隙，多起于俳谐[4]。不如并此无之，更全交之道耳。"皆深佩其言，盖老成之所见远矣。录之以志少年绮语之过，后来英俊[5]，慎勿效焉。

注释

①畛（zhěn）域：界限。 ②脱略形骸：不拘小节，率情任性，放任不拘束。 ③谑（xuè）：玩笑。 ④俳谐：戏谑的言辞。 ⑤英俊：才智出众之人，英才俊杰。

科场填榜完时，必卷而横置于案。总裁、主考具朝服九拜，然后捧出，堂吏谓之拜榜。此误也。以公事论，一榜皆举子，试官何以拜举子？以私谊论，一榜皆门生，座主何以拜门生哉？或证以《周礼》拜受民数之文，殊为附会。盖放榜之日，当即以题名录进呈。录不能先写，必拆卷唱一名，榜填一名，然后付以填榜之纸条，写录一名。今纸条犹谓之录条，以此故也。必拜而送之，犹拜折之礼也。榜不放，录不出；录不成，榜不放。故录与榜必并陈于案。始拜，榜大录小，灯光晃耀之下，人见榜而不见录，故误认为拜榜也。厥后，或缮录未完，天已将晓；或试官急于复命，先拜而行。遂有拜时不陈录于案者，久而视为固然。堂吏或因可无录而拜，遂竟不陈录，又因录既不陈，可暂缓写而追送，遂至写榜竣①后，无录可陈，而拜遂潜移于榜矣。尝以问先师阿文勤公，公述李文贞公之言如此。文贞即公己丑座主也。

注释

①竣：事情完毕。

翰林院堂不启中门，云启则掌院不利。癸巳开四库全书馆，质郡王临视，司事者启之。俄而掌院刘文正公、觉罗奉公相继逝。又门前沙堤中，有土凝结成丸，傥①或误碎，必损翰林。癸未，雨水冲激，露其一，为儿童掷裂。吴云岩前辈旋殁。又原心亭之西南隅，翰林有父母者，不可设坐，坐则有刑克。陆耳山时为学士，毅然不信，竟丁外艰②。至左角门久闭不启，启则司事者有谴谪，无人敢试，不知果验否也。其余部院，亦各有禁忌。如礼部甬道屏门，旧不加搭渡。搭渡以巨木二方夹于门限，坡陀如桥状，使堂官乘车者可从中入，以免于旁绕。钱箨石前辈不听，旋有天坛灯杆之事者，亦往往有应。此必有理存焉，但莫详③其理安在耳。

注释

①傥：如果，倘若。 ②丁外艰：旧指父丧或承重祖父之丧。 ③详：详细地说明。

相传翰林院宝善亭，有狐女曰二姑娘，然未睹其形迹。惟褚筠心学士斋宿时，梦一丽人携之行，逾越墙壁，如踏云雾。至城根高丽馆，遇一老叟，惊曰："此褚学士，二姑娘何造次[①]乃尔？速送之归。"遂霍然醒。筠心在清秘堂，曾自言之。

注释

①造次：鲁莽，轻率。

神奸机巧，有时败也；多财恣横，亦有时败也。以神奸用其财，以多财济其奸，斯莫可究诘矣。

景州李露园言：燕、齐间有富室失偶，见里人新妇而艳之。阴遣一媪，税[①]屋与邻，百计游说，厚赂其舅姑，使以不孝出其妇，约勿使其子知。又别遣一媪与妇家素往来者，以厚赂游说其父母，伪送妇还。舅姑亦伪作悔意，留之饭，已呼妇入室矣。俄彼此语相侵，仍互诟，逐妇归，亦不使妇知。于是买休卖休，与母家同谋之事，俱无迹可寻矣。既而二媪诈为媒，与两家议婚。富室以惮其不孝辞，妇家又以贫富非偶[②]辞，于是谋取之计亦无迹可寻矣。迟之又久，复有亲友为作合，乃委禽[③]焉。

其夫虽贫，然故士族，以迫于父母，无罪弃妇，已怏怏成疾，犹冀破镜再合。闻嫁有期，遂愤郁死。死而其魂为厉于富室，合卺之夕，灯下见形，挠乱不使同衾枕。如是者数夜，改卜其昼，妇又恚曰："岂有故夫在旁，而与新夫如是者？又岂有三日新妇，而白日闭门如是者?”大泣不从。

无如之何，乃延术士劾治。术士登坛焚符，指挥叱咤，似有所睹，遽起谢去，曰：“吾能驱邪魅，不能驱冤魂也。”延僧礼忏，亦无验。忽忆其人素颇孝，故出妇不敢阻。乃再赂妇之舅姑，使谕遣其子。舅姑虽痛子，然利其金，姑共来怒詈。鬼泣曰：“父母见逐，无复住理，且讼诸地下耳。”从此遂绝。不半载，富室竟死，殆讼得直欤?

富室是举，使邓思贤不能讼，使包龙图不能察。且恃其钱神，至能驱鬼，心计可谓巧矣。而卒不能逃幽冥之业镜。闻所费不下数千金，为欢无几，反以殒生，虽谓之至拙可也，巧安在哉?

注释

①税：租住。　②贫富非偶：贫富悬殊，不适合婚配。③委禽：纳采，下聘礼。

京师有张相公庙，其缘起无考，亦不知张相公为谁。土人或以为河神。然河神宜在沽水、滹县间，京师非所治也。又密云亦有张相公庙，是实山区，并非水国，不去河更远乎?委巷[①]之谈，殊未足征信。余谓唐张守圭、张仲武皆曾镇平卢，考高适《燕歌行》序，是诗实为守圭作。一则曰：“战士军前半死生，美人帐下犹歌舞。”再则曰：“君不见边庭征战苦，至今犹忆李将军。”于守圭大有微词[②]。仲武则摧破奚寇，有捍御保障之功，其露布今尚载《文苑英华》。以理推之，或土人立庙祀仲武未可知也。行箧无书可检，俟扈从回銮后，当更考之。

注释

①委巷：僻陋小巷。指民间。 ②微词：隐含批评和不满的话语。

卷二十一

滦阳续录三

轮回之说，凿然[①]有之。恒兰台之叔父，生数岁，即自言前身为城西万寿寺僧。从未一至其地，取笔粗画其殿廊门径，庄严陈设，花树行列。往验之，一一相合。然平生不肯至此寺，不知何意。此真轮回也。

朱子所谓轮回虽有，乃是生气未尽，偶然与生气凑合者，亦实有之。余崔庄佃户商龙之子，甫死即生于邻家，未弥月能言。元旦父母偶出，独此儿在襁褓。有同村人叩门，云贺新岁。儿识其语音，遽应曰："是某丈耶？父母俱出，房门未锁，请入室小憩可也。"闻者骇笑。然不久夭逝。朱子所云，殆指此类矣。天下之理无穷，天下之事亦无穷，未可据其所见，执[②]一端论之。

注释

①凿然：确实。 ②执：持有某种主张。

德州李秋崖言：尝与数友赴济南秋试，宿旅舍中，屋颇敝陋。而旁一院，屋二楹，稍整洁，乃锁闭之。怪主人不以留客，将待富贵者居耶？主人曰："是屋有魅，不知其狐与鬼。久无人居，故稍洁。非敢择客也。"一友强使开之，展襆被独卧，临睡大言曰："是男魅耶？吾与尔角力；是女魅耶？尔与吾荐枕。勿瑟缩不出也。"闭户灭烛，殊无他异。

人定后，闻窗外小语曰："荐枕者来矣。"方欲起视，突一巨物压身上，重若磐石，几不可胜。扪之，长毛鬖鬖[①]，喘如牛吼。此友素多力，因抱持搏击。此物亦多力，牵拽起仆，滚室中几遍。诸友闻声往视，门闭不得入，但听其砰訇而已。约二三刻许，魅要害中拳，嗷然遁。此友开户出，见众人环立，指天画地，说顷时状，意殊自得也。时甫交三鼓，仍各归寝。

此友将睡未睡，闻窗外又小语曰："荐枕者真来矣。顷欲相就，家兄急欲先角力，因尔唐突。今渠已愧沮不敢出，妾敬来寻盟也。"语讫，已至榻前，探手抚其面，指纤如春葱，滑泽如玉，脂香粉气，馥馥袭人。心知其意不良，爱其柔媚，且共寝以观其变。遂引之入衾，备极缱绻[②]。至欢畅极时，忽觉此女腹中气一吸，即心神恍惚，百脉沸涌，昏昏然竟不知人。

比晓，门不启，呼之不应。急与主人破窗入，噀水喷之，乃醒，已儽然[③]如病夫。送归其家，医药半载，乃杖而行。自此豪气都尽，无复轩昂意兴矣。

力能胜强暴，而不能不败于妖冶。欧阳公曰："祸患常生于忽微，智勇多困于所溺。"岂不然哉？

注释

①鬖鬖（sān）：头发下垂的样子。 ②缱绻：情意绵绵。③儽（lěi）然：颓丧的样子。

余家水明楼与外祖张氏家度帆楼，皆俯临卫河。一日，正乙真人舟泊度帆楼下，先祖母与先母，姑侄也，适同归宁。闻真人能役鬼神，共登楼自窗隙窥视。见三人跪岸上，若陈诉者。俄见真人若持笔判断者。度必邪魅事，遣仆侦之。仆还报曰："对岸即青县境。青县有三村妇，因拾麦，俱僵于野。以为中暑，舁之归。乃口俱喃喃作谵语[1]，至今不死不生，知为邪鬼。闻天师舟至，并来陈诉。天师亦莫省何怪，为书一符，钤印其上，使持归焚于拾麦处，云姑召神将勘之。"

数日后，喧传三妇为鬼所劫，天师劾治得复生。久之，乃得其详曰：三妇魂为众鬼摄去，拥至空林，欲迭为无礼。一妇俯首先受污。一妇初撑拒，鬼揶揄曰："某日某地，汝与某幽会林丛内。我辈环视嬉笑，汝不知耳。遽诈为贞妇耶！"妇猝为所中，无可置辩，亦受污。十余鬼以次媟亵[2]，狼藉困顿，殆不可支。次牵拽一妇，妇怒詈曰："我未曾作无耻事，为汝辈所挟，妖鬼何敢尔！"举手批其颊。其鬼奔仆数步外，众鬼亦皆辟易，相顾曰："是有正气，不可近，误取之矣。"乃共拥二妇入深林，而弃此妇于田塍，遥语曰："勿相怨，稍迟遣阿姥送汝归。"正旁皇寻路，忽一神持戟自天下，直入林中。即闻呼号乞命声，顷刻而寂。神携二妇出曰："鬼尽诛矣，汝等随我返。"恍惚如梦，已回生矣。往询二妇，皆呻吟不能起。其一本倚市门，叹息而已；其一度此妇必泄其语，数日移家去。

余常疑妇烈如是，鬼安敢摄？先兄晴湖曰："是本一庸人妇，未遘[3]患难，无从见其烈也。迨观两妇之贱辱，义愤一激，烈心陡发刚直之气，鬼遂不得不避之。故初误触而终不敢干也。夫何疑焉？"

注释

①谵（zhān）语：胡话。 ②媟亵（xièxiè）：轻薄，猥亵。③遘（gòu）：遭遇。

刘书台言：其乡有导引求仙者，坐而运气，致手足拘挛，然行之不辍。有闻其说而悦之者，礼为师，日从受法，久之亦手足拘挛。妻孥患其闲废至郁结，乃各制一椅，恒舁[①]于一室，使对谈丹诀。二人促膝共语，寒暑无间，恒以为神仙奥妙，天下惟尔知我知，无第三人能解也。人或窃笑，二人闻之，太息曰："朝菌不知晦朔，蟪蛄不知春秋，信哉是言！神仙岂以形骸论乎？"至死不悔，犹嘱子孙秘藏其书，待五百年后有缘者。或曰："是有道之士，托废疾以自晦[②]也。"余于杂书稍涉猎，独未一阅丹经，然欤否欤，非门外人所知矣。

注释

①舁：抬。 ②晦：隐藏。

安公介然言：束州有贫而鬻妻者，已受币，而其妻逃。鬻者将讼，其人曰："卖休[①]买休[②]，厥[③]罪均，币且归官，君何利焉？今以妹偿，是君失一再婚妇，而得一室女也，君何不利焉？"鬻者从之。或曰："妇逃以全贞也。"或曰："是欲鬻其妹而畏人言，故托诸不得已也。"既而其妻归，复从人逃。皆曰："天也。"

注释

①卖休：受钱后休妻。 ②买休：花钱使人休妻。 ③厥：他的。

程编修鱼门言：有士人与狐女狎。初相遇，即不自讳曰：“非以采补祸君，亦不欲托词有夙缘，特悦君美秀，意不自持耳。然一见即恋恋不能去，傥亦夙缘耶？”不数数[①]至，曰：“恐君以耽色致疾也。”至或遇其读书作文，则去，曰：“恐妨君正务也。”如是近十年，情若夫妇。

士子久无子，尝戏问曰：“能为我诞育否耶？”曰：“是不可知也。夫胎者，两精相抟，翕合而成者也。媾合之际，阳精至而阴精不至，阴精至而阳精不至，皆不能成。皆至矣，时有先后，则先至者气散不摄，亦不能成。不先不后，两精并至，阳先冲而阴包之，则阳居中为主而成男；阴先冲而阳包之，则阴居中为主而成女。此化生自然之妙，非人力所能为。故有一合即成者，有千百合而终不成者。故曰不可知也。”问：“孪生何也？”曰：“两气并盛，遇而相冲，正冲则歧[②]而二。偏冲则其一阳多而阴少，阳即包阴；其一阴多而阳少，阴即包阳。故二男二女者多，亦或一男一女也。”问：“精必欢畅而后至，幼女新婚，畏缩不暇，乃有一合而成者，阴精何以至耶？”曰：“燕尔之际，两心同悦，或先难而后易，或貌瘁而神怡。其情既洽，其精亦至，故亦偶一遇之也。”问：“既由精合，必成于月信落红以后，何也？”曰：“精如谷种，血如土膏。旧血败气，新血生气，乘生气乃可养胎也。吾曾侍仙妃，窃闻讲生化之源，故粗知其概。‘愚夫妇所知能，圣人有所不知能。’此之谓矣。”

后士人年过三十，须暴长，狐忽叹曰：“是鬑鬑[③]者如芒刺，人何以堪！见辄生畏，岂夙缘尽耶？”初谓其戏语，后竟不再来。

鱼门多髯，任子田因其纳姬，说此事以戏之。鱼门素闻此事，亦为失笑。既而曰："此狐实大有词辩，君言之未详。"遂具述其论如右。以其颇有理致，因追忆而录存之。

注释

①数数：屡次，常常。 ②歧：分岔。 ③鬑（lián）鬑：须发长的样子。

《吕览》称黎丘之鬼，善幻人形，是诚有之。

余在乌鲁木齐，军吏巴哈布曰：甘肃有杜翁者，饶于资。所居故旷野，相近多狐貛穴。翁恶其夜中嗥呼，悉熏而驱之。俄而其家人见内室坐一翁，厅事又坐一翁，凡行坐之处，又处处有翁来往，殆不下十余。形状声音衣服如一，摒挡[1]指挥家事，亦复如一。阖门大扰，妻妾皆闭门自守。妾言翁腰有绣囊可辨，视之无有，盖先盗之矣。有教之者曰："至夜必入寝，不纳即返者翁也，坚欲入者即妖也。"已而皆不纳即返。又有教之者曰："使坐于厅事，而舁器物以过，诈仆碎之。嗟惜怒叱者翁也，漠然者即妖也。"已而皆嗟惜怒叱。喧呶[2]一昼夜，无如之何。

有一妓，翁所昵也，十日恒三四宿其家。闻之，诣门曰："妖有党羽，凡可以言传者必先知，凡可以物验者必幻化。盍使至我家，我故乐籍，无所顾惜。使壮士执巨斧立榻旁，我裸而登榻，以次交接。其间反侧曲伸，疾徐进退，与夫抚摩偎倚，口舌所不能传，耳目所不能到者，纤芥[3]异同，我自意会。虽翁不自知，妖决不能知也。我呼曰：'斫！'即速斫，妖必败矣。"众从其言。一翁启衾甫入，妓呼曰："斫！"斧落，果一狐脑裂死。再一翁稍趑趄，妓呼曰："斫！"果惊窜去。至第三翁，妓抱而喜曰："真翁在此，余并杀之可也。"刀杖并举，殪其大半，皆狐与獾也。其逃者遂不复再至。

禽兽夜鸣，何与人事？此翁必扫其穴，其扰实自取。狐獾既解化形，何难见翁陈诉，求免播迁[4]？遽逞妖惑，其死亦自取也。计其智数，盖均出此妓下矣。

注释

①摒挡：收拾，管理。　②喧呶：吵闹。　③纤芥：细微。④播迁：迁徙。

吴青纡前辈言：横街一宅，旧云有祟，居者多不安。宅主病之，延僧作佛事。入夜放焰口时，忽二女鬼现灯下，向僧作礼曰："师等皆饮酒食肉，诵经礼忏殊无益。即焰口施食，亦皆虚抛米谷，无佛法点化，鬼弗能得。烦师传语主人，别延[1]道德高者为之，则幸得超生矣。"僧怖且愧，不觉失足落座下，不终事，灭烛去。后先师程文恭公居之，别延僧禅诵，音响遂绝。此宅文恭公殁后，今归沧州李臬使随轩。

注释

①延：请。

表兄安伊在言：县人有与狐女昵者，多以其妇夜合之资，买簪珥脂粉赠狐女。狐女常往来其家，惟此人见之，他人不见也。一日，妇诟其夫曰："尔财自何来，乃如此用？"狐女忽暗中应曰："汝财自何来，乃独责我？"闻者皆绝倒。余谓此自伊在之寓言，然亦足见惟无瑕[1]者可以责人。

注释

①无瑕：没有污点。

赛商鞅者，不欲著其名氏里贯，老诸生也。挈家寓京师，天资刻薄，凡善人善事，必推求其疵颣[1]，故得此名。钱敦堂编修殁，其门生为经纪棺衾，赡恤妻子，事事得所。赛商殃曰："世间无如此好人。此欲博古道之名，使要津闻之，易于攀援奔竞耳。"一贫民母死于路，跪乞钱买棺，形容枯槁，声音酸楚，人竞以钱投之。赛商鞅曰："此指尸敛财，尸亦未必其母。他人可欺，不能欺我也。"过一旌表[2]节妇坊下，仰视微哂曰："是家富贵，仆从如云，岂少秦宫、冯子都耶？此事须核，不敢遽言非，亦不敢遽言是也。"平生操论皆类此。

人皆畏而避之，无敢延以教读者，竟困顿以殁。殁后，妻孥流落，不可言状。有人于酒筵遇一妓，举止尚有士风，讶其不类倚门者，问之，即其小女也。亦可哀矣！

先姚安公曰："此老生平亦无大过，但务欲其识加人一等，故不觉至是耳。可不戒哉！"

注释

①疵颣（cīlèi）：缺点，毛病。 ②旌表：表彰。

乾隆壬午九月，门人吴惠叔邀一扶乩者至，降仙于余绿意轩中。下坛诗曰："沉香亭畔艳阳天，斗酒曾题诗百篇。二八娇娆亲捧砚，至今身带御炉烟。""满城风叶蓟门秋，五百年前感旧游。偶与蓬莱仙子遇，相携便上酒家楼。"余曰："然则青莲居士耶？"批曰："然。"赵春涧突起问曰："大仙斗酒百篇，似不在沉香亭上。杨贵妃马嵬陨[1]玉，年已三十有八，似尔时不止十六岁。大仙平生足迹，未至渔阳，何以忽感旧游？天宝至今，亦不止五百年，何以大仙误记？"乩惟批"我醉欲眠"四字。再叩之，不动矣。大抵乩仙多灵鬼所托，然尚实有所凭附。此扶乩者则似粗解吟咏之人，炼手法而为之。故必此人与一人共扶，乃能成字，易一人则不能书。其诗亦皆流连光景，处处可用。知决非古人降坛也。尔日猝为春涧所中，窘迫之状可掬。

后偶与戴庶常东原议及，东原骇曰：“尝见别一扶乩人，太白降坛，亦是此二诗，但改满城为满林，蓟门为大江耳。”知江湖游士，自有此种稿本，转相授受[2]，固不足深诘矣。宋蒙泉前辈亦曰：“有一扶乩者至德州，诗顷刻即成。后检之，皆村书《诗学大成》中句也。”

注释

①陨：同“殒”，死亡。②转相授受：互相传授。

田丈耕野统兵驻巴尔库尔时，即巴里坤。坤字以吹唇声读之，即库尔之合声。军士凿井得一镜，制作精妙，铭字非隶非八分，隶即今之楷书，八分即今之隶书。似景龙钟铭，惟土蚀多剥损。田丈甚宝惜之，常以自随。殁于广西戎幕时，以授余姊婿田香谷。传至香谷之孙，忽失所在。后有亲串戈氏于市上得之，以还田氏。

昨岁欲制为镜屏，寄京师乞余考定。余付翁检讨树培，推寻铭文，知为唐物。余为镌[1]其释文于屏趺，而题三诗于屏背曰：“曾逐毡车出玉门，中唐铭字半犹存。几回反复分明看，恐有崇徽旧手痕。”“黄鹄无由返故乡，空留鸾镜没沙场。谁知土蚀千年后，又照将军鬓上霜。”“暂别仍归旧主人，居然宝剑会延津。何如揩尽珍珠粉，满匣龙吟送紫珍。”香谷孙自有题识，亦镌屏背，叙其始末甚详。

《夜灯随录》载威信公岳公钟琪西征时，有裨将[2]得古镜。岳公求之不得，其人遂遘祸。正与田丈同时同地，疑即此镜传讹也。

注释

①镌：刻。 ②裨（pí）将：副将。

门人邱人龙言：有赴任官，舟泊滩河。夜半，有数盗执炬露刃入，众皆慑伏。一盗拽其妻起，半跪启曰："乞夫人一物，夫人勿惊。"即割一左耳，敷以药末，曰："数日勿洗，自结痂愈[①]也。"遂相率呼啸去，怖几失魂，其创[②]果不出血，亦不甚痛，旋[③]即平复。以为仇耶？不杀不淫；以为盗耶？未劫一物。既不劫不杀不淫矣，而又戕其耳；既戕其耳矣，而又赠以良药，是专为取耳来也。取此耳又何意耶？千思百索，终不得其所以然，天下真有理外事也。邱生曰："苟得此盗，自必有其所以然。其所以然亦必在理中，但定非我所见之理耳。"然则论天下事，可据理以断有无哉？恒兰台曰："此或采生折割之党，取以炼药。"似乃近之。

注释

①愈：愈合。 ②创：伤口。 ③旋：不久。

董天士先生，前明高士，以画自给，一介不妄取，先高祖厚斋公老友也。厚斋公多与唱和，今载于《花王阁剩稿》者，尚可想见其为人。

故老或言其有狐妾，或曰天士孤僻，必无之。伯祖湛元公曰："是有之，而别有说也。吾闻诸董空如曰：天士居老屋两楹，终身不娶，亦无仆婢，井臼皆自操。一日晨兴，见衣履之当著者，皆整顿置手下，再视则盥漱俱已陈[①]。天士曰：'是必有异，其妖将媚我乎？'窗外小语应曰：'非敢媚公，欲有求于公。难于自献，故作是以待公问也。’天士素有胆，命之入，入辄跪拜，则娟静好女也。问其名，曰：‘温玉。’问何求，曰：‘狐所畏者五：曰凶暴，避其盛气也；曰术士，避其劾治也；曰神灵，避其稽察也；曰有福，避其旺运也；曰有德，避其正气也。然凶暴不恒有，亦究自败。术士与神灵，吾不为非，皆无如我何。有福者运衰，亦复玩之。惟有德者，则畏而且敬。得自附于有德者，则族党以为荣，其品格即高出侪类[②]上。公虽贫贱，而非义弗取，非礼弗为。傥准奔则为妾之礼，许侍巾栉，三生之幸也。如不见纳[③]，则乞假以虚名，为画一扇，题曰某年月日为姬人温玉作，亦叨[④]公之末光矣。’即出精扇置几上，濡墨调色，拱立以俟。天士笑从之。女自取天士小印印扇上，曰：‘此姬人事，不敢劳公也。’再拜而去。次日晨兴，觉足下有物。视之，则温玉，笑而起曰：‘诚不敢以贱体玷公，然非共榻一宵，非亲执媵御之役，则姬人字终为假托。’遂捧衣履侍洗漱讫，再拜曰：‘妾从此逝矣。’瞥然不见，遂不再来。岂明季山人[⑤]声价最重，此狐女亦移于风气乎？然襟怀散朗，有王夫人林下风，宜天士之不拒也。”

注释

①陈：摆设。 ②侪类：同类。 ③纳：接纳。 ④叨（tāo）：承受。 ⑤山人：隐士。

先姚安公曰：“子弟读书之余，亦当使略知家事，略知世事，而后可以治家，可以涉世。明之季年[①]，道学弥尊，科甲弥重。于是黠者坐讲心学，以攀援声气；朴者株守课册，以求取功名。致读书之人，十无二三能解事[②]。崇祯壬午，厚斋公携家居河间，避孟村土寇。厚斋公卒后，闻大兵将至河间，又拟乡居。濒行时，比邻一叟顾门神叹曰：‘使今日有一人如尉迟敬德、秦琼，当不至此。’汝两曾伯祖，一讳景星，一讳景辰，皆名诸生也。方在门外束襆被，闻之，与辩曰：‘此神荼、郁垒像，非尉迟敬德、秦琼也。’叟不服，检邱处机《西游记》为证。二公谓委巷[3]小说不足据，又入室取东方朔《神异经》与争。时已薄暮，检寻既移时，反复讲论又移时，城门已阖，遂不能出。次日将行，而大兵已合围矣。城破，遂全家遇难。惟汝曾祖光禄公、曾伯祖镇番公及叔祖云台公存耳。死生呼吸，间不容发之时，尚考证古书之真伪，岂非惟知读书不预外事之故哉！”

姚安公此论，余初作各种笔记，皆未敢载，为涉及两曾伯祖也。今再思之，书痴尚非不佳事，古来大儒似此者不一，因补书于此。

注释

①季年：末年。 ②解事：通晓事理。 ③委巷：民间。

奴子刘福荣，善制网罟弓弩，凡弋[1]禽猎兽之事，无不能也。析爨[2]时分属于余，无所用其技，颇郁郁不自得。年八十余，尚健饭，惟时一携鸟铳，散步野外而已，其铳发无不中。一日，见两狐卧陇上，再击之不中，狐亦不惊。心知为灵物，惕然而返，后亦无他。

外祖张公水明楼，有值更者范玉，夜每闻瓦上有声，疑为盗，起视则无有。潜踪侦之，见一黑影从屋上过。乃设机瓦沟，仰卧以听。半夜闻机发，有女子呼痛声。登屋寻视，一黑狐折股死矣。是夕闻屋上詈曰：“范玉何故杀我妾？”时邻有刘氏子为妖所媚，玉私度必是狐，亦还詈曰：“汝纵妾私奔，不知自愧，反詈吾！吾为刘氏子除患也。”遂寂无语。然自是觉夜夜有人以石灰渗其目，交睫[③]即来。旋洗拭，旋又如是。渐肿痛溃裂，竟至双瞽，盖狐之报也。其所见逊[④]刘福荣远矣，一老成经事，一少年喜事故也。

注释

①弋：捕猎。 ②析爨：分家。 ③交睫：闭眼。 ④逊：差，不及。

门人有作令云南者，家本苦寒，仅携一子一僮，拮据往，需次会城。久之，得补一县，在滇中，尚为膏腴地。然距省窎[①]远，其家又在荒村，书不易寄。偶得鱼雁，亦不免浮沉，故与妻子几断音问。惟于坊本缙绅中，检得官某县而已。偶一狡仆舞弊，杖而遣之，此仆衔次骨。其家事故所备知，因伪造其僮书，云主人父子先后卒，二棺今浮厝佛寺，当借资来迎。并述遗命，处分家事甚悉。

初，令赴滇时，亲友以其朴讷，意未必得缺；即得缺，亦必恶。后闻官是县，始稍稍亲近，并有周恤其家者，有时相馈问者。其子或有所称贷，人亦辄应，且有以子女结婚者。乡人有宴会，其子无不与[②]也。及得是书，皆大沮。有来唁者，有不来唁者。渐有索逋者，渐有道途相遇似不相识者。僮奴婢媪皆散。不半载，门可罗雀矣。

既而令托入觐官[③]寄千二百金至家迎妻子，始知前书之伪，举家破涕为笑，如在梦中。亲友稍稍复集，避不敢见者，颇亦有焉。

后令与所亲书曰：“一贵一贱之态，身历者多矣；一贫一富之态，身历者亦多矣。若夫生而忽死，死逾半载而复生，中间情事，能以一身亲历者，仆殆第一人矣。”

注释

①窎（diào）：远。 ②与：参加。 ③觐（jìn）官：入朝进见天子的地方官员。

门人福安陈坊言：闽有人深山夜行，仓卒失路。恐愈迷愈远，遂坐崖下，待天晓。忽闻有人语，时缺月微升，略辨形色，似二三十人坐崖上，又十余人出没丛薄间。顾视左右皆乱冢，心知为鬼物，伏不敢动。

俄闻互语社公[①]来，窃睨之，衣冠文雅，年约三十余，颇类书生，殊不作剧场白须布袍状。先至崖上，不知作何事。次至丛薄，对十余鬼太息曰：“汝辈何故自取横亡，使众鬼不以为伍？饥寒可念，今有少物哺汝。”遂撮饭撒草间，十余鬼争取，或笑或泣。社公又太息曰：“此邦之俗，大抵胜负之念太盛，恩怨之见太明。其弱者力不能敌，则私自戕[②]以累人。不知自尽之案，律无抵法，徒自陨其生也。其强者妄意两家各杀一命，即足相抵，则械斗以泄愤。不知律凡杀二命，各别以生者抵，不以死者抵，死者方知，悔之已晚；生者不知，为之弥甚，不亦悲乎！”十余鬼皆哭。俄远寺钟动，一时俱寂。

此人尝以告陈生，陈生曰：“社公言之，不如令长言之也。然神道设教，或挽回一二，亦未可知耳。”

注释

①社公：土地神。 ②自戕：自杀。

嘉庆丙辰冬，余以兵部尚书出德胜门监射。营官以什刹海为馆舍，前明古寺也。殿宇门径与刘侗《帝京景物略》所说全殊，非复僧住一房，佛亦住一房之旧矣。寺僧居寺门一小屋，余所居则在寺之后殿，室亦精洁。而封闭者多，验之，有乾隆三十一年封者，知旷废已久。余住东廊室内，气冷如冰，爇数炉不热，数灯皆暗暗作绿色。知非佳处，然业已入居，姑宿一夕，竟安然无恙。奴辈住西廊，皆不敢睡，列炬彻夜坐廊下，亦幸无恙。惟闻封闭室中，喁喁有人语，听之不甚了了耳。轿夫九人，入室酣眠，天晓，已死其一矣。饬别觅居停，乃移住真武祠。

祠中道士云：闻有什刹海老僧，尝见二鬼相遇。其一曰："汝何来？"曰："我转轮期未至，偶此闲游。汝何来？"其一曰："我缢魂之求代者也。"问："居此几年？"曰："十余年矣。"又问："何以不得代？"曰："人见我皆惊走，无如何也。"其一曰："善攻人者藏其机，匕首将出袖而神色怡然[①]，乃有济也。汝以怪状惊之，彼奚为不走耶？汝盍脂香粉气以媚之，抱衾荐枕以悦之，必得当矣。"老僧素严正，厉声叱之，欻[②]然入地。数夕后，寺果有缢者。此鬼可谓阴险矣。然寺中所封闭，似其鬼尚多，不止此一二也。

注释

①怡然：安适自在。 ②欻（xū）：迅速。

汪阁学晓园言：有一老僧过屠市，泫然流涕，或讶之。曰："其说长矣。吾能记两世事，吾初世为屠人，年三十余死，魂为数人执缚去。冥官责以杀业至重，押赴转轮受恶报。觉恍惚迷离，如醉如梦，惟恼热不可忍。忽似清凉，则已在豕栏矣。断乳后，见食不洁，心知其秽。然饥火燔烧，五脏皆如焦裂，不得已食之。后渐通猪语，时与同类相问讯，能记前身者颇多，特不能与人言耳。大抵皆自知当屠割，其时作呻吟声者，愁也；目睫往往有湿痕者，自悲也。躯干痴重，夏极苦热，惟汩没[①]泥水中少可，然不常得。毛疏而劲，冬极苦寒，视犬羊软毳厚氄，有如仙兽。遇捕执时，自知不免，姑跳踉奔避，冀缓须臾。追得后，蹴踏头项，拗捩蹄肘，绳勒四足深至骨，痛若刀劙[②]。或载以舟车，则重叠相压，肋如欲折，百脉涌塞，腹如欲裂。或贯以竿而扛之，更痛甚三木矣。至屠市，提掷于地，心脾皆震动欲碎。或即日死，或缚至数日，弥难忍受。时见刀俎在左，汤镬在右，不知著我身时，作何痛楚，辄簌簌战栗不止。又时自顾己身，念将来不知磔裂分散作谁家杯中羹，又凄惨欲绝。比受戮时，屠人一牵拽，即惶怖昏瞀，四体皆软，觉心如左右震荡，魂如自顶飞出，又复落下。见刀光晃耀，不敢正视，惟瞑目以待刲刳[③]。屠人先剚刃于喉，摇撼摆拨，泻血盆盎中。其苦非口所能道，求死不得，惟有长号。血尽始刺心，大痛，遂不能作声。渐恍惚迷离，如醉如梦，如初转生时。良久稍醒，自视已为人形矣。冥官以夙生尚有善业，仍许为人，是为今身。顷见此猪，哀其荼毒，因念昔受此荼毒时，又惜此持刀人将来亦必受此荼毒。三念交萦[④]，故不知涕泪之何从也。”

屠人闻之，遽掷刀于地，竟改业为卖菜佣。

注释

①汩没：埋没。 ②劙（lí）：割。 ③刲刳（kuītī）：屠杀剖解。 ④三念交萦：三种想法交织纠缠在一起。

晓园说此事时，李汇川亦举二事曰：有屠人死，其邻村人家生一猪，距屠人家四五里。此猪恒至屠人家中卧，驱逐不去。其主人捉去，仍自来，絷[①]一锁乃已，疑为屠人后身也。又一屠人死，越一载余，其妻将嫁，方彩服登舟，忽一猪突至，怒目眈眈，径裂妇裙，啮其胫。众急救护，共挤猪落水，始得鼓棹[②]行。猪自水跃出，仍沿岸急追，适风利扬帆去，猪乃懊丧自归。亦疑屠人后身，怒其妻之琵琶别抱也。此可为屠人作猪之旁证。

又言：有屠人杀猪甫死，适其妻有孕，即生一女，落蓐即作猪号声，号三四日死。此亦可证猪还为人。余谓此即朱子所谓生气未尽，与生气偶然凑合者，别自一理，又不以轮回论也。

注释

①絷（zhí）：拴，捆。②鼓棹：划桨。

汪编修守和为诸生时，梦其外祖史主事珥携一人同至其家，指示之曰："此我同年纪晓岚，将来汝师也。"因窃记其衣冠形貌，后以己酉拔贡应廷试，值余阅卷，擢高等。授官来谒时，具述其事，且云衣冠形貌，与今毫发不差，以为应梦。迨嘉庆丙辰会试，余为总裁，其卷适送余先阅，凡房官荐卷，皆由监试御史先送一主考阅定，而复转轮公阅。复得中式，殿试以第二人及第。乃知梦为是作也。

按人之有梦，其故难明。《世说》载卫玠问乐令梦，乐云是想，又云是因，而未深明其所以然。戊午夏，扈从滦阳，与伊子墨卿以理推求。有念所专注，凝神生象，是为意识所造之梦。孔子梦周公是也。有祸福将至，朕兆先萌，与见乎蓍龟，动乎四体相同，是为气机所感之梦。孔子梦奠两楹是也。其或心绪瞀乱，精神恍惚，心无定主，遂现种种幻形，如病者之见鬼，眩者之生花，此意想之歧出者也。或吉凶未著，鬼神前知，以象显示，以言微寓，此气机之旁召者也。虽变化杳冥，千态百状，其大端似不外此。

至占梦之说，见于《周礼》，事近祈禳，礼参巫觋，颇为攻《周礼》者所疑。然其文亦见于《小雅》"大人占之"，固凿然古经载籍所传，虽不免多所附会，要亦实有此术也。惟是男女之爱，骨肉之情，有凝思结念，终不一梦者，则意识有时不能造。仓卒之患，意外之福，有忽至而不知者，则气机有时不必感。且天下之人，如恒河沙数，鬼神何独示梦于此人？此人一生得失，亦必不一，何独示梦于此事？且事不可泄，何必示之？既示之矣，而又隐以不可知之象，疑以不可解之语，如《酉阳杂俎》载梦得枣者，谓枣字似两来字，重来者，呼魄之象，其人果死。《朝野佥载》崔湜梦座下听讲而照镜，谓座下听讲，法从上来，镜字，金旁竟也。小说所说梦事，如此迂曲者不一。是鬼神日日造谜语，不已劳乎？事关重大，示以梦可也。而猥琐小事，亦相告语，如《敦煌实录》载宋补梦人坐桶中，以两杖极打之，占桶中人为肉食，两杖象两箸，果得饱肉食之类。不亦亵[①]乎？大抵通其所可通，其不可通者，置而不论可矣。至于《谢小娥传》，其父夫之魂既告以为人劫杀矣，自应告以申春、申兰。乃以"田中走，一日夫"隐申春，以"车中猴，东门草"隐申兰，使寻索数年而后解，不又颠乎？此类由于记录者欲神其说，不必实有是事。凡诸家所占梦事，皆可以是观之，其法非大人之旧也。

注释

①亵（xiè）：轻慢。

何纯斋舍人，何恭惠公之孙也。言恭惠公官浙江海防同知时，尝于肩舆中见有道士跪献一物。似梦非梦，涣然[①]而醒，道士不知所在，物则宛然在手中，乃一墨晶印章也。辨验其文，镌“青宫太保”四字，殊不解其故。后官河南总督，卒于任，官制有河东总督，无河南总督。时公以河南巡抚加总督衔，故当日有是称。特赠太子太保。始悟印章为神预告也。

案仕路升沉，改移不一，惟身后饰终之典，乃为一生之结局。《定命录》载李迥秀自知当为侍中，而终于兵部尚书，身后乃赠侍中。又载张守圭自知当为凉州都督，而终于括州刺史，身后乃赠凉州都督。知神注录籍，追赠与实授等也。恭惠公官至总督，而神以赠官告，其亦此意矣。

注释

①涣然：忽然。

高冠瀛言：有人宅后空屋住一狐，不见其形，而能对面与人语。其家小康，或以为狐所助也。

有信其说者，因此人以求交于狐，狐亦与款洽。一日，欲设筵飨[①]狐。狐言老而饕餮，乃多设酒肴以待。比至日暮，有数狐醉倒现形，始知其呼朋引类来也。如是数四，疲于供给，衣物典质[②]一空，乃微露求助意。狐大笑曰：“吾惟无钱供酒食，故数就君也。使我多财，我当自醉自饱，何所取而与君友乎？”从此遂绝。

此狐可谓无赖矣，然余谓非狐之过也。

注释

①飨（xiǎng）：招待。　②质：典押。

卷二十二

滦阳续录四

刘香畹言：有老儒宿于亲串家。俄主人之婿至，无赖子也。彼此气味不相入，皆不愿同住一屋，乃移老儒于别室。其婿睨之而笑，莫喻其故也。

室亦雅洁，笔砚书籍皆具。老儒于灯下写书寄家，忽一女子立灯下，色不甚丽，而风致颇娴雅。老儒知其为鬼，然殊不畏，举手指灯曰："既来此，不可闲立，可剪烛。"女子遽灭其灯，逼而对立。老儒怒，急以手摩砚上墨沛[①]，掴其面而涂之，曰："以此为识，明日寻汝尸，锉而焚之。"鬼呀然一声去。次日，以告主人。主人曰："原有婢死于此室，夜每出扰人。故惟白昼与客坐，夜无人宿。昨无地安置君，揣君耆[②]德硕学，鬼必不出。不虞其仍现形也。"乃悟其婿窃笑之故。

此鬼多以月下行院中，后家人或有偶遇者，即掩面急走。他日留心伺之，面上仍墨污狼藉。鬼有形无质，不知何以能受色？当仍是有质之物，久成精魅，借婢幻形耳。《酉阳杂俎》[③]曰："郭元振尝山居，中夜，有人面如盘，瞚目出于灯下。元振染翰题其颊曰：'久戍人偏老，长征马不肥。'其物遂灭。后随樵闲步，见巨木上有白耳，大数斗，所题句在焉。"是亦一证也。

注释

①渖（shěn）：汁。 ②耆（qí）：老。 ③《酉阳杂俎》：唐代小说，段成式著。

乌鲁木齐农家多就水灌田，就田起屋，故不能比闾而居。往往有自筑数椽，四无邻舍，如杜工部[1]诗所谓“一家村”者。且人无徭役，地无丈量，纳三十亩之税，即可坐耕数百亩之产。故深岩穷谷，此类尤多。

有吉木萨军士入山行猎，望见一家，门户坚闭，而院中似有十余马，鞍辔悉具。度必玛哈沁[2]所据，噪而围之。玛哈沁见势众，弃锅帐突围去。众惮其死斗，亦遂不追。

入门见骸骨狼藉，寂无一人，惟隐隐有泣声。寻视，见幼童约十三四，裸体悬窗棂上。解缚问之，曰：“玛哈沁四日前来，父兄与斗不胜，即一家并被缚。率一日牵二人至山溪洗濯，曳归，共脔割炙食，男妇七八人并尽矣。今日临行，洗濯我毕，将就食，中一人摇手止之。虽不解额鲁特语，观其指画，似欲支解为数段，各携于马上为粮。幸兵至弃去，今得更生。”泣絮絮不止。悯其孤苦，引归营中，姑使执杂役。

童子因言其家尚有物埋窖中。营弁使导往发掘，则银币衣物甚多。细询童子，乃知其父兄并劫盗。其行劫必于驿路近山处，瞭见一二车孤行，前后十里无援者，突起杀其人，即以车载尸入深山。至车不能通，则合手以巨斧碎之，与尸及襆被并投于绝涧，惟以马驮货去。再至马不能通，则又投羁[3]绁[4]于绝涧，纵马任其所往，共负之由鸟道归，计去行劫处数百里矣。归而窖藏一两年，乃使人伪为商贩，绕道至辟展诸处卖于市，故多年无觉者，而不虞玛哈沁之灭其门也。童子以幼免连坐[5]，后亦牧马坠崖死，遂无遗种。

此事余在军幕所经理，以盗已死，遂置无论。由今思之，此盗踪迹诡秘，猝不易缉，乃有玛哈沁来，以报其惨杀之罪。玛哈沁食人无餍，乃留一童子，以明其召祸之由。此中似有神理，非偶然也。盗姓名久忘，惟童子坠崖时，所司牒报记名秋儿云。

注释

①杜工部：即唐杜甫。 ②玛哈沁：强盗。 ③羁：马笼头。 ④绁：牵马的绳子。 ⑤连坐：连带受处罚。

佃户刘破车妇云：尝一日早起，乘凉扫院，见屋后草棚中有二人裸卧。惊呼其夫来，则邻人之女与其月作人也，并僵卧，似已死。俄邻人亦至，心知其故，而不知何以至此。以姜汤灌苏，不能自讳，云："久相约，而逼仄[1]无隙地。乘雨后墙缺，天又阴晦，知破车草棚无人，遂藉草私会。倦而憩，尚相恋未起，忽云破月来，皎然如昼。回顾棚中，坐有七八鬼，指点揶揄[2]，遂惊怖失魂，至今始醒。"

众以为奇。破车妇云："我家故无鬼，是鬼欲观戏剧，随之而来。"先从兄懋园曰："何处无鬼？何处无鬼观戏剧？但人有见有不见耳。此事不奇也。"

因忆福建囦关公馆，俗谓之水口。大学士杨公督浙闽时所重建。值余出巡，语余曰："公至水口公馆，夜有所见，慎勿怖，不为害也。余尝宿是地，已下键睡。因天暑，移床近窗，隔纱幌视天晴阴。时虽月黑，而檐挂六灯尚未烬。见院中黑影，略似人形，在阶前或坐或卧，或行或立，而寂然无一声。夜半再视之，仍在。至鸡鸣，乃渐渐缩入地。试问驿吏，均不知也。”余曰：“公为使相，当有鬼神为阴从，余焉有是？”公曰：“不然。仙霞关内，此地为水陆要冲，用兵者所必争。明季唐王，国初郑氏、耿氏，战斗杀伤，不知其几。此其沉沦之魄，乘室宇空虚而窃据。有大官来，则避而出耳。”此亦足证无处无鬼之说。

注释

①逼仄：狭窄。 ②揶揄（yéyú）：嘲笑，讥讽。

老仆施祥尝曰：“天下惟鬼最痴。鬼据之室，人多不住。偶然有客来宿，不过暂居耳，暂让之何害？而必出扰之。遇禄命重、血气刚者，多自败；甚或符箓劾治，更蹈不测。即不然，而人既不居，屋必不葺，久而自圮，汝又何归耶？”老仆刘文斗曰：“此语诚有理，然谁能传与鬼知？汝毋乃更痴于鬼？”姚安公闻之，曰：“刘文斗正患不痴耳。”

祥小字举儿，与姚安公同庚，八岁即为公伴读。数年，始能暗诵《千字文》，开卷乃不识一字。然天性忠直，视主人之事如己事，虽嫌怨不避。尔时家中外倚祥，内倚廖媪，故百事皆井井。雍正甲寅，余年十一，元夜偶买玩物。祥启张太夫人曰：“四官今日游灯市，买杂物若干。钱固不足惜，先生明日即开馆，不知顾戏弄耶？顾读书耶？”太夫人首肯曰：“汝言是。”即收而键[①]诸箧。此虽细事，实言人所难言也。今眼中遂无此人，徘徊四顾，远想慨然。

注释

①键：锁。

先兄晴湖第四子汝来，幼韶秀，余最爱之。亦颇知读书，娶妇生子后，忽患颠狂。如无人料理，即发不剃，面不盥[1]。夏或[2]衣絮，冬或衣葛，不自知也。然亦无疾病，似寒暑不侵者。呼之食即食，不呼之食亦不索。或自取市中饼饵，呼儿童共食，不问其价，所残剩亦不顾惜。或一两日觅之不得，忽自归。

一日，遍索无迹。或云村外柳林内，似仿佛有人。趋视，已端坐僵矣。其为迷惑而死，未可知也。其或自有所得，托以混迹，缘尽而化去，亦未可知也。

忆余从福建归里时，见余犹跪拜如礼。拜讫，卒[3]然曰："叔大辛苦。"余曰："是无奈何。"又卒然曰："叔不觉辛苦耶？"默默退去。后思其言，似若有意，故至今终莫能测之。

注释

①盥（guàn）：洗。 ②或：有时。 ③卒：突然。

姚安公言：庐江孙起山先生谒选[1]时，贫无资斧[2]，沿途雇驴而行，北方所谓短盘也。一日，至河间南门外，雇驴未得，大雨骤来，避民家屋檐下。主人见之，怒曰："造屋时汝未出钱，筑地时汝未出力，何无故坐此？"推之立雨中。

时河间犹未改题缺[3]，起山入都，不数月竟掣得是县。赴任时，此人识之，惶愧自悔，谋卖屋移家。起山闻之，召来笑而语之曰："吾何至与汝辈较？今既经此，后无复然，亦忠厚养福之道也。"

因举一事曰："吾乡有爱莳花[4]者，一夜偶起，见数女子立花下，皆非素识。知为狐魅，遽掷以块，曰：'妖物何得偷看花？'一女子笑而答曰：'君自昼赏，我自夜游，于君何碍？

夜夜来此，花不损一茎一叶，于花又何碍？遽见声也，何鄙吝至此耶？吾非不能揉碎君花，恐人谓我辈所见，亦与君等，故不为耳。’飘然共去，后亦无他。狐尚不与此辈较，我乃不及狐耶？”

后此人终不自安，移家莫知所往。起山叹曰：“小人之心，竟谓天下皆小人。”

注释

①谒选：官员到吏部应选。 ②资斧：旅费。 ③题缺：奏请任命出缺官职。 ④莳（shì）花：种花。

太原申铁蟾，好以香奁艳体[①]寓[②]不遇之感。尝谒某公未见，戏为无题诗曰：“垩粉围墙罨画楼，隔窗闻拨钿箜篌[③]。分去声无信使通青鸟，枉遣游人驻紫骝。月姊定应随顾兔，星娥可止待牵牛。垂杨疏处雕栊近，只恨珠帘不上钩。”殊有玉溪生[④]风致。

王近光曰：“似不应疑及织女，诬蔑仙灵。”余曰：“‘已矣哉，织女别黄姑，一年一度一相见，彼此隔河何事无？’元微之[⑤]诗也。‘海客乘槎上紫氛，星娥罢织一相闻。只应不惮牵牛妒，故把支机石赠君。’李义山诗也。微之之意，在于双文；义山之意，在于令狐。文士掉弄笔墨，借为比喻，初与织女无涉。铁蟾此语，亦犹元，李之志云尔，未为诬蔑仙灵也。至于纯构虚词，宛如实事，指其时地，撰以姓名，《灵怪集》所载郭翰遇织女事，《灵怪集》今佚，此条见《太平广记》六十八。则悖妄之甚矣！夫词人引用，渔猎百家，原不能一一核实。然过于诬罔，亦不可不知。盖自庄、列寓言，借以抒意；战国诸子，杂说弥多；谶纬稗官，递相祖述，遂有肆无忌惮之时。如李冘

《独异志》诬伏羲兄妹为夫妇，已属丧心；张华《博物志》更诬及尼山，尤为狂吠。案：张华不应悖妄至此，殆后人依托。如是者不一而足。今尚流传，可为痛恨。又有依傍史文，穿凿锻炼。如《汉书·贾谊传》有太守吴公爱幸之之语，《骈语雕龙》此书明人所撰，陈枚刻之，不著作者姓名遂列长沙于娈童类中。注曰：'大儒为龙阳。'《史记·高帝本纪》称母媪在大泽中，太公往视，见有龙交其上。晁以道诗遂有：'杀翁分我一杯羹，龙种由来事杳冥'句，以高帝乃龙交所生，非太公子。《左传》有成风私事季友，敬嬴私事襄仲之文。私事云者，密相交结，以谋立其子而已。后儒拘泥私字，虽朱子亦有'却是大恶'之言。如是者亦不一而足。学者当考校真妄，均不可炫博矜奇，遽执为谈柄也。"

注释

①香奁艳体：即香奁体，唐代的一种诗风，风格绮丽纤巧。②寓：寄托。 ③箜篌（kōnghóu）：古代一种弹弦乐器。④玉溪生：即唐李商隐，字号玉溪生。 ⑤元微之：唐元稹，字微之。

从叔梅庵公言：族中有二少年，此余小时闻公所说，忘其字号，大概是伯叔行也。闻某墓中有狐迹，夜携铳往，共伏草中伺之，以背相倚而睡。醒则二人之发交结为一，贯穿缭绕，猝不可解，互相牵掣，不能行，亦不能立。稍稍转动，即彼此呼痛。胶扰彻[①]晓，望见行路者，始呼至，断以佩刀，狼狈而返。愤欲往报，父老曰："彼无形声，非力所胜。且无故而侵彼，理亦不直。侮实自召，又何仇焉？仇必败滋[②]甚。"二人乃止。

此狐小虐之使警，不深创之以激其必报，亦可谓善自全矣。然小虐亦足以激怒，不如敛戢勿动，使伺之无迹弥善也。

注释

①彻：通，透。 ②滋：更加。

太和门丹墀下有石匮，莫知何名，亦莫知所贮何物。德慎斋前辈慎斋名德保，与定圃前辈同名，乾隆壬戌进士，官至翰林院侍读，故当时以大德保小德保别之云。云：图裕斋之先德，昔督理殿工时，曾开视之。以问裕斋，曰："信然。其中皆黄色细屑，仅半匮不能满，凝结如土坯。谛审似是米谷岁久所化也。"余谓丹墀左之石阙，既贮嘉种，则此为五谷，于理较近。且大驾卤部[①]中，象背宝瓶，亦贮五谷。盖稼穑维宝，古训相传；八政首食[②]，见于《洪范》。定制之意，诚渊乎远矣。

注释

①卤部：皇帝出行时的仪仗队。 ②八政首食：八政之中食为第一。八政指古代国家施政的八个方面：食、货、祀、司空、司徒、司寇、宾、师。

宣武门子城内，如培塿者五，砌之以砖，土人云五火神墓。明成祖北征时，用火仁、火义、火礼、火智、火信制飞炮，破元兵于乱柴沟。后以其术太精，恐或为变，杀而葬于是。立五竿于丽谯侧，岁时祭之，使鬼有所归，不为厉焉。后成祖转生为庄烈帝，五人转生李自成、张献忠诸贼，乃复仇也。此齐东之语，非惟正史无此文，即明一代稗官[①]小说，充栋汗牛，亦从未言及斯人斯事也。

戊子秋，余见汉军步校董某，言闻之京营旧卒云："此水平也。京城地势，惟宣武门最低，衢巷之水，遇雨皆汇于子城。每夜雨太骤，守卒即起，视此培塿水将及顶，则呼开门以泄之；没顶则门扉为水所壅[2]，不能启矣。今日久渐忘，故或有时阻碍也。其城上五竿，则与白塔信炮相表里。设闻信炮，则昼悬旗，夜悬灯耳。与五火神何与哉？”此言似乎近理，当有所受之。

注释

①稗（bài）官：古代的一种小官，专给帝王搜集街谈巷语，道听途说，以供省览，后称小说。　②壅（yōng）：堵塞。

科场拨卷[1]，受拨者意多不惬，此亦人情，然亦视其卷何如耳。壬午顺天乡试，余充同考官，时阅卷尚不回避本省。得一合字卷，文甚工而诗不佳。因甫改试诗之制，可以恕论，遂呈荐主考梁文庄公，已取中矣。临填草榜，梁公病其“何不改乎此度”句侵下文“改”字题为“始吾于人也”四句。驳落。别拨一合字备卷与余。先视其诗，第六联曰：“素娥寒对影，顾兔夜眠香。”题为《月中桂》。已喜其秀逸。及观其第七联曰：“倚树思吴质，吟诗忆许棠。”遂跃然曰：“吴刚字质，故李贺《李凭箜篌引》曰：‘吴质不眠倚桂树，露脚斜飞湿寒兔。’此诗选本皆不录，非曾见《昌谷集》者不知也。华州试《月中桂》诗，举许棠为第一人。棠诗今不传，非曾见王定保《摭言》、计敏夫《唐诗纪事》者不知也。中彼卷之‘开花临上界，持斧有仙郎’，何如中此诗乎？微公拨入，亦自愿易之。”即朱子颖也。

放榜后，时已九月，贫无絮衣。蒋心余素与唱和，借衣与之。乃来见，以所作诗为贽[2]。

余丙子扈从古北口时，车马壅塞，就旅舍小憩。见壁上一诗，剥残过半，惟三四句可辨。最爱其“一水涨喧人语外，万山青到马蹄前”二语，以为“云中路绕巴山色，树里河流汉水声”不是过也，惜不得姓名。及展其卷，此诗在焉。乃知针芥契合[3]，已在六七年前，相与叹息者久之。子颖待余最尽礼，殁后，其二子承父之志，见余尚依依有情。翰墨因缘，良非偶尔，何尝以拨房为亲疏哉？余严江舟中诗曰：“山色空濛淡似烟，参差绿到大江边。斜阳流水推篷坐，处处随人欲上船。”实从“万山”句夺胎。尝以语子颖曰：“人言青出于蓝，今日乃蓝出于青。”子颖虽逊谢，意似默可。此亦诗坛之佳话，并附录于此。

注释

①拨卷：为复查而送出考卷。 ②贽（zhì）：古代初次拜见尊长时所送的礼物。 ③针芥契合：彼此情投意合。

先师介野园先生，官礼部侍郎，扈从[1]南巡，卒于路。卒前一夕，有星陨于舟前。卒后，京师尚未知，施夫人梦公乘马至门前，骑从甚都，然伫立不肯入，但遣人传语曰：“家中好自料理，吾去矣。”匆匆竟过。梦中以为时方扈从，疑或有急差遣，故不暇入。觉后乃惊怛[2]，比凶问至，即公卒之夜也。

公屡掌文柄，凡四主会试，四主乡试，其他杂试，殆不可缕数。尝有恩荣宴诗曰：“鹦鹉新班宴御园，案：“鹦鹉新班”不知出典，当时拟问公，竟因循忘之。摧颓老鹤也乘轩。龙津桥上黄金榜，四见门生作状元。”丁丑年作也。于文襄公亦赠以联曰：“天下文章同轨辙，门墙桃李半公卿。”可谓儒者之至荣。

然日者推公之命云：“终于一品武阶，他日或以将军出镇耶？”公笑曰：“信如君言，则将军不好武矣。”及公卒，圣心悼惜，特赠都统。盖公虽官礼曹，而兼摄副都统。其扈从也，以副都统班行，故即武秩进一阶。日者[3]之术，亦可云有验矣。

注释

①扈从：随从皇帝出行。 ②惊怛：惊惧不安。 ③日者：卜者。

乩仙多伪托古人，然亦时有小验。温铁山前辈名温敏，乙丑进士，官至盛京侍郎。尝遇扶乩者，问寿几何，乩判曰："甲子年华有二秋。"以为当六十二。后二年卒，乃知二秋为二年。盖灵鬼时亦能前知也。

又闻山东巡抚国公扶乩问寿，乩判曰："不知。"问："仙人岂有所不知？"判曰："他人可知，公则不可知。修短有数，常人尽其所禀而已。若封疆重镇，操生杀予夺之权[①]，一政善，则千百万人受其福，寿可以增；一政不善，则千百万人受其祸，寿亦可以减。此即司命之神不能预为注定，何况于吾？岂不闻苏颋误杀二人，减二年寿，娄师德亦误杀二人，减十年寿耶？然则年命之事，公当自问，不必问吾也。"此言乃凿然中理，恐所遇竟真仙矣。

注释

①操生杀予夺之权：掌握生死、赏罚的大权。

族叔育万言：张歌桥之北，有人见黑狐醉卧场屋中。场中守视谷麦小屋，俗称之场屋。初欲擒捕，既而念狐能致财，乃覆以衣而坐守之。狐睡醒，伸缩数四，即成人形。甚感其护视，遂相与为友。狐亦时有所馈赠。

一日，问狐曰："设有人匿君家，君能隐蔽弗露乎？"曰："能。"又问："君能凭附人身狂走乎？"曰："亦能。"此人即恳乞曰："吾家酷贫，君所惠不足以赡，而又愧于数渎君。今里中某甲甚富，而甚畏讼。顷闻觅一妇司庖，吾欲使妇往应。居数日，伺隙逃出，藏君家，而吾以失妇阳[①]欲讼。妇尚粗有姿首，可诬以蜚语，胁多金。得金之后，公凭附使奔至某甲别墅中，然后使人觅得，则承惠多矣。”狐如所言，果得多金。觅妇返后，某甲以在其别墅，亦不敢复问。

然此妇狂疾竟不愈，恒自妆饰，夜似与人共嬉笑，而禁其夫勿使前。急往问狐，狐言无是理。试往侦之，俄归而顿足曰：“败矣！是某甲家楼上狐，悦君妇之色，乘吾出而彼入也。此狐非我所能敌，无如何矣。”此人固恳不已，狐正色曰：“譬如君里中某，暴横如虎，使彼强据人妇，君能代争乎?”后其妇颠痫日甚，且具发其夫之阴谋，针灸劾治皆无效，卒以瘵[②]死。

里人皆曰：“此人狡黠如鬼，而又济以狐之幻，宜无患矣。不虞以狐召狐，如螳螂黄雀之相伺也。古诗曰：‘利旁有倚刀，贪人还自贼。’信矣!”

注释

①阳：同“佯”，装作。　②瘵（zhài）：病，多指痨病。

门人王廷绍言：忻州有以贫鬻妇者，去几二载，忽自归。云初被买时，引至一人家。旋有一道士至，携之入山。意甚疑惧，然业已[①]卖与，无如何。道士令闭目，即闻两耳风飕飕。俄令开目，已在一高峰上。室庐华洁，有妇女二十余人，共来问讯，云：“此是仙府，无苦也。”因问：“到此何事?”曰：“更番侍祖师寝耳。此间金银如山积，珠翠锦绣，嘉肴珍果，皆役使鬼神，随呼立至。服食日用，皆比拟王侯。惟每月一回小痛楚，亦不害耳。”因指曰：“此处仓库，此处庖厨，此我辈居处，此祖师居处。”指最高处两室曰：“此祖师拜月拜斗处，此祖师炼银处。”亦有给使之人，然无一男子也。

自是每白昼则呼入荐枕席，至夜则祖师升坛礼拜，始各归寝。惟月信落红后，则净褫内外衣，以红绒为巨绠，缚大木上，手足不能丝毫动，并以绵丸窒口，喑不能声。祖师持金管如箸，寻视脉穴，刺入两臂两股肉内，吮吸其血，颇为酷毒。吮吸后，以药末糁[2]创孔，即不觉痛，顷刻结痂。次日，痂落如初矣。其地极高，俯视云雨皆在下。

忽一日，狂飚陡起，黑云如墨压山顶，雷电激射，势极可怖。祖师惶遽，呼二十余女，并裸露环抱其身，如肉屏风。火光入室者数次，皆一掣即返。俄一龙爪大如箕，于人丛中攫祖师去。霹雳一声，山谷震动，天地晦冥。觉昏瞀[3]如睡梦，稍醒，则已卧道旁。询问居人，知去家仅数百里。乃以臂钏易敝衣遮体，乞食得归也。

忻州人尚有及见此妇者，面色枯槁，不久患瘵而卒，盖精血为道士采尽矣。据其所言，盖即烧金御女之士。其术灵幻如是，尚不免于天诛，况不得其传，徒受妄人之蛊惑，而冀得神仙，不亦颠哉！

注释

①业已：已经。　②糁（sǎn）：散落，洒。　③瞀（mào）：眼睛昏花。

江南吴孝廉，朱石君之门生也。美才夭逝，其妇誓以身殉，而屡缢[1]不能死。忽灯下孝廉形见，曰：“易彩服则死矣。”从其言，果绝。

孝廉乡人录其事征诗，作者甚众，余亦为题二律。而石君为作墓志，于孝廉之坎坷，烈妇之慷慨，皆深致悼惜，而此事一字不及。或疑其乡人之粉饰，余曰："非也。文章流别，各有体裁。郭璞注《山海经》《穆天子传》，于西王母事铺叙綦[②]详。其注《尔雅·释地》，于"西至西王母"句，不过曰"西方昏荒之国"而已，不更益一语也。盖注经之体裁，当如是耳。金石之文，与史传相表里，不可与稗官杂记比，亦不可与词赋比。石君博极群书，深知著作之流别，其不著此事于墓志，古文法也，岂以其伪而削之哉？"

余老多遗忘，记孝廉名承绂，烈妇之姓氏，竟不能忆。姑存其略于此，俟扈跸[③]回銮，当更求其事状，详著之焉。

注释

①缢（yì）：上吊。②綦（qí）：极。③跸（bì）：帝王出行的车驾。

老仆施祥，尝乘马夜行至张白。四野空旷，黑暗中有数人掷沙泥，马惊嘶不进。祥知是鬼，叱之曰："我不至尔墟墓间，何为犯我？"群鬼揶揄曰："自作剧耳，谁与尔论理！"祥怒曰："既不论理，是寻斗也。"即下马，以鞭横击之。喧哄良久，力且不敌，马又跳踉掣其肘。意方窘急，忽遥见一鬼狂奔来，厉声呼曰："此吾好友，尔等毋造次[①]！"群鬼遂散。祥上马驰归，亦不及问其为谁。次日，携酒于昨处奠之，祈示灵响，寂然不应矣。祥之所友，不过厮养屠沽耳，而九泉之下，故人之情乃如是。

注释

①造次：鲁莽，轻率。

门人吴钟侨，尝作《如愿小传》，寓言滑稽，以文为戏也。后作蜀中一令，值金川之役，以监运火药殁于路。诗文皆散佚，惟此篇偶得于故纸中，附录于此。其词曰：

如愿者，水府之女神，昔彭泽清洪君以赠庐陵欧明者是也。以事事能给人之求，故有是名。水府在在皆有之，其遇与不遇，则系人之禄命耳。有四人同访道，涉历江海，遇龙神召之，曰："鉴汝等精进，今各赐如愿一。"即有四女子随行。其一人求无不获，意极适。不数月，病且死，女子曰："今世之所享，皆前生之所积。君夙生所积，今数月销尽矣。请归报命。"是人果不起。又一人求无不获，意犹未已。至冬月，求鲜荔巨如瓜者，女子曰："溪壑可盈，是不可餍，非神道所能给。"亦辞去。又一人所求有获有不获。以咎女子，女子曰："神道之力，亦有差等，吾有能致不能致也。然日中必昃[1]，月盈必亏[2]。有所不足，正君之福。不见彼先逝者乎？"是人惕然，女子遂随之不去。又一人虽得如愿，未尝有求。如愿时为自致之，亦蹙然[3]不自安。女子曰："君道高矣，君福厚矣，天地鉴之，鬼神佑之。无求之获，十倍有求，可无待乎我，我惟阴左右之而已矣。"他日相遇，各道其事，或喜或怅。曰："惜哉！逝者之不闻也。"

此钟侨弄笔狡狯之文，偶一为之，以资惩劝，亦无所不可。如累牍连篇，动成卷帙，则非著书之体矣。

注释

①昃（zè）：太阳西斜。 ②亏：欠缺。 ③蹙（cù）然：局促不安的样子。

郭石洲言：河南一巨室，宦成归里，年六十余矣。强健如少壮，恒蓄幼妾三四人，至二十岁，则治奁具而嫁之，皆宛然完璧。娶者多阴颂其德，人亦多乐以女鬻之。然在其家时，枕衾狎昵，与常人同。或以为但取红铅供药饵，或以为徒悦耳目，实老不能男，莫知其审也。

后其家婢媪私泄之，实使女而男淫耳。有老友密叩虚实，殊不自讳，曰："吾血气尚盛，不能绝嗜欲。御女犹可以生子，实惧为身后累。欲渔男色，又惧艾猳之事，为子孙羞。是以出此间道也。"此事奇创，古所未闻。

夫闺房之内，何所不有？床笫事可勿深论。惟岁岁转易，使良家女得再嫁名，似于人有损；而不稽[1]其婚期，不损其贞体，又似于人有恩。此种公案，竟无以断其是非。戈芥舟前辈曰："是不难断。直恃其多财，法外纵淫耳。昔窦二东之行劫，必留其御寒之衣衾，还乡之资斧，自以为德。此老之有恩，亦若是而已矣。"

注释

①稽：停留，拖延。

里有丁一士者，矫捷多力，兼习技击、超拒之术。两三丈之高，可翩然上；两三丈之阔，可翩然越也。余幼时犹及见之，尝求睹其技。使余立一过厅中，余面向前门，则立前门外面相对；余转面后门，则立后门外面相对。如是者七八度，盖一跃即飞过屋脊耳。后过杜林镇，遇一友，邀饮桥畔酒肆中。酒酣共立河岸，友曰："能越此乎？"一士应声耸身过。友招使还，应声又至。足甫及岸，不虞[1]岸已将圮，近水陡立处开裂有纹。一士未见，误踏其上，岸崩二尺许。遂随之坠河，顺流而去。素不习水，但从波心踊起数尺，能直上而不能旁近岸，仍坠水中。如是数四[②]，力尽，竟溺焉。

盖天下之患，莫大于有所恃[③]。恃财者终以财败，恃势者终以势败，恃智者终以智败，恃力者终以力败。有所恃，则敢于蹈险故也。田侯松岩于滦阳买一劳山杖，自题诗曰："月夕花晨伴我行，路当坦处亦防倾。敢因恃尔心无虑，便向崎岖步不平。"斯真阅历之言，可贯而佩者矣。

注释

①虞：料想。　②数四：多次。　③恃：依仗。

沧州甜水井有老尼，曰慧师父，不知其为名为号，亦不知是此"慧"字否，但相沿呼之云尔。余幼时，尝见其出入外祖张公家，戒律谨严，并糖不食，曰："糖亦猪脂所点成也。"不衣裘，曰："寝皮与食肉同也。"不衣绸绢，曰："一尺之帛，千蚕之命也。"供佛面筋必自制，曰："市中皆以足踏也。"焚香必敲石取火，曰："灶火不洁也。"清斋一食，取足自给，不营营[①]募化。

外祖家一仆妇，以一布为施，尼熟视识之，曰："布施须用己财，方为功德。宅中为失此布，笞小婢数人，佛岂受如此物耶?"妇以情告曰："初谓布有数十匹，未必一一细检，故偶取其一，不料累人受捶楚，日相诅咒，心实不安。故布施求忏罪耳。"尼掷还之曰："然则何不密送原处，人亦得白，汝亦自安耶?"后妇死数年，其弟子乃泄其事，故人得知之。

乾隆甲戌、乙亥间，年已七八十矣，忽过余家，云将诣潭柘寺礼佛，为小尼受戒。余偶话前事，摇首曰："实无此事，小妖尼饶舌耳。"相与叹其忠厚。临行，索余题佛殿一额。余属赵春磵代书。合掌曰："谁书即乞题谁名，佛前勿作诳语[2]。”为易赵名，乃持去，后不再来。近问沧州人，无识之者矣。

又景城天齐庙一僧，住持果成之第三弟子。士人敬之，无不称曰三师父，遂佚其名。果成弟子颇不肖[3]，多散而托钵四方。惟此僧不坠宗风，无大刹知客市井气，亦无法座禅师骄贵气。戒律精苦，虽千里亦打包徒步，从不乘车马。先兄晴湖尝遇之中途，苦邀同车，终不肯也。官吏至庙，待之礼无加；田夫、野老至庙，待之礼不减。多布施，少布施，无布施，待之礼如一。禅诵之余，惟端坐一室，入其庙，如无人者。其行事如是焉而已。

然里之男妇，无不曰三师父道行清高。及问其道行安在，清高安在，则茫然不能应。其所以感动人心，正不知何故矣。尝以问姚安公，公曰：“据尔所见，有不清不高处耶？无不清不高，即清高矣。尔必欲锡飞、杯渡，乃为善知识耶？”

此一尼一僧，亦彼法中之独行者矣。三师父涅槃不久，其名当有人知。俟见乡试诸孙辈，使归而询之庙中。

注释

①营营：奔走追逐。 ②诳语：谎话。 ③不肖：品行不好，没出息。

九州之大，奸盗事无地无之，亦无日无之，均不为异也。至盗而稍别于盗，而不能不谓之盗；奸而稍别于奸，究不能不谓之奸，斯为异矣。盗而人许遂其盗，奸而人许遂其奸，斯更异矣。乃又相触立发，相牵立息，发如鼎沸，息如电掣，不尤异之异乎？

舅氏安公五章言：有中年失偶者，已有子矣，复买一有夫之妇。幸控制有术，犹可相安。既而是人死，平日私蓄，悉在此妇手。其子微闻而索之，事无佐证，妇弗承也。后侦知其藏贮处，乃夜中穴壁入室。方开箧携出，妇觉，大号有贼。家众惊起，各持械入。其子仓皇从穴出，迎击之，立踣。即从穴入搜余盗，闻床下喘息有声，群呼尚有一贼，共曳出縶缚。比灯至审视，则破额昏仆者其子，床下乃其故夫也。

其子苏后，与妇各执一词。子云："子取父财，不为盗。"妇云："妻归前夫，不为奸。"子云："前夫可再合，而不可私会。"妇云："父财可索取，而不可穿窬[①]。"互相诟谇，势不相下。

次日，族党密议，谓涉讼两败，徒玷门风。乃阴为调停，使尽留金与其子，而听妇自归故夫，其难乃平。然已"鼓钟于宫，声闻于外"矣。

先叔仪南公曰："此事巧于相值[②]，天也；所以致有此事，则人也。不纳此有夫之妇，子何由而盗，妇何由而奸哉？彼所恃者，力能驾驭耳。不知能驾驭于生前，不能驾驭于身后也。"

注释

①穿窬（yú）：打洞穿墙偷窃。　②值：遇到。

卷二十三

滦阳续录五

戴东原言：其族祖某，尝僦[1]僻巷一空宅。久无人居，或言有鬼。某厉声曰："吾不畏也！"入夜，果灯下见形，阴惨之气，砭人肌骨。一巨鬼怒叱曰："汝果不畏耶？"某应曰："然。"遂作种种恶状，良久，又问曰："仍不畏耶？"又应曰："然。"鬼色稍和，曰："吾亦不必定驱汝，怪汝大言耳。汝但言一'畏'字，吾即去矣。"某怒曰："实不畏汝，安可诈言畏？任汝所为可矣。"鬼言之再四，某终不答。鬼乃太息曰："吾住此三十余年，从未见强项似汝者。如此蠢物，岂可与同居！"奄然[2]灭矣。

或咎之曰："畏鬼者常情，非辱也。谬答以畏，可息事宁人。彼此相激，伊于胡底乎？"某曰："道力深者，以定静祛[3]魔，吾非其人也。以气凌之，则气盛而鬼不逼；稍有牵就，则气馁而鬼乘之矣。彼多方以饵吾，幸未中其机械[4]也。"论者以其说为然。

注释

①僦：租。 ②奄然：忽然。 ③祛（qū）：除去。 ④机械：圈套。

饮食男女，人生之大欲存焉。干名义，渎伦常，败风俗，皆王法之所必禁也。若痴儿呆女，情有所钟，实非大悖于礼者，似不必苛以深文。

余幼闻某公在郎署时，以气节严正自任。尝指小婢配小奴，非一年矣，往来出入，不相避也。一日，相遇于庭。某公亦适至，见二人笑容犹未敛，怒曰："是淫奔也。于律奸未婚妻者杖。"遂亟呼杖。众言："儿女嬉戏，实无所染，婢眉与乳可验也。"某公曰："于律谋而未行，仅减一等。减则可，免则不可。"卒并杖之，创几殆。自以为河东柳氏之家法，不是过也。自此恶其无礼，故稽其婚期。二人遂同役之际，举足趑趄[①]，无事之时，望影藏匿。跋前疐后[②]，日不聊生。渐郁悒成疾，不半载内，先后死。其父母哀之，乞合葬。某公仍怒曰："嫁殇非礼，岂不闻耶？"亦不听。后某公殁时，口喃喃似与人语，不甚可辨。惟"非我不可，于礼不可"二语，言之十余度，了了分明。咸疑其有所见矣。

夫男女非有行媒，不相知名，古礼也。某公于孩稚之时，即先定婚烟，使明知为他日之夫妇。朝夕聚处，而欲其无情，必不能也。内言不出于阃[③]，外言不入于阃，古礼也。某公僮婢无多，不能使各治其事。时时亲相授受，而欲其不通一语，又必不能也。其本不正，故其末不端。是二人之越礼，实主人有以成之。乃操之已蹙，处之过当，死者之心能甘乎？冤魄为厉，犹以"于礼不可"为词，其斯以为讲学家乎？

注释

①趑趄（zījū）：想前进又不敢前进的样子。 ②跋前疐（zhì）后：比喻进退两难。疐，跌倒。 ③阃（kǔn）：妇女居住的地方，内室。

山西人多商于外，十余岁辄从人学贸易。俟蓄积有资，始归纳妇。纳妇后仍出营利，率二三年一归省，其常例也。或命途蹇[1]剥，或事故萦牵，一二十载不得归，甚或金尽裘敝，耻还乡里，萍飘蓬转，不通音问者，亦往往有之。

有李甲者，转徙为乡人靳乙养子，因冒其姓。家中不得其踪迹，遂传为死。俄其父母并逝，妇无所依，寄食于母族舅氏家。其舅本住邻县，又挈[2]家逐什一，商舶南北，岁无定居。甲久不得家书，亦以为死。靳乙谋为甲娶妇。会妇舅旅卒，家属流寓于天津，念妇少寡，非长计，亦谋嫁于山西人，他时尚可归乡里。惧人嫌其无母家，因诡称己女。众人媒合，遂成其事。合卺[3]之夕，以别已八年，两怀疑而不敢问。宵分私语，乃始了然。甲怒其未得实据而遽嫁，且诟且殴。阖家惊起，靳乙隔窗呼之曰："汝之再娶，有妇亡之实据乎？且流离播迁，待汝八年而后嫁，亦可谅其非得已矣。"甲无以应，遂为夫妇如初。破镜重合，古有其事。若夫再娶而仍元配，妇再嫁而未失节，载籍以来，未之闻也。姨丈卫公可亭，曾亲见之。

注释

①蹇（jiǎn）：不顺利。 ②挈（qiè）：带领。 ③合卺（jǐn）：成婚。

沧州酒，阮亭先生谓之麻姑酒，然土人实无此称。著名已久，而论者颇有异同。盖舟行来往，皆沽于岸上肆中，村酿薄醨[1]，殊不足辱杯斝。又土人防征求无餍，相戒不以真酒应官，虽笞捶不肯出，十倍其价亦不肯出。保阳制府，尚不能得一滴，他可知也。

其酒非市井所能酿，必旧家世族，代相授受，始能得其水火之节候。水虽取于卫河，而黄流不可以为酒。必于南川楼下，如金山取江心泉法，以锡罂[②]沉至河底，取其地涌之清泉，始有冲虚之致。其收贮畏寒畏暑，畏湿畏蒸，犯之则味败。其新者不甚佳，必庋阁至十年以外，乃为上品，一罂可值四五金。然互相馈赠者多，耻于贩鬻。又大姓若戴、吕、刘、王，若张、卫，率多零替[③]，酿者亦稀，故尤难得。或运于他处，无论肩运、车运、舟运，一摇动即味变。运到之后，必安静处澄半月，其味乃复。取饮注壶时，当以杓平挹，数摆拨则味亦变，再澄数日乃复。姚安公尝言："饮沧酒禁忌百端，劳苦万状，始能得花前月下之一酌，实功不补患。不如遣小竖[④]随意行沽，反陶然自适。"盖以此也。

其验真伪法，南川楼水所酿者，虽极醉，膈不作恶，次日亦不病酒，不过四肢畅适，恬然高卧而已。其但以卫河水酿者则否。验新陈法，凡庋阁[⑤]二年者，可再温一次；十年者，温十次如故，十一次则味变矣。一年者再温即变，二年者三温即变，毫厘不能假借，莫知其所以然也。

董曲江前辈之叔名思任，最嗜饮。牧沧州时，知佳酒不应官，百计劝谕，人终不肯破禁约。罢官后，再至沧州，寓李进士锐巅家，乃尽倾其家酿。语锐巅曰："吾深悔不早罢官。"此虽一时之戏谑，亦足见沧酒之佳者不易得矣。

注释

①醨（lí）：薄酒。 ②罂：一种大腹小口的器皿。 ③零替：衰败。 ④小竖：僮仆。 ⑤庋（guǐ）阁：搁置。

先师李又聃先生言：东光有赵氏者，先生曾举其字，今不能记，似尚是先生之尊行。尝过清风店，招一小妓侑[①]酒。偶语及某年宿此，曾招一丽人留连两夕，计其年，今未满四十。因举其小名，妓骇曰："是我姑也，今尚在。"明日同至其家，宛然旧识。方握手寒温，其祖姑闻客出现，又大骇曰："是东光赵君耶？三十余年不相见，今鬓虽欲白，形状声音，尚可略辨。君号非某耶？"问之，亦少年过此所狎也。三世一堂，都无避忌。传杯话旧，惘惘然如在梦中，又住其家两夕而别。别时言祖籍本东光，自其翁始迁此，今四世矣，不知祖墓犹存否。因举其翁之名，乞为访问。

赵至家后，偶以问乡之耆旧[②]。一人愕然良久，曰："吾今乃始信天道，是翁即君家门客。君之曾祖与人讼，此翁受怨家金，阴为反间，讼因不得直。日久事露，愧而挈家逃。以为在海角天涯矣，不意竟与君遇，使以三世之妇，偿其业债也。吁！可畏哉！"

注释

①侑（yòu）：劝人饮食。　②耆（qí）旧：老人。耆，年老。

又聃先生又言：有安生者，颇聪颖。忽为众狐女摄入承尘上，吹竹调丝，行炙劝酒，极媟狎冶荡之致。隔纸听之，甚了了。而承尘初无微隙，不知何以入也。燕乐既终，则自空掷下，头面皆伤损，或至破骨流血。调治稍愈，又摄[①]去如初。毁其承尘，则摄置屋顶，其掷下亦如初。然生殊不自言苦也。生父购得一符，悬壁上。生见之，即战栗伏地，魅亦随绝。问生符上何所见，云初不见符，但见兵将狰狞[②]，戈甲晃耀而已。

此狐以为仇耶？不应有燕昵之欢；以为媚耶？不应有仆掷

之酷。忽喜忽怒，均莫测其何心。或曰：“是仇也，媚之乃死而不悟。”然媚即足以致其死，又何必多此一掷耶？

注释

①摄：抓取。 ②狰狞：动作或表情十分可怕。

李汇川言：有严先生，忘其名与字。值乡试期近，学子散后，自灯下夜读。一馆童送茶入，急失声仆地，碗碎琤然[1]。严惊起视，则一鬼披发瞪目立灯前。严笑曰：“世安有鬼？尔必黠盗饰此状，欲我走避耳。我无长物，惟一枕一席。尔可别往。”鬼仍不动。严怒曰：“尚欲给人耶？”举界尺击之，瞥然而灭。严周视无迹，沉吟曰：“竟有鬼耶？”既而曰：“魂升于天，魄降于地，此理甚明。世安有鬼？殆狐魅耳。”仍挑灯琅琅诵不辍。此生崛强[2]，可谓至极，然鬼亦竟避之。盖执拗之气，百折不回，亦足以胜之也。

又闻一儒生，夜步廊下。忽见一鬼，呼而语之曰：“尔亦曾为人，何一作鬼，便无人理？岂有深更昏黑，不分内外，竟入庭院者哉？”鬼遂不见。此则心不惊怖，故神不瞀乱，鬼亦不得而侵之。

又故城沈丈丰功，讳鼎勋，姚安公之同年。尝夜归遇雨，泥潦纵横，与一奴扶掖而行，不能辨路。经一废寺，旧云多鬼，沈丈曰：“无人可问，且寺中觅鬼问之。”径入，绕殿廊呼曰：“鬼兄鬼兄，借问前途水深浅？”寂然无声。沈丈笑曰：“想鬼俱睡，吾亦且小憩。”遂偕奴倚柱睡至晓。此则襟怀洒落，故作游戏耳。

注释

①琤然：声音清脆的样子。 ②崛强：刚强，刚直。

阿文成公平定伊犁时，于空山捕得一玛哈沁[①]。诘其何以得活，曰："打牲为粮耳。"问："潜伏已久，安得如许火药？"曰："蜣螂曝干为末，以鹿血调之，曝干，亦可以代火药，但比硝磺力少弱耳。"又一蒙古台吉云："鸟铳贮火药铅丸后，再取一干蜣螂，以细杖送入，则比寻常可远出一二十步。"此物理之不可解者，然试之均验。

又疡医殷赞庵云："水银能蚀五金，金遇之则白，铅遇之则化。凡战阵铅丸陷入骨肉者，割取至为楚毒[②]，但以水银自创口灌满，其铅自化为水，随水银而出。"此不知验否，然于理可信。

注释

①玛哈沁：强盗。 ②楚毒：痛苦。

田白岩言：有士人僦居僧舍，壁悬美人一轴，眉目如生，衣褶飘扬如动。士人曰："上人不畏扰禅心耶？"僧曰："此天女散花图，堵芬木画也。在寺百余年矣，亦未暇细观。"

一夕，灯下注目，见画中人似凸起一二寸。士人曰："此西洋界画，故视之若低昂，何堵芬木也？"画中忽有声曰："此妾欲下，君勿讶也。"士人素刚直，厉声叱曰："何物妖鬼，敢媚我！"遽掣其轴，欲就灯烧之。轴中絮泣曰："我炼形将成，一付祝融[①]，则形消神散，前功付流水矣。乞赐哀悯，感且不朽。"

僧闻俶扰[②]，亟来视。士人告以故，僧憬然曰："我弟子居此室，患瘵而死，非汝之故耶?”画不应，既而曰：“佛门广大，何所不容?和尚慈悲，宜见救度。”士怒曰：“汝杀一人矣，今再纵汝，不知当更杀几人。是惜一妖之命，而戕无算人命也。小慈是大慈之贼，上人勿吝。”遂投之炉中，烟焰一炽，血腥之气满室，疑所杀不止一僧矣。

后入夜或嘤嘤有泣声，士人曰：“妖之余气未尽，恐久且复聚成形。破阴邪者惟阳刚。”乃市爆竹之成串者十余，京师谓之火鞭。总结其信线为一，闻声时骤然爇之，如雷霆砰磕，窗扉皆震，自是遂寂。除恶务本，此士人有焉。

注释

①祝融：古代传说中的火神。 ②俶扰（chùrǎo）：骚乱。

有与狐为友者，天狐也，有大神术，能摄此人于千万里外。凡名山胜境，恣其游眺，弹指而去，弹指而还，如一室也。尝云：“惟贤圣所居不敢至，真灵所驻不敢至，余则披图按籍，惟意所如耳。”

一日，此人祈狐曰：“君能携我于九州之外，能置我于人闺阁中乎?”狐问何意，曰：“吾尝出入某友家，预后庭丝竹之宴。其爱妾与吾目成，虽一语未通，而两心互照。但门庭深邃，盈盈一水，徒怅望耳。君能于夜深人静，摄我至其绣闼，吾事必济。”狐沉思良久，曰：“是无不可。如主人在何?”曰：“吾侦其宿他姬所而往也。”后果侦得实，祈狐偕往。狐不俟其衣冠，遽携之飞行。至一处，曰：“是矣。”瞥然自去。此人暗中摸索，不闻人声，惟觉触手皆卷轴，乃主人之书楼也。知为狐所弄，仓皇失措，误触一几倒，器玩落板上，碎声砰然。守者呼有盗，僮仆坌至，启锁明烛，执械入。见有人瑟缩屏风后，共前击仆，以绳急缚。就灯下视之，识为此人，均大骇愕。此人故狡黠，诡言偶与狐友忤，被提至此。主人故稔知之，拊掌揶揄曰："此狐恶作剧，欲我痛抶[①]君耳。姑免笞，逐出。"因遣奴送归。

他日，与所亲密言之。且詈曰："狐果非人，与我相交十余年，乃卖我至此。"所亲怒曰："君与某交，已不止十余年，乃借狐之力，欲乱其闺阃，此谁非人耶？狐虽愤君无义，以游戏儆[②]君，而仍留君自解之路，忠厚多矣。使待君华服盛饰，潜挈置主人卧塌下，君将何词以自文？由此观之，彼狐而人，君人而狐者也。尚不自反耶？"此人愧沮而去。狐自此不至，所亲亦遂与绝。郭彤纶与所亲有瓜葛，故得其详。

注释

①抶（chì）：用鞭杖击打。　②儆（jǐng）：使人警醒。

老儒刘泰宇，名定光，以舌耕[①]为活。有浙江医者某，携一幼子流寓。二人甚相得，因卜邻。子亦韶秀，礼泰宇为师。医者别无亲属，濒死托孤于泰宇，泰宇视之如子。适寒冬，夜与共被。有杨甲为泰宇所不礼，因造谤曰："泰宇以故人之子为娈童。"泰宇愤恚[②]，问此子，知尚有一叔，为粮艘旗丁掌书算。因携至沧州河干，借小屋以居。见浙江粮艘，一一遥呼，问有某先生否。数日，竟得之，乃付以侄。其叔泣曰："夜梦兄云侄当归，故日日独坐舵楼望。兄又云：'杨某之事，吾得直于神矣。'则不知所云也。"泰宇亦不明言，悒悒[③]自归。迂儒拘谨，恒念此事无以自明，因郁结发病死。

灯前月下，杨恒见其怒目视。杨故犷悍，不以为意，数载亦死，妻别嫁，遗一子，亦韶秀。有宦室轻薄子，诱为娈童，招摇过市，见者皆太息。

泰宇，或云肃宁人，或云任丘人，或云高阳人。不知其审，大抵住河间之西也。迹其平生，所谓殁而可祀于社者欤！此事在康熙中年。三从伯灿宸公喜谈因果，尝举以为戒。久而忘之，戊午五月十二日，住密云行帐，夜半睡醒，忽然忆及。悲其名氏翳如，至滦阳后，为录大略如右。

注释

①舌耕：教书。 ②愤恚（huì）：恼怒，发怒。 ③悒（yì）悒：忧郁愁闷。

常守福，镇番人。康熙初，随众剽掠[①]，捕得当斩。曾伯祖光吉公时官镇番守备，奇其状貌，请于副将韩公免之，且补以名粮，收为亲随。光吉公罢官归，送公至家，因留不返。从伯祖钟秀公尝曰："常守福矫捷绝伦，少时尝见其以两足挂明楼雉堞上，倒悬而扫砖线之雪，四围皆净。剧盗多能以足向上，手向下，倒抱楼角而登。近雉堞处以砖凸出三寸，四围镶之则不能登，以足不能悬空也。俗谓之砖线。持帚翩然而下，如飞鸟落地。真健儿也。"后光吉公为娶妻生子。闻今尚有后人，为四房佃种云。

注释

①剽掠（piáolüè）：抢劫，掠夺。

门联唐末已有之，蜀辛寅逊为孟昶题桃符，"新年纳余庆，嘉节号长春"二语是也。但今以朱笺书之为异耳。余乡张明经晴岚，除夕前自题门联曰："三间东倒西歪屋，一个千锤百炼人。"适有锻铁者求彭信甫书门联，信甫戏书此二句与之。两家望衡对宇[①]，见者无不失笑。二人本辛酉拔贡同年，颇契厚[2]，坐此竟成嫌隙。凡戏无益，此亦一端。

又董曲江前辈喜诙谐。其乡有演剧送葬者，乞曲江于台上题一额。曲江为书“吊者大悦”四字，一邑传为口实。致此人终身切齿，几为其所构陷[3]。后曲江自悔，尝举以戒友朋云。

注释

①望衡对宇：形容住处很近，可以互相望见。衡，门。宇，屋。 ②契厚：交往密切，感情深厚。 ③构陷：定计陷害。

董秋原言：有张某者，少游州县幕。中年度足自赡，即闲居以莳[1]花种竹自娱。偶外出数日，其妇暴卒。不及临诀，心恒怅怅如有失。

一夕，灯下形见，悲喜相持。妇曰：“自被摄后，有小罪过待发遣，遂羁绊至今。今幸勘结，得入轮回。以距期尚数载，感君忆念，祈于冥官，来视君，亦夙缘之未尽也。”遂相缱绻如平生。自此人定恒来，鸡鸣辄去。嬿婉之意有加，然不一语及家事，亦不甚问儿女，曰：“人世嚣杂，泉下人得离苦海，不欲闻之矣。”

一夕，先数刻至，与语不甚答，曰：“少迟君自悟耳。”俄又一妇搴帘入，形容无二，惟衣饰差别，见前妇惊却。前妇叱曰：“淫鬼假形媚人，神明不汝容也。”后妇狼狈出门去。此妇乃握张泣，张惝恍[2]莫知所为。妇曰：“凡饿鬼多托名以求食，淫鬼多假形以行媚。世间灵语，往往非真。此鬼本西市娼女，乘君思忆，投隙而来，以盗君之阳气，适有他鬼告我，故投诉社公，来为君驱除。彼此时谅已受笞矣。”

问：“今在何所？”曰：“与君本有再世缘，因奉事翁姑，外执礼而心怨望，遇有疾病，虽不冀幸其死，亦不迫切求其生，为神道所录，降为君妾。又因怀挟私愤，以语激君，致君兄弟不甚睦，再降为媵婢。须后公二十余年生，今尚浮游墟墓间也。”张牵引入帏。曰：“幽明路隔，恐干阴谴，来生会了此愿耳。”呜咽数声而灭。

时张父母已故，惟兄别居。乃诣兄具述其事，友爱如初焉。

注释

①莳（shì）：栽种。 ②惝恍：恍恍惚惚。

有嫠妇年未二十，惟一子，甫三四岁。家徒四壁，又鲜[①]族属，乃议嫁。妇色颇艳，其表戚某甲，密遣一妪说之曰：“我于礼无娶汝理，然思汝至废眠食。汝能托言守志，而私昵于我，每月给资若干，足以赡母子。两家虽各巷，后屋则仅隔一墙，梯而来往，人莫能窥也。”妇惑其言，遂出入如夫妇。外人疑妇何以自活，然无迹可见，姑以为尚有蓄积而已。

久而某甲奴婢泄其事。其子幼，即遣就外塾宿。至十七八，亦稍闻繁言，每泣谏。妇不从，狎昵杂坐，反故使见闻，冀杜其口。子恚甚，遂白昼入某甲家，剸[②]刃于心，出于背，而以“借贷不遂，遭其轻薄，怒激致杀”首于官。官廉得其情，百计开导，卒不吐实，竟以故杀论抵。

乡邻哀之，好事者欲以片石表其墓，乞文于朱梅崖前辈。梅崖先一夕梦是子，容色惨沮[③]，对而拱立，至是憬然曰：“是可毋作也。不书其实，则一凶徒耳，乌乎表？书其实，则彰孝子之名，适以伤孝子之心，非所以安其灵也。”遂力沮罢其事。是夕，又梦其拜而去。

是子也，甘殒其身以报父仇，复不彰母过以为父辱，可谓善处人伦之变矣。或曰："斩其宗祀，祖宗恫[④]焉。盍待生子而为之乎？"是则讲学之家，责人无已，非余之所敢闻也。

注释

①鲜：少。　②剸（yì）：用刀刺。　③惨沮：忧伤沮丧。④恫（tòng）：悲痛。

小人之谋，无往不福君子也。此言似迂而实信。

李云举言：其兄宪威官广东时，闻一游士性迂僻。过岭干谒亲旧，颇有所获。归装襆被衣履之外，独有二巨箧，其重四人乃能舁，不知其何所携也。一日，至一换舟处，两舷相接，束以巨绳，扛而过。忽四绳皆断如刃截。訇然堕板上，两箧皆破裂。顿足悼惜，急开检视，则一贮新端砚，一贮英德石也。石箧中白金一封，约六七十两，纸裹亦绽。方拈起审视，失手落水中。倩渔户没水求之，仅得小半。方懊丧间，同来舟子遽贺曰："盗为此二箧，相随已数日。以岸上有人家，不敢发，吾惴惴不敢言。今见非财物，已唾而散矣。君真福人哉！抑阴功得神佑也？"

同舟一客私语曰："渠有何阴功？但新有一痴事耳。渠在粤日，尝以百二十金托逆旅[①]主人买一妾，云是一年余新妇，贫不举火，故鬻以自活。到门之日，其翁姑及婿俱来送，皆羸病如乞丐。临入房，互相抱持，痛哭诀别。已分手，犹追数步，更絮语。媒妪强曳妇入，其翁抱数月小儿向渠叩首曰：'此儿失乳，生死未可知。乞容其母暂一乳，且延今日，明日再作计。'渠忽跃然起曰：'吾谓妇见出耳。今见情状，凄动心脾，即引汝妇去，金亦不必偿也。古今人相去不远，冯京之父，吾岂不能为哉？'竟对众焚其券。不知乃主人窥其忠厚，伪饰己女以绐之，觊其竟纳，又别有狡谋也。同寓皆知，渠至今未悟，岂鬼神即录为阴功耶?”又一客曰：“是阴功也。其事虽痴，其心则实出于恻隐。鬼神鉴察，亦鉴察其心而已矣。今日免祸，即谓缘此事可也。彼逆旅主人，尚不知究竟如何耳。”先师又聃先生，云举兄也，谓云举曰：“吾以此客之论为然。”

余又忆姚安公言：田丈耕野西征时，遣平鲁路守备李虎，偕二千总将三百兵出游徼，猝遇额鲁特自间道来。二千总启虎曰：“贼马健，退走必为所及[②]。请公率前队扼山口，我二人率后队助之。贼不知我多寡，犹可以守。”虎以为然，率众力斗，二千总已先遁[③]。盖绐虎与战，以稽[④]时刻，虎败，则去已远也。虎遂战殁，后荫其子先捷如父官。此虽受绐而败，然受绐适以成其忠。故曰，小人之谋，无往不福君子也。此言似迂而实确。

注释

①逆旅：旅店。　②及：追上。　③遁：逃跑。　④稽：停留，拖延。

云举又言：有人富甲一乡，积粟千余石。遇岁歉[①]，闭不肯粜。忽一日，征集仆隶，陈设概量，手书一红笺，榜于门曰：“岁歉人饥，何必独饱？今拟以历年积粟，尽贷乡邻，每人以一石为律。即日各具囊箧赴领，迟则粟尽矣。”附近居民，闻声云合，不一日而粟尽。

有请见主人申谢者，则主人不知所往矣。皇遽大索，乃得于久锸[②]敝屋中，酣眠方熟，人至始欠伸。众惊愕掖起，于身畔得一纸曰：“积而不散，怨之府也；怨之所归，祸之丛也。

千家饥而一家饱，剽劫为势所必至，不名实两亡乎？感君旧恩，为君市德。希恕专擅，是所深祷。”不省所言者何事，询知始末，太息而已。

然是时人情汹汹，实有焚掠之谋。得是博施，乃转祸为福。此幻形之妖，可谓爱人以德矣，所云“旧恩”，则不知其故。或曰：“其家园中有老屋，狐居之数十年，屋圮乃移去。意即其事欤？”

注释

①岁歉：年成歉收。 ②镉：锁。

小时闻乳母李氏言：一人家与佛寺邻，偶寺廊跃下一小狐，儿童捕得，絷[①]缚鞭棰，皆慑伏不动。放之则来往于院中，绝不他往。与之食则食，不与亦不敢盗，饥则向人摇尾而已。呼之似解人语，指挥之亦似解人意。举家怜之，恒禁儿童勿凌虐。

一日，忽作人语曰：“我名小香，是钟楼上狐家婢。偶嬉戏误事，因汝家儿童顽劣，罚受其蹂躏[②]一月。今限满当归，故此告别。”问：“何故不逃避？”曰：“主人养育多年，岂有逃避之理？”语讫，作叩额状，翩然越墙而去。

时余家一小奴窃物远扬，乳母因说此事，喟然曰：“此奴乃不及此狐！”

注释

①絷（zhí）：捆绑。 ②蹂躏：欺辱。

陈云亭舍人言：其乡深山中有废兰若[①]，云鬼物据之，莫能修复。一僧道行清高，径往卓锡[②]。初一两夕，似有物窥伺。

僧不闻不见，亦遂无形声。三五日后，夜有野叉排闼入，狰狞跳掷，吐火嘘烟。僧禅定自若，扑及蒲团者数四，然终不近身。比晓，长啸去。次夕，一好女至，合什作礼，请问法要。僧不答。又对僧琅琅诵《金刚经》，每一分讫，辄问此何解。僧又不答。女子忽旋舞，良久，振其双袖，有物簌簌落满地，曰："此比散花何如?"且舞且退，瞥眼无迹。满地皆寸许小儿，蠕蠕几千百，争缘肩登顶，穿襟入袖。或龁啮，或搔爬，如蚊虻虮虱之攒咂；或抉剔耳目，擘裂口鼻，如蛇蝎之毒螫。撮之投地，爆然有声，一辄分形为数十，弥添弥众。左支右绌[③]，困不可忍，遂委顿于禅榻下。久之苏息，寂无一物矣。僧慨然曰："此魔也，非迷也。惟佛力足以伏魔，非吾所及。浮屠不三宿桑下，何必恋恋此土乎?"天明，竟打包返。

余曰："此公自作寓言，譬正人之愠于群小耳。然亦足为轻尝者戒。"云亭曰："仆百无一长，惟平生不能作妄语。此僧归路过仆家，面上血痕细如乱发，实曾目睹之。"

注释

①兰若：寺院。 ②卓锡：和尚的停留。 ③绌：屈曲，不足。

老仆刘廷宜言：雍正初，佃户张璜于褚寺东架团焦俗谓之团瓢，焦字音转也。二字出《北齐书·本纪》。守瓜，夜恒见一人，行步迟重，徐徐向西北去。一夕，偶窃随之，视所往。见至一丛冢处，有十余女鬼出迓，即共狎笑媟戏。知为妖物，然似是蠢蠢无所能。乃藏火铳于团焦，夜夜伺之。一夜，又见其过，发铳猝击，訇然仆地。秉火趋视，乃一翁仲也。次日，积柴燔为灰，亦无他异。至夜，梦十余妇女罗拜曰："此怪不知自何来，力猛如罴[①]虎。凡新葬女鬼，无老少皆遭胁污。有枝拒[②]者，登其坟顶，踊跃数四，即土陷棺裂，无可栖身。故不敢不从，然饮恨则久矣。今蒙驱除，故来谢也。”

后有从高川来者，云石人洼冯道墓前，冯道，景城人，所居今犹名相国庄，距景城二三里。墓则在今石人洼。余幼时见残缺石兽、石翁仲尚有存者。县志云不知道墓所在，盖承旧志之误也。忽失一石人，乃知即是物也。是物自五代至今，始炼成形，岁月不为不久。乃甫能幻化，即纵凶淫，卒自取焚如之祸。与邵二云所言木偶，其事略同，均可为小器易盈者鉴也。

注释

①罴（pí）：熊。②枝拒：抵抗。

外叔祖张公蝶庄家有书室，颇轩敞。周以回廊，中植芍药三四十本，花时香过邻墙。门客闵姓者，携一仆下榻其中。一夕就枕后，忽外有女子声曰：“姑娘致意先生，今日花开，又值好月，邀三五女伴借一赏玩，不致有祸于先生。幸勿开门唐突，足见雅量矣。”闵噤不敢答，亦不复再言。俄微闻衣裳綷縩[①]声，穴窗纸视之，无一人影。侧耳谛听，时似喁喁私语，若有若无，都不辨一字，跼蹐枕席，睡不交睫。三鼓以后，似又闻步履声。俄而隔院犬吠，俄而邻家犬亦吠，俄而巷中犬相接而吠。近处吠止，远处又吠，其声迢递向东北，疑其去矣。恐忤之招祟，不敢启户。天晓出视，了无痕迹，惟西廊尘上似略有弓弯[②]印，亦不分明，盖狐女也。

外祖雪峰公曰：“如此看花，何必更问主人？殆闵公莽莽有伧气，恐其偶然冲出，致败人意耳。”

注释

①綷縩（cuìcài）：衣服摩擦的声音。 ②弓弯：弓鞋。

沧州有董华者，读书不成，流落为市肆司书算。复不能善事其长，为所排挤。出以卖药卜卦自给，遂贫无立锥。一母一妻，以缝纴浣濯佐之，犹日不举火。

会岁饥，枵腹[①]杜门，势且俱毙。闻邻村富翁方买妾，乃谋于母，将鬻妇以求活，妇初不从，华告以失节事大，致母饿死事尤大，乃涕泗曲从。惟约以傥得生还，乞仍为夫妇，华亦诺之。妇故有姿，富翁颇宠眷，然枕席时有泪痕。富翁固问，毅然对曰："身已属君，事事可听君所为。至感忆旧恩，则虽刀锯在前，亦不能断此念也。"

适岁再饥，华与母并为饿殍[②]。富翁虑有变，匿不使知。有一邻妪偶泄之，妇殊不哭，痴坐良久，告其婢媪曰："吾所以隐忍受玷者，一以活姑与夫之命，一以主人年已七十余，度不数年，即当就木。吾年尚少，计其子必不留我，我犹冀缺月再圆也。今则已矣！"突起开楼窗，踊身倒坠而死。

此与前录所载福建学院妾相类。然彼以儿女情深，互以身殉，彼此均可以无恨。此则以养姑养夫之故，万不得已而失身，乃卒无救于姑与夫，事与愿违，徒遭玷污，痛而一决。其赍恨尤可悲矣！

注释

①枵（xiāo）腹：空腹，挨饿。 ②饿殍（piǎo）：饿死的人。

余十岁时，闻槐镇一僧，槐镇即《金史》之槐家镇，今作淮镇，误也。

农家子也，好饮酒食肉。庙有田数十亩，自种自食，牧牛耕田外，百无所知。非惟经卷法器，皆所不蓄，毗卢袈裟，皆所不具，即佛龛香火，亦在若有若无间也。特首无发，室无妻子，与常人小异耳。

一日，忽呼集邻里，而自端坐破几上，合掌语曰："同居三十余年，今长别矣，以遗蜕奉托可乎？"溘然[①]而逝，合掌端坐仍如故，鼻垂两玉箸长尺余。众大惊异，共为募木造龛。

舅氏安公实斋居丁家庄，与相近。知其平日无道行，闻之不信，自往视之。以造龛未竟，二日尚未敛，面色如生，抚之肌肤如铁石。时方六月，蝇蚋不集，亦了无尸气，竟莫测其何理也。

注释

①溘（kè）然：忽然。

喀喇沁公丹公号益亭，名丹巴多尔济，姓乌梁汗氏，蒙古王孙也。言：内廷都领侍萧得禄，幼尝给事其邸第。偶见一黑物如猫，卧树下，戏击以弹丸。其物甫一转身，即巨如犬。再击，又一转身，遂巨如驴。惧不敢复击，物亦自去。俄而飞瓦掷砖，变怪陡作。知为狐魅，惴惴不自安。或教以绘像事之，其祟乃止。后忽于几上得钱数十，知为狐所酬，始试收之，秘不肯语。次日，增至百文。自是日有所增，渐至盈千。旋又改为银一锭，重约一两。亦日有所增，渐至一锭五十两。巨金不能密藏，遂为管领者所觉。疑盗诸官库，搒掠[①]讯问，几不能自白。然后知为狐所陷也。

夫飞土逐肉，"断竹续竹，飞土逐肉。"《吴越春秋》载陈音所诵古歌，即弹弓之始也。儿戏之常。主人知之，亦未必遽加深责，狐不能畅其志也，饵之以利，使盈其贪壑，触彼祸罗，狐乃得适所愿矣。此其设阱伏机，原为易见；徒以利之所在，遂令智昏。反以为我礼既虔，彼心故悦。委曲自解，致不觉堕其彀[②]中。昔夫差贪句践之服事，卒败于越；楚怀贪商於之六百，卒败于秦；北宋贪灭辽之割地，卒败于金；南宋贪伐金之助兵，卒败于元。军国大计，将相同谋，尚不免于受饵，况区区童稚，乌能出老魅之阴谋哉？其败宜矣。

又举一近事曰：有刑曹某官之仆夫，睡中觉得舌添其面。举石击之，踣而毙。烛视，乃一黑狐。剥之，腹中有一小人首，眉目宛然，盖所炼婴儿未成也。翌日，为主人御[③]车归，狐凭附其身，举凳击主人，且厉声陈其枉死状。盖欲报之而不能，欲假手主人以鞭笞泄其愤耳。此二狐同一复仇，余谓此狐之悍而直，胜彼狐之阴而险也。

注释

①搒（péng）掠：笞击，拷打。 ②彀（gòu）：牢笼，圈套。 ③御：驾驭。

丹公又言：科尔沁达尔汗王一仆，尝行路拾得二毡囊。其一满贮人牙，其一满贮人指爪。心颇诧异，因掷之水中。旋一老妪仓皇至，左顾右盼，似有所觅，问仆曾见二囊否。仆答以未见。妪知为所毁弃，遽大愤怒，折一木枝奋击仆。仆徒手与搏，觉其衣裳柔脆，如通草之心，肌肉虚松，似莲房之穰。指所抠处辄破裂，然放手即长合如故，又如抽刀之断水。互斗良久，妪不能胜，乃舍去。临去顾仆詈[①]曰：“少则三月，多则三年，必褫[②]汝魄！”然至今已逾三年，不能为祟，知特大言相恐而已。此当是炼形之鬼，取精未足，不能凝结成质，故仍聚气而为形。其蓄人牙爪者，牙者骨之余，爪者筋之余，殆欲合炼服饵，以坚固其质耳。

注释

①詈（lì）：责骂。 ②褫（chǐ）：剥夺。

田侯松岩言：今岁六月，有扈从侍卫和升卒于滦阳。马兰镇总兵爱公星阿，与和亲旧，为经理棺衾，送其骨归葬。一夕如厕，缺月微明，见一人如立烟雾中，问之不言，叱之不动。爱公故能视鬼，凝神谛审，乃和之魂也。因拱而祝曰："昔敛君时，物多不备。我力绵薄，君所深知。今形见，岂有所责耶？"不言不动如故。又祝曰："闻殁于塞外者，不焚路引，其鬼不得入关。曩偶忘此，君毋乃为此来耶？"魂即稽首[①]至地，倏然而隐。爱公为具牒于城隍，后不复见。

又扈从南巡时，与爱公同寓江宁承天寺。规模宏壮，楼阁袤延，所住亦颇轩敞。一日，方共坐，忽楼窗六扇无风自开，俄又自阖。爱公视之，曰："有一僧坐北牖上，其面横阔，须鬑鬑[②]如久未剃，目瞪视而项微偻，盖缢鬼也。"以问寺僧，僧不能讳。惟怪何以识其貌，疑有人泄之。不知爱公之自能视也。

又偶在船头，戏拈篙刺水。忽掷篙却避，面有惊色。怪诘其故，曰："有溺鬼缘篙欲上也。"

戊午八月，宴蒙古外藩于清音阁，爱公与余连席。余以松岩所语叩之，云皆不妄。然则随处有鬼，亦复如人。此求归之鬼，有系恋心；开窗之鬼，有争据心；缘篙之鬼，有竞斗心。其得失胜负，喜怒哀乐，更当一一如人。是胶胶扰扰，地下尚无了期。释氏讲忏悔解脱，圣人之法，亦使有所归而不为厉，其深知鬼神之情状矣。子贡曰："大哉死乎[3]！君子息焉。"庄周曰："嗟来桑扈乎，而已反其真。"特就耳目所及言之耳。

注释

①稽（qǐ）首：古时的一种跪拜礼。 ②鬑（lián）鬑：须发稀疏貌。 ③大哉死乎：死是一件大事啊。

卷二十四

滦阳续录六

狐能诗者，见于传记颇多，狐善画则不概见。海阳李丈硕亭言：顺治、康熙间，周处士盰薄游楚豫。周以画松名，有士人倩画书室一壁。松根起于西壁之隅，盘拏夭矫，横径北壁，而纤末犹扫及东壁一二尺，觉浓阴入座，长风欲来。置酒邀社友共赏。

方攒立壁下，指点赞叹，忽一友拊掌绝倒，众友俄亦哄堂。盖松下画一秘戏图，有大木榻布长簟，一男一妇，裸而好合，流目送盼，媚态宛然。旁二侍婢亦裸立，一挥扇驱蝇，一以两手承妇枕，防蹂躏坠地。乃士人及妇与媵婢小像也。哗然趋视，眉目逼真，虽僮仆亦辨识其面貌，莫不掩口。

士人恚甚，望空指划詈妖狐。忽檐际大笑曰："君太伤雅。曩闻周处士画松，未尝目睹。昨夕得观妙迹，坐卧其下不能去，致失避君，未尝抛砖掷瓦相忤也。君遽毒詈，心实不平，是以与君小作剧。君尚不自反[①]，乖戾如初，行且绘此像于君家白板扉，博途人一粲[②]矣。君其图之。"盖士人先一夕设供客具，与奴子秉烛至书室，突一黑物冲门去。士人知为狐魅，曾诟厉也。

众为慰解，请入座，设一虚席于上。不见其形，而语音琅然。行酒至前辄尽，惟不贪肴馔，曰：“不茹[3]荤四百余年矣。”濒散，语士人曰：“君太聪明，故往往以气凌物。此非养德之道，亦非全身之道也。今日之事，幸而遇我，傥遇负气如君者，则难从此作矣。惟学问变化[4]气质，愿留意焉。”丁宁郑重而别。回视所画，净如洗矣。

次日，书室东壁忽见设色桃花数枝，衬以青苔碧草。花不甚密，有已开者，有半开者，有已落者，有未落者，有落未至地，随风飞舞者八九片，反侧横斜，势如飘动，尤非笔墨所能到。上题二句曰：“芳草无行径，空山正落花。”按：此二句初唐杨师道之诗。不署姓名，知狐以答昨夕之酒也。

后周处士见之，叹曰：“都无笔墨之痕，觉吾画犹努力出棱，有心作态。”

注释

①反：反省。 ②粲（càn）：笑。 ③茹：吃。 ④变化：改变。

景城北冈有玄帝庙，明末所建也。岁久，壁上霉迹隐隐成峰峦起伏之形，望似远山笼雾，余幼时尚及见之。庙祝棋道士病其晦昧，使画工以墨钩勒，遂似削圆方竹。今庙已圮尽矣。

棋道士，不知其姓，以癖于象戏[1]，故得此名。或以为齐姓，误也。棋至劣而至好胜，终日丁丁然不休。对局者或倦求去，至长跪留之。尝有人指对局者一著，衔之次骨[2]，遂拜绿章，诅[3]其速死。又一少年偶误一著，道士幸胜。少年欲改著，喧争不许。少年粗暴，起欲相殴。惟笑而却避曰：“任君击折我肱，终不能谓我今日不胜也。”亦可云痴物矣。

注释

①象戏：象棋。 ②衔之次骨：恨之入骨。 ③诅：诅咒。

酒有别肠，信然。八九十年来，余所闻者，顾侠君前辈称第一，缪文子前辈次之。余所见者，先师孙端人先生亦入当时酒社。先生自云：“我去二公中间，犹可著十余人。”次则陈句山前辈与相敌，然不以酒名。近时路晋清前辈称第一，吴云岩前辈亦骎骎[1]争胜。晋清曰：“云岩酒后弥温克，是即不胜酒力，作意矜持也。”验之不谬。同年朱竹君学士、周稚主观察，皆以酒自雄。云岩曰：“二公徒豪举耳。拇阵喧呶[2]，泼酒几半，使坐而静酌，则败矣。”验之亦不谬。后辈则以葛临溪为第一。不与之酒，从不自呼一杯。与之酒，虽盆盎无难色，长鲸一吸，涓滴不遗。尝饮余家，与诸桐屿、吴惠叔等五六人角至夜漏将阑，众皆酩酊，或失足颠仆。临溪一一指挥僮仆扶掖登榻，然后从容登舆去，神志湛然，如未饮者。其仆曰：“吾相随七八年，从未见其独酌，亦未见其偶醉也。”惟饮不择酒，使尝酒，亦不甚知美恶，故其同年以登徒好色戏之，然亦罕有矣。惜不及见顾、缪二前辈，一决胜负也。端人先生恒病余不能饮，曰：“东坡长处，学之可也。何并其短处亦刻画求似？”及余典试得临溪，以书报先生，先生复札曰：“吾再传有此君，闻之起舞，但终恨君是蜂腰耳。”前辈风流，可云佳话。今老矣，久不预少年文酒之会，后来居上，又不知为谁。

注释

①骎（qīn）骎：急促；匆忙。 ②喧呶：声音嘈杂。

高官农家畜一牛，其子幼时，日与牛嬉戏，攀角捋尾皆不动。牛或嗅儿顶，舐[①]儿掌，儿亦不惧。稍长，使之牧，儿出即出，儿归即归，儿行即行，儿止即止，儿睡则卧于侧，有年矣。一日往牧，牛忽狂奔至家，头颈皆浴血，跳踉[②]哮吼，以角触门。儿父出视，即掉头回归路。知必有变，尽力追之。至野外，则儿已破颅死。又一人横卧道左，腹裂肠出，一枣棍弃于地。审视，乃三果庄盗牛者。三果庄回民所聚，沧州盗薮也。始知儿为盗杀，牛又触盗死也。是牛也，有人心焉。

又西商李盛庭买一马，极驯良。惟路逢白马，必立而注视，鞭策不肯前。或望见白马，必驰而追及，衔勒不能止。后与原主谈及，原主曰："是本白马所生，时时觅其母也。"是马也，亦有人心焉。

注释

①舐：舔。 ②跳踉：跳跃。

余八岁时，闻保母丁媪言：某家有牸[①]牛，跛不任耕，乃鬻诸比邻屠肆。其犊甫离乳，视宰割其母，牟牟鸣数日。后见屠者即奔避，奔避不及，则伏地战栗，若乞命状。屠者或故逐之，以资笑噱，不以为意也。犊渐长，甚壮健，畏屠者如初。及角既坚利，乃伺屠者侧卧凳上，一触而贯其心，遽驰去。屠者妇大号捕牛，众悯其为母复仇，故缓追，逸之，竟莫知所往。

时丁媪之亲串杀人，遇赦获免，仍与其子同里闬[②]。丁媪故窃举是事为之忧危，明仇不可狎也。余则取犊有复仇之心，知力弗胜，故匿其锋，隐忍以求一当，非徒孝也，抑亦智焉。黄帝《巾机铭》曰：机是本字，校者或以为破体俗书，改为機字，反误。

“日中必慧，案：《汉书·贾谊传》引此句作熭，《六韬》引此句作彗，音义并同。操刀必割。”言机之不可失也。《越绝书》子贡谓越王曰：“夫有谋人之心，使人知之者，危也。”言机之不可泄也。《孙子》曰：“善用兵者，闭门如处女，出门如脱兔。”斯言当矣。

注释

①犻（bó）牛：母牛。 ②里闬（hàn）：里巷。

姜慎思言：乾隆己卯夏，有江南举子，以京师逆旅多湫隘，乃税西直门外一大家坟院读书。偶晚凉树下散步，遇一女子，年十五六，颇白皙。挑与语，不嗔不答，转墙角自去。夜半睡醒，似门上了鸟[①]微有声，疑为盗。呼僮不应，自起隔门罅[②]窥之，乃日间所见女子也。知其相就，急启户拥以入。女子自言：“为守坟人女，家酷贫，父母并拙钝，恒恐嫁为农家妇。顷蒙顾盼，意不自持，故从墙缺至君处。君富贵人，自必有妇。傥能措百金与父母，则为妾媵无悔。父母嗜利，亦必从也。”举子诺之，遂相缱绻，至鸡鸣乃去。

自是夜半恒至，妖媚冶荡，百态横生，举子以为巫山洛水不是过也。

一夜来稍迟，举子自步月候之，乃忽从树杪飞下。举子顿悟，曰：“汝毋乃狐耶？”女子殊不自讳，笑而应曰：“初恐君骇怖，故托虚词。今情意已深，不妨明告。将来游宦四方，有一隐形随侍之妾，不烦车马，不择居停，不需衣食，昼可携于怀袖，夜即出而荐枕席，不愈于千金买笑耶？”举子思之，计良得。自是潜住书室，不待夜度矣。然每至秉烛，则外出，夜半乃返，或微露鬓乱钗横状，举子疑之而未决。

既而与其娈童乱；旋为二仆所窥，亦并与乱；庖人知之，亦续狎焉。一日，昼与娈童寝，举子潜扼杀之，遂现狐形，因埋于墙外。

半月后，有老翁诣[3]举子曰："吾女托身为君妾，何忽见杀？"举子愤然曰："汝知汝女为吾妾，则易言矣。夫两雄共雌，争而相戕，是为妒奸，于律当议抵。汝女既为我妾，明知非人而我不改盟，则夫妇之名分定矣。而既淫于他人，又淫于我仆。我为本夫，例得捕奸，杀之又何罪耶？"翁曰："然则何不杀君仆？"举子曰："汝女死则形见，此则皆人也。手刃四人，而执一死狐为罪案，使汝为刑官，能据以定谳乎？"翁俯首良久，以手拊膝曰："汝自取也夫！吾诚不料汝至此！"振衣自去。

举子旋移居准提庵，与慎思邻房。其娈童与狐尤昵，衔主人之太忍，具泄其事于慎思，故得其详。

注释

①了鸟：门窗搭扣。 ②罅（xià）：缝隙。 ③诣：到。

吉木萨乌鲁木齐所属也。屯兵张鸣凤调守卡伦，军营了望之名。与一菜园近。灌园叟年六十余，每遇风雨，辄借宿于卡伦。一夕，鸣凤醉以酒而淫之。叟醒大恚，控于营弁。验所创，尚未平。申上官，除鸣凤粮。时鸣凤年甫二十，众以为必无此理。或疑叟或曾窃污鸣凤，故此相报。然复鞫两造[1]，皆不承，咸云怪事。

有官奴玉保曰："是固有之，不为怪也。曩牧马南山，为射雉者惊，马逸。惧遭责罚，入深山追觅。仓皇失道，愈转愈迷，经一昼夜不得出。遥见林内屋角，急往投之，又虑是盗巢，或见戕害，且伏草间觇情状。良久，有二老翁携手笑语出，坐磐石上，拥抱偎倚，意殊亵狎。俄左一翁牵右一翁伏石畔，恣为淫媟。我方以窥见阴私，惧杀我灭口，惴惴蜷缩不敢动。乃彼望见我，了无愧怍[2]，共呼使出，询问何来，取二饼与食。指归路曰：'从某处见某树转至某处，见深涧沿之行，一日可至家。'又指最高一峰曰：'此是正南，迷即望此知方向。'又曰：'空山无草，汝马已饥而自归。此间熊与狼至多，勿再来也。'比归家，马果先返。今张鸣凤爱六十之叟，非此老翁类乎？"

据其所言，天下真有理外事矣。惟二翁不知何许人，遁迹深山，似亦修道之士，何以所为乃如此？《因树屋书影》记仙人马绣头事，称其比及顽童，云中有真阴可采。是容成术非但御女，兼亦御男。然采及老翁，有何裨益？即修炼果有此法，亦邪师外道而已，上真定无此也。

注释

①两造：原告和被告。 ②愧怍（zuò）：愧怍，惭愧。

张助教潜亭言：昔与一友同北上，夜宿逆旅。闻礴砒有声，或在窗外，或在室之外间。初以为虫鼠，不甚讶。后微闻叹息，乃始慄然[1]，侦之无睹也。至红花埠，偶忘收笔砚，夜分闻有阁笔声。次早，几上有字迹，阴暗惨淡，似有似无。谛审，乃一诗，其词曰："上巳好莺花，寒食多风雨。十年汝忆吾，千里吾随汝。相见不得亲，悄立自凄楚。野水青茫茫，此别终万古。"似香魂怨抑之语。然潜亭自忆无此人，友自忆亦无此人，不知其何以来也。程鱼门曰："君肯诵是诗，定无是事。恐贵友讳言[2]之耳。"众以为然。

注释

①慄然：害怕的样子。 ②讳言：有所顾忌而隐讳不说。

同年胡侍御牧亭，人品孤高，学问文章，亦具有根柢[1]。然性情疏阔，绝不解家人生产事，古所谓不知马几足者，殆有似之。奴辈玩弄如婴孩。尝留余及曹慕堂、朱竹君、钱辛楣饭，肉三盘，蔬三盘，酒数行耳。闻所费至三四金，他可知也。同年偶谈及，相对太息。竹君愤尤甚，乃尽发其奸，迫逐之。然积习已深，密相授受，不数月，仍故辙。其党类布在士大夫家，为竹君腾谤[2]，反得喜事名。于是人皆坐视，惟以小人有党，君子无党，姑自解嘲云尔。后牧亭终以贫困郁郁死。

死后一日，有旧仆来，哭尽哀，出三十金置几上，跪而祝曰："主人不迎妻子，惟一身寄居会馆，月俸本足以温饱。徒以我辈剥削，致薪米不给。彼时以京师长随，连衡[3]成局，有忠于主人者，共排挤之，使无食宿地，故不敢立异同。不虞主人竟以是死，中心愧悔，夜不能眠。今尽献所积助棺敛，冀少赎地狱罪也。"祝讫自去。满堂宾客之仆，皆相顾失色。

陈裕斋因举一事曰："有轻薄子见少妇独哭新坟下，走往挑之。少妇正色曰：'实不相欺，我狐女也。墓中人耽我之色，至病瘵而亡。吾感其多情，而愧其由我而殒命，已自誓于神，此生决不再偶。尔无妄念，徒取祸也。'此仆其类此狐欤?"然余谓终贤于掉头竟去者。

注释

①根柢：根基。 ②腾谤：肆意诽谤，大加指责。 ③连衡：结盟，联合。

田侯松岩言：幼时居易州之神石庄，土人云本名神子庄，以尝出一神童故也。后有三巨石陨于庄北，如春秋宋国之事，故改今名。在易州西南二十余里。偶与僮辈嬉戏马厩中。见煮豆之锅，凸起铁泡十数，并形狭而长。僮辈以石破其一，中有虫长半寸余，形如柳蠹，色微红，惟四短足与其首皆作黑色，而油然有光，取出犹蠕蠕能动。因一一破视，一泡一虫，状皆如一。

又言：头等侍卫常君青，此又别一常君，与常大宗伯同名。乾隆癸酉戍守西域，卓帐南山之下。塞外山脉，自西南趋东北，西域三十六国，夹之以居，在山南者呼曰北山，在山北者呼曰南山，其实一山也。山半有飞瀑二丈余，其泉甚甘。会冬月冰结，取水于河。其水湍悍而性冷，食之病人。不得已，仍凿瀑泉之冰。水窍甫通，即有无数冰丸随而涌出，形皆如橄榄。破之，中有白虫如蚕，其口与足则深红。殆所谓冰蚕者欤？

此与铁中之虫，锻而不死，均可谓异闻矣。然天地之气，一动一静，互为其根。极阳之内必伏阴，极阴之内必伏阳。八卦之对待，坎以二阴包一阳，离以二阳包一阴。六十四卦之流行，阳极于乾，即一阴生，下而为姤；阴极于坤，即一阳生，下而为复。其静也伏斯敛，敛斯郁焉；其动也郁斯蒸，蒸斯化焉。至于化则生，生不已矣。特冲和之气，其生有常；偏胜之气，其生不测。冲和之气，无地不生；偏胜之气，或生或不生耳。故沸鼎炎熇[①]，寒泉沍[②]结，其中皆可以生虫也。

崔豹《古今注》载：火鼠生炎洲火中，绩[③]其毛为布，入火不燃。今洋舶多有之。先兄晴湖蓄数尺，余尝试之。又《神异经》载：冰鼠生北海冰中，穴冰而居，啮冰而食，岁久大如象，冰破即死。欧罗巴人曾见之。谢梅庄前辈戍乌里雅苏台时，亦曾见之。是兽且生于火与冰矣。其事似异，实则常理也。

注释

①熇（hè）：火势猛烈。 ②沍（hù）：冻结。 ③绩：纺织。

数皆前定，故鬼神可以前知。然有其事尚未发萌，其人尚未举念，又非吉凶祸福之所关，因果报应之所系，游戏琐屑至不足道，断非冥籍所能预注者，而亦往往能前知。

乾隆庚寅，有翰林偶遇乩仙，因问宦途。乩判一诗曰："春风一笑手扶筇，桃李花开泼眼浓。好是寻香双蛱蝶，粉墙才过巧相逢。"茫不省为何语。俄御试翰林，以编修改知县。众谓次句隐用"河阳一县花"事，可云有验。然其余究不能明。

比[①]同年往慰，司阍者[②]扶杖蹩躠[③]出。盖朝官仆隶，视外吏如天上人。司阍者得主人外转信，方立阶上，喜而跃曰："吾今日登仙矣！"不虞失足，遂损其胫，故杖而行也。数日后，微闻一日遣二仆，而罪状不明。旋有泄其事者曰："二仆皆谋为司阍，而无如先已有跛者。乃各阴饰其妇，俟主人燕息[④]，诱而蛊之。至夕，一妇私具饼饵，一妇私煎茶，皆暗中摸索至书斋廊下，猝然相触，所赍俱倾。愧不自容，转怒而相诟。主人不欲深究，故善遣去。"于是诗首句三四句并验。此乩可谓灵鬼矣，然何以能前知此等事？终无理可推也。马夫人雇一针线人，曾在是家。云二仆谋夺司阍则有之，初无自献其妇意，乃私谋于一黠仆，黠仆为画此策。均与约是日有暇，可乘隙以进。而不使相知，故致两败。二仆逐后，黠仆又党附于跛者，邀游妓馆。跛者知其有伏机，阳使先往待，而阴告主人往捕，故黠仆亦败。嗟乎！一州县官司阍耳，而此四人者互相倾轧，至辗转多方而不已。黄雀螳螂之喻，兹其明验矣。附记之，以著世情之验。

注释

①比：等。 ②司阍者：看门人。 ③蹩躠（biéxiè）：跛行貌。 ④燕息：休息。

余官兵部尚书时，往良乡送征湖北兵，小憩长辛店旅舍。见壁上有《归雁》诗二首，其一曰："料峭西风雁字斜，深秋又送汝还家。可怜飞到无多日，二月仍来看杏花。"其二曰："水阔云深伴侣稀，萧条只与燕同归。惟嫌来岁乌衣巷，却向雕梁各自飞。"末题"晴湖"二字，是先兄字也。然语意笔迹皆不似先兄，当别一人。或曰："有郑君名鸿撰，亦字晴湖。"

偶见田侯松岩持画扇，笔墨秀润，大似衡山，云其亲串德君芝麓所作也。上有一诗曰："野水平沙落日遥，半山红树影萧条。酒楼人倚孤樽坐，看我骑驴过板桥。"风味翛然[1]，有尘外之致。复有德君题语，云是卓悟庵作，画即画此诗意，故并录此诗，殆亦爱其语也。田侯云："悟庵名卓礼图，然不能详其始末。"大抵沉于下僚者，遥情高韵，而名氏翳如[2]，录而存之，亦郭恕先之远山数角耳。

注释

①翛（xiāo）然：无拘无束，自由自在的样子。 ②翳（yì）如：湮灭无闻。

古人祠宇，俎豆[1]一方，使后人挹想风规，生其效法，是即维风励俗之教也。其间精灵常在，肸蚃[2]如闻者，所在多有；依托假借，凭以猎取血食[3]者，间亦有之。

相传有士人宿陈留一村中，因溽暑，散步野外。黄昏后，冥色苍茫，忽遇一人相揖。俱坐老树之下，叩其乡里名姓，其人云："君勿相惊，仆即蔡中郎也。祠墓虽存，享祀多缺。又生叨士流，殁不欲求食于俗辈。以君气类，故敢布下忱，明日赐一野祭可乎？"士人故雅量，亦不恐怖，因询以汉末事。依违酬答，多罗贯中《三国演义》中语，已窃疑之。及询其生平始末，则所述事迹与高则诚《琵琶记》纤悉曲折，一一皆同。因笑语之曰："资斧匮乏，实无以享君，君宜别求有力者。惟一语嘱君，自今以往，似宜求《后汉书》《三国志》《中郎文集》，稍稍一观，于求食之道更近耳。"其人面赪彻耳，跃起现鬼形去。是影射敛财之术，鬼亦能之矣。

注释

①俎豆：祭祀。 ②肸蚃（xīxiǎng）：应声虫，知声响。指神灵的感应能力。 ③血食：祭祀用的牲畜。

梁豁堂言：有客游粤东者，妇死，寄柩于山寺。夜梦妇曰："寺有厉鬼，伽蓝神弗能制也。凡寄柩僧寮者，男率为所役，女率为所污。吾力拒，弗能免也。君盍讼于神？"醒而忆之了了，乃炷香祝曰："我梦如是，其春睡迷离耶？意想所造耶？抑汝真有灵耶？果有灵，当三夕来告我。"已而再夕梦皆然。乃牒诉于城隍，数日无肸蚃。一夕，梦妇来曰："讼若得直，则伽蓝为失纠举，山神社公为失约束，于阴律皆获谴，故城隍踌躇未能理。君盍再具牒，称将诣江西诉于正乙真人。则城隍必有处置矣。"如所言，具牒[①]投之。数日，又梦妇来曰："昨城隍召我，谕曰：'此鬼原居此室中，是汝侵彼，非彼摄汝也。男女共居一室，其仆隶往来，形迹嫌疑，或所不免，汝诉亦不为无因。今为汝重笞其仆隶，已足谢汝。何必坚执奸污，自博不贞之名乎？从来有事不如化无事，大事不如化小事。汝速令汝夫移柩去，则此案结矣。’再四思之，凡事可已则已，何必定与神道争，反激意外之患？君即移我去可也。”问：“城隍既不肯理，何欲诉天师，即作是调停？”曰：“天师虽不治幽冥，然遇有控诉，可以奏章于上帝，诸神弗能阻也。城隍亦恐激意外患，故委曲消弭[2]，使两造均可以已耳。”语讫，郑重而去。其夫移柩于他所，遂不复梦。

此鬼苟能自救，即无多求，亦可云解事矣。然城隍既为明神，所司何事，毋乃聪明而不正直乎？且养痈不治，终有酿为大狱时。并所谓聪明者，毋乃亦通蔽各半乎？

注释

①牒：讼辞，状子。 ②弭（mǐ）：消除，平息。

田白岩言：济南朱子青与一狐友，但闻声而不见形。亦时预文酒之会，词辩纵横，莫能屈也。一日，有请见其形者。狐曰：“欲见吾真形耶？真形安可使君见？欲见吾幻形耶？是形既幻，与不见同，又何必见？”众固请之，狐曰：“君等意中，觉吾形何似？”一人曰：“当庞眉皓首[1]。”应声即现一老人形。又一人曰：“当仙风道骨。”应声即现一道士形。又一人曰：“当星冠羽衣。”应声即现一仙官形。又一人曰：“当貌如童颜。”应声即现一婴儿形。又一人戏曰：“庄子言姑射神人，绰约[2]若处子，君亦当如是。”即应声现一美人形。又一人曰：“应声而变，是皆幻耳。究欲一睹真形。”狐曰：“天下之大，孰肯以真形示人者，而欲我独示真形乎？”大笑而去。子青曰：“此狐自称七百岁，盖阅历深矣。”

注释

①皓首：白头。 ②绰约：体态柔美的样子。

舅氏实斋安公曰：讲学家例言无鬼。鬼吾未见，鬼语则吾亲闻之。

雍正壬子乡试，返宿白沟河。屋三楹，余住西间，先一南士住东间。交相问讯，因沽酒夜谈。南士称："与一友为总角交，其家酷贫，亦时周以钱粟。后北上公车，适余在某巨公家司笔墨，悯其飘泊，邀与同居，遂渐为主人所赏识。乃摭[①]余家事，潜造蜚语，挤余出而据余馆，今将托钵山东。天下岂有此无良人耶？"

方相与太息，忽窗外呜呜有泣声，良久语曰："尔尚责人无良耶？尔家本有妇，见我在门前买花粉，诡言未娶，诳我父母，赘尔于家。尔无良否耶？我父母患疫先后殁，别无亲属，尔据其宅，收其资，而棺衾祭葬俱草草，与死一奴婢同。尔无良否耶？尔妇附粮艘寻至，入门与尔相诟厉，即欲逐我。既而知原是我家，尔衣食于我，乃暂容留。尔巧说百端，降我为妾。我苟求宁静，忍泪曲从[②]。尔无良否耶？既据我宅，索我供给，又虐使我，呼我小名，动使伏地受杖。尔反代彼揿[③]我项背，按我手足，叱我勿转侧。尔无良否耶？越年余，我财产衣饰剥削并尽，乃鬻我于西商。来相我时，我不肯出，又痛捶我，致我途穷自尽。尔无良否耶？我殁后，不与一柳棺，不与一纸钱，复褫我敝衣，仅存一裤，裹以芦席，葬丛冢。尔无良否耶？吾诉于神明，今来取尔。尔尚责人无良耶？"其声哀厉，僮仆并闻。南士惊怖瑟缩，莫措一词，遽噭然仆地。

余虑或牵涉，未晓即行。不知其后如何，谅无生理矣。因果分明，了然有据。但不知讲学家见之，又作何遁词耳。

张浮槎《秋坪新语》载余家二事。其一记先兄晴湖家东楼鬼，此楼在兄宅之西，以先世未析产时，楼在宅之东，故沿其旧名。其事不虚，但委曲[4]未详耳。此楼建于明万历乙卯，距今百八十四年矣。楼上楼下，凡缢死七人，故无敢居者。是夕不得已开之，遂有是变。殆形家所谓凶方欤？然其侧一小楼，居者子孙蕃衍[5]，究莫明其故也。其一记余子汝佶临殁事，亦十得六七。惟作西商语索逋事，则野鬼假托以求食。后穷诘其姓名、居址、年月与见闻此事之人，乃词穷而去。汝佶与债家涉讼时，刑部曾细核其积逋数目，具有案牍，亦无此条。盖张氏、纪氏为世姻，妇女递相述说，不能无纤毫增减也。嗟乎！所见异词，所闻异词，所传闻异词，鲁史且然，况稗官[6]小说？他人记吾家之事，其异同吾知之，他人不能知也。然则吾记他人家之事，据其所闻，辄为叙述，或虚或实或漏，他人得而知之，吾亦不得知也。刘后村诗曰："斜阳古柳赵家庄，负鼓盲翁正作场。死后是非谁管得，满村听唱蔡中郎。"匪今斯今，振古如兹矣。惟不失忠厚之意，稍存劝惩之旨，不颠倒是非如《碧云騢》，不怀挟恩怨如《周秦行纪》，不描摹才子佳人如《会真记》，不绘画横陈如《秘辛》，冀不见摈[7]于君子云尔。

注释

①摭（zhí）：拾取。②曲从：委曲顺从。③揿（qìn）：用手按。④委曲：事情的经过。⑤蕃衍：繁盛，众多。⑥稗官：野史。⑦摈（bìn）：抛弃。

附六则

亡儿汝佶，以乾隆甲子生。幼颇聪慧，读书未多，即能作八比[①]。乙酉举于乡，始稍稍治[②]诗，古文尚未识门径也。会余从军西域，乃自从诗社才士游，遂误从公安、竟陵两派入。后依朱子颖于泰安，见《聊斋志异》抄本时是书尚未刻，又误堕其窠臼。竟沉沦不返，以讫于亡。故其遗诗遗文，仅付孙树庭等存乃父手泽，余未一为编次也。惟所作杂记，尚未成书，其间琐事，时或可采。因为简择数条，附此录之末，以不没其篝灯呵冻之劳。又惜其一归彼法，百事不成，徒以此无关著述之词，存其名字也。

注释

①八比：八股文。 ②治：研究。

花隐老人居平陵城之东，鹊华桥之西，不知何许人，亦不自道真姓字。所居有亭台水石，而莳[①]花尤多。居常不与人交接，然有看花人来，则无弗纳。曳杖伛偻[②]前导，手无停指，口无停语，惟恐人之不及知，不及见也。园无隙地，殊香异色，纷纷拂拂，一往无际。而兰与菊与竹，尤擅天下之奇。兰有红有素，菊有墨有绿。又有丹竹纯赤，玉竹纯白；其他若方若斑，若紫若百节，虽非目所习见，尚为耳所习闻也。异哉，物之聚于所好，固如是哉！

注释

①莳（shì）：栽种。 ②伛偻（yǔlǚ）：腰背弯曲。

士人某寓岱庙之环咏亭，时已深冬，北风甚劲，拥炉夜坐，冷不可支[1]，乃息烛就寝，既觉，见承尘纸破处有光。异之，披衣潜起，就破处审视。见一美妇，长不满二尺，紫衣青裤，著红履，纤瘦如指，髻作时世妆。方爇火炊饭；灶旁一短足几，几上锡檠[2]荧然。因念此必狐也。正凝视间，忽然一嚏。妇惊，触几灯覆，遂无所见。晓起，破承尘视之，黄泥小灶，光洁异常，铁釜大如碗，饭犹未熟也。小锡檠倒置几下，油痕狼藉。惟爇火处纸不燃，殊可怪耳。

注释

①支：受得住。 ②檠（qíng）：灯架。

徂徕山有巨蟒二，形不类蟒，顶有角如牛，赤黑色，望之有光。其身长约三四丈，蜿蜒深涧中。涧广可一亩，长可半里，两山夹之，中一隙仅三尺许。游人登其巅，对隙俯窥，则蟒可见。相传数百年前，颇为人害，有异僧禁制[1]，遂不得出。夫深山大泽，实生龙蛇，似此亦无足怪，独怪其蜷伏数百年，而能不饥渴也。

注释

①禁制：禁阻制约。

泰安韩生，名鸣岐，旧家子，业医。尝夤夜[1]骑马赴人家，忽见数武之外有巨人，长十余丈。生胆素豪，摇鞚径过。相去咫尺，即挥鞭击之。顿缩至三四尺，短发蓬鬙，状极丑怪，唇吻翕辟[②]，格格有声。生下马执鞭逐之，其行缓涩，蹒跚地上，意颇窘。既而身缩至一尺，而首大如瓮，似不胜载，殆欲颠仆。生且行且逐，至病者家，乃不见，不知何怪也。汶阳范灼亭说。

注释

①夤（yín）夜：深夜。 ②翕辟（xīpì）：开合。

戊寅五月二十八日，吴林塘年五旬时，居太平馆中，余往为寿。座客有能为烟戏者，年约六十余，口操南音，谈吐风雅，不知其何以戏也。

俄有仆携巨烟筒来，中可受烟四两。爇火吸之，且吸且咽，食顷方尽。索巨碗瀹[①]苦茗，饮讫，谓主人曰："为君添鹤算可乎？"即张吻吐鹤二只，飞向屋角。徐吐一圈，大如盘，双鹤穿之而过，往来飞舞，如掷梭然。既而嘎喉有声，吐烟如一线，亭亭直上，散作水波云状。谛视，皆寸许小鹤，翩翩左右，移时方灭。众皆以为目所未睹也。

俄其弟子继至，奉一觞与主人，曰："吾技不如师，为君小作剧可乎？"呼吸间，有杂云飘缈筵前，徐结成小楼阁，雕栏绮窗，历历如画。曰："此海屋添筹也。"诸客复大惊，以为指上毫光现玲珑塔，亦无以喻是矣。

以余所见诸说部，如掷杯化鹤，顷刻开花之类，不可殚述，毋亦实有其事，后之人少所见多所怪乎？如此事非余目睹，亦终不信也。

注释

①瀹（yuè）：煮。

豫南李某，酷好马。尝于遵化牛市中见一马，通体如墨，映日有光，而腹毛则白于霜雪，所谓乌云托月者也。高六尺余，鬃尾鬈然[①]，足生爪，长寸许，双目莹澈如水精，其气昂昂如鸡群之鹤。

李以百金得之，爱其神骏，刍秣[②]必身亲。然性至狞劣，每覆障泥[③]，须施绊锁，有力者数人左右把持，然后可乘。按辔徐行，不觉其驶，而瞬息已百里。有一处去家五日程，午初就道，比至，则日未衔山也。以此愈爱之，而畏其难控，亦不敢数[④]乘。

一日，有伟丈夫碧眼虬髯，款门求见，自云能教此马。引就枥下，马一见即长鸣。此人以掌击左右肋，始弭耳不动。乃牵就空屋中，阖户与马盘旋。李自隙窥之，见其手提马耳，喃喃似有所云，马似首肯。徐又提耳喃喃如前，马亦似首肯。李大惊异，以为真能通马语也。少间启户，引缰授李，马已汗如濡矣。临行谓李曰："此马能择主，亦甚可喜。然其性未定，恐或伤人。今则可以无虑矣。"

马自是驯良，经二十余载，骨干如初。后李至九十余而终，马忽逸去，莫知所往。

注释

①鬈（quán）然：毛发卷曲的样子。 ②刍秣（chúmò）：喂草料。 ③障泥：垂于马腹两侧，用来遮挡尘土的东西。 ④数：多次，屡次。

附录

盛跋[1]

河间先生典校秘书廿余年，学问文章，名满天下。而天性孤峭，不甚喜交游。退食之余，焚香扫地，杜门著述而已。

年近七十，不复以词赋经心，惟时时追录旧闻，以消闲送老。初作《滦阳消夏录》，又作《如是我闻》，又作《槐西杂志》，皆已为坊贾刊行。今岁夏秋之间，又笔记四卷，取庄子语，题曰《姑妄听之》。以前三书，甫经脱稿，即为抄胥私写去。脱文误字，往往而有，故此书特付时彦校之。

时彦尝谓先生诸书，虽托诸小说，而义存劝诫，无一非典型之言，此天下之所知也。至于辨析名理，妙极精微；引据古义，具有根柢，则学问见焉。叙述剪裁，贯穿映带，如云容水态，迥出天机，则文章亦见焉。读者或未必尽知也，第曰先生出其余技，以笔墨游戏耳。然则视先生之书，去小说几何哉?

夫著书必取熔经义，而后宗旨正；必参酌史裁，而后条理明；必博涉诸子百家，而后变化尽。譬大匠之造宫室，千楹广厦，与数椽小筑，其结构一也。故不明著书之理者，虽诂经评史，不杂则陋；明著书之理者，虽稗官脞记，亦具有体例。先生尝曰："《聊斋志异》盛行一时，然才子之笔，非著书者之笔也。

---

① 此跋原在卷十八《姑妄听之》四之末，今移作附录。

虞初以下，干宝以上，古书多佚矣。其可见完帙者，刘敬叔《异苑》、陶潜《续搜神记》，小说类也；《飞燕外传》《会真记》，传记类也。《太平广记》，事以类聚，故可并收。今一书而兼二体，所未解也。小说既述见闻，即属叙事，不比戏场关目，随意装点。伶玄之传，得诸樊嫕，故猥琐具详；元稹之记，出于自述，故约略梗概。杨升庵伪撰《秘辛》，尚知此意，升庵多见古书故也。今燕昵之词，媟狎之态，细微曲折，摹绘如生。使出自言，似无此理；使出作者代言，则何从而闻见之？又所未解也。留仙之才，余诚莫逮其万一。惟此二事，则夏虫不免疑冰。刘舍人云：'滔滔前世，既洗予闻；渺渺来修，谅尘彼观。'心知其意，傥有人乎？"因先生之言，以读先生之书，如叠矩重规，毫厘不失，灼然与才子之笔，分路而扬镳。

自喜区区私议，尚得窥先生涯涘也。因附记于末，以告世之读先生书者。乾隆癸丑十一月，门人盛时彦谨跋。

郑　序

河间纪文达公，久在馆阁，鸿文巨制，称一代手笔。或言公喜诙谐，嬉笑怒骂，皆成文章。今观公所署笔记，词意忠厚，体例谨严，而大旨悉归劝惩，殆所谓是非不谬于圣人者与！虽小说，犹正史也。公自云：“不颠倒是非如《碧云騢》，不怀挟恩怨如《周秦行纪》，不描摹才子佳人如《会真记》，不绘画横陈如《秘辛》，冀不见摈于君子。”盖犹公之谦词耳。公之孙树馥，来宦岭南，从索是书者众，因重锓板。树馥醇谨有学识，能其官，不堕其家风云。

道光十五年乙未春日，龙溪郑开禧识。

图书在版编目(CIP)数据

阅微草堂笔记/(清)纪昀著;曹松校注.—长沙:岳麓书社,2018.1
ISBN 978-7-5538-0833-8

Ⅰ.①阅... Ⅱ.①纪...②曹... Ⅲ.①笔记小说—小说集—中国—清代文②《阅微草堂笔记》—注释 Ⅳ.①I242.1

中国版本图书馆 CIP 数据核字(2017)第 275814 号

YUEWEI CAOTANG BIJI
阅微草堂笔记(全二册)
校　　注:曹　松
责任编辑:彭卫才
责任校对:舒　舍
封面设计:吴颖辉

岳麓书社出版发行
地址:湖南省长沙市爱民路 47 号
直销电话:0731-88804152　0731-88885616
邮编:410006
岳麓书社网址:www.yueluhistory.com

2018 年 1 月第 1 版第 1 次印刷
开本:890mm×1240mm　1/32
印张:24.625
字数:553 千字
印数:1—7 000
ISBN 978-7-5538-0833-8
定价:45.00 元

承印:湖南众鑫印务有限公司

如有印装质量问题,请与本社印务部联系
电话:0731-88884129

【典藏版】

阅读无障碍本

阅微草堂笔记

上

〔清〕纪昀　撰

曹松　校注

岳麓書社·长沙

前　言

《阅微草堂笔记》写于清乾隆五十四年（1789）到嘉庆三年（1798）之间。这是晓岚公以近十年时间，阅读了一万零一百九十六部自秦迄清的典籍，写出二百卷《四库全书总目提要》之后，在督促馆臣做扫尾工作时所作的笔记。全书共二十四卷，计一千一百余则。包括《滦阳消夏录》六卷，《如是我闻》四卷，《槐西杂志》四卷，《姑妄听之》四卷，《滦阳续录》六卷。他说："昼长无事，追录见闻，忆及即书，都无体例。小说稗官，知无关于著述；街谈巷议，或有益于劝惩。"

晓岚公除了这部笔记，其他著述不多。为什么他不著书立说？他说："自吾校理秘籍，纵观古今著述，知作者固已大备，后之人竭其心思才力，要不出古人之范畴，其自谓过之者，皆不知自量之甚者也。"

《阅微草堂笔记》以"有益于劝惩"为宗旨，"期不乖于风教"，以因果报应为框架，借神、鬼、狐等真实地反映了当时中国社会的面貌，应当说是一部现实主义作品，而绝不仅仅是"追录见闻，姑以消遣岁月"而已。

我们阅读这部作品，首先应对其时、其人有一概括了解，才容易理解他所写的寓言式小故事的精神实质。因为生活是艺术的源泉，时代背景、生活环境和作者的思想心志是文字表达的基础。

晓岚公所处的时代是封建专制社会，是清王朝好大喜功的乾隆帝时代，也是文字狱最为繁多严酷的时代。乾隆帝为了完成一件永垂不朽的事业，想修纂一部丛书，规模超越明代解缙等编纂的《永乐大典》和雍正年间陈梦雷、蒋廷锡等所修《古今图书集成》。于是成立四库全书馆，任命刘统勋、陆锡熊、纪昀为总纂，纪昀又总其成。乾隆帝开设四库全书馆的另一目的，是为了钳制言论，因而对收集到的书籍，或焚毁，或改纂，企图以愚民政策巩固清王朝政权。

晓岚公是一位思想敏捷，反应力、洞察力、记忆力极强的才士，他经历丰富，阅世较深，为人正直。他三十一岁中进士，官运亨通，四十五岁补贵州都匀知府。乾隆帝以他学识渊博，外任不能尽其所长而留京，后擢升他为翰林院侍读学士。但他刚到任几个月，便因向姻亲卢见曾泄露查封家财消息案被捕下狱，流放乌鲁木齐，四年后释还。

充军乌鲁木齐是晓岚公第一次受到的严重打击。此后他又屡遭斥责、屡处险境、屡受革职或降级处分。当他埋头撰写《四库全书总目提要》时，因长子汝佶与西商债务纠纷被弹劾。吏部拟降调，诏改降三级留任。不久，他又因馆臣校书错误，再次被吏议，乾隆特旨赦免。他在完成《四库全书总目提要》后，曾作自挽联："浮沉宦海如鸥鸟，生死书丛似蠹虫。"意思是身处官场，变化莫测，如同鸥鸟有时凌空翱翔，有时受海浪冲击，沉没海底。生死同样莫测，如同书丛中的蠹虫，一旦被人发现，随即便会被捏死。这副联语正好道出了他一生在宦海中的坎坷遭遇。他到江南任主考官途中，曾作《咏东方曼倩》（西汉文学家东方朔字曼倩）的小诗，诗曰："十八年间侍紫宸，金门待诏好存身。诙谐一笑无妨碍，谁遣频侵郭舍人？"（郭舍人，汉武帝时受宠幸的弄臣。见《汉书》卷六十五《东方朔传》）这说明他十八年“伴君如伴虎”的仕宦生活，一直是战战兢兢，如履薄冰，因为他深知如稍有差错，就会罹致杀身灭族之祸。他夜以继日地校阅精审提要，幽默诙谐地周旋于上下左右，不是为了取悦帝王，而是为了“好存身”。在貌似幽默诙谐的背后潜藏着多少苦涩的滋味！

雍正年间，经过七年努力编纂完成《古今图书集成》初稿的陈梦雷，因皇室内讧被发配东北，死于戍所，书成后竟不署他的名字。乾隆帝发现已缮就的《四库全书》中有违碍忌讳的词句，下令严处，并命令抽出销毁。总校官陆费墀被革职罚俸，郁郁而死。总纂陆锡熊（耳山）唯恐自己校阅的部分也有讹误，逃避东北，冻病而殁。晓岚公作自挽联后三天，收到陆耳山逝世的讣告，同僚说这不是自挽，而是挽陆耳山啊！此后，晓岚公又因受员外郎海升殴妻致死案牵连而入狱，因复检不实，部议镌职，诏令改革职留任。直到嘉庆帝时，晓岚公已八十岁，仍因陈奏失词，再度受到革职留任处分。

这些惊涛骇浪的经历，不能不使晓岚公时时处处倍加小心谨慎。他凭着自己横溢的才华、机智敏捷的天资，虽仕途历尽磨难，终于保住了高位和名望。因此，他也曾被指责为“世故”“圆滑”。人们还是能理解和体谅他一生饱含辛酸和苦衷，被残酷的现实扭曲了的本性。所以许多反映他以机警的辩才和巧妙的应对在帝王之间周旋的事例，至今传为佳话，脍炙人口。

《阅微草堂笔记》在体制上属笔记小说一系，大都篇幅短小，记事简要，刻意追摹魏晋六朝志怪小说质朴简淡的文风。它之所以至今还为人称道，是因为作者善于以极轻松隽永的笔调，透过封建“盛世”的帷幕，揭示出当时社会的种种世相：统治者的贪赃腐败、凶暴残忍，理学家的道貌岸然、虚伪欺骗，以及普通人民的善良本性和悲惨遭遇。其中不少故事假托神仙狐鬼反映现实，增强了作品的可读性和吸引力。统观全书，言浅意深，析理精微，有着浓郁的时代色彩和生活气息。人们称之为“觉晨梦之清钟，渡迷津之宝筏”，为清代笔记小说中别具一格的上乘之作。鲁迅先生在《中国小说史略》中说：“纪昀本长文笔，多见秘书”，“叙述复雍容淡雅，天趣盎然”，“测鬼神之情状，发人间之幽微，托狐鬼以抒己见者。隽思妙语，时足解颐。间杂考辨，亦有灼见”。“故后来无人能夺其席，固非仅借位高望重以传者也”。在《中国小说的历史变迁》中则进一步指出：“他（指纪昀）很有可以佩服的地方：他生在乾隆间法纪最严的时代，竟敢借文章以攻击社会上不通的礼法，荒谬的习俗，以当时的眼光看去，真算得很有魄力的一个人。”（见《鲁迅全集》第八卷）

抨击“存理灭欲”的宋明理学，揭露道学家的迂腐虚伪，是《阅微草堂笔记》重要内容之一。如卷四有一则故事，写两个道学家在学生面前“辩论性天，剖析理欲”，严词正色，道貌岸然，背地里却合谋密商夺取一个寡妇的田产，阴私被当场揭露，弄得丑态百出。作者以极敏锐的观察力捕捉住生活中的一个喜剧镜头，用简短精练的语言勾画出一对假道学先生的丑恶嘴脸和肮脏灵魂。又如卷二十三的一则故事，叙述一对僮婢相恋，只是在庭中相视一笑，某公竟认为是淫奔，盛怒之下，“并杖之，创几殆”。这就是笃信宋明理学的封建卫道士的可耻逻辑。在卷七中，作者更以“心镜”透视出道学家的种种真实心态：“有黑如漆者，有曲如钩者，有拉杂如粪壤者，有溷浊如泥滓者，有城府险阻，千重万掩者……有如蜂虿者，有如狼虎者，有现冠盖影者，有现金银气者，甚有隐隐跃跃现秘戏图者。而回顾其形，则皆岸然道貌也。”

书中对封建官吏及其家属的荒淫无耻和凶残暴虐也有所揭

露。如卷十八写某县吏借办案之机垂涎原告的妻子，当一个妓女伪装成原告的妻子和这个县吏同宿后，他才肯去办案。卷十二写某夫人动辄命婢女脱衣受鞭。悬在房门上的两根鞭子，由于经常使用的缘故，“穗皆有血迹，柄皆光洁可鉴”。笔记中这类文字不多，但一般都写得较为生动。

另一方面，书中也记录和反映了劳动人民的悲惨遭遇。如卷二的一则记载了明末河南、山东等省的大灾荒，饥民吃尽了草根树皮之后，终至“以人为粮，官吏弗能禁。妇女幼孩，反接鬻于市，谓之菜人”。一些肉铺饭店，公然将活生生的人如屠牲畜一样肢解出售，为我们展示了一幅惨绝人寰的社会图景。这些描写可以使今天的青年读者从中深刻、形象地认识封建社会的残酷本质。

涉及狐仙鬼怪的作品在《笔记》中也有相当的数量。作者谈狐说鬼，主要是借狐鬼来反映人生，寄托情思。作者笔下的狐鬼一种是以正面形象出现的，如卷十二中张四喜的狐妻，柳某的狐友等，均具有正直善良、珍视友谊、笃于爱情、资助弱者、惩罚恶人的品格，表现出作者对美好心灵的呼唤与向往。另一种则是兴妖作祟，扰世害民的狐鬼。作者认为，狐鬼作祟，皆因人的心怀鬼胎，即“妖由人兴”。只要人的“气盛”，鬼怪即无所施其术而自行消亡。如卷一的“曹司农竹虚言”，卷六的“南皮许南金先生”“戴东原言”，卷八的“姚安公闻先祖润生公言”等则，都说明了这个道理。《笔记》中许多写人不畏鬼的故事十分精彩，其中有八篇曾被何其芳收入他主编的《不怕鬼的故事》。

当然，我们也要看到《笔记》的时代的局限性，在清王朝统治者的思想钳制政策下，作者只能采取曲笔，“托鬼神以抒己见”。再加上封建社会迷信思想十分普遍，科学知识又极其缺乏，因而有时这类狐鬼故事亦真亦幻，使人半信半疑，迎合了一部分小市民的口味。但是如果剥去鬼怪狐神的外衣，以晓岚公的才智，从他“意在言外”的用意，仔细琢磨每一故事的思想真谛，就会感到其妙无穷，就会发现《阅微草堂笔记》被称为“无人能夺其席”的中国文学宝库中的瑰宝，是当之无愧的。

我是纪昀的七世孙女。现岳麓书社以嘉庆丙子北平盛氏重刻本为底本，并参校其他各本，重新校点出版《笔记》，邀我写序，深感荣幸。事隔近七十年，再次诵读一遍《笔记》，体会和认识比之幼年时大不一样了。面对先辈这部充满睿智和哲理的著作，自知领悟极为肤浅，上面所说的一些感受，仅供读者参考，并希望得到批评指正。

纪清漪

序

文以载道，儒者无不能言之。夫道岂深隐莫测，秘密不传，如佛家之心印，道家之口诀哉？万事当然之理，是即道矣。故道在天地，如汞泻地，颗颗皆圆；如月映水，处处皆见。大至于治国平天下，小至于一事一物，一动一言，无乎不在焉。文，其中之一端也，文之大者为《六经》，固道所寄矣。降而为列朝之史，降而为诸子之书，降而为百氏之集，是又文中之一端，其言足以明道。再降而稗官小说，似无与于道矣，然《汉书·艺文志》列为一家，历代书目亦皆著录。岂非以荒诞悖妄者虽不足数，其近于正者，于人心世道亦未尝无所裨欤？

河间先生以学问文章负天下重望，而天性孤直，不喜以心性空谈，标榜门户；亦不喜才人放诞，诗坛酒社，夸名士风流。是以退食之余，惟耽怀典籍。老而懒于考索，乃采掇异闻，时作笔记，以寄所欲言。《滦阳消夏录》等五书，俶诡奇谲，无所不载；汪洋恣肆，无所不言。而大旨要归于醇正，欲使人知所劝惩。故诲淫导欲之书，以佳人才子相矜者，虽纸贵一时，终渐归湮没。而先生之书，则梨枣屡镌，久而不厌，是则华实不同之明验矣。

顾翻刻者众，讹误实繁；且有妄为标目，如明人之刻《冷斋夜话》者，读者病焉。时彦夙从先生游，尝刻先生《姑妄听之》，附跋书尾，先生颇以为知言。迩来诸板益漫漶，乃请于先生，合五书为一编，而仍各存其原第。篝灯手校，不敢惮劳。又请先生检视一过，然后摹印。虽先生之著作不必藉此刻以传，然鱼鲁之舛差稀，于先生教世之本志，或亦不无小补云尔。

嘉庆庚申八月，门人北平盛时彦谨序。

目　录

诗 二 首

纪昀

半生心力坐销磨，纸上烟云过眼多。
拟筑书仓今老矣，只因说鬼似东坡。

前因后果验无差，琐记搜罗鬼一车。
传语洛闽门弟子，稗官原不入儒家。

卷一

滦阳消夏录一

乾隆己酉夏，以编排秘籍于役滦阳。时校理久竟，特督视官吏题签庋[①]架而已。昼长无事，追录见闻，忆及即书，都无体例。小说稗官，知无关于著述；街谈巷议，或有益于劝惩。聊付抄胥[②]存之，命曰《滦阳消夏录》云尔。

注释

①庋（guǐ）：收藏保存。 ②胥：小官吏。

胡御史牧亭言：其里有人畜一猪，见邻叟，辄瞋目狂吼，奔突欲噬，见他人则否。邻叟初甚怒之，欲买而啖[①]其肉。既而憬然[②]省曰："此殆佛经所谓夙冤耶？世无不可解之冤。"乃以善价赎得，送佛寺为长生猪。后再见之，弭耳昵就，非复曩[③]态矣。

尝见孙重画伏虎应真，有巴西李衎题曰："至人骑猛虎，驭之犹骐骥。岂伊本驯良？道力消其鸷[④]。乃知天地间，有情皆可契。共保金石心，无为多畏忌。"可为此事作解也。

注释

①啖（dàn）：吃。 ②憬（jǐng）然：觉悟貌。 ③曩（nǎng）：从前，过去。 ④鸷：凶猛。

沧州刘士玉孝廉，有书室为狐所据，白昼与人对语，掷瓦石击人，但不睹其形耳。知州平原董思任，良吏也，闻其事，自往驱之。方盛陈人妖异路之理，忽檐际朗言曰："公为官颇爱民，亦不取钱，故我不敢击公。然公爱民乃好名，不取钱乃畏后患耳，故我亦不避公。公休矣！毋多言取困。"董狼狈而归，咄咄不怡者数日。

刘一仆妇甚粗蠢，独不畏狐，狐亦不击之。或于对语时举以问狐，狐曰："彼虽下役，乃真孝妇也。鬼神见之犹敛避，况我曹[①]乎？"刘乃令仆妇居此室，狐是日即去。

注释

①曹：辈。

爱堂先生言：闻有老学究夜行，忽遇其亡友。学究素刚直，亦不怖畏，问："君何往？"曰："吾为冥吏，至南村有所勾摄，适同路耳。"因并行。

至一破屋，鬼曰："此文士庐也。"问："何以知之？"曰："凡人白昼营营[①]，性灵汩没[②]。惟睡时一念不生，元神[③]朗澈。胸中所读之书，字字皆吐光芒，自百窍而出。其状缥缈缤纷，烂如锦绣。学如郑、孔，文如屈、宋、班、马者，上烛霄汉，与星月争辉。次者数丈，次者数尺，以渐而差。极下者亦荧荧如一灯，照映户牖[④]，人不能见，惟鬼神见之耳。此室上光芒高七八尺，以是而知。"学究问："我读书一生，睡中光芒当几许？"鬼嗫嚅[⑤]良久，曰："昨过君塾，君方昼寝。见君胸中高头讲章一部，墨卷五六百篇，经文七八十篇，策略三四十篇，字字化为黑烟，笼罩屋上。诸生诵读之声，如在浓云密雾中。实未见光芒，不敢妄语[6]。”学究怒斥之。鬼大笑而去。

注释

①营营：忙忙碌碌而不知道休息。 ②汩（gǔ）没：埋没。③元神：道家语，人的灵魂。 ④户牖（yǒu）：门窗。 ⑤嗫嚅（nièrú）：想要说话但又吞吞吐吐，不敢说出来。 ⑥妄语：说谎。

东光李又聃先生，尝至宛平相国废园中，见廊下有诗二首。其一曰：“飒飒西风吹破棂，萧萧秋草满空庭。月光穿漏飞檐角，照见莓苔半壁青。”其二曰：“耿耿疏星几点明，银河时有片云行。凭阑坐听谯楼鼓，数到连敲第五声。”墨痕惨淡，殆[1]不类人书。

注释

①殆：几乎，差不多。

董曲江先生，名元度，平原人。乾隆壬申进士，入翰林，散馆改[1]知县，又改教授，移疾归。少年梦人赠一扇，上有三绝句曰：“曹公饮马天池日，文采西园感故知。至竟心情终不改，月明花影上旌旗。”“尺五城南并马来，垂杨一例赤鳞开。黄金屈戍雕胡锦，不信陈王八斗才。”“箫鼓冬冬画烛楼，是谁亲按小凉洲？春风豆蔻知多少，并作秋江一段愁。”语多难解，后亦卒无征验，莫明其故。

注释

①改：变更。

平定王孝廉执信，尝随父宦榆林。夜宿野寺，经阁下，闻阁上有人絮语，似是论诗。窃讶此间少文士，那得有此？因谛听之，终不甚了了。后语声渐出阁廊下，乃稍分明。其一曰：“唐彦谦诗格不高，然‘禾麻地废生边气，草木春寒起战声’，故是佳句。”其一曰：“仆尝有句云：‘阴碛日光连雪白，风天沙气入云黄。’非亲至关外，不睹此景。”其一又曰：“仆亦有一联云：‘山沉边气无情碧，河带寒声亘古秋。’自谓颇肖边城日暮之状。”相与吟赏者久之。寺钟忽动，乃寂无声。天晓起视，则扃[①]钥尘封。

“山沉边气”一联，后于任总镇遗稿见之。总镇名举，出师金川时，百战阵殁者也。“阴碛”一联，终不知为谁语。即其精灵长在，得与任公同游，亦决非常鬼矣。

注释

①扃（jiōng）：门环、门闩。

沧州城南上河涯，有无赖吕四，凶横无所不为，人畏如狼虎。一日薄暮，与诸恶少村外纳凉。忽隐隐闻雷声，风雨且至。遥见似一少妇，避入河干古庙中。吕语诸恶少曰：“彼可淫也。”时已入夜，阴云暗黑。吕突入，掩其口，众共褫[①]衣沓淜[②]。

俄电光穿牖，见状貌似是其妻。急释手问之，果不谬。吕大恚，欲提妻掷河中。妻大号曰：“汝欲淫人，致人淫我，天理昭然，汝尚欲杀我耶！”吕语塞。急觅衣裤，已随风入河流矣。彷徨无计，乃自负裸妇归。云散月明，满村哗笑，争前问状。吕无可置对，竟自投于河。盖其妻归宁[③]，约一月方归。不虞母家遘[④]回禄[⑤]，无屋可栖，乃先期返。吕不知，而遘此难。

后妻梦吕来曰："我业重，当永堕泥犁。缘生前事母尚尽孝，冥官检籍，得受蛇身，今往生矣。汝后夫不久至，善事新姑嫜。阴律不孝罪至重，毋自蹈冥司汤镬[⑥]也。"至妻再醮[⑦]日，屋角有赤练蛇，垂首下视，意似眷眷。妻忆前梦，方举首问之，俄闻门外鼓乐声，蛇于屋上跳掷数回，奋然去。

注释

①褫（chǐ）：脱去。 ②嬲（niǎo）：戏弄。 ③归宁：女子回娘家。 ④遘（gòu）：遇到。 ⑤回禄：相传为火神的名字，引申指火灾。 ⑥汤镬（huò）：指用滚烫的水煮。指酷刑。⑦醮（jiào）：女子出嫁。

献县周氏仆周虎，为狐所媚，二十余年如伉俪。尝语仆曰："吾炼形已四百余年，过去生中，于汝有业缘当补；一日不满，即一日不得生天。缘尽，吾当去耳。"一日，輾然[①]自喜，又泫然自悲，语虎曰："月之十九日，吾缘尽当别。已为君相一妇，可聘定之。"因出白金付虎，俾[②]备礼。自是狎昵燕婉，逾于平日，恒形影不离。至十五日，忽晨起告别。虎怪其先期，狐泣曰："业缘一日不可减，亦一日不可增，惟迟早则随所遇耳。吾留此三日缘，为再一相会地也。"越数年，果再至，欢洽三日而后去。临行呜咽曰："从此终天诀矣！"

陈德音先生曰："此狐善留其有余，惜福者当如是。"刘季箴则曰："三日后终须一别，何必暂留？此狐炼形四百年，尚未到悬崖撒手地位。临事者不当如是。"余谓二公之言，各明一义，各有当也。

注释

①辴（chǎn）然：笑貌。 ②俾（bǐ）：使。

献县令明晟，应山人。尝欲申雪一冤狱，而虑上官不允，疑惑未决。儒学门斗有王半仙者，与一狐友，言小休咎多有验，遣往问之。狐正色曰："明公为民父母，但当论其冤不冤，不当问其允不允。独不记制府李公之言乎？"门斗返报，明为悚[①]然。

因言制府李公卫未达时，尝同一道士渡江，适有与舟子争诟者，道士太息曰："命在须臾，尚较计数文钱耶？"俄其人为帆脚所扫，堕江死。李公心异之。中流风作，舟欲覆，道士禹步诵咒，风止得济。李公再拜谢更生。道士曰："适堕江者，命也，吾不能救。公，贵人也，遇厄得济，亦命也，吾不能不救，何谢焉？"李公又拜曰："领师此训，吾终身安命矣。"道士曰："是不尽然。一身之穷达当安命，不安命，则奔竞排轧，无所不至。不知李林甫、秦桧，即不倾陷善类，亦作宰相，徒自增罪案耳。至国计民生之利害，则不可言命。天地之生才，朝廷之设官，所以补救气数也。身握事权，束手而委命，天地何必生此才，朝廷何必设此官乎？晨门曰：'是知其不可而为之。'诸葛武侯曰：'鞠躬尽瘁，死而后已。成败利钝，非所逆睹。'此圣贤立命之学，公其识之。"李公谨受教，拜问姓名。道士曰："言之恐公骇。"下舟行数十步，翳然[②]灭迹。

昔在会城，李公曾话是事，不识此狐何以得知也。

注释

①悚（sǒng）：恐惧。 ②翳（yì）然：隐没，隐灭。

北村郑苏仙，一日梦至冥府，见阎罗王方录囚。有邻村一媪[①]至殿前，王改容拱手，赐以杯茗，命冥吏速送生善处。郑私叩冥吏曰："此农家老妇，有何功德？"冥吏曰："是媪一生无利己损人心。夫利己之心，虽贤士大夫或不免。然利己者必损人，种种机械，因是而生，种种冤愆，因是而造。甚至遗臭万年，流毒四海，皆此一念为害也。此一村妇，而能自制其私心，读书讲学之儒，对之多愧色矣。何怪王之加礼乎？"郑素有心计，闻之惕然[②]而寤。

郑又言：此媪未至以前，有一官公服昂然入，自称所至但饮一杯水，今无愧鬼神。王哂曰："设官以治民，下至驿丞闸官，皆有利弊之当理。但不要钱即为好官，植木偶于堂，并水不饮，不更胜公乎？"官又辩曰："某虽无功，亦无罪。"王曰："公一生处处求自全，某狱某狱，避嫌疑而不言，非负民乎？某事某事，畏烦重而不举，非负国乎？三载考绩之谓何？无功即有罪矣。"官大踧踖[③]，锋棱顿减。王徐顾笑曰："怪公盛气耳。平心而论，要是三四等好官，来生尚不失冠带。"促命即送转轮王。

观此二事，知人心微暧，鬼神皆得而窥。虽贤者一念之私，亦不免于责备。"相在尔室"，其信然乎！

注释

①媪（ǎo）：老年妇女。　②惕（tì）然：警觉省悟的样子。③踧踖（cùjí）：局促不安的样子。

雍正壬子，有宦家子妇，素无勃谿[①]状。突狂电穿牖，如火光激射，雷楔贯心而入，洞左胁而出。其夫亦为雷焰燔[②]烧，背到尻[③]皆焦黑，气息仅属。久之乃苏，顾妇尸泣曰："我性刚劲，与母争论或有之，尔不过私诉抑郁，背灯掩泪而已，何雷之误中尔耶？”是未知律重主谋，幽明一也。

注释

①勃谿（bóxī）：家庭中争吵。 ②燔（fán）：焚烧。
③尻（kāo）：屁股。

无云和尚，不知何许人。康熙中，挂单[①]河间资胜寺，终日默坐，与语亦不答。一日，忽登禅床，以界尺拍案一声，泊然化去。视案上有偈曰：“削发辞家净六尘，自家且了自家身。仁民爱物无穷事，原有周公孔圣人。”佛法近墨，此僧乃近于杨。

注释

①挂单：（游方和尚）到寺院暂住。

宁波吴生，好作北里游。后昵一狐女，时相幽会，然仍出入青楼间。一日，狐女请曰：“吾能幻化，凡君所眷，吾一见即可肖[①]其貌。君一存想，应念而至，不逾于黄金买笑乎？”试之，果顷刻换形，与真无二。遂不复外出。

尝语狐女曰：“眠花藉柳，实惬[②]人心，惜是幻化，意中终隔一膜耳。”狐女曰：“不然。声色之娱，本电光石火，岂特吾肖某某为幻化？即彼某某亦幻化也。岂特某某为幻化？即妾亦幻化也。即千百年来，名姬艳女，皆幻化也。白杨绿草，黄土青山，何一非古来歌舞之场？握雨携云，与埋香葬玉，别鹤离鸾，一曲伸臂顷耳。中间两美相合，或以时刻计，或以日计，或以月计，或以年计，终有诀别之期。及其诀别，则数十年而散；与片刻暂遇而散者，同一悬崖撒手，转瞬成空。倚翠偎红，不皆恍如春梦乎？即夙契原深，终身聚首，而朱颜不驻，白发已侵，一人之身，非复旧态。则当时黛眉粉颊，亦谓之幻化可矣。何独以妾肖某某为幻化也？”吴洒然有悟。后数岁，狐女辞去，吴竟绝迹于狎游。

注释

①肖：像。 ②惬：满足。

交河及孺爱、青县张文甫，皆老儒也，并授徒于献。尝同步月南村、北村之间，去馆稍远，荒原阒[①]寂，榛莽翳[②]然。张心怖欲返，曰：“墟墓间多鬼，曷[③]可久留？”俄一老人扶杖至，揖二人坐，曰：“世间安得有鬼，不闻阮瞻之论乎？二君儒者，奈何信释氏之妖妄？”因阐发程、朱二气屈伸之理，疏通证明，词条流畅。二人听之皆首肯，共叹宋儒见理之真。递相酬对，竟忘问姓名。

适大车数辆远远至，牛铎铮然。老人振衣急起曰：“泉下之人，岑寂久矣，不持无鬼之论，不能留二君作竟夕谈。今将别，谨以实告，毋讶相戏侮也。”俯仰之顷，欻[④]然已灭。

是间绝少文士，惟董空如先生墓相近，或即其魂欤？

注释

①阒（qù）：寂静。 ②翳（yì）：遮蔽。 ③曷：何。④欻（xū）：忽然。

河间唐生，好戏侮。土人至今能道之，所谓唐啸子者是也。有塾师好讲无鬼，尝曰：“阮瞻遇鬼，安有是事？僧徒妄造蜚语耳！”唐夜洒土其窗，而呜呜击其户。塾师骇问为谁，则曰：“我二气之良能也。”塾师大怖，蒙首股栗，使二弟子守达旦。次日委顿不起。朋友来问，但呻吟曰："有鬼。"既而知唐所为，莫不拊[1]掌。

然自是魅大作，抛掷瓦石，摇撼户牖，无虚夕。初尚以为唐再来，细察之，乃真魅。不胜其嬲，竟弃馆而去。盖震惧之后，益以惭恧[2]，其气已馁，狐乘其馁而中之也。妖由人兴，此之谓乎？

注释

①拊：拍。 ②恧（nǜ）：惭愧。

天津某孝廉[1]，与数友郊外踏青，皆少年轻薄。见柳阴中少妇骑驴过，欺其无伴，邀众逐其后，嫚语调谑。少妇殊不答，鞭驴疾行。有两三人先追及，少妇忽下驴软语，意似相悦。俄某与三四人追及，审视，正其妻也。但妻不解骑，是日亦无由至郊处。且疑且怒，近前诃之。妻嬉笑如故。某愤气潮涌，奋掌欲掴其面。妻忽飞跨驴背，别换一形，以鞭指某数曰："见他人之妇，则狎亵百端；见是己妇，则恚恨如是。尔读圣贤书，一恕字尚不能解，何以挂名桂籍耶？"数讫径行。某色如死灰，僵立道左[2]，殆不能去。竟不知是何魅也。

注释

①孝廉：明清两代对举人的称呼。 ②道左：道路边。

德州田白岩曰：有额都统者，在滇、黔间山行。见道士按一丽女于石，欲剖其心。女哀呼乞救，额急挥骑驰及，遽格道士手，女噭[1]然一声，化火光飞去。道士顿足曰："公败吾事！此魅已媚杀百余人，故捕诛之以除害。但取精已多，岁久通灵，斩其首则神遁去，故必剖其心乃死。公今纵之，又贻患无穷矣。惜一猛虎之命，放置深山，不知泽麋林鹿，劘[②]其牙者几许命也。”匣其匕首，恨恨渡溪去。

此殆白岩之寓言，即所谓一家哭，何如一路哭也。姑容墨吏自以为阴功，人亦多称为忠厚，而穷民之卖儿贴妇，皆未一思，亦安用此长者乎？

注释

①噭（jiào）：号呼声。 ②劘（mó）：磨。

献县吏王某，工刀笔，善巧取人财。然每有所积，必有一意外事耗去。有城隍庙道童夜行廊庑间，闻二吏持簿对算。其一曰：“渠今岁所蓄较多，当何法以销之？”方沉思间。其一曰：“一翠云足矣，无烦迂折也。”是庙往往遇鬼，道童习见，亦不怖，但不知翠云为谁，亦不知为谁销算。俄有小妓翠云至，王某大嬖[①]之，耗所蓄八九。又染恶疮，医药备至，比愈，则已荡然矣。人计其平生所取，可屈指数者，约三四万金。后发狂疾暴卒，竟无棺以殓。

注释

①嬖（bì）：宠爱。

陈云亭舍人言：有台湾驿使宿馆舍，见艳女登墙下窥。叱索无所睹。夜半琅然有声，乃片瓦掷枕畔。叱问：“是何妖魅，敢侮天使？”窗外朗应曰：“公禄命重，我避公不及，致公叱索。惧干[①]神谴，惴惴至今。今公睡中萌邪念，误作驿卒之女，谋他日纳为妾。人心一动，鬼神知之。以邪召邪，神不得而咎我，故投瓦相报。公何怒焉？”驿使大愧沮。未及天曙，促装去。

注释

①干：冒犯。

叶旅亭御史宅，忽有狐怪，白昼对语，迫叶让所居。扰攘戏侮，至杯盘自舞，几榻自行。叶告张真人。真人以委法官，先书一符，甫[1]张而裂。次牒都城隍，亦无验。法官曰："是必天狐，非拜章不可。"乃建道场七日。至三日，狐犹诟詈[2]，至四日，乃婉词请和。叶不欲与为难，亦祈不竟其事。真人曰："章已拜，不可追矣。"至七日，忽闻格斗砰訇，门窗破堕，薄暮尚未已。法官又檄他神相助，乃就擒。以罂贮之，埋广渠门外。

余尝问真人驱役鬼神之故，曰："我亦不知所以然，但依法施行耳。大抵鬼神皆受役于印，而符箓则掌于法官。真人如官长，法官如吏胥，真人非法官不能为符箓，法官非真人之印，其符箓亦不灵。中间有验有不验，则如各官司文移章奏，或准或驳，不能一一必行耳。"此言颇近理。又问："设空宅深山，猝遇精魅，君尚能制伏否？"曰："譬大吏经行，劫盗自然避匿。倘或无知猖獗，突犯双旌，虽手握兵符，征调不及，一时亦无如之何。"此言亦颇笃实。然则一切神奇之说，皆附会也。

注释

①甫：刚。　②诟詈（lì）：骂。

朱子颖运使言：守泰安日，闻有士人至岱岳深处，忽人语出石壁中，曰："何处经香，岂有转世人来耶？"訇[1]然震响，石壁中开，贝阙琼楼，涌现峰顶，有耆儒冠带下迎。士人骇愕，问："此何地?"曰："此经香阁也。"士人叩经香之义，曰："其说长矣，请坐讲之。昔尼山删定，垂数万年，大义微言，递相授受。汉代诸儒，去古未远，训诂笺注，类能窥先圣之心，又淳朴未漓，无植党争名之习。惟各传师说，笃溯渊源。沿及有唐，斯文未改。迨乎北宋，勒为注疏十三部，先圣嘉焉。诸大儒虑新说日兴，渐成绝学，建是阁以贮之。中为初本，以五色玉为函，尊圣教也。配以历代官刊之本，以白玉为函，昭帝王表章之功也，皆南面。左右则各家私刊之本，每一部成，必取初印精好者，按次时代，庋置斯阁，以苍玉为函，奖汲古之勤也。皆东西面。并以珊瑚为签，黄金作锁钥。东西两庑，以沉檀为几，锦绣为茵。诸大儒之神，岁一来视，相与列坐于斯阁。后三楹则唐以前诸儒经义、帙以纂组，收为一库。自是以外，虽著述等身，声华盖代，总听其自贮名山，不得入此门一步焉，先圣之志也。诸书至子刻午刻，一字一句，皆发浓香，故题曰经香。盖一元斡运，二气絪缊[②]，阴起午中，阳生子半。圣人之心，与天地通。诸大儒阐发圣人之理，其精奥亦与天地通，故相感也。然必传是学者始闻之，他人则否。世儒于此十三部，或焚膏继晷，钻仰终身；或锻炼苛求，百端掊击，亦各因其性识之所根耳。君四世前为刻工，曾手刊《周礼》半部，故余香尚在，吾得以知君之来。"因引使周览阁庑，款以茗果。送别曰："君善自爱，此地不易至也。"士人回顾，惟万峰插天，杳无人迹。

案：此事荒诞，殆尊汉学者之寓言。夫汉儒以训诂专门，宋儒以义理相尚，似汉学粗而宋学精。然不明训诂，义理何自而知？概用诋排，视犹土苴[③]，未免既成大辂，追斥椎轮；得济迷川，遽焚宝筏。于是攻宋儒者又纷纷而起。故余撰《四库全书·诗部总叙》有曰：宋儒之攻汉儒，非为说经起见也，特求胜于汉儒而已。后人之攻宋儒，亦非为说经起见也，特不平宋儒之诋汉儒而已。韦苏州诗曰：“水性自云静，石中亦无声。如何两相激，雷转空山惊?”此之谓矣。平心而论，《易》自王弼始变旧说，为宋学之萌芽。宋儒不攻《孝经》，词义明显。宋儒所争，只今文古文字句，亦无关宏旨，均姑置弗议。至《尚书》《三礼》《三传》《毛诗》《尔雅》诸注疏，皆根据古义，断非宋儒所能。《论语》《孟子》，宋儒积一生精力，字斟句酌，亦断非汉儒所及。盖汉儒重师传，渊源有自；宋儒尚心悟，研索易深。汉儒或执旧文，过于信传；宋儒或凭臆断，勇于改经。计其得失，亦复相当。惟汉儒之学，非读书稽古，不能下一语；宋儒之学，则人人皆可以空谈。其间兰艾同生，诚有不尽餍人心者，是嗤点之所自来。此种虚构之词，亦非无因而作也。

注释

①砉（huò）：破裂声。 ②细缊（yīnyūn）：同“氤氲”，烟气迷漫。 ③土苴（jū）：渣滓，糟粕。

曹司农竹虚言：其族兄自歙往扬州，途经友人家。时盛夏，延坐书屋，甚轩爽。暮欲下榻其中，友人曰：“是有魅，夜不可居。”曹强居之。夜半，有物自门隙蠕蠕入，薄如夹纸。入室后，渐开展作人形，乃女子也。曹殊不畏。忽披发吐舌，作缢鬼状。曹笑曰：“犹是发，但稍乱，犹是舌，但稍长，亦何足畏!”忽自摘其首置案上。曹又笑曰：“有首尚不足畏，况无首耶!”鬼技穷，倏然灭。及归途再宿，夜半门隙又蠕动。甫露其首，辄唾曰：“又此败兴物耶!”竟不入。

此与嵇中散事相类。夫虎不食醉人，不知畏也。大抵畏则心乱，心乱则神涣，神涣则鬼得乘之。不畏则心定，心定则神全，神全则沴[①]戾之气不能干。故记中散是事者，称“神志湛然，鬼惭而去”。

注释

①沴（lì）：灾气。

董曲江言：默庵先生为总漕时，署有土神、马神二祠，惟土神有配。其少子恃才兀傲，谓土神于思老翁，不应拥艳妇；马神年少，正为嘉耦。径移女像于马神祠，俄眩仆不知人。默庵先生闻其事，亲祷移还，乃苏。

又闻河间学署有土神，亦配以女像。有训导谓黉[①]宫不可塑妇人，乃别建一小祠迁焉。土神凭其幼孙语曰：“汝理虽正，而心则私，正欲广汝宅耳，吾不服也。”训导方侃侃谈古礼，猝中其隐，大骇，乃终任不敢居是室。

二事相近。或曰：“训导迁庙犹以礼，董渎神甚矣，谴当重。”余谓董少年放诞耳。训导内挟私心，使己有利；外假公义，使人无词。微神发其阴谋，人尚以为能正祀典也。《春秋》诛心，训导谴当重于董。

注释

①黉（hóng）：学校。

戏术，皆手法捷耳，然亦实有般运术。宋人书搬运皆作般运。忆小时在外祖雪峰先生家，一术士置杯酒于案，举掌拍之，杯陷入案中，口与案平。然扪案下，不见杯底。少选取出，案如故。此或障目法也。又举鱼脍一巨碗，抛掷空中不见。令其取回，则曰："不能矣。在书室画厨夹屉中，公等自取耳。"时以宾从杂遝[1]，书室多古器，已严扃；且夹屉高仅二寸，碗高三四寸许，断不可入，疑其妄。姑呼钥启视，则碗置案上，换贮佛手五。原贮佛手之盘，乃换贮鱼脍藏夹屉中。

是非般运术乎？理所必无，事所或有，类如此，然实亦理之所有。狐怪山魈[2]，盗取人物不为异。能劾禁狐怪山魈者亦不为异。既能劾禁，即可以役使；既能盗取人物，即可以代人盗取物。夫又何异焉？

注释

①杂遝："遝"通"沓"，拥挤纷乱的样子。 ②山魈（xiāo）：传说中山里的独脚鬼怪。

旧仆庄寿言：昔事某官，见一官侵[1]晨至，又一官续至，皆契交也，其状若密递消息者。俄皆去。主人亦命驾递出，至黄昏乃归。车殆马烦，不胜困惫。俄前二官又至，灯下或附耳，或点首，或摇手，或蹙[2]眉，或拊掌，不知所议何事。漏下二鼓，我遥闻北窗外吃吃有笑声，室中弗闻也。方疑惑间，忽又闻长叹一声曰："何必如此！"始宾主皆惊，开窗急视，新雨后泥平如掌，绝无人踪，共疑为我呓语。我时因戒勿窃听，避立南荣外花架下，实未尝睡，亦未尝言，究不知其何故也。

注释

①侵：接近。 ②蹙（cù）：皱。

永春邱孝廉二田，偶憩息九鲤湖道中。有童子骑牛来，行甚驶。至邱前小立，朗吟曰："来冲风雨来，去踏烟霞去。斜照万峰青，是我还山路。”怪村竖[①]那得作此语？凝思欲问，则笠影出没杉桧间，已距半里许矣。不知神仙游戏，抑乡塾小儿闻人诵而偶记也。

注释

①竖：小童。

莆田林教谕霈，以台湾俸满北上。至涿州南，下车便旋。见破屋墙匡外，有磁锋划一诗曰：“骡纲队队响铜铃，清晓冲寒过驿亭。我自垂鞭玩残雪，驴蹄缓踏乱山青。”款曰罗洋山人。读讫[①]，自语曰：“诗小有致，罗洋是何地耶？”屋内应曰：“其语似是湖广人。”入视之，惟凝尘败叶而已。自知遇鬼，惕[②]然登车。恒郁郁不适，不久竟卒。

注释

①讫（qì）：完毕。　②惕（tì）：谨慎小心。

景州李露园基塨，康熙甲午孝廉，余僚婿也，博雅工诗。需次日，梦中作一联曰：“鸾翮嵇中散，蛾眉屈左徒。”醒而自不能解。后得湖南一令，卒于官，正屈原行吟地也。

先祖母张太夫人，畜一小花犬。群婢患其盗肉，阴扼杀之。中一婢曰柳意，梦中恒见此犬来啮，睡辄[①]呓语。太夫人知之，曰：“群婢共杀犬，何独衔冤于柳意？此必柳意亦盗肉，不足服其心也。”考[②]问果然。

注释

①辄：经常。　②考：通“拷”。

福建汀州试院，堂前二古柏，唐物也，云有神。余按临日，吏白当诣树拜。余谓木魅不为害，听之可也，非祀典所有，使者不当拜。树柯叶森耸，隔屋数重可见。是夕月明，余步阶上，仰见树杪[①]两红衣人，向余磬折拱揖，冉冉渐没。呼幕友出视，尚见之。余次日诣树，各答以揖，为镌一联于祠门曰："参天黛色常如此，点首朱衣或是君。"此事亦颇异。袁子才尝载此事于《新齐谐》，所记稍异，盖传闻之误也。

注释

①杪（miǎo）：树梢。

德州宋清远先生言：吕道士，不知何许人，善幻术。尝客田山疆司农家，值朱藤盛开，宾客会赏。一俗士言词猥鄙，喋喋不休，殊败人意。一少年性轻脱，厌薄尤甚，斥勿多言，二人几攘臂。一老儒和解之，俱不听，亦愠形于色。满座为之不乐。

道士耳语小童，取纸笔画三符焚之。三人忽皆起，在院中旋折数四。俗客趋东南隅[①]坐，喃喃自语。听之，乃与妻妾谈家事。俄左右回顾若和解，俄怡色自辩，俄作引罪状，俄屈一膝，俄两膝并屈，俄叩首不已。视少年，则坐西南隅花栏上，流目送盼，妮妮软语。俄嬉笑，俄谦谢，俄低唱《浣纱记》，呦呦不已，手自按拍，备诸冶荡之态。老儒则端坐石磴上，讲《孟子》齐桓、晋文之事一章。字剖句析，指挥顾盼，如与四五人对语。忽摇首曰："不是。"忽瞋目曰："尚不解耶？"咯咯痨嗽，仍不止。众骇笑，道士摇手止之。比酒阑，道士又焚三符。三人乃惘惘[②]痴坐，少选始醒，自称不觉醉眠，谢无礼。众匿笑散。

道士曰："此小术，不足道。叶法善引唐明皇入月宫，即用此符。当时误以为真仙，迂儒又以为妄语，皆井底蛙耳。"

后在旅馆，符摄一过往贵人妾魂。妾苏后，登车识其路径门户，语贵人急捕之，已遁去。此《周礼》所以禁怪民欤？

注释

①隅：角落。 ②惘惘：精神恍惚貌。

交河老儒及润础，雍正乙卯乡试。晚至石门桥，客舍皆满。惟一小屋，窗临马枥，无肯居者，姑解装焉。群马跳踉，夜不得寐。人静后，忽闻马语。及爱观杂书，先记宋人说部中有堰下牛语事，知非鬼魅，屏息听之。一马曰："今日方知忍饥之苦。生前所欺隐草豆钱，竟在何处？"一马曰："我辈多由圉人[①]转生，死者方知，生者不悟，可为太息。"众马皆呜咽。一马曰："冥判亦不甚公，王五何以得为犬？"一马曰："冥卒曾言之，渠[②]一妻二女并淫滥，尽盗其钱与所欢，当罪之半矣。"一马曰："信然。罪有轻重，姜七堕豕身，受屠割，更我辈不若也。"及忽轻嗽，语遂寂。及恒举以戒圉人。

注释

①圉（yǔ）人：养马的人。 ②渠：他。

余一侍姬，平生未尝出詈语。自云亲见其祖母善詈，后了无疾病，忽舌烂至喉，饮食言语皆不能，宛转[①]数日而死。

注释

①宛转：辗转。

有某生在家，偶晏起，呼妻妾不至。问小婢，云并随一少年南去矣。露刃追及，将骈斩之，少年忽不见。有老僧衣红袈裟，一手托钵，一手振锡杖，格其刀曰："汝尚不悟耶？汝利心太重，忮[1]忌心太重，机巧心太重，而能使人终不觉。鬼神忌隐恶，故判是二妇使作此以报汝。彼何罪焉？"言讫亦隐。生默然引归。

二妇云："少年初不相识，亦未相悦，忽惘然如梦，随之去。"邻里亦曰："二妇非淫奔者，又素不相得，岂肯随一人？且淫奔必避人，岂有白昼公行，缓步待追者耶？其为神谴信矣。"然终不能明其恶，真隐恶哉！

注释

①忮（zhì）：嫉妒。

事皆前定，岂不信然？

戊子春，余为人题《蕃骑射猎图》曰："白草粘天野兽肥，弯弧爱尔马如飞。何当快饮黄羊血，一上天山雪打围。"是年八月，竟从军于西域。

又董文恪公尝为余作《秋林觅句图》。余至乌鲁木齐，城西有深林，老木参云，弥亘[1]数十里。前将军伍公弥泰建一亭于中，题曰"秀野"。散步其间，宛然前画之景。辛卯还京，因自题一绝句曰："霜叶微黄石骨青，孤吟自怪太零丁。谁知早作西行谶，老木寒云秀野亭。"

注释

①亘：延续不断。

南皮疡医某，艺颇精，然好阴用毒药，勒索重资。不餍[1]所欲，则必死。盖其术诡秘，他医不能解也。一日，其子雷震死。今其人尚在，亦无敢延之者矣。

或谓某杀人至多，天何不殛[②]其身而殛其子？有佚罚焉。夫罪不至极，刑不及孥；恶不至极，殃不及世。殛其子，所以明祸延后嗣也。

注释

①餍（yàn）：满足。 ②殛（jí）：杀死。

安中宽言：昔吴三桂之叛，有术士精六壬，将往投之。遇一人，言亦欲投三桂，因共宿。其人眠西墙下，术士曰："君勿眠此，此墙亥刻当圮[①]。"其人曰："君术未深，墙向外圮，非向内圮也。"至夜果然。余谓此附会之谈也，是人能知墙之内外圮，不知三桂之必败乎？

注释

①圮（pǐ）：倒塌。

有僧游交河苏吏部次公家，善幻术，出奇不穷，云与吕道士同师。尝抟[①]泥为豕，咒之，渐蠕动。再咒之，忽作声。再咒之，跃而起矣。因付庖屠以供客，味不甚美。食讫，客皆作呕逆，所吐皆泥也。

有一士，因雨留同宿，密叩僧曰："《太平广记》载术士咒片瓦授人，划壁立开，可潜至人闺阁中。师术能及此否？"曰："此不难。"拾片瓦咒良久，曰："持此可往，但勿语，语则术败矣。"士试之，壁果开。至一处，见所慕方卸妆就寝。守僧戒，不敢语。径掩扉，登榻狎昵，妇亦欢洽。倦而酣睡。忽开目，则眠妻榻上也。

方互相疑诘，僧登门数之曰："吕道士一念之差，已受雷诛，君更累我耶！小术戏君，幸不伤盛德，后更无萌此念。”既而太息曰：“此一念，司命已录之。虽无大谴，恐于禄籍有妨耳。”士果蹭蹬[②]，晚得一训导，竟终于寒毡。

注释

①抟（tuán）：将物捏聚成团。　②蹭蹬：失势落魄。

康熙中，献县胡维华以烧香聚众，谋不轨。所居由大城、文安一路行，去京师三百余里。由青县、静海一路行，去天津二百余里。维华谋分兵为二，其一出不意，并程抵京师。其一据天津，掠海舟。利则天津之兵亦北趋，不利则遁往天津，登舟泛海去。方部署伪官，事已泄。官军擒捕，围而火攻之，龆龀[①]不遗。

初，维华之父雄于资，喜周穷乏，亦未为大恶。邻村老儒张月坪，有女艳丽，殆称国色，见而心醉。然月坪端方迂执，无与人为妾理，乃延之教读。月坪父母柩在辽东，不得返，恒戚戚。偶言及，即捐金使扶归，且赠以葬地。月坪田内有横尸，其仇也。官以谋杀勘，又为百计申辩得释。

一日，月坪妻携女归宁。三子并幼，月坪归家守门户，约数日返。乃阴使其党，夜键户而焚其庐，父子四人并烬。阳为惊悼，代营丧葬，且时周其妻女，竟依以为命。或有欲聘女者，妻必与谋，辄阴沮，使不就。久之，渐露求女为妾意。妻感其惠，欲许之。

女初不愿，夜梦其父曰：“汝不往，吾终不畅吾志也。”女乃受命。岁余，生维华，女旋病卒。维华竟覆其宗。

注释

①龆龀（tiáochèn）：儿童换牙的年龄。指儿童。

又去余家三四十里，有凌虐其仆夫妇死而纳其女者。女故慧黠，经营其饮食服用，事事当意。又凡可博其欢者，冶荡狎媟[①]，无所不至。皆窃议其忘仇，蛊惑既深，惟其言是听。女始则导之奢华，破其产十之七八。又谗间其骨肉，使门以内如寇仇。继乃时说《水浒传》宋江、柴进等事，称为英雄，怂恿之交通盗贼。卒以杀人抵法。

抵法之日，女不哭其夫，而阴携卮酒[②]，酹其父母墓曰："父母恒梦中魇我，意恨恨似欲击我，今知之否耶?"人始知其蓄志报复，曰："此女所为，非惟人不测，鬼亦不测也。机深哉!"然而不以阴险论，《春秋》原心，本不共戴天者也。

注释

①狎媟（xiáxiè）：亲昵而近于放荡。 ②卮（zhī）酒：杯酒。卮，古代盛酒的器皿。

余在乌鲁木齐，军吏具文牒数十纸，捧墨笔请判，曰："凡客死于此者，其棺归籍，例给牒，否则魂不得入关。"以行于冥司，故不用朱判，其印亦以墨。视其文，鄙诞殊甚。曰："为给照事：照得某处某人，年若干岁，以某年某月某日在本处病故。今亲属搬柩归籍，合行给照。为此牌仰沿途把守关隘鬼卒，即将该魂验实放行，毋得勒索留滞，致干未便。"余曰："此胥役托词取钱耳。"启将军除其例。

旬日后，或告城西墟墓中鬼哭，无牒不能归故也。余斥其妄。又旬日，或告鬼哭又近城。斥之如故。越旬日，余所居墙外魗魗[①]有声，《说文》曰："魗，鬼声。"余尚以为胥役所伪。越数日，声至窗外。时月明如昼，自起寻视，实无一人。同事观御史成曰："公所持理正，虽将军不能夺也。然鬼哭实共闻，不得照者，实亦怨公。盍试一给之，姑间执谗慝之口。倘鬼哭如故，则公益有词矣。"勉从其议，是夜寂然。

又军吏宋吉禄在印房，忽眩仆。久而苏，云见其母至。俄台军以官牒呈，启视，则哈密报吉禄之母来视子，卒于途也。

天下事何所不有？儒生论其常耳。余尝作《乌鲁木齐杂诗》一百六十首，中一首云："白草飕飕接冷云，关山疆界是谁分？幽魂来往随官牒，原鬼昌黎竟未闻。"即此二事也。

注释

①魗魗（rúrú）：鬼哭之声。

范蘅洲言：昔渡钱塘江，有一僧附舟，径置坐具，倚樯竿，不相问讯。与之语，口漫应，目视他处，神意殊不属。蘅洲怪其傲，亦不再言。时西风过急，蘅洲偶得二句，曰："白浪簸船头，行人怯石尤。"下联未属，吟哦数四。僧忽闭目微吟曰："如何红袖女，尚倚最高楼？"蘅洲不省所云，再与语，乃不答。比[①]系缆，恰一少女立楼上，正著红袖，乃大惊。再三致诘，曰："偶望见耳。"然烟水渺茫，庐舍遮映，实无望见理，疑其前知。欲作礼，则已振锡去。蘅洲惘然莫测，曰："此又一骆宾王矣。"

注释

①比：等。

清苑张公钺，官河南郑州时，署有老桑树，合抱不交，云栖神物，恶而伐之。是夕，其女灯下睹一人，面目手足及衣冠，色皆浓绿，厉声曰："尔父太横，姑示警于尔。"惊呼媪婢至，神已痴矣。后归戈太仆仙舟，不久下世。

驱厉鬼，毁淫祠，正狄梁公、范文正公辈事。德苟不足以胜之，鲜①不取败。

注释

①鲜（xiǎn）：少。

钱文敏公曰："天之祸福，不犹君之赏罚乎？鬼神之鉴察，不犹官吏之详议乎？今使有一弹章曰：'某立身无玷，居官有绩，然门径向凶方，营建犯凶日，罪当谪①罚。'所司允乎？驳乎？又使有一荐牍曰：'某立身多瑕，居官无状，然门径得吉方，营建值吉日，功当迁擢②。所司又允乎？驳乎？官吏所必驳，而谓鬼神允之乎？故阳宅之说，余终不谓然。"此譬至明。以诘形家，亦无可置辩。

然所见实有凶宅。京师斜对给孤寺道南一宅，余行吊者五，粉坊琉璃街极北道西一宅，余行吊者七。给孤寺宅，曹宗丞学闵尝居之。甫移入，二仆一夕并暴亡，惧而迁去。粉坊琉璃街宅，邵教授大生尝居之。白昼往往见变异，毅然不畏，竟殁其中。此又何理欤？刘文正公曰："卜地见《书》，卜日见《礼》。苟无吉凶，圣人何卜？但恐非今术士所知耳。"斯持平之论矣。

注释

①谪（zhé）：贬职。　②擢（zhuó）：提拔。

沧州潘班，善书画，自称黄叶道人。尝宿友人斋中，闻壁间小语曰："君今夕毋留人共寝，当出就君。"班大骇，移出。友人曰："室旧有此怪，一婉娈女子，不为害也。"后友人私语所亲曰："潘君其终困青衿乎？此怪非鬼非狐，不审何物，遇粗俗人不出，遇富贵人亦不出，惟遇才士之沦落者，始一出荐枕耳。"后潘果坎壈[①]以终。越十余年，忽夜闻斋中啜泣声。次日，大风折一老杏树，其怪乃绝。外祖张雪峰先生尝戏曰："此怪大佳，其意识在绮罗人上。"

注释

①坎壈：命运坎坷不得志。

陈枫崖光禄言：康熙中，枫泾一太学生，尝读书别业。见草间有片石，已断裂剥蚀，仅存数十字。偶有一二成句，似是夭逝女子之碣也。生故好事，意其墓必在左右，每陈茗果于石上，而祝以狎词。越一载余，见丽女独步菜畦间，手执野花，顾生一笑。生趋近其侧，目挑眉语，方相引入篱后灌莽间。女凝立直视，若有所思。忽自批[①]其颊曰："一百余年，心如古井，一旦乃为荡子所动乎！"顿足数四，奄然而灭。方知即墓中鬼也。

蔡修撰季实曰："古称盖棺论定，观于此事，知盖棺犹难论定矣。是本贞魂，乃以一念之差，几失故步。"晦庵先生诗曰："世上无如人欲险，几人到此误平生。"谅哉！

注释

①批：用手打。

王孝廉金英言：江宁一书生，宿故家废园中。月夜，有艳女窥窗。心知非鬼即狐，爱其姣丽，亦不畏怖。招使入室，即宛转相就。然始终无一语，问亦不答，惟含笑流盼而已。如是月余，莫喻其故。

一日，执而固问之。乃取笔作字曰："妾前明某翰林侍姬，不幸夭逝。因平生巧于谗构[①]，使一门骨肉如水火。冥司见谴，罚为喑鬼，已沉沦二百余年。君能为书《金刚经》十部，得仗佛力，超拔苦海，则世世衔感矣。"书生如其所乞。写竣之日，诣书生再拜。仍取笔作字曰："借金经忏悔，已脱离鬼趣。然前生罪重，仅能带业往生，尚须三世作哑妇，方能语也。"

注释

①谗构：谗害构陷。

卷二

滦阳消夏录二

董文恪公为少司空时，云昔在富阳村居，有村叟坐邻家，闻读书声，曰："贵人也。"请相见，谛观再四，又问八字干支，沉思良久，曰："君命相皆一品，当某年得知县，某年署大县，某年实授，某年迁通判，某年迁知府，某年由知府迁布政，某年迁巡抚，某年迁总督。善自爱，他日知吾言不谬也。"后不再见此叟，其言亦不验。然细较生平，则所谓知县，乃由拔贡得户部七品官也。所谓调署大县，乃庶吉士也。所谓实授，乃编修也。所谓通判，乃中允也。所谓知府，乃侍读学士也。所谓布政使，乃内阁学士也。所谓巡抚，乃工部侍郎也。品秩皆符，其年亦皆符，特内外异途耳。是其言验而不验，不验而验，惟未知总督如何。后公以其年拜礼部尚书，品秩仍符。按推算干支，或奇验，或全不验，或半验半不验。

余尝以闻见最确者，反复深思，八字贵贱贫富，特大概如是。其间乘除盈缩，略有异同。

无锡邹小山先生夫人，与安州陈密山先生夫人，八字干支并同。小山先生官礼部侍郎，密山先生官贵州布政使，均二品也。论爵，布政不及侍郎之尊；论禄，则侍郎不及布政之厚。互相补矣。二夫人并寿考①。陈夫人早寡，然晚岁康强安乐。

邹夫人白首齐眉，然晚岁丧明，家计亦薄。又相补矣。此或疑地有南北，时有初正也。

余第六侄与奴子刘云鹏，生时只隔一墙，两窗相对，两儿并落蓐啼。非惟时同刻同，乃至分秒亦同。侄至十六岁而夭，奴子今尚在。岂非此命所赋[2]之禄，只有此数？侄生长富贵，消耗先尽。奴子生长贫贱，消耗无多，禄尚未尽耶？盈虚消息，理似如斯。俟知命者更详之。

注释

①考：老，年纪大。 ②赋：给予。

曾伯祖光吉公，康熙初官镇番守备。云有李太学妻，恒虐其妾。怒辄褫下衣鞭之，殆无虚日。里有老媪，能入冥，所谓走无常者是也。规其妻曰："娘子与是妾有夙冤，然应偿二百鞭耳。今妒心炽盛，鞭之殆过十余倍，又负彼债矣。且良妇受刑，虽官法不褫衣。娘子必使裸露以示辱，事太快意，则干鬼神之忌。娘子与我厚，窃见冥籍，不敢不相闻。"妻哂[1]曰："死媪谩语[2]，欲我禳解取钱耶？"

会经略莫洛遘王辅臣之变，乱党蜂起。李殁于兵，妾为副将韩公所得。喜其明慧，宠专房。韩公无正室，家政遂操于妾。妻为贼所掠，贼破被俘，分赏将士，恰归韩公。妾蓄以为婢，使跪于堂而语之曰："尔能受我指挥，每日晨起，先跪妆台前，自褫下衣，伏地受五鞭，然后供役，则贷尔命。否则尔为贼党妻，杀之无禁。当寸寸脔尔，饲犬豕。"妻惮[3]死失志，叩首愿遵教。然妾不欲其遽[4]死，鞭不甚毒，俾知痛楚而已。年余，乃以他疾死。计其鞭数，适相当。此妇真顽钝无耻哉！亦鬼神所忌，阴夺其魄也。

此事韩公不自讳，且举以明果报，故人知其详。

韩公又言：此犹显易其位也。明季尝游襄、邓间，与术士张鸳湖同舍。鸳湖稔知居停主人妻虐妾太甚，积不平，私语曰："道家有借形法，凡修炼未成、气血已衰、不能还丹者，则借一壮盛之躯，乘其睡，与之互易。吾尝受此法，姑试之。"次日，其家忽闻妻在妾房语，妾在妻房语。比出户，则作妻语者妾，作妾语者妻也。妾得妻身，但默坐。妻得妾身，殊不甘。纷纭争执，亲族不能判。鸣之官，官怒为妖妄。笞其夫，逐出，皆无可如何。然据形而论，妻实是妾，不在其位，威不能行。竟分宅各居而终。此事尤奇也。

注释

①哂（shěn）：讥笑。　②谩语：说谎话。　③惮（dàn）：害怕。　④遽（jù）：迅速。

相传有塾师，夏夜月明，率门人纳凉河间献王祠外田塍上。因共讲《三百篇》拟题，音琅琅如钟鼓。又令小儿诵《孝经》，诵已复讲。忽举首见祠门双古柏下，隐隐有人。试近之，形状颇异，知为神鬼。然私念此献王祠前，决无妖魅。前问姓名，曰毛苌、贯长卿、颜芝因谒[①]王至此。塾师大喜，再拜，请授经义。毛、贯并曰："君所讲适已闻，都非我辈所解，无从奉答。"塾师又拜曰："《诗》义深微，难授下愚。请颜先生一讲《孝经》，可乎？"颜回面向内曰："君小儿所诵，漏落颠倒，全非我所传本，我亦无可著语处。"俄闻传王教曰："门外似有人醉语，聒[②]耳已久，可驱之去。"

余谓此与爱堂先生所言学究遇冥吏事，皆博雅之士，造戏语以诟俗儒也。然亦空穴来风，桐乳来巢乎？

注释

①谒（yè）：拜见。 ②聒（guō）：嘈杂刺耳。

先妣安公，性严峻，门无杂宾。一日，与一褴缕人对语，呼余兄弟与为礼。曰："此宋曼珠曾孙，不相闻久矣，今乃见之。明季兵乱，汝曾祖年十一，流离戈马间，赖宋曼珠得存也。"乃为委曲谋生计。

因戒余兄弟曰："义所当报，不必谈因果；然因果实亦不爽。昔某公受人再生恩，富贵后，视其子孙零替[①]，漠如陌路。后病困，方服药，恍惚见其人手授二札，皆未封。视之，则当年乞救书也。覆杯于地曰：'吾死晚矣！'是夕卒。"

注释

①零替：凋零衰败。

宋按察蒙泉言：某公在明为谏官，尝扶乩问寿数。仙判某年某月某日当死。计期不远，恒悒悒[①]，届期乃无恙。后入本朝，至九列。适同僚家扶乩，前仙又降。某公叩以所判无验，又判曰："君不死，我奈何？"某公俯仰沉思，忽命驾去。盖所判正甲申三月十九日也。

注释

①悒悒：愁苦不安的样子。

沈椒园先生为鳌峰书院山长时，见示高邑赵忠毅公旧砚，额有"东方未明之砚"六字。背有铭曰："残月荧荧，太白睒睒。鸡三号，更五点，此时拜疏击大奄。事成策汝功，不成同汝贬。"盖劾魏忠贤时，用此砚草疏也。末有小字一行，题

“门人王铎书”。此行遗未镌[①]，而黑痕深入石骨，干则不见，取水濯[②]之，则五字炳然[③]。

相传初令铎书此铭，未及镌而难作。后在戍所，乃镌之，语工勿镌此一行。然阅一百余年，涤之不去，其事颇奇。或曰：忠毅嫉恶严。渔洋山人笔记称：铎人品日下，书品亦日下。然则忠毅先有所见矣。削其名，摈之也。涤之不去，欲著其尝为忠毅所摈也。天地鬼神，恒于一事偶露其巧，使人知警。是或然欤！

注释

①镌：雕刻。 ②濯：清洗。 ③炳然：光耀、显明的样子。

乾隆庚午，官库失玉器。勘诸苑户，苑户常明对簿时，忽作童子声曰：“玉器非所窃，人则真所杀，我即所杀之魂也。”问官大骇，移送刑部。

姚安公时为江苏司郎中，与余公文仪等同鞫[①]之。魂曰：“我名二格，年十四。家在海淀，父曰李星望。前岁上元，常明引我观灯归。夜深人寂，常明戏调我。我力拒，且言归当诉诸父。常明遂以衣带勒我死，埋河岸下。父疑常明匿我，控诸巡城，送刑部。以事无左证，议别缉真凶。我魂恒随常明行，但相去四五尺，即觉炽如烈焰，不得近。后热稍减，渐近至二三尺，又渐近至尺许。昨乃都不觉热，始得附之。”

又言初讯时，魂亦随至刑部，指其门乃广西司。按所言月日，果检得旧案。问其尸，云在河岸第几柳树旁，掘之亦得，尚未坏。呼其父使辨识，长恸曰：“吾儿也！”

以事虽幻杳，而证验皆真。且讯问时，呼常明名，则忽似梦醒，作常明语；呼二格名，则忽似昏醉，作二格语。互辩数四，始款伏。又父子絮语家事，一一分明。狱无可疑，乃以实状上闻，论如律。

命下之日，魂喜甚。本卖糕为活，忽高唱“卖糕”一声。父泣曰：“久不闻此，宛然生时声也！”问：“儿当何往？”曰：“吾亦不知，且去耳。”自是再问常明，不复作二格语矣。

注释

①鞫（jū）：审问。

南皮张副使受长，官河南开归道时，夜阅一谳[1]牍，沉吟自语曰：“自刭[2]死者，刀痕当入重而出轻。今入轻出重，何也？”忽闻背后太息曰：“公尚解事。”回顾无一人。喟然曰：“甚哉，治狱之可畏也！此幸不误，安保他日之不误耶！”遂移疾而归。

注释

①谳（yàn）：审判定罪。　②自刭（jǐng）：自刎。

先叔母高宜人之父，讳荣祉，官山西陵川令。有一旧玉马，质理不甚白洁，而血浸斑斑。斫紫檀为座承之，恒置几上。其前足本为双跪欲起之形。一日，左足忽伸出于座外。高公大骇，阖署传视。曰：“此物程、朱不能格[1]也。”一馆宾曰：“凡物岁久则为妖；得人精气多，亦能为妖。此理易明，无足怪也。”众议碎之，犹豫未决。次日，仍屈还故形。高公曰：“是真有知矣！”投炽炉中，似微有呦呦声。后无他异。然高氏自此渐式微[2]。高宜人云：“此马煅三日，裂为二段，尚及见其半身。”

又武清王庆坨曹氏厅柱，忽生牡丹二朵，一紫一碧。瓣中脉络如金丝，花叶葳蕤，越七八日乃萎落。其根从柱而出，纹理相连。近柱二寸许，尚是枯木，以上乃渐青。先太夫人，曹氏甥也，小时亲见之，咸曰瑞[3]也。外祖雪峰先生曰："物之反常者为妖，何瑞之有？"后曹氏亦式微。

注释

①格：抵挡。 ②式微：家道衰落。 ③瑞：吉兆。

先外祖母言：曹化淳死，其家以前明玉带殉。越数年，墓前恒见一白蛇。后墓为水啮，棺坏朽。改葬之日，他珍物具在，视玉带则亡矣。蛇身节节有纹，尚似带形。岂其悍鸷[1]之魄，托玉而化欤？

注释

①悍鸷：凶狠、凶猛。

外祖张雪峰先生，性高洁。书室中几砚精严，图史整肃。恒镝[1]其户，必亲至乃开。院中花木翳如，莓苔绿缛。僮婢非奉使令，亦不敢轻蹈一步。舅氏健亭公，年十一二时，乘外祖他出，私往院中树下纳凉。闻室内似有人行，疑外祖已先归。屏息从窗隙窥之，见竹椅上坐一女子，靓妆如画。椅对面一大方镜，高可五尺。镜中之影，乃是一狐。惧弗敢动，窃窥所为。女子忽自见其影，急起绕镜，四围呵之，镜昏如雾。良久归坐，镜上呵迹亦渐消。再视其影，则亦一好女子矣。恐为所见，蹑足而归。

后私语先姚安公。姚安公尝为诸孙讲《大学·修身》章，举是事曰："明镜空空，故物无遁影。然一为妖气所翳[1]，尚失真形，况私情偏倚，先有所障[②]者乎！”又曰：“非惟私情为障，即公心亦为障。正人君子，为小人乘其机而反激之，其固执决裂，有转致颠倒是非者。昔包孝肃之吏，阳为弄权之状，而应杖之囚，反不予杖，是亦妖气之翳镜也。故正心诚意，必先格物致知。”

注释

①镉：箱子上安锁的环状物，借指锁。 ②翳（yì）：遮蔽。 ③障：阻隔。

有卖花老妇言：京师一宅近空圃，圃故多狐。有丽妇夜逾[①]短垣，与邻家少年狎。惧事泄，初诡[②]托姓名。欢昵渐洽，度不相弃，乃自冒为圃中狐女。少年悦其色，亦不疑拒。久之，忽妇家屋上掷瓦骂曰：“我居圃中久，小儿女戏抛砖石，惊动邻里，或有之，实无冶荡蛊惑事。汝奈何污我？”事乃泄。

异哉！狐媚恒托于人，此妇乃托于狐。人善媚者比之狐，此狐乃贞于人。

注释

①逾：越过。 ②诡：欺诈。

有游士以书画自给，在京师纳一妾，甚爱之。或遇宴会，必袖果饵以贻，妾亦甚相得。无何病革[①]，语妾曰：“吾无家，汝无归，吾无亲属汝无依。吾以笔墨为活，汝无食，琵琶别抱，势也，亦理也。吾无遗债累汝，汝亦无父母兄弟掣肘[②]，得行己志，可勿受锱铢聘金。但与约，岁时许汝祭我墓，则吾无恨矣。”妾泣受教。纳之者亦如约，又甚爱之。

然妾恒郁郁忆旧恩，夜必梦故夫同枕席，睡中或妮妮呓语。夫觉之，密延术士镇以符箓。梦语止，而病渐作，驯至绵惙。临殁，以额叩枕曰："故人情重，实不能忘。君所深知，妾亦不讳。昨夜又见梦曰：'久被驱遣，今得再来。汝病如是，何不同归?'已诺之矣。能邀格外之惠，还妾尸于彼墓，当生生世世，结草衔环。不情之请，惟君图之。"语讫奄然。夫亦豪士，慨然曰："魂已往矣，留此遗蜕何为！杨越公能合乐昌之镜，吾不能合之泉下乎?"竟如所请。

此雍正甲寅、乙卯间事。余是年十一二，闻人述之，而忘其姓名。

余谓再嫁，负故夫也；嫁而有贰心，负后夫也。此妇进退无据焉。何子山先生亦曰："忆而死，何如殉而死乎?"何励庵先生则曰："《春秋》责备贤者，未可以士大夫之义律儿女子。哀其遇可也，悯其志可也。"

注释

①病革：病情危急。　②掣肘：拉住胳膊，比喻受到干扰。

屠者许方，尝担酒二罂[1]夜行，倦息大树下。月明如昼，远闻呜呜声。一鬼自丛薄中出，形状可怖。乃避入树后，持担以自卫。鬼至罂前，跃舞大喜。遽开饮，尽一罂。尚欲开其第二罂，缄甫半启，已颓然倒矣。许恨甚，且视之似无他技，突举担击之，如中虚空。因连与痛击，渐纵弛委地，化浓烟一聚。恐其变幻，更捶百余。其烟平铺地面，渐散渐开，痕如淡墨，如轻縠[2]，渐愈散愈薄，以至于无。盖已澌[3]灭矣。

余谓鬼，人之余气也。气以渐而消，故《左传》称新鬼大，故鬼小。世有见鬼者，而不闻见羲、轩以上鬼，消已尽也。酒，散气者也。故医家行血发汗，开郁驱寒之药，皆治以酒。此鬼以仅存之气，而散以满罂之酒，盛阳鼓荡，蒸铄微阴，其消尽也固宜。是澌灭于醉，非澌灭于捶也。

闻是事时，有戒酒者曰："鬼善幻，以酒之故，至卧而受捶。鬼本人所畏，以酒之故，反为人所困。沉湎者念哉！"有耽酒者曰："鬼虽无形而有知，犹未免乎喜怒哀乐之心。今冥然醉卧，消归乌有，反其真矣。酒中之趣，莫深于是。佛氏以涅槃为极乐，营营者恶乎知之？"庄子所谓"此亦一是非，彼亦一是非"欤？

注释

①罂：小口大肚的瓶子。 ②縠（hú）：有绉纹的纱。③澌：尽，消失。

献县田家牛产麟，骇而击杀。知县刘征廉收葬之，刊碑曰"见麟郊"。刘固良吏，此举何陋[①]也！麟本仁兽，实非牛种，犊之麟而角，雷雨时蛟龙所感耳。

注释

①陋：见识少，知识浅薄。

董文恪公未第时，馆于空宅，云常见怪异。公不信，夜篝灯以待。三更后，阴风飒然，庭户自启。有似人非人数辈，杂遝拥入。见公大骇曰："此屋有鬼！"皆狼狈奔出。公持梃[①]逐之，又相呼曰："鬼追至，可急走。"争逾墙去。

公恒言及，自笑曰："不识何以呼我为鬼？"故城贾汉恒，时从公受经，因举《太平广记》载野叉欲啖哥舒翰妾尸，翰方眠侧，野叉相语曰："贵人在此，奈何！"翰自念呼我为贵人，击之当无害。遂起击之，野叉逃散。鬼、贵音近，或鬼呼先生为贵人，先生听未审也。公笑曰："其然。"

注释

①梃：棍棒。

庚午秋，买得《埤雅》一部。中折叠绿笺一片，上有诗曰："愁烟低幂朱扉双，酸风微戛玉女窗。青磷隐隐出古壁，土花蚀断黄金釭。""草根露下阴虫急，夜深悄映芙蓉立。湿萤一点过空塘，幽光照见残红泣。"末题"靓云仙子降坛诗，张凝敬录"。盖扶乩者所书。余谓此鬼诗，非仙诗也。

沧州张铉耳先生，梦中作一绝句曰："江上秋潮拍岸生，孤舟夜泊近三更。朱楼十二垂杨遍，何处吹箫伴月明？"自跋云："梦如非想，如何成诗？梦如是想，平生未到江南，何以落想至此？莫明其故，姑录存之。桐城姚别峰，初不相识，新自江南来，晤于李锐巅家。所刻近作，乃有此诗。问其年月，则在余梦后岁余。开箧[①]出旧稿示之，共相骇异。世间真有不可解事。宋儒事事言理，此理从何处推求耶？"

又海阳李漱六，名承芳，余丁卯同年也。余厅事挂渊明采菊图，是蓝田叔画。董曲江曰："一何神似李漱六？"余审视，信然。后漱六公车入都，乞此画去。云平生所作小照，都不及此。此事亦不可解。

注释

①箧（qiè）：小箱子。

景城西偏，有数荒冢，将平矣。小时过之，老仆施祥指曰："是即周某子孙，以一善延三世者也。"盖前明崇祯末，河南、山东大旱蝗，草根木皮皆尽。乃以人为粮，官吏弗能禁。妇女幼孩，反接[①]鬻[②]于市，谓之菜人。屠者买去，如刲[③]羊豕[④]。周氏之祖，自东昌商贩归，至肆午餐。屠者曰："肉尽，请少待。"俄见曳二女子入厨下，呼曰："客待久，可先取一蹄来。"急出止之。闻长号一声，则一女已生断右臂，宛转地上。一女战栗无人色。见周，并哀呼，一求速死，一求救。周恻然心动，并出资赎之。一无生理，急刺其心死。一携归。因无子，纳为妾。竟生一男，右臂有红丝，自腋下绕肩胛，宛然断臂女也。后传三世乃绝。皆言周本无子，此三世乃一善所延云。

注释

①反接：将双手反绑在背上。接，连接。 ②鬻（yù）：卖。③刲（kuī）：割，刺杀。 ④豕：猪。

青县农家少妇，性轻佻。随其夫操作，形影不离。恒相对嬉笑，不避忌人。或夏夜并宿瓜圃中，皆薄[①]其冶荡。然对他人，则面如寒铁。或私挑之，必峻拒。后遇劫盗，身受七刃，犹诟詈[②]，卒不污而死。又皆惊其贞烈。

老儒刘君琢曰："此所谓质美而未学也。惟笃于夫妇，故矢死不二。惟不知礼法，故情欲之感，介于仪容；燕昵之私，形于动静。"辛彤甫先生曰："程子有言：'凡避嫌者，皆中不足。'此妇中无他肠，故坦然径行不自疑。此其所以能守死也。彼好立崖岸者，吾见之矣。"先姚安公曰："刘君正论，辛君有激之言也。"

后其夫夜守豆田，独宿团焦中。忽见妇来，燕婉如平日，曰："冥官以我贞烈，判来生中乙榜，官县令。我念君，不欲往。乞辞官禄为游魂，长得随君。冥官哀我，许之矣。”夫为感泣，誓不他偶。自是昼隐夜来，几二十载。儿童或亦窥见之。

此康熙末年事，姚安公能举其姓名居址，今忘矣。

注释

①薄：轻视。 ②诟詈（lì）：辱骂，斥责。

献县老儒韩生，性刚正，动必遵礼，一乡推祭酒。一日，得寒疾，恍惚间一鬼立前曰：“城隍神唤。”韩念数[①]尽当死，拒亦无益，乃随去。至一官署，神检籍曰：“以姓同误矣。”杖其鬼二十，使送还。韩意不平，上请曰：“人命至重，神奈何遣愦愦[②]之鬼，致有误拘？倘不检出，不竟枉死耶！聪明正直之谓何？”神笑曰：“谓汝倔强，今果然。夫天行不能无岁差，况鬼神乎？误而即觉，是谓聪明；觉而不回护，是谓正直。汝何足以知之！念汝言行无玷，姑贷[③]汝。后勿如是躁妄也。”霍然而苏。韩章美云。

注释

①数：天命，命运。 ②愦愦：昏乱，糊涂。 ③贷：宽恕。

先祖有小奴，名大月，年十三四。尝随村人罾鱼河中，得一大鱼，长几二尺。方手举以示众，鱼忽拨刺掉尾。击中左颊，仆水中。众怪其不起，试扶之，则血缕浮出。有破碗在泥中，锋铦[①]如刃，刺其太阳穴，死矣。

先是，其母梦是奴为人执缚俎上，屠割如羊豕，似尚有余恨。醒而恶之，恒戒以毋与人斗，不虞乃为鱼所击。佛氏所谓夙生中负彼命耶？

注释

①銛（xiān）：锋利。

刘少宗伯青垣言：有中表涉元稹《会真》之嫌者，女有孕，为母所觉。饰言夜恒有巨人来，压体甚重，而色黝黑。母曰："是必土偶为妖也。"授以彩丝，于来时阴系其足。女窃付所欢，系关帝祠周将军足上。母物色得之，挞其足几断。后复密会，忽见周将军击其腰，男女并僵卧不能起。皆曰污蔑神明之报也。

夫专其利而移祸于人，其术巧矣。巧者，造物之所忌。机械万端，反而自及，天道也。神恶其崄巇[1]，非恶其污蔑也。

注释

①崄巇（xiǎnxī）：艰险难行。

扬州罗两峰，目能视鬼。曰："凡有人处皆有鬼。其横亡厉鬼，多年沉滞者，率在幽房空宅中。是不可近，近则为害。其憧憧往来之鬼，午前阳盛，多在墙阴；午后阴盛，则四散游行，可以穿壁而过，不由门户；遇人则避路，畏阳气也。是随处有之，不为害。"又曰："鬼所聚集，恒在人烟密簇处，僻地旷野，所见殊稀。喜围绕厨灶，似欲近食气。又喜入溷[1]厕，则莫明其故，或取人迹罕到耶？"所画有《鬼趣图》，颇疑其以意造作。中有一鬼，首大于身几十倍，尤似幻妄。

然闻先姚安公言：瑶泾陈公，尝夏夜挂窗卧，窗广一丈。忽一巨面窥窗，阔与窗等，不知其身在何处。急掣[2]剑，刺其左目，应手而没。对屋一老仆亦见之，云从窗下地中涌出。掘地丈余，无所睹而止。是果有此种鬼矣？茫茫昧昧，吾乌乎质之？

注释

①溷（hùn）：厕所。　②掣：抽。

奴子刘四，壬辰夏乞假归省。自御牛车，载其妇。距家三四十里，夜将半，牛忽不行。妇车中惊呼曰："有一鬼，首大如瓮，在牛前。"刘四谛视，则一短黑妇人，首戴一破鸡笼，舞且呼曰："来来。"惧而回车，则又跃在牛前呼"来来"。如是四面旋绕，遂至鸡鸣。忽立而笑曰："夜凉无事，借汝夫妇消闲耳。偶相戏，我去后，慎勿詈[1]我，詈则我复来。鸡笼是前村某家物，附[2]汝还之。"语讫，以鸡笼掷车上去。天曙抵家，夫妇并昏昏如醉。妇不久病死，刘四亦流落无人状。鬼盖乘其衰气也。

注释

①詈：骂。　②附：交付。

景城有刘武周墓，《献县志》亦载。按武周，山后马邑人，墓不应在是，疑为隋刘炫墓。炫，景城人，《一统志》载其墓在献县东八十里。景城距城八十七里，约略当是也。旧有狐居之，时或戏嬲[1]醉人。里有陈双，酒徒也。闻之愤曰："妖兽敢尔！"诣[2]墓所，且数且詈。时耘者满野，皆见其父怒坐墓侧，双跳踉叫号。竟前呵曰："尔何醉至此，乃詈尔父！"双凝视，果父也，大怖叩首。父径趋归。双随而哀乞，追及于村外。方伏地陈说，忽妇媪环绕，哗笑曰："陈双何故跪拜其妻？"双仰视，又果妻也，愕而痴立。妻亦径趋归。双惘惘至家，则父与妻实未尝出，方知皆狐幻化戏之也，惭不出户者数日。闻者无不绝倒。

余谓双不詈狐，何至遭狐之戏，双有自取之道焉。狐不嬲人，何至遭双之詈，狐亦有自取之道焉。颠倒纠缠，皆缘一念之妄起。故佛言一切众生，慎勿造因。

注释

①嬲：戏弄。 ②诣：到。

方桂，乌鲁木齐流人子也。言尝牧马山中，一马忽逸去。蹑踪往觅，隔岭闻嘶声甚厉。寻声至一幽谷，见数物，似人似兽。周身鳞皴斑驳如古松，发蓬蓬如羽葆，目睛突出，色纯白，如嵌二鸡卵，共按马生啮其肉。牧人多携铳自防，桂故顽劣，因升树放铳。物悉入深林去，马已半躯被啖矣。后不再见，迄不知为何物也。

芮庶子铁厓宅中一楼，有狐居其上，恒镉之。狐或夜于厨下治馔，斋中宴客。家人习见，亦不讶。凡盗贼火烛，皆能代主人呵护，相安已久。后鬻[①]宅于李学士廉衣，廉衣素不信妖妄，自往启视，则楼上三楹，洁无纤尘，中央一片如席大，藉以木板，整齐如几榻，余无所睹。时方修筑，因并毁其楼，使无可据，亦无他异。迨甫落成，突烈焰四起，顷刻无寸椽，而邻屋枯草无一茎被爇[②]，皆曰狐所为也。

刘少宗伯青垣曰："此宅自当是日焚耳。如数不当焚，狐安敢纵火？"余谓妖魅能一一守科律，则天无雷霆之诛矣。王法禁杀人，不敢杀者多，杀人抵罪者亦时有。是固未可知也。

注释

①鬻（yù）：卖。 ②爇（ruò）：焚烧。

王少司寇兰泉言：梦午塘提学江南时，署后有高阜[1]，恒夜见光怪。云有一雉一蛇居其上，皆岁久，能为魅。午塘少年盛气，集锸畚平之，众犹豫不举手。午塘方怒督，忽风飘片席，蒙其首，急撤去，又一片蒙之。皆署中凉篷上物也。午塘觉其异，乃辍[2]役。今尚岿然[3]存。

注释

①阜：土山。 ②辍：停止。 ③岿（kuī）然：高大独立的样子。

老仆魏哲闻其父言：顺治初，有某生者，距余家八九十里，忘其姓名，与妻先后卒。越三四年，其妾亦卒。适其家佣工人夜行避雨，宿东岳祠廊下。若梦非梦，见某生荷[1]校[2]立庭前，妻妾随焉。有神衣冠类城隍，磬折对岳神语曰："某生污二人，有罪；活二命，亦有功，合相抵。"岳神咈然曰："二人畏死忍耻，尚可贷。某生活二人，正为欲污二人，但宜科罪，何云功罪相抵也?"挥之出，某生及妻妾亦随出。悸不敢语，天曙归告家人，皆莫能解。

有旧仆泣曰："异哉，竟以此事被录乎！此事惟吾父子知之，缘受恩深重，誓不敢言。今已隔两朝，始敢追述。两主母皆实非妇人也。前明天启中，魏忠贤杀裕妃。其位下宫女内监，皆密捕送东厂，死甚惨。有二内监，一曰福来，一曰双桂，亡命逃匿。缘与主人曾相识，主人方商于京师，夜投焉。主人引入密室。吾穴隙私窥，主人语二人曰：'君等声音状貌，在男女之间，与常人稍异，一出必见获。若改女装，则物色不及。然两无夫之妇，寄宿人家，形迹可疑，亦必败。二君身已净，本无异妇人，肯屈意为我妻妾，则万无一失矣。’二人进退无计，沉思良久，并曲从。遂为办女饰，钳其耳，渐可受珥。并市软骨药，阴为缠足。越数月，居然两好妇矣。乃车载还家，诡言在京所娶。二人久在宫禁，并白皙温雅，无一毫男子状。又其事迥出意想外，竟无觉者。但讶其不事女红，为恃宠骄惰耳。二人感主人再生恩，故事定后亦甘心偕老。然实巧言诱胁，非哀其穷，宜司命之见谴也。信乎，人可欺，鬼神不可欺哉！”

注释

①荷：扛。 ②校（jiào）：古代一种拘束犯人的刑具。

乾隆己卯，余典[①]山西乡试，有二卷皆中式矣。一定四十八名，填草榜时，同考官万泉吕令滮，误收其卷于衣箱，竟觅不可得。一定五十三名，填草榜时，阴风灭烛者三四，易他卷乃已。揭榜后，拆视弥封，失卷者范学敷，灭烛者李腾蛟也。颇疑二生有阴谴。然庚辰乡试，二生皆中式，范仍四十八名。李于辛丑成进士。乃知科名有命，先一年亦不可得，彼营营者何为耶？即求而得之，亦必其命所应有，虽不求亦得也。

注释

①典：主管。

先姚安公言：雍正庚戌会试，与雄县汤孝廉同号舍。汤夜半忽见披发女鬼，搴[①]帘手裂其卷，如蛱蝶乱飞。汤素刚正，亦不恐怖，坐而问之曰：“前生吾不知，今生则实无害人事。

汝胡为来者?”鬼愕眙却立曰:“君非四十七号耶?”曰:“吾四十九号。”盖前有二空舍,鬼除之未数也。谛视良久,作礼谢罪而去。斯须间,四十七号喧呼某甲中恶矣。此鬼殊愦愦,汤君可谓无妄之灾。幸其心无愧怍[②],故仓卒间敢与诘辩,仅裂一卷耳,否亦殆哉!

注释

①搴:揭起。 ②愧怍:惭愧。

顾员外德懋,自言为东岳冥官,余弗深信也。然其言则有理。

曩在裘文达公家,尝谓余曰:“冥司重贞妇,而亦有差等。或以儿女之爱,或以田宅之丰,有所系恋而弗去者,下也。不免情欲之萌,而能以礼义自克者,次也。心如枯井,波澜不生,富贵亦不睹,饥寒亦不知,利害亦不计者,斯为上矣。如是者千百不得一,得一则鬼神为起敬。一日,喧传节妇至,冥王改容,冥官皆振衣伫迓[①]。见一老妇傫然来,其行步步渐高,如蹑阶级。比到,则竟从殿脊上过,莫知所适。冥王怃然曰:‘此已升天,不在吾鬼箓[②]中矣。’”

又曰:“贤臣亦三等,畏法度者为下,爱名节者为次,乃心王室,但知国计民生,不知祸福毁誉者为上。”

又曰:“冥司恶躁竞,谓种种恶业,从此而生,故多困踬之,使得不偿失。人心愈巧,则鬼神之机亦愈巧。然不甚重隐逸,谓天地生才,原期于世事有补,人人为巢、许,则至今洪水横流,并挂瓢饮犊之地,亦不可得矣。”

又曰:“阴律如《春秋》,责备贤者,而与人为善。君子偏执害事,亦录以为过。小人有一事利人,亦必予以小善报。

世人未明此义，故多疑因果或爽耳。”

注释

①迓：迎接。 ②箓：簿籍。

内阁学士永公，讳宁，婴[1]疾，颇委顿。延医诊视，未遽愈。改延一医，索前医所用药帖，弗得。公以为小婢误置他处，责使搜索，云不得且笞汝。方倚枕憩息，恍惚有人跪灯下曰：“公勿笞婢，此药帖小人所藏。小人即公为臬司时平反得生之囚也。”问：“藏药帖何意?”曰：“医家同类皆相忌[2]，务改前医之方，以见所长。公所服药不误，特[3]初试一剂，力尚未至耳。使后医见方，必相反以立异，则公殆矣。所以小人阴窃之。”公方昏闷，亦未思及其为鬼。稍顷始悟，悚然汗下。乃称前方已失，不复记忆，请后医别疏方。视所用药，则仍前医方也。因连进数剂，病霍然如失。公镇乌鲁木齐日，亲为余言之。曰：“此鬼可谓谙悉世情矣。”

注释

①婴：被……缠绕。 ②忌：嫉妒。 ③特：只是。

族叔粲庵言：肃宁有塾师，讲程朱之学。一日，有游僧乞食于塾外。木鱼琅琅，自辰逮[1]午不肯息。塾师厌之，自出叱使去。且曰：“尔本异端，愚民或受尔惑耳。此地皆圣贤之徒，尔何必作妄想!”僧作礼曰：“佛之流而募衣食，犹儒之流而求富贵也。同一失其本来，先生何必定相苦?”塾师怒，自击以夏楚。僧振衣起曰：“太恶作剧!”遗布囊于地而去。

意必复来，暮竟不至。扪[2]之，所贮皆散钱。诸弟子欲探取，塾师曰：“俟其久而不来，再为计。然须数明，庶不争。”

甫启囊，则群蜂坌[3]涌，螫[4]师弟面目尽肿。号呼扑救，邻里咸惊问。僧忽排闼[5]入曰："圣贤乃谋匿人财耶?"提囊径行。临出，合掌向塾师曰："异端偶触忤圣贤，幸见恕。"观者粲然。

或曰："幻术也。"或曰："塾师好辟佛，见僧辄诋，僧故置蜂于囊以戏之。"黎庵曰："此事余目击。如先置多蜂于囊，必有蠕动之状见于囊外。尔时殊未睹也。云幻术者为差近。"

注释

①逮：及。 ②扪：摸。 ③坌（bèn）：聚积。 ④螫（shì）：蜇。 ⑤排闼：推门。

朱青雷言：有避仇窜匿深山者，时月白风清，见一鬼徙倚[1]白杨下，伏不敢起。鬼忽见之，曰："君何不出?"栗而答曰："吾畏君。"鬼曰："至可畏者莫若人，鬼何畏焉？使君颠沛[2]至此者，人耶？鬼耶?"一笑而隐。余谓此青雷有激之寓言也。

注释

①徙倚：徘徊。 ②颠沛：困顿，受挫折。

都察院库中有巨蟒，时或夜出。余官总宪时，凡两见。其蟠迹著尘处，约广二寸余。计其身，当横径五寸。壁无罅[1]，门亦无罅，窗棂阔不及二寸，不识何以出入。大抵物久则能化形，狐魅能由窗隙往来，其本形亦非窗隙所容也。堂吏云："其出应休咎。"殊无验，神其说耳。

注释

①罅（xià）：缝隙。

幽明异路，人所能治者，鬼神不必更治之，示不渎也。幽明一理，人所不及治者，鬼神或亦代治之，示不测也。戈太仆仙舟言：有奴子尝醉寝城隍神案上，神拘去笞[①]二十，两股青痕斑斑。太仆目见之。

注释

①笞：鞭打。

杜生村，距余家十八里。有贪富室之贿，鬻其养媳为妾者。其媳虽未成婚，然与夫聚已数年，义不再适[①]。度事不可止，乃密约同逃。翁姑觉而追之。二人夜抵余村土神祠，无可栖[②]止，相抱泣。忽祠内语应曰："追者且至，可匿神案下。"俄庙祝踉跄醉归，横卧门外。翁姑追至，问踪迹。庙祝呓语应曰："是小男女二人耶？年约若干，衣履若何，向某路去矣。"翁姑急循所指路往，二人因得免。乞食至媳之父母家，父母欲讼[③]官，乃得不鬻。尔时祠中无一人，庙祝曰："吾初不知是事，亦不记作是语。盖皆土神之灵也。"

注释

①适：嫁。　②栖：停留。　③讼：诉讼，打官司。

乾隆庚子，京师杨梅竹斜街火，所毁殆百楹。有破屋岿然独存，四面颓垣，齐如界画，乃寡媳守病姑不去也。此所谓"孝弟之至，通于神明"。

于氏，肃宁旧族也。魏忠贤窃柄时，视王侯将相如土苴。顾以生长肃宁，耳濡目染，望[①]于氏如王谢，为侄求婚，非得于氏女不可。适于氏少子赴乡试，乃置酒强邀至家，面与议。于生念许之则祸在后日，不许则祸在目前，猝[②]不能决。托言父在，难自专。忠贤曰："此易耳。君速作札，我能即致太翁也。"是夕，于翁梦其亡父督课如平日，命以二题，一为《孔子曰诺》，一为《归洁其身而已矣》。方构思，忽叩门惊醒，得子书，恍然顿悟。因复书许姻，而附言病颇棘[③]，促子速归。肃宁去京四百余里，比信返，天甫微明，演剧犹未散。于生匆匆束装，途中官吏迎候者，已供帐相属。抵家后，父子俱称疾不出。是岁为天启甲子，越三载而忠贤败，竟免于难。事定后，于翁坐小车遍游郊外，曰："吾三载杜[④]门，仅博得此日看花饮酒，岌乎危哉!"

于生濒行时，忠贤授以小像曰："先使新妇识我面。"于氏于余家为表戚，余儿时尚见此轴。貌修伟而秀削，面白色隐赤，两颧微露，颊微狭，目光如醉。卧蚕以上，赭石薄晕如微肿。衣绯红。座旁几上，露列金印九。

注释

①望：仰望。 ②猝：仓猝。 ③棘：通"急"。④杜：闭。

杜林镇土神祠道士，梦土神语曰："此地繁剧[①]，吾失于呵护，至疫鬼误入孝子节妇家，损伤童稚。今镌秩去矣。新神性严重，汝善事之，恐不似我姑容也。"谓春梦无凭，殊不介意。越数日，醉卧神座旁，得寒疾，几殆。

注释

①繁剧：繁杂，复杂。

景州戈太守桐园，官朔平时，有幕客夜中睡醒，明月满窗，见一女子在几侧坐。大怖，呼家奴。女子摇手曰："吾居此久矣，君不见耳。今偶避不及，何惊骇乃尔?"幕客呼益急，女子哂[1]曰："果欲祸君，奴岂能救?"拂衣遽起，如微风之振窗纸，穿棂而逝。

注释

①哂（shěn）：讥笑。

颍州吴明经跃鸣言：其乡老儒林生，端人也，尝读书神庙中。庙故宏阔，僦[1]居者多。林生性孤峭，卒不相闻问。

一日，夜半不寐，散步月下，忽一客来叙寒温。林生方寂寞，因邀入室共谈，甚有理致。偶及因果之事，林生曰："圣贤之为善，皆无所为而为者也。有所为而为，其事虽合天理，其心已纯乎人欲矣。故佛氏福田之说，君子弗道也。"客曰："先生之言，粹然儒者之言也。然用以律己则可，用以律人则不可；用以律君子犹可，用以律天下之人则断不可。圣人之立教，欲人为善而已。其不能为者，则诱掖以成之；不肯为者，则驱策以迫之。于是乎刑赏生焉。能因慕赏而为善，圣人但与其善，必不责其为求赏而然也；能因畏刑而为善，圣人亦与其善，必不责其为避刑而然也。苟以刑赏使之循天理，而又责慕赏畏刑之为人欲，是不激劝于刑赏，谓之不善；激劝于刑赏，又谓之不善，人且无所措手足矣。况慕赏避刑，既谓之人欲，而又激劝以刑赏，人且谓圣人实以人欲导民矣，有是理欤？盖天下上智少而凡民多，故圣人之刑赏，为中人以下设教；佛氏之因果，亦为中人以下说法。儒释之宗旨虽殊，至其教人为善，则意归一辙。先生执董子谋利计功之说，以驳佛氏之因果，将并圣人之刑赏而驳之乎？先生徒见缁流诱人布施，谓之行善，谓之得福；见愚民持斋烧香，谓之行善，谓可得福。不如是者，谓之不行善，谓必获罪。遂谓佛氏因果，适以惑众。而不知佛氏所谓善恶，与儒无异；所谓善恶之报，亦与儒无异也。”

林生意不谓然，尚欲更申己意。俯仰之倾，天已将曙。客起欲去，固挽留之，忽挺然不动，乃庙中一泥塑判官。

注释

①僦：租赁。

族祖雷阳公言：昔有遇冥吏者，问：“命皆前定，然乎？”曰：“然。然特穷通寿夭之数，若唐小说所称预知食料，乃术士射覆法耳。如人人琐记此等事，虽大地为架，不能庋[1]此簿籍矣。”问：“定数可移乎？”曰：“可。大善则移，大恶则移。”问：“孰定之？孰移之？”曰：“其人自定自移，鬼神无权也。”问：“果报何有验有不验？”曰：“人世善恶论一生，祸福亦论一生。冥司则善恶兼前生，祸福兼后生，故若或爽也。”问：“果报何以不同？”曰：“此皆各因其本命。以人事譬之，同一迁官，尚书迁一级则宰相，典史迁一级不过主簿耳。同一镌秩，有加级者抵，无加级则竟镌矣。故事同而报或异也。”问：“何不使人先知？”曰：“势不可也。先知之，则人事息，诸葛武侯为多事，唐六臣为知命矣。”问：“何以又使人偶知？”曰：“不偶示之，则恃无鬼神而人心肆，暧昧难知之处，将无不为矣。”先姚安公尝述之曰：“此或雷阳所论，托诸冥吏也。然揆[②]之以理，谅亦不过如斯。”

注释

①庋（guǐ）：保存，收藏。　②揆（kuí）：揣测，估量。

先姚安公有仆，貌谨厚而最有心计。一日，乘主人急需，饰词邀勒，得赢数十金。其妇亦悻悻自好，若不可犯，而阴有外遇。久欲与所欢逃，苦无资斧。既得此金，即盗之同遁[①]。越十余日捕获，夫妇之奸乃并败。

余兄弟甚快之。姚安公曰：“此事何巧相牵引，一至于斯？殆有鬼神颠倒其间也。夫鬼神之颠倒，岂徒博人一快哉？凡以示戒云尔。故遇此种事，当生警惕心，不可生欢喜心。甲与乙为友，甲居下口，乙居泊镇，相距三十里。乙妻以事过甲家，甲醉以酒而留之宿。乙心知之，不能言也，反致谢焉。甲妻渡河覆舟，随急流至乙门前，为人所拯。乙识而扶归，亦醉以酒而留之宿。甲心知之，不能言也，亦反致谢焉。其邻媪阴知之，合掌诵佛曰：‘有是哉，吾知惧矣！’其子方佐人诬讼，急自往呼之归。汝曹如此媪可也。”

注释

①遁：逃。

四川毛公振翧，任河间同知时，言其乡人有薄暮山行者，避雨入一废祠，已先有一人坐檐下。谛视，乃其亡叔也，惊骇欲避。其叔急止之曰：“因有事告汝，故此相待。不祸汝，汝勿怖也。我殁之后，汝叔母失汝祖母欢，恒非理见棰挞[①]。汝叔母虽顺受不辞，然心怀怨毒，于无人处窃诅詈。吾在阴曹为伍伯，见土神牒报者数矣。凭汝寄语，戒其悛[②]改。如不知悔，恐不免魂堕泥犁也。”语讫而灭。乡人归，告其叔母。虽坚讳无有，然悚然变色，如不自容。知鬼语非诬矣。

注释

①棰挞：用棍打。 ②悛（quān）：悔改。

毛公又言：有人夜行，遇一人，状似里胥，锁縶[1]一囚坐树下。因并坐暂息。囚啜泣不止，里胥鞭之。此人意不忍，从旁劝止。里胥曰：“此桀[2]黠[3]之魁，生平所播弄倾轧者，不啻数百。冥司判七世受豕身，吾押之往生也。君何悯焉？”此人栗然而起，二鬼亦一时灭迹。

注释

①縶（zhí）：拘禁，束缚。 ②桀：凶暴。 ③黠：狡猾。

卷三

滦阳消夏录三

俞提督金鳌言：尝夜行辟展戈壁中，戈壁者，碎沙乱石，不生水草之地，即瀚海也。遥见一物，似人非人，其高几一丈，追之甚急。弯弧中其胸，踣[1]而复起，再射之始仆。就视，乃一大蝎虎，竟能人立而行。异哉！

注释

①踣（bó）：跌倒。

昌吉叛乱之时，捕获逆党，皆戮于迪化城西树林中，迪化即乌鲁木齐，今建为州。树林绵亘数十里，俗谓之树窝。时戊子八月也。后林中有黑气数团，往来倏忽，夜行者遇之辄迷。余谓此凶悖之魄，聚为妖厉，犹蛇虺虽死，余毒尚染于草木，不足怪也。凡阴邪之气，遇阳刚之气则消。遣数军士于月夜伏铳击之，应手散灭。

乌鲁木齐关帝祠有马，市贾所施以供神者也。尝自啮草山林中，不归皂枥。每至朔望祭神，必昧爽[1]先立祠门外，屹如泥塑。所立之地，不失尺寸。遇月小建，其来亦不失期。祭毕，仍莫知所往。余谓道士先引至祠外，神其说耳。庚寅二月朔，余到祠稍早，实见其由雪碛缓步而来，弭耳竟立祠门外。雪中绝无人迹，是亦奇矣。

注释

①昧爽：黎明，拂晓。

淮镇在献县东五十五里，即《金史》所谓槐家镇也。有马氏者，家忽见变异。夜中或抛掷瓦石，或鬼声呜呜，或无人处突火出，嬲岁余不止，祷禳[①]亦无验，乃买宅迁居。有赁居者嬲如故，不久亦他徙。以是无人敢再问。有老儒不信其事，以贱价得之。卜日迁居，竟寂然无他，颇谓其德能胜妖。既而有猾盗登门与诟争，始知宅之变异，皆老儒贿盗夜为之，非真魅也。

先姚安公曰："魅亦不过变幻耳。老儒之变幻如是，即谓之真魅可矣。"

注释

①祷禳：祈祷。

己卯七月，姚安公在苑家口，遇一僧合掌作礼曰："相别七十三年矣，想见不一斋乎?"适旅舍所卖皆素食，因与共饭。问其年，解囊出一度牒，乃前明成化二年所给。问："师传此几代矣?"遽收之囊中，曰："公疑我，我不必再言。"食未毕而去，竟莫测其真伪。尝举以戒昀曰："士大夫好奇，往往为此辈所累[①]。即真仙真佛，吾宁交臂失之。"

注释

①累：带累，牵累。

余家假山上有小楼，狐居之五十余年矣。人不上，狐亦不下，但时见窗扉无风自启闭耳。楼之北曰绿意轩，老树阴森，是夏日纳凉处。戊辰七月，忽夜中闻琴声棋声。奴子奔告姚安公。公知狐所为，了不介意，但顾奴子曰："固胜于汝辈饮博。"次日告昀曰："海客无心，则白鸥可狎。相安已久，惟宜以不闻不见处之。"至今亦绝无他异。

丁亥春，余携家至京师，因虎坊桥旧宅未赎，权住钱香树先生空宅中。云楼上亦有狐居，但扃[①]锁杂物，人不轻上。余戏粘一诗与壁曰："草草移家偶遇君，一楼上下且平分。耽诗自是书生癖，彻夜吟哦莫厌闻。"一日，姬人启锁取物，急呼怪事。余走视之，则地板尘上，满画荷花，茎叶苕亭，具有笔致。因以纸笔置几上，又粘一诗于壁曰："仙人果是好楼居，文采风流我不如。新得吴笺三十幅，可能一一画芙蕖？"越数日启视，竟不举笔。以告裘文达公，公笑曰："钱香树家狐，固应稍雅。"

注释

①扃（jiōng）：关门。

河间冯树柟，粗通笔札，落拓[①]京师十余年。每遇机缘，辄无成就。干祈于人，率口惠而实不至。穷愁抑郁，因祈梦于吕仙祠。夜梦一人语之曰："尔无恨人情薄，此因缘尔所自造也。尔过去生中，喜以虚词博长者名，遇有善事，心知必不能举也，必再三怂恿，使人感尔之赞成。遇有恶人，心知必不可贷也，必再三申雪，使人感尔之拯救。虽于人无所损益，然恩皆归尔，怨必归人，机巧已为太甚。且尔所赞成拯救，皆尔身在局外，他人任其利害者也。其事稍稍涉于尔，则退避惟恐不速，坐视其人之焚溺，虽一举手之力，亦惮烦不为。此心尚可问乎？由是思惟，人于尔貌合而情疏，外关切而心漠视，宜乎不宜？鬼神之责人，一二行事之失，犹可以善抵；至罪在心术，则为阴律所不容。今生已矣，勉修未来可也。”后果寒饿以终。

注释

①落拓：贫困失意。

史松涛先生，讳茂，华州人，官至太常寺卿，与先姚安公为契友。余十四五时，忆其与先姚安公谈一事曰：某公尝棰杀一干仆。后附一痴婢，与某公辩曰：“奴舞弊当死，然主人杀奴，奴实不甘。主人高爵厚禄，不过于奴之受恩乎？卖官鬻爵，积金至巨万，不过于奴之受赂乎？某事某事，颠倒是非，出入生死，不过于奴之窃弄权柄乎？主人可负国，奈何责奴负主人？主人杀奴，奴实不甘！”某公怒而击之仆，犹呜呜不已。后某公亦不令终。

因叹曰：“吾曹断断不至是。然旅进旅退[1]，坐食俸钱，而每责僮婢不事事，毋乃亦腹诽矣乎？”

注释

①旅进旅退：形容跟着大家走，自己没有什么主张。旅：共，同。与众人一起进退。

束城李某，以贩枣往来于邻县，私诱居停主人少妇归。比至家，其妻先已偕人逃。自诧曰：“幸携此妇来，不然鳏矣。”人计其妻迁贿之期，正当此妇乘垣后日，适相报，尚不悟耶！

既而此妇不乐居农家，复随一少年遁，始茫然自失。后其夫踪迹至束城，欲讼李。李以妇已他去，无佐证，坚不承。纠纷间，闻里有扶乩者，众曰："盍[①]质于仙？"仙判一诗曰："鸳鸯梦好两欢娱，记否罗敷自有夫。今日相逢须一笑，分明依样画壶卢。"其夫默然径返。两邑接壤，有知其事者曰："此妇初亦其夫诱来者也。"

注释

①盍：何不。

满媪，余弟乳母也，有女曰荔姐，嫁为近村民家妻。一日，闻母病，不及待婿同行，遽狼狈而来。时已入夜，缺月微明。顾见一人追之急，度是强暴，而旷野无可呼救。乃隐身古冢白杨下，纳簪珥怀中，解绦系颈，披发吐舌，瞪目直视以待。其人将近，反招之坐。及逼视，知为缢鬼，惊仆不起。荔姐竟狂奔得免。比入门，举家大骇。徐问得实，且怒且笑，方议向邻里追问。

次日，喧传某家少年遇鬼中恶，其鬼今尚随之，已发狂谵语[①]。后医药符箓皆无验，竟颠痫终身。此或由恐怖之余，邪魅乘机而中之，未可知也。或一切幻象，由心而造，未可知也。或明神殛[②]恶，阴夺其魄，亦未可知也。然均可为狂且戒。

注释

①谵（zhān）语：病中说胡话。 ②殛（jí）：诛杀。

制府唐公执玉，尝勘一杀人案，狱具矣。一夜秉烛独坐，忽微闻泣声，似渐近窗户。命小婢出视，嗷然而仆。公自启帘，则一鬼浴血跪阶下。厉声叱之，稽颡[①]曰："杀我者某，县官乃误坐[2]某。仇不雪，目不瞑也。”公曰：“知之矣。”鬼乃去。翌日，自提讯。众供死者衣履，与所见合。信益坚，竟如鬼言，改坐某。问官申辩百端，终以为南山可移，此案不动。

其幕友疑有他故，微叩公，始具言始末，亦无如之何。一夕，幕友请见，曰：“鬼从何来？”曰：“自至阶下。”曰：“鬼从何去？”曰：“欻然越墙去。”幕友曰：“凡鬼有形而无质，去当奄然而隐，不当越墙。”因即越墙处寻视，虽甃[3]瓦不裂，而新雨之后，数重屋上，皆隐隐有泥迹，直至外垣而下。指以示公曰：“此必囚贿捷盗所为也。”公沉思恍然，仍从原谳。讳其事，亦不复深求。

注释

①稽颡（qǐsǎng）：古时居父母之丧时对宾客的跪拜礼，额至地。②坐：入罪，定罪。③甃（zhòu）：井，井壁。

景城南有破寺，四无居人。惟一僧携二弟子司香火，皆蠢蠢如村佣，见人不能为礼。然谲诈殊甚，阴市松脂炼为末，夜以纸卷燃火撒空中，焰光四射。望见趋问，则师弟键户酣寝，皆曰不知。又阴市戏场佛衣，作菩萨罗汉形，月夜或立屋脊，或隐映寺门树下。望见趋问，亦云无睹。或举所见语之，则合掌曰：“佛在西天，到此破落寺院何为？官司方禁白莲教，与公无仇，何必造此语祸我？”人益信为佛示现，檀施日多。然寺日颓敝，不肯葺[1]一瓦一椽，曰：“此方人喜作蜚语，每言此寺多怪异。再一庄严，惑众者益藉口矣。”积十余年，渐致富。

忽盗瞰其室，师弟并拷死，罄[2]其资去。官检所遗囊箧，得松脂戏衣之类，始悟其奸。此前明崇祯末事。

先高祖厚斋公曰："此僧以不蛊惑为蛊惑，亦至巧矣。然蛊惑所得，适以自戕，虽谓之至拙可也。"

注释

①葺：修。 ②罄：用尽。

有书生嬖[1]一娈童，相爱如夫妇。童病将殁，凄恋万状。气已绝，犹手把书生腕，擘[2]之乃开。后梦寐见之，灯月下见之，渐至白昼亦见之，相去恒七八尺。问之不语，呼之不前，即之则却退。缘是惘惘成心疾，符箓劾治无验。其父姑令借榻丛林，冀鬼不敢入佛地。至则见如故。

一老僧曰："种种魔障，皆起于心。果此童耶？是心所招；非此童耶？是心所幻。但空尔心，一切俱灭矣。"又一老僧曰："师对下等人说上等法，渠[3]无定力，心安得空？正如但说病证，不疏药物耳。"因语生曰："邪念纠结，如草生根，当如物在孔中，出之以楔，楔满孔，则物自出。尔当思惟，此童殁后，其身渐至僵冷，渐至洪胀，渐至臭秽，渐至腐溃，渐至尸虫蠕动，渐至脏腑碎裂，血肉狼藉，作种种色。其面目渐至变貌，渐至变色，渐至变相如罗刹，则恐怖之念生矣。再思惟，此童如在，日长一日，渐至壮伟，无复媚态。渐至鬑鬑[4]有须，渐至修髯如戟，渐至面苍黧，渐至发斑白，渐至两鬓如雪，渐至头童齿豁，渐至伛偻劳嗽，涕泪涎沫，秽不可近，则厌弃之念生矣。再思惟，此童先死，故我念彼。倘我先死，彼貌姣好，定有人诱利饵势胁，彼未必守贞如寡女。一旦引去，荐彼枕席，我在生时对我种种淫语，种种淫态，俱回向是人，恣其娱乐。从前种种昵爱，如浮云散灭，都无余滓，则愤恚之念生矣。再思惟，此童如在，或恃宠跋扈，使我不堪，偶相触忤，反面诟谇；或我财不赡，不餍所求，顿生异心，形色索漠；或彼见富贵，弃我他往，与我相遇如陌路人，则怨恨之念生矣。以是诸念起伏生灭于心中，则心无余闲。心无余闲，则一切爱根欲根，无处容著；一切魔障，不祛自退矣。”

生如所教，数日或见或不见，又数日竟灭迹。病起往访，则寺中无是二僧。或曰古佛现化，或曰十方常住，来往如云，萍水偶逢，已飞锡他往云。

注释

①嬖（bì）：宠爱。 ②擘（bāi）：掰。 ③渠：他。 ④鬑鬑（lián）：须发长的样子。

先太夫人乳媪廖氏言：沧州马落坡，有妇以卖面为业，得余面以养姑。贫不能畜驴，恒自转磨，夜夜彻四鼓。姑殁后，上墓归，遇二女于路，迎而笑曰：“同住二十余年，颇相识否？”妇错愕不知所对。二女曰：“嫂勿讶，我姊妹皆狐也。感嫂孝心，每夜助嫂转磨。不意为上帝所嘉[1]，缘是功行，得证正果。今嫂养姑事毕，我姊妹亦登仙去矣。敬来道别，并谢提携也。”言讫[2]，其去如风，转瞬已不见。妇归，再转其磨，则力几不胜，非宿昔之旋运自如矣。

注释

①嘉：嘉奖，赞许。 ②讫（qì）：完结，终了。

乌鲁木齐，译言好围场也。余在是地时，有笔帖式名乌鲁木齐。计其命名之日，在平定西域前二十余年。自言初生时，父梦其祖语曰：“尔所生子，当名乌鲁木齐。”并指画其字以示。觉而不省为何语，然梦甚了了[①]，姑以名之。不意今果至此，意将终此乎？后迁印房主事，果卒于官。计其自从征至卒，始终未尝离是地。事皆前定，岂不信夫！

注释

①了了：清清楚楚。

乌鲁木齐又言：有厮养曰巴拉，从征时遇贼每力战，后流矢贯左颊，镞出于右耳之后，犹奋刀斫[①]一贼，与之俱仆。

后因事至孤穆第，在乌鲁木齐、特纳格尔之间。梦巴拉拜谒，衣冠修整，颇不类贱役。梦中忘其已死，问："向在何处？今将何往？"对曰："因差遣过此，偶遇主人，一展积恋耳。"问："何以得官？"曰："忠孝节义，上帝所重。凡为国捐生者，虽下至仆隶，生前苟无过恶，幽冥必与一职事。原有过恶者，亦消除前罪，向人道转生。奴今为博克达山神部将，秩如骁骑校也。"问："何往？"曰："昌吉。"问："何事？"曰："赍有文牒，不能知也。"霍然而醒，语音似犹在耳。时戊子六月。

至八月十六日，而有昌吉变乱之事，鬼盖不敢预泄云。

注释

①斫（zhuó）：砍。

昌吉筑城时，掘土至五尺余，得红纻丝绣花女鞋一。制作精致，尚未全朽。余《乌鲁木齐杂诗》曰："筑城掘土土深深，邪许相呼万杵音。怪事一声齐注目，半钩新月藓花侵。"咏此事也。入土至五尺余，至近亦须数十年，何以不坏？额鲁特女子不缠足，何以得作弓弯样仅三寸许？此必有其故，今不得知矣。

郭六，淮镇农家妇，不知其夫氏郭，父氏郭也，相传呼为郭六云尔。雍正甲辰、乙巳间，岁大饥。其夫度不得活，出而乞食于四方。濒行，对之稽颡曰：“父母皆老病，吾以累汝矣。”

妇故有姿，里少年瞰其乏食，以金钱挑之，皆不应，惟以女工养翁姑。既而必不能赡，则集邻里叩首曰：“我夫以父母托我，今力竭矣。不别作计，当俱死。邻里能助我，则乞助我；不能助我，则我且卖花，毋笑我。”里语以妇女倚门为卖花。邻里趑趄[①]嗫嚅，徐散去。乃恸哭白翁姑，公然与诸荡子游。阴蓄夜合之资，又置一女子，然防闲甚严，不使外人觌[②]其面。或曰是将邀重价，亦不辩也。

越三载余，其夫归。寒温甫毕，即与见翁姑，曰：“父母并在，今还汝。”又引所置女见其夫曰：“我身已污，不能忍耻再对汝。已为汝别娶一妇，今亦付汝。”夫骇愕未答，则曰：“且为汝办餐。”已往厨下自刭矣。

县令来验，目炯炯不瞑。县令判葬于祖茔，而不祔夫墓。曰：“不祔墓，宜绝于夫也；葬于祖茔，明其未绝于翁姑也。”目仍不瞑。其翁姑哀号曰：“是本贞妇，以我二人故至此也。子不能养父母，反绝代养父母者耶？况身为男子不能养，避而委一少妇，途人知其心矣，是谁之过而绝之耶？此我家事，官不必与闻也。”语讫而目瞑。

时邑人议论颇不一。先祖宠予公曰：“节孝并重也，节孝不能两全也。此一事非圣贤不能断，吾不敢置一词也。”

注释

①趑趄（zījū）：行走困难。 ②觌（dí）：相见。

御史某之伏法也，有问官白昼假寐，恍惚见之，惊问曰：“君有冤耶？”曰：“言官受赂鬻章奏，于法当诛，吾何冤？”曰：“不冤，何为来见我？”曰：“有憾于君。”曰：“问官七八人，旧交如我者亦两三人，何独憾我？”曰：“我与君有宿[1]隙，不过进取相轧[2]耳，非不共戴天者也。我对簿时，君虽引嫌不问，而阳阳有德色。我狱成时，君虽虚词慰藉，而隐隐含轻薄。是他人据法置我死，而君以修怨快我死也。患难之际，此最伤人心，吾安得不憾？”问官惶恐愧谢曰：“然则君将报我乎？”曰：“我死于法，安得报君？君居心如是，自非载福之道，亦无庸我报。特意有不平，使君知之耳。”语讫，若睡若醒，开目已失所在，案上残茗尚微温。

后所亲见其惘惘如失，阴叩之，乃具道始末。喟然曰：“幸哉！我未下石也，其饮恨犹如是。曾子曰：‘哀矜勿喜。’不其然乎！”所亲为人述之，亦喟然曰：“一有私心，虽当其罪，犹不服，况不当其罪乎！”

注释

①宿：素来的。 ②轧：倾轧，排挤。

程编修鱼门曰：“怨毒之于人，甚矣哉！宋小岩将殁，以片札寄其友曰：‘白骨可成尘，游魂终不散。黄泉业镜台，待汝来相见。’余亲见之。其友将殁，以手拊[1]床曰：‘宋公且坐。’余亦亲见之。”

注释

①拊：拍，敲。

相传某公奉使归，驻节馆舍。时庭菊盛开，徘徊花下，见小童隐映疏竹间，年可十四五，端丽温雅，如靓妆女子。问知为居亭主人子。呼与语，甚慧黠。取一扇赠之，流目送盼，意似相就。某公亦爱其秀颖，与流连软语。适左右皆不在，童即跪引其裾曰："公如不弃，即不敢欺公。父陷冤狱，得公一语可活。公肯援手，当不惜此身。"方探袖出讼牒，忽暴风冲击，窗扉六扇皆洞开，几为驺从[①]所窥。心知有异，急挥之去，曰："俟夕徐议。"即草草命驾行。

后廉知为土豪杀人，狱急不得解，赂胥吏引某公馆其家，阴市娈童，伪为其子。又赂左右，得至前为秦弱兰之计，不虞[②]冤魄之示变也。

裘文达公尝曰："此公偶尔多事，几为所中。士大夫一言一动，不可不慎。使尔时面如包孝肃，亦何隙可乘？"

注释

①驺（zōu）从：骑马的侍从。　②虞：预料。

明崇祯末，孟村有巨盗肆掠，见一女有色，并其父母絷[①]之。女不受污，则缚其父母加炮烙。父母并呼号惨切，命女从贼。女请纵父母去，乃肯从。贼知其绐[②]己，必先使受污而后释。女遂奋掷批贼颊，与父母俱死，弃尸于野。后贼与官兵格斗，马至尸侧，辟易[③]不肯前，遂陷淖就擒。女亦有灵矣，惜其名氏不可考。

论是事者，或谓女子在室，从父母之命者也。父母命之从贼矣，成一己之名，坐视父母之惨酷，女似过忍。或谓命有治乱，从贼不可与许嫁比。父母命为倡，亦为倡乎？女似无罪。先姚安公曰："此事与郭六正相反，均有理可执，而于心终不敢确信。不食马肝，未为不知味也。"

注释

①絷（zhí）：拘禁，束缚。 ②绐（dài）：欺骗。 ③辟易：退走。

刘羽冲，佚其名，沧州人，先高祖厚斋公多与唱和。性孤僻，好讲古制，实迂阔不可行。尝倩董天士作画，倩厚斋公题。内《秋林读书》一幅云："兀坐秋树根，块然无与伍。不知读何书，但见须眉古。只愁手所持，或是井田谱。"盖规之也。

偶得古兵书，伏读经年，自谓可将十万。会有土寇，自练乡兵与之角。全队溃覆，几为所擒。又得古水利书，伏读经年，自谓可使千里成沃壤，绘图列说于州官。州官亦好事，使试于一村，沟洫[①]甫成，水大至，顺渠灌入，人几为鱼。

由是抑郁不自得，恒独步庭阶，摇首自语曰："古人岂欺我哉！"如是日千百遍，惟此六字。不久发病死。

后风清月白之夕，每见其魂在墓前松柏下，摇首独步。侧耳听之，所诵仍此六字也。或笑之，则欻[②]隐。次日伺之，复然。

泥古者愚，何愚乃至是欤！阿文勤公尝教昀曰："满腹皆书能害事，腹中竟无一卷书，亦能害事。国弈不废旧谱，而不执旧谱；国医不泥古方，而不离古方。故曰：'神而明之，存乎其人。'又曰：'能与人规矩，不能使人巧。'"

注释

①沟洫（xù）：田间水道。 ②欻（xū）：忽然。

明魏忠贤之恶，史册所未睹也。或言其知事必败，阴蓄一骡，日行七百里，以备逋[①]逃；阴蓄一貌类己者，以备代死。后在阜城尤家店，竟用是私遁去。

余谓此无稽之谈也。以天道论之，苟神理不诬，忠贤断无幸免理；以人事论之，忠贤擅政七年，何人不识？使窜伏旧党之家，小人之交，势败则离，有缚献而已矣；使潜匿荒僻之地，则耕牧之中，突来阉宦，异言异貌，骇视惊听，不三日必败；使远遁于封域之外，则严世蕃尚通日本，仇鸾尚交谙达，忠贤无是也。山海阻深，关津隔绝，去又将何往？昔建文行遁，后世方且传疑。然建文失德无闻，人心未去，旧臣遗老，犹有故主之思。燕王称戈篡位，屠戮忠良，又天下之所不与。递相容隐，理或有之。忠贤虐焰熏天，毒流四海，人人欲得而甘心。是时距明亡尚十五年，此十五年中，安得深藏不露乎？故私遁之说，余断不谓然。

文安王岳芳曰："乾隆初，县学中忽雷霆击格，旋绕文庙，电光激射，如掣赤练，入殿门复返者十余度。训导王著起曰：'是必有异。'冒雨入视，见大蜈蚣伏先师神位上。钳出掷阶前，霹雳一声，蜈蚣死而天霁[②]。验其背上，有朱书魏忠贤字。"是说也，余则信之。

注释

①逋（bū）：逃跑。 ②霁（jì）：雨后天晴。

乌鲁木齐深山中，牧马者恒见小人，高尺许，男女老幼，一一皆备。遇红柳吐花时，辄折柳盘为小圈，著顶上，作队跃舞，音呦呦如度曲。或至行帐窃食，为人所掩，则跪而泣。絷之，则不食而死；纵之，初不敢遽行，行数尺辄回顾。或追叱之，仍跪泣。去人稍远，度不能追，始蓦①涧越山去。然其巢穴栖止处，终不可得。

此物非木魅，亦非山兽，盖僬侥②之属，不知其名。以形似小儿，而喜戴红柳，因呼曰红柳娃。

丘县丞天锦，因巡视牧厂，曾得其一，腊以归。细视其须眉毛发，与人无二。知《山海经》所谓竫人，凿然有之。

有极小必有极大，《列子》所谓龙伯之国，亦必凿然有之。

注释

①蓦：越过。　②僬侥（jiāoyáo）：古代传说中的矮人。

塞外有雪莲，生崇山积雪中，状如今之洋菊，名以莲耳。其生必双，雄者差大，雌者小。然不并生，亦不同根，相去①必一两丈。见其一再觅其一，无不得者。盖如菟丝茯苓，一气所化，气相属也。凡望见此花，默往探之则获；如指以相告，则缩入雪中，杳无痕迹，即劚②雪求之亦不获。草木有知，理不可解。土人曰山神惜之，其或然欤？

此花生极寒之地，而性极热。盖二气有偏胜，无偏绝，积阴外凝，则纯阳内结。坎卦以一阳陷二阴之中，剥复二卦，以一阳居五阴之上下，是其象也。然浸酒为补剂，多血热妄行。或用合媚药，其祸尤烈。盖天地之阴阳均调，万物乃生；人身之阴阳均调，百脉乃和。故《素问》曰："亢则害，承乃制。"自丹溪立阳常有余阴常不足之说，医家失其本旨，往往以苦寒伐生气。张介宾辈矫枉过直，遂偏于补阳，而参蓍桂附，流弊亦至于杀人。是未知易道扶阳，而乾之上九，亦戒以“亢龙有悔”也。嗜欲日盛，羸弱者多，温补之剂易见小效，坚信者遂众。

故余谓偏伐阳者，韩非刑名之学；偏补阳者，商鞅富强之术。初用皆有功，积重不返，其损伤根本则一也。雪莲之功不补患，亦此理矣。

注释

①去：距离。 ②劚（zhú）：掘，挖。

辟展，吐鲁番地。其地沙碛[1]中独行之人，往往闻呼姓名，一应则随去不复返。又有风穴在南山，其大如井，风不时从中出。每出，则数十里外先闻波涛声，迟一二刻风乃至。所横径之路，阔不过三四里，可急行而避。避不及，则众车以巨绳连缀为一，尚鼓动颠簸，如大江浪涌之舟。或一车独遇，则人马辎重[2]皆轻若片叶，飘然莫知所往矣。风皆自南而北，越数日自北而南，如呼吸之往返也。

余在乌鲁木齐，接辟展移文，云军校雷庭，于某日人马皆风吹过岭北，无有踪迹。又昌吉通判报，某日午刻，有一人自天而下，乃特纳格尔遣犯徐吉为风吹至。俄特纳格尔县丞报，徐吉是日逃。计其时刻，自巳至正午，已飞腾二百余里。此在彼不为怪，在他处则异闻矣。徐吉云：“被吹时如醉如梦，身旋转如车轮，目不能开，耳如万鼓之鸣，口鼻如有物拥蔽，气不得出，努力良久，始能一呼吸耳。”

按《庄子》称：“大块噫气，其名为风。”气无所不之，不应有穴。盖气所偶聚，因成斯异。犹火气偶聚于巴蜀，遂为火井；水脉偶聚于于阗，遂为河源云。

注释

①沙碛（qì）：沙漠。 ②辎（zī）重：物资，设备。

何励庵先生言：相传明季有书生，独行丛莽间，闻书声琅琅。怪旷野那得有是？寻之，则一老翁坐墟墓间，旁有狐十余，各捧书蹲坐。老翁见而起迎，诸狐皆捧书人立。书生念既解读书，必不为祸，因与揖让席地坐。

问："读书何为？"老翁曰："吾辈皆修仙者也。凡狐之求仙有二途：其一采精气，拜星斗，渐至通灵变化，然后积修正果，是为由妖而求仙。然或入邪僻，则干天律，其途捷而危。其一先炼形为人，既得为人，然后讲习内丹，是为由人而求仙。虽吐纳导引，非旦夕之功，而久久坚持，自然圆满，其途纡[1]而安。顾形不自变，随心而变，故先读圣贤之书，明三纲五常之理，心化则形亦化矣。"

书生借视其书，皆《五经》《论语》《孝经》《孟子》之类，但有经文而无注。问："经不解释，何由讲贯[2]？"老翁曰："吾辈读书，但求明理。圣贤言语，本不艰深，口相授受，疏通训诂，即可知其义旨，何以注为？"书生怪其持论乖僻，惘惘莫对，姑问其寿。曰："我都不记，但记我受经之日，世尚未有印板书。"又问："阅历数朝，世事有无同异？"曰："大都不甚相远。惟唐以前，但有儒者，北宋后，每闻某甲是圣贤，为小异耳。"书生莫测，一揖而别。后于途间遇此翁，欲与语，掉头径去。

案：此殆先生之寓言。先生尝曰："以讲经求科第，支离敷衍，其词愈美而经愈荒。以讲经立门户，纷纭辩驳，其说愈详而经亦愈荒。"语意若合符节。又尝曰："凡巧妙之术，中间必有不稳处。如步步踏实，即小有蹉[3]失，终不至折肱[4]伤足。”与所云修仙二途，亦同一意也。

注释

①纡：屈曲。 ②贯：通，贯通。 ③蹉：差误。 ④肱(gōng)：手臂。

有扶乩者，自江南来。其仙自称卧虎山人，不言休咎，惟与人唱和诗词，亦能作画。画不过兰竹数笔，具体而已。其诗清浅而不俗。尝面见下坛一绝云：“爱杀嫣红映水开，小停白鹤一徘徊。花神怪我衣襟绿，才藉莓苔稳睡来。”又咏舟，限车字；咏车，限舟字。曰：“浅水潺潺二尺余，轻舟来往兴何如？回头岸上春泥滑，愁杀疲牛薄笨车。”“小车䡅辘驾乌牛，载酒聊为陌上游。莫羡王孙金勒马，双轮徐转稳如舟。”其余大都类此。问其姓字，则曰：“世外之人，何必留名？必欲相迫，唯有杜撰应命而已。”

甲与乙共学其符，召之亦至，然字多不可辨，扶乩者手不习也。一日，乙焚符，仙竟不降。越数日再召，仍不降。后乃降于甲家，甲叩乙召不降之故，仙判曰：“人生以孝弟[1]为本，二者有惭，则不可以为人。此君近与兄析[2]产，隐匿千金，又诡言父有宿逋[3]，当兄弟共偿，实掩兄所偿为己有。吾虽方外闲身，不预人事，然义不与此等人作缘。烦转道意，后毋相渎[4]。”又判示甲曰：“君近得新果，遍食儿女，而独忘孤侄，使啜泣竟夕。虽是无心，要由于意有歧视。后若再尔，吾亦不来矣。”

先姚安公曰：“吾见其诗词，谓是灵鬼，观此议论，似竟是仙。”

注释

①弟：同“悌”。 ②析：分。 ③逋：拖欠。 ④渎：轻慢，亵渎。

广西提督田公耕野，初娶孟夫人，早卒。公官凉州镇时，月夜独坐衙斋，恍惚梦夫人自树杪[1]翩然下，相劳苦如平生。曰：“吾本天女，宿命当为君妇，缘满仍归。今过此相遇，亦余缘之未尽者也。”公问：“我当终何官？”曰：“官不止此，行去矣。”问：“我寿几何？”曰：“此难言，公卒时不在乡下，不在官署，不在道途馆驿，亦不殁于战阵，时至自知耳。”问：“殁后尚相见乎？”曰：“此在君矣。君努力生天，即可见，否即不能也。”

公后征叛苗，师还，卒于戎幕之下。

注释

①杪（miǎo）：树梢。

奴子魏藻，性佻荡，好窥伺妇女。一日村外遇少女，似相识而不知其姓名居址。挑与语，女不答而目成，径西去。藻方注视，女回顾若招。即随以往，渐逼近。女面赪，小语曰：“来往人众，恐见疑。君可相隔小半里，俟到家，吾待君墙外东屋中。枣树下系一牛，旁有碌碡者是也。”既而渐行渐远，薄暮，将抵李家洼，去家三十里矣。宿雨初晴，泥将没胫[1]，足趾亦肿痛。遥见女已入东屋，方窃喜，趋而赴。女方背立，忽转面，乃作罗刹形。锯牙钩爪，面如靛，目睒睒如灯。骇而返走，罗刹急追之。

狂奔二十余里，至相国庄，已届亥初。识其妇翁门，急叩不已。门甫启，突然冲入，触一少女仆地，亦随之仆。诸妇怒噪，各持捣衣杵乱捶其股。气结不能言，惟呼“我，我”。俄一媪持灯出，方知是婿，共相惊笑。次日以牛车载归，卧床几两月。

当藻来去时，人但见其自往自还，未见有罗刹，亦未见有少女。岂非以邪召邪，狐鬼乘而侮之哉？

先兄晴湖曰：“藻自是不敢复冶游，路遇妇女，必俯首。是虽谓之神明示惩可也。”

注释

①胫（jìng）：小腿。

去余家十余里，有瞽[1]者姓卫。戊午除夕，遍诣常呼弹唱家辞岁。各与以食物，自负以归，半途失足堕枯井中。既在旷野僻径，又家家守岁，路无行人，呼号嗌[2]干，无应者。幸井底气温，又有饼饵可食，渴甚则咀水果，竟数日不死。会屠者王以胜驱豕归，距井犹半里许，忽绳断豕逸，狂奔野田中，亦失足堕井。持钩出豕，乃见瞽者，已气息仅属矣。

井不当屠者所行路，殆若或使之也。先兄晴湖问以井中情状，瞽者曰：“是时万念皆空，心已如死。惟念老母卧病，待瞽子以养，今并瞽子亦不得，计此时恐已饿莩，觉酸彻肝脾，不可忍耳。”先兄曰：“非此一念，王以胜所驱豕必不断绳。”

注释

①瞽（gǔ）：盲人。　②嗌（ài）：喉咙梗塞。

齐大，献县剧盗也。尝与众行劫，一盗见其妇美，逼污之，刃胁不从。反接其手，缚于凳，已褫下衣，呼两盗左右挟其足矣。齐大方看庄，盗语谓屋上了望以防救者为看庄。闻妇呼号，自屋脊跃下，挺刃突入曰：“谁敢如是，吾不与俱生！”汹汹欲斗，目光如饿虎。间不容发之顷，竟赖以免。

后群盗并就捕骈诛，惟齐大终不能弋获[①]。群盗云官来捕时，齐大实伏马槽下。兵役皆云往来搜数过，惟见槽下朽竹一束，约十余竿。积尘污秽，似弃置多年者。

注释

①弋（yì）获：捕获。

张明经晴岚言：一寺藏经阁上有狐居，诸僧多栖止阁下。一日，天酷暑，有打包僧厌其嚣杂[①]，径移坐具住阁上。诸僧忽闻梁上狐语曰：“大众且各归房，我眷属不少，将移住阁下。”僧问：“久居阁上，何忽又欲据此？”曰：“和尚在彼。”问：“汝避和尚耶？”曰：“和尚佛子，安敢不避？”又问：“我辈非和尚耶？”狐不答。固问之，曰：“汝辈自以为和尚，我复何言！”

从兄懋园闻之，曰：“此狐黑白太明，然亦可使三教中人，各发深省。”

注释

①嚣杂：吵闹杂乱。

甲见乙妇而艳之，语于丙。丙曰：“其夫粗悍，可图也。如不吝挥金，吾能为君了此事。”乃择邑子冶荡者，饵以金而属之曰：“尔白昼潜匿乙家，而故使乙闻。待就执，则自承欲盗。白昼非盗时，尔容貌衣服无盗状，必疑奸，勿承也。官再鞫[①]而后承，罪不过枷杖。当设策使不竟[②]其狱，无所苦也。”

邑子如所教，狱果不竟。然乙竟[3]出其妇。丙虑其悔，教妇家讼乙。又阴赂证佐，使不胜。乃恚而别嫁其女。乙亦决绝，听其嫁，甲重价买为妾。丙又教邑子反噬甲，发其阴谋，而教甲赂息。计前后干没千金矣。

适闻家庙社会，力修供具赛神，将以祈福。先一夕，庙祝梦神曰："某金自何来，乃盛仪以飨我？明日来，慎勿令入庙。非礼之祀，鬼神且不受，况非义之祀乎？"丙至，庙祝以神语拒之，怒弗信。甫至阶，舁者[4]颠蹶[5]，供具悉毁，乃悚然返。

后岁余，甲死。邑子以同谋之故，时往来丙家，因诱其女逃去。丙亦气结死，妇携资改适。女至德州，人诘得奸状，牒送回籍，杖而官卖。时丙奸已露，乙憾甚，乃鬻产赎得女，使荐枕三夕，而转售于人。或曰，丙死时，乙尚未娶，丙妇因嫁焉。此故为快心之谈，无是事也。邑子后为丐，女流落为娼，则实有之。

注释

①鞫（jū）：审问。 ②竟：追究。 ③竟：终究。 ④舁者：抬东西的人。 ⑤颠蹶：摔倒。

益都李词畹言：秋谷先生南游日，借寓一家园亭中。一夕就枕后，欲制一诗。方沉思间，闻窗外人语曰："公尚未睡耶？清词丽句，已心醉十余年。今幸下榻此室，窃听绪论，虽已经月，终以不得质疑问难为恨。虑或仓卒别往，不罄[1]所怀，便为平生之歉。故不辞唐突，愿隔窗听挥麈[2]之谈，先生能不拒绝乎？"秋谷问："君为谁？"曰："别馆幽深，重门夜闭，自断非人迹所到。先生神思夷旷，谅不恐怖，亦不必深求。"问："何不入室相晤？"曰："先生襟怀萧散，仆亦倦于仪文，但得神交，何必定在形骸之内耶？”秋谷因日与酬对，于六义颇深。

如是数夕，偶乘醉戏问曰：“听君议论，非神非仙，亦非鬼非狐，毋乃山中木客解吟诗乎？”语讫寂然。穴隙窥之，缺月微明，有影蓬蓬然，掠水亭檐角而去。园中老树参云，疑其木魅矣。

词畹又云：秋谷与魅语时，有客窃听。魅谓渔洋山人诗如名山胜水，奇树幽花，而无寸土艺五谷；如雕栏曲榭，池馆宜人，而无寝室庇风雨；如彝鼎罍洗，斑斓满几，而无釜甑供炊爨；如纂组锦绣，巧出仙机，而无裘葛御寒暑；如舞衣歌扇，十二金钗，而无主妇司中馈；如梁园金谷，雅客满堂，而无良友进规谏。秋谷极为击节。又谓明季诗庸音杂奏，故渔洋救之以清新；近人诗浮响日增，故先生救之以刻露。势本相因，理无偏胜。窃意二家宗派，当调停相济，合则双美，离则两伤。秋谷颇不平之云。

注释

①罄（qìng）：尽，用尽。　②挥麈（zhǔ）：晋人清谈时常挥动麈尾来助谈，后称谈论为挥麈。

乌鲁木齐有道士卖药于市，或曰是有妖术。人见其夜宿旅舍中，临睡必探佩囊，出一小壶卢，倾出黑物二丸，即有二少女与同寝，晓乃不见。问之，则云无有。余忆《辍耕录》周月惜事，曰：“此乃所采生魂也，是法食马肉则破。”适中营有马死，遣吏密嘱旅舍主人，问：“适有马肉可食否？”道士掉头曰：“马肉岂可食？”余益疑，拟料理[①]之。

同事陈君题桥曰：“道士携少女，公未亲见，不食马肉，公亦未亲见。周月惜事，出陶九成小说，未知真否。所云马肉破法，亦未知验否。公信传闻之词，据无稽之说，遽兴大狱，似非所宜。塞外不当留杂色人，饬[②]所司驱之出境足矣。”余乃止。

后将军温公闻之，曰：“欲穷治者太过，倘畏刑妄供别情，事关重大，又无确据，作何行止？驱出境者太不及，倘转徙别地，或酿事端，云曾在乌鲁木齐久住，谁职其咎？形迹可疑人，关隘例当盘诘搜检。验有实证，则当付所司；验无实证，则具牒递回原籍。使勿惑民，不亦善乎？”余二人皆服公之论。

注释

①料理：处理。 ②饬：命令。

庄学士本淳，少随父书石先生泊舟江岸。夜失足落江中，舟人弗知也。漂荡间闻人语曰：“可救起，福建学院此有关系，勿草草。”不觉已还挂本舟舵尾上，呼救得免。后果督福建学政。赴任时，举是事语余曰：“吾其不返乎？”余以立命之说勉之，竟卒于官。

又其兄方耕少宗伯，雍正庚戌在京邸，遇地震，压于小弄中。适两墙对圮[①]，相拄如人字帐形，坐其中一昼夜乃得掘出，岂非死生有命乎？

注释

①圮（pǐ）：倒塌。

何励庵先生言：十三四时，随父罢官还京师。人多舟狭，遂布席于巨箱上寝。夜分，觉有一掌扪之，其冷如冰，魇[①]良久乃醒。后夜夜皆然。谓是神虚，服药亦无效，至登陆乃已。

后知箱乃其仆物。仆母卒于官署，厝[②]郊外。临行阴焚其柩，而以衣包骨匿箱中。当由人眠其上，魂不得安，故作是变怪也。然则旅魂随骨返，信有之矣。

注释

①魇（yǎn）：恶梦。 ②厝（cuò）：把棺材停放待葬。

励庵先生又云：有友聂姓，往西山深处上墓返。天寒日短，翳然已暮。畏有虎患，竭蹶[1]力行。望见破庙在山腹，急奔入。时已曛黑，闻墙隅人语曰："此非人境，檀越可速去。"心知是僧，问："师何在此暗坐？"曰："佛家无诳语，身实缢鬼，在此待替。"聂毛骨悚栗，既而曰："与死于虎，无宁死于鬼，吾与师共宿矣。"鬼曰："不去亦可。但幽明异路，君不胜阴气之侵，我不胜阳气之烁，均刺促不安耳。各占一隅，毋相近可也。"

聂遥问待替之故，鬼曰："上帝好生，不欲人自戕其命。如忠臣尽节，烈妇完贞，是虽横夭，与正命无异，不必待替。其情迫势穷，更无求生之路者，闵其事非得已，亦付转轮，仍核计生平，依善恶受报，亦不必待替。倘有一线可生，或小忿不忍，或借以累人，逞其戾气，率尔投缳，则大拂天地生物之心，故必使待替以示罚。所以幽囚沉滞，动至百年也。"问："不有诱人相替者乎？"鬼曰："吾不忍也。凡人就缢，为节义死者，魂自顶上升，其死速。为忿嫉死者，魂自心下降，其死迟。未绝之顷，百脉倒涌，肌肤皆寸寸欲裂，痛如脔割，胸膈肠胃中如烈焰燔[2]烧，不可忍受。如是十许刻，形神乃离。思是楚毒，见缢者方阻之速返，肯相诱乎？"聂曰："师存是念，自必生天。"鬼曰："是不敢望。惟一意念佛，冀忏悔耳。"俄天欲曙，问之不言，谛视亦无所见。

后聂每上墓，必携饮食纸钱祭之，辄有旋风绕左右。一岁，旋风不至，意其一念之善，已解脱鬼趣矣。

注释

①竭蹶：竭尽。 ②燔（fán）：焚烧。

王半仙尝访其狐友，狐迎笑曰："君昨夜梦至范住家，欢娱乃尔。"范住者，邑之名妓也。王回忆实有是梦，问何以知，曰："人秉阳气以生。阳亲上，气恒发越于顶。睡则神聚于心，灵光与阳气相映，如镜取影。梦生于心，其影皆现于阳气中。往来生灭，倏忽变形一二寸小人，如画图，如戏剧，如虫之蠕动。即不可告人之事，亦百态毕露，鬼神皆得而见之，狐之通灵者，亦得见之，但不闻其语耳。昨偶过君家，是以见君之梦。"又曰："心之善恶，亦现于阳气中。生一善念，则气中一线如烈焰；生一恶心，则气中一线如浓烟。浓烟幂[1]首，尚有一线之光，是畜生道中人；并一线之光而无之，是泥犁狱中人矣。"王问："恶人浓烟幂首，其梦影何由复见？"曰："人心本善，恶念蔽之，睡时一念不生，则此心还其本体，阳气仍自光明。即其初醒时，念尚未起，光明亦尚在。念渐起则渐昏，念全起则全昏矣。君不读书，试向秀才问之，孟子所谓夜气，即此是也。"王悚然曰："鬼神鉴察，乃及于梦寐之中！"

注释

①幂：覆盖。

雷出于地，向于福建白鹤岭上见之。岭高五十里，阴雨时俯视，浓云仅及山半，有气一缕，自云中涌出，直激而上。气之纤末，忽火光迸散，即砰然有声，与火炮全相似。

至于击物之雷，则自天而下。戊午夏，余与从兄懋园、坦居读书崔庄三层楼上。开窗四望，数里可睹。时方雷雨，遥见一人自南来。去庄约半里许，忽跪于地。倏云气下垂，幂之不见。俄雷震一声，火光照眼如咫尺，云已敛而上矣。

少顷，喧言高川李善人为雷所殛[1]。随众往视，遍身焦黑，仍拱手端跪，仰面望天。背有朱书，非篆非籀，非草非隶，点画缴绕，不能辨几字。其人持斋礼佛，无善迹，亦无恶迹，不知为夙业为隐慝[2]也。其侄李士钦曰："是日晨起，必欲赴崔庄，实无一事。竟冒雨而来，及于此难。"或曰："是日崔庄大集，崔庄市人交易，以一、六日大集，三、八日小集。殆鬼神驱以来，与众见之。"

注释

①殛（jí）：杀死。 ②慝（tè）：同"匿"，隐藏。

余官兵部时，有一吏尝为狐所媚，尪[1]瘦骨立，乞张真人符治之。忽闻檐际人语曰："君为吏，非理取财，当婴刑戮。我夙生曾受君再生恩，故以艳色蛊惑，摄君精气，欲君以瘵疾善终。今被驱遣，是君业重不可救也。宜努力积善，尚冀万一挽回耳。"

自是病愈，然竟不悛[2]改。后果以盗用印信，私收马税伏诛。

堂吏有知其事者，后为余述之云。

注释

①尪（wāng）：瘦弱。 ②悛（quān）：悔改。

前母张太夫人，有婢曰绣鸾。尝月夜坐堂阶，呼之则东西廊皆有一绣鸾趋出，形状衣服无少异。乃至右襟反折其角，左袖半卷亦相同。大骇，几仆。再视之，惟存其一。问之，乃从西廊来。又问："见东廓人否?"云："未见也。"

此七月间事，至十一月即谢世。殆禄[①]已将尽，故魅敢现形欤?

注释

①禄：福气。

沧州插花[①]庙尼，姓董氏。遇大士[②]诞辰，治供具将毕，忽觉微倦，倚几暂憩。恍惚梦大士语之曰："尔不献供，我亦不忍饥；尔即献供，我亦不加饱。寺门外有流民四五辈，乞食不得，困饿将殆。尔辍供具以饭之，功德胜供我十倍也。"霍然惊醒。启门出现，果不谬。自是每年供具献毕，皆以施丐者。曰："此菩萨意也。"

注释

①插花：戴花。 ②大士：佛教对菩萨的通称。

先太夫人言：沧州有轿夫田某，母患臌将殆。闻景和镇一医有奇药，相距百余里。昧爽狂奔去，薄暮已狂奔归，气息仅属。然是夕卫河暴涨，舟不敢渡。乃仰天大号，泪随声下。众虽哀之，而无如何。

忽一舟子解缆呼曰："苟有神理，此人不溺。来来，吾渡尔!"奋然鼓楫，横冲白浪而行。一弹指顷，已抵东岸。观者皆合掌诵佛号。

先姚安公曰："此舟子信道之笃，过于儒者。"

卷四

滦阳消夏录四

卧虎山人降乩于田白岩家，众焚香拜祷。一狂生独倚几斜坐，曰："江湖游士，练熟手法为戏耳。岂有真仙日日听人呼唤?"乩即书下坛诗曰："鶗鴃惊秋不住啼，章台回首柳萋萋。花开有约肠空断，云散无踪梦亦迷。小立偷弹金屈戌，半酣笑劝玉东西。琵琶还是当年否？为问浔阳估客妻。"狂生大骇，不觉屈膝。盖其数日前密寄旧妓之作，未经存稿者也。仙又判曰："此笺幸未达，达则又作步非烟矣。此妇既已从良，即是窥人闺阁。香山居士偶作寓言，君乃见诸实事耶！大凡风流佳话，多是地狱根苗。昨见冥官录籍，故吾得记之。业海洪波，回头是岸。山人饶舌，实具苦心，先生勿讶多言也。"狂生鹄[①]立案旁，殆无人色。后岁余，即下世。

余所见扶乩者，惟此仙不谈休咎，而好规人过，殆灵鬼之耿介者耶？先姚安公素恶淫祀，惟遇此仙必长揖曰："如此方严[②]，即鬼亦当敬。"

注释

①鹄（hú）：引颈而立，直立。 ②方严：正直，严格。

姚安公未第时，遇扶乩者，问有无功名。判曰："前程万里。”又问：“登第[1]当在何年？”判曰：“登第却须候一万年。”意谓或当由别途进身。及癸巳万寿恩科登第，方悟万年之说。后官云南姚安府知府，乞养归，遂未再出，并前程万里之说亦验。

大抵幻术多手法捷巧，惟扶乩一事，则确有所凭附，然皆灵鬼之能文者耳。所称某神某仙，固属假托，即自称某代某人者，叩以本集中诗文，亦多云年远忘记，不能答也。其扶乩之人，遇能书者则书工，遇能诗者则诗工，遇全不能诗能书者，则虽成篇而迟钝。余稍能诗而不能书，从兄坦居能书而不能诗。余扶乩，则诗敏捷而书潦草；坦居扶乩，则书清整而诗浅率。余与坦居实皆未容心。盖亦借人之精神，始能运动。所谓鬼不自灵，待人而灵也。蓍龟本枯草朽甲，而能知吉凶，亦待人而灵耳。

注释

①登第：登科，特指考中进士。

先外祖居卫河东岸，有楼临水旁，曰“度帆”。其楼向西，而楼之下层门乃向东，别为院落，与楼不相通。先有仆人史锦捷之妇缢于是院，故久无人居，亦无扃钥。

有僮婢不知是事，夜半幽会于斯。闻门外窸窣似人行，惧为所见，伏不敢动。窃于门隙窥之，乃一缢鬼步阶上，对月微叹。二人股栗，僵于门内，不敢出。门为二人所据，鬼亦不敢入。相持良久，有犬见鬼而吠，群犬闻声亦聚吠。以为有盗，竞明烛持械以往，鬼隐而僮仆之奸败。婢愧不自容，迨[1]夕，亦往是院缢。觉而救苏，又潜往者再，还其父母乃已。因悟鬼非不敢入室也，将以败二人之奸，使愧缢以求代也。

先外祖母曰："此妇生而阴狡，死尚尔哉！其沉沦也固宜。"先太夫人曰："此婢不作此事，鬼亦何自而乘？其罪未可委[②]之鬼。"

注释

①迨：等到。 ②委：推卸。

辛彤甫先生官宜阳知县时，有老叟投牒曰："昨宿东城门外，见缢鬼五六，自门隙而入，恐是求代。乞示谕百姓，仆妾勿凌虐，债负勿逼索，诸事互让勿争斗，庶鬼无所施其技。"先生震怒，笞而逐之。老叟亦不怨悔，至阶下拊膝曰："惜哉，此五六命不可救矣！"越数日，城内报缢死者四。先生大骇，急呼老叟问之。老叟曰："连日昏昏，都不记忆，今乃知曾投此牒。岂得罪鬼神，使我受笞耶？"

是时此事喧传，家家为备，缢者获解者果二。一妇为姑所虐，姑痛自悔艾。一迫于逋欠，债主立为焚券，皆得不死。乃知数虽前定，苟能尽人力，亦必有一二之挽回。又知人命至重，鬼神虽前知其当死，苟一线可救，亦必转借人力以救之。盖气运所至，如严冬风雪，天地亦不得不然。至披裘御雪，墐户[①]避风，则听诸人事，不禁其自为。

注释

①墐（jìn）户：用泥涂塞窗户。

献县史某，佚其名。为人不拘小节，而落落有直气，视龌龊者蔑如也。偶从博场归，见村民夫妇子母相抱泣。其邻人曰："为欠豪家债，鬻妇以偿。夫妇故相得，子又未离乳，当弃之去，故悲耳。"史问："所欠几何？"曰："三十金。""所鬻几何?”曰:“五十金,与人为妾。”问:“可赎乎?”曰:“券甫成,金尚未付,何不可赎?”即出博场所得七十金授之,曰:“三十金偿债,四十金持以谋生,勿再鬻也。”

夫妇德史甚,烹鸡留饮,酒酣,夫抱儿出,以目示妇,意令荐枕以报。妇颔之,语稍狎。史正色曰:“史某半世为盗,半世为捕役,杀人曾不眨眼。若危急中污人妇女,则实不能为。”饮啖讫,掉臂径去,不更一言。

半月后,所居村夜火。时秋获方毕,家家屋上屋下,柴草皆满,茅檐秫篱,斯须四面皆烈焰。度不能出,与妻子瞑坐待死。恍惚闻屋上遥呼曰:“东岳有急牒,史某一家并除名。”剨然有声,后壁半圮。乃左挈妻,右抱子,一跃而出,若有翼之者。火熄后,计一村之中,爇[①]死者九。邻里皆合掌曰:“昨尚窃笑汝痴,不意七十金乃赎三命。”余谓此事见佑于司命,捐金之功十之四,拒色之功十之六。

注释

①爇(ruò):烧,点燃。

姚安公官刑部日,德胜门外有七人同行劫,就捕者五矣,惟王五、金大牙二人未获。王五逃至滳县,路阻深沟,惟小桥可通一人。有健牛怒目当道卧,近辄[①]奋触。退觅别途,乃猝[②]与逻者遇。金大牙逃至清河桥北,有牧童驱二牛挤仆泥中,怒而角斗。清河去京近,有识之者告里胥,缚送官。

二人皆回民,皆业屠牛,而皆以牛败。岂非宰割惨酷,虽畜兽亦含怨毒,厉气所凭,借其同类以报哉?不然,遇牛触仆,犹事理之常,无故而当桥,谁使之也?

注释

①辄：就。　②猝：突然。

宋蒙泉言：孙峨山先生，尝卧病高邮舟中。忽似散步到岸上，意殊爽适。俄有人导之行，恍惚忘所以，亦不问。随去至一家，门径甚华洁。渐入内室，见少妇方坐蓐。欲退避。其人背后拊一掌，已昏然无知。久而渐醒，则形已缩小，绷置锦襁中。知为转生，已无可奈何。欲有言，则觉寒气自囟门入，辄噤不能出。环视室中，几榻器玩及对联书画皆了了。至三日，婢抱之浴，失手坠地，复昏然无知，醒则仍卧舟中。家人云："气绝已三日，以四肢柔软，心膈尚温，不敢殓耳。"先生急取片纸，疏所见闻，遣使由某路送至某门中，告以勿过挞[①]婢。乃徐为家人备言[②]，是日疾即愈，径往是家，见婢媪皆如旧识。主人老无子，相对惋叹，称异而已。

近梦通政鉴溪亦有是事，亦记其道路门户，访之，果是日生儿即死。顷在直庐，图阁学时泉言其状甚悉，大抵与峨山先生所言相类。惟峨山先生记往不记返，鉴溪则往返俱分明。且途中遇其先亡夫人，到家入室时见夫人与女共坐，为小异耳。

案轮回之说，儒者所辟，而实则往往有之。前因后果，理自不诬。惟二公暂入轮回，旋归本体，无故现此泡影，则不可以理推。六合之外，圣人存而不论，阙所疑[③]可矣。

注释

①挞：用棍子或鞭子打。　②备言：详尽地说。　③阙所疑：把疑难问题留着，不下判断。

再从伯灿臣公言：曩有县令，遇杀人狱不能决，蔓延日众，乃祈梦城隍祠。梦神引一鬼，首戴磁盎，盎中种竹十余竿，青翠可爱。觉而检案中有姓祝者，祝、竹音同，意必是也，穷治无迹。又检案中有名节者，私念曰："竹有节，必是也。"穷治亦无迹。然二人者九死一生矣。计无复之，乃以疑狱上，请别缉杀人者，卒亦不得。

夫疑狱，虚心研鞫，或可得真情。祷神祈梦之说，不过慑伏愚民，绐[①]之吐实耳。若以梦寐之恍惚，加以射覆[②]之揣测，据为信谳，鲜不谬矣！古来祈梦断狱之事，余谓皆事后之附会也。

注释

①绐（dài）：哄骗。 ②射覆：古代一种猜物游戏，亦用于占卜。

雍正壬子六月，夜大雷雨，献县城西有村民为雷击。县令明公晟往验，饬[①]棺殓矣。越半月余，忽拘一人，讯之曰："尔买火药何为？"曰："以取鸟。"诘曰："以铳击雀，少不过数钱，多至两许，足一日用矣。尔买二三十斤何也？"曰："备多日之用。"又诘曰："尔买火药未满一月，计所用不过一二斤，其余今贮何处？"其人词穷。刑鞫之，果得因奸谋杀状，与妇并伏法。

或问："何以知为此人？"曰："火药非数十斤不能伪为雷，合药必以硫黄。今方盛夏，非年节放爆竹时，买硫黄者可数。吾阴使人至市察买硫黄者谁多，皆曰某匠。又阴察某匠卖药于何人，皆曰某人。是以知之。"又问："何以知雷为伪作？"曰："雷击人自上而下，不裂地。其或毁屋，亦自上而下。今苫[②]草屋梁皆飞起，土炕之面亦揭去，知火从下起矣。

又此地去城五六里，雷电相同。是夜雷电虽迅烈，然皆盘绕云中，无下击之状。是以知之。尔时其妇先归宁[③]，难以研问，故必先得是人，而后妇可鞫。”此令可谓明察矣。

注释

①饬：整理，整治。 ②苫（shàn）：遮盖。 ③归宁：回娘家看望父母。

戈太仆仙舟言：乾隆戊辰，河间西门外桥上，雷震一人死，端跪不仆，手擎一纸裹，雷火弗爇。验之皆砒霜，莫明其故。俄其妻闻信至，见之不哭。曰：“早知有此，恨其晚矣。是尝诟谇[①]老母，昨忽萌恶念，欲市砒霜毒母死。吾泣谏一夜，不从也。”

注释

①谇（suì）：责备。

再从兄旭升言：村南旧有狐女，多媚少年，所谓二姑娘者是也。族人某，意拟生致之，未言也。一日，于废圃见美女，疑其即是。戏歌艳曲，欣然流盼，折草花掷其前。方欲俯拾，忽却立数步外，曰：“君有恶念。”逾[①]破垣竟去。

后有二生读书东岳庙僧房，一居南室，与之昵，一居北室，无睹也。南室生尝怪其晏[②]至，戏之曰：“左挹浮丘袖，右拍洪崖肩耶？”狐女曰：“君不以异类见薄，故为悦己者容。北室生心如木石，吾安敢近？”南室生曰：“何不登墙一窥？未必即三年不许。如使改节，亦免作程伊川面向人。”狐女曰：“磁石惟可引针，如气类不同，即引之不动。无多事，徒取辱也。”

时同侍姚安公侧，姚安公曰："向亦闻此，其事在顺治末年。居北室者，似是族祖雷阳公。雷阳一老副榜[2]，八比以外无寸长．只心地朴诚，即狐不敢近。知为妖魅所惑者，皆邪念先萌耳。"

注释

①逾：越过，超过。　②晏：迟，晚。　③副榜：科举会试或乡试时，除正榜外，另取若干名，列为副榜。

先太夫人外家曹氏，有媪能视鬼。外祖母归宁时，与论冥事。媪曰："昨于某家见一鬼，可谓痴绝。然情状可怜，亦使人心脾凄动。鬼名某，住某村，家亦小康，死时年二十七八。初死百日后，妇邀我相伴，见其恒坐院中丁香树下。或闻妇哭声，或闻儿啼声，或闻兄嫂与妇诟谇声，虽阳气逼烁不能近，然必侧耳窗外窃听，凄惨之色可掬[1]。后见媒妁至妇房，愕然惊起，张手左右顾。后闻议不成，稍有喜色。既而媒妁再至，来往兄嫂与妇处，则奔走随之，皇皇如有失。送聘之日，坐树下，目直视妇房，泪涔涔[2]如雨。自是妇每出入，辄随其后，眷恋之意更笃。嫁前一夕，妇整束奁具。复徘徊檐外，或倚柱泣，或俯首如有思。稍闻房内嗽声，辄从隙私窥，营营者彻夜。吾太息曰：'痴鬼何必如是！'若弗闻也。娶者入，秉[3]火前行。避立墙隅，仍翘首望妇。吾偕妇出，回顾，见其远远随至娶者家。为门尉所阻，稽颡哀乞，乃得入。入则匿墙隅，望妇行礼，凝立如醉状。妇入房，稍稍近窗，其状一如整束奁具时。至灭烛就寝，尚不去。为中霤神所驱，乃狼狈出。时吾以妇嘱归视儿，亦随之返，见其直入妇室。凡妇所坐处眠处，一一视到。俄闻儿索母啼，趋出环绕儿四周，以两手相握，作无可奈何状。俄嫂出，挞儿一掌，便顿足拊心，遥作切齿状。吾视之不忍，乃径归，不知其后何如也。后吾私为妇述，妇啮齿自悔。里有少寡议嫁者，闻是事，以死自誓曰：'吾不忍使亡者作是状！'"

嗟乎！君子义不负人，不以生死有异也。小人无往不负人，亦不以生死有异也。常人之情，则人在而情在，人亡而情亡耳。苟一念死者之情状，未尝不戚然感也。儒者见谄渎之求福，妖妄之滋惑，遂断断持无鬼之论，失先王神道设教之深心，徒使愚夫愚妇，悍然一无所顾忌。尚不如此里妪之言，为动人生死之感也。

注释

①掬：双手捧取。②泪涔（cén）涔：泪水不断地流下。③秉：拿着，持着。

王兰泉少司寇言：胡中丞文伯之弟妇，死一日复苏，与家人皆不相识，亦不容其夫近前。细询其故，则陈氏女之魂，借尸回生。问所居，相去仅数十里。呼其亲属至，皆历历[1]相认。女不肯留胡氏，胡氏持镜使自照，见形容皆非，乃无奈而与胡为夫妇。此与《明史·五行志》司牡丹事相同。当时官为断案，从形不从魂。盖形为有据，魂则无凭。使从魂之所归，必有诡托售奸者，故防其渐焉。

注释

①历历：一个一个地。

有山西商居京师信成客寓，衣服仆马皆华丽，云且援例报捐。一日，有贫叟来访，仆辈不为通，自候于门，乃得见，神意索漠[1]，一茶后别无寒温。叟徐露求助意，咈[2]然曰："此时捐项且不足，岂复有余力及君！"叟不平，因对众具道西商昔穷困，待叟举火者十余年，复助百金使商贩，渐为富人。今罢官流落，闻其来，喜若更生。亦无奢望，或得曩所助之数，稍偿负累，归骨乡井足矣。语讫絮泣，西商亦似不闻。

忽同舍一江西人，自称姓杨，揖西商而问曰："此叟所言信否？"西商面赪曰："是固有之，但力不能报为恨耳。"杨曰："君且为官，不忧无借处。倘有人肯借君百金，一年内乃偿，不取分毫利，君肯举以报彼否？"西商强应曰："甚愿。"杨曰："君但书券，百金在我。"西商迫于公论，不得已书券。杨收券，开敝箧，出百金付西商，西商怏怏持付叟。杨更治具，留叟及西商饮。叟欢甚，西商草草终觞[3]而已。叟谢出，杨数日亦移寓去，从此遂不相闻。

后西商检箧中少百金，镭锁封识皆如故，无可致诘。又失一狐皮半臂，而箧中得质票一纸，题钱二千，约符杨置酒所用之数。乃知杨本术士，姑以戏之。同舍皆窃称快，西商惭沮，亦移去，莫知所往。

注释

①索漠：冷淡。 ②咈（fú）：乖戾。 ③觞（shāng）：酒杯。

蒋编修菱溪，赤厓先生子也。喜吟咏，尝作《七夕》诗曰："一霎人间箫鼓收，羊灯无焰三更碧。"又作《中元》诗曰："两岸红沙多旋舞，惊风不定到三更。"赤厓先生见之，愀然[1]曰："何忽作鬼语？"果不久下世。故刘文定公作其遗稿序曰："就河鼓以陈词，三更焰碧；会盂兰而说法，两岸沙红。

诗谶先成，以君才过终军之岁；诔词安属？顾我适当骑省之年。”

注释

①愀然：神色严肃的样子。

农夫陈四，夏夜在团焦守瓜田。遥见老柳树下，隐隐有数人影。疑盗瓜者，假寐听之。中一人曰：“不知陈四已睡未?”又一人曰：“陈四不过数日，即来从我辈游，何畏之有？昨上直土神祠，见城隍牒矣。”又一人曰：“君不知耶？陈四延寿矣。”众问何故，曰：“某家失钱二千文，其婢鞭捶数百未承。婢之父亦愤曰：‘生女如是，不如无。倘果盗，吾必缢杀之。’婢曰：‘是不承死，承亦死也。’呼天泣。陈四之母怜之，阴典衣得钱二千，捧还主人曰：‘老妇昏愦，一时见利取此钱。意谓主人积钱多，未必遽算出。不料累[①]此婢，心实惶愧。钱尚未用，谨冒死自首，免结来世冤。老妇亦无颜居此，请从此辞。’婢因得免。土神嘉其不辞自污以救人，达城隍。城隍达东岳。东岳检籍，此妇当老而丧子，冻饿死。以是功德，判陈四借来生之寿于今生，俾[②]养其母。尔昨下直，未知也。”陈四方窃愤母以盗钱见逐，至是乃释然。后九年，母死。葬事毕，无疾而逝。

注释

①累：牵连。　②俾：使。

外舅马公周箓言：东光南乡有廖氏，募建义冢。村民相助成其事，越三十余年矣。雍正初，东光大疫。廖氏梦百余人立门外，一人前致词曰：“疫鬼且至，从君乞焚纸旗十余，银箔糊木刀百余。我等将与疫鬼战，以报一村之惠。”廖故好事，姑制而焚之。数日后，夜闻四野喧呼，格斗声达旦乃止。阖[①]村果无一人染疫者。

注释

①阖：全。

沙河桥张某商贩京师，娶一妇归，举止有大家风。张故有千金产，经理亦甚有次第。一日，有尊官骑从甚盛，张杏黄盖，坐八人肩舆[①]。至其门前，问曰：“此是张某家否？”邻里应曰：“是。”尊官指挥左右曰：“张某无罪，可缚其妇来。”应声反接是妇出。张某见势焰赫奕，亦莫敢支吾。尊官命褫妇衣，决臀三十，昂然竟行。村人随观之，至林木阴映处，转瞬不见。惟旋风滚滚，向西南去。

方妇受杖时，惟叩首称死罪。后人问其故，妇泣曰：“吾本侍郎某公妾。公在日，意图固宠，曾誓以不再嫁。今精魂昼见，无可复言也。”

注释

①肩舆：轿子。

王秃子，幼失父母，迷其本姓。育于姑家，冒姓王。凶狡无赖，所至童稚皆走匿，鸡犬亦为不宁。

一日，与其徒自高川醉归，夜经南横子丛冢间，为群鬼所遮。其徒股栗伏地，秃子独奋力与斗。一鬼叱曰：“秃子不孝，吾尔父也，敢肆殴！”秃子固未识父，方疑惑间，又一鬼叱曰：“吾亦尔父也，敢不拜！”群鬼又齐呼曰：“王秃子不祭尔母，致饥饿流落于此，为吾众人妻。吾等皆尔父也。”秃子愤怒，挥拳旋舞，所击如中空囊，跳踉[①]至鸡鸣，无气以动，乃自仆丛莽间。群鬼皆嬉笑曰："王秃子英雄尽矣，今日乃为乡党吐气。如不知悔，他日仍于此待尔。"秃子力已竭，竟不敢再语。天晓鬼散，其徒乃掖[②]以归，自是豪气消沮。一夜，携妻子遁去，莫知所终。

此事琐屑不足道，然足见悍戾者必遇其敌。人所不能制者，鬼亦忌而共制之。

注释

①跳踉（liáng）：跳跃。 ②掖：扶着。

戊子夏，京师传言，有飞虫夜伤人。然实无受虫伤者，亦未见虫，徒以图相示而已。其状似蚕蛾而大，有钳距。好事者或指为射工。按短蜮含沙射影，不云飞而螫人，其说尤谬。余至西域，乃知所画即辟展之巴蜡虫。此虫秉炎炽之气而生，见人飞逐，以水噀[①]之，则软而伏。或噀不及，为所中，急嚼茜草根敷疮则瘥[②]，否则毒气贯心死。乌鲁木齐多茜草，山南辟展诸屯，每以官牒移取，为刈获者备此虫云。

注释

①噀（xùn）：喷水。 ②瘥（chài）：病愈。

乌鲁木齐虎峰书院，旧有遣犯妇缢窗棂上。山长前巴县令陈执礼，一夜明烛观书，闻窗内承尘上窸窣有声。仰视，见女子两纤足，自纸罅[①]徐徐垂下，渐露膝，渐露股。陈先知是事，厉声曰："尔自以奸败，愤恚死，将祸我耶？我非尔仇，将魅我耶？我一生不入花柳丛，尔亦不能惑。尔敢下，我且以夏楚扑尔。"乃徐徐敛足上，微闻叹息声。俄从纸罅露面下窥，甚姣好。陈仰面唾曰："死尚无耻耶！"遂退入。陈灭烛就寝，袖刃以待其来，竟不下。次日，仙游陈题桥访之。话及是事，承尘上有声如裂帛，后不再见。

然其仆寝于外室，夜恒呓语，久而渐病瘵[2]，垂死时，陈以其相从二万里外，哭甚悲。仆挥手曰："有好妇，尝私就我，今招我为婿。此去殊乐，勿悲也。"陈顿足曰："吾自恃胆力，不移居，祸及汝矣。甚哉，客气之害事也！"

后同年六安杨君逢源代掌书院，避居他室。曰："孟子有言：'不立乎岩墙之下。'"

注释

①罅（xià）：裂缝。　②瘵（zhài）：病重。

德郎中亨，夏日散步乌鲁木齐城外，因至秀野亭纳凉。坐稍久，忽闻大声语曰："君可归，吾将宴客。"狼狈奔回，告余曰："吾其将死乎？乃白昼见鬼。"余曰："无故见鬼，自非佳事。若到鬼窟见鬼，犹到人家见人尔，何足怪焉？"盖亭在城西深林，万木参天，仰不见日。旅榇[1]之浮厝者，罪人之伏法者，皆在是地，往往能为变怪云。

注释

①榇（chèn）：棺材。

武邑某公，与戚友赏花佛寺经阁前。地最豁厂，而阁上时有变怪，入夜即不敢坐阁下。某公以道学自任，夷然[1]弗信也。酒酣耳热，盛谈《西铭》万物一体之理，满座拱听，不觉入夜。

忽阁上厉声叱曰："时方饥疫，百姓颇有死亡。汝为乡宦，既不思早倡义举，施粥舍药，即应趁此良夜，闭户安眠，尚不失为自了汉。乃虚谈高论，在此讲民胞物与，不知讲至天明，还可作饭餐、可作药服否？且击汝一砖，听汝再讲邪不胜正。”忽一城砖飞下，声若霹雳，杯盘几案俱碎。

某公仓皇走出，曰：“不信程朱之学，此妖之所以为妖欤！”徐步太息而去。

注释

①夷然：镇定的样子。

沧州画工伯魁，字起瞻。其姓是此伯字，自称伯州犁之裔。友人或戏之曰：“君乃不称二世祖太宰公。”近其子孙不识字，竟自称白氏矣。尝画一仕女图，方钩出轮郭，以他事未竟，锁置书室中。越二日，欲补成之，则几上设色小碟，纵横狼藉[①]，画笔亦濡染几遍，图已成矣，神采生动，有殊常格。魁大骇，以示先母舅张公梦征，魁所从学画者也。公曰：“此非尔所及，亦非吾所及，殆偶遇神仙游戏耶？”

时城守尉永公宁，颇好画，以善价取之。永公后迁四川副都统，携以往。将罢官前数日，画上仕女忽不见，惟隐隐留人影，纸色如新，余树石则仍黯旧，盖败征之先见也。然所以能化去之故，则终不可知。

注释

①狼藉：乱七八糟的样子。

佃户张天锡，尝于野田见髑髅，戏溺其口中。髑髅忽跃起作声曰：“人鬼异路，奈何欺我！且我一妇人，汝男子，乃无礼辱我，是尤不可。”渐跃渐高，直触其面。天锡惶骇奔归，鬼乃随至其家。夜辄在墙头檐际，责詈不已。

天锡遂大发寒热，昏瞀[1]不知人。阖家拜祷，怒似少解，或叩其生前姓氏里居，鬼具自道。众叩首曰："然则当是高祖母，何为祸于子孙？"鬼似凄咽，曰："此故我家耶？几时迁此？汝辈皆我何人？"众陈始末。鬼不胜太息曰："我本无意来此，众鬼欲借此求食，怂恿我来耳。渠有数辈在病者旁，数辈在门外。可具浆水一瓢，待我善遣之。大凡鬼恒苦饥，若无故作灾，又恐神责。故遇事辄生衅[2]，求祭赛。尔等后见此等，宜谨避，勿中其机械。"众如所教。鬼曰："已散去矣。我口中秽气不可忍，可至原处寻吾骨洗而埋之。"遂呜咽数声而寂。

注释

①瞀（mào）：眼睛昏花。　②衅：争端。

又佃户何大金，夜守麦田，有一老翁来共坐。大金念村中无是人，意是行路者偶憩。老翁求饮，以罐中水与之。因问大金姓氏，并问其祖父。恻然曰："汝勿怖，我即汝曾祖，不祸汝也。"细询家事，忽喜忽悲。临行嘱大金曰："鬼自伺放焰口[1]求食外，别无他事。惟子孙念念不能忘，愈久愈切。但苦幽明阻隔，不得音问。或偶闻子孙炽盛，辄跃然以喜者数日，群鬼皆来贺。偶闻子孙零替[2]，亦悄然以悲者数日，群鬼皆来唁。较生人之望子孙，殆切十倍。今闻汝等尚温饱，吾又歌舞数日矣。"回顾再四，丁宁勉励而去。

先姚安公曰："何大金蠢然一物，必不能伪造斯言。闻之，使人追远之心油然而生。"

注释

①放焰口：佛教用语，和尚做法事向饿鬼施食。 ②零替：衰落。

乾隆丙子，有闽士赴公车[1]。岁暮抵京，仓卒不得栖止，乃于先农坛北破寺中僦[2]一老屋。越十余日，夜半窗外有人语曰："某先生且醒，吾有一言。吾居此室久，初以公读书人，数千里辛苦求名，是以奉让。后见先生日外出，以新到京师，当寻亲访友，亦不相怪。近见先生多醉归，稍稍疑之。顷闻与僧言，乃日在酒楼观剧，是一浪子耳。吾避居佛座后，起居出入，皆不相适，实不能隐忍让浪子。先生明日不迁，吾瓦石已备矣。"僧在对屋，亦闻此语，乃劝士他徙，自是不敢租是室。有来问者，辄[3]举此事以告云。

注释

①公车：举人应试的代称。 ②僦：租住。 ③辄（zhé）：总是，就。

申苍岭先生，名丹，谦居先生弟也。谦居先生性和易，先生性爽豪，而立身端介[1]则如一。里有妇为姑虐而缢者，先生以两家皆士族，劝妇父兄勿涉讼。是夜，闻有哭声远远至，渐入门，渐至窗外，且哭且诉，词甚凄楚，深怨先生之息讼。先生叱之曰："姑虐妇死，律无抵法，即讼亦不能快汝意。且讼必检验，检验必裸露，不更辱两家门户乎？"鬼仍絮泣不已。先生曰："君臣无狱，父子无狱。人怜汝枉死，责汝姑之暴戾则可。汝以妇而欲讼姑，此一念已干名犯义矣。任汝诉诸明神，亦决不直汝也。"鬼竟寂然去。

谦居先生曰："苍岭斯言，告天下之为妇者可，告天下之为姑者则不可。"先姚安公曰："苍岭之言，子与子言孝；谦居之言，父与父言慈。"

注释

①端介：方正耿介。

董曲江游京师时，与一友同寓，非其侣也，姑省宿食之资云尔。友征逐富贵，多外宿。曲江独睡斋中，夜或闻翻动书册，摩弄器玩声，知京师多狐，弗怪也。一夜，以未成诗稿置几上，乃似闻吟哦声，问之弗答，比晓视之，稿上已圈点数句矣。然屡呼之，终不应。至友归寓，则竟夕寂然。友颇自诧有禄相，故邪不敢干。

偶日照李庆子借宿，酒阑以后，曲江与友皆就寝。李乘月散步空圃，见一翁携童子立树下。心知是狐，翳身窃睨其所为。童子曰："寒甚，且归房。"翁摇首曰："董公同室固不碍，此君俗气逼人，那可共处？宁且坐凄风冷月间耳。"李后泄其语于他友，遂渐为其人所闻，衔李次骨。竟为所排挤，狼狈负笈返。

余长女适[①]德州卢氏，所居曰纪家庄。尝见一人卧溪畔，衣败絮呻吟。视之，则一毛孔中有虱，喙皆向内。后足皆钩于败絮，不可解，解之则痛彻心髓。无可如何，竟坐视其死。此殆夙孽所报欤？

注释

①适：女子出嫁。

汪阁学晓园，僦居阎王庙街一宅。庭有枣树，百年以外物也。每月明之夕，辄见斜柯[①]上一红衣女子垂足坐，翘首向月，殊不顾人。迫之则不见，退而望之，则仍在故处。尝使二人一立树下，一在室中，室中人见树下人手及其足，树下人固无所睹也。当望见时，俯视地上，树有影，而女子无影。投以瓦石，虚空无碍。击以铳，应声散灭。烟焰一过，旋复本形。主人云："自买是宅，即有是怪。然不为人害，故人亦相安。"

夫木魅花妖，事所恒有，大抵变幻者居多。兹独不动不言，枯坐一枝之上，殊莫明其故。晓园虑其为患，移居避之。后主人伐树，其怪乃绝。

注释

①柯：枝条。

廖媪，青县人。母家姓朱，为先太夫人乳母。年未三十而寡，誓不再适，依先太夫人终其身。殁时九十有六。性严正，遇所当言，必侃侃与先太夫人争，先姚安公亦不以常媪遇之。余及弟妹皆随之眠食，饥饱寒暑，无一不体察周至。然稍不循礼，即遭呵禁。约束仆婢，尤不少假借，故仆婢莫不阴憾之。顾司管钥，理庖厨[①]，不能得其毫发私，亦竟无如何也。

尝携一童子，自亲串家通问归。已薄暮矣，风雨骤至，趋避于废圃破屋中。雨入夜未止，遥闻墙外人语曰："我方投汝屋避雨，汝何以冒雨坐树下？"又闻树下人应曰："汝毋多言，廖家节妇在屋内。"遂寂然。后童子偶述其事，诸仆婢皆曰人不近情，鬼亦恶而避之也。嗟呼，鬼果恶而避之哉？

注释

①庖厨：厨房。

安氏表兄，忘其名子。与一狐为友，恒于场圃间对谈。安见之，他人弗见也。狐自称生于北宋初，安叩以宋代史事，曰："皆不知也。凡学仙者，必游方之外，使万缘断绝，一意精修。如于世有所闻见，于心必有所是非。有所是非，必有所爱憎。有所爱憎，则喜怒哀乐之情，必迭起循生，以消铄[①]其精气，神耗而形亦敝矣，乌能至今犹在乎？迨道成以后，来往人间，视一切机械变诈，皆如戏剧。视一切得失胜败，以至于治乱兴亡，皆如泡影。当时即不留意，又焉能一一而记之？即与君相遇，是亦前缘。然数百年来，相遇如君者，不知凡几，大都萍水偶逢，烟云倏散。夙昔笑言，亦多不记忆。则身所未接者，从可知矣。"

时八里庄三官庙，有雷击蝎虎一事。安问以物久通灵，多婴雷斧，岂长生亦造物所忌乎？曰："是有二端。夫内丹导引，外丹服饵，皆艰难辛苦之证道，犹力田以致富，理所宜然。若媚惑梦魇，盗采精气，损人之寿，延己之年，事与劫盗无异，天律不容也。又或恣为妖幻，贻祸生灵，天律亦不容也。若其葆养元神，自全生命，与人无患，与世无争，则老寿之物，正如老寿之人耳，何至犯造物之忌乎？"

舅氏实斋先生闻之，曰："此狐所言，皆老氏之粗浅者也。然用以自养，亦足矣。"

注释

①消铄：消蚀。

浙江有士人，夜梦至一官府，云都城隍庙也。有冥吏语之曰：“今某公控其友负心，牵君为证。君试思尝有是事不？”士人追忆之，良是。

俄闻都城隍升座，冥吏白某控某负心事，证人已至，请勘[①]断。都城隍举案示士人，士人以实对。都城隍曰：“此辈结党营私，朋求进取，以同异为爱恶，以爱恶为是非。势孤则攀附以求援，力敌则排挤以互噬。翻云覆雨，倏忽万端。本为小人之交，岂能责以君子之道？操戈入室，理所必然。根勘已明，可驱之去。”顾士人曰：“得无谓负心者有佚罚耶？夫种瓜得瓜，种豆得豆，因果之相偿也。花既结子，子又开花，因果之相生也。彼负心者，又有负心人蹑[②]其后，不待鬼神之料理矣。”士人霍然而醒。

后阅数载，竟如神之所言。

注释

①勘：调查，查问。 ②蹑：追随。

闽中某夫人喜食猫，得猫则先贮石灰于罂[①]，投猫于内，而灌以沸汤。猫为灰气所蚀，毛尽脱落，不烦挦治。血尽归于脏腑，肉白莹如玉，云味胜鸡雏十倍也。日日张网设机，所捕杀无算。后夫人病危，呦呦作猫声，越十余日乃死。卢观察抝吉尝与邻居，抝吉子荫文，余婿也，尝为余言之。

因言景州一宦家子，好取猫犬之类，拗折其足，捩[②]之向后，观其孑孑跳号以为戏，所杀亦多。后生子女，皆足踵反向前。

又余家奴子王发，善鸟铳，所击无不中，日恒杀鸟数十。惟一子，名济宁州，其往济宁州时所生也。年已十一二，忽遍体生疮，如火烙痕。每一疮内有一铁子，竟不知何由而入。百药不痊，竟以绝嗣。杀业至重，信夫！

余尝怪修善果者，皆按日持斋，如奉律令，而居恒则不能戒杀。夫佛氏之持斋，岂以茹蔬啖果即为功德乎？正以茹蔬啖果即不杀生耳。今徒曰某日某日观音斋期，某日某日准提斋期，是日持斋，佛大欢喜。非是日也，烹宰溢乎庖，肥甘罗乎俎[3]，屠割惨酷，佛不问也。天下有是事理乎？且天子无故不杀牛，大夫无故不杀羊，士无故不杀犬豕，礼也。儒者遵圣贤之教，固万万无断肉理。然自宾祭以外，特杀亦万万不宜。以一脔[4]之故，遽戕[5]一命；以一羹之故，遽戕数十命或数百命。以众生无限怖苦，无限惨毒，供我一瞬之适口，与按日持斋之心，无乃稍左[6]乎！东坡先生向持此论，窃以为酌中之道，愿与修善果者一质之。

注释

①罂：大腹小口的器皿。 ②捩（liè）：扭转。 ③俎（zǔ）：切肉的砧板。 ④脔（luán）：小块的肉。 ⑤戕：杀害。⑥左：不合，违背。

“六合之外，圣人存而不论。”然六合之中，实亦有不能论者。

人之死也，如儒者之论，则魂升魄降已耳。即如佛氏之论，鬼亦收录于冥司，不能再至人世也。而世有回煞之说，庸俗术士，又有一书，能先知其日辰时刻与所去之方向，此亦诞妄之至矣。然余尝于隔院楼窗中，遥见其去。如白烟一道，出于灶突之中，冉冉向西南而没，与所推时刻方向无一差也。又尝两次手自启钥，谛视布灰之处，手迹足迹，宛然与生时无二，所亲皆能辨识之。是何说欤？

祸福有命，死生有数，虽圣贤不能与造物争。而世有蛊毒魇魅[①]之术，明载于刑律。蛊毒余未见，魇魅则数见之。为是术者，不过瞽[②]者巫者与土木之工；然实能祸福死生人，历历有验。是天地鬼神之权，任其播弄无忌也。又何说欤？其中必有理焉，但人不能知耳。

宋儒于理不可解者，皆臆断以为无是事，毋乃胶柱鼓瑟乎？李又聃先生曰：宋儒据理谈天，自谓穷造化阴阳之本。于日月五星，言之凿凿，如指诸掌。然宋历十变而愈差，自郭守敬以后，验以实测，证以交食，始知濂、洛、关、闽，于此事全然未解。即康节最通数学，亦仅以奇偶方圆，揣摩影响，实非从推步而知。故持论弥高，弥不免郢书燕说。夫七政运行，有形可据，尚不能臆断以理，况乎太极先天，求诸无形之中者哉？先圣有言："君子于不知，盖阙如也。"

注释

①魇（yǎn）魅：用邪道致人死亡。 ②瞽（gǔ）：盲人，瞎子。

女巫郝媪，村妇之狡黠者也。余幼时，于沧州吕氏姑母家见之。自言狐神附其体，言人休咎。凡人家细务，一一周知。故信之者甚众。实则布散徒党，结交婢媪，代为刺探隐事，以售其欺。

尝有孕妇，问所生男女。郝许以男，后乃生女。妇诘以神语无验，郝瞋目曰："汝本应生男。某月某日，汝母家馈饼二十，汝以其六供翁姑[①]，匿其十四自食。冥司责汝不孝，转男为女，汝尚不悟耶？"妇不知此事先为所侦，遂惶骇伏罪。其巧于缘饰皆类此。

一日，方焚香召神，忽端坐朗言曰："吾乃真狐神也。吾辈虽与人杂处，实各自服气炼形，岂肯与乡里老妪为缘，预人家琐事？此妪阴谋百出，以妖妄敛财，乃托其名于吾辈。故今日真附其体，使共知其奸。"因缕数其隐恶，且并举其徒党姓名。语讫，郝霍然如梦醒，狼狈遁去。后莫知所终。

注释

①翁姑：公婆。

侍姬之母沈媪言：高川有丐者，与母妻居一破庙中。丐夏月拾麦斗余，嘱妻磨面以供母。妻匿其好面，以粗面溲[1]秽水，作饼与母食。是夕大雷雨，黑暗中妻忽嗷然一声。丐起视之，则有巨蛇自口入，啮其心死矣，丐曳而埋之。沈媪亲见蛇尾垂其胸臆间，长二尺余云。

注释

①溲（sōu）：浸泡。

有两塾师邻村居，皆以道学自任。一日，相邀会讲，生徒侍坐者十余人。方辩论性天，剖析理欲，严词正色，如对圣贤。忽微风飒然，吹片纸落阶下，旋舞不止。生徒拾视之，则二人谋夺一寡妇田，往来密商之札也。此或神恶其伪，故巧发其奸欤？然操此术者众矣，固未尝一一败也。闻此札既露，其计不行，寡妇之田竟得保。当由茕嫠[1]苦节，感动幽冥，故示是灵异，以阴为呵护云尔。

注释

①茕嫠（qiónglí）：孤寡之人。

李孝廉存其言：蠡县有凶宅，一耆儒与数客宿其中。夜闻窗外拨剌声，耆儒叱曰："邪不干正，妖不胜德。余讲道学三十年，何畏于汝！"窗外似有女子语曰："君讲道学，闻之久矣。余虽异类，亦颇涉儒书。《大学》扼要在诚意，诚意扼要在慎独。君一言一动，必循古礼，果为修己计乎？抑犹有幾微近名者在乎？君作语录，龂龂[①]与诸儒辩，果为明道计乎？抑犹有幾微好胜者在乎？夫修己明道，天理也；近名好胜，则人欲之私也。私欲之不能克，所讲何学乎？此事不以口舌争，君扪心清夜，先自问其何如，则邪之敢干与否，妖之能胜与否，已了然自知矣。何必以声色相加乎？"耆儒汗下如雨，瑟缩不能对。徐闻窗外微哂曰："君不敢答，犹能不欺其本心。姑让君寝。"又拨剌一声，掠屋檐而去。

注释

①龂（yín）龂：争辩的样子。

某公之卒也，所积古器，寡妇孤儿不知其值，乞其友估之。友故高其价，使久不售。俟[①]其窘极，乃以贱价取之。越二载，此友亦卒，所积古器，寡妇孤儿亦不知其值。复有所契之友效其故智，取之去。或曰："天道好还，无往不复。效其智者罪宜减。"余谓此快心之谈，不可以立训也。盗有罪矣，从而盗之，可曰罪减于盗乎？

注释

①俟（sì）：等到。

屠者许方，即前所记夜逢醉鬼者也。其屠驴，先凿地为堑，置板其上，穴板四角为四孔，陷驴足其中。有买肉者，随所买多少，以壶注沸汤沃驴身，使毛脱肉熟，乃刳[①]而取之，云必如是始脆美。越一两日，肉尽乃死。当未死时，钳其口不能作声，目光怒突，炯炯如两炬，惨不可视，而许恬然不介意。后患病，遍身溃烂无完肤，形状一如所屠之驴。宛转茵褥，求死不得。哀号四五十日，乃绝。病中痛自悔责，嘱其子志学急改业。方死之后，志学乃改而屠豕，余幼时尚见之。今不闻其有子孙，意已殄[②]绝久矣。

注释

①刳（kū）：剖开。　②殄（tiǎn）：尽，绝。

边随园征君言：有入冥者，见一老儒立庑下，意甚惶遽。一冥吏似是其故人，揖与寒温毕，拱手对之笑曰："先生平日持无鬼论，不知先生今日果是何物？"诸鬼皆粲然[①]。老儒蝟缩而已。

注释

①粲然：露齿而笑的样子。

东光马大还，尝夏夜裸卧资胜寺藏经阁。觉有人曳其臂曰："起起，勿亵[①]佛经。"醒见一老人在旁，问："汝为谁？"曰："我守藏神也。"大还天性疏旷，亦不恐怖。时月明如昼，因呼坐对谈。曰："君何故守此藏？"曰："天所命也。"问：

“儒书汗牛充栋，不闻有神为之守。天其偏重佛经耶？”曰：“佛以神道设教，众生或信或不信，故守之以神。儒以人道设教，凡人皆当敬守之，亦凡人皆知敬守之，故不烦神力。非偏重佛经也。”问：“然则天视三教如一乎？”曰：“儒以修己为体，以治人为用。道以静为体，以柔为用。佛以定为体，以慈为用。其宗旨各别，不能一也。至教人为善，则无异；于物有济，亦无异；其归宿则略同。天固不能不并存也。然儒为生民立命，而操其本于身。释道皆自为之学，而以余力及于物。故以明人道者为主，明神道者则辅之，亦不能专以释道治天下。此其不一而一，一而不一者也。盖儒如五谷，一日不食则饿，数日则必死。释道如药饵，死生得失之关，喜怒哀乐之感，用以解释冤愆[②]，消除拂郁，较儒家为最捷。其祸福因果之说，用以悚动下愚，亦较儒家为易入。特中病则止，不可专服常服，致偏胜为患耳。儒者或空谈心性，与瞿昙、老聃混而为一，或排击二氏，如御寇仇，皆一隅之见也。”问：“黄冠缁徒，恣为妖妄，不力攻之，不贻[③]患于世道乎？”曰：“此论其本原耳。若其末流，岂特释道贻患，儒之贻患岂少哉？即公醉而裸眠，恐亦未必周公、孔子之礼法也。”大还愧谢。因纵谈至晓，乃别去。竟不知为何神，或曰狐也。

注释

①亵（xiè）：轻慢，不庄重。 ②愆（qiān）：罪过。③贻（yí）：留下。

百工技艺，各祠一神为祖。倡[①]族祀管仲，以女闾[②]三百也。伶人[③]祀唐玄宗，以梨园子弟也。此皆最典。胥吏祀萧何、曹参，木工祀鲁班，此犹有义。至靴工祀孙膑，铁工祀老君之类，则荒诞不可诘矣。长随所祀曰钟三郎，闭门夜奠，讳之甚深，竟不知为何神。曲阜颜介子曰："必中山狼之转音也。"先姚安公曰："是不必然，亦不必不然。郢书燕说，固未为无益。"

注释

①倡：通"娼"，妓女。 ②女闾（lǘ）：春秋时齐桓公设在宫中的淫乐场所。 ③伶人：指演员。

先叔仪庵公，有质库[①]在西城中。一小楼为狐所据，夜恒闻其语声。然不为人害，久亦相安。一夜，楼上诟谇鞭笞声甚厉，群往听之。忽闻负痛疾呼曰："楼下诸公，皆当明理，世有妇挞[②]夫者耶?"适中一人方为妇挞，面上爪痕犹未愈，众哄然一笑曰："是固有之，不足为怪。"楼上群狐亦哄然一笑，其斗遂解。闻者无不绝倒。仪庵公曰："此狐以一笑霁[③]威，犹可与为善。"

注释

①质库：当铺。 ②挞（tà）：用鞭、棍等打人。 ③霁（jì）：指怒气消除。

田村徐四，农夫也。父殁，继母生一弟，极凶悖[①]。家有田百余亩，析产时，弟以赡母为词，取其十之八，曲从之。弟又择其膏腴[②]者，亦曲从之。后弟所分荡尽，复从兄需索。乃举所分全付之，而自佃田以耕，意恬如也。一夜自邻村醉归，道经枣林，遇群鬼抛掷泥土，栗不敢行。群鬼啾啾，渐逼近。比及觌[③]面，皆悚然辟易，曰："乃是让产徐四兄。"倏化黑烟四散。

注释

①凶悖：凶恶悖逆。 ②膏腴：土地肥沃。 ③觌（dí）：相见。

白衣庵僧明玉言：昔五台一僧，夜恒梦至地狱，见种种变相。有老宿教以精意诵经，其梦弥甚，遂渐至委顿。又一老宿曰："是必汝未出家前，曾造恶业。出家后渐明因果，自知必堕地狱，生恐怖心。以恐怖心，造成诸相，故诵经弥笃，幻象弥增。夫佛法广大，容人忏悔，一切恶业，应念皆消。'放下屠刀，立地成佛。'汝不闻之乎？"是僧闻言，即对佛发愿，勇猛精进，自是宴然无梦矣。

沈观察夫妇并故，幼子寄食亲戚家，贫窭[①]无人状。其妾嫁于史太常家，闻而心恻，时阴使婢媪与以衣物。后太常知之，曰："此尚在人情天理中。"亦勿禁也。

钱塘季沧洲因言：有孀妇病卧，不能自炊，哀呼邻媪代炊，亦不能时至。忽一少女排闼[②]入，曰："吾新来邻家女也。闻姊困苦乏食，意恒不忍。今告于父母，愿为姊具食，且侍疾。"自是日来其家，凡三四月。孀妇病愈，将诣门谢其父母。女泫然曰："不敢欺，我实狐也，与郎君在日最相昵。今感念旧情，又悯姊之苦节，是以托名而来耳。"置白金数铤于床，呜咽而去。

二事颇相类。然则琵琶别抱，掉首无情，非惟不及此妾，乃并不及此狐。

注释

①窭（jù）：贫穷。　②闼（tà）：门。

吴侍读颉云言：癸丑一前辈，偶忘其姓，似是王言敷先生，忆不甚真也。尝僦居海丰寺街，宅后破屋三楹，云有鬼，不可居。然不出为祟，但偶闻音响而已。

一夕，屋中有诟谇声，伏墙隅听之，乃两妻争坐位。一称先来，一称年长，哓哓然[1]不止。前辈不觉太息曰："死尚不休耶?"再听之，遂寂。

夫妻妾同居，隐忍相安者，十或一焉；欢然相得者，千百或一焉，以尚有名分相摄也。至于两妻并立，则从来无一相得者，亦从来无一相安者。无名分以摄之，则两不相下，固其所矣，又何怪于嚣争哉！

注释

①哓哓然：吵闹的样子。

卷五

滦阳消夏录五

郑五，不知何许人。携母妻流寓河间，以木工自给。病将死，嘱其妻曰："我本无立锥地，汝又拙于女红，度老母必以冻馁死，今与汝约，有能为我养母者，汝即嫁之，我死不恨也。"妻如所约，母借以存活。或奉事稍怠，则室中有声，如碎磁折竹。一岁，棉衣未成，母泣号寒。忽大声如钟鼓，殷[①]动墙壁。如是者七八年，母死后，乃寂。

注释

①殷（yǐn）：震动。

佃户曹自立，粗识字，不能多也。偶患寒疾，昏愦中为一役引去。途遇一役，审为误拘，互诟良久，俾[①]送还。经过一处，以石为垣，周里许。其内浓烟坌涌，紫焰赫然。门额六字，巨如斗，不能尽识，但记其点画而归。据所记偏旁推之，似是"负心背德之狱"也。

注释

①俾（bǐ）：使。

世称殇子[①]为债鬼，是固有之。卢南石言：朱元亭一子病瘵，绵惙时，呻吟自语曰："是尚欠我十九金。"俄医者投以人参，煎成未饮而逝。其价恰得十九金。此近日事也。

或曰："四海之中，一日之内，殇子不知其凡几。前生逋负者，安得如许之众?"夫死生转毂，因果循环，如恒河之沙，积数不可以测算；如太空之云，变态不可以思议，是诚难拘以一格。然计其大势，则冤愆[2]纠结，生于财货者居多。老子曰："天下攘攘，皆为利往；天下熙熙，皆为利来。"人之一生，盖无不役志于是者。顾天地生财，只有此数。此得则彼失，此盈则彼亏。机械于是而生，恩仇于是而起。业缘报复，延及三生。观谋利者之多，可以知索偿者之不少矣。史迁有言："怨毒之于人，甚矣哉!"君子宁信其有，或可发人深省也。

注释

①殇子：未成年而夭亡者。 ②冤愆：冤仇罪过。

里妇新寡，狂且赂邻媪挑之。夜入其闼，阖扉将寝。忽灯光绿暗，缩小如豆。俄爆然一声，红焰四射，圆如二尺许，大如镜。中现人面，乃其故夫也。男女并嗷然[1]仆榻下。家人惊视，其事遂败。

或疑嫠妇[2]堕节者众，何以此鬼独有灵？余谓鬼有强弱，人有盛衰。此本强鬼，又值二人之衰，故能为厉耳。其他茹恨黄泉，冤缠数世者，不知凡几，非竟神随形灭也。或又疑妖物所凭，作此变怪，是或有之。然妖不自兴，因人而兴。亦幽魂怨毒之气，阴相感召，邪魅乃乘而假借之。不然，陶婴之室，何未闻黎丘之鬼哉？

注释

①嗷（jiào）然：号叫的样子。　②嫠（lí）妇：寡妇。

罗仰山通政在礼曹时，为同官所轧[1]，动辄掣肘[2]，步步如行荆棘中。性素迂滞，渐恚愤成疾。

一日，郁郁枯坐，忽梦至一山，花放水流，风日清旷。觉神思开朗，垒块[3]顿消。沿溪散步，得一茅舍。有老翁延入小坐，言论颇洽。

老翁问："何以有病容？"罗具陈所苦。老翁太息曰："此有夙因，君所未解。君七百年前为宋黄筌，某即南唐徐熙也。徐之画品，本居黄上。黄恐夺供奉之宠，巧词排抑，使沉沦困顿，衔恨以终。其后辗转轮回，未能相遇。今世业缘凑合，乃得一快其宿仇。彼之加于君者，即君之曾加于彼者也。君又何憾焉？大抵无往不复者，天之道；有施必报者，人之情。既已种因，终当结果。其气机之感，如磁之引针，不近则已，近则吸而不解。其怨毒之结，如石之含火，不触则已，触则激而立生。其终不消释，如疾病之隐伏，必有骤发之日。其终相遇合，如日月之旋转，必有交会之躔[4]。然则种种害人之术，适以自害而已矣。吾过去生中，与君有旧。因君未悟，故为述忧患之由。君与彼已结果矣，自今以往慎勿造因可也。"罗洒然有省，胜负之心顿尽。数日之内，宿疾全除。

此余十许岁时，闻霍易书先生言。或曰："是卫公延璞事，先生偶误记也。"未知其审，并附识之。

注释

①轧（yà）：排挤。　②掣肘（chèzhǒu）：拉扯别人胳膊，比喻干扰阻挠别人做事。　③垒块：心中郁积的不平之气。

④躔（chán）：日月星辰在黄道上运行。亦指其运行的轨迹。

田白岩言：康熙中，江南有征漕之案，官吏伏法者数人。数年后，有一人降乩于其友人家，自言方在冥司讼某人。友人骇曰："某公循吏，且其总督两江，在此案前十余年，何以无故讼之？"乩又书曰："此案非一日之故矣。方其初萌，褫一官，窜流一二吏，即可消患于未萌。某公博忠厚之名，养痈[①]不治，久而溃裂，吾辈遂遘[②]其难。吾辈病民蛊国，不能仇现在之执法者也。追原祸本，不某公之讼而谁讼欤？"书讫，乩遂不动。迄不知九幽之下，定谳如何。《金人铭》曰："涓涓不壅，将为江河；毫末不札，将寻斧柯[③]。"古圣人所见远矣。此鬼所言，要不为无理也。

注释

①痈（yōng）：脓疮。　②遘（gòu）：遭遇。　③斧柯：斧柄。

里有姜某者，将死，嘱其妇勿嫁。妇泣诺。后有艳妇之色者，以重价购为妾。方靓妆登车，所蓄犬忽人立怒号，两爪抱持啮妇面，裂其鼻准，并盲其一目。妇容既毁，买者委[①]之去。后亦更无觊觎[②]者。此康熙甲午、乙未间事，故老尚有目睹者。皆曰："义哉此犬，爱主人以德；智哉此犬，能攻病之本。"余谓犬断不能见及此，此其亡夫厉鬼所凭也。

注释

①委：舍弃。　②觊觎（jìyú）：渴望得到不应该得到的东西。

爱堂先生尝饮酒夜归，马忽惊逸。草树翳荟[①]，沟塍[②]凹凸，几蹶[③]者三四。俄有人自道左出，一手挽辔，一手掖之下。曰："老母昔蒙拯济，今救君断骨之厄也。"问其姓名，转瞬已失所在矣。先生自忆生平未有是事，不知鬼何以云然。佛经所谓无心布施，功德最大者欤？

注释

①翳荟（yìhuì）：草木茂盛的样子。　②沟塍（chéng）：沟渠和田埂。　③蹶：跌倒。

张福，杜林镇人也，以负贩为业。一日，与里豪争路，豪挥仆推堕石桥下。时河冰方结，觚棱如锋刃，颅骨破裂，仅奄奄存一息。里胥故嗛[①]豪，遽闻于官。官利其财，狱颇急。福阴遣母谓豪曰："君偿我命，与我何益？能为我养老母幼子，则乘我未绝，我到官言失足堕桥下。"豪诺之。福粗知字义，尚能忍痛自书状。生供凿凿，官吏无如何也。福死之后，豪竟负约。其母屡控于官，终以生供有据，不能直。豪后乘醉夜行，亦马蹶堕桥死。皆曰："是负福之报矣。"

先姚安公曰："甚哉，治狱之难也！而命案尤难。有顶凶者，甘为人代死；有贿和者，甘鬻其所亲。斯已猝不易诘矣。至于被杀之人，手书供状，云非是人之所杀。此虽皋陶听之，不能入其罪也。倘非负约不偿，致遭鬼殛[②]，则竟以财免矣。讼情万变，何所不有？司刑者可据理率断哉？"

注释

①嗛（xián）：怀恨。　②殛（jí）：杀死。

姚安公言：有孙天球者，以财为命，徒手积累至千金。虽妻子冻饿，视如陌路；亦自忍冻饿，不轻用一钱。病革时，陈所积于枕前，一一手自抚摩，曰："尔竟非我有乎！"呜咽而殁。孙未殁以前，为狐所嬲，每摄其财货去，使窘急欲死，乃于他所复得之，如是者不一。

又有刘某者，亦以财为命，亦为狐所嬲。一岁除夕，凡刘亲友之贫者，悉馈数金，讶不类其平日所为。旋闻刘床前私箧，为狐盗去二百余金，而得谢柬数十纸。

盖孙财乃辛苦所得，狐怪其悭啬[①]，特戏之而已。刘财多由机巧剥削而来，故狐竟散之。其处置亦顾得宜也。

注释

①悭啬：吝啬。

余督学闽中时，幕友钟忻湖言：其友昔在某公幕，因会勘宿古寺中。月色朦胧，见某公窗下有人影，徘徊良久，冉冉上钟楼去。心知为鬼魅，然素有胆，竟蹑[①]往寻之。至则楼门锁闭，楼上似有二人语，其一曰："君何以空返？"其一曰："此地罕有官吏至，今幸两官共宿，将俟[②]人静讼吾冤。顷窃听所言，非揣摩迎合之方，即消弭弥缝之术。是不足以办吾事，故废然返。"语毕，似有太息声。再听之，竟寂然矣。次日阴告主人，果变色摇手，戒勿多事，迄不知其何冤也。

余谓此君友有嗛于主人，故造斯言，形容其巧于趋避，为鬼揶揄耳。若就此一事而论，鬼非目睹，语未耳闻，恍惚杳冥，茫无实据，虽阎罗包老，亦不可措手，顾乃责之于某公乎？

注释

①蹑（niè）：追踪。 ②俟（sì）：等待。

平原董秋原言：海丰有僧寺，素[①]多狐，时时掷石击人。一学究借东厢三楹[②]授徒，闻有是事，自诣佛殿呵责之。数夕寂然，学究有德色。一日，东翁过谈，拱揖之顷，忽袖中一卷堕地。取视，乃秘戏图也。东翁默然去。次日，生徒不至矣。

狐未犯人，人乃犯狐，竟反为狐所中。君子之于小人，谨备之而已。无故而触其锋，鲜[③]不败也。

注释

①素：向来。 ②楹（yíng）：古代计算房屋间数的量词。③鲜（xiǎn）：少。

关帝祠中，皆塑周将军，其名则不见于史传。考元鲁贞《汉寿亭侯庙碑》已有"乘赤兔兮从周仓"语，则其来已久，其灵亦最著。里媪有刘破车者，言其夫尝醉眠关帝香案前，梦周将军蹴[①]之起，左股青痕越半月乃消。

注释

①蹴（cù）：踢。

谓鬼无轮回，则自古及今，鬼日日增，将大地不能容。谓鬼有轮回，则此死彼生，旋即易形而去，又当世间无一鬼。贩夫田妇，往往转生，似无不轮回者。荒阡废冢，往往见鬼，又似有不轮回者。

表兄安天石，尝卧疾，魂至冥府，以此问司籍之吏。吏曰："有轮回，有不轮回。轮回者三途：有福受报，有罪受报，有恩有怨者受报。不轮回者亦三途：圣贤仙佛不入轮回，无间地狱不得轮回，无罪无福之人，听其游行于墟墓，余气未尽则存，余气渐消则灭，如露珠水泡，倏有倏无；如闲花野草，自荣自落，如是者无可轮回。或有无依魂魄，附人感孕，谓之偷生。高行缁黄[①]，转世借形，谓之夺舍。是皆偶然变现，不在轮回常理之中。至于神灵下降，辅佐明时；魔怪群生，纵横杀劫。是又气数所成，不以轮回论矣。”天石固不信轮回者，病痊以后，尝举以告人曰：“据其所言，乃凿然成理。”

注释

①缁（zī）黄：指僧道。僧人黑衣，道士黄冠。

星士虞春潭，为人推算多奇中。偶薄游襄汉，与一士人同舟，论颇款洽[①]。久而怪其不眠不食，疑为仙鬼。夜中密诘之，士人曰：“我非仙非鬼，文昌司禄之神也，有事诣南岳，与君有缘，故得数日周旋耳。”虞因问之曰：“吾于命理，自谓颇深。尝推某当大贵，而竟无验。君司禄籍，当知其由。”士人曰：“是命本贵，以热中削减十之七矣。”虞曰：“仕宦热中，是亦常情，何冥谪若是之重?”士人曰：“仕宦热中，其强悍者必怙[②]权，怙权者必狠而愎[③]；其孱弱者必固位，固位者必险而深。且怙权固位，是必躁竞，躁竞相轧，是必排挤。至于排挤，则不问人之贤否，而问党之异同；不计事之可否，而计己之胜负，流弊不可胜言矣。是其恶在贪酷上，寿且削减，何止于禄乎?”虞阴记其语。越两岁余，某果卒。

注释

①款洽：亲密，亲切。　②怙（hù）：依仗。　③愎（bì）：固执任性。

张铉耳先生之族，有以狐女为妾者，别营静室居之。床帷器具，与人无异，但自有婢媪，不用张之奴隶耳。室无纤尘，惟坐久觉阴气森然。亦时闻笑语，而不睹其形。张固巨族，每姻戚宴集，多请一见，皆不许。

一日，张固强之，则曰："某家某娘子犹可，他人断不可也。"入室相晤，举止娴雅，貌似三十许人。诘以室中寒凛之故，曰："娘子自心悸耳，室固无他也。"后张诘以独见是人之故，曰："人阳类，鬼阴类，狐介于人鬼之间，然亦阳类也。故出恒以夜，白昼盛阳之时，不敢轻与人接也。某娘子阳气已衰，故吾得见。"

张惕然曰："汝日与吾寝处，吾其衰乎？"曰："此别有故。凡狐之媚人有两途，一曰蛊惑，一曰夙因[①]。蛊惑者阳为阴蚀，则病，蚀尽则死。夙因则人本有缘，气自相感，阴阳翕合，故可久而相安。然蛊惑者十之九，夙因者十之一。其蛊惑者亦必自称夙因，但以伤人不伤人知其真伪耳。"后所见之人，果不久下世。

注释

①夙因：前世因缘。

罗与贾比[①]屋而居，罗富贾贫。罗欲并贾宅，而勒其值。以售他人，罗又阴挠之。久而益窘，不得已减值售罗。罗经营改造，土木一新。落成之日，盛筵祭神。纸钱甫[②]燃，忽狂风卷起着梁上，烈焰骤发，烟煤迸散如雨落。弹指间寸椽不遗，并其旧庐爇焉。

方火起时，众手交救，罗拊膺[③]止之曰："顷火光中，吾恍惚见贾之亡父，是其怨毒之所为，救无益也。吾悔无及矣！”急呼贾子至，以腴田二十亩书券赠之。自是改行从善，竟以寿考终。

注释

①比：挨着，靠近。 ②甫：刚，才。 ③拊膺（yīng）：捶胸，表示哀痛或悲愤。

沧州樊氏扶乩，河工某官在焉。降乩者关帝也，忽大书曰：“某来前。汝具文忏悔，语多回护，对神尚尔，对人可知。夫误伤人者，过也，回护则恶矣。天道宥[①]过而殛恶，其听汝巧辩乎？”其人伏地惕息[②]，挥汗如雨。自是怏怏如有失，数月病卒，竟不知所忏悔者何事也。

注释

①宥（yòu）：宽恕，原谅。 ②惕息（tìxī）：心跳气喘，形容极其恐惧。

褚寺农家有妇姑同寝者，夜雨墙圮，泥土簌簌下，妇闻声急起，以背负墙而疾呼姑醒。姑匍匐堕炕下，妇竟压焉，其尸正当姑卧处。是真孝妇，以微贱无人闻于官，久而并佚[①]其姓氏矣。

相传妇死之后，姑哭之恸。一日，邻人告其姑曰：“夜梦汝妇冠帔来曰：‘传语我姑，无哭我。我以代死之故，今已为神矣。’”乡之父老皆曰：“吾夜所梦亦如是。”

或曰：“妇果为神，何不示梦于其姑？此乡邻欲缓其恸，造是言也。”余谓忠孝节义，殁必为神。天道昭昭，历有证验。此事可以信其有。即曰一人造言，众人附和，“天视自我民视，天听自我民听”，人心以为神，天亦必以为神矣，何必又疑其妄焉？

注释

①佚：散失。

长山聂松岩，以篆[①]刻游京师。尝馆[②]余家，言其乡有与狐友者。每宾朋宴集，招之同坐。饮食笑语，无异于人，惟闻声而不睹其形耳。或强使相见，曰：“对面不睹，何以为相交？”狐曰：“相交者，交以心，非交以貌也。夫人心叵测[③]，险于山川，机阱[④]万端，由斯隐伏。诸君不见其心，以貌相交，反以为密；于不见貌者反以为疏，不亦悖乎？”田白岩曰：“此狐之阅世深矣。”

注释

①篆（zhuàn）：刻印章，印章多用篆文。 ②馆：教学的地方。这里指设馆教学。 ③叵测：诡诈莫测。 ④机阱：设有机关的捕兽陷阱，代喻害人的圈套。

肃宁老儒王德安，康熙丙戌进士也，先姚安公从受业焉。尝夏日过友人家，爱其园亭轩爽，欲下榻于是。友人以夜有鬼物辞。

王因举所见一事曰：“江南岑生，尝借宿沧州张蝶庄家。壁张钟馗像，其高如人，前复陈一自鸣钟。岑沉醉就寝，皆未及见。夜半酒醒，月明如昼，闻机轮格格，已诧甚，忽见画像，以为奇鬼。取案上端砚仰击之，大声砰然，震动户牖。僮仆排闼入视，则墨渖[①]淋漓，头面俱黑。画前钟及玉瓶磁鼎，已碎裂矣。闻者无不绝倒。然则动云见鬼，皆人自胆怯耳，鬼究在何处耶？”语甫脱口，墙隅忽应声曰：“鬼即在此，夜当拜谒[2]，幸勿以砚见击。”王默然竟出。后尝举以告门人曰：“鬼无白昼对语理，此必狐也。吾德恐不足胜妖，是以避之。”盖终持无鬼之论也。

注释

①墨渖（shěn）：墨汁。 ②谒（yè）：拜见。

明器，古之葬礼也。后世复造纸车纸马。孟云卿《古挽歌》曰：“冥冥何所须？尽我生人意。”盖姑以缓恸云耳。然长儿汝佶病革[1]时，其女为焚一纸马，汝佶绝而复苏，曰：“吾魂出门，茫茫然不知所向。遇老仆王连升牵一马来，送我归。恨其足跛，颇颠簸不适。”焚马之奴泫然[2]曰：“是奴罪也，举火时实误折其足。”又六从舅母常氏弥留时，喃喃自语曰：“适往看新宅颇佳，但东壁损坏，可奈何？”侍疾者往视其棺，果左侧朽穿一小孔，匠与督工者尚均未觉也。

注释

①病革：病势危急。 ②泫（xuàn）然：流泪的样子。

李又聃先生言：昔有寒士下第者，焚其遗卷，牒诉于文昌祠。夜梦神语曰：“尔读书半生，尚不知穷达有命耶？”尝侍先姚安公，偶述是事。先姚安公咈然[1]曰：“又聃应举之士，传此语则可；汝辈手掌文衡[2]者，传此语则不可。聚奎堂柱有熊孝感相国题联曰：‘赫赫科条，袖里常存惟白简；明明案牍，帘前何处有朱衣？’汝未之见乎？”

注释

①咈然：同“怫然”，忿怒的样子。 ②文衡：旧指以文章取士的标准来取舍权衡，又指科举制度下的主考官。

海阳李玉典前辈言：有两生读书佛寺，夜方媟狎[①]，忽壁上现大圆镜。径丈余，光明如昼，毫发毕睹。闻檐际语曰：“佛法广大，固不汝嗔。但汝自视镜中，是何形状？”余谓幽期密约，必无人在旁，是谁见之？两生断无自言理，又何以闻之？然其事为理所宜有，固不必以子虚乌有视之。

玉典又言：有老儒设帐废圃中。一夜闻垣外吟哦声，俄又闻辩论声，又闻嚣争声，又闻诟詈声，久之遂闻殴击声。圃后旷无居人，心知为鬼。方战栗间，已斗至窗外。其一盛气大呼曰：“渠[②]评驳吾文，实为冤愤，今同就正于先生。”因朗吟数百言，句句手自击节。其一且呻吟呼痛，且微哂[③]之。老儒惕息不敢言。其一厉声曰：“先生究以为如何？”老儒嗫嚅久之，以额叩枕曰：“鸡肋不足以当尊拳。”其一大笑去。其一往来窗外，气咻咻然，至鸡鸣乃寂云。闻之胶州法黄裳。余谓此亦黄裳寓言也。

注释

①媟狎（xièxiá）：狎昵，不庄重。 ②渠：他。 ③哂（shěn）：讥笑。

天津孟生文熺，有俊才，张石粼先生最爱之。一日扫墓归，遇孟于路旁酒肆[①]。见其壁上新写一诗曰：“东风翦翦漾春衣，信步寻芳信步归。红映桃花人一笑，绿遮杨柳燕双飞。徘徊曲径怜香草，惆怅乔林挂落晖。记取今朝延伫处，酒楼西畔是柴扉。”诘其所以，讳不言。固诘之，始云适于道侧见丽女，其容绝代，故坐此冀[2]其再出。张问其处，孟手指之。张大骇曰：“是某家坟院，荒废久矣，安得有是?”同往寻之，果马鬣蓬科，杳无人迹。

注释

①酒肆：酒店。 ②冀：希望。

余在乌鲁木齐时，一日，报军校王某差运伊犁军械，其妻独处，今日过午，门不启，呼之不应，当有他故。因檄迪化同知木金泰往勘。破扉而入，则男女二人共枕卧，裸体相抱，皆剖裂其腹死。男子不知何自来，亦无识者。研[1]问邻里，茫无端绪，拟以疑狱结矣。

是夕女尸忽呻吟，守者惊视，已复生。越日能言，自供与是人幼相爱，既嫁犹私会。后随夫驻防西域，是人念之不释，复寻访而来。甫至门，即引入室，故邻里皆未觉。虑暂会终离，遂相约同死。受刃时痛极昏迷，倏如梦觉，则魂已离体。急觅是人，不知何往，惟独立沙碛中，白草黄云，四无边际。正彷徨间，为一鬼缚去。至一官府，甚见诘辱，云是虽无耻，命尚未终。叱杖一百，驱之返。杖乃铁铸，不胜楚毒，复晕绝。及渐苏，则回生矣。视其股，果杖痕重叠。驻防大臣巴公曰：“是已受冥罚，奸罪可勿重科[2]矣。”

余《乌鲁木齐杂诗》有曰：“鸳鸯毕竟不双飞，天上人间旧愿违。白草萧萧埋旅榇，一生肠断华山畿。”即咏此事也。

注释

①研：详尽。 ②科：判刑。

朱青雷言：尝与高西园散步水次，时春冰初泮[①]，净绿瀛溶。高曰："忆晚唐有'鱼鳞可怜紫，鸭毛自然碧'句，无一字言春水，而清波滑笏之状，如在目前。惜不记其姓名矣。"朱沉思未对，闻老柳后有人语曰："此初唐刘希夷诗，非晚唐也。"趋视无一人，朱悚然曰："白日见鬼矣。"高微笑曰："如此鬼，见亦大佳，但恐不肯相见耳。"对树三揖而行。归检刘诗，果有此二语。

余偶以告戴东原，东原因言：有两生烛下对谈，争《春秋》周正夏正，往复甚苦。窗外忽太息言曰："左氏周人，不容不知周正朔。二先生何必词费也？"出视窗外，惟一小僮方酣睡。

观此二事，儒者日谈考证，讲"曰若稽古"，动至十四万言。安知冥冥之中，无在旁揶揄者乎？

注释

①泮（pàn）：融解。

聂松岩言：即墨于生，骑一驴赴京师。中路憩息高岗上，系驴于树，而倚石假寐[①]。忽见驴昂首四顾，浩然叹曰："不至此地数十年，青山如故，村落已非旧径矣。"于故好奇，闻之跃然起曰："此宋处宗长鸣鸡也。日日乘之共谈，不患长途寂寞矣。"揖而与言，驴啮[②]草不应。反复开导，约与为忘形交，驴亦若勿闻。怒而痛鞭之，驴跳掷狂吼，终不能言。竟棰折一足，鬻于屠肆[③]，徒步以归。此事绝可笑，殆睡梦中误听耶？抑此驴夙生冤谴，有物凭之，以激于之怒杀耶？

注释

①寐（mèi）：睡。 ②啮：咬。 ③屠肆：屠宰场。

三叔父仪南公，有健仆毕四，善弋猎，能挽十石弓，恒捕鹑于野。凡捕鹑者必以夜，先以藁秸插地，如禾陇之状；而布网于上，以牛角作曲管，肖鹑声吹之。鹑既集，先微惊之，使渐次避入藁秸中。然后大声惊之，使群飞突起，则悉触网矣。吹管时，其声凄咽，往往误引鬼物至。故必筑团焦[①]自卫，而携兵仗以备之。

一夜，月明之下，见老叟来作礼曰："我狐也，儿孙与北村狐构衅，举族械战。彼阵擒我一女，每战必反接驱出以辱我。我亦阵擒彼一妾，如所施报焉。由此仇益结，约今夜决战于此。闻君义侠，乞助一臂力，则没齿感恩。持铁尺者彼，持刀者我也。"毕故好事，忻然随之往，翳丛薄间。两阵既交，两狐血战不解，至相抱手搏。毕审视既的，控弦一发，射北村狐踣。不虞弓劲[②]矢铦[③]，贯腹而过，并老叟洞腋殪焉。两阵各惶遽，夺尸弃俘囚而遁。毕解二狐之缚，且告之曰："传语尔族，两家胜败相当，可以解冤矣。"先是，北村每夜闻战声，自此遂寂。

此与李冰事相类，然冰战江神为捍灾御患，此狐逞其私愤，两斗不已，卒至两伤，是亦不可以已乎！

注释

①团焦：圆形草屋。 ②劲（qíng）：强，有力。 ③铦（xiān）：锋利。

姚安公在滇时，幕友言署中香橼树下，月夜有红裳女子靓妆立，见人则冉冉没土中。众议发视之。姚安公携卮酒浇树下，自祝之曰："汝见人则隐，是无意于为祟也。又何必屡现汝形，自取暴骨[①]之祸？"自是不复出。

又有书斋甚轩敞，久无人居。舅氏安公五章，时相从在滇，偶夏日裸寝其内。梦一人揖而言曰："与君虽幽明异路，然眷属居此，亦有男女之别。君奈何不以礼自处？"矍然[②]醒，遂不敢再往。

姚安公尝曰："树下之鬼可谕之以理，书斋之魅能以理谕人。此郡僻处万山中，风俗质朴，浑沌未凿，故异类亦淳良如是也。"

注释

①暴（pù）骨：暴露尸骨。　②矍然：惊惧。

余两三岁时，尝见四五小人，彩衣金钏，随余嬉戏，皆呼余为弟，意似甚相爱。稍长时，乃皆不见。后以告先姚安公，公沉思久之，爽然曰："汝前母恨无子，每令尼媪以彩丝系神庙泥孩归，置于卧内。各命以乳名，日饲果饵，与哺子无异。殁后，吾命人瘗[①]楼后空院中，必是物也。恐后来为妖，拟掘出之，然岁久已迷其处矣。"前母即张太夫人姊。

一岁忌辰，家祭后，张太夫人昼寝，梦前母以手推之曰："三妹太不经事，利刃岂可付儿戏！"愕然惊醒，则余方坐身旁，掣[②]姚安公革带佩刀出鞘矣。始知魂归受祭，确有其事。古人所以事死如生也。

注释

①瘗（yì）：埋。　②掣（chè）：拉，拽。

表叔王碧伯妻丧，术者言某日子刻回煞[①]，全家皆避出。有盗伪为煞神，逾垣[②]入。方开箧攫簪珥，适一盗又伪为煞神来。鬼声呜呜渐近，前盗皇遽避出。相遇于庭，彼此以为真煞神，皆悸[③]而失魂，对仆于地。黎明，家人哭入，突见之，大骇，谛视乃知为盗。以姜汤灌苏，即以鬼装缚送官。沿路聚观，莫不绝倒。据此一事，回煞之说当妄矣。然回煞形迹，余实屡目睹之。鬼神茫昧[④]，究不知其如何也。

注释

①回煞：也叫归煞。古代迷信认为人死后灵魂会返回，并在返回的时候有凶煞出现。 ②垣：矮墙。 ③悸：因害怕而心跳得厉害。 ④茫昧：模糊不清。

益都朱天门言：甲子夏，与数友夜集明湖侧，召妓侑觞[①]。饮方酣，妓素不识字，忽援笔书一绝句曰："一夜潇潇雨，高楼怯晓寒。桃花零落否？呼婢卷帘看。"掷于一友之前。是人观讫，遽变色仆地，妓亦仆地。顷之妓苏，而是人不苏矣。后遍问所亲，迄不知其故。

注释

①侑觞（yòushāng）：劝酒，佐助饮兴。

癸巳、甲午间，有扶乩者自正定来，不谈休咎[①]，惟作书画，颇疑其伪托。然见其为曹慕堂作着色山水长卷及醉钟馗像，笔墨皆不俗。又见赠董曲江一联曰："黄金结客心犹热，白首还乡梦更游。"亦酷肖曲江之为人。

注释

①休咎：吉凶，善恶。

佃户曹二妇悍甚，动辄诃詈[①]风雨，诟谇鬼神。乡邻里闾，一语不合，即揎袖露臂，携二捣衣杵，奋呼跳掷如虓虎。一日，乘阴雨出窃麦。忽风雷大作，巨雹如鹅卵，已中伤仆地。忽风卷一五斗栲栳[②]堕其前，顶之得不死。岂天亦畏其横欤？或曰："是虽暴戾，而善事其姑。每与人斗，姑叱之，辄弭伏[③]。姑批[④]前颊，亦跪而受。"然则遇难不死，有由矣。孔子曰："夫孝，天之经也，地之义也。"岂不然乎？

注释

①詈：厉声责骂。 ②栲栳（kǎolǎo）：用柳条编成的像斗的容器。 ③弭伏：驯服，顺服。 ④批：用手掌打。

癸亥夏，高川之北堕一龙，里人多目睹之。姚安公命驾往视，则已乘风雨去。其蜿蜒攫拿之迹，蹂躏禾稼二亩许，尚分明可见。龙，神物也，何以致堕？或曰："是行雨有误，天所谪[①]也。"

按世称龙能致雨，而宋儒谓雨为天地之气，不由于龙。余谓《礼》称"天降时雨，山川出云"，故《公羊传》谓"触石而出，肤寸而合，不崇朝而雨天下者，惟泰山之云"。是宋儒之说所本也。《易·文言·传》称"云从龙"，故董仲舒祈雨法召以土龙，此世俗之说所本也。大抵有天雨，有龙雨，油油而云，潇潇而雨者，天雨也；疾风震雷，不久而过者，龙雨也。观触犯龙潭者，立致风雨，天地之气能如是之速合乎？洗鲊答诵梵咒者，亦立致风雨，天地之气能如是之刻期乎？故必两义兼陈，其理始备。必规规然胶执[2]一说，毋乃不通其变欤！

注释

①谪（zhé）：被罚流放或贬职。　②胶执：固执；坚持。

里人王驴耕于野，倦而枕块以卧。忽见肩舆[1]从西来，仆马甚众。舆中坐者，先叔父仪南公也。怪公方卧疾，何以出行？急近前起居。公与语良久，乃向东北去。归而闻公已逝矣。计所见仆马，正符所焚纸器之数。仆人沈崇贵之妻，亲闻驴言之。后月余，驴亦病卒。知白昼遇鬼，终为衰气矣。

注释

①肩舆：轿子。

余第三女，许婚戈仙舟太仆子。年十岁，以庚戌夏至卒。先一日，病已革，时余以执事在方泽。女忽自语曰："今日初八，吾当明日辰刻去，犹及见吾父也。"问何以知之，瞑目不言。余初九日礼成归邸，果及见其卒。卒时壁挂洋钟恰琤然[1]鸣八声，是亦异矣。

注释

①琤（chēng）然：声音清脆的样子。

膳夫杨义，粗知文字。随姚安公在滇时，忽梦二鬼持朱票来拘，标名曰杨叉。义争曰："我名杨义，不是杨叉，尔定误拘。"二鬼皆曰："义字上尚有一点，是省笔义字。"义又争曰："从未见义字如此写，当仍是义字误滴一墨点。"二鬼不能强而去。同寝者闻其呓语，殊甚了了[1]。

俄姚安公终养[2]归，义随至平彝，又梦二鬼持票来，乃明明楷书杨义字。义仍不服曰："我已北归，当属直隶城隍。尔云南城隍，何得拘我？"喧诟良久，同寝者呼之乃醒。自云二鬼甚愤，似必不相舍。次日，行至滇南胜境坊下，果马蹶堕地卒。

注释

①了了：清楚。 ②终养：奉养年老父母，以终天年。

余在乌鲁木齐，畜数犬。辛卯赐环东归，一黑犬曰四儿，恋恋随行，挥之不去，竟同至京师。途中守行箧甚严，非余至前，虽僮仆不能取一物。稍近，辄人立怒啮。

一日，过辟展七达坂，达坂译言山岭，凡七重，曲折陡峻，称为天险。车四辆，半在岭北，半在岭南，日已曛[①]黑，不能全度。犬乃独卧岭巅，左右望而护视之，见人影辄驰视。余为赋诗二首曰："归路无烦汝寄书，风餐露宿且随予。夜深奴子酣眠后，为守东行数辆车。""空山日日忍饥行，冰雪崎岖百廿程。我已无官何所恋，可怜汝亦太痴生。"纪其实也。

至京岁余，一夕，中毒死。或曰："奴辈病其司夜严，故以计杀之，而托词于盗。"想当然矣。

余收葬其骨，欲为起冢，题曰"义犬四儿墓"。而琢石像出塞四奴之形，跪其墓前，各镌姓名于胸臆，曰赵长明，曰于禄，曰刘成功，曰齐来旺。或曰："以此四奴置犬旁，恐犬不屑。"余乃止。仅题额诸奴所居室，曰"师犬堂"而已。

初，翟孝廉赠余此犬时，先一夕，梦故仆宋遇叩首曰："念主人从军万里，今来服役。"次日得是犬，了然知为遇转生也。然遇在时阴险狡黠，为诸仆魁，何以作犬反忠荩[②]？岂自知以恶业堕落，悔而从善欤？亦可谓善补过矣。

注释

①曛（xūn）：昏暗。 ②荩（jìn）：通“进”，引申为忠诚。

狐能化形，故狐之通灵者，可往来于一隙之中，然特自化其形耳。宋蒙泉言：其家一仆妇为狐所媚，夜辄褫[1]衣无寸缕，自窗棂舁出，置于廊下，共相戏狎。其夫露刃追之，则门键不可启。或掩扉以待，亦自能坚闭，仅于窗内怒詈而已。一日，阴藏鸟铳，将隔窗击之，临期觅铳不可得。次日，乃见在钱柜中。铳长近五尺，而柜口仅尺余，不知何以得入？是并能化他形矣。宋儒动言格物，如此之类，又岂可以理推乎？

姚安公尝言：狐居墟墓，而幻化室庐，人视之如真，不知狐自视如何？狐具毛革，而幻化粉黛，人视之如真，不知狐自视又如何？不知此狐所幻化，彼狐视之更当如何？此真无从而推究也。

注释

①褫（chǐ）：脱下。

乌鲁木齐把总蔡良栋言：此地初定时，尝巡瞭至南山深处。乌鲁木齐在天山北，故呼曰南山。日色薄暮，似见隔涧有人影。疑为玛哈沁，额鲁特语谓劫盗曰玛哈沁，营伍中袭其故名。伏丛莽中密侦之。见一人戎装坐磐石上，数卒侍立，貌皆狰狞。其语稍远不可辨。惟见指挥一卒，自石洞中呼六女子出，并姣丽白皙，所衣皆缯彩。各反缚其手，觳觫[1]俯首跪。以次引至坐者前，褫下裳伏地，鞭之流血。号呼凄惨，声彻林谷。鞭讫，径去。六女战栗跪送，望不见影，乃呜咽归洞。

其地一射可及，而涧深崖陡，无路可通。乃使弓力强者，攒射对崖一树，有两矢着树上，用以为识。明日，迂回数十里寻至其处，则洞口尘封。秉炬而入，曲折约深四丈许，绝无行迹。不知昨所遇者何神，其所鞭者又何物。生平所见奇事，此为第一。

考《太平广记》，载老僧见天人追捕飞天野叉事，野叉正是一好女。蔡所见似亦其类欤？

注释

①觳觫（húsù）：恐惧战栗的样子。

六畜充庖，常理也，然杀之过当，则为恶业。非所应杀之人而杀之，亦能报冤。乌鲁木齐把总茹大业言：吉木萨游击遣奴入山寻雪莲，迷不得归。一夜梦奴浴血来曰："在某山遇玛哈沁，为脔[1]食，残骸犹在桥南第几松树下，乞往迹之。"游击遣军校寻至树下，果血污狼藉，然视之皆羊骨。盖圉[2]卒共盗一官羊，杀于是也。犹疑奴或死他所。越两日，奴得遇猎者引归。始知羊假奴之魂，以发圉卒之罪耳。

注释

①脔（luán）：切成小块的肉。 ②圉（yǔ）：养马的人。

李媪，青县人。乾隆丁巳、戊午间，在余家司爨[1]，言其乡有农家，居邻古墓。所畜二牛，时登墓蹂践。夜梦有人呵责之，乡愚粗戆，置弗省。俄而家中怪大作，夜见二物，其巨如牛，蹴踏跳掷，院中盎瓮皆破碎。如是数夕，至移碌碡于房上，砰然滚落，火焰飞腾，击捣衣砧为数段。农家恨甚，乃多借鸟铳，待其至，合手击之，两怪并应声踣[2]。农家大喜，急秉火出视，乃所畜二牛也。自是怪不复作，家亦渐落。凭其牛以为妖，俾自杀之，可谓巧于播弄矣。要亦乘其犷悍之气，故得以假手也。

注释

①爨（cuàn）：灶。 ②踣（bó）：跌倒。

献县城东双塔村，有两老僧共一庵。一夕，有两老道士叩门借宿。僧初不允，道士曰："释道虽两教，出家则一。师何所见之不广？"僧乃留之。次日至晚，门不启，呼亦不应。邻人越墙入视，则四人皆不见，而僧房一物不失，道士行囊中藏数十金，亦具在。皆大骇，以闻于官。

邑令粟公千钟来验，一牧童言村南十余里外，枯井中似有死人。驰往视之，则四尸重叠在焉，然皆无伤。粟公曰："一物不失，则非盗；年皆衰老，则非奸；邂逅留宿，则非仇；身无寸伤，则非杀。四人何以同死？四尸何以并移？门扃不启，何以能出？距井窎[①]远，何以能至？事出情理之外。吾能鞫人，不能鞫鬼。人无可鞫，惟当以疑案结耳。"径申上官。上官亦无可驳诘，竟从所议。

应山明公晟，健令也。尝曰："吾至献即闻是案，思之数年，不能解。遇此等事，当以不解解之。一作聪明，则决裂百出矣。人言粟公愦[②]愦，吾正服其愦愦也。"

注释

①窎（diào）：远。 ②愦愦（kuì）：昏庸，糊涂。

《左传》言："深山大泽，实生龙蛇。"小奴玉保，乌鲁木齐流人子也，初隶特纳格尔军屯。尝入谷追亡羊，见大蛇巨如柱，盘于高岗之顶，向日晒鳞。周身五色烂然，如堆锦绣。顶一角，长尺许。有群雉飞过，张口吸之，相距四五丈，皆翩然而落，如矢投壶。心知羊为所吞矣，乘其未见，循涧逃归，恐怖几失魂魄。

军吏邬图麟因言：此蛇至毒，而其角能解毒，即所谓吸毒石也。见此蛇者，携雄黄数斤，于上风烧之，即委顿[①]不能动。取其角，锯为块，痈疽[②]初起时，以一块著疮顶，即如磁吸铁，相粘不可脱。待毒气吸出，乃自落。置人乳中，浸出其毒，仍可再用。毒轻者乳变绿，稍重者亦青暗，极重者变黑紫。乳变黑紫者，吸四五次乃可尽，余一二次愈矣。余记从兄懋园家有吸毒石，治痈疽颇验，其质非木非石，至是乃知为蛇角矣。

注释

①委顿：疲乏。 ②痈疽（yōngjū）：毒疮。

正乙真人能作催生符，人家多有之。此非祷雨驱妖，何与真人事？殊不可解。

或曰："道书载有二鬼，一曰语忘，一曰敬遗，能使人难产。知其名而书之纸，则去。符或制此二鬼欤？"夫四海内外，登产蓐者，殆恒河沙数，其天下只此语忘、敬遗二鬼耶？抑一处各有二鬼，一家各有二鬼，其名皆曰语忘、敬遗也？如天下止此二鬼，将周游奔走而为厉，鬼何其劳？如一处各有二鬼，一家各有二鬼，则生育之时少，不生育之时多，扰扰千百亿万鬼，无所事事，静待人生育而为厉，鬼又何其冗闲无用乎？

或曰："难产之故多端，语忘、敬遗其一也。不能必其为语忘、敬遗，亦不能必其非语忘、敬遗，故召将试勘[①]焉。是亦一解矣。第以万一或然之事，而日日召将试勘，将至而有鬼，将驱之矣；将至而非鬼，将且空返，不渎[②]神矣乎？即神不嫌渎，而一符一将，是炼无数之将，使待幽王之烽火。上帝且以真人一符，增置一神，如诸符共一将，则此将虽千手千目，亦疲于奔命。上帝且以真人诸符，特设以无量化身之神，供捕风捉影之役矣。能乎不能？

然赵鹿泉前辈有一符，传自明代，曰高行真人精炼刚气之所画也。试之，其验如响。鹿泉非妄语者，是则吾无以测之矣。

注释

①勘（kān）：调查，查问。 ②渎（dú）：轻慢，亵渎。

俗传张真人厮役皆鬼神。尝与客对谈，司茶者雷神也。客不敬，归而震霆随之，几不免。此《齐东语》也。忆一日与余同陪祀，将入而遗其朝珠，向余借。余戏曰："雷部鬼律令行最疾，何不遣取？"真人为辴然[①]。然余在福州使院时，老仆魏成夜夜为祟扰。一夜乘醉怒叱曰："吾主素与天师善，明日寄一札往，雷部立至矣。"应声而寂。然则狐鬼亦习闻是语也。

注释

①辴（chǎn）然：笑的样子。

奴子王廷佐，夜自沧州乘马归。至常家砖河，马忽辟易[①]。黑暗中见大树阻去路，素所未有也。勒马旁过，此树四面旋转，当其前。盘绕数刻，马渐疲，人亦渐疲。俄所识木工国姓、韩姓从东来，见廷佐痴立，怪之。廷佐指以告，时二人已醉，齐呼曰："佛殿少一梁，正觅大树。今幸而得此，不可失也。"各持斧锯奔赴之，树倏化旋风去。《阴符经》曰："禽之制在气。"木妖畏匠人，正如狐怪畏猎户，积威所劫，其气焰足以慑伏之，不必其力之相胜也。

注释

①辟易（bìyì）：退走。

宁津苏子庾言：丁卯夏，张氏姑妇同刈[①]麦。甫收拾成聚，有大旋风从西来，吹之四散。妇怒，以镰掷之，洒血数滴渍地上。方共检寻所失，妇倚树忽似昏醉，魂为人缚至一神祠。神怒叱曰："悍妇乃敢伤我吏，速受杖！"妇性素刚，抗声曰："贫家种麦数亩，资以活命。烈日中妇姑辛苦，刈甫毕，乃为怪风吹散，谓是邪祟，故以镰掷之，不虞[②]伤大王使者。且使者来往，自有官路，何以横经民田，败人麦？以此受杖，实所不甘！"神俯首曰："其词直，可遣去。"妇苏而旋风复至，仍卷其麦为一处。

说是事时，吴桥王仁趾曰："此不知为何神，不曲庇其私昵，谓之正直可矣。先听肤受之诉，使妇几受刑，谓之聪明则未也。"景州戈荔田曰："妇诉其冤，神即能鉴，是亦聪明矣。倘诉者哀哀[③]，听者愦愦，君更谓之何？"子庾曰："仁趾责人无已时，荔田言是。"

注释

①刈（yì）：割。 ②虞：预料。 ③哀哀：悲伤的样子。

四川藩司张公宝南，先祖母从弟也。其太夫人喜鳖。一日，庖人得巨鳖，甫断其首，有小人长四五寸，自颈突出，绕鳖而走。庖人大骇仆地，众救之苏[①]，小人已不知所往。及剖鳖，乃仍在鳖腹中，已死矣。先祖母曾取视之。先母时尚幼，亦在旁目睹。装饰如《职贡图》中回回状，帽黄色，褶蓝色，带红色，靴黑色，皆纹理分明如绘。面目手足，亦皆如刻画。

馆师岑生识之，曰："此名鳖宝。生得之，剖臂纳[2]肉中，则啖[3]人血以生。人臂有此宝，则地中金银珠玉之类，隔土皆可见。血尽而死，子孙又剖臂纳之，可以世世富。"庖人闻之大懊悔，每一念及，辄自批其颊。外祖母曹太夫人曰："据岑师所云，是以命博财也。人肯以命博财，则其计多矣，何必剖臂养鳖？"庖人终不悟，竟自恨而卒。

注释

①苏：苏醒。②纳：收进。③啖（dàn）：吃。

孤树上人，不知何许人，亦不知其名。明崇祯末，居景城破寺中。先高祖厚斋公，尝赠以诗。一夜灯下诵经，窗外窸窣有声，似人来往。呵问为谁，朗应曰："身是野狐，为听经来此。"问："某刹法筵最盛，何不往听？"曰："渠是有人处诵经，师是无人处诵经也。"后为厚斋公述之，厚斋公曰："师以此语告我，亦是有人处诵经矣。"孤树怃然[1]者久之。

注释

①怃（wǔ）然：失望的样子。

李太白梦笔生花，特睡乡幻景耳。福建陆路提督马公负书，性耽[1]翰墨[2]，稍暇即临池。一日，所用巨笔悬架上，忽吐焰，光长数尺，自毫端倒注于地，复逆卷而上，蓬蓬然逾刻乃敛，署中弁卒皆见之。马公画为小照，余尝为题诗。然马公竟卒于官，则亦妖而非瑞[3]矣。

注释

①耽：沉溺，爱好而沉浸其中。 ②翰墨：笔和墨，借指文章书画等。 ③瑞：吉兆。

史少司马抑堂，相国文靖公次子也。家居时忽无故眩瞀[①]，觉魂出门外，有人掖之登肩舆。行数里矣，复有肩舆自后追至，疾呼且住。视之，则文靖公也。抑堂下舆叩谒，文靖公语之曰："尔尚有子孙未出世，此时讵[②]可前往？"挥舁者送归，霍然而醒。时年七十四。次年举一子，越两年又举一子，果如文靖公之言。此抑堂七十八岁时至京师，亲为余言。

注释

①瞀（mào）：眼花。 ②讵（jù）：岂，怎。

卷六

滦阳消夏录六

乌什回部将叛时，城西有高阜，云其始祖墓也。每日将暮，辄见巨人立墓上，面阔逾一尺，翘首向东，若有所望。叛党殄[①]灭后，乃不复见。或曰："是知劫运将临，待收其子孙之魂也。"或曰："东望者，示其子孙，有兵自东来，早为备也。"或曰："回部为西域，向东者，面内也，示其子孙不可叛也。"是皆不可知。其为乌什将灭之妖孽，则无疑也。

注释

①殄（tiǎn）：尽，绝。

宏恩寺僧明心言：上天竺有老僧，尝入冥。见狰狞鬼卒，驱数千人在一大公廨[①]外，皆褫衣反缚。有官南面坐，吏执簿唱名[②]，一一选择精粗，揣量肥瘠，若屠肆之鬻羊豕。

意大怪之。见一吏去官稍远，是旧檀越[③]，因合掌问讯："是悉何人？"吏曰："诸天魔众，皆以人为粮。如来运大神力，摄伏魔王，皈依五戒。而部族繁伙，叛服不常，皆曰自无始以来，魔众食人，如人食谷。佛能断人食谷，我即不食人。如是哓哓，即彼魔王亦不能制。佛以孽海洪波，沉沦不返，无间地狱[④]，已不能容。乃牒[⑤]下阎罗，欲移此狱囚，充彼噉噬。

彼腹得果，可免荼毒生灵。十王共议，以民命所关，无如守令，造福最易，造祸亦深。惟是种种冤愆，多非自作；冥司业镜，罪有攸归。其最为民害者，一曰吏，一曰役，一曰官之亲属，一曰官之仆隶。是四种人，无官之责，有官之权。官或自顾考成，彼则惟知牟利。依草附木，怙势作威，足使人敲髓洒膏，吞声泣血。四大洲内，惟此四种恶业至多。是以清我泥犁，供其汤鼎。以白皙者、柔脆者、膏腴者充魔王食，以粗材充众魔食。故先为差别，然后发遣。其间业稍轻者，一经脔割烹炮，即化为乌有。业重者，抛余残骨，吹以业风，还其本形，再供刀俎，自二三度至千百度不一。业最重者，乃至一日化形数度，刲刖燔[⑥]炙，无已时也。”僧额手曰：“诚不如削发出尘，可无此虑。”吏曰：“不然，其权可以害人，其力即可以济人。灵山会上，原有宰官。即此四种人，亦未尝无逍遥莲界者也。”语讫忽寤。

僧有侄在一县令署，急驰书促归，劝使改业。此事即僧告其侄，而明心在寺得闻之。虽语颇荒诞，似出寓言，然神设教，使人知畏，亦警世之苦心，未可绳以妄语戒也。

注释

①公廨（xiè）：官署。 ②唱名：高声点名。 ③檀越：施主。 ④无间地狱：佛教语，即阿鼻地狱。 ⑤牒：文书。 ⑥燔（fán）：烧。

沧州瞽者刘君瑞，尝以弦索来往余家。言其偶有林姓者，一日薄暮，有人登门来唤曰：“某官舟泊河干，闻汝善弹词，邀往一试，当有厚赉[①]。”即促抱琵琶，牵其竹杖导之往。约四五里，至舟畔。寒温[②]毕，闻主人指挥曰：“舟中炎热，坐岸上奏技，吾倚窗听之可也。”林利其赏，竭力弹唱。约略近三鼓，指痛喉干，求滴水不可得。侧耳听之，四围男女杂坐，笑语喧嚣，觉不似仕宦家，又觉不似在水次，辍弦欲起。众怒曰：“何物盲贼，敢不听使令！”众手交捶，痛不可忍，乃哀乞再奏。久之，闻人声渐散，犹不敢息。

忽闻耳畔呼曰：“林先生何故日尚未出，坐乱冢间演技，取树下早凉耶？”矍然惊问，乃其邻人早起贩鬻过此也。知为鬼弄，狼狈而归。林姓素多心计，号曰“林鬼”。闻者咸笑曰：“今日鬼遇鬼矣。”

注释

①赉（lài）：赐予，给予。 ②寒温：问候。

先姚安公曰：里有白以忠者，偶买得役鬼符咒一册，冀借此演搬运法，或可谋生，乃依书置诸法物。月明之夜，作道士装，至墟墓间试之，据案对书诵咒，果闻四面啾啾声。俄暴风突起，卷其书落草间，为一鬼跃出攫去。众鬼哗然并出，曰：“尔恃符咒拘遣我，今符咒已失，不畏尔矣。”聚而攒击[①]，以忠踉跄奔逃，背后瓦砾如骤雨，仅得至家。是夜疟疾大作，困卧月余，疑亦鬼为祟也。

一日，诉于姚安公，且惭且愤。姚安公曰：“幸哉！尔术不成，不过成一笑柄耳。倘不幸术成，安知不以术贾祸[②]？此尔福也，尔又何尤焉？”

注释

①攒（cuán）击：围攻。 ②贾（gǔ）祸：自招祸患。

从侄虞惇所居宅，本村南旧圃也。未筑宅时，四面无居人。一夕，灌圃者田大卧井旁小室，闻墙外诟争声，疑为村人，隔墙问曰："尔等为谁？夜深无故来扰我。"其一呼曰："一事求大哥公论。不知何处客鬼，强入我家调我妇，天下有是理耶？"其一呼曰："我自携钱赴闻家庙，此妇见我嬉笑，邀我入室。此人突入夺我钱，天下又有是理耶？"田知是鬼，噤[①]不敢应。二鬼并曰："此处不能了此事，当诉诸土地耳。"喧喧然向东北去。

田次日至土地祠问庙祝，乃寂无所闻，皆疑田妄语。临清李名儒曰："是不足怪，想此妇和解之矣。"众为粲然[②]。

注释

①噤（jìn）：闭口不说。 ②粲（càn）然：露齿而笑的样子。

乾隆己未，余与东光李云举、霍养仲同读书生云精舍。一夕，偶论鬼神，云举以为有，养仲以为无。

正辩诘间，云举之仆卒然曰："世间原有奇事，傥[①]奴不身经，虽奴亦不信也。尝过城隍祠前丛冢间，失足踏破一棺。夜梦城隍拘去，云有人诉我毁其室。心知是破棺事，与之辩曰：'汝室自不合当路，非我侵汝。'鬼又辩曰：'路自上我屋，非我屋故当路也。'城隍微笑顾我曰：'人人行此路，不能责汝。人人踏之不破，何汝踏破？亦不能竟释汝，当偿之以冥镪[②]。'既而曰：'鬼不能自葺棺，汝覆以片板，筑土其上可也。'次日如神教，仍焚冥镪，有旋风卷其灰去。一夜复过其地，闻有人呼我坐。心知为曩鬼，疾驰归。其鬼大笑，音磔磔如枭鸟。迄今思之，尚毛发悚立也。"

养仲谓云举曰："汝仆助汝，吾一口不胜两口矣。然吾终不能以人所见为我所见。”云举曰：“使君鞫狱，将事事目睹而后信乎？抑以取证众口乎？事事目睹无此理，取证众口，不以人所见为我所见乎？君何以处焉？”相与一笑而罢。

注释

①傥：同“倘”。 ②冥镪（míngqiǎng）：烧给死人用的纸钱。

莆田林教授清标言：郑成功据台湾时，有粤东异僧泛海至。技击绝伦，袒臂端坐，斫以刃，如中铁石。又兼通壬遁风角。与论兵，亦娓娓有条理。成功方招延豪杰，甚敬礼之。稍久，渐骄蹇[①]。成功不能堪，且疑为间谍，欲杀之，而惧不克。

其大将刘国轩曰：“必欲除之，事在我。”乃诣僧款洽，忽请曰：“师是佛地位人，但不知遇摩登伽还受摄否？”僧曰：“参寥和尚久心似沾泥絮矣。”刘因戏曰：“欲以刘王大体双一验道力，使众弥信心可乎？”乃选娈童倡女姣丽善淫者十许人，布茵施枕，恣为媟狎于其侧。柔情曼态，极天下之妖惑。僧谈笑自若，似无见闻，久忽闭目不视。国轩拔剑一挥，首已欻然[②]落矣。国轩曰：“此术非有鬼神，特炼气自固耳。心定则气聚，心一动则气散矣。此僧心初不动，故敢纵观。至闭目不窥，知其已动而强制，故刃一下而不能御也。”

所论颇入微。但不知椎埋恶少，何以能见及此？其纵横鲸窟十余年，盖亦非偶矣。

注释

①蹇（jiǎn）：傲慢。 ②欻（xū）然：忽然。

牛公悔庵，尝与五公山人散步城南，因坐树下谈《易》。

忽闻背后语曰："二君所论，乃术家《易》，非儒家《易》也。"怪其适自何来，曰："已先坐此，二君未见耳。"问其姓名，曰："江南崔寅。今日宿城外旅舍，天尚未暮，偶散闷闲行。"山人爱其文雅，因与接膝，究[1]术家儒家之说。崔曰："圣人作《易》，言人事也，非言天道也；为众人言也，非为圣人言也。圣人从心不逾矩，本无疑惑，何待于占？惟众人昧于事幾，每两歧罔决，故圣人以阴阳之消长，示人事之进退，俾知趋避而已，此儒家之本旨也。顾万物万事，不出阴阳，后人推而广之，各明一义。杨简、王宗传阐发心学，此禅家之《易》，源出王弼者也。陈抟、邵康节推论先天，此道家之《易》，源出魏伯阳者也。术家之《易》，衍于管、郭，源于焦、京，即二君所言是矣。《易》道广大，无所不包，见智见仁，理原一贯。后人忘其本始，反以旁义为正宗。是圣人作《易》，但为一二上智设，非千万世垂教之书，千万人共喻之理矣。经者常也，言常道也；经者径也，言人所共由也。曾是六经之首，而诡秘其说，使人不可解乎？"

二人喜其词致，谈至月上未已。诘其行踪，多世外语。二人谢曰："先生其儒而隐者乎？"崔微哂曰："果为隐者，方韬光晦迹之不暇，安得知名？果为儒者，方反躬克己之不暇，安得讲学？世所称儒称隐，皆胶胶扰扰者也，吾方恶此而逃之。先生休矣，毋污吾耳。"剨[2]然长啸，木叶乱飞，已失所在矣。方知所见非人也。

注释

①究：探求。 ②剨（huò）：象声词。

南皮许南金先生，最有胆。在僧寺读书，与一友共榻。夜半，见北壁燃双炬，谛视，乃一人面出壁中，大如箕，双炬其目光也。友股栗欲死。先生披衣徐起曰："正欲读书，苦烛尽，君来甚善。"乃携一册背之坐，诵声琅琅。未数页，目光渐隐。拊壁呼之，不出矣。

又一夕如厕，一小童持烛随，此面突自地涌出，对之而笑。童掷烛仆地，先生即拾置怪顶，曰："烛正无台，君来又甚善。"怪仰视不动。先生曰："君何处不可往，乃在此间？海上有逐臭之夫，君其是乎？不可辜君来意。"即以秽纸拭其口。怪大呕吐，狂吼数声，灭烛而没，自是不复见。

先生尝曰："鬼魅皆真有之，亦时或见之，惟检点[①]生平，无不可对鬼魅者，则此心自不动耳。"

注释

①检点：注意约束（自己的言语行为）。

戴东原言：明季有宋某者，卜葬地，至歙县深山中，日薄暮，风雨欲来，见岩下有洞，投之暂避。闻洞内人语曰："此中有鬼，君勿入。"问："汝何以入？"曰："身即鬼也。"宋请一见，曰："与君相见，则阴阳气战，君必寒热小不安。不如君爇火自卫，遥作隔座谈也。"宋问："君必有墓，何以居此？"曰："吾神宗时为县令，恶仕宦者货利相攘[①]，进取相轧[②]，乃弃职归田。殁而祈于阎罗，勿轮回人世。遂以来生禄秩[③]，改注阴官。不虞幽冥之中，相攘相轧，亦复如此，又弃职归墓。墓居群鬼之间，往来嚣杂，不胜其烦，不得已避居于此。虽凄风苦雨，萧索难堪，较诸宦海风波，世途机阱，则如生忉利天[④]矣。寂历空山，都忘甲子[⑤]。与鬼相隔者，不知几年；与人相隔者，更不知几年。自喜解脱万缘，冥心造化，不意又通人迹，明朝当即移居。武陵渔人，勿再访桃花源也。”语讫不复酬对。问其姓名，亦不答。宋携有笔砚，因濡墨大书“鬼隐”两字于洞口而归。

注释

①攘：侵夺。 ②轧：排挤。 ③禄秩：禄位。 ④忉(dāo)利天：佛教用语，三十三天，即一般所说的天堂。 ⑤甲子：岁月，光阴。

阳曲王近光言：冀宁道赵公孙英有两幕友，一姓乔，一姓车，合雇一骡轿回籍。赵公戏以其姓作对曰：“乔、车二幕友，各乘半轿而行。”恰皆轿之半字也。时署中召仙，即举以请对。乩判曰：“此是实人实事，非可强凑而成。”越半载，又召仙，乩忽判曰：“前对吾已得之矣。卢、马两书生，共引[1]一驴而走。”又判曰：“四日后，辰巳之间，往南门外候之。”至期遣役侦视，果有卢、马两生，以一驴负[2]新科墨卷，赴会城出售。赵公笑曰：“巧则诚巧，然两生之受侮深矣。”此所谓箭在弦上，不得不发，虽仙人亦忍俊不禁也。

注释

①引：拉。 ②负：驮，背。

先祖有庄，曰厂里，今分属从弟东白家。闻未析箸[1]时，场中一柴垛，有年矣，云狐居其中，人不敢犯。偶佃户某醉卧其侧，同辈戒勿触仙家怒。某不听，反肆詈。忽闻人语曰：“汝醉，吾不较，且归家睡可也。”次日，诣园守瓜，其妇担饭来馌，遥望团焦[2]中，一红衫女子与夫坐，见妇惊起，仓卒逾垣去。妇故妒悍，以为夫有外遇也，愤不可忍，遽以担痛击。

某百口不能自明，大受捶楚。妇手倦稍息，犹喃喃毒詈。忽闻树杪大笑声，方知狐戏报之也。

注释

①析箸：分家。箸，筷子。 ②团焦：圆形的草屋。

吴惠叔言：其乡有巨室，惟一子，婴[1]疾甚剧。叶天士诊之，曰："脉现鬼证，非药石所能疗也。"乃请上方山道士建醮[2]。至半夜，阴风飒然，坛上烛光俱暗碧。道士横剑瞑目，若有所睹。既而拂衣竟出，曰："妖魅为厉，吾法能祛。至夙世冤愆，虽有解释之法，其肯否解释，仍在本人。若伦纪所关，事干天律，虽缘章拜奏，亦不能上达神霄。此祟乃汝父遗一幼弟，汝兄遗二孤侄，汝蚕食鲸吞，几无余沥[3]。又茕茕[4]孩稚，视若路人。至饥饱寒温，无可告语；疾痛疴[5]痒，任其呼号。汝父茹痛九泉，诉于地府。冥官给牒，俾取汝子以偿冤。吾虽有术，只能为人驱鬼，不能为子驱父也。"果其子不久即逝。后终无子，竟以侄为嗣。

注释

①婴：缠绕。 ②醮（jiào）：道士设坛念经文法事。 ③余沥：点滴利益。 ④茕（qióng）茕：孤独。 ⑤疴（kē）：病。

护持寺在河间东四十里。有农夫于某，家小康。一夕，于外出。劫盗数人从屋檐跃下，挥巨斧破扉，声丁丁然。家惟妇女弱小，伏枕战栗，听所为而已。忽所畜二牛怒吼跃入，奋角与盗斗。挺[1]刃交下，斗愈力。盗竟受伤，狼狈去。

盖乾隆癸亥，河间大饥，畜牛者不能刍秣[2]，多鬻于屠市。是二牛至屠者门，哀鸣伏地，不肯前。于见而心恻，解衣质钱赎之，忍冻而归。

牛之效死固宜，惟盗在内室，牛在外厩，牛何以知有警？且牛非矫捷之物，外扉坚闭，何以能一跃逾墙？此必有使之者矣，非鬼神之为而谁为之？

此乙丑冬在河间岁试，刘东堂为余言。东堂即护持寺人，云亲见二牛，各身被数刃也。

注释

①挺：拔出。 ②刍秣：喂草料。

芝称瑞草，然亦不必定为瑞。静海元中丞在甘肃时，署中生九芝，因以自号，然不久即罢官。舅氏安公五占，停柩在室，忽柩上生一芝。自是子孙式微[①]。今已无龆龀[②]。盖祸福将萌，气机先动，非常之兆，理不虚来。第为休为咎，则不能预测耳。先兄晴湖则曰："人知兆发于鬼神，而人事应之，不知实兆发于人事，而鬼神应之，亦未始不可预测也。"

注释

①式微：衰落。 ②龆龀（tiáochèn）：龆通"髫"，孩童。

大学士伍公弥泰言：向在西藏，见悬崖无路处，石上有天生梵字大悲咒。字字分明，非人力所能，亦非人迹所到。当时曾举其山名，梵音难记，今忘之矣。公一生无妄语[①]。知确非虚构。天地之大，无所不有。宋儒每于理所无者，即断其必无，不知无所不有，即理也。

注释

①妄语：假话。

喇嘛有二种：一曰黄教，一曰红教，各以其衣别之也。黄教讲道德，明因果，与禅家派别而源同。红教则惟工幻术。

理藩院尚书留公保住言：驻西藏时，曾忤一红教喇嘛，或言登山时必相报。公使肩舆鸣驺先行，而阴乘马随其后。至半山，果一马跃起压肩舆上，碎为齑粉[①]。此留公自言之。

曩[②]从军乌鲁木齐时，有失马者，一红教喇嘛取小木橙咒良久，橙忽反覆折转，如翻桔槔。使失马者随行，至一山谷，其马在焉。此余亲睹之。

考西域吞刀吞火之幻人，自前汉已有。此盖其相传遗术，非佛氏本法也。故黄教谓红教曰魔。或曰："是即波罗门，佛经所谓邪师外道者也。"似为近之。

注释

①齑（jī）粉：粉末。 ②曩（nǎng）：从前。

巴里坤、辟展、乌鲁木齐诸山，皆多狐，然未闻有祟人者。惟根克忒有小儿夜捕狐，为一黑影所扑，堕崖伤足，皆曰狐为妖。此或胆怯目眩，非狐为妖也。大抵自突厥、回鹘以来，即以弋[①]猎为事。今日则投荒者、屯戍者、开垦者、出塞觅食者，搜岩剔穴，采捕尤多。狐恒见伤夷，不能老寿，故不能久而为魅欤？抑僻在荒徼[②]，人已不知导引炼形术，故狐亦不知欤？此可见风俗必有所开，不开则不习。人情沿于所习，不习则不能。道家化性起伪之说，要不为无见。姚安公谓滇南僻郡，鬼亦淳良，即此理也。

注释

①弋（yì）：射。 ②徼（jiào）：边界。

副都统刘公鉴言：曩在伊犁，有善扶乩者，其神自称唐燕国公张说。与人唱和诗文，录之成帙[①]。性嗜饮，每降坛，必焚纸钱而奠以大白。不知龙沙葱雪之间，燕公何故而至是？刘公诵其数章，词皆浅陋。殆打油、钉铰之流，客死冰天，游魂不返，托名以求食欤？

注释

①帙（zhì）：书画的封套，这里指一套书。

里人张某，深险[①]诡谲[②]，虽至亲骨肉，不能得其一实语。而口舌巧捷，多为所欺，人号曰"秃项马"。马秃项为无鬃，鬃踪同音，言其恍惚闪烁，无踪可觅也。

一日，与其父夜行迷路，隔陇[③]见数人团坐，呼问当何向。数人皆应曰："向北。"因陷深淖中，又遥呼问之，皆应曰："转东。"乃几至灭顶，蹩躠[④]泥涂，困不能出。闻数人拊掌[⑤]笑曰："秃项马，尔今知妄语之误人否？"近在耳畔，而不睹其形。方知为鬼所绐也。

注释

①深险：深沉，阴险。 ②诡谲：诡诈，狡黠。 ③陇：同"垄"，土埂。 ④蹩躠（biéxiè）：跛行的样子。 ⑤拊掌：拍手。

妖由人兴，往往有焉。李云举言：一人胆至怯，一人欲戏之，其奴手黑如墨，使藏于室中，密约曰："我与某坐月下，我惊呼有鬼，尔即从窗隙伸一手。"届期呼之，突一手探出，其大如箕，五指挺然如舂杵[①]。宾主俱惊，仆众哗曰："奴其真鬼耶？"秉烛炬持仗入，则奴昏卧于壁角。救之苏，言暗中似有物以气嘘我，我即迷闷。

族叔楘庵言：二人同读书佛寺，一人灯下作缢鬼状，立于前，见是人惊怖欲绝，急呼："是我，尔勿畏。"是人曰："固知是尔，尔背后何物也？"回顾乃一真缢鬼。

盖机械一萌，鬼遂以机械之心从而应之。斯亦可为螳螂、黄雀之喻矣。

注释

①舂杵：一种古代乐器，用于调节音乐的节拍。

余八九岁时，在从舅实斋安公家，闻苏丈东皋言：交河某令，蚀官帑[①]数千，使其奴赍还。奴半途以黄河覆舟报，而阴遣其重台[②]携归。重台又窃以北上，行至兖州，为盗所劫杀。

从舅咋舌曰："可畏哉！此非人之所为，而鬼神之所为也。夫鬼神岂必白昼现形，左悬业镜，右持冥籍，指挥众生，轮回六道，而后见善恶之报哉？此足当森罗铁榜矣。"苏丈曰："令不窃资，何至为奴干没？奴不干没，何至为重台效尤？重台不效尤，何至为盗屠掠？此仍人之所为，非鬼神之所为也。如公所言，是令当受报，故遣奴窃资。奴当受报，故遣重台效尤。重台当受报，故遣盗屠掠。鬼神既遣之报，人又从而报之，不已颠乎？"从舅曰："此公无碍之辩才，非正理也。然存公之说，亦足于相随波靡之中，劝人以自立。"

注释

①帑（tǎng）：钱财。②重台：奴婢的奴婢。

刘乙斋廷尉为御史时，尝租西河沿一宅。每夜有数人击柝，声琅琅彻晓。其转更攒点，一一与谯鼓相应。视之则无形，聒耳至不得片刻睡。乙斋故强项[①]，乃自撰一文，指陈其罪，大书粘壁以驱之。是夕遂寂。乙斋自诧不减昌黎之驱鳄也。余谓："君文章道德似尚未敌昌黎，然性刚气盛，平生尚不作暧昧事，故敢悍然不畏鬼。又拮据迁此宅，力竭不能再徙。计无复之，惟有与鬼以死相持。此在君为困兽犹斗，在鬼为穷寇勿追耳。君不记《太平广记》载周书记与鬼争宅，鬼惮其木强而去乎？"乙斋笑击余背曰："魏收轻薄哉！然君知我者。"

注释

①强项：刚强不屈。

余督学福建时，署中有"笔捧楼"，以左右挟两浮图也。使者居下层，其上层则复壁曲折，非正午不甚睹物。旧为山魈所据，虽不睹独足反踵之状，而夜每闻声。偶忆杜工部"山精白日藏"句，悟鬼魅皆避明而就晦[①]，当由曲房幽隐，故此辈潜踪。因尽撤墙垣，使四面明窗洞启，三山翠霭，宛在目前。题额曰"浮青阁"，题联曰"地迥不遮双眼阔，窗虚只许万峰窥"。自此山魈迁于署东南隅会经堂。堂故久废，既于人无害，亦听其匿迹，不为已甚矣。

注释

①晦（huì）：昏暗。

徐公景熹官福建盐道时，署中箧笥每火自内发，而扃钥如故。又一夕，窃剪其侍姬发，为祟殊甚。既而徐公罢归，未及行而卒。山鬼能知一岁事，故乘其将去肆侮也。徐公盛时，销声匿迹，衰气一至，无故侵陵[①]。此邪魅所以为邪魅欤！

注释

①侵陵：侵犯，欺凌。

余乡青苗被野时，每夜田陇间有物，不辨头足，倒掷而行，筑地登登如杵声。农家习见不怪，谓之青苗神。云常为田家驱鬼，此神出，则诸鬼各归其所，不敢散游于野矣。此神不载于古书，然确非邪魅。从兄懋园尝于李家洼见之，月下谛视，形如一布囊；每一翻折，则一头着地，行颇迟重[①]云。

注释

①迟重：迟钝，不敏捷。

先祖宠予公，原配陈太夫人，早卒。继配张太夫人，于归日，独坐室中，见少妇揭帘入，径坐床畔，着玄帔黄衫，淡绿裙，举止有大家风。新妇不便通寒温，意谓是群从娣姒或姑姊妹耳。其人絮絮言家务得失，婢媪善恶，皆委曲周至。久之，仆妇捧茶入，乃径出。后阅数日，怪家中无是人。细诘其衣饰，即陈太夫人敛时服也。死生相妒，见于载籍者多矣。陈太夫人已掩黄垆[①]，犹虑新人未谙料理，现身指示，无间幽明，此何等居心乎？今子孙登科第、历仕宦者，皆陈太夫人所出也。

注释

①黄垆：坟墓。

伯高祖爱堂公，明季有声黉序[①]间。刻意郑、孔之学，无间冬夏，读书恒至夜半。一夕，梦到一公廨[②]，榜额曰“文仪”。班内十许人治案牍，一一恍惚如旧识，见公皆讶曰：

"君尚迟七年乃当归，今犹早也。"霍然惊寤。自知不永，乃日与方外游。偶遇道士，论颇洽，留与共饮。道士别后，途遇奴子胡门德，曰："顷一书忘付汝主，汝可携归。"公视之，皆驱神役鬼符咒也。闭户肄习，尽通其术，时时用为戏剧，以逍遣岁月。

越七年，至崇祯丁丑，果病卒。卒半日复苏，曰："我以亵用五雷法，获阴谴。冥司追还此书，可急焚之。"焚讫复卒。半日又苏曰："冥司查检，阙三页，饬归取。"视灰中，果三页未烬。重焚之，乃卒。

此事姚安公附载家谱中。公闻之先曾祖，曾祖闻之先高祖，高祖即手焚是书者也。孰谓竟无鬼神乎？

注释

①黉（hóng）序：古代的学校。 ②廨（xiè）：官署。

余族所居，曰景城，宋故县也，城址尚依稀可辨。或偶于昧爽时遥望烟雾中，现一城影，楼堞宛然，类乎蜃气[①]。此事他书多载之，然莫明其理。

余谓凡有形者，必有精气。土之厚处，即地之精气所聚处，如人之有魂魄也。此城周回数里，其形巨矣。自汉至宋千余年，为精气所聚已久，如人之取多用宏，其魂魄独强矣。故其形虽化，而精气之盘结者，非一日之所蓄，即非一日所能散。偶然现象，仍作城形，正如人死鬼存，鬼仍作人形耳。然古城郭不尽现形，现形者又不常见，其故何欤？人之死也，或有鬼，或无鬼；鬼之存也，或见，或不见，亦如是而已矣。

注释

①蜃（shèn）气：即海市蜃楼。古人误认为是蜃吐气而成。

南宫鲍敬之先生言：其乡有陈生，读书神祠。夏夜袒裼[1]睡庑下，梦神召至座前，诃责甚厉。陈辩曰："殿上先有贩夫数人睡，某避于庑下，何反获愆？"神曰："贩夫则可，汝则不可。彼蠢蠢如鹿豕，何足与较？汝读书而不知礼乎？"

盖《春秋》责备贤者，理如是矣。故君子之于世也，可随俗者随，不必苟异；不可随俗者不随，亦不苟同。世于违礼之事，动曰某某曾为之。夫不论事之是非，但论事之有无，自古以来，何事不曾有人为之，可一一据以借口乎？

注释

①袒裼（tǎnxī）：脱去上衣，露出身体一部分。

渔洋山人记张巡妾转世索命事，余不谓然。其言曰："君为忠臣，我则何罪，而杀以飨士？"夫孤城将破，巡已决志捐生。巡当殉国，妾不当殉主乎？古来忠臣仗节，覆宗族糜妻子者，不知凡几。使人人索命，天地间无纲常矣。使容其索命，天地间亦无神理矣。王经之母含笑受刃，彼何人乎？此或妖鬼为祟，托一古事求祭飨，未可知也。或明季诸臣，顾惜身家，偷生视息，造作是言以自解，亦未可知也。儒者著书，当存风化，虽《齐谐》志怪，亦不当收悖理之言。

族叔粲庵言：景城之南，恒于日欲出时见一物，御旋风东驰。不见其身，惟昂首高丈余，长鬣[1]鬖鬖[2]，不知何怪。或曰："冯道墓前石马，岁久为妖也。"考道所居，今曰相国庄。

其妻家，今曰夫人庄。皆与景城相近。故先高祖诗曰："青史空留字数行，书生终是让侯王。刘光伯墓无寻处，相国夫人各有庄。"其墓则县志已不能确指。北村之南，有地曰石人洼。残缺翁仲，犹有存者。土人指为道墓，意或有所传欤？

董空如尝乘醉夜行，便旋其侧。倏阴风横卷，沙砾乱飞，似隐隐有怒声。空如叱曰："长乐老顽钝无耻，七八百年后岂尚有神灵？此定邪鬼依托耳。敢再披猖[3]，且日日来溺汝。"语讫而风止。

注释

①鬣（liè）：鬃毛。 ②鬖（sān）鬖：蓬松散乱。 ③披猖：猖狂。

南村董天士，不知其名，明末诸生，先高祖老友也。《花王阁剩稿》中，有《哭天士》诗四首曰："事事知心自古难，平生二老对相看。飞来遗札惊投箸，哭到荒村欲盖棺。残稿未收新画册，原注：天士以画自给。余资惟卖破儒冠。布衾两幅无妨敛，在日黔娄不畏寒。""五岳填胸气不平，谈锋一触便纵横。不逢黄祖真天幸，曾怪嵇康太世情。开牖有时邀月入，杖藜到处避人行。料应尘海无堪语，且试骖鸾向紫清。""百结悬鹑两鬓霜，自餐冰雪润空肠。一生惟得秋冬气，到死不知罗绮香。原注：天士不娶。寒贯村醪才破戒，老栖僧舍是还乡。只今一瞑无余事，未要青蝇作吊忙。""廿年相约谢风尘，天地无情殒此人。乱世逃禅聊解脱，衰年哭友倍酸辛。关河泱漭连兵气，齿发沧浪寄病身。泉下有灵应念我，白杨孤冢亦伤神。"天士之生平，可以想见。县志不为立传，盖未见先高祖诗也。

相传天士殁后，有人见其骑驴上泰山，呼之不应。俄为老树所遮，遂不见。意或尸解登仙欤？抑貌偶似欤？迹其孤僻之性，似于仙为近也。

先高祖集有《快哉行》一篇，曰：“一笑天地惊，此乐古未有。平生不解饮，满引亦一斗。老革昔媚珰，正士皆碎首。宁知时势移，人事反覆手。当年金谷花，今日章台柳。巧哉造物心，此罚胜枷杻。酒酣谈旧事，因果信非偶。淋漓挥醉墨，神鬼运吾肘。姓名讳不书，聊以存忠厚。时皇帝十载，太岁在丁丑。恢台仲夏月，其日二十九。同观者六人，题者河间叟。”盖为许显纯诸姬流落青楼作也。

初，诸姬隶乐籍时，有以死自誓者。夜梦显纯浴血来曰：“我死不蔽辜[①]，故天以汝等示身后之罚。汝若不从，吾罪益重。”诸姬每举以告客，故有“因果信非偶”句云。

注释

①蔽辜：抵罪。

先四叔父栗甫公，一日往河城探友。见一骑飞驰向东北，突挂柳枝而堕。众趋视之，气绝矣。

食顷，一妇号泣来，曰：“姑病无药饵，步行一昼夜，向母家借得衣饰数事，不料为骑马贼所夺。”众引视堕马者，时已复苏。妇呼曰：“正是人也。”其袱掷于道旁，问袱中衣饰之数，堕马者不能答。妇所言，启视一一合。堕马者乃伏罪。众以白昼劫夺，罪当缳首[①]，将执送官。堕马者叩首乞命，愿以怀中数十金，予妇自赎。妇以姑病危急，亦不愿涉讼庭[②]，乃取其金而纵之去。

叔父曰：“果报之速，无速于此事者矣。每一念及，觉在在处处有鬼神。"

注释

①缳（huán）首：绞刑。 ②讼庭：讼堂。

齐舜庭，前所记剧盗[1]齐大之族也。最剽悍，能以绳系刀柄，掷伤人于两三丈外，其党号之曰"飞刀"。其邻曰张七，舜庭故奴视之，强售其住屋广马厩。且使其党恐之曰："不速迁，祸立至矣！"张不得已，携妻女仓皇出，莫知所适。乃诣神祠祷曰："小人不幸为剧盗逼，穷迫无路。敬植杖神前，视所向而往。"杖仆向东北。乃迤逦行乞至天津，以女嫁灶丁，助之晒盐，粗能自给。

三四载后，舜庭劫饷事发，官兵围捕，黑夜乘风雨脱免。念其党有在商舶者，将投之泛海去。昼伏夜行，窃瓜果为粮，幸无觉者。一夕，饥渴交迫，遥望一灯荧然[2]，试叩门。一少妇凝视久之，忽呼曰："齐舜庭在此！"盖追缉之牒，已急递至天津，立赏格募捕矣。众丁闻声毕集，舜庭手无寸刃，乃弭首[3]就擒。少妇即张七之女也。使不迫逐七至是，则舜庭已变服，人无识者，地距海口仅数里，竟扬帆去矣。

注释

①剧盗：势力强大的贼寇。 ②荧然：光亮微弱的样子。③弭首：俯首。

王兰洲尝于舟次买一童，年十三四，甚秀雅，亦粗知字义。云父殁，家中落，与母兄投亲不遇，附舟南还，行李典卖尽，故鬻身为道路费。与之语，羞涩如新妇，固已怪之。比就寝，竟弛服横陈。王本买供使令，无他念，然宛转相就，亦意不自持。已而童伏枕暗泣，问："汝不愿乎？"曰："不愿。"问："不愿何以先就我？"曰："吾父在时，所畜小奴数人，无不荐枕席。有初来愧拒者，辄加鞭笞曰：'思买汝何为？愦愦[①]乃尔！'知奴事主人，分当如是，不如是则当捶楚[②]，故不敢不自献也。"

王蹶然推枕曰："可畏哉！"急呼舟人鼓楫，一夜追及其母兄，以童还之，且赠以五十金。意不自安，复于悯忠寺礼佛忏悔。梦伽蓝语曰："汝作过改过在顷刻间，冥司尚未注籍，可无庸渎世尊也。"

注释

①愦愦：昏庸；糊涂。 ②捶楚：杖击，鞭打。

戈东长前辈官翰林时，其太翁傅斋先生市上买一惨绿袍。一日镢[①]户出，归失其钥。恐误遗于床上，隔窗视之，乃见此袍挺然如人立，闻惊呼声乃仆。众议焚之。刘啸谷前辈时同寓，曰："此必亡人衣，魂附之耳。鬼为阴气，见阳光则散。"置烈日中反复曝数日，再置室中，密觇[②]之，不复为祟矣。

又东长头早童，恒以假发续辫。将罢官时，假发忽舒展蜿蜒，如蛇掉尾。不久即归田。是亦亡人之发，感衰气而变幻也。

注释

①镢（jué）：锁。 ②觇（chān）：观察。

德清徐编修开厚，亦壬戌前辈。初入馆时，每夜读书，则宅后空屋中有读书声，与琅琅相答。细听所诵，亦馆阁律赋也，启户则无睹。一夕，蹑足屏息窥之，见一少年，着青半臂蓝绫衫，携一卷背月坐，摇首吟哦，若有余味，殊不似为祟者。后亦无休咎[1]。唐小说载天狐超异科，策二道，皆四言韵语，文颇古奥。或此狐亦应举者欤？此戈东长前辈说。戈，徐同年进士也。

注释

①休咎：吉与凶，善与恶。

乌鲁木齐八蜡祠道士，年八十余。一夕，以钱七千布荐下，卧其上而死。众议以是钱营葬。夜见梦于工房吏邬玉麟曰："我守官庙，棺应官给。钱我辛苦所积，乞纳棺中，俟来生我自取。"玉麟悯而从之。葬讫，太息曰："以钱贮棺，埋于旷野，是以璠玙敛也，必暴骨。"余曰："以钱买棺，尚能见梦，发棺攘夺，其为厉必矣。谁能为七千钱以性命与鬼争？必无恙。"众皆辴[1]然，然玉麟正论也。

注释

①辴（chǎn）：笑貌。

辛卯春，余自乌鲁木齐归。至巴里坤，老仆咸宁据鞍睡，大雾中与众相失。误循野马蹄迹，入乱山中，迷不得出，自分必死。偶见岩下伏尸，盖流人逃窜冻死者。背束布橐[1]，有糇[2]粮，宁藉以疗饥。因拜祝曰："我埋君骨，君有灵，其导我马行。"乃移尸岩窦[3]中，运乱石坚窒，惘惘然信马行。越十余里，忽得路出山，则哈密境矣。哈密游击徐君，在乌鲁木齐旧相识，因投其署以待余。余迟两日始至，相见如隔世。此不知鬼果有灵，导之以出？或神以一念之善，佑之使出？抑偶然侥幸而得出？徐君曰："吾宁归功于鬼神，为掩胔[4]埋骼者劝也。”

注释

①橐（tuó）：口袋。 ②糇（hóu）：干粮。 ③窦：洞。④胔（zì）：尸体。

董曲江前辈言：顾侠君刻《元诗选》成，家有五六岁童子，忽举手外指曰：“有衣冠者数百人，望门跪拜。”嗟乎，鬼尚好名哉！余谓剔抉[①]幽沉，搜罗放佚，以表章之力，发冥漠之光，其衔感九泉，固理所宜有。至于交通[②]声气，号召生徒，祸枣灾梨，递相神圣，不但有明末造标榜多诬，即月泉吟社诸人，亦病未离乎客气矣。盖植党者多私，争名者相轧。即盖棺以后，论定犹难，况乎文酒流连，唱予和汝之日哉？《昭明文选》以何逊见存，遂不登一字。古人之所见远矣。

注释

①剔抉（tījué）：挑选。 ②交通：结交。

余次女适长山袁氏，所居曰焦家桥。今岁归宁，言距所居二三里许，有农家女归宁，其父送之还夫家。中途入墓林便旋，良久乃出。父怪其形神稍异，听其语音亦不同，心窃有疑，然无以发也。至家后，其夫私告父母曰：“新妇相安久矣，今见之心悸，何也？”父母斥其妄，强使归寝。所居与父母隔一墙，夜忽闻颠扑膈膈[①]声。惊起窃听，乃闻子大号呼。家众破扉入，见一物如黑驴冲人出，火光爆射，一跃而逝。视其子，惟余残血。天曙，往觅其妇，竟不可得，疑亦为所啖矣。

此与《太平广记》所载罗刹鬼事全相似，殆亦是鬼欤？观此知佛典不全诬。小说稗官，亦不全出虚构。

注释

①腷膈（bìgé）：象声词。

河间一妇，性佚荡。然貌至陋，日靓妆倚门，人无顾者。后其夫随高叶飞官天长，甚见委任，豪夺巧取，岁以多金寄归。妇借其财，以招诱少年，门遂如市。迨[①]叶飞获遣，其夫遁归，则囊箧[②]全空，器物斥卖亦略尽，惟存一丑妇，淫疮遍体而已，人谓其不拥厚资，此妇万无堕节理。岂非天道哉？

注释

①迨（dài）：等到。 ②囊箧（qiè）：袋子与箱子。

伯祖湛元公、从伯君章公、从兄旭升，三世皆以心悸不寐卒。旭升子汝允，亦患是疾。一日治宅，匠睨楼角而笑曰："此中有物。"破之则甃[①]砖如小龛，一故灯檠[②]在焉。云此物能使人不寐，当时圬者之魇术也。汝允自是遂愈。丁未春，从侄汝伦为余言之。此何理哉？然观此一物藏壁中，即能操主人之生死，则宅有吉凶，其说当信矣。

注释

①甃（zhòu）：砖。 ②檠（qíng）：灯架，烛台。

戴户曹临，以工书供奉内廷。尝梦至冥司，遇一吏，故友也，留与谈。偶揭[①]其簿，正见己名。名下朱笔草书，似一犀字。吏夺而掩之，意似薄怒，问之亦不答。忽惶遽而醒，莫测其故。偶告裘文达公，文达沉思曰："此殆阴曹简便之籍，如部院之略节[②]。户中二字，连写颇似犀字。君其终于户部郎中乎？"后竟如文达之言。

注释

①揭：打开。 ②略节：简要的书面报告。

东光霍易书先生，雍正甲辰举于乡。留滞京师，未有所就。祈梦吕仙祠中，梦神示以诗曰："六瓣梅花插满头，谁人肯向死前休？君看矫矫雲中鹤，飞上三台阅九秋。"至雍正五年，初定帽顶之制，其铜盘六瓣如梅花，始悟首句之意。窃谓仙鹤为一品服，三台为宰相位，此句既验，末二句亦必验矣。后于中书舍人官至奉天府尹，坐谴谪军台，其地曰葵苏图，实第三台也。官牒省笔，皆书哉臺为台，适符诗语。果九载乃归。在塞外日，自署别号曰"雲中鹤"，用诗中语也。

后为姚安公述之，姚安公曰："霍字上为雲字头，下为鹤字之半，正隐君姓，亦非泛语。"先生喟然曰："岂但是哉！早年气盛，锐于进取，自谓卿相可立致，卒致颠蹶[1]。职是之由，第二句神戒我矣。惜是时未思也。"

注释

①颠蹶（jué）：跌倒，倒下。

古以龟卜，孔子系《易》，极言蓍德，而龟渐废。《火珠林》始以钱代蓍，然犹烦六掷，《灵棋经》始一掷成卦，然犹烦排列。至神祠之签，则一掣而得，更简易矣。

神祠率[1]有签，而莫灵于关帝，关帝之签，莫灵于正阳门侧之祠。盖一岁中，自元旦至除夕，一日中，自昧爽至黄昏，摇筒者恒琅琅然。一筒不给，置数筒焉。杂遝[2]纷纭，倏忽万状。非惟无暇于检核，亦并不容于思议。虽千手千目，亦不能遍应也。然所得之签，皆验如面语，是何故欤？

其最奇者，乾隆壬申乡试，一南士于三月朔日斋沐以祷，乞示试题，得一签曰："阴里相看怪尔曹，舟中敌国笑中刀。藩篱剖破浑无事，一种天生惜羽毛。"是科《孟子》题为"曹交问曰：'人皆可以为尧舜'至'汤九尺'"，应首句也。《论语》题为"夫子莞尔而笑曰：'割鸡焉用牛刀'"，应第二句也。《中庸》题为"故天之生物，必因其材而笃焉"，应第四句也。是真不可测矣。

注释

①率：一律，一概。 ②杂遝（tà）：众多杂乱的样子。

孙虚船先生言：其友尝患寒疾，昏愦中觉魂气飞越，随风飘荡。至一官署，谛视门内皆鬼神，知为冥府。见有人自侧门入，试随之行，无呵禁者。又随众坐庑下，亦无诘问者。窃睨[1]堂上，讼者如织。冥王左检籍，右执笔，有一两言决者，有数十言数百言乃决者，与人世刑曹[2]无少异。琅珰引下，皆帖伏无后言。

忽见前辈某公盛服入，冥王延坐。问讼何事，则诉门生故吏之辜恩，所举凡数十人，意颇恨恨。冥王颜色似不谓然，俟其语竟，拱手曰："此辈奔竞排挤，机械万端。天道昭昭，终罹[3]冥谪[4]。然神殛之则可，公责之则不可。种桃李者得其实，种蒺藜者得其刺，公不闻乎？公所赏鉴，大抵附势之流。势去之后，乃责之以道义，是凿冰而求火也。公则左矣，何暇尤人！"某公怃[5]然久之，逡巡竟退。

友故与相识，欲近前问讯。忽闻背后叱叱声，一回顾间，悚然已醒。

注释

①睨：斜着眼睛看。 ②刑曹：管刑事的官署或属官。③罹（lí）：遭受。 ④冥谪（zhé）：阴间的惩罚。 ⑤怃（wǔ）：怅然失意的样子。

董文恪公老仆王某，性谦谨，善应门[①]，数十年未忤一人，所谓王和尚者是也。言尝随文恪公宿博将军废园，月夜据石纳凉。遥见一人仓皇隐避，一人邀遮而止之，捉其臂共坐树下，曰："以为汝生天久矣，乃在此相遇耶！"因先述相交之契厚[②]，次责任事之负心，曰："某事乘我急需，故难其词以勒我，中饱几何。某事欺我不谙[③]，虚张其数以给我，干没[④]又几何。"如是数十事，每一事一批其颊，怒气坌[⑤]涌，似欲相吞噬。

俄一老叟自草间出，曰："渠今已堕饿鬼道，君何必相凌？且负债必还，又何必太遽？"其一人弥怒曰："既已饿鬼，何从还债？"老叟曰："业有满时，则债有还日。冥司定律：凡称贷子母之钱，来生有禄则偿，无禄则免，为其限于力也。若胁取诱取之财，虽历万劫，亦须填补。其或无禄可抵，则为六畜以偿；或一世不足抵，则分数世以偿。今夕董公所食之豚，非其干仆某之十一世身耶？"其一人怒似略平，乃释手各散。

老叟，意其土神也。所言干仆，王某犹及见之，果最有心计云。

注释

①应门：照看门户。 ②契厚：交往密切，感情深厚。③谙（ān）：熟悉，精通。 ④干没：侵吞别人的财物。⑤坌（bèn）：涌出。

福建曹藩司绳柱言：一岁司道会议臬署，上食未毕。一仆携一小儿过堂下，小儿惊怖不前，曰："有无数奇鬼，皆身长丈余，肩承梁柱。"众闻号叫，方出问，则承尘上落土簌簌，声如撒豆。急跃而出，已栋摧[①]仆地矣。咸额手谓鬼神护持也。

湖广定制府长，时为巡抚，闻话是事，喟然曰："既在在处处有鬼神护持，自必在在处处有鬼神鉴察。"

注释

①摧：坠毁；毁坏。

卷七

如是我闻一

曩撰《滦阳消夏录》，属草未定，遽为书肆所窃刊，非所愿也。然博雅君子，或不以为纰缪，且有以新事续告者。因补缀旧闻，又成四卷。欧阳公曰："物尝聚于所好。"岂不信哉！缘是知一有偏嗜，必有浸淫而不自已者。天下事往往如斯，亦可以深长思也。辛亥七月二十一日题。

太原折生遇兰言：其乡有扶乩者，降坛大书一诗曰："一代英雄付逝波，壮怀空握鲁阳戈。庙堂有策军书急，天地无情战骨多。故垒春滋新草木，游魂夜览旧山河。陈涛十郡良家子，杜老酸吟意若何？"署名曰"柿园败将"。皆悚然知为白谷孙公也。柿园之役，败于中旨之促战，罪不在公。诗乃以房琯车战自比，引为己过。正人君子之用心，视王化贞辈偾辕[①]误国，犹百计卸责于人者，真三光之于九泉矣。

大同杜生宜滋，亦录有此诗。"空握"作"辜负"，"春滋"作"春添"，"意若何"作"竟若何"，凡四字不同。盖传写偶异，大旨[②]则无殊也。

注释

①偾辕（fènyuán）：覆车，比喻覆败。 ②大旨：主要的含义。

许南金先生言：康熙乙未，过阜城之漫河。夏雨泥泞，马疲不进，息路旁树下，坐而假寐。恍惚见女子拜言曰："妾黄保宁妻汤氏也，在此为强暴所逼，以死捍拒，卒被数刃而死。官虽捕贼骈诛，然以妾已被污，竟不旌[①]表。冥官哀其贞烈，俾居此地，为横死诸魂长，今四十余年矣。夫异乡丐妇，踽踽[②]独行，猝遇三健男子，执缚于树，肆其淫毒，除骂贼求死，别无他术。其啮齿受玷，由力不敌，非节之不固也。司谳[③]者苛责不已，不亦冤乎？公状貌似儒者，当必明理，乞为白之。"梦中欲询其里居，霍然已醒。后问阜城士大夫，无知其事者。问诸老吏，亦不得其案牍。盖当时不以为烈妇，湮没久矣。

注释

①旌（jīng）：表扬。 ②踽（jǔ）踽：形容独自走路孤零零的样子。 ③谳（yàn）：案件。

京师某观，故有狐。道士建醮，醵[①]多金。蒇[②]事后，与其徒在神座灯前，会计出入，尚阙[③]数金。师谓徒干没，徒谓师误算。盘珠格格，至三鼓未休。

忽梁上语曰："新秋凉爽，我倦欲眠，汝何必在此相聒？此数金，非汝欲买媚药，置怀中过后巷刘二姐家，二姐索金指环，汝乘醉探付彼耶？何竟忘也？"徒转面掩口，道士乃默然敛簿也。

剃工魏福，时寓观内，亲闻之。言其声咿咿呦呦，如小儿女云。

注释

①醵（jù）：凑钱，集资。 ②蒇（chǎn）：完成，解决。③阙（quē）：缺少，欠缺。

旱魃[①]为虐，见《云汉》之诗，是事出经典矣。《山海经》实以女魃，似因诗语而附会。然据其所言，特一妖神耳。近世所云旱魃，则皆僵尸。掘而焚之，亦往往致雨。夫雨为天地之䜣合，一僵尸之气焰，竟能弥塞乾坤，使隔绝不通乎？雨亦有龙所作者，一僵尸之技俩，竟能驱逐神物，使畏避不前乎？是何说以解之？

又狐避雷劫，自宋以来，见于杂说者不一。夫狐无罪欤，雷霆克期而击之，是淫刑也，天道不如是也。狐有罪欤，何时不可以诛？而必限以某日某刻，使先知早避，即一时暂免，又何时不可以诛？乃过此一时，竟不复追理。是佚罚也，天道亦不如是也。是又何说以解之？

偶阅近人《夜谈丛录》，见所载焚旱魃一事，狐避劫二事，因记所疑，俟格物穷理者详之。

注释

①旱魃（bá）：传说中造成旱灾的鬼怪。

虎坊桥西一宅，南皮张公子畏故居也，今刘云房副宪居之。中有一井，子午二时汲则甘，余时则否，其理莫明。或曰："阴起午中，阳生子半，与地气应也。"然元气昆仑，充满大地，何他井不与地气应，此井独应乎？

西士最讲格物学，《职方外纪》载其地有水，一日十二潮，与晷漏不差秒忽。有欲穷其理者，构[1]庐水侧，昼夜测之，迄不能喻[2]，至恚[3]而自沉。此井抑亦是类耳。

注释

①构：建造。 ②喻：明白。 ③恚（huì）：恼怒。

张读《宣室志》曰：俗传人死数日，当有禽自柩中出，曰煞。太和中，有郑生者，网得一巨鸟，色苍，高五尺余，忽无所见。访里中民讯之，有对者曰："里中有人死，且数日。卜者言今日煞当去，其家伺而视之，有巨鸟色苍，自柩中出。君所获果是乎？"此即今所谓煞神也。

徐铉《稽神录》曰：彭虎子少壮，有膂力[1]，尝谓无鬼神。母死，俗巫诫之曰："某日殃煞当还，重有所杀，宜出避之。"合家细弱，悉出逃隐，虎子独留不去。夜中有人推门入，虎子皇遽无计，先有一瓮，便入其中，以板盖头。觉母在板上，有人问："板下无人耶？"母曰："无。"此即今所谓回煞也。

俗云殇子未生齿者，死无煞，有齿者即有煞，巫觋[2]能预克其期。家奴孙文举、宋文皆通是术。余尝索视其书，特以年月日时干支推算，别无奇奥。其某日逢某凶煞，当用某符禳解，则诡词取财而已。或有室庐偪仄，无地避煞者，又有压制之法，使伏而不出，谓之斩殃，尤为荒诞。然家奴宋遇妇死，遇召巫斩殃，迄今所居室中，夜恒作响，小儿女亦多见其形。似又不尽诬矣。

天地之大，何所不有？幽明之理，莫得而穷。不必曲为之词，亦不必力攻其说。

注释

①膂（lǔ）力：体力，力气。②巫觋（xí）：古代称女巫为巫，男巫为觋。

人死者，魂隶冥籍矣。然地球圆九万里，径三万里，国土不可以数计，其人当百倍中土，鬼亦当百倍中土。何游冥司者，所见皆中土之鬼，无一徼外之鬼耶？其在在各有阎罗王耶？顾郎中德懋，摄[①]阴官者也。尝以问之，弗能答。

人不死者，名列仙籍矣。然赤松、广成，闻于上古，何后代所遇之仙，皆出近世？刘向以下之所记，悉无闻耶？岂终归于尽，如朱子之论魏伯阳耶？娄真人近垣，领[②]道教者也。尝以问之，亦弗能答。

注释

①摄：代理。 ②领：统率，率领。

里人阎勋，疑其妻与表弟通，遂携铳击杀其表弟。复归而杀妻，剚[①]刀于胸，格格然如中铁石，迄[②]不能伤。或曰："是鬼神悯其枉死，阴相之也。"然枉死者多，鬼神何不尽阴相欤？当由别有善行，故默邀护佑耳。

注释

①剚（zì）：把刀剑插入。 ②迄（qì）：终究。

景州申君学坤，谦居先生子也。纯厚朴拙，不坠家风，信道学甚笃。尝谓从兄懋园曰："曩在某寺，见僧以福田诱财物，供酒肉资。因著一论，戒勿施舍。夜梦一神，似彼教所谓伽蓝者，与余侃侃争曰：'君勿尔也。以佛法论，广大慈悲，万物平等。彼僧尼非万物之一耶？施食及于乌鸢，爱惜及于虫鼠，欲其生也。此辈藉施舍以生，君必使之饥而死，曾视之不若乌鸢虫鼠耶？其间破坏戒律，自堕泥犁者，诚比比皆是。然因有枭鸟，而尽戕羽族；因有破獍，而尽戕兽类，有是理耶？以世法论，田不足授，不能不使百姓自谋食。彼僧尼亦百姓之一种，募化亦谋食之一道耳。必以其不耕不织，为蠹国耗民，彼不耕不织而蠹国耗民者，独僧尼耶？君何不一一著论禁之也？且天下之大，此辈岂止数十万？一旦绝其衣食之源，羸弱者转乎沟壑，姑勿具论；桀黠者挺而走险，君何以善其后耶？昌黎辟佛，尚曰鳏寡孤独废疾者有养。君无策以养，而徒朘[①]其生，岂但非佛意，恐亦非孔孟意也。驷不及舌[②]，君其图之。'余梦中欲与辩，倏然已觉，其语历历可忆。公以所论为何如？"

懋园沉思良久，曰："君所持者正，彼所见者大。然人情所向，'匪今斯今'，岂君一论所能遏？此神刺刺不休，殊多此一争耳。"

注释

①朘（juān）：剥削。　②驷不及舌：话已说出，四匹马拉的车也难以追回。此处指说话要慎重。

同年金门高，吴县人。尝夜泊淮扬之间，见岸上二叟相遇，就坐水次草亭上。一叟曰："君近何事？"一叟曰："主人避暑园林，吾日日入其水阁，观活秘戏[①]图，百媚横生，亦殊可玩。其第五姬尤妖艳，见其与主人剪发为誓，约他年燕子楼中作关盼盼。又约似玉箫再世，重侍韦皋。主人为之感泣。然偶闻其与母窃议，则谓主人已老，宜早储金帛，为琵琶别抱计也。君谓此辈可信乎？"相与太息久之。

一叟又曰："闻其嫡甚贤，信乎？"一叟掉头曰："天下之善妒人也，何贤之云？夫妒而嚣争，是为渊驱鱼者也。此妇于妾媵[2]之来，弱者抚之以恩，纵其出入冶游，不复防制，使流于淫佚，其夫自愧而去之。强者待之以礼，阳[3]尊之与己匹，而阴导之与夫抗，使养成骄悍，其夫不堪而去之。有二术所不能饵者，则密相煽构[4]，务使参商两败者，又多有之。幸不即败，而一门之内，诟谇时闻，使其夫入妾之室则怨语愁颜，入妻之室乃柔声怡色[5]。其去就不问而知矣。此天下之善妒人也，何贤之云？"

门高窃听所言，服其中理，而不解其日入水阁语。方凝思间，有官舫鸣钲[6]来，收帆欲泊，二叟转瞬已不见，乃悟其非人也。

注释

①秘戏：男女狎昵嬉戏。 ②妾媵（yìng）：泛指侍妾媵，古代随嫁的人。 ③阳：同"佯"，假装。 ④煽构：煽动，捏造。 ⑤怡色：面露和悦之色。 ⑥鸣钲（zhēng）：敲击钲、铙或锣。古代常用作起程的信号。

先兄晴湖曰：饮卤汁者，血凝而死，无药可医。里有妇人饮此者，方张皇莫措。忽一媪排闼[1]入，曰："可急取隔壁卖腐家所磨豆浆灌之。卤得豆浆，则凝浆为腐，而不凝血。我是前村老狐，曾闻仙人言此方也。"语讫[2]不见，试之果得苏。刘涓子有鬼遗方，此可称狐遗方也。

注释

①闼（tà）：门。 ②讫（qì）：完。

客作秦尔严，尝御车自李家洼往淮镇。遇持铳击鹊者，马皆惊逸。尔严仓皇堕车下，横卧辙中，自分无生理，而马忽不行。抵暮归家，沽[1]酒自庆，灯下与侪辈[2]话其异。闻窗外人语曰："尔谓马自不行耶？是我二人掣其辔也。"开户出视，寂无人迹。明日，因赍[3]酒脯，至堕处祭之。

先姚安公闻之，曰："鬼如此求食，亦何恶于鬼？"

注释

①沽（gū）：买。 ②侪（chái）辈：同辈。 ③赍（jī）：携带。

里人王五贤，幼时闻呼其字是此二音，不知即此二字否也。老塾师也。尝夜过古墓，闻鞭扑声，并闻责数[1]曰："尔不读书识字，不能明理，将来何事不可为？至上干[2]天律时，尔悔迟矣。"谓深更旷野，谁人在此教子弟？谛听，乃出狐窟中。五贤喟然曰："不图此语闻之此间！"

注释

①责数：责备数说。 ②干（gān）：冒犯，冲犯。

先叔仪南公，有质库在西城。客作陈忠，主买菜蔬。侪辈皆谓其近多余润，宜飨[1]众。忠讳无有。

次日，箧钥不启，而所蓄钱数千，惟存九百。楼上故有狐，恒隔窗与人语，疑所为。试往扣之，果朗然应曰："九百钱是汝雇值，分所应得，吾不敢取。其余皆日日所干没[2]，原非汝物。今日端阳，已为汝买粽若干，买酒若干，买肉若干，买鸡鱼及瓜菜果实各若干，并泛酒雄黄，亦为买得，皆在楼下空屋中。汝宜早烹炮，迟则天暑恐腐败。"启户视之，累累具在。无可消纳，竟与众共餐。此狐可谓恶作剧，然亦颇快人意也。

注释

①飨（xiǎng）：用酒食招待客人。 ②干没：侵吞公家或别人的财物。

亥有二首六身，是拆字之权舆[①]矣。汉代图谶[②]，多离合点画。至宋谢石辈，始以是术专门，然亦往往有奇验。

乾隆甲戌，余殿试后，尚未传胪，在董文恪公家，偶遇一浙士，能拆字。余书一墨字，浙士曰："龙头竟不属君矣。里字拆之为二甲，下作四点，其二甲第四乎？然必入翰林。四点庶字脚，土吉字头，是庶吉士矣。"后果然。

又戊子秋，余以漏言[③]获遣，狱颇急，日以一军官伴守。一董姓军官云能拆字，余书"董"字使拆。董曰："公远戍矣，是千里万里也。"余又书"名"字，董曰："下为口字，上为外字偏旁，是口外矣。日在西为夕，其西域乎？"问："将来得归否？"曰："字形类君，亦类召，必赐环也。"问："在何年？"曰："口为四字之外围，而中缺两笔，其不足四年乎？今年戊子，至四年为辛卯，夕字卯之偏旁，亦相合也。"果从军乌鲁木齐，以辛卯六月还京。

盖精神所动，鬼神通之；气机所萌，形象兆之。与揲蓍[④]灼龟事同一理，似神异而非神异也。

注释

①权舆：起始。 ②图谶（chèn）：将来视应验的预言、预兆。 ③漏言：失言。 ④揲蓍（shéshī）：古代数蓍草以占卜吉凶。

医者胡宫山，不知何许人。或曰："本姓金，实吴三桂之间谍。三桂败，乃变易姓名。"事无左证，莫之详也。

余六七岁时及见之，年八十余矣。轻捷如猿猱，技击绝伦。尝舟行，夜遇盗，手无寸刃，惟倒持一烟筒，挥霍如风，七八人并刺中鼻孔仆。

然最畏鬼，一生不敢独睡。言少年尝遇一僵尸，挥拳击之，如中木石，几为所搏，幸跃上高树之顶。尸绕树踊距[①]，至晓乃抱木不动。有铃驮群过，始敢下视。白毛遍体，目赤如丹砂，指如曲钩，齿露唇外如利刃。怖几失魂。

又尝宿山店，夜觉被中蠕蠕动，疑为蛇鼠。俄枝梧撑拄，渐长渐巨，突出并枕，乃一裸妇人。双臂抱持，如巨絙[②]束缚，接吻嘘气，血腥贯鼻，不觉晕绝。次日得灌救，乃苏。自是胆裂，黄昏以后，遇风声月影，即惴惴却步云。

注释

①踊距：跳跃。 ②絙（gēng）：大绳索。

南皮令居公铉，在州县幕二十年，练习案牍，聘币无虚岁。拥资既厚，乃援例得官，以为驾轻车就熟路也。

比莅任，乃愦愦如木鸡。两造争辩，辄面赪[①]语涩，不能出一字。见上官，进退应对，无不颠倒。越岁余，遂以才力不及劾。

解组[②]之日，梦蓬首垢面人长揖曰："君已罢官，吾从此别矣。"霍然惊醒，觉心境顿开。贫无归计，复理旧业，则精明果决，又判断如流矣。所见者其夙冤耶？抑即昌黎所送之穷鬼耶？

注释

①赧（nǎn）：因惭愧而脸红。 ②解组：解绶，辞免官职。

裘文达公言：官詹事时，遇值日，五鼓赴圆明园。中途见路旁高柳下，灯火围绕，似有他故。至则一护军缢于树，众解而救之，良久得苏。自言过此暂憩，见路旁小室中有灯光，一少妇坐圆窗中招我。逾窗入，甫一俯首，项已被挂矣。盖缢鬼变形求代也。此事所在多有，此鬼乃能幻屋宇，设绳索，为可异耳。

又先农坛西北文昌阁之南，文昌阁俗曰高庙。汇有积水，亦往往有溺鬼诱人。余十三四时，见一人无故入水，已没半身。众噪而挽[①]之，始强回。痴坐良久，渐有醒意。问何所苦而自沉，曰："实无所苦。但渴甚，见一茶肆，趋往求饮，犹记其门悬匾额，粉板青字，曰'对瀛馆'也。"命名颇有文义，谁题之谁书之乎？此鬼更奇矣。

注释

①挽：救。

山东刘君善谟，余丁卯同年也。以其黠巧，皆戏呼曰"刘鬼谷"。刘故诙谐，亦时以自称。于是鬼谷名大著，而其字若别号，人转不知。乾隆辛未，僦校尉营一小宅。田白岩偶过闲话，四顾慨然曰："此凤眼张三旧居也。门庭如故，埋香黄土已二十余年矣。"刘骇然曰："自卜此居，吾数梦艳妇来往堂庑间，其若人乎？"白岩问其状，良是。刘沉思久之，拊几曰："何物淫鬼，敢魅[①]刘鬼谷！果现形，必痛抶[②]之。"白岩曰："此妇在时，真鬼谷子捭阖百变，为所颠倒者多矣，假鬼谷子何足云！京师大矣，何必定与鬼同住？”力劝之别徙。余亦尝访刘于此，忆斜对戈芥舟宅约六七家，今不能指其处矣。

注释

①魅：诱惑，迷惑。 ②抶（chì）：鞭打。

史太常松涛言：初官户部主事时，居安南营，与一孀妇[①]邻。一夕盗入孀妇家，穴壁[②]已穿矣。忽大呼曰：“有鬼！”狼狈越墙去。迄不知其何所见也，岂神或哀其茕独，阴相之欤？

又戈东长前辈一日饭罢，坐阶下看菊。忽闻大呼曰：“有贼！”其声喑呜，如牛鸣盎中，举家骇异。俄连呼不已，谛听，乃在庑下炉坑内。急邀逻者来启视，则儽然一饿夫，昂首长跪。自言前两夕乘暗阑入，伏匿此坑，冀夜深出窃。不虞二更微雨，夫人命移腌齑[③]两瓮置坑板上，遂不能出。尚冀雨霁移下，乃两日不移。饥不可忍，自思出而被执，罪不过杖，不出则终为饿鬼，故反作声自呼耳。其事极奇，而实为情理所必至。录之亦足资一粲也。

注释

①孀妇：寡妇。 ②穴壁：凿墙洞。 ③齑（jī）：切成细末的姜、葱、蒜等。

河间府吏刘启新，粗知文义。一日问人曰：“枭鸟、破獍是何物？”或对曰：“枭鸟食母，破獍食父，均不孝之物也。”刘拊掌曰：“是矣。吾患寒疾，昏愦中魂至冥司，见二官连几坐。一吏持牍请曰：‘某处狐为其孙啮杀，禽兽无知，难责以人理。今惟议抵，不科[①]不孝之罪。’左一官曰：‘狐与他兽有别。已炼形成人者，宜断以人律；未炼形成人者，自宜仍断以兽律。'右一官曰：'不然。禽兽他事与人殊，至亲属天性，则与人一理。先王诛枭鸟、破獍，不以禽兽而贷[2]也。宜仍科不孝，付地狱。'左一官首肯曰：'公言是。'俄吏抱牍下，以掌掴[3]吾，悸而苏。所言历历皆记，惟不解枭鸟、破獍语。窃疑为不孝之鸟兽，今果然也。"

案此事新奇，故阴府亦烦商酌。知狱情万变，难执一端。

据余所见，事出律例之外者：一人外出，讹传已死。其父母因鬻妇为人妾。夫归，迫于父母，弗能讼也。潜至娶者家，伺隙一见，竟携以逃。越岁缉获，以为非奸，则已别嫁；以为奸，则本其故夫。官无律可引也。

又劫盗之中，别有一类，曰赶蛋。不为盗，而为盗之盗。每伺盗外出，或袭其巢，或要诸路，夺所劫之财。一日互相格斗，并执至官。以为非盗，则实强掠；以为盗，则所掠乃盗赃。官亦无律可引也。

又有奸而怀孕者，决罚后，官依律判生子还奸夫。后生子，本夫恨而杀之，奸夫控故杀其子。虽有律可引，而终觉奸夫所诉，有理无情；本夫所为，有情无理。无以持其平也。

不知彼地下冥官，遇此等事，又作何判断耳？

注释

①科：判刑。 ②贷：宽恕。 ③掴（guó）：打耳光。

丰宜门外风氏园古松，前辈多有题咏。钱香树先生尚见之，今已薪矣。何华峰云：相传松未枯时，每风静月明，或闻丝竹。一巨公偶游其地，偕宾友夜往听之。二鼓后，有琵琶声，似出树腹，似在树杪。久之，小声缓唱曰："人道冬夜寒，我道冬夜好。绣被暖如春，不愁天不晓。"巨公叱曰："何物老魅，敢对我作此淫词！”戛[①]然而止。俄登登复作，又唱曰：“郎似桃李花，妾似松柏树。桃李花易残，松柏常如故。”巨公点首曰：“此乃差[②]近风雅。”余音摇曳之际，微闻树外悄语曰：“此老殊易与，但作此等语言，便生欢喜。”拨刺一响，有如弦断。再听之，寂然矣。

注释

①戛（jiá）：象声词。 ②差（chā）：稍微地，比较地。

佃户卞晋宝，息耕陇畔，枕块暂眠。朦胧中，闻人语曰：“昨官中有何事？”一人答曰：“昨勘某人继妻，予铁杖百。虽是病容，尚眉目如画，肌肉如凝脂。每受一杖，哀呼宛转，如风引洞箫，使人心醉。吾手颤不得下，几反受鞭。”问者太息曰：“惟其如是之妖媚，故蛊惑其夫，荼毒[①]前妻儿女，造种种恶业也。”晋宝私念，是何官府乃用铁杖？欲起问之。欠伸拭目，乃荒烟蔓草，四顾阒[②]然。

注释

①荼（tú）毒：毒害，残害。 ②阒（qù）：寂静。

故城贾汉恒言：张二酉、张三辰，兄弟也。二酉先卒，三辰抚侄如己出。理田产，谋婚娶，皆殚竭心力。侄病瘵[①]，经营医药，殆废寝食。侄殁后，恒忽忽如有失，人皆称其友爱。越数岁，病革。昏瞀[②]中自语曰：“咄咄怪事。顷到冥司，二兄诉我杀其子，斩其祀，岂不冤哉！”自是口中时喃喃，不甚可辨。一日稍苏，曰：“吾之过矣。兄对阎罗数我曰：‘此子非不可化诲者，汝为叔父，去父一间耳。乃知养而不知教，纵所欲为，恐拂其意。使恣情花柳，得恶疾以终。非汝杀之而谁乎？’吾茫然无以应也。吾悔晚矣。”反手自椎而殁。三辰所为，亦末俗之所难。坐以杀侄，《春秋》责备贤者耳，然要不得谓二酉苛也。

平定王执信，余己卯所取士也。乞余志其继母墓，称母生一弟，曰执蒲，庶出一弟，曰执璧。平时饮食衣服，三子无所异。遇有过，责詈捶楚，亦三子无所异也。贤哉！数语尽之矣。

注释

①瘵（zhài）：病，多指痨病。 ②瞀（mào）：目眩，眼花。

钱遵王《读书敏求记》载：赵清常殁，子孙鬻其遗书。武康山中，白昼鬼哭。聚必有散，何所见之不达耶？明寿宁侯故第在兴济，斥卖略尽，惟厅事仅存。后鬻其木于先祖，拆卸之日，匠者亦闻柱中有泣声。千古痴魂，殆同一辙。

余尝与董曲江言：“大地山河，佛氏尚以为泡影，区区者复何足云！我百年后，傥图书器玩，散落人间，使赏鉴家指点摩挲曰：‘此纪晓岚故物。’是亦佳话，何所恨哉！”曲江曰：“君作是言，名心尚在。余则谓消闲遣日，不能不借此自娱。至我已弗存，其他何有？任其饱虫鼠，委[①]泥沙耳。故我书无印记，砚无铭识，政如好花朗月，胜水名山，偶与我逢，便为我有。迨[②]云烟过眼，不复问为谁家物矣。何能镌[③]号题名，为后人作计哉？”所见尤脱洒也。

注释

①委：抛弃，舍弃。 ②迨（dài）：等到。 ③镌（juān）：雕刻。

职官奸仆妇，罪止夺俸，以家庭昵近，幽暧[①]难明，律意深微，防诬蔑反噬之渐也。然横干强迫，阴谴实严。

戴遂堂先生言：康熙末，有世家子挟污仆妇，仆气结成噎膈。时妇已孕，仆临殁，以手摩腹曰："男耶？女耶？能为我复仇耶？"后生一女，稍长，极慧艳。世家子又纳为妾，生一子，文园消渴[②]，俄夭天年。女帷簿不修[③]，竟公庭涉讼，大损家声。十许年中，妇缟袂扶棺，女青衫对簿，先生皆目见之，如相距数日耳。岂非怨毒所钟，生此尤物以报哉！

注释

①暧（ài）：昏暗；朦胧。 ②文园消渴：消渴疾。汉代司马相如曾任孝文园令，"常有消渴疾"。 ③帷簿不修：家门淫乱的讳语。

遂堂先生又言：有调其仆妇者，妇不答。主人怒曰："敢再拒，捶汝死！"泣告其夫，方沉醉，又怒曰："敢失志，且剚刃汝胸！"妇愤曰："从不从皆死，无宁先死矣。"竟自缢。官来勘验，尸无伤，语无证，又死于夫侧，无所归咎，弗能究也。然自是所缢之室，虽天气晴明，亦阴阴如薄雾；夜辄有声如裂帛。灯前月下，每见黑气，摇漾似人影，即之则无。如是十余年，主人殁，乃已。未殁以前，昼夜使人环[①]病榻，疑其有所见矣。

注释

①环：围绕。

乌鲁木齐军吏邬图麟言：其表兄某，尝诣泾县访友。遇雨，夜投一废寺。颓垣荒草，四无居人，惟山门尚可栖止，姑留待霁[1]。

时云黑如墨，暗中闻女子声曰："怨鬼叩头，求赐纸衣一袭，白骨衔恩。"某怖不能动，然度无可避，强起问之。鬼泣曰："妾本村女，偶独经此寺，为僧所遮留。妾哭詈不从，怒而见杀。时衣已尽褫，遂被裸埋。今百余年矣，虽在冥途，情有廉耻，身无寸缕，愧见神明。故宁抱沉冤，潜形不出。今幸遇君子，傥取数番彩楮[2]，剪作裙襦，焚之寺门，使幽魂蔽体，便可诉诸地府，再入转轮。惟君哀而垂拯焉！"某战栗诺之，泣声遂寂。

后不能再至其地，竟不果焚。尝自谓负此一诺，使此鬼茹恨黄泉，恒耿耿不自安也。

注释

①霁（jì）：雨雪停止，天放晴。 ②楮（chǔ）：一种纸币，用楮纸印行的钱币。

于道光言：有士人夜过岳庙，朱扉严闭，而有人自庙中出。知是神灵，膜拜呼上圣。其人引手掖[1]之曰："我非贵神，右台司镜之吏，赍[2]文簿到此也。"问："司镜何义？其业镜也耶？"曰："近之，而又一事也。业镜所照，行事之善恶耳。至方寸微暧，情伪万端，起灭无恒，包藏不测，幽深邃密，无迹可窥，往往外貌麟鸾，中韬鬼蜮，隐慝[3]未形，业镜不能照也。南北宋后，此术滋工。涂饰弥缝。或终身不败。故诸天合议，移业镜于左台，照真小人；增心镜于右台，照伪君子。圆光对映，灵府洞然：有拗捩[4]者，有偏倚者，有黑如漆者，有曲如钩者，有拉杂如粪壤者，有溷浊如泥滓者，有城府险阻，千重万掩者，有脉络屈盘，左穿右贯者，有如荆棘者，有如刀剑者，有如蜂虿[5]者，有如狼虎者，有现冠盖影者，有现金银气者，甚有隐隐跃跃现秘戏图者。而回顾其形，则皆岸然道貌也。其圆莹如明珠，清澈如水晶者，千百之一二耳。如是者，吾立镜侧，籍而记之，三月一达于岳帝，定罪福焉。大抵名愈高则责愈严，术愈巧则罚愈重。春秋二百四十年，瘅[6]恶不一，惟震夷伯之庙，天特示谴于展氏，隐慝故也。子其识之。”士人拜受教。归而乞道光书额，名其室曰“观心”。

注释

①掖（yè）：拽着别人的胳膊。 ②赍（jī）：送物给人。 ③隐慝（tè）：奸邪，邪恶。 ④捩（liè）：扭转。 ⑤虿（chài）：古书上说的蝎子一类的毒虫。 ⑥瘅（dàn）：憎恨。

有歌童扇上画鸡冠，于筵上求李露园题。露园戏书绝句曰：“紫紫红红胜晚霞，临风亦自弄夭斜。枉教蝴蝶飞千遍，此种原来不是花。”皆叹其运意双关之巧。

露园赴任湖南后，有扶乩者，或以鸡冠请题，即大书此诗。余骇[1]曰：“此非李露园作耶?”乩忽不动，扶乩者狼狈去。颜介子叹曰：“仙亦盗句。”或曰：“是扶乩者本伪托，已屡以盗句败矣。”

注释

①骇（hài）：吃惊。

从兄坦居言：昔闻刘馨亭谈二事。其一，有农家子为狐媚，延术士劾治。狐就擒，将烹诸油釜。农家子叩额乞免，乃纵去。后思之成疾，医不能疗。狐一日复来，相见悲喜。狐意殊[1]落落[2]，谓农家子曰："君苦相忆，止为悦我色耳，不知是我幻相也。见我本形，则骇避不遑矣。"欻[3]然扑地，苍毛修尾，鼻息咻咻，目睒睒如炬，跳掷上屋，长嗥数声而去。农家子自是病痊，此狐可谓能报德。其一，亦农家子为狐媚，延术士劾治。法不验，符箓皆为狐所裂，将上坛殴击。一老媪似是狐母，止之曰："物惜其群，人庇其党。此术士道虽浅，创之过甚，恐他术士来报复。不如且就尔婿眠，听其逃避。"此狐可谓能虑远。

注释

①殊：很。 ②落落：冷落的样子。 ③欻（xū）：迅疾的样子。

康熙癸巳，先姚安公读书于厂里，前明土贡澄浆砖，此地砖厂故址也。偶折杏花插水中。后花落，结二杏如豆，渐长渐巨，至于红熟，与在树无异。是年逢万寿恩科，遂举于乡。王德安先生时同住，为题额曰"瑞杏轩"。此庄后分属从弟东白。乾隆甲申，余自福建归，问此匾，已不存矣。拟倩[1]刘石庵补书，而代葺此屋，作记刻石龛于壁，以存先世之迹。因循未果，不识何日偿此愿也。

注释

①倩：请。

先姚安公言：雍正初，李家洼佃户董某父死，遗一牛，老且跛，将鬻于屠肆。牛逸，至其父墓前，伏地僵卧，牵挽[1]鞭捶皆不起，惟掉尾[2]长鸣。

村人闻是事，络绎来视。忽邻叟刘某愤然至，以杖击牛曰："渠父堕河，何预于汝？使随波漂没，充鱼鳖食，岂不大善？汝无故多事，引之使出，多活十余年。致渠生奉养，病医药，死棺敛，且留此一坟，岁需祭扫，为董氏子孙无穷累。汝罪大矣，就死汝分，牟牟者何为？"盖其父尝堕深水中，牛随之跃入，牵其尾得出也。董初不知此事，闻之大惭，自批其颊曰："我乃非人！"急引归。数月后，病死，泣而埋之。

此叟殊有滑稽风，与东方朔救汉武帝乳母事竟暗合也。

注释

①挽：拉，牵引。②掉尾：摇尾。

姨丈王公紫府，文安旧族也。家未落时，屠肆架上一豕首，忽脱钩落地，跳掷而行。市人噪而逐之，直入其门而止。自是日渐衰谢，至饘[①]粥不供，今子孙无孑遗[②]矣。此王氏姨母自言之。

又姚安公言：亲表某氏家，岁久忘其姓氏，惟记姚安公言此事时，称曰汝表伯。清晓启户，有一兔缓步而入，绝不畏人，直至内寝床上卧。因烹食之。数年中死亡略尽，宅亦拆为平地矣。是皆衰气[③]所召也。

注释

①饘（zhān）：稠。②孑遗（jiéyí）：残存者。③衰气：衰败之气。

王菊庄言：有书生夜泊鄱阳湖，步月纳凉，至一酒肆，遇数人，各道姓名，云皆乡里。因沽酒小饮，笑言既洽，相与说鬼，搜异抽新，多出意表。

一人曰："是固皆奇，然莫奇于吾所见矣。曩在京师，避嚣寓丰台花匠家，邂逅一士共谈。吾言此地花事殊胜，惟墟墓间多鬼可憎。士曰：‘鬼亦有雅俗，未可概弃。吾曩游西山，遇一人论诗，殊多精诣。自诵所作，有曰：深山迟见日，古寺早生秋。又曰：钟声散墟落，灯火见人家。又曰：猿声临水断，人语入烟深。又曰：林梢明远水，楼角挂斜阳。又曰：苔痕寝病榻，雨气入昏灯。又曰：鸺鹠[1]岁久能人语，魍魉山深每昼行，又曰：空江照影芙蓉泪，废苑寻春蛱蝶魂。皆楚楚有致。方拟问其居停，忽有铃驮琅琅，欻欻然灭迹。此鬼宁复可憎耶？’吾爱其脱洒，欲留共饮。其人振衣起曰：‘得免君憎，已为大幸，宁敢再入郇厨[2]？’一笑而隐，方知说鬼者即鬼也。”

书生因戏曰：“此称奇绝，古所未闻。然阳羡鹅笼，幻中出幻，乃辗转相生，安知说此鬼者，不又即鬼耶？”数人一时色变，微风飒起，灯光暗然，并化为薄雾轻烟，蒙蒙四散。

注释

①鸺鹠（xiūliú）：鸟名。 ②郇厨：膳食精美的人家。唐代韦陟，袭封郇国公。性侈纵，厨中多美味佳肴。

庚午四月，先太夫人病革时，语子孙曰：“旧闻地下眷属，临终时一一相见，今日果然，幸我平生尚无愧色。汝等在世，家庭骨肉，当处处留将来相见地也。”

姚安公曰：“聪明绝特[1]之士，事事皆能知，而独不知人有死；经纶开济[2]之才，事事皆能计，而独不能为死时计。使知人有死，一切作为，必有索然自返者；使能为死时计，一切作为，必有悚然自止者。惜求诸六合之外，失诸眉睫之前也。”

注释

①绝特：超出寻常。 ②开济：开创并匡济。

一南士以文章游公卿间。偶得一汉玉璜，质理莹白，而血斑彻骨，尝用以镇纸。一日，借寓某公家。方灯下构一文，闻窗隙有声，忽一手探入。疑为盗，取铁如意欲击。见其纤削如春葱，瑟缩而止。穴纸窃窥，乃一青面罗刹鬼，怖而仆地。比苏，则此璜已失矣。疑为狐魅幻形，不复追诘。后于市上偶见，询所从来，辗转经数主，竟不能得其端绪。久乃知为某公家奴伪作鬼装所取。

董曲江戏曰："渠知君是惜花御史，故敢露此柔荑[①]。使遇我辈粗材，断不敢自取断腕。"

余谓此奴伪作鬼装，一以使不敢揽执，一以使不复追求。又灯下一掌破窗，恐遭捶击，故伪作女手，使知非盗；且引之窥见恶状，使知非人，其运意亦殊周密。盖此辈为主人执役，即其钝如椎；至作奸犯科，则奇计环生，如鬼如蜮[②]。大抵皆然，不独此一人一事也。

注释

①柔荑（tí）：茅草的嫩芽，比喻女性的手。 ②蜮（yù）：传说中一种能含沙射人的动物。

朱竹坪御史尝小集阎梨村尚书家。酒次，竹坪慨然曰："清介[①]是君子分内事。若恃其清介以凌[②]物，则殊嫌客气不除。昔某公为御史时，居此宅，坐间或言及狐魅，某公痛詈之。数日后，月下见一盗逾垣入。内外搜捕，皆无迹，扰攘彻夜。比晓，忽见厅事上卧一老人，欠伸而起曰：'长夏溽暑，长夏字出黄帝《素问》，谓六月也。王太仆注："读上声。"杜工部"长夏江村事事幽"句，皆读平声，盖注家偶未考也。偶投此纳凉，致主人竟夕不安，殊深惭愧。'一笑而逝。盖无故侵狐，狐以是戏之也。岂非自取侮哉！"

注释

①清介：清正耿直。 ②凌：侵犯，欺压。

朱天门家扶乩，好事者多往看。一狂士自负书画，意气傲睨，旁若无人，至对客脱袜，搔足垢，向乩哂曰："且请示下坛诗。"乩即题曰："回头岁月去骎骎[①]，几度沧桑又到今。曾见会稽王内史，亲携宾客到山阴。"众曰："然则仙及见右军耶？"乩书曰："岂但右军，并见虎头。"狂生闻之，起立曰："二老风流，既曾亲睹，此时群贤毕至，古今人相去几何？"又书曰："二公虽绝艺入神，然意存冲挹[②]，雅人深致，使见者意消。"与骂座灌夫，自别是一流人物。离之双美，何必合之两伤？"众知有所指，相顾目笑，回视狂生，已著袜欲遁矣。此不识是何灵鬼，作此虐谑。

惠安陈舍人云亭，尝题此生《寒山老木图》曰："憔悴人间老画师，平生有恨似徐熙。无端自写荒寒景，皴出秋山鬓已丝。""使酒淋漓礼数疏，谁知侠气属狂奴。他年傥续宣和谱，画史如今有灌夫。"乩所云骂座灌夫，当即指此，又不识此鬼何以知此诗也。

注释

①骎骎（qīnqīn）：疾速。 ②冲挹（yì）：谦抑，谦退。

舅氏张公梦徵言：儿时闻沧州有太学生，居河干。一夜，有吏持名刺[①]叩门，言新太守过此，闻为此地巨室，邀至舟相见。适主人以会葬宿姻家，相距十余里。阍者[②]持刺奔告，亟命驾返，则舟已行。乃饬[③]车马，具贽币[④]，沿岸急追。昼夜驰二百余里，已至山东德州界。逢人询问，非惟无此官，并无此舟。乃狼狈而归，惘惘[⑤]如梦者数日。

或疑其家多资，劫盗欲诱而执之，以他出幸免。又疑其视贫亲友如仇，而不惜多金结权贵；近村故有狐魅，特恶而戏之。皆无左证。然乡党喧传，咸曰："某太学遇鬼。"先外祖雪峰公曰："是非狐非鬼亦非盗，即贫亲友所为也。"斯言近之矣。

注释

①名刺：名贴，名片。 ②阍（hūn）者：守门的人。③饬：整顿。 ④贽币：指各种礼品。 ⑤惘惘：迷迷糊糊的样子。

俗传鹊蛇斗处为吉壤，就斗处点穴，当大富贵，谓之龙凤地。余十一二岁时，淮镇孔氏田中，尝有是事，舅氏安公实斋亲见之。孔用以为坟，亦无他验。

余谓鹊以虫蚁为食，或见小蛇啄取，蛇蜿蜒拒争，有似乎斗，此亦物态之常。必当日曾有地师为人卜葬，指鹊蛇斗处是穴，如陶侃葬母，仙人指牛眠处为穴耳。后人见其有验，遂传闻失实，谓鹊蛇斗处必吉。然则因陶侃事，谓凡牛眠处必吉乎？

庆云、盐山间有夜过墟墓者，为群狐所遮。裸体反接，倒悬树杪。天晓人始见之，掇[①]梯解下。视背上大书三字，曰

“绳还绳”，莫喻其意。久乃悟二十年前，曾捕一狐倒悬之，今修怨[2]也。

胡厚庵先生仿西涯新乐府，中有《绳还绳》一篇曰：“斜柯三丈不可登，谁蹑其杪如猱升？谛而视之儿倒绷，背题字曰绳还绳。问何以故心懵腾，恍然忽省蹶然兴，束缚阿紫当年曾。旧事过眼如风灯，谁期狭路遭其朋。吁嗟乎！人妖异路炭与冰，尔胡肆暴先侵陵？使衔怨毒伺隙乘？吁嗟乎！无为祸首兹可惩。”即此事也。

注释

①掇（duō）：搬。 ②修怨：报宿怨。

刘香畹言：沧州近海处，有牧童年十四五，虽农家子，颇白皙。一日，陂畔午睡醒，觉背上似负一物。然视之无形，扪之无质，问之亦无声。怖而返，以告父母，无如之何。数日后，渐似拥抱，渐似抚摩，既而渐似梦魇，遂为所污。自是媟狎无时，而无形无质无声，则仍如故。时或得钱物果饵，亦不甚多。

邻塾师语其父曰：“此恐是狐，宜藏猎犬，俟闻媚声时排闼嗾[1]攫[2]之。”父如所教。狐噭然破窗出，在屋上跳掷，骂童负心。塾师呼与语曰：“君幻化通灵，定知世事。夫男女相悦，感以情也。然朝盟同穴，夕过别船者，尚不知其几。至若娈童，本非女质，抱衾荐枕，不过以色为市耳。当其傅粉熏香，含娇流盼，缠头万锦，买笑千金，非不似碧玉多情，回身就抱。迨富者资尽，贵者权移，或掉臂长辞，或倒戈反噬，翻云覆雨，自古皆然。萧韶之于庾信，慕容冲之于苻坚，载在史册，其尤著者也。其所施者如彼，其所报者尚如此。然则与此辈论交，如抟沙作饭矣。况君所赠，曾不及五陵豪贵之万一，而欲此童心坚金石，不亦颠乎？”语讫寂然。良久，忽闻顿足曰：“先生休矣，吾今乃始知吾痴。”浩叹数声而去。

注释

①嗾（sǒu）：发出声音来指使狗。 ②攫（jué）：抓取。

姜白岩言：有士人行桐柏山中，遇卤簿前导，衣冠形状，似是鬼神。暂避林内，舆中贵官已见之。呼出与语，意殊亲洽。

因拜问封秩，曰：“吾即此山之神。”又拜问：“神生何代？冀传诸人世，以广见闻。”曰：“子所问者人鬼，吾则地祇[1]也。夫玄黄剖判，融结万形。形成聚气，气聚藏精，精凝孕质，质立含灵，故神祇与天地并生。惟圣人通造化之原，故燔[2]柴、瘗[3]玉，载在《六经》。自稗官琐记，创造鄙词，曰刘、曰张，谓天帝有废兴；曰吕、曰冯，谓河伯有夫妇。儒者病焉。紫阳崛起，乃以理诘天，并皇矣之下临，亦斥为乌有。而鬼神之德，遂归诸二气之屈伸矣。夫木石之精，尚生夔罔；雨土之精，尚生羵羊。岂有乾坤斡运，元气鸿洞，反不能聚而上升，成至尊之主宰哉？观子衣冠，当为文士。试传吾语，使儒者知圣人飨报之由。”士人再拜而退。然每以告人，辄疑以为妄。

余谓此言推鬼神之本始，植义甚精。然自白岩寓言，托诸神语耳。赫赫灵祇，岂屑与讲学家争是非哉？

注释

①地祇（qí）：地神。 ②燔（fán）：焚烧。 ③瘗（yì）：埋。

裘编修超然言：丰宜门内玉皇庙街，有破屋数间，锁闭已久，云中有狐魅。适江西一孝廉，与数友过夏，唐举子下第后，读书待再试，谓之过夏。取其地幽僻，僦[①]舍于旁。

一日，见幼妇立檐下，态殊妩媚，心知为狐。少年豪宕，意殊不惧。黄昏后，诣门作礼，祝[②]以媟词。夜中闻床前窸窸有声，心知狐至，暗中举手引之。纵体入怀，遽相狎昵，冶荡万状，奔命殆疲。比月上窗明，谛视，乃一白发媪，黑陋可憎。惊问："汝谁?"殊不愧赧，自云："本城楼上老狐，娘子怪我饕餮而慵作，斥居此屋，寂寞已数载。感君垂爱，故冒耻自献耳。"孝廉怒，搏其颊，欲缚捶之。撑拄摆拨间，同舍闻声，皆来助捉。忽一脱手，已琤然破窗遁。次夕，自坐屋檐，作软语相唤。孝廉诟詈，忽为飞瓦所击。又一夕，揭帷欲寝，乃裸卧床上，笑而招手。抽刃向击，始泣骂去。惧其复至，移寓避之。

登车顷，突见前幼妇自内走出。密遣小奴访问，始知居停主人之甥女，昨偶到街买花粉也。

注释

①僦（jiù）：租赁。 ②祝：祝祷。

琴工钱生以鼓琴客裘文达公，滑稽善谐戏。因面有瘢风，皆呼曰"钱花脸"。来往数年，竟不能举其里居名字也。言：一选人居会馆，于馆后墙缺见一妇，甚有姿首，衣裳故敝，而修饰甚整洁。意颇悦之。

馆人有母年五十余，故大家婢女。进退语言，均尚有矩度，每代其子应门。料其有干才，赂以金，祈谋一晤。对曰："向未见此，似是新来。姑试侦探，作万一想耳。"越十许日，始报曰："已得之矣。渠本良家，以贫故，忍耻出此。然畏人知，俟夜深月黑，乃可来。乞勿秉烛，勿言勿笑，勿使僮仆及同馆闻声息，闻钟声即勿留。每夕赠以二金足矣。"选人如所约，已往来月余。

一夜，邻弗戒于火。选人遑遽起。僮仆皆入室救囊箧，一人急搴帐曳茵褥，訇然有声，一裸妇堕榻下，乃馆人母也。莫不绝倒。

盖京师媒妁最奸黠，遇选人纳媵，多以好女引视，而临期阴易以下材。觉而涉讼者有之；幕首入门，背灯障扇，俟定情后始觉，委曲迁就者亦有之。此媪狃[①]于乡风，竟以身代也。

然事后访问四邻，墙缺外实无此妇。或曰："魅也。"裘文达公曰："是此媪引致一妓，炫诱选人耳。"

注释

①狃（niǔ）：因袭，拘泥。

安氏从舅善鸟铳，郊原逐兔，信手而发，无得脱者，所杀殆以千百计。一日，遇一兔，人立而拱，目炯炯如怒。举铳欲发，忽炸而伤指，兔已无迹。心知为兔鬼报冤，遂辍[①]其事。

又尝从禽晚归，渐已昏黑。见小旋风裹一物，火光荧荧，旋转如轮。举铳中之，乃秃笔一枝，管上微有血渍。明人小说载牛天锡供状事，言凡物以庚申日得人血，皆能成魅，是或然欤？

注释

①辍（chuò）：停止，废止。

奴子王廷佑之母言：青县一民家，岁除日，有卖通草花者，叩门呼曰："伫立久矣，何花钱尚不送出耶？"诘问家中，实无人买花。而卖者坚执一垂髫女子持入。

正纷扰间，闻一媪急呼曰："真大怪事！厕中敝帚柄上，竟插花数朵也。"取验，果适所持入。乃锉[①]而焚之，呦呦有声，血出如缕。

此魅既解化形，即应潜养灵气，何乃作此变异，使人知而歼除，岂非自取其败耶？天下未有所成，先自炫耀，甫有所得，不自韬晦[②]者，类此帚也夫！

注释

①锉（cuò）：用锉进行切削。 ②韬晦：收敛锋芒，隐藏行迹。

外祖雪峰张公家奴子王玉善射。尝自新河携盐租返，遇三盗，三矢仆之，各唾面纵去。

一日，携弓矢夜行，见黑狐人立向月拜。引满一发，应弦饮羽[①]，归而寒热大作。是夕，绕屋有哭声曰："我自拜月炼形，何害于汝？汝无故见杀，必相报恨。汝未衰，当诉诸司命耳。"数日后，窗棱上铿然有声。愕眙[②]惊问，闻窗外语曰："王玉我告汝，我昨诉汝于地府，冥官检籍，乃知汝过去生中，负冤讼辩，我为刑官，阴庇私党，使汝理直不得申，抑郁愤恚，自刺而死。我堕身为狐，此一矢所以报也。因果分明，我不怨汝。惟当日违心枉拷，尚负汝笞掠百余。汝肯发愿免偿，则阴曹销籍，来生拜赐多矣。"语讫，似闻叩额声。王叱曰："今生债尚不了了，谁能索前生债耶？妖鬼速去，无扰我眠。"遂寂然。

世见作恶无报，动疑神理之无据。乌知冥冥之中，有如是之委曲哉？

注释

①饮羽：中箭。 ②愕眙（èyí）：惊视。

雍正甲寅，余初随姚安公至京师，闻御史某公性多疑。初典永光寺一宅，其地空旷。虑有盗，夜遣家奴数人，更番司铃柝。犹防其懈，虽严寒溽暑，必秉烛自巡视。不胜其劳，别典西河沿一宅，其地市廛[①]栉比。又虑有火，每屋储水瓮。至夜铃柝巡视，如在永光寺时。不胜其劳，更典虎坊桥东一宅，与余邸隔数家。见屋宇幽邃，又疑有魅。先延僧诵经，放焰口，钹鼓琤琤者数日，云以度鬼。复延道士设坛召将，悬符持咒，钹鼓琤琤者又数日，云以驱狐。宅本无他，自是以后，魅乃大作。抛掷砖瓦，攘[②]窃器物，夜夜无宁居。婢媪仆隶，因缘为奸，所损失无算。论者皆谓妖由人兴。居未一载，又典绳匠胡同一宅。去后不通闻问，不知其作何设施矣。

姚安公尝曰："'天下本无事，庸人自扰之。'其此公之谓乎？"

注释

①廛（chán）：古代城市平民的住所。 ②攘（rǎng）：偷窃。

钱塘陈乾纬言：昔与数友泛舟至西湖深处，秋雨初晴，登寺楼远眺。一友偶吟"举世尽从忙里老，谁人肯向死前休"句，相与慨叹。

寺僧微哂曰："据所闻见，盖死尚不休也。数年前，秋月澄明，坐此楼上，闻桥畔有诟争声，良久愈厉。此地无人居，心知为鬼。谛听其语，急遽搀夺，不甚可辨，似是争墓田地界。俄闻一人呼曰：‘二君勿喧，听老僧一言可乎？夫人在世途，胶胶扰扰，缘不知此生如梦耳。今二君梦已醒矣，经营百计，以求富贵，富贵今安在乎？机械万端，以酬恩怨，恩怨今又安在乎？青山未改，白骨已枯，孑然惟剩一魂。彼幻化黄粱，尚能省悟，何身亲阅历，反不知万事皆空？且真仙真佛以外，自古无不死之人；大圣大贤以外，自古亦无不消之鬼。并此孑然一魂，久亦不免于澌灭。顾乃于电光石火之内，更兴蛮触之兵戈，不梦中梦乎？’语讫，闻呜呜饮泣声，又闻浩叹声曰：‘哀乐未忘，宜乎其未齐得丧。如斯挂碍，老僧亦不能解脱矣。’遂不闻再语，疑其难未已也。”

乾纬曰：“此自师粲花之舌[①]耳。然默验人情，实亦为理之所有。”

注释

①粲花之舌：形容人的言论精妙绝伦。粲花，鲜艳的花朵。

陈竹吟尝馆一富室。有小女奴，闻其母行乞于道，饿垂毙，阴盗钱三千与之。为侪[①]辈所发，鞭捶甚苦。富室一楼，有狐借居，数十年未尝为祟。是日女奴受鞭时，忽楼上哭声鼎沸。怪而仰问，同声应曰：“吾辈虽异类，亦具人心。悲此女年未十岁，而为母受棰，不觉失声，非敢相扰也。”主人投鞭于地，面无人色者数日。

注释

①侪（chái）：同辈，同类的人。

竹吟与朱青雷游长椿寺，于鬻书画处，见一卷擘窠[①]书曰：

“梅子流酸溅齿牙，芭蕉分绿上窗纱。日长睡起无情思，闲看儿童捉柳花。”款题山谷道人。

方拟议真伪，一丐者在旁睨[2]视，微笑曰：“黄鲁直乃书杨诚斋诗，大是异闻。”掉臂竟去。

青雷讶曰：“能作此语，安得乞食?”竹吟太息曰：“能作此语，又安得不乞食?”

余谓此竹吟愤激之谈，所谓名士习气也。聪明颖隽之士，或恃才兀傲，久而悖谬乖张，使人不敢向迩者，其势可以乞食。或有文无行，久而秽迹恶声，使人不屑齿录者，其势亦可以乞食。是岂可赋感士不遇哉!

注释

①擘窠（bòkē）：大字。　②睨（nì）：斜着眼睛看。

一宦家子，资巨万。诸无赖伪相亲昵，诱之冶游[1]，饮博歌舞。不数载，炊烟竟绝，顑颔[2]以终。病革时，语其妻曰：“吾为人蛊惑以至此，必讼诸地下。”越半载，见梦于妻曰：“讼不胜也。冥官谓妖童倡女，本捐[3]弃廉耻，借声色以养生。其媚人取财，如虎豹之食人，鲸鲵之吞舟也。然人不入山，虎豹乌能食？舟不航海，鲸鲵乌能吞？汝自就彼，彼何尤焉？惟淫朋狎客，如设阱以待兽，不入不止；悬饵以钓鱼，不得不休。是宜阳有明刑，阴有业报耳。”

又闻有书生昵一狐女，病瘵死。家人清明上冢，见少妇奠酒焚楮钱[4]，伏哭甚哀。其妻识是狐女，遥骂曰：“死魅害人，雷行且诛女，尚假慈悲耶!”狐女敛衽[5]徐对曰：“凡我辈女求男者，是为采补。杀人过多，天律不容也。男求女者，是为情感。耽玩过度，用致伤生。正如夫妇相悦，成疾夭折，事由自取，鬼神不追理其衽席[6]也。姊何责耶？”

此二事足相发明也。

注释

①冶游：嫖妓。 ②顑颔（kǎnhàn）：面黄肌瘦。 ③捐：抛弃。 ④楮（chǔ）钱：旧时祭祀时焚化的纸钱。 ⑤衽（rèn）：衣襟。 ⑥衽席：古代睡觉时用的席子。

干宝《搜神记》载马势妻蒋氏事，即今所谓走无常也。武清王庆垞曹氏，有佣媪充此役。先太夫人尝问以冥司追摄[1]，岂乏鬼卒，何故须汝辈？曰：“病榻必有人环守，阳光炽盛，鬼卒难近也。又或有真贵人，其气旺；有真君子，其气刚，尤不敢近。又或兵刑之官，有肃杀之气；强悍之徒，有凶戾之气，亦不能近。惟生魂体阴而气阳，无虑此数事。故必携之以为备。”语颇近理，似非村媪所能臆撰也。

注释

①追摄：追捕。

河间一旧家，宅上忽有鸟十余，哀鸣旋绕，其音甚悲，若曰“可惜可惜”，知非佳兆，而莫测兆何事。数日后，乃知其子鬻宅偿博负[1]，鸟啼之时，即书券之时也。岂其祖父之灵所凭欤？为人子孙者，闻此宜怆然思之。

注释

①博负：赌博所输的钱。

有游士借居万柳堂，夏日，湘帘棐几，列古砚七八，古器、铜器、磁器十许，古书册画卷又十许，笔床、水注、酒盏、茶瓯、纸扇、棕拂之类，皆极精致。壁上所粘，亦皆名士笔迹。焚香宴坐，琴声铿然，人望之若神仙。非高轩驷马，不能登其堂也。

一日，有道士二人，相携游览，偶过所居，且行且言曰："前辈有及见杜工部者，形状殆如村翁。吾曩在汴京，见山谷、东坡，亦都似措大[①]风味。不及近日名流，有许多家事。"朱导江时偶同行，闻之怪讶，窃随其后。至车马丛杂处，红尘涨合，倏已不见。竟不知是鬼是仙。

注释

①措大：贫寒失意的读书人。

乌鲁木齐遣犯刘刚，骁健绝伦。不耐耕作，伺隙潜逃。至根克忒，将出境矣，夜遇一叟。曰："汝逋亡者耶？前有卡伦，卡伦者，戍守瞭望之地也。恐不得过。不如暂匿我屋中，俟黎明耕者毕出，可杂其中以脱也。"刚从之。比稍辨色，觉恍如梦醒，身坐老树腹中。再视叟，亦非昨貌。谛审之，乃夙所手刃弃尸深涧者也。错愕欲起，逻骑已至，乃弭首[①]就擒。

军屯法：遣犯私逃，二十日自归者，尚可贷死。刚就擒在二十日将曙，介在两歧，屯官欲迁就活之。刚自述所见，知必不免，愿早伏法。乃送辕行刑。

杀人于七八年前，久无觉者，而游魂为厉，终索命于二万里外。其可畏也哉！

注释

①弭（mǐ）首：俯首降服。

日南坊守栅兵王十，姚安公旧仆夫也。言乾隆辛酉，夏夜坐高庙纳凉。暗中见二人坐阁下，疑为盗，静伺所往。

时绍兴会馆西商放债者演剧赛神[①]，金鼓[②]声未息。一人曰："此辈殊快乐，但巧算剥削，恐造业亦深。"一人曰："其间亦有差等。昔闻判司论此事，凡选人[③]或需次多年，旅食匮乏；或赴官远地，资斧[④]艰难。此不得已而举债。其中苦况，不可殚陈。如或乘其急迫，抑勒多端，使进退触藩[⑤]，茹[⑥]酸[⑦]书券[⑧]，此其罪与劫盗等，阳律不过笞杖，阴律则当堕泥犁[⑨]。至于冶荡性成，骄奢习惯，预期到官之日，可取诸百姓以偿补。遂指以称贷，肆意繁华。已经负债如山，尚复挥金似土，致渐形竭蹶，日见追呼。铨授有官，逋逃无路，不得不吞声饮恨，为几上之肉，任若辈之宰割。积数既多，取偿难必。故先求重息，以冀得失之相当，在彼为势所必然，在此为事由自取。阳官科断，虽有明条，鬼神固不甚责之也。"

王闻是语，疑不类生人。俄歌吹已停，二人并起，不待启钥，已过栅门。旋闻道路喧传，酒阑客散，有一人中暑暴卒，乃知二人为追摄之鬼也。

注释

①赛神：设祭酬神。 ②金鼓：泛指金属乐器。 ③选人：候选的官员。 ④资斧：盘缠。 ⑤触藩：指进退两难。 ⑥茹：忍受。 ⑦酸：悲痛。 ⑧书券：写下契约。 ⑨泥犁：佛教语，指地狱。

莆田林生沛言：闽一县令，罢官居馆舍。夜有群盗破扉入，一媪惊呼，刃中脑仆地。僮仆莫敢出。巷有逻者，素弗善所为，亦坐视。盗遂肆意搜掠。其幼子年十四五，以锦衾蒙首卧。盗掣取衾，见姣丽如好女，嘻笑抚摩，似欲为无礼。中刃媪突然跃起，夺取盗刀，径负是子夺门出。追者皆被伤，乃仅捆载所劫去。

县令怪媪已六旬，素不闻其能技击，何勇鸷[①]乃尔。急往寻视，则媪挺立大言曰："我某都某甲也，曾蒙公再生恩。殁后执役土神祠，闻公被劫，特来视。宦资是公刑求所得，冥判饱盗橐，我不敢救。至侵及公子，则盗罪当诛，故附此媪与之战。公努力为善，我去矣。"遂昏昏如醉卧。救苏问之，懵然[②]不忆。盖此令遇贫人与贫人讼，剖断亦颇公明，故卒食其报云。

注释

①勇鸷（zhì）：勇猛，强悍。 ②懵（měng）然：不明白。

州县官长随，姓名籍贯皆无一定，盖预防奸赃败露，使无可踪迹追捕也。

姚安公尝见房师石窗陈公一长随，自称山东朱文。后再见于高淳令梁公润堂家，则自称河南李定。梁公颇倚任之。临启程时，此人忽得异疾，乃托姚安公暂留于家，约痊时续往。其疾自两足趾寸寸溃腐，以渐而上，至胸膈穿漏而死。死后检其囊箧，有小册作蝇头字，记所阅凡十七官，每官皆疏其阴事。详载某时某地，某人与闻，某人旁睹，以及往来书札，谳断案牍，无一不备录。其同类有知之者，曰："是尝挟制[①]数官矣。其妻亦某官之侍婢，盗之窃逃，留一函于几上，官竟弗敢追也。今得是疾，岂非天道哉！"

霍丈易书曰："此辈依人门户，本为舞弊而来。譬彼养鹰，断不能责以食谷，在主人善驾驭耳。如喜其便捷，委以耳目腹心，未有不倒持干戈，授人以柄者。此人不足责，吾责彼十七官也。”姚安公曰：“此言犹未揣[2]其本。使十七官者绝无阴事之可书，虽此人日日橐笔，亦何能为哉？”

注释

①挟（xié）制：抓住对方缺点，强使顺从。 ②揣：度量。

理所必无者，事或竟有；然究亦理之所有也，执理者自太固[1]耳。

献县近岁有二事：

一为韩守立妻俞氏，事祖姑至孝。乾隆庚辰，祖姑失明，百计医祷，皆无验。有黠者绐以刲肉燃灯，祈神佑，则可速愈。妇不知其绐也，竟刲肉燃之。越十余日，祖姑目竟复明。夫受绐亦愚矣，然惟愚故诚，惟诚故鬼神为之格。此无理而有至理也。

一为丐者王希圣，足双挛[2]，以股代足，以肘撑之行。一日，于路得遗金二百。移橐匿草间，坐守以待觅者。俄商家林人张际飞仓皇寻至，叩之，语相符，举以还之。际飞请分取，不受。延至家，议养赡终其身。希圣曰：“吾形残废，天所罚也。违天坐食，将必有大咎。”毅然竟去。后困卧裴圣公祠下，裴圣公，不知何时人，志乘亦不能详。土人云：祈雨时有验。忽有醉人曳其足，痛不可忍，醉人去后，足已伸矣，由是遂能行。至乾隆己卯乃卒。际飞，故先祖门客，余犹及见，自述此事甚详。盖希圣为善宜受报，而以命自安，不受人报，故神代报焉。非似无理而亦有至理乎？

戈芥舟前辈尝载此二事于县志，讲学家颇病其语怪。余谓芥舟此志，惟乩仙联句及王生殇子二条，偶不割爱耳。全书皆体例谨严，具有史法。其载此二事，正以见匹夫匹妇，足感神明。用以激发善心，砥砺[3]薄俗，非以小说家言滥登舆记也。汉建安中，河间太守刘照妻葳蕤锁事，载《录异传》。晋武帝时，河间女子剖棺再活事，载《搜神记》。皆献邑故事，何尝不删剟其文哉？

注释

①固：固执；顽固。　②挛（luán）：手脚蜷曲伸不开。③砥砺：勉励，激励。

外叔祖张公紫衡，家有小圃，中筑假山，有洞曰“泄云”。洞前为艺菊地，山后养数鹤。有王昊庐先生集欧阳永叔、唐彦谦句题联曰：“秋花不比春花落，尘梦那如鹤梦长。”颇为工切。一日，洞中笔砚移动，满壁皆摹仿此十四字。拗捩欹斜，不成点画。用笔或自下而上升，自右而左，或应连者断，应断者连，似不识字人所书。疑为童稚游戏，重垩[1]而鐍[2]其户。越数日，启视复然，乃知为魅。一夕闻格格磨墨声，持刃突入掩之。一老猴跃起冲人去，自是不复见矣。不知其学书何意也。

余尝谓小说载异物能文翰者，惟鬼与狐差可信。鬼本人，狐近于人也。其他草木鸟兽，何自知声病？至于浑家门客并苍蝇草帚亦俱能诗，即属寓言，亦不应荒诞至此。此猴岁久通灵，学人涂抹，正其顽劣之本色，固不必有所取义耳。

注释

①垩（è）：粉刷墙壁。　②鐍（jué）：锁闭。

卷八

如是我闻二

先叔仪南公言：有王某、曾某，素相善。王艳[1]曾之妇，乘曾为盗所诬引，阴贿吏毙于狱。方营求媒妁，意忽自悔，遂辍[2]其谋。拟为作功德解冤，既而念佛法有无未可知，乃迎曾父母妻子于家，奉养备至。如是者数年，耗其家资之半。曾父母意不自安，欲以妇归王。王固辞，奉养益谨。又数年，曾母病，王侍汤药，衣不解带。曾母临殁，曰："久荷厚恩，来世何以为报乎？"王乃叩首流血，具陈其实，乞冥府见曾为解释。母慨诺。曾父亦手作一札，纳曾母袖中，曰："死果见儿，以此付之。如再修怨，黄泉下无相见也。"后王为曾母营葬，督工劳倦，假寐圹[3]侧。忽闻耳畔大声曰："冤则解矣。尔有一女，忘之乎？"惕然而寤，遂以女许嫁其子。后竟得善终。

以必不可解之冤，而感以不能不解之情，真狡黠人哉！然如是之冤犹可解，知无不可解之冤矣。亦足为悔罪者劝也。

注释

① 艳：羡慕。　② 辍（chuò）：停止，中止。　③ 圹（kuàng）：墓穴。

从兄旭升言：有丐妇甚孝其姑，尝饥踣[1]于路，而手一盂[②]饭不肯释，曰："姑未食也。"自云初亦仅随姑乞食，听指挥而已。一日，同栖古庙，夜闻殿上厉声曰："尔何不避孝妇，使受阴气发寒热？"一人称手捧急檄[③]，仓卒未及睹。又闻叱责曰："忠臣孝子，顶上神光照数尺，尔岂盲耶？"俄闻鞭捶呼号声，久之乃寂。次日至村中，果闻一妇馌[④]田，为旋风所扑，患头痛。问其行事，果以孝称。自是感动，事姑恒恐不至云。

注释

①踣（bó）：跌倒。 ②盂：盛饭的器皿。 ③檄：官府所用的文书。 ④馌（yè）：送饭到田间。

旭升又言：县吏李懋华，尝以事诣[①]张家口。于居庸关外，夜失道，暂憩山畔神祠。俄灯火晃耀，遥见车骑杂遝，将至祠门。意是神灵，伏匿庑下。见数贵官并入祠坐，左侧似是城隍，中四五座则不识何神。数吏抱簿陈案上，一一检视。窃听其语，则勘验一郡善恶也。

一神曰："某妇事亲无失礼，然文至而情不至。某妇亦能得姑舅欢，然退与其夫有怨言。"一神曰："风俗日偷，神道亦与人为善。阴律孝妇延一纪，此二妇减半可也。"佥曰："善。"

俄一神又曰："某妇至孝而至淫，何以处之？"一神曰："阳律犯淫罪止杖，而不孝则当诛。是不孝之罪，重于淫也。不孝之罪重，则能孝者福亦重。轻罪不可削重福，宜舍淫而论其孝。"一神曰："服劳奉养，孝之小者；亏行辱亲，不孝之大者。小孝难赎大不孝，宜舍孝而科其淫。"一神曰："孝，大德也，非他恶所能掩。淫，大罚也，非他善所能赎。宜罪福各受其报。”侧坐者磬折请曰：“罪福相抵可乎？”神掉首曰：“以淫而削孝之福，是使人疑孝无福也；以孝而免淫之罪，是使人疑淫无罪也。相抵恐不可。”一神隔坐言曰：“以孝之故，虽至淫而不加罪，不使人愈知孝乎？以淫之故，虽至孝而不获福，不使人愈戒淫乎？相抵是。”一神沉思良久曰：“此事出入颇重大，请命于天曹可矣。”语讫俱起，各命驾而散。

李故老吏，娴[②]案牍，阴记其语，反复思之，不能决。不知天曹作何判断也。

注释

①诣（yì）：到。 ②娴（xián）：熟悉。

董曲江言：陵县一嫠妇[①]，夏夜为盗撬窗入，乘其睡污之。醒而惊呼，则逸矣。愤恚病卒，竟不得贼之主名。越四载余，忽村民李十雷震死。一媪合掌诵佛曰：“某妇之冤雪矣。当其呼救时，吾亲见李十逾墙出。畏其悍而不敢言也。”

注释

①嫠（lí）妇：寡妇。

西城将军教场一宅，周兰坡学士尝居之。夜或闻楼上吟哦声，知为狐，弗[①]讶也。及兰坡移家，狐亦他徙。

后田白岩僦居，数月狐乃复归。白岩祭以酒脯，并陈祝词于几曰：“闻此蜗庐，曾停鹤驭[②]。复闻飘然远引，似桑下浮图。鄙人匏系一官，萍飘十载。拮据称贷，卜此一廛。数夕来咳笑微闻，似仙舆复返。岂鄙人德薄，故尔见侵？抑夙有因缘，来兹聚处欤？既承惠顾，敢拒嘉宾！惟冀各守门庭，使幽明异路，庶均归宁谧，异苔不害于同岑[③]。敬布腹心[④]，伏惟鉴烛。”

次日楼前飘堕一帖云：“仆虽异类，颇悦诗书，雅不欲与俗客伍。此宅数十年来，皆词人栖息，惬所素好，故挈族安居。自兰坡先生恝然[5]舍我，后来居者，目不胜驵侩[6]之容，耳不胜歌吹之音，鼻不胜酒肉之气。迫于无奈，窜迹山林。今闻先生山姜之季子，文章必有渊源，故望影来归，非期相扰。自今以往，或检书獭祭，偶动芸签[7]，借笔鸦涂，暂磨鸜[8]眼。此外如一毫陵犯，任先生诉诸明神。愿廓清襟，勿相疑贰。”末题“康默顿首顿首”。从此声息不闻矣。

白岩尝以此帖示客，斜行淡墨，似匆匆所书。或曰：“白岩托迹微官，滑稽玩世，故作此以寄诙嘲，寓言十九。”是或然欤？然此与李庆子遇狐叟事大旨相类，不应俗人雅魅，叠见一时，又同出于山左。或李因田事而附会，或田因李事而推演，均未可知。传闻异词，姑存其砭世之意而已。

注释

①弗：不。 ②鹤驭：指仙人。 ③同岑：同一山上。 ④腹心：至诚之心。 ⑤恝（jiá）然：冷淡的样子。 ⑥驵（zǎng）侩：泛指市侩。 ⑦芸签：指书籍。 ⑧鸜（qú）眼：有圆形斑点的砚石。

一故家子，以奢纵婴法网。殁后数年，亲串中有召仙者，忽附乩自道姓名，且陈愧悔。既而复书曰：“仆家法本严。仆之罹[1]祸，以太夫人过于溺爱，养成骄恣之性，故蹈陷阱而不知耳。虽然，仆不怨太夫人。仆于过去生中，负太夫人命，故今以爱之者杀之，隐偿其冤。因果牵缠，非偶然也。”观者皆为太息。

夫偿冤[2]而为逆子，古有之矣。偿冤而为慈母，载籍之所未睹也。然据其所言，乃凿然中理。

注释

①罹（lí）：遭受。 ②偿冤：报怨。

宛平何华峰，官宝庆同知时，山行疲困，望水际一草庵，投之暂憩[1]。榜曰“孤松庵”，门联曰：“白鸟多情留我住，青山无语看人忙。”有老僧应门，延入具茗，颇香洁，而落落无宾主意。室三楹，亦甚朴雅。中悬画佛一轴，有八分书题曰：“半夜钟磬寂，满庭风露清。琉璃青黯黯，静对古先生。”不署姓名，印章亦模糊不辨。旁一联曰：“花幽防引蝶，云懒怯随风。”亦不题款。指问：“此师自题耶？”漠然不应，以手指耳而已。

归途再过其地，则波光岚影，四顾萧然，不见向庵所在。从人记遗[2]烟筒一枝，寻之，尚在老柏下。竟不知是佛祖是鬼魅也。

华峰画有《佛光示现卷》，并自记始末甚悉。华峰殁后，想已云烟过眼矣。

注释

①憩（qì）：休息。 ②遗（yí）：丢失。

族兄次辰言：其同年康熙甲午孝廉某，尝游嵩山。见女子汲[1]溪水，试求饮，欣然与一瓢。试问路，亦欣然指示。因共坐树下语，似颇涉翰墨，不类田家妇。疑为狐魅，爱其娟秀，且相款洽[2]。

女子忽振衣起曰：“危乎哉！吾几败。”怪而诘[3]之，赧然[4]曰："吾从师学道百余年，自谓此心如止水。师曰：'汝能不起妄念耳，妄念故在也。不见可欲故不乱，见则乱矣。平沙万顷中，留一粒草子，见雨即芽。汝魔障将至，明日试之，当自知。'今果遇君，问答留连，已微动一念，再片刻则不自持矣。危乎哉！吾几败。"踊身一跃，直上树杪，瞥如飞鸟而去。

注释

①汲（jí）：打水。②款洽：亲切，亲密。 ③诘：追问。④赧（nǎn）然：羞愧难为情的样子。

次辰又言：族祖徵君公讳炅，康熙己未举博学鸿词。以天性疏放，恐妨游览，称疾不预试。尝至登州观海市，过一村塾小憩。见案上一旧端砚，背刻狂草十六字，曰："万木萧森，路古山深。我坐其间，写《上堵吟》。"侧书"惜哉此叟"四字，盖其号也。问所自来，塾师云："村南林中有厉鬼，夜行者遇之辄病。一日，众伺其出，持兵杖击之，追至一墓而灭。因共发掘，于墓中得此砚。吾以粟一斗易之也。"

案《上堵吟》乃孟达作。是必胜国旧臣，降而复叛，败窜入山以死者。生既进退无据，殁又不自潜藏，取暴骨之祸。真顽梗不灵之鬼哉！

海之有夜叉，犹山之有山魈，非鬼非魅，乃自一种类，介乎人物之间者也。刘石庵参知言：诸城滨海处，有结寮捕鱼者。一日，众皆棹舟出，有夜叉入其寮[1]中，盗饮其酒，尽一罂。醉而卧，为众所执。束缚捶击，毫无灵异，竟困踣而死。

注释

①寮（liáo）：茅屋。

族侄贻孙言：昔在潼关，宿一驿。月色满窗，见两人影在窗上，疑为盗。谛视，则腰肢纤弱，鬟髻宛然，似一女子将一婢。穴纸潜觑，乃不睹其形。知为妖魅，以佩刀隔棂斫之。有黑烟两道，声如鸣镝[①]，越屋脊而去。虑其次夜复来，戒仆借鸟铳以俟。夜半果复见影，乃二虎对蹲。与仆发铳并击，应声而灭。自是不复至。疑本游神，故无形质，阳光震烁，消散不能聚矣。

注释

①鸣镝（dí）：古时一种射出去带响的箭，多用于发号令。

献县王生相御，生一子，有抱之者，辄空中掷与数十钱。知县杨某自往视，乃掷下白金五星。此子旋夭亡，亦无他异。或曰："王生倩作戏术者般运之，将托以箕敛。"或曰："狐所为也。"是皆不可知。然居官者遇此等事，即确有鬼凭，亦当禁治，使勿荧[①]民听，正不必论其真妄也。

注释

①荧：迷惑。

李又聃先生言：雍正末年，东光城内，忽一夜家家犬吠，声若潮涌。皆相惊出视，月下见一人披发至腰，衰衣麻带，手执巨袋，袋内有千百鹅鸭声，挺立人家屋脊上，良久又移过别家。次日，凡所立之处，均有鹅鸭二三只，自檐掷下，或烹而食，与常畜者味无异。莫知何怪。后凡得鹅鸭之家，皆有死丧，乃知为凶煞偶现也。先外舅马公周箓家，是夜亦得二鸭。是岁，其弟靖逆同知庚长公卒，信又聃先生语不谬[①]。

顾自古至今，遭丧者恒河沙数，何以独示兆于是夜？是夜之中，何以独示兆于是地？是地之中，何以独示兆于数家？其示兆皆掷以鹅鸭，又义何所取？鬼神之故，有可知有不可知，存而不论可矣。

注释

①谬（miù）：错误。

道士王昆霞言：昔游嘉禾，新秋爽朗，散步湖滨。去人稍远，偶遇宦家废圃，丛篁老木，寂无人踪。徙倚其间，不觉昼寝。梦古衣冠人长揖曰："岑寂荒林，罕逢嘉客。既见君子，实慰素心。幸勿以异物见摈[①]。"心知是鬼，姑诘所从来。曰："仆耒阳张湜[②]。元季流寓此邦，殁而旅葬。爱其风土，无复归思。园林凡易十余主，栖迟未能去也。"问："人皆畏死而乐生，何独耽鬼趣？"曰："死生虽殊，性灵不改，境界亦不改。山川风月，人见之，鬼亦见之；登临吟咏，人有之，鬼亦有之。鬼何不如人？且幽深险阻之胜，人所不至，鬼得以魂游；萧寥清绝之景，人所不睹，鬼得以夜赏。人且有时不如鬼。彼夫畏死而乐生者，由嗜欲[③]撄心[④]，妻孥[⑤]结恋。一旦舍之入冥漠[⑥]，如高官解组[⑦]，息迹林泉，势不能不戚戚。不知本住林泉者，耕田凿井，恬熙[⑧]相安，原无所戚戚于中也。"问："六道轮回，事有主者，何以竟得自由？"曰："求生者如求官，惟人所命；不求生者如逃名，惟己所有。苟不求生，神不强也。"又问："寄怀既远，吟咏必多。"曰："兴之所至，或得一联一句，率不成篇。境过即忘，亦不复追索。偶然记忆，可质高贤者，才三五章耳。”因朗吟曰：“残照下空山，暝色苍然合。”昆霞击节。又吟曰：“黄叶……”甫得二字，忽闻噪叫声，霍然而寤，则渔艇打桨相呼也。再倚柱暝坐，不复成梦矣。

注释

①摈（bìn）：遗弃，抛弃。 ②湜（shí）：形容水清见底，此处用作人名。 ③嗜欲：嗜好欲望，指肉体感官的欲望。④撄心：扰乱心神。 ⑤妻孥：妻子儿女。 ⑥冥漠：指阴间。⑦解组：解绶，辞免官职。 ⑧恬熙：安乐。

昆霞又言：其师精晓六壬，而不为人占。昆霞为童子时，一日早起，以小札付之，曰：“持此往某家借书。定以申刻至，先期后期皆笞汝。”相去七八十里，竭蹶仅至。则某家兄弟阋[1]墙。启视其札，惟小字一行曰：“借《晋书·王祥传》一阅。”兄弟相顾默然，斗遂解。盖其弟正继母所生云。

注释

①阋（xì）：不和，争吵。

嘉峪关外有戈壁，径一百二十里，皆积沙无寸土。惟居中一巨阜，名“天生墩”，戍卒守之。冬积冰，夏储水，以供驿使之往来。初，威信公岳公钟琪西征时，疑此墩本一土山，为飞沙所没，仅露其顶。既有山，必有水。发卒凿之，穿至数十丈，忽持锸者皆堕下，在穴上者俯听之，闻风声如雷吼，乃辍役。穴今已圮，余出塞时，仿佛尚见其遗迹。

案佛氏有地水风火之说。余闻陕西有迁葬者，启穴时，棺已半焦，茹千总大业亲见之，盖地火所灼。又献县刘氏，母卒合葬，启穴不得其父棺。迹之，乃在七八步外，倒植土中。先姚安公亲见之。彭芸楣参知亦云，其乡有迁葬者，棺中之骨攒聚于一角，如积薪然。盖地风所吹也。

是知大气斡[1]运于地中，阴气化水，阳气则化风化火。水土同为阴类，一气相生，故无处不有。阳气则包于阴中，其微者，烁动之性，为阴所解；其稍壮者，聚而成硫黄、丹砂、礜石之属；其最盛者，郁而为风为火。故恒聚于一所，不处处皆见耳。

注释

①斡（wò）：转，旋。

伊犁城中无井，皆出汲于河。一佐领曰："戈壁皆积沙无水，故草木不生。今城中多老树，苟其下无水，树安得活？"乃拔木就根下凿井，果皆得泉，特汲须修绠[1]耳。知古称雍州土厚水深，灼然不谬。徐舍人蒸远曾预斯役，尝为余言，此佐领可云格物。蒸远能举其名，惜忘之矣。

后乌鲁木齐筑城时，鉴伊犁之无水，乃卜地通津，以就流水。余作是地杂诗，有曰："半城高阜半城低，城内清泉尽向西。金井银床无用处，随心引取到花畦。"纪其实也。然或雪消水涨，则南门为之不开。

又北山支麓，逼近谯楼，登冈顶关帝祠戏楼，则城中纤微皆见。故余诗又曰："山围芳草翠烟平，迢递新城接旧城。行到丛祠歌舞处，绿氍毹上看棋枰。"巴公彦弼镇守时，参将海起云请于山麓坚筑小堡，为犄角之势。巴公曰："汝但能野战，殊不知兵。北山虽俯瞰城中，然敌或结栅，可筑炮台仰击。火性炎上，势便而利。地势逼近，取准亦不难。彼决不能屯聚也。如筑小堡于上，兵多则地狭不能容，兵少则力弱不能守。为敌所据，反资以保障矣。”诸将莫不叹服。因记伊犁凿井事，并附录之。

注释

①绠（gěng）：汲水用的绳子。

乌鲁木齐泉甘土沃，虽花草亦皆繁盛。江西蜡五色毕备，朵若巨杯，瓣葳蕤[①]如洋菊；虞美人花大如芍药。大学士温公以仓场侍郎出镇时，阶前虞美人一丛，忽变异色，瓣深红如丹砂，心则浓绿如鹦鹉，映日灼灼有光，似金星隐耀，虽画工设色不能及。公旋擢福建巡抚去。余以彩线系花梗，秋收其子，次岁种之，仍常花耳。乃知此花为瑞兆，如扬州芍药偶开金带围也。

注释

①葳蕤（wēiruí）：草木茂盛的样子。

辛彤甫先生记异诗曰：“六道谁言事杳冥？人羊转毂迅无停。三弦弹出边关调，亲见青骡侧耳听。”康熙辛丑，馆余家日作也。

初，里人某货郎，逋[①]先祖多金不偿，且出负心语。先祖性豁达，一笑而已。一日午睡起，谓姚安公曰：“某货郎死已久，顷忽梦之，何也？”俄圉人报马生一青骡，咸曰：“某货郎偿夙逋也。”先祖曰：“负我偿者多矣，何独某货郎来偿？某货郎负人亦多矣，何独来偿我？事有偶合，勿神其说，使人子孙蒙耻也。”然圉人每戏呼某货郎，辄昂首作怒状。平生好弹三弦，唱边关调，或对之作此曲，辄耸耳以听云。

注释

①逋（bū）：欠下，拖欠。

古书字以竹简，误则以刀削改之，故曰刀笔。黄山谷名其尺牍曰刀笔，已非本义。今写讼牒者称刀笔，则谓笔如刀耳，又一义矣。

余督学闽中时，一生以导人诬告戍边。闻其将败前，方为人构词，手中笔爆然一声，中裂如劈。恬不知警，卒及祸。

又文安王岳芳言：其乡有构陷善类者，方具草[①]，讶字皆赤色。视之，乃血自毫端出。投笔而起，遂辍是业，竟得令终。

余亦见一善讼者，为人画策，诬富民诱藏其妻，富民几破家。案尚未结，而善讼者之妻，真为人所诱逃。不得主名，竟无所用其讼。

注释

①具草：拟稿，起草。

天道乘除，不能尽测。善恶之报，有时应，有时不应，有时即应，有时缓应，亦有时示以巧应。余在乌鲁木齐时，吉木萨报遣犯刘允成为逋负过多，迫而自缢。余饬[①]吏销除其名籍，见原案注语云："为重利盘剥，逼死人命事。"

注释

①饬（chì）：命令。

乌鲁木齐巡检所驻，曰呼图壁。呼图译言鬼，呼图壁译言有鬼也。尝有商人夜行，暗中见树下有人影。疑为鬼，呼问之。曰："吾日暮抵此，畏鬼不敢前，待结伴耳。"因相趁[1]共行，渐相款洽。其人问："有何急事，冒冻夜行?"商人曰："吾夙负一友钱四千，闻其夫妇俱病，饮食药饵恐不给，故往送还。"是人却立树背，曰："本欲祟公，求小祭祀。今闻公言，乃真长者。吾不敢犯公，愿为公前导，可乎?"不得已，姑随之。凡道路险阻，皆预告。俄缺月微升，稍能辨物。谛视，乃一无首人，慄然却立。鬼亦奄然[2]而灭。

注释

①相趁：相伴。 ②奄然：忽然。

冯巨源官赤城教谕时，言赤城山中一老翁，相传元代人也。巨源往见之，呼为仙人。曰："我非仙，但吐纳导引，得不死耳。"叩其术，曰："不离乎丹经，而非丹经所能尽。其分刌[1]节度，妙极微芒。苟无口诀真传，但依法运用，如检谱对弈，弈必败；如拘方治病，病必殆。缓急先后，稍一失调，或结为痈疽，或滞为拘挛[2]。甚或精气瞀乱，神不归舍，竟至于颠痫。是非徒无益已也。"问："容成、彭祖之术，可延年乎?"曰："此邪道也。不得法者，祸不旋踵；真得法者，亦仅使人壮盛。壮盛之极，必有决裂横溃之患，譬如悖理聚财，非不骤富，而断无终享之理。公毋为所惑也。"又问："服食延年，其法如何?"曰："药所以攻伐疾病，调补气血，而非所以养生。方士所饵，不过草木金石。草木不能不朽腐，金石不能不消化。彼且不能自存，而谓借其余气，反长存乎?"又问："得仙者，果不死欤?"曰："神仙可不死，而亦时时可死。夫生必有死，物理之常。炼气存神，皆逆而制之者也。逆制之力不懈，则气聚而神亦聚；逆制之力或疏，则气消而神亦消。消则死矣。如多财之家，勤俭则常富，不勤不俭则渐贫，再加以奢荡，则贫立至。彼神仙者，固亦兢兢然恐不自保，非内丹一成，即万劫不坏也。”巨源请执弟子礼。曰：“公于此道无缘，何必徒荒其本业？不如其已。”巨源怅然而返。

景州戈鲁斋为余述之，称其言皆笃实，不类方士之炫惑云。

注释

①分刌（cǔn）：划分，分切。 ②拘挛（jūluán）：肌肉收缩不能自如伸展。

先姚安公言：有扶乩治病者，仙自称芦中人。问：“岂伍相国耶？”曰：“彼自隐语，吾真以此为号也。”其方时效时不效，曰：“吾能治病，不能治命。”一日，降牛丈希英姚安公称牛丈字作此二字音，未知是否此二字否。牛丈讳瑍，娶前母安太夫人之从妹。家，有乞虚损方者。仙判曰：“君病非药所能治，但遏[1]除嗜欲，远胜于草根树皮。”又有乞种子方者，仙判曰：“种子有方，并能神效。然有方与无方同，神效亦与不效同。夫精血化生，中含欲火，尚毒发为痘，十中必损其一二。况助以热药，抟结成胎，其蕴毒必加数倍。故每逢生痘，百不一全。人徒于夭折之时，惜其不寿，而不知未生之日，已先伏必死之机。生如不生，亦何贵乎种耶？此理甚明，而昔贤未悟。山人志存济物，不忍以此术欺人也。”其说中理，皆医家所不肯言，或真有灵鬼凭之欤？

又闻刘季箴先生尝与论医，乩仙曰：“公补虚好用参。夫虚证种种不同，而参之性则专有所主，不通治各证。以藏府而论，参惟至上焦、中焦，而下焦不至焉；以荣卫而论，参惟至气分，而血分不至焉。肾肝虚与阴虚，而补以参，庸有济乎？岂但无济，亢阳不更煎铄乎？且古方有生参、熟参之分，今采参者得即蒸之，何处得有生参乎？古者参出于上党，秉中央土气，故其性温厚，先入中宫。今上党气竭，惟用辽参，秉东方春气，故其性发生，先升上部。即以药论，亦各有运用之权。愿公审之。”季箴极不以为然。余不知医，并附录之，待精此事者论定焉。

注释

①遏（è）：阻止。

歙人蒋紫垣，流寓献县程家庄，以医为业。有解砒毒方，用之十全。然必邀[①]取重资，不满所欲，则坐视其死。一日暴卒，见梦于居停主人曰：“吾以耽利之故，误人九命矣。死者诉于冥司，冥司判我九世服砒死。今将赴转轮，赂鬼卒得来见君。以此方奉授，君能持以活一人，则我少受一世业报也。”言讫，泣涕而去曰：“吾悔晚矣！”

其方以防风一两研为末，水调服之而已，无他秘药也。又闻诸沈丈丰功曰：“冷水调石青，解砒毒如神。”沈丈平生不妄语，其方当亦验。

注释

①邀：求取，希望得到。

老儒刘挺生言：东城有猎者，夜半睡醒，闻窗纸淅淅作响，俄又闻窗下窸窣声。披衣叱问，忽答曰：“我鬼也，有事求君，君勿怖[①]。”问其何事，曰：“狐与鬼自古不并居，狐所窟穴之墓，皆无鬼之墓也。我墓在村北三里许，狐乘我他往，聚族居之，反驱我不得入。欲与斗，则我本文士，必不胜。欲讼诸土神，即幸而得申，彼终亦报复，又必不胜。惟得君等行猎时，或绕道半里，数过其地，则彼必恐怖而他徙矣；然傥有所遇，勿遽殪[2]获，恐事机或泄，彼又修怨于我也。”猎者如其言，后梦其来谢。

夫鹊巢鸠据，事理本直。然力不足以胜之，则避而不争；力足以胜之，又长虑深思而不尽其力。不求幸胜，不求过胜，此其所以终胜欤！孱弱[3]者遇强暴，如此鬼可矣。

注释

①怖：害怕。 ②殪（yì）：杀死。 ③孱（chán）弱：瘦小虚弱。

舅氏张公健亭言：沧州牧王某，有爱女婴疾沉困。家人夜入书斋，忽见其对月独立花阴下，悚然而返。疑为狐魅托形，嗾犬扑之，倏然灭迹。俄室中病者语曰：“顷梦至书斋看月，意殊爽适。不虞有猛虎突至，几不得免，至今犹悸汗。”知所见乃其生魂也。

医者闻之，曰：“是形神已离，虽卢扁[1]莫措矣。”不久果卒。

注释

①卢扁：古代名医扁鹊，因家于卢国，故又名“卢扁”。

闽有方竹，燕山之柿形微方，此各一种也。山东益都有方柏，盖一株偶见，他柏树则皆不方。

余八九岁时，见外祖家介祉堂中有菊四盎，开花皆正方，瓣瓣整齐如裁剪。云得之天津查氏，名黄金印。先姚安公乞其根归，次岁花渐圆，再一岁则全圆矣。

或曰："花原常菊，特种者别有法。如靛浸莲子，则花青；墨揉玉簪之根，则花黑也。"是或一说欤？

家奴宋遇病革时，忽张目曰："汝兄弟辈来耶，限在何日？"既而自语曰："十八日亦可。"时一讲学者馆[1]余家，闻之哂曰："谵语[2]也。"届期果死。又哂曰："偶然耳。"申铁蟾方与共食，投箸太息曰："公可谓笃信程朱矣！"

注释

①馆：住宿。②谵（zhān）语：病中胡言乱语。

奇节异烈，湮没无传者，可胜道哉！

姚安公闻诸云台公曰："明季避乱时，见夫妇同逃者，其夫似有腰缠。一贼露刃追之急，妇忽回身屹立。待贼至，突抱其腰。贼以刃击之，血流如注，坚不释手。比气绝而仆，则其夫脱去久矣。惜不得其名姓。"

又闻诸镇番公曰："明季河北五省皆大饥，至屠人鬻肉，官弗能禁。有客在德州、景州间，入逆旅[1]午餐。见少妇裸体伏俎[2]上，绷其手足，方汲水洗涤。恐怖战悚之状，不可忍视。客心悯恻，倍价赎之。释其缚，助之著衣，手触其乳，少妇艴[3]然曰：'荷君再生，终身贱役无所悔。然为婢媪则可，为妾媵则必不可。吾惟不肯事二夫，故鬻诸此也，君何遽相轻薄耶？'解衣掷地，仍裸体伏俎上，瞑目受屠。屠者恨之，生割其股肉一脔。哀号而已，终无悔意，惜亦不得其姓名。"

注释

①逆旅：旅店。 ②俎（zǔ）：砧板。 ③艴（fú）：生气的样子。

肃宁王太夫人，姚安公姨母也。言其乡有嫠妇，与老姑抚孤子，七八岁矣。妇故有色，媒妁屡至，不肯嫁。会子患痘甚危，延某医诊视。某医遣邻妪密语曰："是症吾能治。然非妇荐枕，决不往。"妇与姑皆怒谇[①]。既而病将殆，妇姑皆牵[②]于溺爱，私议者彻夜，竟饮泣曲从。不意施治已迟，迄不能救。妇悔恨投缳殒，人但以为痛子之故，不疑有他。姑亦深讳其事，不敢显言。

俄而某医死，俄而其子亦死。室弗戒于火，不遗寸缕。其妇流落入青楼，乃偶以告所欢云。

注释

①谇（suì）：责骂。 ②牵：关连，带累。

余布衣萧客言：有士人宿会稽山中，夜闻隔涧有讲诵声。侧耳谛听，似皆古训诂。次日越涧寻访，杳无踪迹。徘徊数日，冀有所逢。忽闻木杪人语曰："君嗜古乃尔，请此相见。"回顾之顷，石室洞开。室中列坐数十人，皆掩卷振衣，出相揖让。士人视其案上，皆诸经注疏。居首坐者拱手曰："昔尼山奥旨，传在经师。虽旧本犹存，斯文未丧，而新说迭出，嗜古者稀。先圣恐久而渐绝，乃搜罗鬼录，征召幽灵。凡历代通儒精魂尚在者，集于此地，考证遗文。以次转轮，生于人世。冀递修古学，延杏坛一线之传。子其记所见闻，告诸同志，知孔孟所式凭[①]，在此不在彼也。"士人欲有所叩，倏似梦醒，乃倚坐老松之下。

萧客闻之，裹粮[2]而往。攀萝扪葛，一月有余，无所睹而返。

此与朱子颖所述经香阁事，大旨相类。或曰："萧客喜谈古义，尝撰《古经解钩沉》，故士人投其所好以戏之。"是未可知。或曰："萧客造作此言，以自托降生之一。"亦未可知也。

注释

①式凭：依附，依靠。 ②裹粮：携带粮食。

姚安公官刑部日，同官王公守坤曰："吾夜梦人浴血立，而不识其人。胡为乎来耶?"陈公作梅曰："此君恒恐误杀人，惴惴然如有所歉[1]，故缘心造象耳。本无是鬼，何由识其为谁？且七八人同定一谳牍[2]，何独见梦于君？君勿自疑。"佛公伦曰："不然。同事则一体，见梦于一人，即见梦于人人也。我辈治天下之狱，而不能虑天下之囚。据纸上之供词，以断生死，何自识其人哉？君宜自儆，我辈皆宜自儆[3]。"姚安公曰："吾以佛公之论为然。"

注释

①歉：觉得对不住人，内心不安。 ②谳（yàn）牍：判案的案卷。 ③儆（jǐng）：使人觉悟，反省。

吕太常含辉言：京师有富室娶妇者，男女并韶[1]秀，亲串皆望若神仙。窥其意态，夫妇亦甚相悦。次日天晓，门不启，呼之不应。穴窗窥之，则左右相对缢。视其衾[2]，已合欢矣。婢媪皆曰："是昨夕已卸妆，何又着盛服而死耶?"异哉！此狱虽皋陶，不能听矣。

注释

①韶（sháo）：美好。 ②衾（qīn）：被子。

里胥宋某，所谓东乡太岁者也。爱邻童秀丽，百计诱与狎。为童父所觉，迫童自缢。其事隐密，竟无人知。

一夕，梦被拘至冥府，云为童所诉。宋辩曰："本出相怜，无相害意。死由尔父，实出不虞。"童言："尔不相诱，我何缘受淫？我不受淫，何缘得死？推原祸本，非尔其谁？"宋又辩曰："诱虽由我，从则由你。回眸一笑，纵体相就者谁乎？本未强干，理难归过。"冥官怒叱曰："稚子无知，陷尔机阱。饵鱼充馔，乃反罪鱼耶？"拍案一呼，慄然惊寤[1]。

后官以贿败，宋名丽案中，祸且不测。自知业报，因以梦备告所亲。逮及狱成，乃仅拟城旦，窃谓梦境无凭也。比三载释归，则邻叟恨子之被污，乘其妇独居，饵[2]以重币，已"见金夫不有躬"矣。宋畏人多言，竟惭而自缢。然则前之幸免，岂非留以有待，示所作所受，如影随形哉！

注释

①寤（wù）：醒。 ②饵：引诱。

旧仆邹明言：昔在丹阳县署，夜半入厕。过一空屋，闻中有男女媟狎声，以为内衙僮婢，幽会于斯。惧为累，潜踪而返。后月夜复闻之，从窗隙窃窥，则内衙无此人；又时方冱[1]冻，乃裸无寸缕，疑为妖魅。于窗外轻嗽，倏然灭迹。

偶与同伴话及，一火夫曰："此前官幕友某所居。幕友有雕牙秘戏像一盒，腹有机轮，自能运动。恒置枕函中，时出以戏玩。一日失去。疑为同事者所藏，后终无迹。岂此物为祟耶?”遍索室中，迄不可得，以不为人害，亦不复追求。殆常在茵席之间，得人精气，久而幻化欤?

注释

①冱（hù）：寒冷。

外祖雪峰张公家，牡丹盛开。家奴李桂，夜见二女凭阑立。其一曰：“月色殊佳。”其一曰：“此间绝少此花，惟佟氏园与此数株耳。”桂知是狐，掷片瓦击之，忽不见。俄而砖石乱飞，窗棂皆损。雪峰公自往视之，拱手曰：“赏花韵事，步月雅人，奈何与小人较量，致杀风景!”语讫[1]寂然。公叹曰：“此狐不俗!”

注释

①讫：完毕。

佃户张九宝言：尝夏日锄禾毕，天已欲瞑[1]，与众同坐田塍[2]上。见火光一道如赤练，自西南飞来。突堕于地，乃一狐。苍白色，被创流血，卧而喘息。急举锄击之，复努力跃起，化火光投东北去。

后牵车贩鬻至枣强，闻人言某家妇为狐所媚，延道士劾治，已捕得封罂中。儿童辈私揭其符，欲视狐何状，竟破罂飞去。问其月日，正见狐堕之时也。

此道士咒术可云有验，然无奈呆稚之窃窥。古来竭力垂成[3]，而败于无知者之手，类如斯也夫!

注释

①暝：天黑。 ②塍（chéng）：田埂。 ③垂成：事情将要成功。

老仆刘琪言：其妇弟某，尝独卧一室，榻在北牖[1]。夜半觉有手扪拊，疑为盗。惊起谛视，其臂乃从南牖探入，长殆丈许。某故有胆，遽捉执之。忽一臂又破棂而入，径批[2]其颊，痛不可忍。方回手支拒，所捉臂已掣去矣。闻窗外大声曰："尔今畏否？"方忆昨夕林下纳凉，与同辈自称不畏鬼也。

鬼何必欲人畏？能使人畏，鬼亦复何荣？以一语之故，寻衅求胜，此鬼可谓多事矣。裘文达公尝曰："使人畏我，不如使人敬我。敬发乎人之本心，不可强求。"惜此鬼不闻此语也。

注释

①牖（yǒu）：窗。 ②批：打。

宗室瑶华道人言：蒙古某额驸尝射得一狐，其后两足着红鞋，弓弯与女子无异。又沈少宰云椒言：李太仆敬堂，少与一狐女往来。其太翁疑为邻女，布灰于所经之路。院中足印作兽迹，至书室门外，则足印作纤纤样矣。某额驸所射之狐，了无他异。敬堂所眷[1]之狐，居数岁别去。敬堂问："何时当再晤？"曰："君官至三品，当来迎。"此语人多知之，后来果验。

注释

①眷：顾念，爱恋。

外叔祖张公雪堂言：十七八岁时，与数友月夜小集。时霜蟹初肥，新笃亦熟。酣洽[①]之际，忽一人立席前，着草笠，衣石蓝衫，蹑镶云履，拱手曰："仆虽鄙陋，然颇爱把酒持螯。请附末坐可乎？"众错愕不测，姑揖之坐。问姓名，笑不答，但痛饮大嚼，都无一语。醉饱后，蹶然[②]起曰："今朝相遇，亦是前缘。后会茫茫，不知何日得酬高谊。"语讫，耸身一跃，屋瓦无声，已莫知所在。视椅上有物粲然，乃白金一饼，约略敌是日之所费。

或曰："仙也。"或曰："术士也。"或曰："剧盗也。"余谓剧盗之说为近之。小时见李金梁辈，其技可以至此。

又闻窦二东之党，二东，献县剧盗。其兄曰大东，皆逸其名，而以乳名传。他书记载，或作窦尔敦，音之转耳。每能夜入人家，伺妇女就寝，胁以刃，禁勿语，并衾褥卷之，挟以越屋数十重。晓钟将动，仍卷之送还。被盗者惘惘如梦。一夕，失妇家伏人于室，俟其送还，突出搏击。乃一手挥刀格斗，一手掷妇于床上，如风旋电掣，倏已无踪。殆唐代剑客之支流乎？

注释

①酣洽：酣畅欢洽。 ②蹶（juě）：忽然，突然。

奇门遁甲之书，所在多有，然皆非真传。真传不过口诀数语，不著诸纸墨也。德州宋清远先生言：曾访一友，清远曾举其姓名，岁久忘之。清远称雨后泥泞，借某人一驴骑往，则所居不远矣。友留之宿，曰："良夜月明，观一戏剧可乎？"因取凳十余，纵横布院中，与清远明烛饮堂上。二鼓后，见一人逾垣入，环转阶前，每遇一凳，辄蹒跚，努力良久，乃跨过。始而顺行，曲踊[①]一二百度。转而逆行，又曲踊一二百度。疲极踣卧，天已向曙[②]矣。友引至堂上，诘问何来。叩首曰："吾实偷儿，入宅以后，惟见层层皆短垣，愈越愈不能尽。窘而退出，又愈越愈不能尽。故困顿见擒，死生惟命。”友笑遣之。谓清远曰：“昨卜有此偷儿来，故戏以小术。”问：“此何术?”曰：“奇门法也。他人得之，恐召祸。君真端谨，如愿学，当授君。”清远谢不愿。友太息曰：“愿学者不可传，可传者不愿学，此术其终绝矣乎!”意若有失，怅怅送之返。

注释

①曲踊：跳跃。 ②向曙：天快亮的时候。

有故家子，日者推其命大贵，相者亦云大贵，然垂老官仅至六品。

一日扶乩，问仕路崎岖之故。仙判曰：“日者不谬，相者亦不谬。以太夫人偏爱之故，削减官禄至此耳。”拜问：“偏爱诚不免，然何至削减官禄?”仙又判曰：“《礼》云继母如母，则视前妻之子当如子；庶子为嫡母服三年，则视庶子亦当如子。而人情险恶，自设町畦[①]，所生与非所生，厘然[②]如水火不相入。私心一起，机械万端。小而饮食起居，大而货财田宅，无一不所生居于厚，非所生者居于薄，斯已干[③]造物之忌矣。甚或离间谗构，密运阴谋，诟谇嚣陵，罔循礼法，使罹毒者吞声，旁观者切齿，犹哓哓称所生者之受抑。鬼神怒视，祖考怨恫，不祸谴其子，何以见天道之公哉?且人之享受，只有此数。此赢彼缩，理之自然。既于家庭之内，强有所增；自于仕宦之途，阴有所减。子获利于兄弟多矣，物不两大，亦何憾于坎坷乎?”其人悚然而退。

后亲串中一妇闻之，曰：“悖哉此仙!前妻之子，恃其年长，无不吞噬其弟者；庶出之子，恃其母宠，无不凌轹[④]其兄者。非有母为之撑拄，不尽为鱼肉乎?”姚安公曰：“是虽妒口，然不可谓无此事也。世情万变，治家者平心处之可矣。”

注释

①町畦（tǐngqí）：界域，界限。 ②厘然：清楚，分明。③干：冒犯，触犯。 ④凌轹：欺压。

族祖黄图公言：顺治、康熙间，天下初定，人心未一。某甲阴为吴三桂谍，以某乙骁健有心计，引与同谋。既而枭獍伏诛，鲸鲵就筑，亦既洗心悔祸，无复逆萌。而往来秘札，多在乙处。书中故无乙名，乙胁以讦[①]发，罪且族灭。不得已，以女归乙，赘于家。乙得志益骄，无复人理，迫淫其妇女殆遍，乃至女之母不免。女之幼弟才十三四，亦不免。皆饮泣受污，惴惴然恐失其意。

甲抑郁不自聊，恒避于外。一日散步田间，遇老父对语，怪附近村落无此人。老父曰：“不相欺，我天狐也。君固有罪，然乙逼君亦太甚，吾窃不平。今盗君秘札奉还，彼无所挟，不驱自去矣。”因出十余纸付甲。甲验之良是，即毁裂吞之，归而以实告乙。乙防甲女窃取，密以铁瓶瘗他处，潜往检视，果已无存。乃踉跄引女去。女日与诟谇，旋亦仳[②]离，后其事渐露，两家皆不齿于乡党，各携家远遁。

夫明季之乱极矣，圣朝荡涤洪炉，拯民水火。甲食毛践土已三十余年，当吴三桂拒命之时，彼已手戮桂王，断不得称楚之三户。则甲阴通三桂，亦不能称殷之顽民。即阖门骈戮，亦不为冤。乙从而污其闺帏，较诸荼毒善良，其罪似应未减。然乙初本同谋，罪原相埒[③]，又操戈挟制，肆厥凶淫，罪实当加甲一等。虽后来食报，无可证明，天道昭昭，谅必无幸免之理也。

注释

①讦（jié）：揭发别人的隐私。 ②仳（pǐ）：夫妻分离。③埒（liè）：等同，并立。

姚安公读书舅氏陈公德音家，一日早起，闻人语喧阗[①]，曰：客作张珉，昨夜村外守瓜田，今早已失魂不语矣。灌救百端，至夕乃苏，曰："二更以后，遥见林外有火光，渐移渐近。比至瓜田，乃一巨人，高十余丈，手执烛笼，大如一间屋，立团焦前，俯视良久。吾骇极晕绝，不知其何时去也。"

或曰："罔两[②]。"或曰："当是主夜神。"案《博物志》载主夜神咒曰："婆珊婆演底。"诵之可以辟恶梦，止恐怖，不应反现异状，使人恐怖，疑罔两为近之。

注释

①阗（tián）：声音大。 ②罔两：古代传说中的一种精怪。

姚安公又言：一夕，与亲友数人，同宿舅氏斋中。已灭烛就寝矣，忽大声如巨炮，发于床前，屋瓦皆震。满堂战栗，噤不能语，有耳聋数日者。

时冬十月，不应有雷霆；又无焰光冲击，亦不似雷霆。公同年高丈尔玿曰："此为鼓妖，非吉征也。主人宜修德以禳[①]之。"德音公亦终日栗栗，无一事不谨慎。是岁家有缢死者，别无他故。殆戒惧之力欤！

注释

①禳（ráng）：祈祷消除灾殃。

姚安公闻先曾祖润生公言：景城有姜三莽者，勇而戆。一日，闻人说宋定伯卖鬼得钱事，大喜曰："吾今乃知鬼可缚。如每夜缚一鬼，唾使变羊，晓而牵卖于屠市，足供一日酒肉资矣。"于是夜夜荷[①]梃执绳，潜行墟墓间，如猎者之伺狐兔，竟不能遇。即素称有鬼之处，佯醉寝以诱致之，亦寂然无睹。一夕，隔林见数磷火，踊跃奔赴。未至间，已星散去，懊恨而返。如是月余，无所得，乃止。

盖鬼之侮人，恒乘人之畏。三莽确信鬼可缚，意中已视鬼蔑如[②]矣，其气焰足以慑[③]鬼，故鬼反避之也。

注释

①荷：扛。 ②蔑如：微细，没有什么了不起。 ③慑：威胁。

益都朱天门言：有书生僦住京师云居寺，见小童年十四五，时来往寺中。书生故荡子，诱与狎，因留共宿。天晓，有客排闼入。书生窘愧，而客若无睹。俄僧送茶入，亦若无睹。

书生疑有异，客去，拥而固问之。童曰："公勿怖，我实杏花之精也。"书生骇曰："子其魅我乎?"童曰："精与魅不同。山魈[①]厉鬼，依草附木而为祟，是之谓魅。老树千年，英华内聚，积久而成形，如道家之结圣胎，是之谓精。魅为人害，精则不为人害也。"问："花妖多女子，子何独男?"曰："杏有雌雄，吾故雄杏也。"又问："何为而雌伏?"曰："前缘也。"又问："人与草木安有缘?"惭沮良久，曰："非借人精气，不能炼形故也。"书生曰："然则子仍魅我耳。"推枕遽起，童亦艴然去。

此书生悬崖勒马，可谓大智慧矣。其人盖天门弟子，天门不肯举其名云。

注释

①山魈（xiāo）：山中精怪。

申铁蟾，名兆定，阳曲人。以庚辰举人官知县，主余家最久。庚戌秋，在陕西试用，忽寄一札与余诀。其词恍惚迷离，抑郁幽咽，都不省为何语。而铁蟾固非不得志者，疑不能明也。

未几，讣音果至。既而见邵二云赞善，始知铁蟾在西安，病数月。病愈后，入山射猎，归而目前见二圆物如球，旋转如风轮，虽瞑目亦见之。如是数日，忽爆然裂，二小婢从中出，称仙女奉邀，魂不觉随之往。至则琼楼贝阙，一女子色绝代，通词自媒。铁蟾固谢，托以不惯居此宅。女子薄怒，挥之出，霍然而醒。越月余，目中见二圆物如前，爆出二小婢亦如前，仍邀之往。已别构一宅，幽折窈窕，颇可爱。问："此何地？"曰："佛桑。"请题堂额，因为八分书"佛桑香界"字。女子再申前议，竟不自持，遂定情。自是恒梦游，久而女子亦昼至，禁铁蟾勿与所亲通，遂渐病。病剧时，方士李某以赤丸饵之，呕逆而卒。其事甚怪，始知前札乃得心疾时作也。

铁蟾聪明绝特，善诗歌，又工[①]八分，驰骋名场，翛然[②]以风流自命。与人交，意气如云，邮筒走天下。中年忽慕神仙，遂生是魔障，迷罔以终。妖以人兴，象由心造。才高意广，翻以好异陨生，其可惜也夫！

注释

①工：善于。　②翛（xiāo）然：无拘无束，自由自在的样子。

崔庄旧宅厅事西有南北屋各三楹，花竹翳如①，颇为幽僻。先祖在时，奴子张云会夜往取茶具，见垂鬟女子，潜匿树下，背立向墙隅。意为宅中小婢于此幽期，遽捉其臂，欲有所挟。女子突转其面，白如傅粉，而无耳目口鼻。绝叫仆地。众持烛至，则无睹矣。或曰："旧有此怪。"或曰："张云会一时目眩。"或曰："实一黠婢，猝②为人阻，弗能遁，以素巾幕面，伪为鬼状以自脱也。"均未知其审。然自此群疑不释，宿是院者恒凛凛，夜中亦往往有声。盖人避弗居，斯狐鬼入之耳。

又宅东一楼，明隆庆初所建。右侧一小屋，亦云有魅。虽不为害，然婢媪或见之。姚安公一日检视废书，于簏③下捉得二貛。佥④曰："是魅矣。"姚安公曰："貛弭首为童子缚，必不能为魅。然室无人迹，至使野兽为巢穴，则有魅也亦宜。斯皆空穴来风之义也。"

后西厅析属从兄坦居，今归从侄汝侗。楼析属先兄晴湖，今归侄汝份。子姓日繁，家无隙地，魅皆不驱自去矣。

注释

①翳（yì）如：茂密貌。 ②猝：突然。 ③簏（lù）：竹箱。 ④佥（qiān）：大家，众人。

甲与乙相善，甲延乙理家政。及官抚军，并使佐官政，惟其言是从。久而资财皆为所干没①，始悟其奸，稍稍谯责之。乙挟甲阴事，遽反噬。甲不胜愤，乃投牒诉城隍。

夜梦城隍语之曰："乙险恶如是，公何以信任不疑？"甲曰："为其事事如我意也。"神喟然曰："人能事事如我意，可畏甚矣。公不畏之而反喜之，不公之给而给谁耶？渠恶贯将盈，终必食报。若公则自贻伊戚[2]，可无庸诉也。”

此甲亲告姚安公者。事在雍正末年。甲滇人，乙越人也。

注释

①干没：侵吞他人财物。 ②自贻（yí）伊戚：比喻自寻烦恼，自招忧患。贻，遗留。戚，忧愁。

《杜阳杂编》记李辅国香玉辟邪事，殊怪异，多疑为小说荒唐。然世间实有香玉。先外祖母有一苍玉扇坠，云是曹化淳故物，自明内府窃出。制作朴略，随其形为双螭纠结状。有血斑数点，色如溶蜡。以手摩热，嗅之作沉香气。如不摩热，则不香。疑李辅国玉，亦不过如是，记事者点缀其词耳。

先太夫人尝密乞之，外祖母曰：“我死则传汝。”后外祖母殁，舅氏疑在太夫人处，太夫人又疑在舅氏处。卫氏姨母曰：“母在时佩此不去身，殆携归黄壤矣。”侍疾诸婢皆言殓时未见，因此又疑在卫氏姨母处。今姨母久亡，卫氏式微[1]已甚，家藏玩好，典卖略尽，终未见此物出鬻。竟不知其何往也。

注释

①式微：由兴盛而衰落。

有客携柴窑片磁，索数百金，云嵌于胄，临阵可以辟火器，然无由知确否。余曰：“何不绳悬此物，以铳[1]发铅丸击之。如果辟[2]火，必不碎，价数百金不为多；如碎，则辟火之说不确，理不能索价数百金也。”鬻者不肯，曰：“公于赏鉴非当行，殊杀风景。”急怀之去。后闻鬻于贵家，竟得百金。

夫君子可欺以其方，难罔以非其道。炮火横冲，如雷霆下击，岂区区片瓦所能御？且雨过天青，不过泑[3]色精妙耳，究由人造，非出神功。何断裂之余，尚有灵如是耶？余作《旧瓦砚歌》有云："铜省台址颓无遗，何乃剩瓦多如斯？文士例有好奇癖，心知其妄姑自欺。"柴片亦此类而已矣。

注释

①铳（chòng）：旧时枪一类的火器。 ②辟（bì）：躲开，避免。 ③泑（yòu）：同"釉"。

嘉峪关外有阔石图岭，为哈密巴尔库尔界。阔石图，译言碑也。有唐太宗时侯君集平高昌碑，在山脊。守将砌以砖石，不使人读。云读之则风雪立至，屡试皆不爽[1]。盖山有神，木石有精，示怪异以要血食，理固有之。

巴尔库尔又有汉顺帝时裴岑破呼衍王碑，在城西十里海子上，则随人拓摹[2]，了无他异。惟云海子为冷龙所居，城中不得鸣夜炮；鸣夜炮则冷龙震动，天必奇寒。是则不可以理推矣。

注释

①爽：差错。 ②拓摹（tàmó）：拓印描摹。

李老人，不知何许人，自称年已数百岁，无可考也。其言支离荒杳，殆前明醒神之流。曩客先师钱文敏公家，余曾见之。符药治病，亦时有小验。文敏次子寓京师水月庵，夜饮醉归，见数十厉鬼遮路，因发狂自劙[1]其腹。余偕陈裕斋、倪余疆往视，血肉淋漓，仅存一息，似万万无生理。李忽自来舁去，疗半月而创合，人颇以为异。然文敏公误信祝由，割指上疣赘，创发病卒，李疗之竟无验。盖符箓烧炼之术，有时而效，有时而不效也。

先师刘文正公曰：“神仙必有，然必非今之卖药道士；佛菩萨必有，然必非今之说法禅僧。”斯真千古持平之论矣。

注释

①劙（lí）：割。

杨主事頀，余甲辰典试所取士也。相法及推算八字五星，皆有验。

官刑部时，与阮吾山共事。忽语人曰：“以我法论，吾山半月内当为刑部侍郎。然今刑部侍郎不缺员，是何故耶？”次日堂参后，私语同官曰：“杜公缺也。”既而杜凝台果有伊犁之役。

一日，仓皇乞假归，来辞余。问：“何匆遽乃尔？”曰：“家惟一子侍老父，今推子某月当死，恐老父过哀，故急归耳。”是时尚未至死期。后询其乡人，果如所说，尤可异也。

余尝问以子平家谓命有定，堪舆家谓命可移，究谁为是？对曰：“能得吉地即是命，误葬凶地亦是命，其理一也。”斯言可谓得其通矣。

昌吉遣犯彭杞，一女年十七，与其妻皆病瘵。妻先殁，女亦垂尽。彭有官田耕作，不能顾女，乃弃置林中，听其生死。呻吟凄楚，见者心恻。

同遣者杨熺语彭曰：“君大残忍，世宁有是事？我愿舁[①]归疗治，死则我葬，生则为我妻。”彭曰：“大善。”即书券付之。

越半载，竟不起。临殁[②]，语杨曰：“蒙君高义，感沁心脾。缘伉俪之盟，老亲慨诺，故饮食寝处，不畏嫌疑；搔仰抚摩，都无避忌。然病骸憔悴，迄未能一荐枕衾，实多愧负。若殁而无鬼，夫复何言？若魂魄有知，当必有以奉报。”呜咽而终。杨涕泣葬之。

葬后，夜夜梦女来，狎昵欢好，一若生人，醒则无所睹。夜中呼之，终不出。才一交睫，即弛[3]服横陈矣。往来既久，梦中亦知是梦。诘以不肯现形之由，曰：“吾闻诸鬼矣：人阳而鬼阴，以阴侵阳，必为人害。惟睡则敛阳而入阴，可以与鬼相见，神虽遇而形不接，乃无害也。”

此丁亥春事，至辛卯春四年矣。余归之后，不知其究竟如何。

夫卢充金碗，于古尝闻；宋玉瑶姬，偶然一见。至于日日相觌，皆在梦中，则载籍之所希睹也。

注释

①舁（yú）：抬。②殁（mò）：死。③弛：松开。

有孟氏媪清明上冢归，渴就人家求饮。见女子立树下，态殊婉娈[1]。取水饮媪毕，仍邀共坐，意甚款洽。媪问其父母兄弟，对答具有条理。因戏问：“已许嫁未？我为汝媒。”女面赪避入，呼之不出。时已日暮，乃不别而行。

越半载，有为媪子议婚者，询知即前女，大喜过望，急促成之。于归后，媪抚其肩曰：“数月不见，汝更长成矣。”女错愕不知所对。细询始末，乃知女十岁失母，鞠[2]于外氏五六年，纳币后始迎归。媪上冢时，原未尝至家也。

女家故小姓，又颇窘乏，非媪亲见其明慧，姻未必成。不知是何鬼魅，托形以联其好？又不知鬼魅何所取义，必托形以联其好？事有不可理推者，此类是矣。

注释

①婉娈：美丽的样子。 ②鞠（jū）：抚育，抚养。

交河苏斗南，雍正癸丑会试归，至白沟河，与一友遇于酒肆中。友方罢官，饮酣后，牢骚抑郁，恨善恶之无报。

适一人褶袴急装，系马于树，亦就对坐。侧听良久，揖其友而言曰："君疑因果有爽耶？夫好色者必病，嗜博者必贫，势也；劫财者必诛，杀人者必抵，理也。同好色而禀有强弱，同嗜博而技有工拙，则势不能齐；同劫财而有首有从，同杀人而有误有故，则理宜别论。此中之消息微矣。其间功过互偿，或以无报为报；罪福未尽，或有报而不即报。毫厘比较，益微乎微矣。君执目前所见，而疑天道之难明，不亦颠乎？且君亦何可怨天道？君命本当以流外出身，官至七品。以君机械多端，伺察多术，工于趋避，而深于挤排，遂削减为八品。君迁八品之时，自谓以心计巧密，由九品而升；不知正以心计巧密，由七品而降也。"因附耳密语，语讫，大声曰："君忘之乎？"友骇汗浃背，问："何以能知？"微笑曰："岂独我知，三界孰不知？"掉头上马，惟见黄尘滚滚然，斯须灭迹。

乾隆壬戌、癸亥间，村落男妇往往得奇疾。男子则尻[①]骨生尾，如鹿角，如珊瑚枝。女子则患阴挺，如葡萄，如芝菌。有能医之者，一割立愈，不医则死。喧言有妖人投药于井，使人饮水成此病，因以取利。

内阁学士永公，时为河间守，或请捕医者治之。公曰："是事诚可疑，然无实据。一村不过三两井，严守视之，自无所施其术。傥一逮问，则无人复敢医此证，恐死者多矣。凡事宜熟虑其后，勿过急也。”固不许，患亦寻息。郡人或以为镇定，或以为纵奸。

后余在乌鲁木齐，因牛少价昂，农颇病。遂严禁屠者，价果减。然贩牛者闻牛贱，皆不肯来。次岁牛价乃倍贵，弛其禁，始渐平。又深山中盗采金者，殆数百人。捕之恐激变，听之又恐养痈[②]。因设策断其粮道，果饥而散出。然散出之后，皆穷而为盗。巡防察缉，竟日纷纭。经理[③]半载，始得靖[④]。乃知天下事但知其一，不知其二，多有收目前之效，而贻日后之忧者。始服永公“熟虑其后”一言，真瞻言[⑤]百里也。

注释

①尻：脊骨的末端，屁股。②养痈（yōng）：指姑息养奸。③经理：治理。④靖：安定。⑤瞻言：有远见的言论。

卷九

如是我闻三

王征君载扬言：尝宿友人蔬圃中，闻窗外人语曰：“风雪寒甚，可暂避入空屋。”又闻一人语曰：“后垣半圮，偷儿阑[①]入，将奈何？食人之食，不可不事人之事。”意谓僮仆之守夜者。天晓启户，地无人迹，惟二犬偃[②]卧墙缺下，雪没腹矣。

嘉祥曾映华曰：“此载扬寓言，以愧僮仆之负心者也。”余谓犬之为物，不烦驱策，而警夜不失职；宁忍寒饿，而恋主不他往。天下为僮仆者，实万万不能及。其足使人愧，正不在能语不能语耳。

注释

①阑：妄，擅自。 ②偃（yǎn）：仰面倒下，放倒。

从孙翰清言：南皮赵氏子为狐所媚，附于其身，恒在襟袂间与人语。偶悬钟馗小像于壁，夜闻室中跳踯声，谓驱之去矣。次日，语如故。诘以曾睹钟馗否，曰：“钟馗甚可怖，幸其躯干仅尺余，其剑仅数寸。彼上床则我下床，彼下床则我上床，终不能击及我耳。”

然则画像果有灵欤？画像之灵，果躯干皆如所画欤？设画为径寸之像，亦执针锋之剑，蠕蠕[①]然而斩邪欤？是真不可解矣。

注释

①蠕蠕：昆虫爬动的样子。

乾隆戊午夏，献县修城。役夫数百，拆故堞破砖掷城下。城下役夫数百，运以荆筐，炊熟则鸣柝聚食。方聚食间，役夫辛五告人曰："顷运砖时，忽闻耳畔大声曰：'杀人偿命，欠债还钱，汝知之乎？'回顾无所睹，殊可怪也。"俄而众手合作，砖落如雹，一砖适中辛五，脑裂死。惊呼扰攘，竟不得击者主名。官司莫能诘，仅断令役夫之长出钱十千，棺敛而已。乃知辛五夙生[①]负击者命，役夫长夙生负辛五钱；因果牵缠，终相填补。微鬼神先告，几何不以为偶然耶？

注释

①夙（sù）生：前生。

诸桐屿言：其乡旧家有书楼，恒镉钥[①]。每启视，必见凝尘之上有女子足迹，纤削仅二寸有奇，知为鬼魅。然数十年寂无形声，不知何怪也。

里人刘生，性轻脱，妄冀有王轩之遇。祈于主人，独宿楼上。具[②]茗果酒肴，焚香切祝[③]，明烛就寝，屏息以伺，亦无所见闻。惟渐觉阴森之气砭[④]入肌骨，目能视，耳能听，而口不能言，四肢不能动。久而寒沁肺腑，如卧层冰积雪中，苦不可忍。至天晓，乃能出语，犹若冻僵。至是无敢复下榻者。

此怪行踪可云隐秀。即其料理刘生，不动声色，亦有雅人深致也。

注释

①鐍（jué）钥：锁和钥匙。指锁门。 ②具：准备。③切祝：恳切祝祷。 ④砭（biān）：刺。

顾非熊再生事，见段成式《酉阳杂俎》，又见孙光宪《北梦琐言》，其父顾况集中，亦载是诗，当非诬造。

近沈云椒少宰撰其母陆太夫人志，称太夫人于归，甫匝岁，赠公即卒，遗腹生子恒，周三岁亦殇。太夫人哭之恸，曰："吾之为未亡人也，以有汝在。今已矣，吾不忍吾家之宗祀，自此而绝也！"于其敛，以朱志[1]其臂，祝曰："天不绝吾家，若再生，以此为验。"时雍正己酉十二月也。是月族人有比邻而居者，生一子，臂朱灼然。太夫人遂抚之以为后，即少宰也。余官礼部尚书时，与少宰同事。少宰为余口述尤详。

盖释氏[2]书中，诞妄者原有。其徒张皇罪福，诱人施舍，诈伪者尤多。惟轮回之说，则凿然有证。司命者每因一人一事，偶示端倪[3]，彰神道之教。少宰此事，即借转生之验，以昭苦节之感者也。儒者盛言无鬼，又乌乎知之？

注释

①志：作标记。 ②释氏：佛教。 ③端倪：事情的眉目，头绪。

伶人方俊官，幼以色艺擅场，为士大夫所赏。老而贩鬻古器，时来往京师。尝览镜自叹曰："方俊官乃作此状！谁信曾舞衫歌扇，倾倒一时耶？"倪余疆《感旧》诗曰："落拓江湖鬓欲丝，红牙按曲记当时。庄生蝴蝶归何处？惆怅残花剩一枝。"即为俊官作也。

俊官自言本儒家子，年十三四时，在乡塾读书。忽梦为笙歌花烛拥入闺闼，自顾则绣裙锦帔，珠翠满头，俯视双足，亦纤纤作弓弯样，俨然一新妇矣。惊疑错愕，莫知所为。然为众手挟持，不能自主。竟被扶入帏中，与一男子并肩坐。且骇且愧，悸汗而寤。后为狂且所诱，竟失身歌舞之场，乃悟事皆前定也。

余疆曰："卫洗马问乐令梦，乐云是想。汝殆积有是想，乃有是梦。既有是想是梦，乃有是堕落。果自因生，因由心造，安可委诸夙命[①]耶？"余谓此辈沉沦贱秽，当亦前身业报，受在今生，未可谓全无冥数。余疆所言，特正本清源之论耳。后苏杏村闻之，曰："晓岚以三生论因果，惕以未来；余疆以一念论因果，戒以现在。虽各明一义，吾终以余疆之论，可使人不放其心。"

注释

①夙命：注定的命运。

族祖黄图公言：尝访友至北峰，夏夜散步村外，不觉稍远。闻秫田中有呻吟声，寻声往视，乃一童子裸体卧。询其所苦，言薄暮过此，遇垂髫艳女。招与语，悦其韶秀，就与调谑。女言父母皆外出，邀到家小坐，引至秫叶深处，有屋三楹，阒无一人。女阖[①]其户，出瓜果共食。笑言既洽[②]，弛衣登榻。比拥之就枕，则女忽变形为男子，状貌狰狞，横施强暴。怖不敢拒，竟受其污。蹂躏楚毒，至于晕绝。久而渐苏，则身卧荒烟蔓草间，并室庐失所在矣。盖魅悦此童之色，幻女形以诱之也。见利而趋，反为利饵，其自及也宜矣。

注释

①阖（hé）：关闭。 ②洽：谐和。

先师赵横山先生，少年读书于西湖。以寺楼幽静，设榻其上。夜闻室中窸窣声，似有人行，叱问：“是鬼是狐？何故扰我？”徐闻嗫嚅而对曰：“我亦鬼亦狐。”又问：“鬼则鬼，狐则狐耳，何亦鬼亦狐也？”良久，复对曰：“我本数百岁狐，内丹已成，不幸为同类所扼杀，盗我丹去。幽魂沉滞，今为狐之鬼也。”问：“何不诉诸地下？”曰：“凡丹由吐纳导引而成者，如血气附形，融合为一，不自外来，人弗能盗也。其由采补而成者，如劫夺之财，本非己物，故人可杀而吸取之。吾媚人取精，所伤害多矣。杀人者死，死当其罪，虽诉神，神不理也。故宁郁郁居此耳。”问：“汝据此楼，作何究竟？”曰：“本匿影韬[①]声，修太阴炼形之法。以公阳光熏烁，阴魄不宁，故出而乞哀，求幽明各适。”言讫，惟闻搏颡[②]声，问之不复再答。先生次日即移出。

尝举以告门人曰：“取非所有者，终不能有，且适以自戕[③]也。可畏哉！”

注释

①韬（tāo）：隐藏。 ②搏颡（sǎng）：磕头。 ③戕（qiāng）：害。

从兄万周言：交河有农家妇，每归宁，辄骑一驴往。驴甚健而驯，不待人控引，即知路。或其夫无暇，即自骑以行，未尝有失。

一日，归稍晚，天阴月黑，不辨东西。驴忽横逸，载妇径入秫田中。密叶深丛，迷不得返。半夜，乃抵一破寺，惟二丐者栖庑下。进退无计，不得已，留与共宿。次日，丐者送之还。其夫愧焉，将鬻驴于屠肆。

夜梦人语曰："此驴前世盗汝钱，汝捕之急，逃而免。汝嘱捕役絷[1]其妇，羁留一夜。今为驴者，盗钱报；载汝妇入破寺者，絷妇报也。汝何必又结来世冤耶?"惕然而寤，痛自忏悔。

驴是夕忽自毙。

注释

①絷（zhí）：拘禁。

奴子任玉病革时，守视者夜闻窗外牛吼声，玉骇然而殁。次日，共话其异。其妇泣曰："是少年尝盗杀数牛，人不知也。"

余某者，老于幕府，司刑名四十余年。后卧病濒危，灯前月下，恍惚似有鬼为厉者。余某慨然曰："吾存心忠厚，誓不敢妄杀一人。此鬼胡为乎来耶?"夜梦数人浴血立，曰："君知刻酷之积怨，不知忠厚亦能积怨也。夫茕茕孱弱，惨被人戕，就死之时，楚毒[1]万状。孤魂饮泣，衔恨九泉，惟望强暴就诛，一申积愤。而君但见生者之可悯，不见死者之可悲。刀笔舞文，曲相开脱。遂使凶残漏网，白骨沉冤。君试设身处地，如君无罪无辜，受人屠割，魂魄有知，旁观谳是狱者，改重伤为轻，改多伤为少，改理曲为理直，改有心为无心，使君切齿之仇，纵容脱械，仍纵横于人世，君感乎怨乎？不是之思，而诩诩[2]以纵恶为阴功。彼枉死者，不仇君而仇谁乎?"

余某惶怖而寤。以所梦备告其子，回手自挝曰：“吾所见左矣！吾所见左矣！”就枕未安而殁。

注释

①楚毒：痛苦。 ②诩（xǔ）诩：自得貌。

沧州刘太史果实，襟怀夷旷[①]，有晋人风。与饴山老人、莲洋山人皆友善，而意趣各殊。晚岁家居，以授徒自给。然必孤贫之士，乃容执贽[②]。脩脯[③]皆无几，箪瓢屡空，晏如也。

尝买米斗余，贮罂中，食月余不尽，意甚怪之。忽闻檐际语曰：“仆是天狐，慕公雅操，日日私益之耳，忽讶也。”刘诘曰：“君意诚善。然君必不能耕，此粟何来？吾不能饮盗泉也，后勿复尔。”狐叹息而去。

注释

①夷旷：平和旷达。 ②执贽（zhì）：拜见人时携带礼物赠送。 ③脩脯：给老师的礼品或酬劳。

亡侄汝备，字理含。尝梦人对之诵诗，醒而记其一联曰：“草草莺花春似梦，沉沉风雨夜如年。”以告余，余讶其非佳谶[①]，果以戊辰闰七月夭逝。后其妻武强张氏，抚弟之子为嗣，苦节终身，凡三十余年，未尝一夕解衣睡，至今婢媪能言之。乃悟二语为孀闺独宿之兆也。

注释

①谶（chèn）：将要应验的预言。

雍正丙午、丁未间，有流民乞食过崔庄，夫妇并病疫。将死时，持券哀呼于市，愿以幼女卖为婢，而以卖价买二棺。先祖母张太夫人为葬其夫妇，而收养其女，名之曰连贵。其券署父张立，母黄氏，而不著籍贯，问之已不能语矣。连贵自云：家在山东，门临驿路，时有大官车马往来，距此约行一月余。而不能举其县名。又云：去年曾受对门胡家聘。胡家亦乞食外出，不知所往。

越十余年，杳无亲戚来寻访，乃以配圉人刘登。登自云山东新泰人，本胡姓，父母俱殁，有刘氏收养之，因从其姓，小时闻父母为聘一女，但不知其姓氏。登既胡姓，新泰又驿路所经，流民乞食，计程亦可以月余，与连贵言皆符。颇疑其乐昌之镜，离而复合，但无显证耳。

先叔栗甫公曰："此事稍为点缀，竟可以入传奇。惜此女蠢若鹿豕，惟知饱食酣眠，不称[1]点缀，可恨也。"边随园徵君曰："秦人不死，信符生之受诬；蜀老犹存，知葛亮之多枉。四语乃刘知几《史通》之文。符生事见《洛阳伽蓝记》，葛亮事见《魏书·毛修之传》。浦二田注《史通》，以为未详，盖偶失考。史传不免于缘饰，况传奇乎？《西楼记》称穆素晖艳若神仙，吴林塘言其祖幼时及见之，短小而丰肌，一寻常女子耳。然则传奇中所谓佳人，半出虚说。此婢虽粗，傥好事者按谱填词，登场度曲，他日红氍毹[2]上，何尝不莺娇花媚耶？先生所论，犹未免于尽信书也。"

注释

①称（chèn）：适合。　②氍毹（qúshū）：用毛或其他材料织成的布或毯子。

聂松岩言：胶州一寺，经楼之后有蔬圃。僧一夕开牖纳凉，月明如昼，见一人徙倚老树下。疑窃蔬者，呼问为谁。磬折而对曰："师勿讶，我鬼也。"问："鬼何不归尔墓？"曰：

"鬼有徒党，各从其类。我本书生，不幸葬丛冢间，不能与马医[①]夏畦[②]伍。此辈亦厌我非其族。落落难合，故宁避嚣于此耳。"言讫，冉冉没。后往往遥见之，然呼之不应矣。

注释

①马医：兽医。 ②夏畦：农夫。

福州学使署，本前明税珰署也。奄人[①]暴横，多潜杀不辜，至今犹往往见变怪。余督闽学时，奴辈每夜惊。

甲申夏，先姚安公至署，闻某室有鬼，辄移榻其中，竟夕晏然[②]。昀尝乘间微谏，请勿以千金之躯与鬼角[③]。因诲昀曰："儒者谓无鬼，迂论也，亦强词也。然鬼必畏人，阴不胜阳也。其或侵人，必阳不足以胜阴也。夫阳之盛也，岂恃血气之壮与性情之悍哉？人之一心，慈祥者为阳，惨毒者为阴；坦白者为阳，深险者为阴；公直者为阳，私曲者为阴。故《易》象以阳为君子，阴为小人。苟立心正大，则其气纯乎阳刚。虽有邪魅，如幽室之中鼓洪炉而炽烈焰，冱冻自消。汝读书亦颇多，曾见史传中有端人硕士为鬼所击者耶？"昀再拜受教。至今每忆庭训，辄悚然如侍左右也。

注释

①奄人：阉人，太监。 ②晏（yàn）然：安宁。 ③角（jué）：较量，比试。

东州邵氏子，性佻荡。闻淮镇古墓有狐女甚丽，时往伺之。一日，见其坐田塍上，方欲就通款曲，狐女正色曰："吾服气[①]炼形，已二百余岁，誓不媚一人，汝勿生妄念。且彼媚人之辈，岂果相悦哉？特摄其精耳！精竭则人亡，遇之未有能免者。汝何必自投陷阱也!”举袖一挥，凄风飒然，飞尘眯目，已失所在矣。

先姚安公闻之，曰：“此狐乃能作此语，吾断其后必生天。”

注释

①服气：吐纳。

献县李金梁、李金柱兄弟，皆剧盗也。一夕，金梁梦其父语曰：“夫盗有败有不败，汝知之耶？贪官墨吏，刑求威胁之财；神奸巨蠹，豪夺巧取之财；父子兄弟，隐匿偏得之财；朋友亲戚，强求诈诱之财；黠奴干役，侵渔干没之财；巨商富室，重息剥削之财；以及一切刻薄计较，损人利己之财，是取之无害，罪恶重者，虽至杀人亦无害。其人本天道之所恶也。若夫人本善良，财由义取，是天道之所福也。如干[①]犯之，是为悖天，悖天者终必败。汝兄弟前劫一节妇，使母子冤号，鬼神怒视。如不悛[②]改，祸不远矣。”后岁余，果并伏法。金梁就狱时，自知不免，为刑房吏史真儒述之。

真儒，余里人也，尝举以告姚安公，谓盗亦有道。又述剧盗李志鸿之言曰：吾鸣骹[③]跃马三十年，所劫夺多矣，见人劫夺亦多矣。盖败者十之二三，不败者十之七八。若一污人妇女，屈指计之，从无一人不败者，故恒以自戒其徒。盖天道祸淫，理固不爽云。

注释

①干：冒犯。　②悛（quān）：悔改。　③骹（xiāo）：同“髇”，响箭。

辛卯夏，余自乌鲁木齐从军归，僦居珠巢街路东一宅，与龙臬司承祖邻。第二重室五楹，最南一室，帘恒飏起尺余，若有风鼓之者，余四室之帘则否，莫喻其故。小儿女入室，辄惊啼，云床上坐一肥僧，向之嬉笑。缁徒[①]厉鬼，何以据人家宅舍？尤不可解也。

又三鼓以后，往往闻龙氏宅中有女子哭声，龙氏宅中亦闻之，乃云声在此宅。疑不能明，然知其凿然非善地，遂迁居柘南先生双树斋。后居是二宅者，皆不吉。白环九司寇，无疾暴卒，即在龙氏宅也。凶宅之说，信非虚语矣。

先师陈白崖先生曰："居吉宅者未必吉，居凶宅者则无不凶。如和风温煦，未必能使人祛病；而严寒沴[②]厉，一触之则疾生。良药滋补，未必能使人骤健；而峻剂攻伐，一饮之则洞泄。"此亦确有其理，未可执定命与之争。孟子有言："是故知命者，不立乎岩墙之下。"

注释

①缁（zī）徒：僧侣。 ②沴（lì）：气不和而相伤。

洛阳郭石洲言：其邻县有翁姑受富室二百金，鬻寡媳为妾者。至期，强被以彩衣，掖[①]之登车。妇不肯行，则以红巾反接其手，媒媪拥之坐车上，观者多太息不平。然妇母族无一人，不能先发也。仆夫振辔之顷，妇举声一号，旋风暴作，三马皆惊逸不可止。不趋其家而趋县城，飞渡泥淖，如履康庄[②]，虽仄径危桥，亦不倾覆。至县衙，乃屹然立。其事遂败。用知庶女呼天，雷电下击，非典籍之虚词。

注释

①掖（yè）：拽着别人的胳膊。 ②康庄：宽阔平坦的道路。

从舅安公介然曰："厉鬼还冤，见于典记者不一。得于传闻者亦不一。"癸未五月，自盐山耿家庵还崔庄，乃亲见之。其人年约五十余，戴草笠，着苎衫，以一驴驮襆[①]被，系河干柳树下，倚树而坐。余亦系马小憩。忽其人蹶然[②]而起，以手作撑拒状，曰："害汝命，偿汝命耳，何必若是相殴也？"支拄良久，语渐模糊不可辨。忽踊身一跃，已汩没[③]于波浪中矣。同见者十余人，咸合掌诵佛。虽不知所报何冤，然害命偿命，则其人所自道也。

注释

①襆（fú）：被子。 ②蹶（juě）然：忽然，突然。 ③汩（gǔ）没：埋没。

戊子夏，小婢玉儿病瘵死。俄复苏曰："冥役遣我归索钱。"市冥镪[①]焚之，乃死。俄又复苏曰："银色不足，冥役弗受也。"更市金银箔折锭焚之，则死不复苏矣。因忆雍正壬子，亡弟映谷濒危时，亦复类是。然则冥镪果有用耶？冥役需索如是，冥官又所司何事耶？

注释

①冥镪（qiǎng）：纸钱。

胡牧亭侍御言：其乡有生为冥官者，述冥司事甚悉，不能尽忆，大略与传记所载同。惟言六道轮回，不烦遣送，皆各随平生之善恶，如水之流湿，火之就[①]燥，气类相感，自得本途。

语殊有理，从来论鬼神者未道也。

注释

①就：靠近，凑近。

狐之媚人，为采补计耳，非渔色[1]也，然渔色者亦偶有之。表兄安濬北言：有人夜宿深林中，闻草间人语曰："君爱某家小童，事已谐否？此事亢阳[2]熏烁，消蚀真阴，极能败道。君何忽动此念耶？"又闻一人答曰："劳君规戒，实缘爱其美秀，遂不能忘情。然此童貌虽艳冶[3]，心无邪念。吾于梦中幻诸淫态诱之，漠然不动。竟无如之何，已绝是想矣。"其人觉有异，潜往窥视，有二狐跳踉去。

注释

①渔色：猎取美色。 ②亢（kàng）阳：极盛的阳气。③艳冶：美丽，妖艳。

泰州任子田，名大椿，记诵博洽，尤长于三《礼》注疏，六书训诂。乾隆己丑登二甲一名进士，浮沉郎署。晚年始得受御史，未上而卒。自开国以来，二甲一名进士，不入词馆者仅三人，子田实居其一。

自言十五六时，偶为从父侍姬以宫词书扇。从父疑之，致侍姬自经死。其魂讼于地下，子田奄奄卧疾，魂亦为追去考问。阅四五年，冥官庭鞫[1]七八度，始辨明出于无心。然卒坐以过失杀人，减削官禄，故仕途偃蹇[2]如斯。

贾钝夫舍人曰："治是狱者，即顾郎中德懋。二人先不相知，一日相见，彼此如旧识。时同在坐，亲见其追话冥司事。子田对之，犹栗栗然也。"

注释

①鞫（jū）：审问。 ②偃蹇（yǎnjiǎn）：困顿，窘迫。

即墨杨槐亭前辈言：济宁一童子为狐所昵，夜必同衾枕。至年二十余，犹无虚夕。或教之留须，须稍长，辄睡中为狐剃去，更为傅脂粉。屡以符箓驱遣，皆不能制。

后正乙真人舟过济宁，投词乞劾治[1]。真人牒于城隍，狐乃诣真人自诉，不睹其形，然旁人皆闻其语。自言过去生中为女子，此童为僧。夜过寺门，被劫闭窟室中，隐忍受污者十七载，郁郁而终。诉于地下主者，判是僧地狱受罪毕，仍来生偿债。会我以他罪堕狐身，窜伏山林百余年，未能相遇。今炼形成道，适逢僧后身为此童，因得相报。十七年满自当去，不烦驱遣也。”真人竟无如之何。

后不知期满果去否。然据其所言，足知人有所负，虽隔数世犹偿也。

注释

①劾治：审查治罪。

同年项君廷模言：昔尝馆翰林某公家，相见辄讲学。一日，其同乡为外吏者，有所馈赠。某公自陈平生俭素，雅不需此。见其崖岸[1]高峻，遂逡巡携归。某公送宾之后，徘徊厅事前，怅怅惘惘，若有所失，如是者数刻。家人请进内午餐，大遭诟怒。忽闻有数人吃吃窃笑，视之无迹，寻之声在承尘[2]上，盖狐魅云。

注释

①崖岸：清高端庄。 ②承尘：古代承接尘土的帐子。

陈少廷尉耕岩，官翰林时，为魅所扰。避而迁居，魅辄随往。多掷小帖道其阴事，皆外人不及知者。益悚惧，恒虔祀之。一日掷帖责其待侄之薄，且曰："不厚资助，祸且至。"众缘是窃疑其侄，密约伺察。夜闻击损器物声，突出掩执，果其侄也。耕岩天性长厚，尤笃[1]于骨肉，但曰："尔需钱可告我，何必乃尔？"笑遣之归寝，由是遂安。

后吴编修朴园突遭回禄，莫知火之自来，凡再徙居而再焚。余意亦当如耕岩事。朴园曰："固亦疑之。然第三次迁泉州会馆时，适与客坐厅事中，忽烈焰赫然，自承尘下射。是非人所能上，亦非人所能入也。"殆真魅所为矣。

注释

①笃（dǔ）：忠诚，厚道。

程也园舍人居曹竹虚旧宅中。一夕，弗戒于火，书画古器，多遭焚毁。中褚河南临《兰亭》一卷，乃五百金所质[1]。方虑来赎时轇轕[2]，忽于灰烬中拣得。匣及袱并爇，而书卷无一毫之损。表弟张桂岩馆也园家，亲见之。白香山所谓"在在处处有神物护持"者耶？抑成毁各有定数，此卷不在此火劫中耶？然事则奇矣，亦将来赏鉴家一佳话也。

注释

①质：典押。 ②轇轕（jiāogé）：纠缠。

同年柯禺峰，官御史时，尝借宿内城友人家。书室三楹，东一室隔以纱厨，扃不启。置榻外室南牖下，睡至夜半，闻东室有声如鸭鸣，怪而谛视。时明月满窗，见黑烟一道，从东室门隙出，著地而行，长可丈余，蜿蜒如巨蟒。其首乃一女子，鬟鬓俨然[1]，昂而仰视，盘旋地上，作鸭鸣不止。禺峰素有胆，拊榻叱之。徐徐却行，仍从门隙敛而入。天晓，以告主人。主人曰："旧有此怪，或数年一出，不为害，亦无他休咎。"或曰："未买是宅前，旧主有侍姬幽死此室。"未知其审也。

注释

①俨（yǎn）然：整齐有序的样子。

胥魁[1]有善博者，取人财犹探物于囊，犹不持兵而劫夺也。其徒党密相羽翼，意喻色授[2]，机械百出，犹臂指之相使，犹呼吸之相通也。呆竖多财者，则犹鱼吞饵，犹雉遇媒耳。如是近十年，橐金[3]巨万。俾其子贾于长芦，规什一之利。子亦狡黠，然冶荡好渔色。有堕其术而破家者，衔之次骨[4]。乃乞与偕往，而阴导之为北里游。舞衫歌扇，耽玩忘归，耗其资十之九。胥魁微有所闻，自往检校，已不可收拾矣。论者谓是虽人谋，亦有天道。仇者之动此念，殆神启其心欤？不然，何前愚而后智也？

注释

①胥魁：差役的头目。　②色授：用脸色传递内心的感情。③橐（tuó）金：囊中之金。　④次骨：深入到骨髓，形容程度极深。

故城刁飞万言：其乡有与狐女生子者，其父母怒谇之。狐女泣涕曰："舅姑[1]见逐，义难抗拒。但子未离乳，当且携去耳。”越两岁余，忽抱子诣其夫曰：“儿已长，今还汝。”其夫遵父母戒[②]，掉首不与语，狐女太息抱之去。

此狐殊有人理，但抱去之儿，不知作何究竟。将人所生者仍为人，庐居火食，混迹闾阎[③]欤？抑妖所生者即为妖，幻化通灵，潜踪墟墓欤？或虽为妖，而犹承父姓，长育子孙，在非妖非人之界欤？虽为人而犹依母党，往来窟穴，在亦人亦妖之间欤？惜见首不见尾，竟莫得而质之。

注释

①舅姑：公婆。 ②戒：训诫。 ③闾阎（lǘyán）：民间。

同年蒋心余编修言：其乡有故家废宅，往往见艳女靓妆，登墙外视。武生王某，粗豪有胆，径携被独宿其中，冀[①]有所遇。至夜半寂然，乃拊枕自语曰：“人言此宅有狐女，今何往耶？”窗外小声应曰：“六娘子知君今日来，避往溪头看月矣。”问：“汝为谁？”曰：“六娘子之婢。”又问：“何故独避我？”曰：“不知何故，但云畏见此腹负[②]将军。”亦不解为何语也。王后每举以问人曰：“腹负将军是武职几品？”莫不粲然。后问其乡人，曰：“实有其人，亦实有其事，然仅旁皇尽夜，一无所见耳。其语则心余所点缀也。”心余性好诙谐，理或然欤？

注释

①冀：希望。 ②腹负：少谋略。

先母张太夫人，尝雇一张媪司炊[①]，房山人也，居西山深处。言其乡有贫极弃家觅食者，素未外出，行半日即迷路。石径崎岖，云阴晦暗，莫知所适，姑坐枯树下，俟天晴辨南北。

忽一人自林中出，三四人随之，并狰狞伟岸，有异常人。心知非山灵即妖魅，度不能隐避，乃投身叩拜，泣诉所苦。其人恻然[②]曰："尔勿怖，不汝害也。我是虎神，今为诸虎配食料，待虎食人，尔收其衣物，足自活矣。"因引至一处，嗷然长啸，众虎坌集[③]。其人举手指挥，语啁哳[④]不可辨。俄俱散去，惟一虎留伏丛莽间。

俄有荷担度岭者，虎跃起欲搏，忽辟易而退。少顷，一妇人至，乃搏食之。捡其衣带，得数金。取以付之，且告曰："虎不食人，惟食禽兽。其食人者，人而禽兽者耳。大抵人天良未泯者，其顶上必有灵光，虎见之即避。其天良澌灭[⑤]者，灵光全息，与禽兽无异，虎乃得而食之。顷前一男子，凶暴无人理，然攘夺所得，犹恤其寡嫂孤侄，使不饥寒。以是一念，灵光煜煜[⑥]如弹丸，故虎不敢食。后一妇人，弃其夫而私嫁。又虐其前妻之子，身无完肤。更盗后夫之金，以贻前夫之女，即怀中所携是也。以是诸恶，灵光消尽。虎视之，非复人身，故为所啖。尔今得遇我，亦以善事继母，辍妻子之食以养，顶上灵光高尺许，故我得而佑之，非以尔叩拜求哀也。勉修善业，当尚有后福。"因指示归路。越一日夜，得至家。

张媪之父与是人为亲串，故得其详。时家奴之妇，有虐使其七岁孤侄者，闻张媪言，为之少戢[⑦]。圣人以神道设教，信有以夫！

注释

①司炊：掌管炊事。 ②恻然：哀怜悲伤的样子。 ③坌(bèn)集：聚集。 ④啁哳(zhāozhā)：声音杂乱。 ⑤澌(sī)灭：消失，消亡。 ⑥煜煜(yùyù)：明亮的样子。 ⑦戢(jí)：收敛。

磷为鬼火，《博物志》谓战血所成，非也，安得处处有战血哉？盖鬼者，人之余气也。鬼属阴，而余气则属阳。阳为阴郁，则聚而成光。如雨气至阴而萤火化，海气至阴而阴火然也。多见于秋冬，而隐于春夏，秋冬气凝，春夏气散故也。其或见于春夏者，非幽房废宅，必深岩幽谷，皆阴气常聚故也。多在平原旷野，薮泽沮洳[①]，阳寄于阴，地阴类，水亦阴类，从其本类故也。

先兄晴湖，尝同沈丰功年丈夜行，而磷火在高树巅，青荧如炬，为从来所未闻。李长吉诗曰："多年老鸮成木魅，笑声碧火巢中起。"疑亦曾睹斯异，故有斯咏。先兄所见，或木魅所为欤？

注释

①薮（sǒu）泽沮洳（rù）：均指低湿的地方。

贾人持巨砚求售，色正碧，而红斑点点如血沁。试之，乃滑不受墨。背镌长歌一首，曰："祖龙奋怒鞭顽石，石上血痕胭脂赤。沧桑变幻几度经，水春沙蚀存盈尺。飞花点点粘落红，芳草茸茸挼嫩碧。海人漉得出银涛，鲛客咨嗟龙女惜。云何强遣充砚材，如以嫱施司洴澼。凝脂原不任研磨，镇肉翻成遭弃掷。原注：客问镇肉事，判曰："出《梦溪笔谈》。"音难见赏古所悲，用弗量才谁之责？案头米老玉蟾蜍，为汝伤心应泪滴。"后题："康熙已未重九，餐花道人降乩，偶以顽砚请题，立挥长句。因镌诸砚背以记异。"款署"奕焘"二字，不著其姓，不知为谁，餐花道人亦无考。其词感慨抑郁，不类仙语，疑亦落拓[①]之才鬼也。索价十金，酬以四金，不肯售。后再问之，云四川一县令买去矣。

注释

①落拓：失意，不得志。

奴子纪昌，本姓魏，用黄犊子故事，从主姓。少喜读书，颇娴文艺，作字亦工楷。最有心计，平生无一事失便宜[①]。晚得奇疾，目不能视，耳不能听，口不能言，四肢不能动，周身并痿痹，不知痛痒。仰置榻上，块然如木石，惟鼻息不绝。知其未死，按时以饮食置口中，尚能咀咽而已。诊之乃六脉平和，毫无病状，名医亦无所措手。如是数年，乃死。

老僧果成曰："此病身死而心生，为自古医经所不载。其业报欤?"然此奴亦无大恶，不过务求自利，算无遗策耳。巧者造物之所忌，谅哉!

注释

①便宜：利益，好处。

奴子李福之妇，悍戾绝伦，日忤[①]其姑舅，面詈背诅，无所不至。或微讽以不孝有冥谪[②]，辄掉头哂[③]曰："我持观音斋，诵观音咒，菩萨以甚深法力，消灭罪愆，阎罗王其奈我何?"后婴恶疾，楚毒万端，犹曰："此我诵咒未漱口，焚香用灶火，故得此报，非有他也。"愚哉!

注释

①忤（wǔ）：违反，抵触。 ②冥谪：阴间的责罚。 ③哂（shěn）：冷笑。

蔡太守必昌，尝判冥事。朱石君中丞问以佛法忏悔，有无利益。蔡曰："寻常冤谴，佛能置讼者于善处。彼得所欲，其怨自解，如人世之有和息[①]也。至重业深仇，非人世所可和息者，即非佛所能忏悔，释迦牟尼亦无如之何。"斯言平易而近理，儒者谓佛法为必无，佛者谓种种罪恶皆可消灭，盖两失之。

注释

①和息：调和平息。

余家距海仅百里，故河间古谓之瀛州。地势趋东，以渐而高，故海岸绝陡，潮不能出，水亦不能入。九河皆在河间，而大禹导河，不直使入海，引之北行数百里，自碣石乃入，职是故也。

海中每数岁或数十岁，遥见水云澒洞[①]中，红光烛天，谓之烧海。辄有断椽折栋，随潮而上，人取以为薪。越数日，必互言某匠某匠，为神召去营龙宫。然无亲睹其人话鲛室贝阙之状者，第传闻而已。余谓是殆重洋巨舶，弗戒于火，水光映射，空无障翳[②]，故千百里外皆可见。梁柱之类，舶上皆有，亦不必定属殿材也。

注释

①澒（hòng）洞：弥漫无边。 ②翳（yì）：遮蔽。

献县捕役某，尝奉差捕剧盗，就絷矣。盗妇有色，盗乞以妇侍寝而纵之逃，某弗许。后以积橐多赃坐[①]斩。行刑前二日，狱舍墙圮，压而死。狱吏叶某，坐不早葺治，得重杖。

先是，叶某梦身立堂下，闻堂上官吏论捕役事。官指挥曰："一善不能掩千恶，千恶亦不能掩一善。免则不可，减则可。”既而吏抱牍出，殊不相识，谛视其官，亦不识，方悟所到非县署。醒而阴贺捕役，谓且减死，不知神以得保首领为减也。人计捕役生平，只此一善，而竟得免刑。天道昭昭[2]，何尝不许人晚盖哉？

注释

①坐：因犯……罪。 ②昭昭：明显。

吴江吴林塘言：其亲表有与狐女遇者，虽无疾病，而惘惘恒若神不足。父母忧之，闻有游僧能劾治，试往祈请。僧曰：“此魅与郎君夙缘，无相害意，郎君自耽玩过度耳。然恐魅不害郎君，郎君不免自害，当善遣之。”乃夜诣其家，趺坐[1]诵梵咒。家人遥见烛光下，似绣衫女子冉冉再拜。僧举拂子曰：“留未尽缘作来世欢，不亦可乎？”欻然而隐，自是遂绝。

林塘知其异人，因问以神仙感遇之事。僧曰：“古来传记所载，有寓言者，有托名者，有借抒恩怨者，有喜谈诙诡以诧异闻者，有点缀风流以为佳话，有本无所取而寄情绮语，如诗人之拟[2]艳词者。大都伪者十八九，真者十一二。此一二真者，又大都皆才鬼灵狐，花妖木魅，而无一神仙，其称神仙必诡词。夫神正直而聪明，仙冲虚而清静，岂有名列丹台，身依紫府，复有荡姬佚女，参杂其间，动入桑中之会哉？”林塘叹其精识，为古所未闻。

说是事时，林塘未举其名字。后以问林塘子钟桥，钟桥曰：“见此僧时，才五六岁，当时未闻呼名字，今无可问矣。惟记其语音，似杭州人也。”

注释

①趺坐：盘腿端坐。 ②拟：写作。

李芍亭家扶乩，其仙自称邱长春。悬笔而书，疾于风雨，字如颠、素之狂草。客或拜求丹方，乩判曰："神仙有丹诀，无丹方，丹方是烧炼金石之术也。《参同契》炉鼎铅汞，皆是寓名，非言烧炼。方士转相附会，遂贻害无穷。夫金石燥烈，益以火力，亢阳鼓荡，血脉偾张[①]，故筋力似倍加强壮；而消铄真气，伏祸亦深。观艺花者，培以硫黄，则冒寒吐蕊；然盛开之后，其树必枯。盖郁热蒸于下，则精华涌于上，涌尽则立槁耳。何必纵数年之欲，掷千金之躯乎？"其人悚然而起。后芍亭以告田白岩，白岩曰："乩仙大抵皆托名。此仙能作此语，或真是邱长春欤？"

注释

①偾（fèn）张：扩张突起。

吴云岩家扶乩，其仙亦云邱长春。一客问曰："《西游记》果仙师所作，以演[①]金丹奥旨乎？"批曰："然。"又问："仙师书作于元初，其中祭赛国之锦衣卫，朱紫国之司礼监，灭法国之东城兵马司，唐太宗之大学士、翰林院中书科，皆同明制，何也？"乩忽不动。再问之，不复答。知已词穷而遁矣。然则《西游记》为明人依托无疑也。

注释

①演：阐述。

文安王氏姨母，先太夫人第五妹也。言未嫁时，坐度帆楼中，遥见河畔一船，有宦家中年妇，伏窗而哭，观者如堵。乳媪启后户往视，言是某知府夫人，昼寝船中，梦其亡女为人执缚宰割，呼号惨切。悸而寤，声犹在耳，似出邻船。遣婢寻视，则方屠一豚子，泻血于盎，未竟也。梦中见女缚足以绳，缚手以红带。复视其前足，信然，益悲怆欲绝。乃倍价赎而瘗[①]之。

其僮仆私言：此女十六而殁。存日[②]极柔婉，惟嗜食鸡，每饭必具，或不具，则不举箸，每岁恒割鸡七八百。盖杀业云。

注释

①瘗：埋。 ②存日：活着的时候。

交河有书生，日暮独步田野间。遥见似有女子，避入秫田，疑荡妇之赴幽期者。逼往视之，寂无所睹，疑其窜伏深丛，不复追迹。归而大发寒热，且作谵语[①]曰："我饿鬼也，以君有禄相，不敢触忤，故潜匿草间。不虞忽相顾盼，枉步相寻。既尔有情，便当从君索食。乞惠薄奠，即从此辞。"其家为具[②]纸钱肴酒，霍然[③]而愈。

苏进士语年曰："此君本无邪心，以偶尔多事，遂为此鬼所乘。小人之于君子，恒伺隙而中之也。言动可不慎哉！"

注释

①谵语：胡话。 ②具：准备。 ③霍然：突然。

炎凉转瞬，即鬼魅亦然。程鱼门编修曰："王文庄公遇陪祀北郊，必借宿安定门外一坟园。园故有祟[①]，文庄弗睹也。一岁，灯下有所睹，越半载而文庄卒矣。"所谓山神能知一岁事耶？

注释

①祟（suì）：鬼神作怪。

太原申铁蟾言：昔自苏州北上，以舵牙触损，泊舟兴济之南。荒塍[1]野岸，寂无一人，而夜闻草际有哦诗声。心知是鬼，与其友谛听之。所诵凡数十篇，幽咽断续，不甚可辨。铁蟾惟听得一句，曰："寒星炯炯生芒角。"其友听得二句，曰："夜深翁仲语，月黑鬼车来。"

注释

①塍（chéng）：田埂。

张完质舍人，僦居一宅，或言有狐。移入之次日，书室笔砚皆开动，又失红柬一方。纷纭询问间，忽一钱铮然落几上，若偿红柬之值也。俄喧言所失红柬，粘宅后空屋。完质往视，则楷书"内室止步"四字，亦颇端正。完质曰："此狐狡狯[1]。"恐其将来恶作剧，乃迁去。闻此宅在保安寺街，疑即翁覃溪宅也。

注释

①狯（kuài）：狡猾。

李又聃先生言：东光某氏宅有狐。一日，忽掷砖瓦，伤盆盎[1]。某氏詈之。夜闻人叩窗语曰："君睡否？我有一言：邻里乡党，比户而居，小儿女或相触犯，事理之常。可恕则恕之，必不可恕，告其父兄，自当处置。遽加以恶声，于理毋乃不可。且我辈出入无形，往来不测，皆君闻见所不及，堤防所不到。而君攘臂[②]与为难，庸有幸乎？于势亦必不敌。幸熟记之。”某氏披衣起谢，自是遂相安。

会亲串中有以僮仆微衅，酿为争斗几成大狱者，又聃先生叹曰：“殊令人忆某氏狐。”

注释

①盎：腹大口小的盆。 ②攘臂：捋起衣袖，伸出胳膊。形容激愤的样子。

北河总督署，有楼五楹，为蝙蝠所据多年矣。大小不知凡几万，一白者巨如车轮，乃其魁[①]也，能为变怪。历任总督，皆扃钥弗居。福建李公清时，延正一真人劾治，果皆徙去。不久，李公卒，蝙蝠复归。自是无敢问之者。

余谓汤文正公驱五通神，除民害也。蝙蝠自处一楼，与人无患。李公此举，诚为可已而不已。至于猝捐馆舍[②]，则适值其时，不得谓蝙蝠为祟。修短有数，岂妖魅能操其权乎？

注释

①魁：首领。 ②捐馆舍：死亡。

余七八岁时，见奴子赵平自负其胆，老仆施祥摇手曰：“尔勿恃胆，吾已以恃胆败矣。吾少年气最盛，闻某家凶宅无人敢居，径携襆被卧其内。夜将半，剨然有声，承尘中裂，忽堕下一人臂，跳掷不已。俄又堕一臂，又堕两足，又堕其身，最后乃堕其首，并满屋迸跃如猿猱，吾错愕不知所为。俄已合为一人，刀痕杖迹，腥血淋漓，举手直来搤[①]吾颈。幸夏夜纳凉，挂窗未阖，急自窗跃出，狂奔而免。自是心胆并碎，至今犹不敢独宿也。汝恃胆不已，无乃不免如我乎！”平意不谓然，曰："丈原大误，何不先捉其一段，使不能凑合成形？"后夜饮醉归，果为群鬼所遮，搦入粪坑中，几于灭顶。

注释

①搦（nuò）：按，压制。

同年钟上庭言：官宁德日，有幕友病亟[①]。方服药，恍惚见二鬼曰："冥司有某狱，待君往质。药可勿服也。"幕友言："此狱已五十余年，今何尚未了？"鬼曰："冥司法至严，而用法至慎。但涉疑似，虽明知其事，证人不具，终不为狱成，故恒待至数十年。"问："如是不稽[②]延拖累乎？"曰："此亦千万之一，不恒有也。"是夕果卒。

然则果报有时不验，或缘此欤？又小说所载，多有生魂赴鞫者，或宜迟宜速，各因其轻重缓急欤？要之早晚虽殊，神理终不愦愦，则凿然可信也。

注释

①亟（jí）：急。 ②稽（jī）：停留。

田氏媪诡言其家事狐神，妇女多焚香问休咎[①]，颇获利。俄而群狐大集，需索酒食，罄[②]所获不足供。乃被击破瓮盎，烧损衣物。哀乞不能遣，怖而他投。濒行时，闻屋上大笑曰："尔还敢假名敛财否？"自是遂寂，亦遂不徙。然并其先有之资，耗大半矣。此余幼时闻先太夫人说。

又有道士称奉王灵官，掷钱卜事，时有验，祈祷亦盛。偶恶少数辈，挟妓入庙，为所阻。乃阴从伶人假灵官鬼卒衣冠，乘其夜醮，突自屋脊跃下，据坐诃责其惑众，命鬼卒缚之，持铁蒺藜将拷问。道士惶怖伏罪，具陈虚诳[③]取钱状。乃哄堂一笑，脱衣冠高唱而出。次日觅道士，则已窜矣。此雍正甲寅七月事。余随先姚安公宿沙河桥，闻逆旅[4]主人说。

注释

①休咎：吉凶。 ②罄（qìng）：尽。 ③诳（kuáng）：欺骗。 ④逆旅：旅馆。

安邑宋半塘，尝官鄞县。言鄞有一生，颇工文，而偃蹇不第。病中梦至大官署，察其形状，知为冥司。遇一吏，乃其故人，因叩以此病得死否。曰："君寿未尽而禄尽，恐不久来此。"生言："平生以馆谷[1]糊口，无过分之暴殄，禄何以先尽？"吏太息曰："正为受人馆谷而疏于训课，冥司谓无功窃食，即属虚糜。销除其应得之禄，补所探支[2]，故寿未尽而禄尽也。盖'在三'之义，名分本尊。利人脩脯，误人子弟，谴责亦最重。有官禄者减官禄，无官禄者则减食禄，一锱一铢，计较不爽。世徒见才士通儒，或贫或夭，动言天道之难明，乌知自误生平，罪多坐此哉！"生怅然而寤，病果不起。临殁，举以戒所亲，故人得知其事云。

注释

①馆谷：塾师的束脩。 ②探支：预支。

道士庞斗枢，雄县人，尝客献县高鸿胪家。先姚安公幼时，见其手撮棋子布几上，中间横斜萦带，不甚可辨，外为八门，则井然可数。投一小鼠，从生门入，则曲折寻隙而出。从死门入，则盘旋终日不得出。以此信鱼腹阵图，定非虚语。

然斗枢谓："此特戏剧耳。至国之兴亡，系乎天命；兵之胜败，在乎人谋。一切术数，皆无所用。从古及今，有以壬遁星禽成事者耶？即如符咒厌劾[①]，世多是术，亦颇有验时。然数千年来，战争割据之世，是时岂竟无传？亦未闻某帝某王某将某相死于敌国之魇魅也。其他可类推矣。”

姚安公曰：“此语非术士所能言，此理亦非术士所能知。”

注释

①厌劾：消灾除邪。

从舅安公介然言：佃户刘子明，家粗裕。有狐居其仓屋中，数十年一无所扰，惟岁时祭以酒五盏，鸡子数枚而已。或遇火盗，辄叩门窗作声，使主人知之，相安已久。一日，忽闻吃吃笑不止。问之不答，笑弥甚。怒而诃之，忽应曰：“吾自笑厚结盟之兄弟，而疾[①]其亲兄弟者也；吾自笑厚其妻前夫之子，而疾其前妻之子者也。何预于君，而见怒如是?”刘大惭，无以应。俄闻屋上朗诵《论语》曰：“法语之言，能无从乎？改之为贵。巽语[②]之言，能无说乎？绎[③]之为贵。”太息数声而寂。刘自是稍改其所为。

后余以告邵闇谷，闇谷曰：“此至亲密友所难言，而狐能言之；此正言庄论所难入，而狐以诙谐悟之。东方曼倩何加焉？子傥到刘氏仓屋，当向门三揖之。”

注释

①疾：憎恨。 ②巽（xùn）语：柔媚的言辞。 ③绎（yì）：探究事物的原因。

玛纳斯有遣犯之妇，入山采樵，突为玛哈沁所执。玛哈沁者，额鲁特之流民，无君长，无部族，或数十人为队，或数人为队。出没深山中，遇禽食禽，遇兽食兽，遇人即食人。妇为所得，已褫衣缚树上，炽火于旁。甫割左股一脔，倏闻火器一震，人语喧阗，马蹄声殷动林谷。以为官军掩至，弃而遁。盖营卒牧马，偶以鸟枪击雉子，误中马尾。一马跳掷，群马皆惊，相随逸入万山中，共噪而追之也。使少迟须臾，则此妇血肉狼藉矣。岂非若或使之哉？

妇自此遂持长斋。尝谓人曰："吾非佞[①]佛求福也。天下之痛苦，无过于脔割者；天下之恐怖，亦无过于束缚以待脔割者。吾每见屠宰，辄忆自受楚毒时。思彼众生，其痛苦恐怖，亦必如我。故不能下咽耳。"此言亦可告世之饕餮[②]者也。

注释

①佞（nìng）：巧言谄媚。　②饕餮（tāotiè）：贪吃者。

奴子刘琪，畜一牛一犬。牛见犬辄触，犬见牛辄噬，每斗至血流不止。然牛惟触此犬，见他犬则否；犬亦惟噬此牛，见他牛则否。后系置两处，牛或闻犬声，犬或闻牛声，皆昂首瞑视。后先姚安公官户部，余随至京师，不知二物究竟如何也。

或曰："禽兽不能言者，皆能记前生。此牛此犬，殆佛经所谓夙冤[①]，今尚相识欤？"余谓夙冤之说，凿然无疑。谓能记前生，则似乎未必。亲串中有姑嫂相恶者，嫂与诸小姑皆睦，惟此小姑则如仇；小姑与诸嫂皆睦，惟此嫂则如仇。是岂能记前生乎？盖怨毒之念，根于性识，一朝相遇，如相反之药，虽枯根朽草，本自无知，其气味自能激斗耳。因果牵缠，无施不报。三生一瞬，可快意于睚眦[②]哉！

注释

①夙冤：前世冤仇。　②睚眦（yázì）：极小的仇恨。

从伯君章公言：前明青县张公，十世祖赞祁公之外舅也。尝与邑人约，连名讼县吏。乘马而往，经祖墓前，有旋风扑马首。惊而堕，从者舁以归。寒热陡作，忽迷忽醒，恍惚中似睹鬼物。将延巫禳解，忽坐起，作其亡父语曰："尔勿祈祷，扑尔马者我也。凡讼[1]无益：使理曲，何可讼？使理直，公论具在，人人为扼腕，是即胜矣，何必讼？且讼役讼吏，为患尤大。讼不胜，患在目前；幸而胜，官有来去，此辈长子孙必相报复，患在后日。吾是以阻尔行也。"言讫，仍就枕，汗出如雨。比睡醒，则霍然矣。既而连名者皆败，始信非谵语也。

此公闻于伯祖湛元公者。湛元公一生未与人涉讼，盖守此戒云。

注释

①讼（sòng）：诉讼，打官司。

世有圆光术，张素纸于壁，焚符召神，使五六岁童子视之。童子必见纸上突现大圆镜，镜中人物，历历示未来之事，犹卦影也。但卦影隐示其象，此则明著[1]其形耳。

庞斗枢能此术，某生素与斗枢狎，尝觊觎[2]一妇，密祈斗枢圆光，观谐否。斗枢骇曰："此事岂可渎[3]鬼神！"固强之，不得已，勉为焚符。童子注视良久，曰："见一亭子中设一榻，三娘子与一少年坐其上。"三娘子者，某生之亡妾也。方诟责童子妄语，斗枢大笑曰："吾亦见之。亭中尚有一匾，童子不识字耳。"怒问："何字？"曰："'己所不欲'四字也。"某生默然，拂衣去。或曰："斗枢所焚实非符，先以饼饵诱童子，教作是语。"是殆近之。虽曰恶谑，要未失朋友规过之义也。

注释

①著：显示。 ②觊觎（jìyú）：非分的希望或企图。③渎：亵渎，轻慢。

先太夫人言：外祖家恒夜见一物，舞蹈于楼前，见人则窜避。月下循窗隙窥之，衣惨绿衫，形蠢蠢如巨鳖，见其手足而不见其首，不知何怪。外叔祖紫衡公遣健仆数人，持刀杖绳索伏门外。伺其出，突掩之，踉跄逃入楼梯下。秉火照视，则墙隅[①]绿锦袱包一银船，左右有四轮，盖外祖家全盛时儿童戏剧之物。乃悟绿衫其袱，手足其四轮也。熔之得三十余金。一老媪曰："吾为婢时，房中失此物，同辈皆大遭棰楚[②]。不知何人窃置此间，成此魅也。"

《搜神记》载孔子之言曰："夫六畜之物，龟蛇鱼鳖草木之属，神皆能为妖怪，故谓之五酉。五行之方，皆有其物。酉者老也，故物老则为怪矣。杀之则已，夫何患焉？"然则物久而幻形，固事理之常耳。

注释

①墙隅：墙角。 ②棰楚：鞭打。

两世夫妇，如韦皋、玉箫者，盖有之矣。景州李西崖言：乙丑会试，见贵州一孝廉，述其乡民家生一子，甫能言，即云我前生某氏之女，某氏之妻，夫名某字某；吾卒时夫年若干，今年当若干；所居之地，距民家四五日程耳。此语渐闻。至十四五岁时，其故夫知有是说，径来寻问。相见涕泗，述前生事悉相符。是夕，竟抱被同寝。其母不能禁，疑而窃听，灭烛以后，已妮妮儿女语矣。母怒，逐其故夫去。此女愤悒[①]不食，其故夫亦栖迟旅舍不肯行。一日，防范偶疏，竟相偕遁去，莫知所终。异哉此事，古所未闻也。此谓发乎情而不止乎礼矣。

注释

①愤悒（yì）：忧郁。

东光霍从占言：一富室女，五六岁时，因夜出观剧，为人所掠卖。越五六年，掠卖者事败，供曾以药迷此女。移檄[①]来问，始得归。归时视其肌肤，鞭痕、杖痕、剪痕、锥痕、烙痕、烫痕、爪痕、齿痕，遍体如刻画。其母抱之泣数日，每言及，辄沾襟。先是，女自言主母酷暴无人理，幼时不知所为，战栗待死而已。年渐长，不胜其楚，思自裁。夜梦老人曰："尔勿短见，再烙两次，鞭一百，业报满矣。"果一日缚树受鞭，甫及百，而县吏持符到。盖其母御婢极残忍，凡觳觫[②]而侍立者，鲜不带血痕，回眸一视，则左右无人色，故神示报于其女也。然竟不悛改，后疽发于项死。子孙今亦式微。

从占又云：一宦家妇，遇婢女有过，不加鞭棰，但褫下衣，使露体伏地，自云如蒲鞭之示辱也。后患颠痫，每防守稍疏，辄裸而舞蹈云。

注释

①檄（xí）：官府所用的文书。 ②觳觫（húsù）：恐惧得战栗发抖的样子。

及孺爱先生言：其仆自邻村饮酒归，醉卧于路。醒则草露沾衣，月向午矣。欠伸之顷，见一人瑟缩立树后。呼问为谁，曰："君勿怖，身乃鬼也。此间群鬼喜嬲醉人，来为君防守耳。"问："素昧生平，何以见护？"曰："君忘之耶？我殁之后，有人为我妇造蜚语[①]，君不平而白[②]其诬，故九泉衔感也。”言讫而灭，竟不及问其为谁，亦不自记有此事。盖无心一语，黄壤已闻。然则有意造言者，冥冥之中，宁免握拳啮齿耶！

注释

①蜚语：诽谤。 ②白：辩白。

河间献王墓在献县城东八里。墓前有祠，祠前二柏树，传为汉物，未知其审，疑后人所补种。左右陪葬二墓，县志称左毛苌，右贯长卿，然任丘又有毛苌墓，亦莫能详也。或曰："苌，宋代追封乐寿伯，献县正古乐寿地。任丘毛公墓，乃毛亨也。"理或然欤？

从舅安公五占言：康熙中，有群盗觊觎玉鱼[①]之藏，乃种瓜墓旁，阴于团焦中穿地道。将近墓，探以长锥，有白气随锥射出，声若雷霆，冲诸盗皆仆，乃不敢掘。

论者谓王墓封闭二千载，地气久郁，故遇隙涌出，非有神灵。余谓王功在《六经》，自当有鬼神呵护。穿古冢者多矣，何他处地气不久郁而涌乎？

注释

①玉鱼：殉葬品。

鬼魅在人腹中语，余所闻见，凡三事：

一为云南李编修衣山，因扶乩与狐女唱和。狐女姊妹数辈，并入居其腹中，时时与语。正一真人劾治，弗能遣，竟颠痫终身。余在翰林目睹之。

一为宛平张丈鹤友，官南汝光道时，与史姓幕友宿驿舍。

有客投刺[1]谒史，对语彻夜。比晓，客及其仆皆不见，忽闻语出史腹中。后拜斗祛之去。俄仍归腹中，至史死乃已。疑其夙冤也。闻金听涛少宰言之。

一为平湖一尼，有鬼在腹中，谈休咎多验，檀施[2]鳞集。鬼自云夙生负此尼钱，以此为偿。如《北梦琐言》所记田布事。人侧耳尼腋下，亦闻其语，疑为樟柳神也。闻沈云椒少宰言之。

注释

①刺：名片。　②檀施：施主。

晋杀秦谍，六日而苏。或由缢杀杖杀，故能复活。但不识未苏以前，作何情状。诂经有体，不能如小说琐记也。

佃户张天锡，尝死七日，其母闻棺中击触声，开视，已复生。问其死后何所见，曰："无所见，亦不知经七日，但倏如睡去，倏如梦觉耳。"

时有老儒馆余家，闻之，拊髀[1]雀跃曰："程朱圣人哉！鬼神之事，孔孟犹未敢断其无，惟二先生敢断之。今死者复生，果如所论，非圣人能之哉！"余谓天锡自以气结尸厥，瞀[2]不知人，其家误以为死耳，非真死也。虢太子事，载于《史记》，此翁未见耶？

注释

①髀（bì）：大腿。　②瞀（mào）：昏迷。

帝王以刑赏劝人善，圣人以褒贬劝人善。刑赏有所不及，褒贬有所弗恤者，则佛以因果劝人善。其事殊，其意同也。缁徒执罪福之说，诱胁愚民，不以人品邪正分善恶，而以布施有无分善恶，福田之说兴，瞿昙氏之本旨晦[①]矣。

闻有走无常[②]者，以血盆经忏有无利益问冥吏。冥吏曰："无是事也。夫男女构精，万物化生，是天地自然之气，阴阳不息之机也。化生必产育，产育必秽污，虽淑媛贤母，亦不得不然，非自作之罪也。如以为罪，则饮食不能不便溺，口鼻不能不涕唾，是亦秽污，是亦当有罪乎？为是说者，盖以最易惑者惟妇女，而妇女所必不免者惟产育，以是为有罪，以是罪为非忏不可，而闺阁之财，无不充功德之费矣。尔出入冥司，宜有闻见，血池果在何处？堕血池者果有何人？乃犹疑而问之欤！"走无常后以告人，人讫[③]无信其言者。积重不返，此之谓矣。

注释

①晦：隐晦，不显著。　②走无常：旧时迷信，活人到阴间当差，事毕放还。　③讫：终究。

释明玉言：西山有僧，见游女踏青，偶动一念。方徙倚凝想间，有少妇忽与目成，渐相软语[①]。云："家去此不远，夫久外出。今夕当以一灯在林外相引。"叮咛而别。僧如期往，果荧荧一灯，相距不半里。穿林渡涧，随之以行，终不能追及。既而或隐或见，倏左倏右，奔驰辗转，道路遂迷。困不能行，踣[②]卧老树之下。天晓谛观，仍在故处。再视林中，则苍藓绿莎，履痕重叠。乃悟彻夜绕此树旁，如牛旋磨也。自知心动生魔，急投本师忏悔，后亦无他。

又言：山东一僧，恒见经阁上有艳女下窥。心知是魅，然私念魅亦良得，径往就[③]之，则一无所睹，呼之亦不出。如是者凡百余度，遂惘惘得心疾，以至于死，临死乃自言之。此或夙世冤愆，借以索命欤？

然二僧究皆自败，非魔与魅败之也。

注释

①软语：温和委婉的话语。 ②踣（bó）：跌倒。 ③就：靠近，接近。

吴惠叔言：医者某生，素谨厚。一夜有老媪持金钏一双，就买堕胎药。医者大骇，峻拒之。次夕，又添持珠花两枝来。医者益骇，力挥去。越半载余，忽梦为冥司所拘，言有诉其杀人者。至则一披发女子，项勒红巾，泣陈乞药不与状。医者曰："药以活人，岂敢杀人以渔利？汝自以奸败，于我何尤[①]？"女子曰："我乞药时，孕未成形，倘得堕之，我可不死。是破一无知之血块，而全[②]一待尽之命也。既不得药，不能不产，以致子遭扼杀，受诸痛苦，我亦见逼而就缢。是汝欲全一命，反戕两命矣。罪不归汝，反归谁乎？"冥官喟然曰："汝之所言，酌乎事势；彼所执者，则理也。宋以来，固执一理而不揆[③]事势之利害者，独此人也哉！汝且休矣！"拊几有声，医者悚然而寤。

注释

①尤：责怪。 ②全：保全。 ③揆（kuí）：揣测，估量。

惠叔又言：有疫死还魂者，在冥司遇其故人，褴褛荷校[①]，相见悲喜，不觉握手太息曰："君一生富贵，竟不能带至此耶？"其人蹙然[②]曰："富贵皆可带至此，但人不肯带耳。生前有功德者，至此何尝不富贵耶？寄语世人，早作带来计可也。"李南涧曰："善哉斯言，胜于谓富贵皆空也。"

注释

①荷校（hèjiào）：古代一种拘束犯人的刑具。②蹙（cù）然：忧愁貌。

卷十

如是我闻四

长山聂松岩言：安丘张卯君先生家，有书楼为狐所据，每与人对语。媪婢僮仆，凡有隐慝①，必对众暴之。一家畏若神明，惕惕然不敢作过。斯亦能语之绳规，无形之监史矣。然奸黠者或敬事之，则讳其所短，不肯质言②。盖聪明有余，正直则不足也。斯狐之所以为狐欤！

注释

①慝（tè）：奸邪，邪恶。 ②质言：如实而言，直言。

沧州插花庙老尼董氏言：尝夜半睡醒，闻佛殿磬声铿然，如有人礼拜者。次日告其徒，曰："师耳鸣也。"至夜复然，乃潜起蹑足窥之。佛光青荧，依稀辨物，见击磬者乃其亡师。一少妇对佛长跪，喁喁①絮祝，回面向内，不识为谁。细听所祝，则为夫病祈福也。恐怖失措，触朱槅有声。阴气冥蒙，灯光骤暗。再明，则已无睹矣。

先外祖雪峰张公曰："此少妇已入黄泉，犹忧夫病，闻之使人增伉俪之情。"

董尼又言：近一卖花媪，夜经某氏墓，突见某夫人魂立树下，以手招之。无路可避，因战栗拜谒。某夫人曰："吾夜夜在此，待一相识人寄信。望眼几穿，今乃见尔。归告我女我婿，一切阴谋，鬼神皆已全知，无更枉抛心力。吾在冥府，大受鞭笞。地下先亡，更人人唾詈，无地自容。日惟避此树边，苦雨凄风，酸辛万状。尚不知沉沦几载，得付转轮。似闻须所夺小郎资财耗散都尽，始冀有生路也。又婿有密札数纸，病中置螺甸小箧中。嘱其检出毁灭，免为他日口实。”叮咛再三，呜咽而灭。

媪潜告其女，女怒曰：“为小郎游说耶！”迨于箧中见前札，乃始悚然。

后女家日渐消败。亲串中知其事者，皆合掌曰：“某夫人生路近矣。”

注释

①喁（yú）喁：形容低声说话。

乌鲁木齐提督巴公彦弼言：昔从征乌什时，梦至一处山麓，有六七行幄，而不见兵卫。有数十人出入往来，亦多似文吏。试往窥视，遇故护军统领某公，某名凡五字，公以滚舌音急呼之，今不能记。握手相劳苦。问：“公久逝，今何事到此？”曰：“吾以平生拙直，得授冥官。今随军籍记战殁者也。”见其几上诸册，有黄色、红色、紫色、黑色数种。问：“此以旗分耶？”微哂曰：“安有紫旗、黑旗？按：旧制本有黑旗，以黑色夜中难辨，乃改为蓝旗。此公盖偶未知也。此别甲乙之次第[1]耳。”问：“次第安在？”曰：“赤心为国，奋不顾身者，登黄册；恪遵军令，宁死不挠者，登红册；随从驱驰，转战而殒者，登紫册；仓皇奔溃，无路求生，蹂践裂尸，追歼断脰[2]者，登黑册。”问：“同时授命，血溅尸横，岂能一一区分，毫无舛误？”曰：“此惟冥官能辨矣。大抵人亡魂在，精气如生。应登黄册者，其精气如烈火炽腾，蓬蓬勃勃；应登红册者，其精气如烽烟直上，风不能摇；应登紫册者，其精气如云漏电光，往来闪烁。此三等中，最上者为明神，最下者亦归善道。至应登黑册者，其精气瑟缩摧颓，如死灰无焰。在朝廷褒崇忠义，自一例哀荣，阴曹则以常鬼视之，不复齿数矣。”巴公侧耳敬听，悚然心折。方欲自问将来，忽炮声惊觉。

后常以告麾下曰：“吾临阵每忆斯语，便觉捐身锋镝[3]，轻若鸿毛。”

注释

①次第：等第。 ②脰（dòu）：脖，颈。 ③锋镝（dí）：泛指兵器。锋，刀口。镝，箭头。

《夜灯丛录》载谢梅庄戆子事，而不知戆子姓卢名志仁，盖未见梅庄自作《戆子传》，仅据传闻也。

霍京兆易书，戍葵苏图时，轿夫王二与戆子事相类。后殁于塞外，京兆哭之恸[1]。一夕，忽闻帐外语曰：“羊被盗矣，可急向西北追。”出视果然。听其语音，灼然[2]王二之魂也。

京兆有一仆，方辞归，是日睹此异，遂解装不行。谓其曹曰：“恐冥冥中王二笑人。”

注释

①恸（tòng）：悲伤。 ②灼然：明显貌。

沧州瞽者蔡某，每过南山楼下，即有一叟邀之弹唱，且对饮。渐相狎，亦时到蔡家共酌。自云姓蒲，江西人，因贩磁到此。久而觉其为狐，然契分[1]甚深，狐不讳，蔡亦不畏也。

会有以闺阃蜚语涉讼者，众议不一。偶与狐言及，曰："君既通灵，必知其审。"狐艴然曰："我辈修道人，岂干预人家琐事？夫房帏秘地，男女幽期，暧昧难明，嫌疑易起。一犬吠影，每至于百犬吠声。即使果真，何关外人之事？乃快一时之口，为人子孙数世之羞。斯已伤天地之和，召鬼神之忌矣。况杯弓蛇影，恍惚无凭，而点缀铺张，宛如目睹。使人忍之不可，辩之不能，往往致抑郁难言，含冤毕命。其怨毒之气，尤历劫难消。苟有幽灵，岂无业报？恐刀山剑树之上，不能不为是人设一坐也。汝素朴诚，闻此事自当掩耳。乃考求真伪，意欲何为？岂以失明不足，尚欲犁舌乎？"投杯径去，从此遂绝。蔡愧悔，自批其颊，恒述以戒人，不自隐匿也。

注释

①契分：情分。

舅氏张公梦征言：所居吴家庄西，一丐者死于路，所畜犬守之不去。夜有狼来啖其尸，犬奋啮不使前。俄诸狼大集，犬力尽踣，遂并为所啖。惟存其首，尚双目怒张，眦[1]如欲裂。有佃户守瓜田者亲见之。

又程易门在乌鲁木齐，一夕，有盗入室，已逾垣将出，所畜犬追啮其足。盗抽刃斫之，至死啮终不释，因就擒。时易门有仆，曰龚起龙，方负心反噬[2]。皆曰程太守家有二异，一人面兽心，一兽面人心。

注释

①眦（zì）：眼角。 ②噬（shì）：咬。

余在乌鲁木齐日，骁骑校萨音绰克图言：曩守红山口卡伦，一日将曙，有乌哑哑对户啼。恶其不吉，引骹矢射之。嗷然有声，掠乳牛背上过。牛骇而奔，呼数卒急追。入一山坳，遇耕者二人，触一人仆。扶视无大伤，惟足跛难行。问其家不远，共舁送归。入室坐未定，闻小儿连呼有贼。同出助捕，则私逃遣犯韩云，方逾垣盗食其瓜，因共执焉。

使[①]乌不对户啼，则萨音绰克图不射；萨音绰克图不射，则牛不惊逸；牛不惊逸，则不触人仆；不触人仆，则数卒不至其家；徒一小儿见人盗瓜，其势必不能执缚。乃辗转相引，终使受絷伏诛。此乌之来，岂非有物凭之哉？盖云本剧寇，所劫杀者多矣。尔时虽无所睹，实与刘刚遇鬼因果相同也。

注释

①使：假如。

又佐领额尔赫图言：曩守吉木萨卡伦，夜闻团焦外呜呜有声。人出逐，则渐退。人止则止，人返则复来。如是数夕。一戍卒有胆，竟操刃随之。寻声迤逦[①]入山中，至一僵尸前而寂。视之，有野兽啮食痕，已久枯矣。卒还以告，心知其求瘗[②]也。具棺葬之，遂不复至。

夫神识已离，形骸何有？此鬼沾沾于遗蜕，殊未免作茧自缠。然蝼蚁鱼鳖之谈，自庄生之旷见，岂能使含生之属，均如太上忘情？观于兹事，知棺衾必慎，孝子之心；胔骼必藏，仁人之政。圣人通鬼神之情状，何尝谓魂升魄降，遂冥漠无知哉！

注释

①迤逦（yǐlǐ）：曲折连绵。 ②瘗（yì）：埋。

献县令某，临殁前，有门役夜闻书斋人语曰："渠数年享用奢华，禄已耗尽。其父诉于冥司，探支来生禄一年，治未了事，未知许否也。"俄而令暴卒。

董文恪公尝曰："天道凡事忌太甚，故过奢过俭，皆足致不祥。然历历[①]验之，过奢之罚，富者轻而贵者重；过俭之罚，贵者轻而富者重。盖富而过奢，耗己财而已；贵而过奢，其势必至于贪婪，权力重，则取求易也。贵而过俭，守己财而已；富而过俭，其势必至于刻薄，计较明，则机械多也。士大夫时时深念，知益己者必损人。凡事留其有余，则召福之道矣。"

注释

①历历：逐个，一一地。

小奴玉保言：特纳格尔农家，忽一牛入其牧群，甚肥健。久而无追寻者，询访亦无失牛者，乃留畜之。其女年十三四，偶跨此牛往亲串家。牛至半途，不循蹊径，负女度岭蓦[①]涧，直入乱山。崖陡谷深，堕必糜碎，惟抱牛颈呼号。樵牧者闻声追视，已在万峰之顶，渐灭没于烟霭间。其或饲虎狼，或委溪壑，均不可知矣。皆咎其父贪攘[②]此牛，致罹[③]大害。

余谓此牛与此女，合是夙冤，即驱逐不留，亦必别有以相报也。

注释

①蓦：越过。　②攘：偷，窃取。　③罹（lí）：遭到。

故城刁飞万言：一村有二塾师，雨后同步至土神祠，踞砌对谈，移时未去。祠前地净如掌，忽见坌[①]起似字迹。共起视之，则泥上杖画十六字曰："不趁凉爽，自课生徒，溷[②]人书馆，不亦愧乎！”盖祠无居人，狐居其中，怪二人久聒也。

时程式方增律诗，飞万戏曰：“随手成文，即四言叶韵，我愧此狐。”

注释

①坌（bèn）：尘埃。 ②溷（hùn）：污浊。

飞万又言：一书生最有胆，每求见鬼不可得。一夕，雨霁月明，命小奴携罂酒诣[1]丛冢间，四顾呼曰：“良夜独游，殊为寂寞。泉下诸友，有肯来共酌者乎？”俄见磷火荧荧，出没草际。再呼之，呜呜环集，相距丈许，皆止不进。数其影约十余。以巨杯挹[2]酒洒之，皆俯嗅其气。有一鬼称酒绝佳，请再赐。因且洒且问曰：“公等何故不轮回？”曰：“善根在者转生矣，恶贯盈者堕狱矣。我辈十三人，罪限未满，待轮回者四；业报沉沦，不得轮回者九也。”问：“何不忏悔求解脱？”曰：“忏悔须及未死时，死后无着力处矣。”酒洒既尽，举罂示之，各踉跄去。中一鬼回首叮咛曰：“饿魂得沃[3]壶觞[4]，无以报德。谨以一语奉赠，忏悔须及未死时也。”

注释

①诣：到。 ②挹（yì）：舀。 ③沃：以酒浇地祭祀鬼神。 ④壶觞：酒器，指酒。

翰林院笔帖式伊实从征伊犁时，血战突围，身中七矛死。越两昼夜，复苏。疾驰一昼夜，犹追及大兵。

余与博晰斋同在翰林时，见有伤痕，细询颠末[1]。自言被创时，绝无痛楚，但忽如沉睡。既而渐有知觉，则魂已离体。四顾皆风沙澒洞，不辨东西，了然自知为已死。倏[2]念及子幼家贫，酸彻心骨，便觉身如一叶，随风漾漾欲飞。倏念及虚死不甘，誓为厉鬼杀贼，即觉身如铁柱，风不能摇。徘徊伫立间，方欲直上山巅，望敌兵所在。俄如梦醒，已僵卧战血中矣。

晰斋太息曰："闻斯情状，使人觉战死无可畏。然则忠臣烈士，正复易为，人何惮而不为也？"

注释

①颠末：事情的原委。②倏：突然。

里有古氏，业[1]屠牛，所杀不可缕数。后古叟目双瞽。古妪临殁时，肌肤溃裂，痛苦万状。自言冥司仿屠牛之法宰割我，呼号月余乃终。侍姬之母沈媪，亲睹其事。

杀业至重，牛有功于稼穑，杀之业尤重。《冥祥记》载晋庾绍之事，已有"宜勤精进，不可杀生。若不能独断，可勿宰牛"之语，此牛戒之最古者。《宣室志》载夜叉与人杂居则疫生，惟避不食牛人。《酉阳杂俎》亦载之。今不食牛人，遇疫实不传染，小说固非尽无据也。

注释

①业：从事。

海宁陈文勤公言：昔在人家遇扶乩，降坛者安溪李文贞公也。公拜问涉世之道，文贞判曰："得意时毋太快意，失意时毋太快口，则永保终吉。"公终身诵之。尝诲门人曰："得意时毋太快意，稍知利害者能之；失意时毋太快口，则贤者或未能。夫快口岂特怨尤[1]哉？夷然[2]不屑，故作旷达之语，其招祸甚于怨尤也。"

余因忆先高祖《花王阁剩稿》中载宋盛阳先生讳大壮，河间诸生。先高祖之外舅也。赠诗曰：“狂奴犹故态，旷达是牢骚。”与公所论，殆似重规叠矩矣。

注释

①怨尤：怨恨责怪。　②夷然：平静镇定的样子。

有额鲁特女，为乌鲁木齐民间妇，数年而寡。妇故有姿首，媒妁日叩其门。妇谢曰：“嫁则必嫁，然夫死无子，翁[①]已老，我去将谁依？请待养翁事毕，然后议。”有欲入赘其家，代养其翁者，妇又谢曰：“男子性情不可必，万一与翁不相安，悔且无及，亦不可。”乃苦身操作，翁温饱安乐，竟胜于有子时。越六七年，翁以寿终。营葬毕，始痛哭别墓，易彩服升车去。

论者惜其不贞，而不能不谓之孝。内阁学士永公时镇其地，闻之叹曰：“此所谓质美而未学。”

注释

①翁：公公。

新城王符九言：其友人某，选贵州一令。贷于西商，抑勒剥削，机械百出。某迫于程限，委曲迁就，而西商枝节益多。争论至夜分，始茹痛书券。计券上百金，实得不及三十金耳。西商去后，持金贮箧。方独坐太息，忽闻檐上人语曰：“世间无此不平事。公太柔懦，使人愤填胸臆。吾本意来盗公，今且一惩西商，为天下穷官吐气也。”某悸[①]不敢答。俄屋角窸窣有声，已越垣径去。次日，闻西商被盗，并箧中新旧借券，皆席卷去矣。

此盗殊多侠气，然亦西商所为太甚，干造物之忌，故鬼神巧使相值[2]也。

注释

①悸（jì）：因害怕而心跳。　②值：面对，遇到。

许文木言：其亲串有新得官者，盛具牲醴享[1]祖考。有巫能视鬼，窃语人曰："某家先灵受祭时，皆颜色惨沮，如欲下泪。而后巷某甲之鬼，乃坐对门屋脊上，翘足而笑。是何故也?"后其人到官未久，即伏法，始悟其祖考悲泣之由。而某甲之喜，则终不解。久而有知其阴事者曰："某甲女有色，是尝遣某妪诱以金珠，同宿数夕。"人不知而鬼知也，谁谓冥冥中可堕行哉!

注释

①享：以食物供奉鬼神。

王梅序孝廉言：交河城西有古墓，林木丛杂，云藏妖魅。犯之者多患寒热，樵牧弗敢近。一老儒耿直负气，由所居至县城，其地适中，过必憩息，偃蹇傲睨，竟无所见闻。如是数年，一日，又坐墓侧，袒裼纳凉。归而发狂，谵语曰："曩以汝为古君子，故任汝放诞，未敢侮汝。汝近乃作负心事，知从前规言矩步，皆貌是心非。今不复畏汝矣。"其家再三拜祷，昏愦数日，始痊。自是索然气馁，每经其地，辄俯首疾趋。

观此知魅不足畏，心苟无邪，虽凌[1]之而不敢校[2]，亦观此而知魅大可畏，行苟有玷，虽秘之而皆能窥。

注释

①凌：侵犯，欺侮。 ②校（jiào）：计较。

门人萧山汪生辉祖，字焕曾，乾隆乙未进士，今为湖南宁远县知县。未第时，久于幕府，撰《佐治药言》二卷。中载近事数条，颇足以资法戒。

其一曰：孙景溪先生，讳尔周。令吴桥时，幕客叶某，一夕方饮酒，偃仆于地，历二时而苏。次日闭户书黄纸疏，赴城隍庙拜毁，莫喻其故。越六日，又偃仆如前。良久复起，则请迁居于署外。

自言八年前在山东馆陶幕，有士人告恶少调其妇。本拟请主人专惩恶少，不必妇对质。而同事谢某，欲窥妇姿色，怂恿传讯。致妇投缳，恶少亦抵法。今恶少控于冥府，谓妇不死，则渠无死法，而妇死由内幕之传讯。馆陶城隍神移牒[①]来拘，昨具疏申辩，谓妇本应对质，且造意者为谢某。顷又移牒谓：传讯之意，在窥其色，非理其冤。念虽起于谢，笔实操于叶。谢已摄至，叶不容宽，余必不免矣，越夕而殒[②]。

其一曰：浙江臬司同公言：乾隆乙亥秋审时，偶一夜潜出，察诸吏治事状。皆已酣寝，惟一室灯独明。穴窗窃窥，见一吏方理案牍，几前立一老翁、一少妇。心甚骇异，姑视之。见吏初草一签，旋毁稿更书，少妇敛衽[③]退。又抽一卷，沉思良久，书一签，老翁亦揖而退。

传诘此吏，则先理者为台州因奸致死一案。初拟缓决，旋以身列青衿[④]，败检酿命，改情实。后抽之卷为宁波叠殴致死一案。初拟情实，旋以索逋理直，死由还殴，改缓决。知少妇为捐生之烈魄，老翁为累囚之先灵矣。

其一曰：秀水县署有爱日楼，板梯久毁，阴雨辄闻鬼泣声。一老吏言：康熙中，令之母喜诵佛号，因建此楼。雍正初，有令挈幕友胡姓来，盛夏不欲见人，独处楼中。案牍饮食，皆缒[5]而上下。一日，闻楼上惨号声。从者急梯而上，则胡裸体浴血，自刺其腹，并碎劙[6]周身如刻画。自云曩在湖南某县幕，有奸夫杀本夫者，奸妇首于官。吾恐主人有失察咎，以访拏报，妇遂坐磔[7]。顷见一神引妇来，剚[8]刃于吾腹，他不知也。号呼越夕而死。

其一曰：吴兴某，以善治钱谷有声。偶为当事者所慢，因密讦其侵盗，阴事于上官，竟成大狱。后自啮其舌而死。

又无锡张某，在归安令裘鲁青幕。有奸夫杀本夫者，裘以妇不同谋，欲出之。张大言曰："赵盾不讨贼为弑君，许止不尝药为弑父，《春秋》有诛意之法。是不可纵也。"妇竟论死。

后张梦一女子，被发持剑，搏膺而至曰："我无死法，汝何助之急也？"以刃刺之。觉而刺处痛甚，自是夜夜为厉，以至于死。

其一曰：萧山韩其相先生，少工刀笔，久困场屋，且无子，已绝意进取矣。雍正癸卯，在公安县幕，梦神人语曰："汝因笔孽多，尽削禄嗣。令治狱仁恕，赏汝科名及子，其速归。"未以为信，次夕梦复然。时已七月初旬，答以试期不及。神曰："吾能送汝也。"寤而急理归装，江行风利，八月初二日竟抵杭州。以遗才入闱中式。次年，果举一子。

焕曾笃实有古风，其所言当不妄。

又所记《囚关绝祀》一条曰：平湖杨研耕在虞乡县幕时，主人兼署临晋，有疑狱，久未决。后鞫实为弟殴兄死，夜拟谳牍毕，未及灭烛而寝。忽闻床上钩鸣，帐微启，以为风也。少顷复鸣，则帐悬钩上，有白须老人跪床前叩头，叱之不见，而几上纸翻动有声。急起视，则所拟谳牍也。反复详审，罪实无枉，惟其家四世单传，至其父始生二子，一死非命，一又伏辜，则五世之祀斩矣，因毁稿存疑如故。盖以存疑为是也。

余谓以王法论，灭伦者必诛；以人情论，绝祀者亦可悯。生与杀皆碍，仁与义竟两妨矣。如必委曲以求通，则谓杀人者抵，以申死者之冤也。申己之冤以绝祖父之祀，其兄有知，必不愿。使其竟愿，是无人心矣。虽不抵不为枉，是一说也。或又谓情者，一人之事，法者天下之事也。使凡仅兄弟二人者，弟杀其兄，哀其绝祀，皆不抵，则夺产杀兄者多矣，何法以正伦纪乎？是又未尝非一说也。不有皋陶，此狱实为难断，存以待明理者之论定可矣。

注释

①移牒：以正式公文通知。 ②殒（yǔn）：死亡。 ③敛衽（rèn）：整理衣襟，表示恭敬。 ④青衿（jīn）：借指读书人。⑤缒（zhuì）：系在绳子上从上往下放。 ⑥劙（lí）：割。⑦磔（zhé）：古代一种酷刑，把肢体分裂。 ⑧剚（zì）：用刀刺。

姚安公言：昔在舅氏陈公德音家，遇骤雨，自巳至午乃息。所雨皆沤麻水也。时西席一老儒方讲学，众因叩曰："此雨究竟是何理？"老儒掉头面壁曰："子不语怪[1]。"

注释

①子不语怪：《论语·述而》"子不语怪力乱神"。"子不语"指怪异的事物。

刘香畹言：曩客山西时，闻有老儒经古冢，同行者言中有狐，老儒詈之，亦无他异。

老儒故善治生，冬不裘，夏不絺，食不肴，饮不荈[①]，妻子不宿饱。铢积锱累，得四十金，溶为四铤，秘缄之，而对人自诉无担石。自詈狐后，所储金或忽置屋颠树杪，使梯而取。或忽在淤泥浅水，使濡而求。甚或忽投溷圊[②]，使探而濯。或移易其地，大索乃得。或失去数日，从空自堕。或与客对坐，忽纳于帽檐。或对人拱揖，忽铿然脱袖。千变万化，不可思议。一日，忽四铤跃掷空中，如蛱蝶飞翔，弹丸击触，渐高渐远，势将飞去。不得已，焚香拜祝，始自投于怀。自是不复相嬲，而讲学之气焰已索然尽矣。

说是事时，一友曰："吾闻以德胜妖，不闻以詈胜妖也。其及也固宜。"一友曰："使周、张、程、朱詈，妖必不兴。惜其古貌不古心也。"一友曰："周、张、程、朱，必不轻詈。惟其不足于中，故悻悻于外耳。"香畹首肯曰："斯言洞见症结矣。"

注释

①荈（chuǎn）：粗茶。　②溷圊（hùnqīng）：厕所。

香畹又言：一孝廉颇善储蓄，而性啬。其妹家至贫，时逼除夕，炊烟不举。冒风雪徒步数十里，乞贷三五金，期明春以其夫馆谷偿。坚以窘辞。其母涕泣助请，辞如故。母脱簪珥付之去，孝廉如弗闻也。

是夕，有盗穴壁[①]入，罄所有去。迫于公论[②]，弗敢告官捕。越半载，盗在他县败，供曾窃孝廉家，其物犹存十之七。移牒来问，又迫于公论，弗敢认。其妇惜财不能忍，阴遣子往认焉。孝廉内愧，避弗见客者半载。

夫母子天性，兄妹至情，以啬之故，漠如陌路，此真闻之扼腕矣。乃盗遽乘之，使人一快；失而弗敢言，得而弗敢取，又使人再快。至于椎心茹痛，自匿其瑕，复败于其妇，瑕终莫匿，更使人不胜其快。颠倒播弄，如是之巧，谓非若或使之哉！然能愧不见客，吾犹取其足为善。充此一愧，虽以孝友闻可也。

注释

①穴壁：凿墙洞。 ②公论：公众的舆论。

卢霁渔编修患寒疾，误延读《景岳全书》者投人参，立卒。太夫人悔焉，哭极恸[1]。然每一发声，辄闻板壁格格响，夜或绕床呼阿母，灼然[2]辨为霁渔声，盖不欲高年之过哀也。悲哉！死而犹不忘亲乎！

注释

①恸：悲痛。 ②灼然：明显的样子。

海阳鞠前辈庭和言：一宦家妇临卒，左手挽幼儿，右手挽幼女，呜咽而终。力擘[1]之乃释，目炯炯尚不瞑也。后灯前月下，往往遥见其形。然呼之不应，问之不言，招之不来，即之不见。或数夕不出，或一夕数出。或望之在某人前，而某人反无睹，或此处方睹，而彼处又睹。大抵如泡影空花，电光石火，一转瞬而即灭，一弹指而倏生。虽不为害，而人人意中有一先亡夫人在。故后妻视其子女，不敢生分别心；婢媪童仆视其子女，亦不敢生凌侮心。至男婚女嫁，乃渐不睹。然越数岁，或一见。故一家恒惴惴栗栗[2]，如时在其旁。

或疑为狐魅所托，是亦一说。惟是狐魅扰人，而此不近人。且狐魅又何所取义，而辛苦十余年，为时时作此幻影耶？殆结恋之极，精灵不散耳。为人子女者，知父母之心，殁而弥切如是也。其亦可以怆然感乎！

注释

①擘（bāi）：同“掰”。 ②惴惴栗栗：恐惧不安。

庭和又言：有兄死而吞噬其孤侄者，迫胁侵蚀，殆无以自存。一夕，夫妇方酣眠，忽梦兄仓皇呼曰：“起起，火已至。”醒而烟焰迷漫，无路可脱，仅破窗得出。喘息未定，室已崩摧，缓须臾，则灰烬矣。次日，急召其侄，尽还所夺。人怪其数朝之内，忽跖忽夷[1]。其人流涕自责，始知其故。此鬼善全骨肉，胜于为厉多多矣。

注释

①忽跖（zhí）忽夷：跖夷指盗跖与伯夷，喻善恶迥异。

高淳令梁公钦官户部额外主事时，与姚安公同在四川司。是时六部规制严，凡有故不能入署者，必遣人告掌印。掌印移牒司务，司务每日汇呈堂，谓之出付。不能无故不至也。一日，梁公不入署，而又不出付，众疑焉。

姚安公与福建李公根侯，寓皆相近，放衙后同往视之。则梁公昨夕睡后，忽闻砰訇撞触声，如怒马腾踏，呼问无应者。悸而起视，乃二仆一御者裸体相搏，捶击甚苦，然皆缄口无一言。时四邻已睡，寓中别无一人。无可如何，坐视其斗。至钟鸣乃并仆，迨晓而苏，伤痕鳞叠，面目皆败。问之都不自知，惟忆是晚同坐后门纳凉，遥见破屋址上有数犬跳踉，戏以砖掷之，嗥[①]而逃，就寝后遂有是变。意犬本是狐，月下视之未审欤？

梁公，泰和人，与正一真人为乡里，将往陈述。姚安公曰："狐自游戏，何预于人？无故击之，曲[②]不在彼。袒[③]曲而攻直，于理不顺。"李公亦曰："凡仆隶与人争，宜先克己。理直尚不可纵使有恃而妄行，况理曲乎？"梁公乃止。

注释

①嗥（háo）：吼叫。 ②曲：理亏。 ③袒（tǎn）：袒护，偏袒。

乾隆己未会试前，一举人过永光寺西街，见好女立门外，意颇悦之。托媒关说，以三百金纳为妾。因就寓其家，亦甚相得。迨出闱[①]返舍，则破窗尘壁，阒无一人，污秽堆积，似废坏多年者。访问邻家，曰："是宅久空，是家来住仅月余。一夕自去，莫知所往矣。"或曰："狐也，小说中盖尝有是事。"或曰："是以女为饵，窃资远遁，伪为狐状也。"

夫狐而伪人，斯亦黠矣。人而伪狐，不更黠[②]乎哉！余居京师五六十年，见类此者不胜数，此其一耳。

注释

①闱（wéi）：试院。 ②黠（xiá）：狡猾。

汪御史香泉言：布商韩某，昵一狐女，日渐尪羸[①]，其侣求符箓劾禁，暂去仍来。一夕，与韩共寝，忽披衣起坐曰："君有异念耶？何忽觉刚气砭人，刺促不宁也？"韩曰："吾无他念。惟邻人吴某，迫于债负，鬻其子为歌童。吾不忍其衣冠之后沦下贱，措四十金欲赎之，故辗转未眠耳。"狐女蹙然[②]

推枕曰："君作是念，即是善人。害善人者有大罚，吾自此逝矣。"以吻相接，嘘气良久，乃挥手而去。韩自是壮健如初。

注释

①尪羸（wānglé i）：瘦弱。 ②蹷（jué）然：忽然，突然。

戴遂堂先生曰：尝见一巨公，四月八日在佛寺礼忏放生。偶散步花下，遇一游僧，合掌曰："公至此何事？"曰："作好事也。"又问："何为今日作好事？"曰："佛诞日也。"又问："佛诞日乃作好事，余三百五十九日皆不当作好事乎？公今日放生，是眼见公德，不知岁岁庖厨之所杀，足当此数否乎？"巨公猝不能对。知客僧代叱曰："贵人护法，三宝增光，穷和尚何敢妄语！"游僧且行且笑曰："紫衣和尚不语，故穷和尚不得不语也。"掉臂径出，不知所往。

一老僧窃叹曰："此阇黎[1]大不晓事。然在我法中，自是突闻狮子吼矣。"昔五台僧明玉尝曰："心心念佛，则恶意不生，非日念数声即为功德也。日日持斋，则杀业永除，非月持数日即为功德也。燔炙肥甘，晨昏餍饫[2]，而月限某日某日不食肉，谓之善人。然则苞苴[3]公行，簠簋不饬[4]，而月限某日某日不受钱，谓之廉吏乎？"与此游僧之言，若相印合。李杏浦总宪则曰："此为彼教言之耳。士大夫终身茹素，势必不行。得数日持月斋，则此数日可减杀；得数人持月斋，则此数人可减杀。不愈于全不持乎？"是亦见智见仁，各明一义。第不知明玉傥在，尚有所辩难否耳？

注释

①阇（shé）黎：高僧，泛指僧人。 ②餍饫（yànyù）：饱食。 ③苞苴：贿赂。 ④簠簋（fǔguǐ）不饬：指贪污。簠簋，

古代食器也用作放祭品。

恒王府长史东鄂洛，据《八旗氏族谱》，当为董鄂，然自书为东鄂。案牍册籍亦书为东鄂，《公羊传》所谓名从主人也。谪居玛纳斯，乌鲁木齐之支属也。一日，诣乌鲁木齐，因避暑夜行，息马树下。遇一人半跪问起居，云是戍卒刘青。与语良久，上马欲行。青曰："有琐事，乞公寄一语。印房官奴喜儿，欠青钱三百。青今贫甚，宜见还也。"

次日，见喜儿，告以青语。喜儿骇汗如雨，面色如死灰。怪诘其故，始知青久病死。初死时，陈竹山闵其勤慎，以三百钱付喜儿，市酒脯楮钱[①]奠之。喜儿以青无亲属，遂尽干没[②]。事无知者，不虞鬼之见索也。

竹山素不信因果，至是悚然曰："此事不诬，此语当非依托也。吾以为人生作恶，特畏人知；人不及知之处，即可为所欲为耳。今乃知无鬼之论，竟不足恃。然则负隐慝者，其可虑也夫！"

注释

①楮（chǔ）钱：纸钱，冥币。 ②干没：侵吞。

昌吉平定后，以军俘逆党子女分赏诸将。乌鲁木齐参将某，实司[①]其事，自取最丽者四人，教以歌舞，脂香粉泽，彩服明珰，仪态万方，宛如娇女，见者莫不倾倒。后迁金塔寺副将，戒期启行。诸童检点衣装，忽箧中绣履四双，翩然跃出，满堂翔舞，如蛱蝶群飞。以杖击之，乃堕地，尚蠕蠕欲动，呦呦有声。识者讶其不详。行至壁展，以[②]鞭挞台员为镇守大臣所劾，论戍伊犁，竟卒于谪所。

注释

①司：掌管。　②以：因为。

至危至急之地，或忽出奇焉；无理无情之事，或别有故焉。破格而为之，不能胶柱[①]而断之也。

吾乡一媪，无故率媪妪数十人，突至邻村一家，排闼强劫其女去。以为寻衅，则素不往来；以为夺婚，则媪又无子。乡党骇异，莫解其由。

女家讼于官，官出牒拘摄。媪已携女先逃，不能踪迹。同行婢妪，亦四散逋亡。缧绁[②]多人，辗转推鞫，始有一人吐实，曰："媪一子病瘵垂殁，媪抚之恸曰：'汝死自命，惜哉不留一孙，使祖父竟为馁鬼也。'子呻吟曰：'孙不可必得，然有望焉。吾与某氏女私昵，孕八月矣，但恐产必见杀耳。'子殁后，媪咄咄独语十余日。突有此举，殆劫女以全其胎耶？"官怃然曰："然则是不必缉，过两三月自返耳。"届期果抱孙自首。官无如之何，仅断以不应重律，拟杖纳赎而已。

此事如兔起鹘落[③]，少纵即逝。此媪亦捷疾若神矣。

安静涵言：其携女宵遁时，以三车载婢妪，与己分四路行，故莫测所在。又不遵官路，横斜曲折，歧复有歧，故莫知所向。且晓行夜宿，不淹留[④]一日，俟分娩乃税宅，故莫迹所居停。其心计尤周密也。女归，为父母所弃，遂偕媪抚孤，竟不再嫁。以其初涉溱洧[⑤]，故旌典不及，今亦不著其氏族焉。

注释

①胶柱：胶柱鼓瑟，喻固执拘泥。　②缧绁（léixiè）：捆绑犯人的绳索，指囚禁。　③兔起鹘（hú）落：比喻动作敏捷。④淹留：久留。　⑤溱洧（zhēnwěi）：《诗·郑风》篇名，写男

女春游之乐，后指淫乱。

李庆子言：尝宿友人斋中，天欲晓，忽二鼠腾掷相逐。满室如飚轮旋转，弹丸迸跃，瓶彝罍洗，击触皆翻，砰铿碎裂之声，使人心骇。久之，一鼠踊起数尺，复堕于地，再踊再仆，乃僵。视之，七窍皆血流，莫测其故。

急呼其家僮收检器物，见柈[1]中所晾媚药数十丸，啮残过半。乃悟鼠误吞此药，狂淫无度。牝[2]不胜嬲而窜避，牡[3]无所发泄，蕴热内燔以毙也。友人出视，且骇且笑。既而悚然曰："乃至是哉，吾知惧矣！"尽覆所蓄药于水。

夫燥烈之药，加以锻炼，其力既猛，其毒亦深，吾见败事者多矣。盖退之硫黄，贤者不免。庆子此友，殆数不应尽，故鉴于鼠而忽悟欤！

注释

①柈（pán）：盘子。 ②牝（pìn）：雌性的鸟兽。 ③牡（mǔ）：雄性的鸟兽。

张鷟《朝野佥载》曰：唐青州刺史刘仁轨，以海运失船过多，除名为民，遂辽东效力。遇病，卧平壤城下，褰[1]幕看兵士攻城。有一兵直来前头背坐，叱之不去。须臾城头放箭，正中心而死。微此兵，仁轨几为流矢所中。

大学士温公征乌什时，为领队大臣。方督兵攻城，渴甚，归帐饮。适一侍卫亦来求饮，因让茵与坐。甫拈碗，贼突发巨炮，一铅丸洞其胸死。使此人缓来顷刻，则必不免矣。此公自为余言，与刘仁轨事绝[2]相似。后公征大金川，卒战殁于木果木。知人之生死，各有其地。虽命当阵殒者，苟非其地，亦遇险而得全。然则畏缩求免者，不徒多一趋避乎哉！

注释

①褰（qiān）：揭起。 ②绝：极。

人物异类，狐则在人物之间；幽明异路，狐则在幽明之间；仙妖异途，狐则在仙妖之间。故谓遇狐为怪可，谓遇狐为常亦可。三代以上无可考。《史记·陈涉世家》称篝火作狐鸣，曰："大楚兴，陈胜王。"必当时已有是怪，是以托之。吴均《西京杂记》称广川王发栾书冢，击伤冢中狐，后梦见老翁报冤。是幻化人形，见于汉代。张鷟《朝野佥载》称唐初以来，百姓多事狐神。当时谚曰："无狐魅，不成村。"是至唐代乃最多。《太平广记》载狐事十二卷，唐代居十之九，是可以证矣。

诸书记载不一，其源流始末，则刘师退先生所述为详。

盖旧沧州南一学究，与狐友，师退因介学究与相见。躯干短小，貌如五六十人，衣冠不古不今，乃类[①]道士。拜揖亦安详谦谨。

寒温毕，问枉顾意。师退曰："世与贵族相接者，传闻异词，其间颇有所未明。闻君豁达不自讳，故请祛[②]所惑。"狐笑曰："天生万品，各命以名。狐名狐，正如人名人耳；呼狐为狐，正如呼人为人耳。何讳之有？至我辈之中，好丑不一，亦如人类之内，良莠不齐，人不讳人之恶，狐何必讳狐之恶乎？第言无隐。"师退问："狐有别乎？"曰："凡狐皆可以修道，而最灵者曰狴狐。此如农家读书者少，儒家读书者多也。"问："狴狐生而皆灵乎？"曰："此系乎其种类。未成道者所生，则为常狐；已成道者所生，则自能变化也。"问："既成道矣，自必驻颜。而小说载狐亦有翁媪，何也?”曰：“所谓成道，成人道也。其饮食男女，生老病死，亦与人同。若夫飞升霞举，又自一事。此如千百人中，有一二人求仕宦。其炼形服气者，如积学以成名；其媚惑采补者，如捷径以求售。然游仙岛，登天曹者，必炼形服气乃能。其媚惑采补，伤害或多，往往干天律也。”问：“禁令赏罚，孰司之乎?”曰：“小赏罚统于其长，大赏罚则地界鬼神鉴察之。苟无禁令，则来往无形，出入无迹，何事不可为乎?”问：“媚惑采补，既非正道，何不列诸禁令，必俟伤人乃治乎?”曰：“此譬诸巧诱人财，使人喜助，王法无禁也。至夺财杀人，斯论抵耳。《列仙传》载酒家妪，何尝干冥诛乎?”问：“闻狐为人生子，不闻人为狐生子，何也?”微哂曰：“此不足论，盖有所取无所与耳。”问：“支机别赠，不惮牵牛妒乎?”又哂曰：“公太放言，殊未知其审。凡女则如季姬鄫子之故事，可自择配。妇则既有定偶，弗敢逾防。若夫赠芍采兰，偶然越礼，人情物理，大抵不殊，固可比例而知耳。”问：“或居人家，或居旷野，何也?”曰：“未成道者，未离乎兽，利于远人，非山林弗便也。已成道者，事事与人同，利于近人，非城市弗便也。其道行高者，则城市山林皆可居。如大富大贵家，其力百物皆可致，住荒村僻壤与通都大邑一也。”

师退与纵谈，其大旨惟劝人学道。曰：“吾曹辛苦一二百年，始化人身。公等现是人身，功夫已抵大半，而悠悠忽忽，与草木同朽，殊可惜也。”

师退腹笥[③]三藏，引与谈禅。则谢曰：“佛家地位绝高，然或修持未到，一入轮回，便迷却本来面目。不如且求不死，为有把握。吾亦屡逢善知识，不敢见异而迁也。”

师退临别曰："今日相逢，亦是天幸。君有一言赠我乎？"踌躇良久，曰："三代以下，恐不好名，此为下等人言。自古圣贤，却是心平气和，无一毫做作。洛、闽诸儒，撑眉努目，便生出如许葛藤[4]。先生其念之。"师退怃然自失。盖师退崖岸[5]太峻，时或过当云。

注释

①类：好像，相似。 ②祛（qū）：除去。 ③腹笥（sì）：书箱，腹笥指腹中所记之书籍和所有学问。 ④葛藤：纠葛。⑤崖岸：喻严肃端庄。

裘文达公言：尝闻诸石东村曰：有骁骑校，颇读书，喜谈文义。一夜寓直宣武门城上，乘凉散步。至丽谯之东，见二人倚堞相对语。心知为狐鬼，屏息伺之。

其一举手北指曰："此故明首善书院，今为西洋天主堂矣。其推步星象，制作器物，实巧不可阶。其教则变换佛经，而附会以儒理？吾曩往窃听，每谈至无归宿处，辄以天主解结，故迄不能行。然观其作事，心计亦殊黠。"其一曰："君谓其黠，我则怪其太痴。彼奉其国王之命，航海而来，不过欲化中国为彼教。揆[1]度事势，宁有是理？而自利玛窦以后，源源续至，不偿其所愿终不止，不亦颠欤？"

其一又曰："岂但此辈痴，即彼建首善书院者亦复大痴。奸珰柄国，方阴伺君子之隙，肆其诋排。而群聚清谈，反予以钩党之题目，一网打尽，亦复何尤[2]？且三千弟子，惟孔子则可，孟子揣不及孔子，所与讲肄者公孙丑、万章等数人而已。洛闽诸儒，无孔子之道德，而亦招聚生徒，盈千累百，枭鸾并集，门户交争，遂酿为朋党，而国随以亡。东林诸儒，不鉴覆辙，又骛[3]虚名，而受实祸。今凭吊遗踪，能无责备于贤者哉？”方相对叹息，忽回顾见人，翳然而灭。

东村曰：“天下趋之如鹜，而世外之狐鬼，乃窃窃不满也。人误耶？狐鬼误耶？”

注释

①揆（kuí）：揣测。 ②尤：怨。 ③骛（wù）：追求。

王西园先生守河间时，人言献县八里庄河，夜行者多遇鬼。惟县役冯大邦过，则鬼不敢出。有遇鬼者，或诈称冯姓名，鬼亦却避。先生闻之曰：“一县役能使鬼畏，此必有故矣。”密访将惩之，或为解曰：“本无是事，百姓造言耳。”先生曰：“县役非一，而独为冯大邦造言，此亦必有故矣。”仍檄拘之，大邦惧而亡去。此庚午、辛未间事。先生去郡后数载，大邦尚未归，今不知如何也。

里有崔某者，与豪强讼，理直而弗能伸也。不胜其愤，殆欲自戕。夜梦其父语曰：“人可欺，神则难欺；人有党，神则无党。人间之屈弥甚，则地下之伸弥畅。今日之纵横如志者，皆十年外业镜台前觳觫[1]对簿者也。吾为冥府司茶吏，见判司注籍矣，汝何恚焉？”崔自是怨尤都泯[2]，更不复一言。

注释

①觳觫（húsù）：恐惧得发抖。 ②泯：消灭。

有善讼者，一日为人书讼牒，将罗织多人。端绪缴绕，猝不得分明。欲静坐构思，乃戒毋通客，并妻亦避居别室。妻先与邻子目成，家无隙所，窥伺岁余，无由一近也，至是乃得间焉。后每构思，妻辄嘈杂以乱之，必叱使避出，袭为例。邻子乘间而来，亦袭为例，终其身不败。

殁后岁余，妻以私孕为怨家所讦[①]。官鞫外遇之由，乃具吐实。官拊几喟然曰："此生刀笔巧矣，乌知造物更巧乎！"

注释

①讦（jié）：攻击或揭发别人短处。

必不能断之狱，不必在情理外也。愈在情理中，乃愈不能明。

门人吴生冠贤，为安定令时，余自西域从军还，宿其署中。闻有幼女幼男，皆十六七岁，并呼冤于舆前。幼男曰："此我童养之妇。父母亡，欲弃我别嫁。"幼女曰："我故其胞妹。父母亡，欲占我为妻。"问其姓，犹能记。问其乡里，则父母皆流丐，朝朝转徙，已不记为何处人矣。问同丐者，则曰："是到此甫数日，即父母并亡，未知其始末，但闻其以兄妹称。然小家童养媳，与夫亦例称兄妹，无以别也。"有老吏请曰："是事如捉影捕风，杳无实证，又不可以刑求。断合断离，皆难保不误。然断离而误，不过误破婚姻，其失小；断合而误，则误乱人伦，其失大矣。盍[①]断离乎？"推研再四，无可处分，竟从老吏之言。

因忆姚安公官刑部时，织造海保方籍没，官以三步军守其宅。宅凡数百间，夜深风雪，三人坚扃外户，同就暖于邃密寝室中，篝灯共饮。沉醉以后，偶剔灯灭，三人暗中相触击，因而互殴。殴至半夜，各困踣卧。至曙，则一人死焉。其二人一曰戴符，一曰七十五，伤亦深重，幸不死耳。鞫讯时，并云共殴致死，论抵无怨。至是夜昏黑之中，觉有扭者即相扭，觉有殴者即还殴，不知谁扭我，谁殴我，亦不知我所扭为谁，所殴为谁。其伤之重轻，与某伤为某殴，非惟二人不能知，即起死者问之，亦断不能知也。既一命不必二抵，任官随意指一人，无不可者。如必研讯为某人，即三木严求，亦不过妄供耳。竟无如之何。相持月余，会戴符病死，藉[②]以结案。

姚安公尝曰："此事坐罪起衅者，亦可以成狱。然核其情词，起衅者实不知谁。锻炼而求，更不如随意指也。迄今反复追思，究不得一推鞫法。刑官岂易为哉！"

注释

①盍（hé）：何不。　②藉（jiè）：凭借。

文安王岳芳言：其乡有女巫，能视鬼。尝至一宦家，私语其仆妇曰："某娘子床前，一女鬼着惨绿衫，血渍胸臆，颈垂断而不殊，反折其首，倒悬于背后，状甚可怖。殆将病乎？"俄而寒热大作，仆妇以女巫言告，具楮钱酒食送之，顷刻而痊。

余尝谓风寒暑暍[①]，皆可作疾，何必定有鬼为祟，一女巫曰："风寒暑暍之疾，其起也以渐而作，其愈也以渐而减。鬼病则陡然而剧，陡然而止。以此为别，历历不失也。"此言似亦近理。

注释

①暍（yē）：中暑。

陈石闾言：有旧家子偕数客观剧九如楼。饮方酣，忽一客中恶仆地。方扶掖灌救，突起坐，张目直视。先拊膺痛哭，责其子之冶游。次啮齿握拳，数诸客之诱引。词色俱厉，势若欲相搏噬。其子识是父语声，蒲伏[①]战栗，殆无人色。诸客皆瑟缩潜遁，有踉跄失足破额者。四坐莫不太息。此雍正甲寅事，石闾曾目击之，但不肯道其姓名耳。

先师阿文勤公曰："人家不通宾客，则子弟不亲[②]士大夫，所见惟妪婢僮奴，有何好样？人家宾客太广，必有淫朋匪友，参杂其间，狎昵濡染，贻[③]子弟无穷之害。"数十年来，历历验所见闻，知公言真药石也。

注释

①蒲伏：匍匐，伏地爬行。 ②亲：接近。 ③贻（yí）：留下。

五军塞王生言：有田父夜守枣林，见林外似有人影。疑为盗，密伺之。俄一人自东来，问："汝立此有何事？"其人曰："吾就木[①]时，某在旁窃有幸词，衔之二十余年矣。今渠亦被摄，吾在此待其缧绁过也。"怨毒之于人，甚矣哉！

注释

①就木：入敛。

甲与乙有隙，甲妇弗知也。甲死，妇议嫁，乙厚币娶焉。三朝后，共往谒兄嫂，归而迂道至甲墓。对诸耕者、馌[①]者拍妇肩呼曰："某甲，识汝妇否耶？"妇恚，欲触树。众方牵挽，忽旋飚飒然，尘沙眯目，则夫妇已并似失魂矣。扶回后，倏迷倏醒，竟终身不瘥[②]，外祖家老仆张才，其至戚也，亲自睹之。

夫以直报怨，圣人弗禁，然已甚则圣人所不为。《素问》曰："亢则害。"《家语》曰："满则覆。"乙亢极满极矣，其及也固宜。

注释

①馌（yè）：给在田间耕作的人送饭。 ②瘥（chài）：病愈。

僧所诵《焰口经》，词颇俚。然闻其召魂施食诸梵咒，则实佛所传。余在乌鲁木齐，偶与同人论是事，或然或否。印房官奴白六，故剧盗遣戍者也。卒然曰："是不诬也。曩遇一大家放焰口，欲伺其匆扰取事，乃无隙可乘。伏卧高楼檐角上，俯见摇铃诵咒时，有黑影无数，高可二三尺。或逾垣[1]入，或由窦[2]入，往来摇漾，凡无人处皆满。迨撒米时，倏聚倏散，倏前倏后，如环绕攘夺，并仰接俯拾之态，并仿佛依稀。其色如轻烟，其状略似人形，但不辨五官四体耳。"然则鬼犹求食，不信有之乎？

注释

①垣：矮墙。 ②窦：洞穴。

后汉敦煌太守裴岑《破呼衍王碑》，在巴里坤海子上关帝祠中，屯军耕垦，得之土中也。其事不见《后汉书》，然文句古奥，字划浑朴，断非后人所依托。以僻在西域，无人摹拓，石刻锋棱犹完整。

乾隆庚寅，游击刘存存此是其字，其名偶忘之，武进人也。摹刻一木本，洒火药于上，烧为斑驳，绝似古碑。二本并传于世，赏鉴家率[1]以旧古本为新，新木本为旧。与之辨，傲然弗信也。

以同时之物，有目睹之人，而真伪颠倒尚如此，况于千百年外哉？《易》之象数，《诗》之小序，《春秋》之三传，或亲见圣人，或去古未远，经师授受，端绪[2]分明。宋儒曰："汉以前人皆不知，吾以理知之也。”其类此夫！

注释

①率：都。 ②端绪：头绪。

康熙十四年，西洋贡狮，馆阁前辈多有赋咏。相传不久即逸去，其行如风，巳刻绝锁，午刻即出嘉峪关。此《齐东语》也。

圣祖南巡，由卫河回銮，尚以船载此狮。先外祖母曹太夫人，曾于度帆楼窗罅[1]窥之。其身如黄犬，尾如虎而稍长，面圆如人，不似他兽之狭削。系船头将军柱上，缚一豕饲之。豕在岸犹号叫，近船即噤不出声。及置狮前，狮俯首一嗅，已怖而死。临解缆时，忽一震吼声，如无数铜钲[2]陡然合击。外祖家厩马十余，隔垣闻之，皆战栗伏枥[3]下，船去移时，尚不敢动。信其为百兽王矣。

狮初至，时吏部侍郎阿公礼稗，画为当代顾、陆，曾橐笔对写一图，笔意精妙。旧藏博晰斋前辈家，阿公手赠其祖者也。后售于余，尝乞一赏鉴家题签。阿公原未署名，以元代曾有献狮事，遂题曰“元人狮子真形图”。晰斋曰：“少宰丹青，原不在元人下。此赏鉴未为谬也。”

注释

①罅（xià）：缝隙。 ②铜钲（zhēng）：古代的一种乐器。③枥（lì）：马槽。

乾隆庚辰，戈芥舟前辈扶乩，其仙自称唐人张紫鸾，将访刘长卿于瀛洲岛，偕游天姥。或叩[1]以事，书一诗曰：“身从异域来，时见瀛洲岛。日落晚风凉，一雁入云杳。”隐示以鸿冥物外，不预[②]人世之是非也。芥舟与论诗，即欣然酬答以所游名胜《破石崖》《天姥峰》《庐山联句》三篇而去。芥舟时修《献县志》，因附录志末。

其《破石崖》一篇，前为五言律诗八韵，对偶声病俱谐。第九韵以下，忽作鲍参军《行路难》、李太白《蜀道难》体，唐三百年诗人，无此体裁，殊不入格。其以东、冬、庚、青四韵通押，仿昌黎《此日足可惜》诗，以穿鼻声七韵为一部例，又似稍读古书者。盖略涉文翰[③]之鬼，伪托唐人也。

注释

①叩：问。 ②预：干预。 ③文翰：文字，文章。

河城在县东十五里，隋乐寿县故城也。西村民，掘地得一镜，广丈余，已触碎其半。见者人持一片去，置室中，每夕吐[①]光。凡数家皆然。是亦王度神镜，应月盈亏之类。但残破之余，尚能如是，更异耳。

或疑镜何以如此之大？余谓此必河间王宫殿中物。陆机与弟云书曰："仁寿殿中有大方镜，广丈余，过之辄写人影。"是晋代犹沿此制也。

注释

①吐：放出。

乾隆己卯、庚辰间，献县掘得唐张君平墓志，大中七年明经刘伸撰，字画尚可观，文殊鄙俚。

余拓示李廉衣前辈，曰："公谓古人事事胜今人，此非唐文耶？天下率以名相耀[①]耳。如核其实，善笔札者必称晋，其时亦必有极拙之字；善吟咏者必称唐，其时亦必有极恶之诗。

非晋之厮役皆羲、献，唐之屠沽皆李、杜也。西子、东家实为一姓，盗跖、柳下乃是同胞，岂能美则俱美，贤则俱贤耶？赏鉴家得一宋砚，虽滑不受墨，亦宝若球图[2]；得一汉印，虽谬不成文，亦珍逾珠璧。问何所取，曰取其古耳。东坡诗曰：'嗜好与俗殊酸咸。'斯之谓欤？"

注释

①耀：炫耀。 ②球图：宝器。

交河老儒刘君琢，名璞，素谨厚，以长者称。在余家设帐二十余年，从兄懋园、坦居，从弟东白、羲轩，皆其弟子也。

尝自河间岁试归，中途遇雨，借宿民家。主人曰："家惟有屋两楹，尚可栖止。然素有魅，不知狐与鬼也。君能不畏，则请解装。"不得已宿焉。灭烛以后，承尘上轰轰震响，如怒马奔腾。君琢起着衣冠，长揖仰祝曰："偃蹇寒儒，偶然宿此。欲祸我耶？我非君仇。欲戏我耶？与君素不狎昵。欲逐我耶？今夜必不能行，明朝亦必不能住，何必多此扰攘耶？"俄闻承尘上似老媪语曰："客言殊有理，尔辈忽太造次[1]。"闻足音櫜櫜然，向西北隅去，顷刻寂然矣。君琢尝以告门人曰："遇意外之横逆，平心静气，或有解时。当时如怒詈之，未必不抛砖掷瓦。"

又刘景南尝僦一寓，迁入之夕，大为狐扰。景南诃之曰："我自出钱租宅，汝何得鸠占鹊巢？"狐厉声答曰："使君先居此，我续来争，则曲在我。我居此宅五六十年，谁不知者？君何处不可租宅，而必来共住？是恃气相凌也，我安肯让君？"景南次日遂移去。

何励庵先生曰："君琢所遇之狐，能为理屈；景南所遇之狐，能以理屈人。”先兄晴湖曰：“屈[2]狐易，能屈于狐难。”

注释

①造次：鲁莽，轻率。　②屈：使……屈服。

道家有太阴炼形法，葬数百年，期满则复生。此但有是说，未睹斯事。古以水银敛者，尸不朽，则凿然有之。

董曲江曰：“凡罪应戮尸者，虽葬多年，尸不朽。吕留良焚骨时，开其棺，貌如生，刃之尚有微血。盖鬼神留使伏诛也。某人是曲江之亲族，当时举其字，今忘之矣。时官浙江，奉檄莅其事，亲目击之。然此类皆不为祟，其为祟者曰僵尸。僵尸有二：其一新死未敛者，忽跃起搏人。其一久葬不腐者，变形如魑魅。夜或出游，逢人即攫[1]。或曰旱魃即此，莫能详也。

“夫人死则形神离矣，谓神不附形，安能有知觉运动？谓神仍附形，是复生矣，何又不为人而为妖？且新死尸厥者，并其父母子女或抱持不释，十指抉[2]入肌骨，使无知，何以能踊跃？使有知，何以一息才绝，即不识其所亲？是殆别有邪物凭之，戾气感人，而非游魂之为变欤？

“袁子才前辈《新齐谐》载南昌士人行尸夜见其友事，始而祈请，继而感激，继而凄恋，继而忽变形搏噬。谓人之魂善而魄恶，人之魂灵而魄愚。其始来也，一灵不泯，魄附魂以行。其既去也，心事既毕，魂一散而魄滞。魂在则为人也，魂去则非其人也。世之移尸走影，皆魄为之。惟有道之人，为能制魄。”

语亦凿凿有精理。然管窥之见[3]，终疑其别有故也。

注释

①攫（jué）：抓取。 ②抉：戳，穿。 ③管窥之见：比喻短浅的见识，多用于自谦。

任子田言：其乡有人夜行，月下见墓道松柏间，有两人并坐。一男子年约十六七，韶秀可爱。一妇人白发垂项，佝偻携杖，似七八十以上人。倚肩笑语，意若甚相悦。窃讶何物淫妪，乃与少年儿狎昵？行稍近，冉冉而灭。次日，询是谁家冢，始知某早年夭折，其妇孀守五十余年，殁而合窆[①]于是也。《诗》曰："穀则异室，死则同穴。"情之至也。《礼》曰："殷人之祔[②]也离之，周人之祔也合之。善夫！"圣人通幽明之礼，故能以人情知鬼神之情也。不近人情，又乌知《礼》意哉？

注释

①窆（biǎn）：下葬。 ②祔（fù）：合葬。

族侄肇先言：有书生读书僧寺，遇放焰口。见其威仪整肃，指挥号令，若可驱役鬼神。喟然曰："冥司之敬彼教，乃过于儒。"灯影朦胧间，一叟在旁语曰："经纶[①]宇宙，惟赖圣贤，彼仙佛特以神道补所不及耳。故冥司之重圣贤，在仙佛上。然所重者真圣贤。若伪圣伪贤，则阴干天怒，罪亦在伪仙伪佛上。古风淳朴，此类差稀。四五百年以来，累囚日众，已别增一狱矣。盖释道之徒，不过巧陈罪福，诱人施舍。自妖党聚徒谋为不轨外，其伪称我仙我佛者，千万中无一。儒则自命圣贤者，比比皆是。民听可惑，神理难诬。是以生拥皋比[②]，殁沉阿鼻。以其贻害人心，为圣贤所恶故也。"书生骇愕，问：

“此地府事，公何由知？”一弹指间，已无所睹矣。

注释

①经纶：比喻筹划治理国家大事。 ②皋比：讲席，古人坐虎皮讲学。

甲乙有夙怨，乙日夜谋倾甲。甲知之，乃阴使其党某以他途入乙家。凡为乙谋，皆算无遗策。凡乙有所为，皆以甲财密助其费，费省而功倍。越一两岁，大见信，素所倚任者皆退听。

乃乘间说乙曰：“甲昔阴调我妇，讳弗敢言，然衔[①]之实次[②]骨。以力弗敌，弗敢婴[③]。闻君亦有仇于甲，故效犬马于门下。所以尽心于君者，固以报知遇，亦为是谋也。今有隙可抵，盍图之？”乙大喜过望，出多金使谋甲。某乃以乙金为甲行赂，无所不曲到。阱既成，伪造甲恶迹及证佐姓名以报乙，使具牒。

比庭鞫，则事皆子虚乌有，证佐亦莫不倒戈。遂一败涂地，坐诬论戍。愤恚甚，以昵某久，平生阴事皆在其手，不敢再举，竟气结死。

死时誓诉于地下，然越数十年卒无报。论者谓难端发自乙，甲势不两立，乃铤而走险，不过自救之兵，其罪不在甲。某本为甲反间，各忠其所事，于乙不为负心，亦不能甚加以罪，故鬼神弗理也。此事在康熙末年。

《越绝书》载子贡谓越王曰：“夫有谋人之心，而使人知之者，危也。”岂不信哉！

注释

①衔：怀恨。 ②次：至，及。 ③婴：同“撄”，接触，触犯。

里人范鸿禧，与一狐友昵。狐善饮，范亦善饮，约为兄弟，恒相对醉眠。忽久不至，一日遇于秫[①]田中，问：“何忽见弃?”狐掉头曰：“亲兄弟尚相残，何有于义兄弟耶?”不顾而去。盖范方与弟讼也。

杨铁崖《白头吟》曰：“买妾千黄金，许身不许心。使君自有妇，夜夜白头吟。”与此狐所见正同。

注释

①秫（shú）：高粱。

献县捕役樊长，与其侣捕一剧盗。盗跳免，絷其妇于官店。捕役拷盗之所，谓之官店。实其私居也。其侣拥之调谑，妇畏棰楚，噤不敢动，惟俯首饮泣。已缓结矣，长突见之，怒曰：“谁无妇女？谁能保妇女不遭患难落人手？汝敢如是，吾此刻即鸣官。”其侣慑而止。时雍正四年七月十七日戌刻也。

长女嫁为农家妇，是夜为盗所劫。已褫衣反缚，垂欲受污，亦为一盗呵而止。实在子刻，中间仅隔一亥刻耳。次日，长闻报，仰面视天，舌挢[①]不能下也。

注释

①挢（jiǎo）：举，翘。

裘文达公赐第，在宣武门内石虎胡同。文达之前，为右翼宗学。宗学之前，为吴额驸府。吴额驸之前，为前明大学士周延儒第。阅年既久，又窔峹[①]闳深，故不免时有变怪，然不为人害也。厅事西小屋两楹，曰“好春轩”，为文达燕见宾客地。北壁一门，又横通小屋两楹。僮仆夜宿其中，睡后多为魅昇出。不知是鬼是狐，故无敢下榻其中者。

琴师钱生独不畏，亦竟无他异。钱面有癜风，状极老丑，蒋春农戏曰：“是尊容更胜于鬼，鬼怖而逃耳。”一日，键户[②]外出。归而几上得一雨缨帽，制作绝佳，新如未试。互相传视，莫不骇笑。由此知是狐非鬼，然无敢取者。钱生曰：“老病龙钟，多逢厌贱。自司空以外，文达公时为工部尚书。怜念者曾不数人。我冠诚敝，此狐哀我贫也。”欣然取著，狐亦不复摄去。其果赠钱生耶？赠钱生者又何意耶？斯真不可解矣。

注释

①窔峹：“窈窕”，深远，幽深。　②键户：关门。

尝与杜少司寇凝台同宿南石槽，闻两家轿夫相语曰：“昨日怪事，我表兄朱某在海淀为人守墓，因入城未返，其妻独宿。闻园中树下有斗声，破窗纸窃窥。见二人攘臂奋击，一老翁举杖隔之，不能止。俄相搏仆地，并现形为狐，跳踉摆拨，触老翁亦仆，老翁蹶起，一手按一狐呼曰：‘逆子不孝，朱五嫂可助我。’朱伏不敢出。老翁顿足曰：‘当诉诸土神。’恨恨而散。次夜，闻满园银铛声，似有所搜捕。觉几上瓦瓶似微动，怪而视之，瓶中小语曰：‘乞勿言，当报恩。’朱怒曰：‘父母恩且不肯报，何有于我？’举瓶掷门外碑趺[①]上，訇然而碎，即闻嗷嗷有声，意其就执矣。”

一轿夫曰：“斗触父母倒，是何大事，乃至为土神捕捉？殊可怖也。”凝台顾余笑曰：“非轿夫不能作此言。”

注释

①趺（fū）：碑下的石座。

里有张媪，自云尝为走无常，今告免矣。昔到阴府，曾问冥吏："事佛有益否?"吏曰："佛只是劝人为善，为善自受福，非佛降福也。若供养求佛降福，则廉吏尚不受赂，曾佛受赂乎?"又问："忏悔有益否?"吏曰："忏悔须勇猛精进，力补前愆[1]。今人忏悔，只是自首求免罪，又安有益耶?"此语非巫者所肯言，似有所受之。

注释

①愆：罪过。

卷十一

槐西杂志一

余再掌乌台，每有法司会谳事，故寓直西苑之日多。借得袁氏婿数楹，榜曰“槐西老屋”。公余退食，辄憩息其间。距城数十里，自僚属白[1]事外，宾客殊稀。昼长多暇，晏坐而已。旧有《滦阳消夏录》《如是我闻》二书，为书肆所刊刻。缘是友朋聚集，多以异闻相告。因置一册于是地，遇轮直，则忆而杂书之。非轮直之日则已，其不能尽忆则亦已。岁月骎寻，不觉又得四卷，孙树馨录为一帙，题曰《槐西杂志》，其体例则犹之前二书耳。自今以往，或竟懒而辍笔欤？则以为《挥麈》之三录可也。或老不能闲，又有所缀欤？则以为《夷坚》之丙志亦可也。壬子六月，观弈道人识。

注释

①白：回禀。

《隋书》载兰陵公主死殉后夫，登于《列女传》之首，颇乖[1]史法。祖君彦《檄隋文》称兰陵公主逼幸告终。盖欲甚炀帝之恶，当以史文为正。

沧州医者张作霖言：其乡有少妇，夫死未周岁辄嫁。越两岁，后夫又死，乃誓不再适，竟守志终身。尝问一邻妇病，邻妇忽瞋目，作其前夫语曰：“尔甘为某守，不为我守何也?”少妇毅然对曰：“尔不以结发视我，三年曾无一肝鬲[②]语，我安得为尔守？彼不以再醮[③]轻我，两载之中，恩深义重，我安得不为彼守？尔不自反，乃敢咎人耶?”鬼竟语塞而退。

此与兰陵公主事相类，盖亦豫让“众人遇我，众人报之；国士遇我，国士报之”之意也。然五伦之中，惟朋友以义合。不计较报施，厚道也，即计较报施，犹直道也。兄弟天属，已不可言报施，况君臣父子夫妇，义属三纲哉？渔洋山人作《豫让桥》诗曰：“国士桥边水，千年恨不穷。如闻柱厉叔，死报莒敖公。”自谓可以敦薄，斯言允矣。然柱厉叔以不见知而放逐，乃挺身死难，以愧人君不知其臣者，事见刘向《说苑》。是犹怨怼之意，特与君较是非，非为君捍社稷也。其事可风，其言则未协乎义。或记载者之失乎？

注释

①乖：违背。 ②肝鬲：亦作“肝膈”，肺腑，比喻内心。③再醮：再次结婚。

江宁王金英，字菊庄，余壬午分校所取士也。喜为诗，才力稍弱，然秀削不俗，颇近宋末四灵。尝画艺菊小照，余戏仿其体格题之，有“以菊为名字，随花入画图”句，菊庄大喜，则所尚可知矣。

撰有诗话数卷，尚未成书，霜凋夏绿[①]，其稿不知流落何所。犹记其中一条云：江宁一废宅，壁上微有字迹。拂尘谛视，乃绝句五首。其一曰：“新绿渐长残红稀，美人清泪沾罗衣。蝴蝶不管春归否，只趁菜花黄处飞。”其二曰：“六朝燕子年年来，朱雀桥圮花不开。未须惆怅问王谢，刘郎一去何曾回?”其三曰：“荒池废馆芳草多，踏青年少时行歌。谯楼鼓动人去后，回风袅袅吹女萝。”其四曰：“土花漠漠围颓垣，中有桃叶桃根魂。夜深踏遍阶下月，可怜罗袜终无痕。”其五曰：“清明处处啼黄鹂，春风不上枯柳枝。惟应夹戺双石兽，记汝曾挂黄金丝。”字极怪伟，不著姓名，不知为人语鬼语。余谓此福王破灭以后，前明故老之词也。

注释

①霜凋夏绿：指岁月流逝。

董秋原言：昔为钜野学官时，有门役典守节孝祠，即携家居祠侧。一日秋祀，门役夜起洒扫，其妻犹寝。梦中见妇女数十辈，联袂[①]入祠。心知神降，亦不恐怖。忽见所识二贫媪亦在其中，再三审视，真不谬。怪问其未邀旌表，何亦同来？一媪答曰：“人世旌表，岂能遍及穷乡蔀屋[②]？湮没不彰者，在在有之。鬼神愍[③]其荼苦，虽祠不设位，亦招之来飨。或藏瑕匿垢，冒滥馨香，虽位设祠中，反不容入。故我二人得至此也。”此事颇创闻，然揆以神理，似当如是。

又献县礼房吏魏某，临终喃喃自语曰：“吾处闲曹，自谓未尝作恶业。不虞贫妇请旌，索其常例，冥谪如是其重也。”

二事足相发明。信忠孝节义，感天地、动鬼神矣。

注释

①联袂（mèi）：手拉手。袂，衣袖。 ②蔀（bù）屋：贫寒简陋的屋子。 ③愍（mǐn）：同“悯”。

族叔行止言：有农家妇，与小姑并端丽。月夜纳凉，共睡檐下。突见赤发青面鬼，自牛栏后出，旋舞跳掷，若将搏噬。

时男子皆外出守场圃，姑嫂悸不敢语。鬼一一攫搦[①]强污之。方跃上短墙，忽噭然失声，倒投于地。见其久不动，乃敢呼人。邻里趋视，则墙内一鬼，乃里中恶少某，已昏仆不知人。墙外一鬼屹然立，则社公祠中土偶也。父老谓社公有灵，议至晓报赛。

一少年哑然曰："某甲恒五鼓出担粪，吾戏抱神祠鬼卒置路侧，使骇走，以博一笑。不虞遇此伪鬼，误为真鬼惊踣也。社公何灵哉？"中一叟曰："某甲日日担粪，尔何他日不戏之，而此日戏之也？戏之术亦多矣，尔何忽抱此土偶也？土偶何地不可置，尔何独置此家墙外也？此间神实凭之，尔自不知耳！"乃共醵[②]金以祀。其恶少为父母舁去，困卧数日，竟不复苏。

注释

①搦（nuò）：按下。 ②醵（jù）：集资。

山西太谷县西南十五里白城村，有糊涂神祠，土人奉事之甚严。云稍不敬，辄致风雹。然不知神何代人，亦不知何以得此号。后检《通志》，乃知为狐突祠，元中统三年敕建，本名利应狐突神庙。"狐""糊"同音，北人读入声皆似平，故"突"转为"涂"也。是又一杜十姨矣。

石中物象，往往有之。姜绍书《韵石轩笔记》言见一石子，作太极图，是犹纹理旋螺，偶分黑白也。颜介子尝见一英德砚山，上有白脉，作"山高月小"四字，炳然[①]分明。其脉直透石背，尚依稀似字之反面，但模糊散漫，不具点画波磔耳。谛视，非嵌非雕，亦非渍染，真天成也。不更异哉！

夫山与地俱有，石与山俱有，岂开辟以来，即预知有程邈隶书欤？即预知有东坡《赤壁赋》欤？即曰山孕此石，在宋以后，又谁使仿此字，谁使题此语欤？然则天工之巧，无所不有，精华蟠[2]结，自成文章，非常理所可测矣！

世传河图、洛书，出于北宋，唐以前所未见也。河图作黑白圈五十五，洛书作黑白圈四十五。考孔安国《论语注》，称河图即八卦。孔安国《论语注》今已不传。此条乃何晏《论语集解》所引。是孔氏之门，本无此五十五点之图矣，陈抟何自而得之？至洛书既谓之书，当有文字，乃亦四十五圈，与河图相同，是宜称洛图，不得称书。系词又何以别之曰书乎？刘向、刘歆、班固并称洛书有文，孔颖达《尚书正义》并详载其字数。《洪范》“初一曰五行”一章疏曰：《五行志》全载此一章，云此六十五字皆洛书本文。计天言简要，必无次第之数。“初一曰”等二十七字，是禹加之也。其“敬用农用”等一十八字，大刘及顾氏以为龟背先有总三十八字，小刘以为敬用等皆禹所叙第，其龟文惟有二十字云云。虽所说字数不同，而足见由汉至唐，洛书无黑白点之伪图也。观此砚山，知石纹成字，凿然不诬，未可执卢辨晚出之说，明堂九室法龟文，始见北齐卢辨《大戴礼注》。朱子以为郑康成说，偶误记也。遂以太乙九宫真为神禹所受也。今术家所用洛书，乃太乙行九宫法，出于《易纬·乾凿度》，即《汉书·艺文志》所谓太乙家，当明原不称为洛书也。

注释

①炳然：显著，明显。 ②蟠：屈曲，环绕。

表兄刘香畹言：昔官闽中，闻有少妇素幽静，殁葬山麓。每月明之夕，辄遥见其魂反接缚树上，渐近则无睹。莫喻[1]其故也。余曰：“此有所示也。人莫喻其受谴[2]之故，而必使人见其受谴，示人所不知，鬼神知之也。”

注释

①喻：明白。 ②谴：责备。

陈太常枫厓言：一童子年十四五，每睡辄作呻吟声，疑其病也。问之，云无有。既而时作呓语，呼之不醒。其语颇了了，谛听皆媟狎之词，其呻吟亦受淫声也。然问之终不言。知为魅，牒于社公。夜梦社公曰："魅诚有之，非吾力所能制也。"乃牒于城隍。越一宿，城隍祠中泥塑控马卒无故首自陨，始悟社公所谓力不能制也。然一驺[1]耳，未必城隍之所爱。即城隍之所爱，神正直而聪明，亦必不以所爱之故，曲法庇一驺。牒一陈而伏冥诛，城隍之心事昭然矣。彼社公者乃揣摩顾畏，隐忍而不敢言，其视城隍何如也！城隍之视此社公，又何如也！

注释

①驺（zōu）：养马的人。

赵太守书三言：有夜遇狐女者，近前挑[1]之，忽不见。俄飞瓦击落其帽。次日睡起，见窗纸细书一诗曰："深院满枝花，只应蝴蝶采。喓喓[2]草下虫，尔有蓬蒿在。"语殊轻薄，然风致楚楚，宜其不爱纨袴儿。

注释

①挑：挑逗。 ②喓（yāo）喓：虫鸣声。

田白岩言：尝与诸友扶乩，其仙自称真山民，宋末隐君子也。按：山民有诗集，今著录《四库全书》中。倡和方洽，外报某客某客来，乩忽不动。他日复降，众叩昨遽去之故。乩判曰："此二君者，其一世故太深，酬酢[1]太熟，相见必有谀词数百句。云水散人，拙于应对，不如避之为佳。其一心思太密，礼数太明，其与人语，恒字字推敲，责备无已。闲云野鹤，岂能耐此苛求？故逋[2]逃尤恐不速耳。”后先姚安公闻之曰：“此仙究狷介[3]之士，器量未宏。”

注释

①酬酢（chóuzuò）：宾主互相敬酒，泛指交际应酬。 ②逋（bū）：逃。 ③狷介：拘泥谨慎。

从兄懋园言：乾隆丙辰乡试，坐秋字号中。续一人入号，号军问姓名籍贯，拱手致贺曰：“昨梦女子持杏花一枝插号舍上，告我曰：‘明日某县某人至，为言杏花在此也。’君名姓籍贯适符，岂非佳兆哉？”其人愕然失色，竟不解考具，称疾而出，乡人有知其事者曰：“此生有小婢名杏花，逼乱之而终弃之，竟流落不知所终，意其赍[1]恨以殁矣。”

注释

①赍（jī）：怀抱着。

从孙树森言：晋人有以资产托其弟，而行商于外者，客中纳妇，生一子。越十余年，妇病卒，乃携子归。弟恐其索还资产也，诬其子抱养异姓，不得承父业。纠纷不决，竟鸣于官。官故愦愦，不牒其商所问真赝，而依古法滴血试。幸血相合，乃笞逐其弟。弟殊不信滴血事，自有一子，刺血验之，果不合。遂执以上诉，谓县令所断不足据。乡人恶其贪媢[1]无人理，佥曰：“其妇夙与某私昵，子非其生，血宜不合。”众口分明，具有征验，卒证实奸状。拘妇所欢鞫之，亦俯首引伏。弟愧不自容，竟出妇逐子，窜身逃去，资产反尽归其兄。闻者快之。

按陈业滴血，见《汝南先贤传》，则自汉已有此说。然余闻诸老吏曰："骨肉滴血必相合，论其常也。或冬月以器置冰雪上，冻使极冷，或夏月以盐醋拭器，使有酸咸之味，则所滴血，入器即凝，虽至亲亦不合。故滴血不足成信谳[②]。"然此令不刺血，则商之弟不上诉；商之弟不上诉，则其妇之野合生子亦无从而败。此殆若或使之，未可全咎此令之泥古矣。

注释

①媢（mào）：嫉妒。　②谳（yàn）：审判定罪。

都察院蟒，余载于《滦阳消夏录》中，尝两见其蟠迹，非乌有子虚也，吏役畏之，无敢至库深处者。壬子二月，奉旨修院署，余启库检视，乃一无所睹。知帝命所临，百灵慑伏矣。

院长舒穆噜公因言：内阁学士札公祖墓亦有巨蟒，恒遥见其出入曝[①]鳞。墓前两槐树，相距数丈，首尾各挂于一树，其身如彩虹横亘[②]也。后葬母卜圹[③]，适当其地，祭而祝之，果率其族类千百蜿蜒去。葬毕，乃归。去时其行如风，然渐行渐缩，乃至长仅数尺。盖能大能小，已具神龙之技矣。乃悟都察院蟒，其围如柱，而能出入窗棂中，隙才寸许，亦犹是也。

是月，与汪蕉雪副宪同在山西马观察家，遇内务府一官，言西十库贮硫黄处亦有二蟒，皆首矗一角，鳞甲作金色。将启钥，必先鸣钲。其最异者，每一启钥，必见硫黄堆户内，磊磊如假山，足供取用，取尽复然。意其不欲人入库，人亦莫敢入也。或曰即守库之神，理或然欤？《山海经》载诸山之神，蛇身鸟首，种种异状，不必定作人形也。

注释

①曝（pù）：晒。　②亘：延续不断，连绵。　③圹（kuàng）：坟墓。

先兄晴湖言：有王震升者，暮年丧爱子，痛不欲生。一夜偶过其墓，徘徊凄恋，不能去。忽见其子独坐陇头，急趋就之。鬼亦不避。然欲握其手，辄引退。与之语，神意索漠[①]，似不欲闻。怪问其故，鬼哂[②]曰："父子宿缘也。缘尽，则尔为尔，我为我矣。何必更相问讯哉？"掉头竟去。震升自此痛念顿消。

客或曰："使西河能知此义，当不丧明。"先兄曰："此孝子至情，作此变幻，以绝其父之悲思，如郗超密札之意耳，非正理也。使人存此见，父子兄弟夫妇，均视如萍水之相逢，不日趋于薄哉？"

注释

①索漠：冷淡。　②哂（shěn）：讥笑。

某公纳一姬，姿采秀艳，言笑亦婉媚，善得人意。然独坐则凝然若有思，习见亦不讶也。一日，称有疾，键户昼卧。某公穴窗纸窥之，则涂脂傅粉[①]，钗钏衫裙，一一整饬；然后陈设酒果，若有所祀者。排闼[②]入问，姬蹙然[③]敛衽[④]跪曰："妾故某翰林之宠婢也。翰林将殁，度夫人必不相容，虑或鬻入青楼，乃先遣出。临别，切切私嘱曰：'汝嫁我不恨，嫁而得所我更慰。惟逢我忌日，汝必于密室靓妆私祭我。我魂若来，以香烟绕汝为验也。'"某公曰："徐铉不负李后主，宋主弗罪也。吾何妨听汝。"姬再拜炷香，泪落入俎[⑤]。烟果袅袅然三绕其颊，渐蜿蜒绕至足。

温庭筠《达摩支曲》曰：“捣麝成尘香不灭，拗莲作寸丝难绝。”此之谓欤！虽瑟琶别抱，已负旧恩，然身去而心留，不犹愈于同床各梦哉？

注释

①傅（fū）粉：搽粉。②排闼：推开门。③蹙然：局促不安的样子。④敛衽：整理衣服。⑤俎（zǔ）：古代祭祀时放祭品的器物。

交河一节妇建坊，亲串毕集。有表姊妹自幼相谑者，戏问曰：“汝今白首完贞矣，不知此四十余年中，花朝月夕，曾一动心否乎？”节妇曰：“人非草木，岂得无情？但觉礼不可逾，义不可负，能自制不行耳。”一日，清明祭扫毕，忽似昏眩，喃喃作呓语。扶掖归，至夜乃苏。顾其子曰：“顷恍惚见汝父，言不久相迎，且劳慰甚至。言人世所为，鬼神无不知也。幸我平生无瑕玷，否则黄泉会晤，以何面目相对哉！”越半载，果卒。

此王孝廉梅序所言。梅序论之曰：“佛戒意恶，是铲除根本工夫，非上流人不能也。常人胶胶扰扰[1]，何念不生？但有所畏而不敢为，抑亦贤矣。此妇子孙，颇讳此语，余亦不敢举其氏族。然其言光明磊落，如白日青天，所谓皎然不自欺也，又何必讳之？”

注释

①胶胶扰扰：纷乱不宁。

姚安公监督南新仓时，一廒[1]后壁无故圮。掘之，得死鼠近一石，其巨者形几如猫。盖鼠穴壁下，滋生日众，其穴亦日廓[2]，廓至壁下全空，力不任而覆压也。

公同事福公海曰："方其坏人之屋，以广己之宅，殆忘其宅之托于屋也耶？"余谓李林甫、杨国忠辈尚不明此理，于鼠乎何尤？

注释

①廒：仓库。 ②廓：扩大。

先曾祖润生公，尝于襄阳见一僧，本惠登相之幕客也。述流寇事颇悉，相与叹劫数难移。僧曰："以我言之，劫数人所为，非天所为也。明之末年，杀戮淫掠之惨，黄巢流血三千里，不足道矣。由其中叶以后，官吏率[1]贪虐，绅士率暴横，民俗亦率奸盗诈伪，无所不至。是以下伏怨毒，上干神怒，积百年冤愤之气，而发之一朝。以我所见闻，其受祸最酷者，皆其稔恶[2]最甚者也。是可曰天数耶？昔在贼中，见其缚一世家子，跪于帐前，而拥其妻妾饮酒。问：'敢怒乎？'曰：'不敢。'问：'愿受役乎？'曰：'愿。'则释缚使行酒于侧。观者或太息不忍。一老翁陷贼者曰：'吾今乃始知因果。'是其祖尝调仆妇，仆有违言，棰[3]而缚之槐，使旁观与妇卧也。即是一端，可类推矣。"

座有豪者曰："巨鱼吞细鱼，鸷鸟搏群鸟，神弗怒也，何独于人而怒之？"僧掉头曰："彼鱼鸟耳，人鱼鸟也耶？"豪者拂衣起。明日，邀客游所寓寺，欲挫辱之。已打包去，壁上大书二十字曰："尔亦不必言，我亦不必说。楼下寂无人，楼上有明月。"疑刺豪者之阴事也。后豪者卒覆其宗。

注释

①率：都。 ②稔恶：罪恶深重。 ③棰：用棍子打。

有郎官覆舟于卫河，一姬溺焉，求得其尸，两掌各握粟一匊，咸以为怪。河干一叟曰：“是不足怪也。凡沉于水者，上视暗而下视明，惊惶瞀乱，必反从明处求出，手皆掊[1]土。故检验溺人，对十指甲有泥无泥别生投死弃也。此先有运粟之舟沉于水底，粟尚未腐，故掊之盈手耳。”

此论可谓入微，惟上暗下明之故，则不能言其所以然。按张衡《灵宪》曰：“日譬犹火，月譬犹水。火则外光，水则含景。”又刘邵《人物志》曰：“火日外照，不能内见；金水内映，不能外光。”然则上暗下明，固水之本性矣。

注释

①掊（póu）：以手扒土。

程念伦，名思孝。乾隆癸酉、甲戌间，来游京师，弈称国手。如皋冒祥珠曰：“是与我皆第二手，时无第一手，遽自雄耳。”一日，门人吴惠叔等扶乩，问：“仙善弈否？”判曰：“能。”问：“肯与凡人对局否？”判曰：“可。”时念伦寓余家，因使共弈。凡弈谱，以子纪数。象戏谱，以路记数。与乩仙弈，则以象戏法行之。如纵第九路横第三路下子，则判曰：“九三。”余皆仿此。

初下数子，念伦茫然不解，以为仙机莫测也。深恐败名，凝思冥索，至背汗手颤，始敢应一子，意犹惴惴。稍久，似觉无他异，乃放手攻击。乩仙竟全局覆没，满室哗然。乩忽大书曰：“吾本幽魂，暂来游戏，托名张三丰耳。因粗解弈，故尔率答。不虞此君之见困，吾今逝矣。”

惠叔慨然曰："长安道上，鬼亦诳[①]人。"余戏曰："一败即吐实，犹是长安道上钝鬼也。"

注释

①诳（kuáng）：欺骗。

景州申谦居先生，讳诩，姚安公癸巳同年也。天性和易，平生未尝有忤色[①]，而孤高特立，一介不取[②]，有古狷[③]者风。衣必缊袍[④]，食必粗粝。偶门人馈祭肉，持至市中易豆腐，曰："非好苟异，实食之不惯也。"

尝从河间岁试归，使童子控[⑤]一驴。童子行倦，则使骑而自控之。薄暮遇雨，投宿破神祠中。祠止一楹，中无一物，而地下芜秽不可坐。乃摘板扉一扇，横卧户前。夜半睡醒，闻祠中小声曰："欲出避公，公当户，不得出。"先生曰："尔自在户内，我自在户外，两不相害，何必避？"久之，又小声曰："男女有别，公宜放我出。"先生曰："户内户外即是别，出反无别。"转身酣睡。至晓，有村民见之，骇曰："此中有狐，尝出媚少年人，入祠辄被瓦砾击。公何晏然[⑥]也？"

后偶与姚安公语及，掀髯[⑦]笑曰："乃有狐欲媚申谦居，亦大异事。"姚安公戏曰："狐虽媚尽天下人，亦断不到君。当是诡状奇形，狐所未睹，不知是何怪物，故惊怖欲逃耳。"可想见先生之为人矣。

注释

①忤（wǔ）色：怨怒之色。 ②一介不取：不是自己应该得到的，一点都不要。 ③狷（juàn）：洁身自守。 ④缊（yùn）袍：用乱麻作絮的袍子，为贫寒人所穿。 ⑤控：驾驭。⑥晏然：平安。 ⑦掀髯（rán）：笑的时候启口张须的样子。

董曲江前辈言：乾隆丁卯乡试，寓济南一僧寺，梦至一处，见老树下破屋一间，欹斜[①]欲圮。一女子靓妆坐户内，红愁绿惨，摧抑可怜。疑误入人内室，止不敢进。女子忽向之遥拜，泪涔涔沾衣袂，然终无一言。心悸而悟。越数夕，梦复然。女子颜色益戚[②]，叩额至百余。欲逼问之，倏又醒。疑不能明，以告同寓，亦莫解。

一日，散步寺园，见庑下有故柩，已将朽。忽仰视其树，则宛然梦中所见也。询之寺僧，云是某官爱妾，寄停于是，约来迎取。至今数十年，寂无音问。又不敢移瘗，旁皇无计者久矣。曲江豁然心悟，故与历城令相善，乃醵金[③]市地半亩，告于官而迁葬焉。用知亡人以入土为安，停阁非幽灵所愿也。

注释

①欹斜：歪斜不正。 ②戚：悲伤。 ③醵（jù）金：集资，凑钱。

朱青雷言：高西园尝梦一客来谒，名刺为司马相如。惊怪而寤，莫悟何祥[①]。越数日，无意得司马相如一玉印，古泽斑驳，篆法精妙，真昆吾刀刻也。恒佩之不去身，非至亲昵者不能一见。官盐场时，德州卢丈雅雨为两淮运使，闻有是印，燕见时偶索观之。西园离席半跪，正色启曰："凤翰一生结客，所有皆可与朋友共。其不可共者惟二物，此印及山妻也。"卢丈笑遣之曰："谁夺尔物者，何痴乃尔耶？"

西园画品绝高。晚得末疾，右臂偏枯，乃以左臂挥毫。虽生硬倔强，乃弥有别趣。诗格亦脱洒。虽托迹微官，蹉跎以殁，在近时士大夫间，犹能追前辈风流也。

注释

①祥：吉凶的预兆。

杨铁厓词章奇丽，虽被文妖之目，不损其名。惟鞋杯一事，猥亵淫秽，可谓不韵之极，而见诸赋咏，传为佳话。后来狂诞少年，竞相依仿，以为名士风流，殊不可解。闻一巨室，中元家祭，方举酒置案上，忽一杯声如爆竹，砉[1]然中裂。莫解何故。久而知数日前其子邀妓，以此杯效铁砢故事也。

注释

①砉（huò）：破裂声。

太常寺仙蝶、国子监瑞柏，仰邀圣藻，人尽知之。翰林院金槐，数人合抱，瘿磊砢[1]如假山，人亦或知之。礼部寿草，则人不尽知也。此草春开红花，缀如火齐，秋结实如珠。《群芳谱》《野菜谱》皆未之载，不知其名。或曰："即田塍公道老。"此草种两家田塍上，用识界限。犁不及则一茎不旁生，犁稍侵之，即蔓延不止，反过所侵之数，故得此名。余谛审之，叶作锯齿，略相似，花则不似，其说非也。在穿堂之北，治事处阶前甬道之西。相传生自国初，岁久渐成藤本。今则分为二歧，枝格杈桠，挺然老木矣。曹地山先生名之曰"长春草"。余官礼部尚书时，作木栏护之。门人陈太守渼，时官员外，使为之图。盖酝化湛深，和气涵育，虽一草一虫，亦各遂其生若此也。

礼部又有连理槐，在斋戒处南荣下。邹小山先生官侍郎，尝绘图题诗，今尚贮库中。然特大小二槐相并而生，枝干互相缠抱耳，非真连理也。

注释

①磊砢（luǒ）：众多。

道家言祈禳，佛家言忏悔，儒家则言修德以胜妖。二氏治其末，儒者治其本也。族祖雷阳公畜数羊，一羊忽人立而舞。众以为不祥，将杀羊。雷阳公曰："羊何能舞？有凭[1]之者也。石言于晋，《左传》之义明矣。祸已成欤，杀羊何益？祸未成而鬼神以是警余也，修德而已，岂在杀羊？"自是一言一动，如对圣贤。后以顺治乙酉拔贡，戊子中副榜，终于通判，讫无纤芥[2]之祸。

注释

①凭：依附，依靠。 ②纤芥：细微，微小。

三从兄晓东言：雍正丁未会试归，见一丐妇，口生于项上，饮啜如常人。其人妖也耶？余曰："此偶感异气耳，非妖也。骈拇枝指，亦异于众，可曰妖乎哉？余所见有豕两身一首者，有牛背生一足者。又于闻家庙社会见一人，右手掌大如箕，指大如椎，而左手则如常。日以右手操笔鬻字画，使谈谶纬者见之，必曰此豕祸，此牛祸，此人疴[1]也，是将兆某患；或曰是为某事之应。然余所见诸异，讫毫无征验也。故余于汉儒之学，最不信《春秋》阴阳、《洪范五行传》；于宋儒之学，最不信河图洛书、《皇极经世》。"

注释

①疴（kē）：病。

房师孙端人先生，文章淹雅，而性嗜酒。醉后所作，与醒时无异。馆阁诸公，以为斗酒百篇之亚也。督学云南时，月夜独饮竹丛下，恍惚见一人注视壶盏，状若朵颐。心知鬼物，亦不恐怖，但以手按盏曰："今日酒无多，不能相让。"其人瑟缩而隐。醒而悔之曰："能来猎酒，定非俗鬼。肯向我猎酒，视我亦不薄。奈何辜其相访意？"市佳酿三巨碗，夜以小几陈竹间。次日视之，酒如故。叹曰："此公非但风雅，兼亦狷介。稍与相戏，便涓[1]滴不尝。"幕客或曰："鬼神但歆[2]其气，岂真能饮？"先生慨然曰："然则饮酒宜及未为鬼时，勿将来徒歆其气。"先生侄渔珊，在福建学幕，为余述之。觉魏晋诸贤，去[3]人不远也。

注释

①涓：细小的水流。 ②歆（xīn）：祭祀时神灵享用祭品。③去：距离，差别。

钱塘俞君祺，偶忘其字，似是佑申也。乾隆癸未在余学署。偶见其《野泊不寐》诗曰："芦荻荒寒野水平，四围唧唧夜虫声。长眠人亦眠难稳，独倚枯松看月明。"余曰："杜甫诗曰：'巴童浑不寝，夜半有行舟。'张继诗曰：'姑苏城外寒山寺，夜半钟声到客船。'均从对面落笔，以半夜得闻，写出未睡，非咏巴童舟、寒山寺钟也。君用此法，可谓善于夺胎。然杜、张所言是眼前景物，君忽然说鬼，不太鹘兀[1]乎？"俞君曰："是夕实遥见月下一人倚树立，似是文士。拟[2]就谈以破岑寂，相去十余步，竟冉冉没。故有此语。"钟忻湖戏曰："'云中鸡犬刘安过，月里笙歌炀帝归。'唐人谓之见鬼诗，犹嫌假借。如公此作，乃真不愧此名。"

注释

①鹘兀：唐突，突兀。 ②拟：打算。

霍丈易书言：闻诸海大司农曰：有世家子，读书坟园。园外居民数十家，皆巨室之守墓者也。一日，于墙缺见丽女露半面，方欲注视，已避去。越数日，见于墙外采野花，时时凝睇望墙内；或竟登墙缺，露其半身。以为东家之窥宋玉也，颇萦梦想。而私念居此地者皆粗材[①]，不应有此艳质[②]；又所见皆荆布，不应此女独靓妆。心疑为狐鬼，故虽流目送盼，而未通一词。

一夕，独立树下，闻墙外二女私语。一女曰："汝意中人方步月[③]，何不就之？"一女曰："彼方疑我为狐鬼，何必徒使惊怖？"一女又曰："青天白日，安有狐鬼？痴儿不解事至此。"世家子闻之窃喜，褰衣[④]欲出，忽猛省曰："自称非狐鬼，其为狐鬼也确矣。天下小人未有自称小人者；岂惟不自称，且无不痛诋小人以自明非小人者。此魅用此术也。"掉臂竟返。次日密访之，果无此二人。此二女亦不再来。

注释

①粗材：比喻粗陋女子。 ②艳质：指美女。 ③步月：在月下散步。 ④褰（qiān）衣：撩起衣服。

吴林塘言：曩游秦陇，闻有猎者在少华山麓，见二人傫然卧树下。呼之犹能强起，问："何困踬[①]于此？"其一曰："吾等皆为狐魅者也。初，我夜行失道，投宿一山家。有少女绝妍丽，伺隙调我。我意不自持，即相媟狎[②]。为其父母所窥，甚见詈辱。我拜跪，始免捶挞。既而闻其父母絮絮语，若有所议者。次日，竟纳我为婿。惟约山上有主人，女须更番执役，五日一上直，五日乃返。我亦安之。半载后，病瘵，夜嗽不能寝，散步林下，闻有笑语声，偶往寻视。见屋数楹，有人拥我妇坐石看月。不胜恚忿[3]，力疾欲与角。其人亦怒曰：‘鼠辈乃敢瞰我妇!’亦奋起相搏。幸其亦病惫，相牵并仆。妇安坐石上，嬉笑曰：‘尔辈勿斗。吾明告尔，吾实往来于两家，皆托云上直，使尔辈休息五日，蓄精以供采补耳。今吾事已露，尔辈精亦竭，无所用尔辈。吾去矣。’奄忽不见。两人迷不能出，故饿踣于此，幸遇君等得拯也。”其一人语亦同。

猎者食以干糒[4]，稍能举步。使引视其处，二人共诧曰：“向者墙垣故土，梁柱故木，门故可开合，窗故可启闭，皆确有形质，非幻影也，今何皆土窟耶？院中地平如砥，净如拭，今何土窟以外，崎岖不容足耶？窟广不数尺，狐自容可矣，何以容我二人？岂我二人之形亦为所幻化耶？”一人见对面崖上有破磁，曰：“此我持以登楼，失手所碎。今峭壁无路，当时何以上下耶？”四顾徘徊，皆惘惘如梦。

二人恨狐女甚，请猎者入山捕之。猎者曰：“邂逅相遇，便成佳偶，世无此便宜事。事太便宜，必有不便宜者存。鱼吞钩，贪饵故也；猩猩刺血，嗜酒故也。尔二人宜自恨，亦何恨于狐？”二人乃悯默[5]而止。

注释

①困踬（zhì）：困顿窘迫。 ②媟狎：亲近，不庄重。③恚忿：愤怒。 ④干糒（bèi）：干粮。 ⑤悯默：因忧伤而沉默的样子。

林塘又言：有少年为狐所媚，日渐羸[1]困，狐犹时时来。

后复共寝，已疲顿不能御女。狐乃披衣欲辞去，少年泣涕挽留，狐殊不顾。怒责其寡情，狐亦怒曰："与君本无夫妇义，特为采补来耳。君膏髓已竭，吾何所取而不去？此如以势交者，势败则离；以财交者，财尽则散。当其委曲相媚，本为势与财，非有情于其人也。君于某家某家，皆何日附[②]门墙，今何久绝音问[③]耶？乃独责我！"其音甚厉。侍疾者闻之，皆太息。少年乃反面向内，寂无一言。

注释

①羸：虚弱。 ②附：攀附。 ③绝音问：不通音讯。

汪旭初言：见扶乩者，其仙自称张紫阳。叩以《悟真篇》，弗能答也，但判曰"金丹大道，不敢轻传"而已。会有仆妇窃资逃，仆叩问："尚可追捕否？"仙判曰："尔过去生中，以财诱人，买其妻。又诱之饮博，仍取其财。此人今世相遇，诱汝妇逃者，买妻报；并窃资者，取财报也。冥数先定，追捕亦不得，不如已也。"旭初曰："真仙自不妄语。然此论一出，凡奸盗皆诿[①]诸夙因，可勿追捕，不推波助澜乎？"乩不能答。有疑之者曰："此扶乩人多从狡狯恶少游，安知不有人匿仆妻而教之作此语？"阴使人侦之。薄暮，果赴一曲巷。登屋脊密伺，则聚而呼卢，仆妇方艳饰行酒矣。潜呼逻卒围所居，乃弭首[②]就缚。律禁师、巫，为奸民窜伏其中也。蓝道行尝假此术以败严嵩，论者不甚以为非，恶[③]嵩故也。然杨、沈诸公，喋血碎首而不能争者，一方士从容谈笑，乃制其死命，则其力亦大矣。幸所排者为嵩，使因而排及清流，虽韩、范、富、欧阳，能与枝梧[④]乎？故乩仙之术，士大夫偶然游戏，倡和诗词，等诸观剧则可，若借卜吉凶，君子当怖其卒也。

注释

①诿：推托。 ②弭（mǐ）首：俯首。 ③恶：痛恨。 ④枝梧：抗衡。

从叔梅庵公曰：淮镇人家有空屋五间，别为院落，用以贮杂物。儿童多往嬉游，跳掷践踏，颇为喧扰。键户禁之，则窃逾[1]短墙入。乃大书一贴粘户上，曰："此房狐仙所住，毋得秽污。"姑以怖儿童云尔。数日后，夜闻窗外语："感君见招，今已移入。当为君坚守此院也。"自后人有入者，辄为砖瓦所击，并僮奴运杂物者亦不敢往。久而不治，竟全就圮颓，狐仙乃去。此之谓"妖由人兴"。

注释

①逾：越过。

余有庄在沧州南，曰上河涯，今鬻之矣。旧有水明楼五楹，下瞰卫河，帆墙来往栏楯下，与外祖雪峰张公家度帆楼，皆游眺佳处。先祖母太夫人，夏月每居是纳凉，诸孙更番[1]随侍焉。

一日，余推窗南望，见男妇数十人，登一渡船。缆已解，一人忽奋拳击一叟落近岸浅水中，衣履皆濡。方坐起愤詈，船已鼓棹去，时卫河暴涨，洪波直泻，汹涌有声。一粮艘张双帆顺流来，急如激箭，触渡船碎如柿。数十人并没，惟此叟存，乃转怒为喜，合掌诵佛号。问其何适[2]，曰："昨闻有族弟得二十金，鬻童养媳为人妾，以今日成券。急质田得金如其数，赍[3]之往赎耳。"众同声曰："此一击神所使也。"促换渡船送之过。时余方十岁，但闻为赵家庄人，惜未问其名姓。此雍正癸丑事。

又先太夫人言：沧州人有逼嫁其弟妇，而鬻两侄女于青楼者，里人皆不平。一日，腰金贩绿豆，泛巨舟诣天津。晚泊河干，坐船舷濯足。忽西岸一盐舟纤索中断，横扫而过，两舷相切，自膝以下，筋骨糜碎如割截，号呼数日乃死。先外祖一仆闻之，急奔告曰："某甲得如是惨祸，真大怪事。"先外祖徐曰："此事不怪。若竟不如此，反是怪事。"此雍正甲辰、乙巳间事。

注释

①更番：轮流。 ②适：到，往。 ③赍（jī）：送给。

交河王洪绪言：高川刘某，住屋七楹。自居中三楹；东厢二楹，以妻殁无葬地，停柩其中；西厢二楹，幼子与其妹居之。一夕，闻儿啼甚急，而不闻妹语。疑其在灶室未归，从窗罅[①]视已息灯否。月明之下，见黑烟一道，蜿蜒从东厢户下出，萦绕西厢窗下，久之不去。迨妹醒拊[②]儿，黑烟乃冉冉敛入东厢去，心知妻之魂也。自后每月夜闻儿啼，潜起窥视，所见皆然。以语其妹，妹为之感泣，悲哉！父母之心，死尚不忘其子乎？人子追念其父母，能如是否乎？

注释

①罅：缝隙。 ②拊：安抚，抚慰。

先师桂林吕公闇斋言：其乡有官邑令者，莅任之日，梦其房师某公，容色憔悴，若重有忧者。邑令蹙然迎拜曰："旅榇[①]未归，是诸弟子之过也，然念之未敢忘。今幸托荫得一官，将拮据营窀穸[②]矣。"盖某公卒于戍所，尚浮厝僧院也。某公曰："甚善。然归我之骨，不如归我之魂。子知我骨在滇南，不知我魂羁于此也。我初为此邑令，有试垦污莱[3]者，吾误报升科。诉者纷纷，吾心知其词直，而恐干吏议，百计回护，使不得申，遂至今为民累。土神诉与东岳，岳神谓事由疏舛[4]，虽无自利之心，然恐以检举妨迁擢，则其罪与自利等。牒摄吾魂，羁留于此，待此浮粮减免，然后得归。困苦饥寒，所不忍道。回思一时爵禄，所得几何？而业海茫茫，竟杳无崖岸，诚不胜泣血椎心。今幸子来官此，傥念平生知遇，为吁请蠲[5]除，则我得重入转轮，脱离鬼趣。虽生前遗蜕，委诸蝼蚁，亦非所憾矣。"邑令检视旧牍，果有此事，后为宛转请豁，又恍惚梦其来别云。

注释

①榇（chèn）：棺材。 ②窀穸（zhūnxī）：墓穴。 ③污莱：荒地。 ④疏舛：疏漏错乱。 ⑤蠲（juān）：除去。

交河及方言曰：说鬼者多诞[1]，然亦有理似可信者。雍正乙卯七月，泊舟静海之南。微月朦胧，散步岸上，见二人坐柳下对谈。试往就之，亦欣然延坐。谛听所说，乃皆幽冥事。疑其为鬼，瑟缩欲遁。二人止之曰："君勿讶，我等非鬼，一走无常，一视鬼者也。"问："何以能视鬼？"曰："生而如是，莫知所以然。"又问："何以走无常？"曰："梦寝中忽被拘役，亦莫知所以然也。"共话至二鼓，大抵缕陈报应。

因问："冥司以儒理断狱[2]耶？以佛理断狱耶？"视鬼者曰："吾能见鬼，而不能与鬼语，不知此事。"走无常曰："君无须问此，只问己心。问心无愧，即阴律所谓善。问心有愧，即阴律所谓恶。公是公非，幽明一理，何分儒与佛乎？"其说平易，竟不类巫觋[3]语也。

注释

①诞：荒诞。 ②断狱：审理判决案件。 ③觋（xí）：男巫师。

里有视鬼者曰：鬼亦恒憧憧扰扰，若有所营，但不知所营何事；亦有喜怒哀乐，但不知其何由。大抵鬼与鬼竞[1]，亦如人与人竞耳。然微阴不足敌盛阳，故莫不畏人。其不畏人者，一由人据所居，鬼刺促不安，故现变相驱之去；一由祟人求祭享；一由桀骜强魂，戾气[2]未消。如人世无赖，横行为暴，皆遇气旺者避，遇运蹇者乃敢侵。或有冤魂厉魄，得请于神，报复以申积恨者，不在此数。若夫欲心所感，淫鬼应之；杀心所感，厉鬼应之；愤心所感，怨鬼应之。则皆由其人之自召，更不在此数矣。

我尝清明上冢，见游女踏青，其妖媚弄姿者，诸鬼随之嬉笑；其幽闲贞静者，左右无一鬼。又尝见学宫有数鬼，教谕鲍先生出，先生讳梓，南宫人，官献县教谕。载县志《循吏传》。则瑟缩伏草间。训导某先生出，则跳掷自如。然则鬼之敢侮与否，尤视乎其人哉！

注释

①竞：比赛，争逐。 ②戾气：邪恶之气。

侍姬之母沈媪言：盐山有刘某者，患癃闭，百药不验。一夕，梦神语曰："铜头煅灰，酒服之，即通。"问："铜头何物？"曰："汝辈所谓蝼蛄也。"试之果愈。余谓此湿热蕴结，以湿热攻湿热，借其窜利下行之性耳。若州都之官，气不能化，则求之于本原[1]，非此物所能导也。

注释

①本原：根源，根由。

梁铁幢副宪言：有夜行者，于竹林边见一物，似人非人，蠢蠢然摸索而行。叱之不应，知为精魅，拾瓦石击之。其物化为黑烟，缩入林内，啾啾作声曰："我缘宿业，堕饿鬼道中，既瞽且聋，艰苦万状。公何忍复相逼？"乃委之而去。余《滦阳消夏录》中，记王菊庄所言女鬼，以巧于谗构[1]受哑报，此鬼受聋瞽报，其聪明过甚者乎？

注释

①谗构：谗害构陷。

先师汪文端公言：有欲谋害异党者，苦无善计。有黠者密侦知之，阴裹药以献。曰："此药入腹即死。然死时情状，与病卒无异；虽蒸骨验之，亦与病卒无异也。"其人大喜，留之饮。归则以是夕卒矣，盖先以其药饵之，为灭口计矣。公因太息曰："献药者杀人以媚人，而先自杀也。用其药者，先杀人以灭口，而口终不可灭也。纷纷机械[1]何为乎？"

张樊川前辈时在坐，因言有好娈童者，悦一宦家子。度无可得理，阴属[2]所爱姬托媒妪招之，约会于别墅，将执而胁污焉。届期，闻已至，疾往掩捕。突失足堕荷塘板桥下，几于灭顶。喧呼掖出，则宦家子已遁，姬已鬓乱钗横矣。盖是子美秀甚，姬亦悦之故也。后无故开阁放此姬，婢妪乃稍泄其事。阴谋者鬼神所忌，殆不虚矣。

注释

①机械：巧诈，机巧。　②属：通“嘱”，嘱咐。

卖花者顾媪，持一旧磁器求售，似笔洗而略浅。四周内外及底皆有泑[1]色，似哥窑而无冰纹。中平如砚，独露磁骨。边线界画甚明，不出入毫发，殊非剥落。不知何器，以无用还之。

后见《广异志》载嵇胡见石室道士案头朱笔及杯语，《乾䐑子》载何元让所见天狐有朱盏笔砚语，又《逸史》载叶法善有持朱钵画符语，乃悟唐以前无朱砚。点勘文籍，则研朱于杯盏；大笔濡染，则贮朱于钵。杯盏略小而口哆，以便添笔；钵稍大而口敛，以便多注浓渖[2]也。顾媪所持，盖即朱盏，向来赏鉴家未及见耳。急呼之来，问：“此盏何往？”曰：“本以三十钱买得，云出自井中。因公斥为无用，以二十钱卖诸杂物摊上。今将及一年，不能复问所在矣。”深为惋惜。

世多以高价市赝物，而真古器或往往见摈[3]。余尚非规方竹漆断纹者，而交臂失之尚如此。然则蓄宝不彰者，可胜数哉？余后又得一朱盏，制与此同，为陈望之抚军持去。乃知此物世尚多有，第人不识耳。

注释

①泑：通“釉”。　②渖：汁。　③摈：抛弃。

先师介公野园言：亲串中有不畏鬼者，闻有凶宅，辄往宿。或言西山某寺后阁，多见变怪。是岁值乡试，因僦住其中。奇形诡状，每夜环绕几榻间，处之恬然，然亦弗能害也。

一夕月明，推窗四望，见艳女立树下。咥[1]然曰：“怖我不动，来魅我耶？尔是何怪？可近前。”女亦哂然曰：“尔固不识我，我尔祖姑也，殁葬此山。闻尔日日与鬼角，尔读书十余年，将徒博一不畏鬼之名耶？抑亦思奋身[2]科目，为祖父光，为门户计耶？今夜而斗争，昼而倦卧，试期日近，举业全荒，岂尔父尔母遣尔裹[3]粮入山之本志哉？我虽居泉壤，于母家不能无情，故正言告尔。尔试思之。”言讫而隐。私念所言颇有理，乃束装归。

归而详问父母，乃无是祖姑。大悔，顿足曰：“吾乃为黠鬼所卖！”奋然欲再往。其友曰：“鬼不敢以力争，而幻其形以善言解。鬼畏尔矣，尔何必追穷寇？”乃止。此友可谓善解纷矣。然鬼所言者正理也，正理不能禁，而权词能禁之，可以悟销熔刚气之道也。

注释

①哂：大笑。 ②奋身：努力投身于。 ③裹：携带。

前记阁学札公祖墓巨蟒事，据总宪舒穆噜公之言也。壬子三月初十日，蒋少司农戟门邀看桃花，适与札公联坐，因叩其详，知舒穆噜公之语不诬。

札公又曰：“尚有一轶事，舒穆噜公未知也。守墓者之妻刘媪，恒与此蟒同寝处，蟠[1]其榻上几满。来必饮以火酒，注巨碗中，蟒举首一嗅，酒减分许，所余已味淡如水矣。凭[2]刘媪与人疗病，亦多有验。一旦，有欲买此蟒者，给刘媪钱八千，乘其醉而舁之去。去后，媪忽发狂曰：‘我待汝不薄，汝乃卖我！我必褫[3]汝魄。’自挝不止，媪之弟奔告札公，札公自往视，亦无如何，逾数刻竟死。夫妖物凭附女巫，事所恒有；忤妖物而致祸，亦事所恒有。惟得钱卖妖，其事颇奇；而有人出钱以买妖，尤奇之奇耳。此蟒今犹在，其地在西直门外，土人谓之红果园。”

注释

①蟠：屈曲，盘伏。 ②凭：依附。 ③褫（chǐ）：剥夺。

育婴堂、养济院，是处有之。惟沧州别有一院养瞽者，而不隶[①]于官。瞽者刘君瑞曰：“昔有选人陈某，过沧州，资斧[②]匮竭，无可告贷，进退无路，将自投于河。有瞽者悯之，倾囊以助其行。选人入京，竟得官，荐至州牧，念念不能忘瞽者，自赍数百金，将申漂母之报。而偏觅瞽者不可得，并其姓名无知者。乃捐金建是院，以收养瞽者。此瞽者与此选人，均可谓古之人矣。”

君瑞又言：“众瞽者留室一楹，旦夕炷香拜陈公。”余谓陈公之侧，瞽者亦宜设一坐。君瑞嗫嚅[③]曰：“瞽者安可与官坐？”余曰：“如以其官而祀之，则瞽者自不可坐；如以其义而祀之，则瞽者之义与官等。何不可坐耶？”

此事在康熙中，君瑞告余在乾隆乙亥、丙子间，尚能举居是院者为某某。今已三十余年，不知其存与废矣。

注释

①隶：属于。 ②资斧：盘缠。 ③嗫嚅（nièrú）：吞吞吐吐不敢说出来。

明季兵乱，曾伯祖镇番公年甫十一，被掠至临清。遇旧客作[①]李守敬，以独轮车送归。崎岖戈马之间，濒危者数，终不舍去也。时宋太夫人在，酬以金。先顿首谢，然后置金于案曰：“故主流离，心所不忍，岂为求赏来耶？”泣拜而别，自后不复再至矣。守敬性戆直，侪辈有作奸者，辄龂龂[2]与争，故为众口所排去。而患难之际，不负其心乃如此。

注释

①客作：雇工。 ②龂（yín）龂：争辩貌。

事有先兆，莫知其然。如日将出而霞明，雨将至而础润，动乎彼则应乎此也。余自四岁至今，无一日离笔砚。壬子三月初二日，偶在直庐，戏语诸公曰："昔陶靖节自作挽歌，余亦自题一联曰：'浮沉宦海如鸥鸟，生死书丛似蠹鱼。'百年之后，诸公书以见挽[1]足矣。"刘石庵参知曰："上句殊不类公，若以挽陆耳山，乃确当耳。"越三日而耳山讣音[2]至，岂非机之先见欤？

注释

①挽：悼念。 ②讣音：报丧的文告、信息。

申苍岭先生言：有士人读书别业，墙外有废冢，莫知为谁。园丁言夜中或有吟哦声，潜听数夕，无所闻。一夕，忽闻之，急持酒往浇冢上曰："泉下苦吟，定为词客。幽明虽隔，气类不殊。肯现身一共谈乎？"俄有人影冉冉出树阴中，忽掉头竟去。殷勤拜祷，至再至三，微闻树外人语曰："感君见赏，不敢以异物自疑。方拟一接清谈，破百年之岑寂[1]。及遥观丰采，乃衣冠华美，翩翩有富贵之容，与我辈缊袍[2]，殊非同调。士各有志，未敢相亲。惟君委曲谅之。"士人怅怅而返，自是并吟哦亦不闻矣。

余曰："此先生玩世之寓言耳。此语既未亲闻，又旁无闻者，岂此士人为鬼揶揄[3]，尚肯自述耶？"先生掀髯曰："钼鹿槐下之词，浑良夫梦中之噪，谁闻之欤？子乃独诘老夫也？”

注释

①岑寂：孤独，寂寞。　②缊（yùn）袍：古代贫者之衣。③揶揄：嘲笑。

邱孝廉二田言：永春山中有废寺，皆焦土也。相传初有僧居之。僧善咒术，其徒夜或见山魈，请禁制[①]之。僧曰：“人自人，妖自妖，两无涉也。人自行于昼，妖自行于夜，两无害也。万物并生，各适其适。妖不禁人昼出，而人禁妖夜出乎？”久而昼亦嬲人，僧寮无宁宇，始施咒术。而气候已成，党羽已众，竟不可禁制矣。

愤而云游，求善劾治者偕之归。登坛檄将，雷火下击，妖歼而寺亦烬焉。僧拊膺[②]曰：“吾之罪也！夫吾咒术始足以胜之，而弗肯胜也；吾道力不足以胜之，而妄欲胜也。博善化之虚名，溃败决裂乃至此。养痈贻患[③]，我之谓也夫！”

注释

①禁制：禁阻制约。　②膺（yīng）：胸口。　③养痈贻患：比喻纵容包庇坏人坏事，结果自己遭殃。

飞车刘八，从孙树珊之御者[①]也。其御车极鞭策之威，尽驰驱之力，遇同行者，必蓦越[②]其前而后已，故得此名。马之强弱所不问，马之饥饱所不问，马之生死亦所不问也。历数主，杀马颇多。一日，御树珊往群从家，以空车返。中路马轶，为轮所轧，仆辙中。其伤颇轻，竟昏瞀[③]不知人，舁归则气已绝矣。好胜者必自及，不仁者亦必自及。东野稷以善御名一国，而极马之力，终以败驾，况此役夫哉？自陨其生，非不幸也。

注释

①御者：驾驭车马的人。 ②蓦越：超越。 ③昏瞀(mào)：昏迷，神志模糊。

先祖光禄公，有庄在沧州卫河东。以地恒积潦[①]，其水左右斜袤[②]如人字，故名人字汪。后土语讹人字曰银子，又转汪为洼，以吹唇声轻呼之，音乃近娃，弥失其真矣。土瘠而民贫，凋敝日甚。庄南八里为狼儿口，土语以狼儿二字合声吹唇呼之，音近辣，平声。光禄公曰："人对狼口，宜其不蕃[③]也。"乃改庄门北向。直北五里曰木沽口，沽字土音在果戈之间。自改门后，人字汪渐富腴，而木沽口渐凋敝矣。其地气转移欤？抑孤虚之说竟真有之？

注释

①潦(lǎo)：雨后积水。 ②斜袤：斜向延长。 ③蕃(fán)：茂盛。

人字汪场中有积柴，俗谓之垛。多年矣。土人谓中有灵怪，犯之多致灾祸。有疾病，祷之亦或验。莫敢撷[①]一茎，拈一叶也。雍正乙巳，岁大饥。光禄公捐粟六千石，煮粥以赈[②]。一日柴不给，欲用此柴，而莫敢举手。乃自往祝曰："汝既有神，必能达理。今数千人枵[③]腹待毙，汝岂无恻隐心？我拟移汝守仓，而取此柴活饥者，谅汝不拒也。"祝讫，麾[④]众拽取，毫无变异。柴尽，得一秃尾巨蛇，蟠伏不动。以巨畚舁入仓中，斯须不见。从此亦遂无灵。然迄今六七十年，无敢窃入盗粟者，以有守仓之约故也。物至毒而不能不为理所屈，妖不胜德，此之谓矣。

注释

①撷（xié）：采摘。 ②赈：救济。 ③枵（xiāo）：空虚。④麾：指挥。

从孙树宝言：韩店史某，贫彻骨。父将殁，家惟存一青布袍，将以敛，其母曰："家久不举火，持此易米，尚可多活月余，何为委之土中乎?"史某不忍，卒以敛。此事人多知之。会有失银钏者，大索不得，史某忽得于粪壤中。皆曰："此天偿汝衣，旌[①]汝孝也。"失钏者以钱六千赎之，恰符衣价，此近日事。

或曰："偶然也。"余曰："如以为偶，则王祥固不再得鱼，孟宗固不再生笋也。幽明之感应，恒以一事示其机耳。汝乌[②]乎知之!"

注释

①旌：表彰。 ②乌：怎么。

景州李晴嵘言：有刘生训蒙于古寺。一夕，微月之下，闻窗外窸窣声。自隙窥之，墙缺似有二人影，急呼有盗。忽隔墙语曰："我辈非盗，来有求于君者也。"骇问："何求?"曰："猥以夙业堕饿鬼道中，已将百载。每闻僧厨炊煮，辄饥火如焚。窥君似有慈心，残羹冷粥，赐一浇奠可乎?"问："佛家经忏，足济冥途，何不向寺僧求超拔?"曰："鬼逢超拔，是亦前因。我辈过去生中，营营[①]仕宦，势盛则趋附，势败则掉臂如路人。当其得志，本未扶穷救厄，造有善因，今日势败，又安能遇是善缘乎?所幸货赂丰盈，不甚爱惜，孤寒故旧，尚小有周旋。故或能时遇矜怜[②]，得一沾余沥。不然，则如目连犍母在大地狱中，食至口边，皆化猛火，虽佛力亦无如何矣。”生恻然悯之，许如所请，鬼感激呜咽去。自是每以残羹剩酒浇墙外，亦似有盻蚃[③]，然不见形，亦不闻语。

越岁余，夜闻墙外呼曰：“久叨嘉惠，今来别君。”生问：“何往?”曰：“我二人无计求脱，惟思作善以自拔。此林内野鸟至多，有弹射者，先惊之使高飞；有网罟者，先驱之使勿入。以是一念，感动神明，今已得付转轮也。”生尝举以告人曰：“沉沦之鬼，其力犹可以济[④]物，人奈何谢[⑤]不能乎?”

注释

①营营：奔走追逐。 ②矜怜：怜悯。 ③蚃（xiǎng）：昆虫的蛹。 ④济：帮助。 ⑤谢：推辞。

族兄中涵知旌德县时，近城有虎暴，伤猎户数人，不能捕。邑人请曰：“非聘徽州唐打猎，不能除此患也。”休宁戴东原曰：“明代有唐某，甫新婚而戕于虎。其妇后生一子，祝之曰：‘尔不能杀虎，非我子也；后世子孙如不能杀虎，亦皆非我子孙也。’故唐氏世世能捕虎。”乃遣吏持币往。

归报唐氏选艺至精者二人，行且至，至则一老翁，须发皓然，时咯咯作嗽；一童子十六七耳。大失望，姑命具[①]食。老翁察中涵意不满，半跪启曰：“闻此虎距城不过五里，先往捕之，赐食未晚也。”遂命役导往。役至谷口，不敢行。老翁哂曰：“我在，尔尚畏耶?”入谷将半，老翁顾童子曰：“此畜似尚睡，汝呼之醒。”童子作虎啸声，果自林中出，径搏老翁。老翁手一短柄斧，纵八九寸，横半之，奋臂屹立。虎扑至，侧首让之。虎自顶上跃过，已血流仆地。视之，自颔下至尾闾，皆触斧裂矣。乃厚赠遣之。

老翁自言炼臂十年，炼目十年。其目以毛帚扫之不瞬[②]，其臂使壮夫攀之，悬身下缒[③]不能动。《庄子》曰："习伏众神，巧者不过习者之门。"信夫！

尝见史舍人嗣彪，暗中捉笔书条幅，与秉烛无异。又闻静海励文恪公，剪方寸纸一百片，书一字其上，片片向日叠映，无一笔丝毫出入。均习而已矣，非别有谬巧也。

注释

①具：准备。 ②瞬：眨眼。 ③缒（zhuì）：悬吊。

李庆子言：山东民家，有狐居其屋数世矣。不见其形，亦不闻其语。或夜有火烛盗贼，则击扉撼窗，使主人知觉而已。屋或漏损，则有银钱铿然坠几上；即为修葺，计所给恒浮[①]所费十之二。若相酬者，岁时必有小馈遗置窗外。或以食物答之，置其窗下，转瞬即不见矣。从不出嬲人。儿童或反嬲之，戏以瓦砾掷窗内，仍自窗还掷出。或欲观其掷出，投之不已，亦掷出不已，终不怒也。一日，忽檐际语曰："君虽农家，而子孝弟友，妇姑娣姒皆婉顺，恒为善神所护，故久住君家避雷劫。今大劫已过，敬谢主人，吾去矣。"自此遂绝。从来狐居人家，无如是之谨饬者，其有得于老氏"和光"之旨欤？卒以谨饬[②]自全，不遭劾治之祸，其所见加人一等矣。

注释

①浮：超过，多余。 ②谨饬（chì）：谨慎。

从侄虞惇，从兄懋园之子也。壬子三月，随余勘[①]文渊阁书，同在海淀槐西老屋。余婿袁煦之别业，余葺治之，为轮对上直憩息之地。言懋园有朱漆藤枕，崔庄社会[2]之所买，有年矣。一年夏日，每枕之，辄嗡嗡有声，以为作劳耳鸣也。旬余后，其声渐厉，似飞虫之振羽。又月余，声达于外，不待就枕始闻矣。疑而剖视，则一细腰蜂鼓翼出焉。

枕四围无针芥隙，蜂何能遗种于内？如未漆时先遗种，何以越数岁乃生？或曰："化生也。"然蜂生以蛹，不以化。即果化生，何以他处不化而化于枕？他枕不化而化于此枕？枕中不饮不食，何以两月余犹活？设不剖出，将不死乎？此理殊不可晓也。

注释

①勘：校对。 ②社会：集市。

虞惇又言：掖县林知州禹门，其受业师也。自言其祖年八十余，已昏耄[1]不识人，亦不能步履，然犹善饭。惟枯坐一室，苦郁郁不适。子孙恒以椅舁至门外延眺，以为消遣。一日，命侍者入取物，独坐以俟。侍者出，则并椅失之矣。合家悲泣惶骇，莫知所为。裹[2]粮四出求之，亦无踪迹。会有友人自劳山来，途遇禹门，遥呼曰："若非觅若祖乎？今在山中某寺，无恙也。"急驰访之，果然。其地距掖数百里，僧不知其何以至。其祖但觉有二人舁之飞行，亦不知其为谁也。此事极怪而非怪，殆山魈狐魅播弄[3]老人以为游戏耳。

注释

①耄（mào）：昏乱。 ②裹：携带。 ③播弄：戏耍。

戈孝廉廷模，字式之，芥舟前辈长子也。天姿朗澈，诗格书法，并有父风。于父执中独师事[1]余。余期以远到，乃年四十余，始选一学官。后得心疾，忽发忽止，竟夭天年，余深悲之。偶与从孙树珏谈及，树珏因言其未殁以前，读书至夜半，偶即景得句曰："秋入幽窗灯暗淡。"属对未就，忽其友某揭帘入，延与坐谈，因告以此句。其友曰："何不对以'魂归故里月凄清'？"式之愕然曰："君何作鬼语？"转瞬不见，乃悟其非人。盖衰气[②]先见，鬼感衰气应之也。故式之不久亦下世。与《灵怪集》载曹唐《江陵佛寺》诗"水底有天春漠漠"一联事颇相类。

注释

①事：侍奉。 ②衰气：衰败之气。

曹慕堂宗丞言：有夜行遇鬼者，奋力与角[①]。俄群鬼大集，或抛掷沙砾，或牵拽手足。左右支吾[②]，大受捶击，颠踣者数矣。而愤恚弥甚，犹死斗不休。忽坡上有老僧持灯呼曰："檀越且止。此地鬼之窟宅也，檀越虽猛士，已陷重围。客主异形，众寡异势，以一人气血之勇，敌此辈无穷之变幻，虽贲、育无幸胜也，况不如贲、育者乎？知难而退，乃为豪杰，何不暂忍一时，随老僧权宿荒刹耶？"此人顿悟，奋身脱出。随其灯影而行，群鬼渐远，老僧亦不知所往。坐息至晓，始觅得路归。此僧不知是人是鬼，可谓善知识耳。

注释

①角：争斗。 ②支吾：应付，对付。

海淀人捕得一巨鸟，状类苍鹅，而长喙[①]利吻，目睛突出，眈眈可畏，非鹫非鹳，非鸨非鸬鹚，莫能名之，无敢买者。金海住先生时寓直澄怀园，独买而烹之，味不甚佳。甫食一二窬，觉胸膈间冷如冰雪，坚如铁石，沃以烧春，亦无暖气。委顿[2]数日，乃愈。

或曰："张读《宣室志》载：俗传人死数日后，当有禽自柩中出，曰'杀'。有郑生者，尝在隰川，与郡官猎于野，网得巨鸟。色苍，高五尺余。解而视之，忽然不见。里中人言有人死且数日，卜者言此日杀当去。其家伺而视之，果有巨鸟苍色自柩中出。又《原化记》载：韦滂借宿人家，射落'杀'鬼。烹而食之，味极甘美。先生所食，或即'杀'鬼所化，故阴凝之气如是欤？"倪余疆时方同直，闻之笑曰："是又一终南进士矣。"

注释

①喙（huì）：鸟兽的嘴。 ②委顿：疲乏，憔悴。

自黄村至丰宜门，俗谓之南西门。凡四十里。泉源水脉，络带钩连，积雨后污潦沮洳[1]，车马颇为阻滞。有李秀者，御空车自固安返。见少年约十五六，娟丽如好女，蹩躠[2]泥途，状甚困惫。时日已将没，见秀行过，有欲附载之色，而愧沮不言。秀故轻薄，挑与语，邀之同车，忸怩而上。沿途市果饵食之，亦不甚辞。渐相软款，间以调谑，面赪微笑而已。行数里后，视其貌似稍苍，尚不以为意。又行十余里，暮色昏黄，觉眉目亦似渐改。将近南苑之西门，则广颡[3]高颧，鬖鬖[4]有须矣。自讶目眩，不敢致诘。比至逆旅下车，乃须鬓皓白，成一老翁。与秀握手作别曰："蒙君见爱，怀感良深。惟暮齿衰颜，今夕不堪同榻，愧相负耳。"一笑而去，竟不知为何怪也。秀表弟为余厨役，尝闻秀自言之，且自悔少年无状，致招狐鬼之侮云。

注释

①沮洳：低湿之地。 ②蹩躠（biéxiè）：行走艰难。 ③颡（sǎng）：额头。 ④鬑（lián）鬑：须发稀疏。

文安王岳芳言：有杨生者，貌姣丽。自虑或遇强暴，乃精习技击，十六七时，已可敌数十人。会诣通州应试，暂住京城。偶独游陶然亭，遇二回人强邀入酒肆。心知其意，姑与饮啖，且故索珍味食。二回人喜甚，因诱至空寺，左右挟坐，遽拥于怀。生一手按一人，并踣[1]于地，以足踏背，各解带反接[2]，抽刀拟颈曰："敢动者死！"褫其下衣，并淫之。且数之曰："尔辈年近三十，岂足供狎昵？然尔辈污人多矣，吾为孱弱童子复仇也。"徐释其缚，掉臂径出。

后与岳芳同行，遇其一于途，顾之一笑。其人掩面鼠窜去。乃为岳芳具道之，岳芳曰："戕命者使还命，攘财者使还财，律也，此当相偿者也。惟淫人者有治罪之律，无还使受淫之律，此不当偿者也。子之所为，谓之快心则可，谓之合理则未也。"

注释

①踣（bó）：跌倒，摔倒。 ②反接：把双手在背后捆绑起来。

从孙树棂言：南村戈孝廉仲坊，到遵祖庄土语呼榛子庄，遵、榛叠韵之讹，祖、子双声之转也。相近又有念祖桥，今亦讹为埝左会。曹氏之葬。闻其邻家鸡产一卵，入夜有光。仲坊偕数客往观，时已昏暮，灯下视之，无异常卵。撤去灯火，果吐光荧荧，周卵四围如盘盂。置诸室隅，立门外视之，则一室照耀如昼矣。客或曰："是鸡为蛟龙所感，故生卵有是变怪。恐久而破壳出，不利主人。"仲坊次日即归，不知其究竟如何也。

案木华《海赋》曰："阳冰不冶，阴火潜然。"盖阳气伏积阴之内，则郁极而外腾。《岭南异物志》称海中所生鱼蜃，置阴处有光。《岭表录异》亦称黄蜡鱼头，夜有光如笼烛，其肉亦片片有光。水之所生，与水同性故也。必海水始有火，必海错始有光者，积水之所聚，即积阴之所凝，故百川不能郁[①]阳气，惟海能郁也。至暑月腐草之为萤，以层阴积雨，阳气蒸而化为虫。塞北之夜亮木，以冰谷雪岩，阳气聚而附于木。萤不久即死，夜亮木移植盆盎，越一两岁亦不生明。出潜离隐，气得舒则渐散耳。惟鸡卵夜光则理不可晓，蛟龙所感之说，亦未必然。按段成式《酉阳杂俎》称：岭南毒菌夜有光，杀人至速。盖瘴疠[②]所钟，以温热发为阳焰。此卵或沴[③]厉之气，偶聚于鸡；或鸡多食毒虫，久而蕴结，如毒菌有光之类，亦未可知也。

注释

①郁：积聚。 ②瘴疠：瘴气。 ③沴（lì）：灾害。

从侄虞惇言：闻诸任丘刘宗万曰：有旗人赴任丘催租，适村民夜演剧，观至二鼓乃散。归途酒渴，见树旁茶肆，因系马而入。主人出言火已熄，但冷茶耳。入室良久，捧茶半杯出，色殷红而稠粘，气似微腥。饮尽，更求益。曰："瓶已罄矣，当更觅残剩。须坐此稍待，勿相窥也。"既而久待不出，潜窥门隙，则见悬一裸女子，破其腹，以木撑之，而持杯刮取其血。惶骇退出，乘马急奔。闻后有追索茶钱声，沿途不绝。比至居停，已昏瞀[①]坠仆。居停闻马声，出视，扶掖入。次日乃苏，述其颠末，共往迹之。至系马之处，惟平芜老树，荒冢累累，丛棘上悬一蛇，中裂其腹，横支以草茎而已。

此与裴硎《传奇》载卢涵遇盟器婢子杀蛇为酒事相类。然婢子留宾，意在求偶。此鬼鬻茶胡为耶？鬼所需者冥镪[②]，又向人索钱何为耶？

注释

①罄：尽。 ②瞀（mào）：昏晕。 ③冥镪：纸钱。

田香谷言：景河镇西南有小村，居民三四十家。有邹某者，夜半闻犬声，披衣出视。微月之下，见屋上有一巨人坐。骇极惊呼，邻里并出。稍稍审谛，乃所畜牛昂首而蹲，不知其何以上也。顷刻喧传，男妇皆来看异事。忽一家火发，焰猛风狂，合村几尽为焦土。乃知此为牛祸，兆回禄[①]也。

姚安公曰："时方纳稼，豆秸谷草，堆秫篱茅屋间，衺延相接。农家作苦，家家夜半皆酣眠。突尔遭焚，则此村无噍类[②]矣。天心仁爱，以此牛惊使梦醒也，何反以为妖哉？"

注释

①回禄：火灾。 ②噍（jiào）类：活人。

同郡某孝廉未第时，落拓不羁，多来往青楼中。然倚门者[①]视之，漠然也。惟一妓名椒树者，此妓佚其姓名，此里巷中戏谐之称也。独赏之曰："此君岂长贫贱者哉！"时邀之狎饮，且以夜合资供其读书。比应试，又为捐金治装，且为其家谋薪米。孝廉感之，握臂与盟曰："吾傥得志，必纳汝。"椒树谢曰："所以重君者，怪姊妹惟识富家儿，欲人知脂粉绮罗中，尚有巨眼人耳。至白头之约，则非所敢闻。妾性冶荡，必不能作良家妇。如已执箕帚，仍纵怀风月，君何以堪？如幽闭闺阁，如坐囹圄[2]，妾又何以堪？与其始相欢合，终致仳离[3]，何如各留不尽之情，作长相思哉？”后孝廉为县令，屡招之不赴。中年以后，车马日稀，终未尝一至其署。亦可云奇女子矣。使韩淮阴能知此意，乌有“鸟尽弓藏”之憾哉？

注释

①倚门者：妓女。 ②囹圄（língyǔ）：监狱。 ③仳（pǐ）离：离散。

胶州法南野，飘泊长安，穷愁颇甚。一日于李符千御史座上，言曾于泺口旅舍见二诗。其一曰：“流落江湖十四春，徐娘半老尚风尘。西楼一枕鸳鸯梦，明月窥窗也笑人。”其二曰：“含情不忍诉琵琶，几度低头掠鬓鸦。多谢西川贵公子，肯持红烛赏残花。”不署年月姓名，不知谁作也。余曰：“此君自寓[1]坎坷耳。然五十六字足抵一篇《琵琶行》矣。”

注释

①寓：寄托。

益都李生文渊，南涧弟也，嗜古如南涧，而博辩则过之。不幸夭逝，南涧乞余志其墓，匆匆未果，并其事状失之，至今以为憾也。

一日，在余生云精舍讨论古礼，因举所闻一事曰：博山有书生，夜行林莽间，见贵官坐松下，呼与语。谛视，乃其已故表丈某公也。不得已，近前拜谒，问家事甚悉。生因问：“古称体魄藏于野，而神依于庙主。丈人有家祠，何为在此？”某公曰：“此泥于古不墓祭之文也。夫庙祭地也，主祭位也。神之来格，以是地是位为依归焉耳。如神常居于庙，常附于主，是世世祖妣[1]与子孙，人鬼杂处也。且有庙有主，为有爵禄者言之耳。今一邑一乡之中，能建庙者万家不一二，能立祠者千家不一二，能设主者百家不一二。如神依主而不依墓，是百千亿万贫贱之家，其祖妣皆无依之鬼也。有是理耶？知鬼神之情状者，莫若圣人。明器之礼，自夏后氏以来矣。使神在主而不在墓，则明器当设于庙。乃皆瘗之于墓中，是以器供神而置于神所不至也，圣人顾若是傎[2]耶？卫人之祔离之，殷礼也；鲁人之祔[3]合之，周礼也。孔子善周，使神不在墓，则墓之分合，了无所异，有何善不善耶？《礼》曰：'父殁而不忍读父之书，手泽存焉尔；母亡而不忍用其杯棬，口泽存焉尔。'一物之微，尚且如是。顾以先人体魄，视如无物，而别植数寸之木，曰此吾父吾母之神也，毋乃不知类耶？寺钟将动，且与子别。子今见吾，此后可毋为竖儒所惑矣。"生匆遽起立，东方已白，视之正其墓道前也。

注释

①祖妣（bǐ）：男女祖先。 ②傎：同"颠"，错乱。 ③祔（fù）：合葬。

陈裕斋言：有僦居道观者，与一狐女狎，靡夕不至。忽数日不见，莫测何故。一夜，搴帘含笑入。问其旷隔之由，曰："观中新来一道士，众目曰仙。虑其或有神术，姑暂避之。今夜化形为小鼠，自壁隙潜窥，直大言欺世者耳，故复来也。"问："何以知其无道力？"曰："伪仙伪佛，技[1]止二端：其一故为静默，使人不测。其一故为颠狂，使人疑其有所托。然真静默者，必淳穆安恬，凡矜持者伪也。真托于颠狂者，必游行自在，凡张皇[2]者伪也。此如君辈文士，故为名高，或迂僻冷峭，使人疑为狷；或纵酒骂座，使人疑为狂，同一术耳。此道士张皇甚矣，足知其无能为也。”

时共饮钱稼轩先生家，先生曰：“此狐眼光如镜，然词锋太利，未免不留余地矣。”

注释

①技：伎俩。 ②张皇：神情慌张。

司爨者曹媪，其子僧也。言尝见粤东一宦家到寺营斋，云其妻亡已十九年，一夕，灯下见形曰：“自到黄泉，无时不忆。尚冀君百年之后，得一相见。不意今配入转轮[1]，从此茫茫万古，无复会期。故冒冥司之禁，赂监送者来一取别耳。”其夫骇痛，方欲致词，忽旋风入室卷之去，尚隐隐闻泣声。

故为饭僧礼忏，资来世福也。此夫此妇，可谓两不相负矣。《长恨歌》曰：“但令心如金钿坚，天上人间会相见。”安知不以此一念，又种来世因耶？

注释

①转轮：转世。

《桂苑丛谈》记李卫公以方竹杖赠甘露寺僧，云此竹出大宛国，坚实而正方，节眼须牙，四面对出云云。案方竹，今闽、粤多有，不为异物。大宛即今哈萨克，已隶职方。其地从不产竹，乌有所谓方者哉？又《古今注》载乌孙有青田核，大如六升瓠，空之以盛水，俄而成酒。案[1]乌孙，即今伊犁地，问之额鲁特，皆云无此！又《杜阳杂编》载元载造芸晖堂于私第。芸香，草名也，出于阗国。其香洁白如玉，入土不朽烂，舂之为屑，以涂其壁，故号曰芸晖。于阗即今和阗地，亦未闻此物。惟西域有草名玛努，根似苍术。番僧焚以供佛，颇为珍贵。然色不白，亦不可泥壁。均小说附会之词也。

注释

①案：考查。

黎荇塘言：有少年，其父商于外，久不归。无所约束，因为囊家[①]所诱，博负数百金。囊家议代出金偿众，而勒写鬻宅之券。不得已，从之。虑无以对母妻，遂不返其家，夜入林自缢。

甫结带，闻马蹄隆隆，回顾，乃其父归也。骇问："何以作此计？"度不能隐，以实告。父殊不怒，曰："此亦常事，何至于此！吾此次所得尚可抵。汝自归家，吾自往偿金索券可也。"时囊家博未散，其父突排闼入。本皆相识，一一指呼姓字，先斥其诱引之非，次责以逼迫之过。众错愕无可置词。既而曰："既不肖子写宅券，吾亦难以博诉官。今偿汝金，汝明日分给众人，还我宅券，可乎？"囊家知理屈，愿如命。其父乃解腰缠付囊家，一一验入。得券即就灯焚之，愤然而出。其子还家具食，待至晓不归。至囊家侦探，曰："已焚券去。"方虑有他故。

次日，囊家发箧，乃皆纸铤。金所亲收，众目共睹，无以自白，竟出己囊以偿。颇自疑遇鬼，后旬余，讣音[②]果至，殁已数月矣。

注释

①囊家：设局聚赌抽头取利者。 ②讣（fù）音：报丧的信息、文告。

李樵风言：杭州涌金门外，有渔舟泊神祠下，闻祠中人语嘈杂。既而神诃[1]曰："汝曹野鬼，何辱文士？罪当笞。"又闻辩诉曰："人静月明，诸幽魂暂游水次[2]，稍释羁愁。此二措大独讲学谈诗，刺刺不止。众皆不解，实所厌闻。窃相耳语，微示不满。稍稍引去则有之，非敢有所触犯也。"神默然。少顷，曰："论文雅事，亦当择地择人。先生休矣。"俄而磷火如萤，自祠中出。遥闻吃吃笑不已，四散而去。

注释

①诃：呵斥。 ②水次：水边。

刘燫，沧州人。其母以康熙壬申生，至乾隆壬子，年一百一岁，尚强健善饭。屡逢恩诏，里胥欲为报官支粟帛，辄固辞弗愿。去岁，欲为请旌建坊，亦固辞弗愿。或询其弗愿之故，慨然曰："贫家嫠妇，赋命蹇薄[1]，正以颠连困苦，为神道所怜，得此寿耳。一邀过分之福，则死期至矣。"

此媪所见殊高。计其生平，必无胶胶扰扰[2]分外之营求。宜其恬然冲静，颐养天和，得以葆此长龄矣。

注释

①蹇薄（jiǎnbáo）：命运不好。 ②胶胶扰扰：忙忙碌碌。

卷十二

槐西杂志二

安中宽言：有人独行林莽间，遇二人，似是文士，吟哦而行。一人怀中落一书册，此人拾得。字甚拙涩，波磔[①]皆不甚具，仅可辨识。其中或符箓，或药方，或人家春联，纷糅无绪，亦间有经书古文诗句。展阅未竟，二人遽追来夺去，倏忽不见。疑其狐魅也。一纸条飞落草间，俟其去远，觅得之。上有字曰："《诗经》於字皆音乌，《易经》无字左边无点。"

余谓此借言粗材之好讲文艺者也。然能刻意于是，不愈于饮博游冶乎？使读书人能奖励之，其中必有所成就。乃薄而挥之，斥而笑之，是未思圣人之待互乡、阙党二童子也。讲学家崖岸过峻，使人甘于自暴弃，皆自沽己名，视世道人心如膜外[②]耳。

注释

①波磔：书法的笔画。　②膜外：身外。

景州宁逊公，能以琉璃舂碎调漆，堆为擘窠书，凹凸皴皱，俨若石纹。恒挟技游富贵家，喜索人酒食。或闻燕集[①]，必往搀末席。一日，值吴桥社会，以所作对联匾额往售。至晚，得数金。忽遇十数人邀之，曰："我辈欲君殚一月工，堆字若干，分赠亲友，冀得小津润[2]。今先屈先生一餐，明日奉迎至某所。”宁大喜，随入酒肆，共恣饮啖。至漏下初鼓，主人促闭户。十数人一时不见，座上惟宁一人。无可置辩，乃倾囊偿值，懊恼而归。不知为幻术为狐魅也。李露园曰：“此君自宜食此报。”

注释

①燕集：宴饮聚会。 ②津润：酬谢的财物。

某公眷一娈童，性柔婉，无市井态，亦无恃宠骄纵意。忽泣涕数日，目尽肿。怪诘其故，慨然曰：“吾日日荐枕席，殊不自觉。昨寓中某与某童狎，吾穴隙窃窥，丑难言状，与横陈之女迥殊。因自思吾一男子，而受污如是，悔不可追，故愧愤欲死耳。”某公譬解百方，终怏怏不释，后竟逃去。或曰：“已改易姓名，读书游泮[1]矣。”梅禹金有《青泥莲花记》，若此童者，亦近于青泥莲花欤？

又奴子张凯，初为沧州隶。后夜闻罪人暗泣声，心动辞去，鬻身于先姚安公。年四十余，无子。一日，其妇临蓐，凯愀然曰：“其女乎？”已而果然。问：“何以知之？”曰：“我为隶时，有某控其嫂与邻人张九私。众知其枉，而事涉暧昧，无以代白也。会官遣我拘张九。我禀曰：‘张九初五日以逋[2]赋拘，初八日笞，十五去矣。今不知所往，乞宽其限。’官检征比册，良是，怒某曰：‘初七日张九方押禁，何由至汝嫂室乎？’杖而遣之，其实别一张九，吾借以支吾[3]得免也。去岁，闻此妇死。昨夜梦其向我拜，知其转生为我女也。后此女嫁为贾人妇，凯夫妇老且病，竟赖其孝养以终。杨椒山有《罗刹成佛记》。若此奴者，亦近于罗刹成佛欤？

注释

①泮（pàn）：古代的学校。 ②逋（bū）：拖欠。 ③支吾：搪塞。

冯平宇言：有张四喜者，家贫佣作[①]。流转至万全山中，遇翁妪留治圃。爱其勤苦，以女赘[②]之。越数岁，翁妪言往塞外省长女，四喜亦挈妇他适。久而渐觉其为狐，耻与异类偶，伺其独立，潜弯弧射之，中左股。狐女以手拔矢，一跃直至四喜前，持矢数之曰："君太负心，殊使人恨！虽然，他狐媚人，苟且野合耳。我则父母所命，以礼结婚，有夫妇之义焉。三纲所系，不敢仇君；君既见弃，亦不敢强住聒君。"握四喜之手痛哭，逾数刻，乃蹶然逝。

四喜归，越数载，病死，无棺以敛。狐女忽自外哭入，拜谒姑舅，具述始末。且曰："儿未嫁，故敢来也。"其母感之，詈四喜无良。狐女俯不语。邻妇不平，亦助之詈。狐女瞋视[③]曰："父母詈儿，无不可者。汝奈何对人之妇，詈人之夫！"振衣竟出，莫知所往。去后，于四喜尸旁得白金五两，因得成葬。后四喜父母贫困，往往于盎中箧内无意得钱米，盖亦狐女所致也。

皆谓此狐非惟形化人，心亦化人矣。或又谓狐虽知礼，不至此。殆平宇故撰此事，以愧人之不如者。姚安公曰："平宇虽村叟，而立心笃实[④]，平生无一字虚妄。与之谈，讷讷[⑤]不出口。非能造作语言者也。"

注释

①佣作：受雇为别人劳作。 ②赘：招女婿。 ③瞋（chēn）视：怒视。 ④笃实：忠厚老实。 ⑤讷（nè）讷：说

话迟钝。

卢观察抟吉言：茌平有夫妇相继死，遗一子，甫周岁。兄嫂咸不顾恤[1]，饿将死。忽一少妇排门入，抱儿于怀，詈其兄嫂曰："尔弟夫妇尸骨未寒，汝等何忍心至此！不如以儿付我，犹可觅一生活处也。"挈[2]儿竟出，莫知所终，邻里咸目睹之。有知其事者曰："其弟在日，常昵一狐女。意或不忘旧情，来视遗孤乎?"是亦张四喜妇之亚也。

注释

①顾恤：照顾体贴。 ②挈（qiè）：带着。

乌鲁木齐多狭斜，小楼深巷，方响时闻。自谯鼓初鸣，至寺钟欲动，灯火恒荧荧也。冶荡者惟所欲为，官弗禁，亦弗能禁。有宁夏布商何某，年少美风姿，资累千金，亦不甚吝，而不喜为北里游。惟畜牝豕十余，饲极肥，濯[1]极洁，日闭门而沓淫之。豕亦相摩相倚，如昵其雄。仆隶恒窃窥之，何弗觉也。忽其友乘醉戏诘，乃愧而投井死。迪化厅同知木金泰曰："非我亲鞫是狱，虽司马温公以告我，我弗信也。"余作是地杂诗，有曰："石破天惊事有无，后来好色胜登徒。何郎甘为风情死，才信刘郎爱媚猪。"即咏是事。人之性癖，有至于如此者！乃知以理断天下事，不尽[2]其变；即以情断天下事，亦不尽其变也。

注释

①濯：清洗。 ②尽：穷尽。

张一科，忘其何地人。携妻就食塞外，佣于西商。西商昵其妻，挥金如土，不数载资尽归一科，反寄食其家。妻厌薄之，诟谇使去。一科曰：“微[1]是人，无此日，负之不祥。”坚不可。妻一日持梃逐西商，一科怒詈。妻亦反詈曰：“彼非爱我，昵我色也；我亦非爱彼，利彼财也。以财博色，色已得矣，我原无所负于彼；以色博财，财不继矣，彼亦不能责于我。此而不遣，留之何为？”一科益愤，竟抽刃杀之。先以百金赠西商，而后自首就狱。

又一人忘其姓名，亦携妻出塞。妻病卒，困不能归，且行乞。忽有西商招至肆，赠五十金。怪其太厚，固诘其由。西商密语曰：“我与尔妇最相昵，尔不知也。尔妇垂殁，私以尔托我。我不忍负于死者，故资尔归里。”此人怒掷于地，竟格斗至讼庭。

二事相去不一月。

相国温公，时镇乌鲁木齐。一日，宴僚佐于秀野亭，座间论及。前竹山令陈题桥曰：“一不以贫富易交，一不以死生负约，是虽小人，皆古道可风也。”公颦蹙曰：“古道诚然。然张一科曷[2]可风耶？后杀妻者拟抵，而谳语甚轻；赠金者拟杖，而不云枷示。”公沉思良久，慨然曰：“皆非法也。然人情之薄久矣，有司如是上，即如是可也。”

注释

①微：没有。　②曷：何。

嘉祥曾映华言：一夕秋月澄明，与数友散步场圃外。忽旋风滚滚，自东南来。中有十余鬼，互相牵曳[1]，且殴且詈。尚能辨其一二语，似争朱、陆异同也。门户之祸，乃下彻[2]黄泉乎！

注释

①曳：拉。　②彻：通，到。

“去去复去去，凄恻门前路。行行重行行，辗转犹含情。含情一回首，见我窗前柳。柳北是高楼，珠帘半上钩。昨为楼上女，帘下调鹦鹉。今为墙外人，红泪沾罗巾。墙外与楼上，相去无十丈。云何咫尺间，如隔千重山？悲哉两决绝，从此终天别。别鹤空徘徊，谁念鸣声哀？徘徊日欲晚，决意投身返。手裂湘裙裾，泣寄稿砧书。可怜帛一尺，字字血痕赤。一字一酸吟，旧爱牵人心。君如收覆水，妾罪甘鞭棰。不然死君前，终胜生弃捐。死亦无别语，愿葬君家土。傥化断肠花，犹得生君家。”右见《永乐大典》，题曰《李芳树刺血诗》，不著朝代，亦不详芳树始末。不知为所自作，如窦元妻诗？为时人代作，如焦仲卿妻诗也？世无传本，余校勘《四库》偶见之。爱其缠绵悱恻，无一毫怨怒之意，殆可泣[1]鬼神。令馆吏录出一纸，久而失去。今于役滦阳，检点旧帙，忽于小箧内得之。沉湮数百年，终见于世。岂非贞魂怨魄，精贯三光，有不可磨灭者乎？陆耳山副宪曰：“此诗次[2]韩蕲王孙女诗前，彼在宋末，则芳树必宋人。”以例推之，想当然也。

注释

①泣：使……泣。　②次：次序。

舅氏安公实斋，一夕就寝，闻室外扣门声。问之不答，视之无所见。越数夕，复然。又数夕，他室亦复然。如是者十余度，亦无他故。后村中获一盗，自云我曾入某家十余次，皆以[1]人不睡而返。问其日皆合[2]，始知鬼报盗警也。故瑞不必为祥，妖不必为灾，各视乎其人。

注释

①以：因为。 ②合：符合。

明永乐二年，迁江南大姓实畿辅。始祖椒坡公，自上元徙献县之景城。后子孙繁衍，析居崔庄，在景城东三里。今士人以仕宦科第，多在崔庄，故皆称崔庄纪，举[①]其盛也。而余族则自称景城纪，不忘本也。椒坡公故宅，在景城、崔庄间，兵燹[②]久圮，其址属族叔粢庵家。粢庵从余受经，以乾隆丙子举乡试，拟筑室移居于是。先姚安公为预题一联曰："当年始祖初迁地，此日云孙再造家。"后室不果筑，而姚安公以甲申八月弃诸孤。卜地惟是处吉，因割他田易诸粢庵而葬焉。前联如公自谶也。事皆前定，岂不信哉！

注释

①举：称赞。 ②燹（xiǎn）：野火。

侍姬沈氏，余字之曰明玕。其祖长洲人，流寓[①]河间，其父因家焉。生二女，姬其次也。神思朗澈，殊不类小家女。常私语其姊曰："我不能为田家妇，高门华族，又必不以我为妇，庶几其贵家媵[②]乎？"其母微闻之，竟如其志。性慧黠，平生未尝忤一人。初归余时，拜见马夫人。马夫人曰："闻汝自愿为人媵，媵亦殊不易为。"敛衽[③]对曰："惟不愿为媵，故媵难为耳。既愿为媵，则媵亦何难？"故马夫人始终爱之如娇女。尝语余曰："女子当以四十以前死，人犹悼惜[④]。青裙白发，作孤雏腐鼠，吾不愿也。"亦竟如其志。以辛亥四月二十五日卒，年仅三十。初仅识字，随余检点图籍，久遂粗知文义，亦能以浅语成诗。临终，以小照付其女，口诵一诗，请余书之。曰："三十年来梦一场，遗容手付女收藏。他时话我生平事，认取姑苏沈五娘。"泊然而逝。

方病剧时，余以侍值圆明园，宿海淀槐西老屋。一夕，恍惚两梦之，以为结念所致耳。既而知其是夕晕绝，移二时乃苏，语其母曰："适梦至海淀寓所，有大声如雷霆，因而惊醒。"余忆是夕，果壁上挂瓶绳断堕地，始悟其生魂果至矣。故题其遗照有曰："几分相似几分非，可是香魂月下归。春梦无痕时一瞥，最关情处在依稀。"又曰："到死春蚕尚有丝，离魂倩女不须疑。一声惊破梨花梦，恰记铜瓶坠地时。"即记此事也。

注释

①流寓：流落在异乡居住。 ②媵（yìng）：古代贵族妇女出嫁时随嫁的人或物品。 ③衽（rèn）：衣襟。 ④悼惜：哀悼，惋惜。

相去数千里，以燕赵之人，谈滇黔之俗，而谓居是土者，不如吾所知之确，然耶否耶？晚出数十年，以髫龀[①]之子，论耆旧之事，而曰见其人者，不如吾所知之确，然耶否耶？左丘明身为鲁史，亲见圣人，其于《春秋》，确有源委。至唐中叶，陆淳辈始持异论，宋孙复以后，哄然佐斗，诸说争鸣，皆曰左氏不可信，吾说可信。何以异于是耶？

盖汉儒之学务实，宋儒则近名。不出新义，则不能耸听；不排旧说，则不能出新义。诸经训诂，皆可以口辩相争，惟《春秋》事迹厘然[②]，难于变乱。于是谓左氏为楚人，为七国初人，为秦人，而身为鲁史，亲见圣人之说摇。既非身为鲁史，亲见圣人，则传中事迹，皆不足据，而后可惟所欲言矣。沿及宋季，赵鹏飞作《春秋经筌》，至不知成风为僖公生母，尚可与论名分、定褒贬乎？

元程端学推波助澜，尤为悍戾。偶在五云多处即原心亭检校端学《春秋解》，周编修书昌因言：有士人得此书，珍为鸿宝。一日，与友人游泰山，偶谈经义，极称其论叔姬归酅一事，推阐至精。夜梦一古妆女子，仪卫尊严，厉色诘之曰："武王元女，实主东岳。上帝以我艰难完节，接迹共姜，俾隶太姬为贵神，今二千余年矣。昨尔述竖儒之说，谓我归酅为淫于纪季，虚辞诬诋，实所痛心。我隐公七年归纪，庄公二十年归酅，相距三十四年，已在五旬以外矣。以斑白之嫠妇，何由知季必悦我？越国相从，《春秋》之法，非诸侯夫人不书，亦如非卿不书也。我待年之媵，例不登诸简策，徒以矢心不二，故仲尼有是特笔。程端学何所以凭而造此暧昧之谤耶？尔再妄传，当脔[3]尔舌！"命从神以骨朵击之，狂叫而醒，遂毁其书。

余戏谓书昌曰："君耽宋学，乃作此言。"书昌曰："我取其所长，而不敢讳所短也。"是真持平之论矣。

注释

①髫龀（tiáochèn）：幼年。 ②厘然：有条理。 ③脔：切肉成块。

杨令公祠在古北口内，祀宋将杨业。顾亭林《昌平山水记》，据《宋史》谓业战长城北口，当在云中，非古北口也。考王曾《行程录》，已云古北口内有业祠。盖辽人重[1]业之忠勇，为之立庙。辽人亲与业战，曾奉使时，距业仅数十年，岂均不知业殁于何地？《宋史》则元季[2]托克托所修，托克托旧作脱脱，盖译音未审。今从《三史国语解》。距业远矣，似未可据后驳前也。

注释

①重：尊重。 ②元季：元代末年。

余校勘秘籍，凡四至避暑山庄。丁未以冬，戊申以秋，己酉以夏，壬子以春，四时之胜胥览焉。每泛舟至文津阁，山容水意，皆出天然；树色泉声，都非尘境。阴晴朝暮，千态万状，虽一鸟一花，亦皆入画。其尤异者，细草沿坡带谷，皆茸茸如绿罽[①]，高不数寸，齐如裁剪，无一茎参差长短者，苑丁谓之规矩草。出宫墙才数步，即鬖髿[②]滋蔓矣。岂非天生嘉卉，以待宸[③]游哉！

注释

①罽（jì）：地毯。 ②鬖髿（sānsuō）：草木枝叶下垂貌。③宸：北极星所在，借指帝王。

李又聃先生言：有张子克者，授徒村落，岑寂寡俦[①]。偶散步场圃间，遇一士，甚温雅。各道姓名，颇相款洽。自云家住近村，里巷无可共语者，得君如空谷之足音也。因共至塾，见童子方读《孝经》，问张曰："此书有今文古文，以何为是?"张曰："司马贞言之详矣。近读《吕氏春秋》，见《审微》篇中引诸侯一章，乃是今文。七国时人所见如是，何处更有古文乎?"其人喜曰："君真读书人也。"自是屡至塾。张欲报谒，辄谢以贫无栖止，夫妇赁住一破屋，无地延客。张亦遂止。

一夕，忽问："君畏鬼乎?"张曰："人未离形之鬼，鬼已离形之人耳，虽未见之，然觉无可畏。"其人恧然[②]曰："君既不畏，我不欺君，身即是鬼。以生为士族，不能逐焰口争钱米，叨为气类，求君一饭可乎？”张契分既深，亦无疑惧，即为具食，且邀使数来。考论图籍，殊有端委。偶论太极无极之旨，其人怫然曰：“于传有之：‘天道远，人事迩。’《六经》所论皆人事，即《易》阐阴阳，亦以天道明人事也。舍人事而言天道，已为虚杳，又推及先天之先，空言聚讼，安用此为？谓君留心古义，故就君求食，君所见乃如此乎？”拂衣竟起，倏已影灭。再于相遇处候之，不复睹矣。

注释

①俦（chóu）：伴侣。 ②恧（nǜ）然：惭愧貌。

余督学闽中时，院吏言：雍正中，学使有一姬堕楼死。不闻有他故，以为偶失足也。久而有泄其事者，曰：“姬本山东人，年十四五，嫁一窭人[①]子。数月矣，夫妇甚相得，形影不离。会岁饥，不能自活，其姑卖诸贩鬻妇女者。与其夫相抱，泣彻夜，啮臂为志而别。夫念之不置[②]，沿途乞食，兼程追及贩鬻者。潜随至京师，时于车中一觌面。幼年怯懦，惧遭诃詈，不敢近，相视挥涕而已。既入官媒家，时时候于门侧。偶得一睹，彼此约勿死，冀天上人间，终一相见也。后闻为学使所纳，因投身为其幕友仆，共至闽中。然内外隔绝，无由通问，其妇不知也。一日病死，妇闻婢媪道其姓名、籍贯、形状[③]、年齿，始知之。时方坐笔捧楼上，凝立良久，忽对众备言始末，长号数声，奋身投下死。学使讳言之，故其事不传。然实无可讳[④]也。”

大抵女子殉夫，其故有二：一则楷柱纲常，宁死不辱。此本乎礼教者也。一则忍耻偷生，苟延一息，冀乐昌破镜，再得重圆。至望绝势穷，然后一死以明志。此生于情感者也。此女不死于贩鬻之手，不死于媒氏之家，至玉玷花残，得故夫凶问而后死，诚为太晚，然其死志则久定矣。特私爱缠绵，不能自割。彼其意中，固不以当死不死为负夫之恩，直以可待不待为辜夫之望。哀其遇，悲其志，惜其用情之误，则可矣。必执《春秋》大义，责不读书之儿女，岂与人为善之道哉！

注释

①窭（jù）人：穷人。 ②不置：舍不得。 ③形状：外貌。 ④讳：避讳。

壬申七月，小集宋蒙泉家，偶谈狐事。聂松岩曰："贵族有一事，君知之乎？曩以乡试在济南，闻有纪生者，忘其为寿光为胶州也。尝暮遇女子独行，泥泞颠蹶[①]，倩[②]之扶掖。念此必狐女，姑试与昵，亦足以知妖魅之情状。因语之曰："我识尔，尔勿诳我。然得妇如尔，亦自佳。人静后，可诣书斋，勿在此相调，徒多迂折。"女子笑而去，夜半果至。狎媟者数夕，觉渐为所惑，因拒使勿来。狐女怨詈，不肯去。生正色曰："勿如是也。男女之事，权在于男。男求女，女不愿，尚可以强暴得；女求男，男不愿，则心如寒铁，虽强暴亦无所用之。况尔为盗我精气来，非以情合，我不为负尔情。尔阅人多矣，难以节言，我亦不为堕[③]尔节。始乱终弃，君子所恶，为人言之，不为尔曹言之也。尔何必恋恋于此，徒为无益？"狐女竟词穷而去。乃知一受蛊惑，缠绵至死，符箓不能驱遣者，终由情欲牵连，不能自割耳。使泊然不动，彼何所取而不去哉？

注释

①颠踬：跌倒。 ②倩：请，央求。 ③堕：同“隳”，毁坏。

法南野又说一事曰：里有恶少数人，闻某氏荒冢有狐，能化形媚人。夜携罝罟[①]布穴口，果掩得二牝狐。防其变幻，急以锥刺其髀，贯之以索，操刃胁之曰：“尔果能化形为人，为我辈行酒，则贷尔命。否则立磔[②]尔！”二狐嗥叫跳掷，如不解者。恶少怒，刺杀其一。其一乃人语曰：“我无衣履，及化形为人，成何状耶？”又以刃拟颈，乃宛转成一好女子，裸无寸缕。众大喜，迭肆无礼，复拥使侑觞[③]，而始终掣索不释手。狐妮妮软语，祈求解索。甫一脱手，已瞥然逝。归未到门，遥见火光，则数家皆焦土，杀狐者一女焚焉，知狐之相报也。狐不扰人，人乃扰狐，多行不义，其及也宜哉！

注释

①罝罟（jūgǔ）：捕兽的网。 ②磔（zhé）：分裂肢体。 ③侑觞（yòushāng）：劝酒佐助饮兴。

田白岩说一事曰：某继室少艾，为狐所媚，劾治无验。后有高行道士，檄神将缚至坛，责令供状。佥[①]闻狐语曰：“我豫产也，偶挞妇，妇潜窜至此，与某昵。我衔之次骨，是以报。”某忆幼时果有此，然十余年矣。道士曰：“结恨既深，自宜即报，何迟迟至今？得无刺[②]知此事，假借藉口耶？”曰：“彼前妇贞女也，惧干天罚，不敢近。此妇轻佻，乃得诱狎。因果相偿，鬼神弗罪，师又何责焉？”道士沉思良久，曰：“某昵尔妇几日？”曰：“一年余。”“尔昵此妇几日？”曰：“三年余。”道士怒曰：“报之过当，曲[3]又在尔。不去，且檄尔付雷部。”狐乃服罪去。

清远先生蒙泉之父曰：“此可见邪正之念，妖魅皆得知；报施之理，鬼神弗能夺也。”

注释

①佥（qiān）：众人，大家。 ②刺：打探。 ③曲：理亏。

清远先生亦说一事曰：朱某一婢，粗材也。稍长，渐慧黠，眉目亦渐秀媚，因纳为妾。颇有心计，摒挡[1]井井。米盐琐屑，家人纤毫不敢欺，欺则必败。又善居积，凡所贩鬻，来岁价必贵。朱以渐裕，宠之专房。

一日，忽谓朱曰：“君知我为谁?”朱笑曰：“尔颠耶?”因戏举其小名，曰：“尔非某耶?”曰：“非也。某逃去久矣，今为某地某人妇，生子已七八岁。我本狐女，君九世前为巨商，我为司会计。君遇我厚，而我干没[2]君三千余金，冥谪堕狐身。炼形数百年，幸得成道。然坐此负累，终不得升仙。故因此婢之逃，幻其貌以事君。计十余年来，所入足以敌所逋，今尸解去矣。我去之后，必现狐形，君可付某仆埋之。彼必裂尸而取革，君勿罪彼。彼四世前为饿殍时，我未成道，曾啖其尸。听彼碎磔我，庶冤可散也。”俄化狐仆地，有好女长数寸，出顶上，冉冉去，其貌则别一人矣。朱不忍而自埋之，卒为此仆窃发，剥卖其皮。朱知为夙业[3]，浩叹而已。

注释

①摒挡：收拾料理，筹措。 ②干没：侵吞。 ③夙业：前世的冤业。

从孙树棂言：高川贺某，家贫甚。逼除夕，无以卒岁，诣亲串借贷，无所得，仅沽酒款之。贺抑郁无聊，姑浇块垒，遂大醉而归。时已昏夜，遇老翁负一囊，蹩躠[①]不进，约贺为肩至高川，酬以雇值。贺诺之。其囊甚重，贺私念方无度岁资，若攘夺[②]而逸[③]，龙钟疲叟，必不能追及。遂尽力疾趋，翁自后追呼，不应。狂奔七八里，甫得至家，掩门急入。呼灯视之，乃新斫[④]杨木一段，重三十余斤，方知为鬼所弄。殆其贪狡之性，久为鬼恶，故乘其窘而侮之。不然，则来往者多，何独戏贺？是时未见可欲，尚未生盗心，何已中途相待欤？

注释

①蹩躠：行走缓慢的样子。 ②攘夺：夺取，掠夺。
③逸：逃跑。 ④斫：砍伐。

树棂又言：垛庄张子仪，性嗜饮。年五十余，以寒疾卒，将敛矣，忽苏曰："我病愈矣。顷[①]至冥司，见贮酒巨瓮三，皆题'张子仪封'字。其一已启封，尚存半瓮。是必皆我之食料，须饮尽方死耳。"既而果愈，复纵饮二十余年。一日，谓所亲曰："我其[②]将死乎？昨又梦至冥司，见三瓮酒俱尽矣。"越数日，果无疾而卒。然则《补录纪传》载李卫公食羊之说，信有之乎？

注释

①顷：刚才。 ②其：大概。

宝坻王孝廉锦堂言：宝坻旧城圮坏，水啮雨穿，多成洞穴，妖物遂窟宅其中。后修城时，毁其旧垣，失所凭依，遂散处空宅古寺，四出祟人，男女多为所媚。

忽来一道士，教人取黑豆四十九粒，持咒炼七日。以击妖物，应手死。锦堂家多空屋，遂为所据，一仆妇亦为所媚。以道人所炼豆击之，忽风声大作，似有多人喧呼曰："太夫人被创死矣。"趋视，见一巨蛇，豆所伤处，如铳炮铅丸所中。因问道士："凡媚女者必男妖，此蛇何呼太夫人?"道士曰："此雌蛇也。蛇之媚人，其首尾皆可以翕[①]精气，不必定相交接也。"旋有人但闻风声，即似梦魇，觉有吸其精者，精即涌溢，则道士之言信矣。又一人突见妖物，豆在纸裹中，猝不及解，并纸掷之，妖物亦负创遁。又一人为女妖所媚，或授以豆，耽其色美，不肯击，竟以陨身。

夫妖物之为祟，事所恒有。至一时群聚而肆毒[②]，则非常之恶，天道所不容矣。此道士不先不后，适以是时来，或亦神所假手欤?

注释

①翕（xī）：吸。 ②肆毒：任意残害。

某侍郎夫人卒，盖棺以后，方陈祭祀，忽一白鸽飞入帏，寻视无睹。俶扰[①]间，烟焰自棺中涌出，连甍[②]累栋，顷刻并焚。闻其生时，御下严，凡买女奴，成券入门后，必引使长跪，先告戒数百语，谓之教导。教导后，即褫[③]衣反接，挞百鞭，谓之试刑。或转侧，或呼号，挞弥甚。挞至不言不动，格格然如击木石，始谓之知畏，然后驱使。安州陈宗伯夫人，先太夫人姨也，曾至其家，常曰其僮仆婢媪，行列进退，虽大将练兵，无如是之整齐也。

又余常至一亲串家，丈人行也，入其内室，见门左右悬二鞭，穗皆有血迹，柄皆光泽可鉴。闻其每将就寝，诸婢一一缚于凳，然后覆之以衾，防其私遁或自戕也。后死时，两股疽溃露骨，一若杖痕。

注释

①俶（chù）扰：吵闹忙乱。 ②甍（méng）：屋脊。 ③褫（chǐ）：脱下。

刑曹案牍，多被殴后以伤风死者。在保辜[①]限内，于律不能不拟抵。吕太常含晖，尝刊秘方：以荆芥、黄蜡、鱼鳔三味，鱼鳔炒黄色。各五钱，艾叶三片，入无灰酒一碗，重汤煮一炷香，热饮之，汗出立愈。惟百日以内，不得食鸡肉。后其子慕堂，登庚午贤书，人以为刊方之报也。

注释

①保辜：古代刑律规定，凡打人致伤，官府视情节立下期限，责令被告为伤者治疗。如伤者在期限内因伤致死，以死罪论，不死，以伤人论。

《酉阳杂俎》载骰子咒曰："伊帝弥帝，弥揭罗帝。"诵至十万遍，则六子皆随乎而转。试之，或验或不验。余谓此犹诵驴字治病耳。大抵精神所聚，气机应之；气机所感，鬼神通之。所谓"至诚则金石为开"也。笃[①]信之则诚，诚则必动；姑试之则不诚，不诚则不动。凡持炼之术，莫不如是，非独此咒为然矣。

注释

①笃：忠实，一心一意。

旧仆兰桂言：初至京师，随人住福清会馆，门以外皆丛冢也。一夜月黑，闻汹汹喧呶[①]声，哭泣声，又有数人劝谕声。念此地无人，是必鬼斗。自门隙窃窥，无所睹。屏息谛听，移数刻，乃一人迁其妇柩，误取他家柩去。妇故有夫，葬亦相近，谓妇为此人所劫，当以此人妇相抵，妇不从而诟争也。会逻者鸣金过，乃寂无声。不知其作何究竟，又不知此误取之妇，他年合窆[②]，又作何究竟也。然则谓鬼附主而不附墓，其不然乎？

注释

①喧呶（náo）：声音嘈杂，喧闹。　②窆（biǎn）：下葬。

虞惇有佃户孙某，善鸟铳，所击无不中。尝见一黄鹂，命取之。孙启曰："取生者耶？死者耶？"问："铁丸冲击，安能预决其生死？"曰："取死者，直中之耳；取生者，则惊使飞而击其翼。"命取生者，举手铳发，黄鹂果堕。视之，一翼折矣，其精巧如此。适一人能诵放生咒，与约曰："我诵咒三遍，尔百击不中也。"试之果然。后屡试之，无不验。然其词鄙俚，殆可笑噱[①]，不识何以能禁制。又凡所闻禁制诸咒，其鄙俚大抵皆似此，而实皆有验，均不测其所以然也。

注释

①噱（jué）：大笑。

蔡葛山先生曰：吾校《四库》书，坐讹[①]字夺俸者数矣，惟一事深得校书力。吾一幼孙，偶吞铁钉，医以朴硝等药攻之，不下，日渐尫弱[②]。后校《苏沈良方》，见有小儿吞铁物方，云剥新炭皮研为末，调粥三碗，与小儿食，其铁自下。依方试之，果炭屑裹铁钉而出，乃知杂书亦有用也。此书世无传本，惟《永乐大典》收其全部。余领书局时，属王史亭排纂[3]成帙。苏沈者，苏东坡、沈存中也。二公皆好讲医药，宋人集其所论，为此书云。

注释

①讹：错误。 ②尪（wāng）弱：衰弱。 ③纂（zuǎn）：编撰，编辑。

叶守甫，德州老医也。往来余家，余幼时犹及见之。忆其与先姚安公言：常从平原诣海丰，夜行失道，仆从皆迷。风雨将至，四无村墟，望有废寺，往投暂避。寺门虚掩，而门扉隐隐有白粉大书字。敲火视之，则“此寺多鬼，行人勿住”二语也。进退无路，乃推门再拜曰：“过客遇雨，求神庇荫。雨止即行，不敢久稽[1]。”闻承尘板上语曰：“感君有礼，但今日大醉，不能见客，奈何！君可就东壁坐，西壁蝎窟，恐遭其螫。渴勿饮檐溜[2]，恐有蛇涎。殿后酸梨已熟，可摘食也。”毛发植立，噤不敢语，雨稍止，即惶遽拜谢出，如脱虎口焉。

姚安公曰：“题门榜示，必伤人多矣。而君得无恙，且得其委曲告语。盖以礼自处，无不可以礼服者；以诚相感，无不可以诚动者。虽异类无间也。君非惟老于医，抑亦老于涉世矣。”

注释

①稽：停留。 ②檐溜：檐沟流下的水。

朱导江言：新泰一书生，赴省乡试。去济南尚半日程，与数友乘凉早行。黑暗中有二驴追逐行，互相先后，不以为意也。稍辨色后，知为二妇人。既而审视，乃一妪，年约五六十，肥而黑；一少妇，年约二十，甚有姿首。书生频目之，少妇忽回顾失声曰：“是几兄耶？”生错愕不知所对。少妇曰：“我即某氏表妹也。我家法中表兄妹不相见，故兄不识妹。妹则尝于帘隙窥兄，故相识也。”书生忆原有表妹嫁济南，因相款语。问：“早行何适？”曰：“昨与妹婿往问舅母疾，本拟即日返。舅母有讼事，浼[①]妹婿入京，不能即归。妹早归为治[②]装也。”流目送盼，情态嫣然，且微露十余岁时一见相悦意。书生心微动，至路歧，邀至家，具一饭。欣然从之，约同行者晚在某所候。至钟动不来，次日亦无耗[③]。往昨别处，循歧路寻之，得其驴于野田中，鞍尚未解。遍物色村落间，绝无知此二妇者。再询，访得其表妹家，则表妹殁已半年余。其为鬼所惑，怪所啖，抑或为盗所诱，均不可知，而此人遂长已矣。此亦足为少年佻薄者戒也。

时方可村在座，言游秦陇时，闻一事与此相类。后有合窆于妻墓者，启圹，则有男子尸在焉。不知地下双魂，作何相见。焦氏《易林》曰：“两夫共妻，莫适为雌。”若为此占矣。戴东原亦在座，曰：“《后汉书》尚有三夫共妻事，君何见不广耶?”余戏曰：“二君勿喧，山阴公主面首三十人，独忘之欤？然彼皆不畏其夫者。此鬼私藏少年，不虑及后来之合窆，未免纵欲忘患耳。”东原喟然曰：“纵欲忘患，独此鬼也哉?”

注释

①浼（měi）：恳托。 ②治：收拾，整理。 ③耗：消息。

杂说称娈童始黄帝，钱詹事辛楣如此说。辛楣能举其书名，今忘之矣。殆出依托。比顽童始见《商书》，然出梅赜伪古文，亦不足据。《逸周书》称“美男破老”，殆指是乎?《周礼》有不男之讼，注谓天阉不能御女者。然自古及今，未有以不能御女成讼者。经文简质，疑其亦指此事也。

凡女子淫佚，发乎情欲之自然。娈童则本无是心，皆幼而受绐，或势劫利饵耳。相传某巨室喜狎狡童，而患其或愧拒，乃多买端丽小儿未过十岁者，与诸童媟戏时，使执烛侍侧，种种淫状，久而见惯，视若当然。过三数年，稍长可御，皆顺流之舟矣。有所供养僧规之曰："此事世所恒有，不能禁檀越不为，然因其自愿。譬诸挟[1]妓，其过尚轻；若处心积虑，凿[2]赤子之天真，则恐干神怒。"某不能从，后卒罹祸。夫术取者造物所忌，况此事而以术取哉！

注释

①挟：带着。 ②凿：挖掘。这里指摧残。

东光有王莽河，即胡苏河也。旱则涸，水则涨，每病涉焉。外舅马公周箓言：雍正末，有丐妇一手抱儿，一手扶病姑涉此水。至中流，姑蹶而仆。妇弃儿于水，努力负姑出。姑大诟曰："我已七十老妪，死何害？张氏数世，待此儿延香火，尔胡弃儿以拯我，斩祖宗之祀者尔也？"妇泣不敢语，长跪而已。越两日，姑竟以哭孙不食死。妇呜咽不成声，痴坐数日，亦立槁。不知其何许人，但于其姑詈妇时，知为姓张耳。

有著论者，谓儿与姑较，则姑重；姑与祖宗较，则祖宗重。使妇或有夫，或尚有兄弟，则弃儿是。既两世穷嫠[1]，止一线之孤子，则姑所责者是。妇虽死有余悔焉。姚安公曰："讲学家责人无已时。夫急流汹涌，少纵即逝。此岂能深思长计时哉？势不两全，弃儿救姑，此天理之正，而人心之所安也。使姑死而儿存，终身宁不耿耿[2]耶？不又有责以爱儿弃姑者耶？且儿方提抱，育不育未可知，使姑死而儿又不育，悔更何如耶？此妇所为，超出恒情已万万。不幸而其姑自殒，以死殉之，其亦可哀矣。犹沾沾焉而动其喙，以为精义之学，毋乃白骨衔冤，黄泉赍[3]恨乎！孙复作《春秋尊王发微》，二百四十年内，有贬无褒。胡致堂作《读史管见》，三代以下无完人。辨则辨矣，非吾之所欲闻也。”

注释

①嫠：寡妇。 ②耿耿：心中挂怀。 ③赍：怀着。

郭石洲言：朱明经静园，与一狐友。一日，饮静园家，大醉，睡花下。醒而静园问之曰：“吾闻贵族醉后多变形，故以衾覆君而自守之。君竟不变，何也？”曰：“此视道力之深浅矣。道力浅者能化形幻形耳，故醉则变，睡则变，仓皇惊怖则变。道力深者能脱形，犹仙家之尸解，已归人道；人其本形矣，何变之有？”

静园欲从之学道。曰：“公不能也。凡修道人易而物难，人气纯，物气驳也；成道物易而人难，物心一[1]，人心杂也。炼形者先炼气，炼气者先炼心，所谓志，气之帅也。心定则气聚而形固，心摇则气涣而形萎。广成子之告黄帝，乃道家之秘要，非庄叟寓言也。深岩幽谷，不见不闻，惟凝神导引，与天地阴阳，往来消息，阅百年如一日，人能之乎？”朱乃止。

因忆丁卯同年某御史，尝问所昵伶人曰：“尔辈多矣，尔独擅场[2]，何也？”曰：“吾曹以其身为女，必并化其心为女，而后柔情媚态，见者意消。如男心一线犹存，则必有一线不似女，乌能争蛾眉曼睩[3]之宠哉？若夫登场演剧，为贞女则正心，虽笑谑亦不失其贞；为淫女则荡其心，虽庄坐亦不掩其淫；为贵女则尊重其心，虽微服而贵气存；为贱女则敛抑其心，虽盛妆而贱态在；为贤女则柔婉其心，虽怒甚无遽色；为悍女则拗戾其心，虽理诎无巽[4]词。其他喜怒哀乐，恩怨爱憎，一一设身处地，不以为戏而以为真，人视之竟如真矣。他人行女事而不能存女心，作种种女状而不能有种种女心，此我所以独擅场也。”

李玉典曰：“此语猥亵不足道，而其理至精。此事虽小，而可以喻大。天下未有心不在是事，而是事能诣极者，亦未有心心在是事，而是事不诣极者。心心在一艺，其艺必工；心心在一职，其职必举。小而僚之丸、扁之轮，大而皋、夔、契之营四海，其理一而已矣。此与炼气炼心之说，可互相发明[5]也。”

注释

①一：单纯。②擅场：压倒全场。指技艺高超出众。③曼睩：明眸，善睐。④巽（xùn）：谦恭。⑤发明：证明，印证。

石洲又言：一书生家有园亭，夜雨独坐。忽一女子搴[1]帘入，自云家在墙外，窥宋已久，今冒雨相就。书生曰：“雨猛如是，尔衣履不濡，何也？”女词穷，自承为狐。问：“此间少年多矣，何独就我？”曰：“前缘。”问：“此缘谁所记载？谁所管领？又谁以告尔？尔前生何人？我前生何人？其结缘以何事？在何代何年？请道其详。”狐仓卒不能对，嗫嚅久之，曰：“子千百日不坐此，今适坐此；我见千百人不相悦，独见君相悦。其为前缘审矣，请勿拒。”书生曰：“有前缘者必相悦。吾方坐此，尔适自来，而吾漠然心不动，则无缘审矣。请勿留。”

女趑趄[2]间，闻窗外呼曰："婢子不解事，何必定觅此木强人？"女子举袖一挥，灭灯而去。或云是汤文正公少年事。余谓狐魅岂敢近汤公？当是曾有此事，附会于公耳。

注释

①搴（qiān）：撩起。 ②趑趄（zījū）：欲行又止，犹豫不决的样子。

乌鲁木齐多野牛，似常牛而高大，千百为群，角利如矛矟[1]。其行以强壮者居前，弱小者居后。自前击之，则驰突奋触，铳炮不能御，虽百炼健卒，不能成列合围也。自后掠[2]之，则绝不反顾。中推一最巨者，如蜂之有王，随之行止。尝有一为首者，失足落深涧，群牛俱随之投入，重叠殪[3]焉。又有野骡野马，亦作队行，而不似野牛之悍暴。见人辄奔，其状真骡真马也。惟被以鞍勒，则伏不能起。然时有背带鞍花者，鞍所磨伤之处，创愈则毛作白色，谓之鞍花。又有蹄嵌蹄铁者，或曰山神之所乘，莫测其故。久而知为家畜骡马逸入山中，久而化为野物，与之同群耳。骡肉肥脆可食，马则未见食之者。又有野羊，《汉书·西域传》所谓羱羊也，食之与常羊无异。又有野猪，猛鸷亚于野牛，毛革至坚，枪矢弗能入，其牙铦[4]于利刃，马足触之皆中断。吉木萨山中有老猪，其巨如牛，人近之，辄被伤。常率其族数百，夜出暴禾稼。参领额尔赫图牵七犬入山猎，猝与遇。七犬立为所啖，复厉齿向人。鞭马狂奔，乃免。余拟植木为栅，伏巨炮其中，伺其出击之。或曰："傥[5]击不中，则其牙拔栅如拉朽，栅中人危矣。"余乃止。又有野驼，止一峰，脔之极肥美。杜甫《丽人行》所谓"紫驼之峰出翠釜"，当即指此。今人以双峰之驼为八珍之一，失其实矣。

注释

①矟（shuò）：同“槊”，长矛。 ②掠：攻打。 ③殪（yì）：死。 ④铦（xiān）：锋利。 ⑤倘：假如。

景城之北，有横冈坡陀，形家谓余家祖茔之来龙。其地属姜氏。明末，姜氏妒余族之盛，建真武祠于上，以厌胜之。崇祯壬午兵燹，余家不绝如线。后祠渐圮，余族乃渐振，祠圮尽而复盛焉。其地今鬻于从侄信夫。时乡中故老已稀，不知旧事，误建土神祠于上，又稍稍不靖。余知之，急属信夫迁去，始安。

相地之说，或以为有，或以为无。余谓刘向校书，已列此术为一家，安得谓之全无？但地师所学必不精，又或缘以为奸利，所言尤不足据，不宜溺信之耳。若其凿然有验者，固未可诬也。

《象经》始见《庾开府集》，然所言与今法不相符。《太平广记》载棋子为怪事，所言略近今法，而亦不同。北人喜为此戏，或有耽之忘寝食者。景城真武祠未圮时，中一道士酷好此。因共以“棋道士”呼之，其本姓名乃转隐。一日，从兄方洲入所居，见几上置一局，止三十一子。疑其外出，坐以相待。忽闻窗外喘息声，视之，乃二人四手相持，共夺一子，力竭并踣也，癖嗜乃至于此。南人则多嗜弈，亦颇有废时失事者。从兄坦居言：丁卯乡试，见场中有二士，画号板为局，拾碎炭为黑子，剔碎石灰块为白子，对著不止，竟俱曳白而出。

夫消闲遣日，原不妨偶一为之；以此为得失喜怒，则可以不必。东坡诗曰：“胜固欣然，败亦可喜。”荆公诗曰：“战罢两奁收白黑，一枰何处有亏成？”二公皆有胜心者，迹其生平，未能自践此言，然其言则可深思矣。

辛卯冬，有以《八仙对弈图》求题者，画为韩湘、何仙姑对局，五仙旁观，而铁拐李枕一壶卢睡。余为题曰：“八十年来阅宦途，此心久似水中凫。如何才踏春明路，又看仙人对弈图。”“局中局外两沉吟，犹是人间胜负心。那似顽仙痴不省，春风蝴蝶睡乡深。”今老矣，自迹生平，亦未能践斯言，盖言则易耳。

明天启中，西洋人艾儒略作《西学》，凡一卷。言其国建学育才之法，凡分六科：勒铎理加者，文科也；斐录所费亚者，理科也；默弟济纳者，医科也；勒斯义者，法科也；加诺搦斯者，教科也；陡禄日亚者，道科也。其教授各有次第，大抵从文入理，而理为之纲。文科如中国之小学，理科如中国之大学，医科、法科、教科皆其事业，道科则彼法中所谓尽性至命之极也。其致力亦以格物穷理为要，以明体达用为功，与儒学次序略似。特所格之物，皆器数之末；所穷之理，又支离怪诞而不可诘。是所以为异学耳。

末附《唐碑》一篇，明其教之久入中国。碑称贞观十二年，大秦国阿罗木远将经像来献，即于义宁坊敕造大秦寺一所，度僧二十一人云云。考《西溪丛语》，贞观五年，有传法穆护何禄，将袄教诣阙奏闻。敕令长安崇化坊立袄寺，号大秦寺，又名波斯寺。至天宝四年七月，敕波斯经教，出自大秦，传习而来，久行中国。爰初建寺，因以为名。将以示人，必循其本，其两京波斯寺，并宜改为大秦寺。天下诸州县有者准此。《册府元龟》载：开元七年，吐火罗鬼王上表，献解天文人大慕阁，智慧幽深，问无不知，伏乞天恩唤取问诸教法。知其人有如此之艺能。请置一法堂，依本教供养。段成式《酉阳杂俎》载：孝亿国界三千余里，举俗事祆，不识佛法。有祆祠三千余所。又载德建国乌浒河中有火祆寺，相传其神本自波斯国来，祠内无像，于大屋下作小庐舍向西，人向东礼神。有一铜马，国人言自天而下。据此数说，则西洋人即所谓波斯，天主即所谓祆神，中国具有纪载，不但此碑也。又杜预注《左传》“次睢之社”曰：“睢受汴，东经陈留，是谯彭城入泗。此水次有祆神，皆社祠之。”顾野王《玉篇》亦有“祆”字，音阿怜切，注为祆神。徐铉据以增入《说文》。宋敏求《东京记》载宁远坊有祆神庙。注曰：“《四夷朝贡图》云：‘康国有神名祆毕，国有火祆祠，或传石勒时立此。”是祆教其来已久，亦不始于唐。岳珂《桯史》记番禺海獠，其最豪者号白番人。本占城之贵人，留中国以通往来之货。屋室侈靡逾制。性尚鬼而好洁，平居终日，相与膜拜祈福。有堂焉以祀，如中国之佛，而实无像设，称为聱牙。亦莫能晓，竟不知为何神。有碑高袤数丈，上皆刻异书如篆籀，是为像主，拜者皆向之。是祆教至宋之末年，尚由贾舶达广州。而利玛窦之初来，乃诧为亘古未有。艾儒略既援《唐碑》以自证，其为祆教更无疑义。

乃当时无一人援据古事，以决源流。盖明自万历以后，儒者早年攻八比，晚年讲心学，即尽一生之能事，故征实之学全荒也。

田氏姊言：赵庄一佃户，夫妇甚相得。一旦，妇微闻夫有外遇，未确也。妇故柔婉，亦不甚愠[1]，但戏语其夫：“尔不爱我而爱彼，吾且缢矣。”次日，馌[②]田间，遇一巫能视鬼，见之骇曰：“尔身后有一缢鬼，何也?”乃知一语之戏，鬼已闻之矣。

夫横亡者必求代，不知阴律何所取。殆恶其轻生，使不得速入转轮，且使世人闻之，不敢轻生欤？然而又启鬼瞰之渐，并闻有缢鬼诱人自裁者。故天下无无弊之法，虽神道无如何也。

注释

①愠：生气。　②馌：送饭。

戈荔田言：有妇为姑所虐，自缢死。其室因废不居，用以贮杂物。后其翁纳一妾，更悍于姑，翁又爱而阴助之。家人喜其遇敌也，又阴助之。姑窘迫无计，亦恚而自缢。家无隙所，乃潜诣是室。甫启钥，见妇披发吐舌，当户立。姑故刚悍，了不畏，但语曰：“尔勿为厉，吾今还尔命。”妇不答，径前仆之。阴风飒然，倏已昏仆。俄家人寻视，扶救得苏，自道所见。众相劝慰，得不死。夜梦其妇曰：“姑死，我当得代。然子妇无仇姑理，尤无以姑为代理，是以拒姑返。幽室沉沦，凄苦万状，姑慎勿蹈此辙也。”姑哭而醒，愧悔不自容。乃大集僧徒，为作道场七日。

戈傅斋曰：“此妇此念，自足生天，可无烦追荐也。”此言良允。然傅斋、荔田俱不肯道其姓氏，余有嗛焉。

姚安公言：霸州有老儒，古君子也，一乡推祭酒。家忽有狐祟，老儒在家则寂然，老儒出则撼窗扉，毁器物，掷污秽，无所不至。老儒缘是不敢出，闭户修省而已。时霸州诸生，以河工事诉州牧，期会于学宫，将以老儒列牒首。老儒以狐祟不至，乃别推一王生。自后王生坐聚众抗官伏法，老儒得免焉。此狱兴而狐去，乃知为尼其行也。

是故小人无端，小人而有端，天所以厚其毒；君子无妖，君子而有妖，天所以示之警。

前母安太夫人家有小书室。寝是室者，中夜开目，见壁上恍惚有火光，如燃香状，谛视则无。久而光渐大，闻人声，乃徐徐隐。后数岁，谛视之，竟不隐。乃壁上悬一画猿，光自猿目中出也。佥曰："此画宝矣。"外祖安公讳国维，佚其字号。今安氏零落殆尽，无可问矣。曰："是妖也，何宝之有？为虺[1]弗摧，为蛇奈何？不知后日作何变怪矣！"举火焚之，亦无他异。

注释

①虺（huǐ）：古书上说的一种毒蛇。

崔媪家在西山中，言其邻子在深谷樵采，忽见虎至，上高树避之。虎至，昂首作人语曰："尔在此耶！不识我矣。我今堕落作此形，亦不愿尔识也。"俯首呜咽良久。既而以爪掊[1]地，曰："悔不及矣！"长号数声，奋然掉首去。

注释

①掊（póu）：以手扒土。

杨槐亭言：即墨有人往劳山，寄宿山家。所住屋有后门，门外缭[1]以短墙为菜圃。时日已薄暮，开户纳凉，见墙头一靓妆女子，眉目姣好，仅露其面，向之若微笑。方凝视间，闻墙外众童子呼曰："一大蛇身蟠于树，而首阁于墙上。"乃知蛇妖幻形，将诱而吸其血也。仓皇闭户，亦不知其几时去，设[②]近之则危矣。

注释

①缭：围绕。 ②设：假如。

琴工钱生钱生尝客裘文达公家，日相狎习，而忘问名字乡里。言：其乡有人，家酷贫，佣作所得，悉以与其寡嫂，嫂竟以节终。一日，在烛下拈纻线，见窗隙一人面，其小如钱，目炯炯内视。急探手攫得之，乃一玉孩，长四寸许，制作工巧，土蚀斑然。乡僻无售者，仅于质库得钱四千。质库置椟中，越日失去，深惧其来赎。此人闻之，曰："此本怪物，吾偶攫得，岂可复胁取人财？"具述本末，还其质券。质库感之，常呼令佣作，倍酬其直，且岁时周恤[①]之，竟以小康。

裘文达公曰："此天以报其友爱也。不然，何在其家不化去，到质库始失哉？至慨还质券，尤人情所难，然此人之绪余耳。世未有锲薄[②]奸黠而友于兄弟者，亦未有友于兄弟而锲薄奸黠者也。"

注释

①周恤：接济，周济。 ②锲薄：刻薄。

王庆垞一媪，恒为走无常。即《滦阳消夏录》所记见送妇再醮之鬼者。有贵家姬问之曰："我辈为妾媵，是何因果？"曰："冥律小善恶相抵，大善恶则不相掩[①]。姨等皆积有小善业，故今生得入富贵家；又兼有恶业，故使有一线之不足也。今生如增修善业，则恶业已偿[②]，善业相续，来生益全美矣。今生如增造恶业，则善业已销，恶业又续，来生恐不可问矣。然增修善业，非烧香拜佛之谓也。孝亲敬嫡，和睦家庭，乃真善业耳。”一姬又问：“有子无子，是必前定，祈一检问。如冥籍不注[3]，吾不更作痴梦矣。”曰：“此不必检。但常作有子事，虽注无子，亦改注有子；若常作无子事，虽注有子，亦改注无子也。”

先外祖雪峰张公，为王庆垞曹氏婿，平生严正，最恶六婆，独时时引与语。曰：“此妪所言，虽未必皆实，然从不劝妇女布施佞佛，是可取也。”

注释

①掩：遮蔽。 ②偿：归还，补还。 ③注：预先决定。

翰林院供事茹某忘其名，似是茹铤。言：曩访友至邯郸，值主人未归，暂寓城隍祠。适有卖瓜者，息担横卧神座前。一卖线叟寓祠内，语之曰：“尔勿若是，神有灵也。”卖瓜者曰：“神岂在此破屋内？”叟曰：“在也。吾常夜起纳凉，闻殿中有人声。蹑足潜听，则有狐陈诉于神前。大意谓邻家狐媚一少年，将死未绝之顷，尚欲取其精。其家愤甚，伏猎者以铳矢攻之。狐骇，现形奔。众噪随其后，狐不投已穴，而投里许外一邻穴。众布网穴外，熏以火，阖穴皆殪[1]，而此狐反乘隙遁，故讼其嫁祸。城隍曰：‘彼杀人而汝受祸，讼之宜也。然汝子孙亦有媚人者乎？’良久，应曰：‘亦有。’‘亦曾杀人乎？’又良久，应曰：‘或亦有。’‘杀几人乎？’狐不应。城隍怒，命批其颊。乃应曰：‘实数十人。’城隍曰：‘杀数十命，偿以数十命，适相当矣。此怨魄所凭，假[2]手此狐也，尔何讼焉？’命检籍示之，狐乃泣去。尔安得谓神不在乎？”乃知祸不虚生，虽无妄之灾，亦必有所以致之。但就事论事者，不能一一知其故耳。

注释

①殪：死。 ②假：借。

汪主事康谷言：有在西湖扶乩者，降坛诗曰："我游天目还，跨鹤看龙井。夕阳没半轮，斜照孤飞影。飘然一片云，掠过千峰顶。"未及题名，一客窃议曰："夕阳半没，乃是反照，司马相如所谓凌倒景也。何得云斜照？"乩忽震撼久之，若有怒者，大书曰："小儿无礼！"遂不再动。余谓客论殊[1]有理，此仙何太护前[2]，独不闻古有一字师乎？

注释

①殊：很。 ②护前：逞强好胜。

俞君祺言：向在姚抚军署，居一小室。每灯前月下，睡欲醒时，恍惚见人影在几旁，开目则无睹。自疑目眩，然不应夜夜目眩也。后伪睡以伺之，乃一粗婢，冉冉出壁角。侧听良久，乃敢稍移步。人略转，则已缩入矣。乃悟幽魂滞此不能去，又畏人不敢近，意亦良苦。因私计彼非为祟，何必逼近使不安？不如移出。才一举念，已仿佛见其遥拜。可见人心一动，鬼神皆知。十目十手，岂不然乎？次日，遂托故移出。

后在余幕中，乃言其实。曰："不欲惊怖[1]主人也。"余曰："君一生缜密，然殊未了此鬼事。后来必有居者，负其一拜矣。"

注释

①惊怖：惊吓。

族侄肇先言：曩中涵叔官旌德时，有掘地遇古墓者，棺骸俱为灰土，惟一心存，血色犹赤，惧而投诸水。有石方尺余，尚辨字迹。中涵叔闻而取观，乡民惧为累[①]，碎而沉之，讳言无是事，乃里巷讹传。中涵叔罢官后，始购得录本。其文曰："白璧有瑕，黄泉蒙耻。魂断水漘，骨埋山趾。我作誓词，祝霾圹底。千百年后，有人发此：尔不贞耶，消为泥滓；尔傥衔冤[②]，心终不死。"末题"壬申三月，耕石翁为第五女作"。盖其女冤死，以此代志。观心仍不朽，知受枉为真。然翁无姓名，女无夫族，岁月无年号，不知为谁，无从考其始末，遂令奇迹不彰[③]，其可惜也夫！

注释

①累：牵连。 ②衔冤：含冤。 ③彰：显扬。

许文木言：康熙末年，鬻古器李鹭汀，其父执也。善六壬，惟晨起自占一课，而不肯为人卜。曰："多泄未来，神所恶也。"有以康节比之者，曰："吾才得六七分耳。尝占得某日当有仙人扶竹杖来，饮酒题诗而去。焚香候之，乃有人携一雕竹纯阳像求售，侧倚一贮酒壶卢，上刻朝游北海一诗也。康节安有此失乎？"年五十余无子，惟蓄[①]一妾。一日，许父造访，闻其妾泣，且絮语曰："此何事而以戏人，其试我乎？"又闻鹭汀力辩曰："此真实语，非戏也。"许父叩[②]反目之故，鹭汀曰："事殊大奇。今日占课，有二客来市古器，一其前世夫，尚有一夕缘，一其后夫，结好当在半年内，并我为三，生在一堂矣。吾以语彼，彼遽恚怒。数[③]定无可移，我不泣而彼泣，我不讳而彼讳之，岂非痴女子哉！"越半载，鹭汀果死。妾鬻于一翰林家，嫡不能容，过一夕即遣出。再鬻于一中书舍人家，乃相安云。

注释

①蓄：养。 ②叩：问。 ③数：命运。

庞雪崖初婚日，梦至一处，见青衣高髻女子。旁一人指曰："此汝妇也。"醒而恶之。后再婚殷氏，宛然[1]梦中之人。故《丛碧山房集》中有悼亡诗曰："漫说前因与后因，眼前业果定谁真？与君琴瑟初调日，怪煞箜篌入梦人。"记此事也。

按箜篌入梦凡二事：其一为《仙传拾遗》载薛肇摄陆长源女见崔乎，其一为《逸史》载卢二舅摄柳氏女见李生。皆以人未婚之妻作伎侑[2]酒，殊太恶作剧。近时所闻吕道士等，亦有此术。语详《滦阳消夏录》。

注释

①宛然：仿佛，很像。 ②侑：相助。

叶旅亭言：其祖犹及见刘石渠。一日夜饮，有契友逼之召仙女。石渠命扫一室，户悬竹帘，燃双炬于几。众皆移席坐院中，而自禹步[1]持咒，取界尺拍案一声，帘内果一女子亭亭立。友视之，乃其妾也。奋起欲殴，石渠急拍界尺一声，见火光蜿蜒如掣电，已穿帘去矣。笑语友曰："相交二十年，岂有真以君妾为戏者？适摄狐女幻形，激君一怒为笑耳。"友急归视，妾乃刺绣未辍也。如是为戏，庶乎[2]在不即不离间矣。余因思李少君致李夫人，但使远观而不使相近，恐亦是摄召精魅，作是幻形也。

注释

①禹步：道士在祷神仪礼中常用的一种步法。 ②庶乎：几乎，差不多。

费长房劾治百鬼，乃后失其符，为鬼所杀。明崇俨卒，剚刃陷胸，莫测所自。人亦谓役鬼太苦，鬼刺之也，恃术者终以术败，盖多有之。

刘香畹言：有僧善禁咒，为狐诱至旷野。千百为群，嗥叫搏噬。僧运金杵，击踣人形一老狐，乃溃围出。后遇于途，老狐投地膜拜曰："曩蒙不杀，深自忏悔。今愿皈依受五戒。"僧欲摩其顶，忽掷一物幂僧面，遁形而去。其物非帛非革，色如琥珀，粘若漆，牢不可脱。瞀闷不可忍，使人奋力揭去，则面皮尽剥，痛晕殆绝。后痂落，无复人状矣。

又一游僧，榜门[1]曰"驱狐"。亦有狐来诱，僧识为魅，摇铃诵梵咒，狐骇而逃。旬月后，有媪叩门，言家近墟墓，日为狐扰，乞往禁治。僧出小镜照之，灼然人也，因随往。媪导至堤畔，忽攫其书囊掷河中，符箓法物，尽随水去。妪亦奔匿秫田中，不可踪迹。方懊恼间，瓦砾飞击，面目俱败。幸赖梵咒自卫，狐不能近。狼狈而归，次日即愧遁。久乃知妪即土人，其女与狐昵，因其女赂以金，使盗其符耳。

此皆术足以胜狐，卒为狐算。狐有策[2]而僧无备，狐有党[3]而僧无助也，况术不足胜而轻与妖物角[4]乎！

注释

①榜门：在门上张贴告示。 ②策：计谋。 ③党：同伙。④角：对抗。

舅氏五占安公言：留福庄木匠某，从卜者问婚姻。卜者戏之曰："去此西南百里，某地某甲今将死，其妻数合[①]嫁汝。急往访求，可得也。"匠信之。至其地，宿村店中，遇一人，问："某甲居何处？"其人问："访之何为？"匠以实告。不虑此人即某甲也，闻之恚愤，掣佩刀欲刺之。匠逃入店后，逾垣遁。是人疑主人匿室内，欲入搜。主人不允，互相格斗，竟杀主人，论[②]抵伏法。而匠之名姓里居，则均未及问也。后年余，有妪同一男一妇过献县，云叔及寡嫂也。妪暴卒，无以敛，叔乃议嫁其嫂。嫂无计，亦曲从。匠尚未娶，众为媒合焉。后询其故夫，正某甲也。

异哉！卜者不戏，匠不往；匠不往，无从与某甲斗；无从与某甲斗，则主人不死；主人不死，则某甲不论抵；某甲不论抵，此妇无由嫁此匠也。乃无故生波，卒辗转相牵，终成配偶，岂非数使然哉？

又闻京师西四牌楼，有卜者日设肆于衢[③]，雍正庚戌闰六月，忽自卜十八日横死。相距一两日耳，自揣无死法，而爻象甚明。乃于是日键户不出，观何由横死。不虑忽地震，屋圮压焉。使不自卜，是日必设肆通衢中，乌[④]由覆压？是亦数不可逃，使转以先知误也。

注释

①合：应该。 ②论：判罪。 ③衢（qú）：道路。
④乌：何。

画士张无念，寓京师樱桃斜街。书斋以巨幅阔纸为窗帧，不著一棂，取其明也。每月明之夕，必有一女子全影在帧心。启户视之，无所睹，而影则如故。以不为祸祟，亦姑听之。一夕谛视，觉体态生动，宛然入画。戏以笔四周钩[①]之。自是不复见，而墙头时有一女子露面下窥。忽悟此鬼欲写照，前使我见其形，今使我见其貌也。与语不应，注视之，亦不羞避，良久乃隐。因补写眉目衣纹，作一仕女图。夜闻窗外语曰："我名亭亭。"再问之，已寂。乃并题于帧上，后为一知府买去。或曰是李中山。

或曰："狐也，非鬼也。"于事理为近。或曰："本无是事，无念神其说耳。"是亦不可知。然香魂才鬼，恒欲留名于后世。由今溯[②]古，结习相同，固亦理所宜有也。

注释

①钩：勾画。 ②溯：追求根源。

姚安公官刑部江苏司郎中时，西城移送一案，乃少年强污幼女者。男年十六，女年十四，盖是少年游西顶归，见是女撷[①]菜圃中，因相逼胁。逻卒闻女号呼声，就执之。讯未竟，两家父母俱投词，乃其未婚妻，不相知而误犯也。于律未婚妻和奸有条，强奸无条。方拟议间，女供亦复改移，称但调谑而已，乃薄责而遣之。

或曰："是女之父母受重赂，女亦爱此子丰姿，且家富，故造此虚词以解纷。"姚安公曰："是未可知。然事止婚姻，与贿和人命、冤沉地下者不同。其奸未成，无可验；其贿无据，难以质。女子允矣，父母从矣，媒保有确证，邻里无异议矣，两造之词亦无一毫之牴牾[②]矣，君子可欺以其方，不能横加锻炼[③]，入一童子远戍也。"

注释

①撷：采摘。 ②牴牾（dǐwǔ）：矛盾。 ③锻炼：罗织罪名，陷人于罪。

某公夏日退朝，携婢于静室昼寝。会阍者[1]启事，问："主人安在？"一僮故与阍者戏，漫应曰："主人方拥尔妇睡某所。"妇适至前，怒而诟詈。主人出问，笞[2]逐此僮。越三四年，阍者妇死。会此婢以抵触失宠，主人忘前语，竟以配阍者。事后忆及，乃浩然叹曰："岂偶然欤！"

注释

①阍者：看门人。 ②笞：鞭打。

文水李华廷言：去其家百里一废寺，云有魅，无敢居者，有贩羊者十余人，避雨宿其中。夜闻呜呜声，暗中见一物，臃肿团圞，不辨面目，蹒跚而来，行甚迟重。众皆无赖少年，殊不恐怖，共以破砖掷。击中声铮然，渐缩退欲却。觉其无能，噪而追之。至寺门坏墙侧，屹然不动。逼视，乃一破钟，内多碎骨，意其所食也。次日，告土人，冶以铸器，自此怪绝。

此物之钝极矣，而亦出嬲[1]人，卒自碎其质。殆见夫善幻之怪，有为祟者，从而效[2]之也。

余家一婢，沧州山果庄人也。言是庄故盗薮[3]，有人见盗之获利，亦从之行。捕者急，他盗格斗跳免，而此人就执伏法焉。其亦此钟之类也夫！

注释

①蹶：纠缠。 ②效：仿效。 ③薮（sǒu）：聚集之地。

舅氏安公介然言：有柳某者，与一狐友，甚昵。柳故贫，狐恒周其衣食。又负巨室钱，欲质其女。狐为盗其券，事乃已。时来其家，妻子皆与相问答，但惟柳见其形耳。

狐媚一富室女，符箓不能遣，募[①]能劾治者予百金。柳夫妇素知其事，妇利多金，怂恿柳伺隙杀狐。柳以负心为歉，妇谇曰："彼能媚某家女，不能媚汝女耶？昨以五金为汝女制冬衣，其意恐有在，此患不可不除也。"柳乃阴市砒霜，沽酒以待。狐已知之。会柳与乡邻数人坐，狐于檐际呼柳名，先叙相契[②]之深，次陈相周[③]之久，次乃一一发其阴谋曰："吾非不能为尔祸，然周旋[④]已久，宁忍便作寇[⑤]仇？"又以布一匹，棉一束自檐掷下，曰："昨尔幼儿号寒苦，许为作被，不可失信于孺子也。"众意不平，咸诮[⑥]让柳。狐曰："交不择人，亦吾之过。世情如是，亦何足深尤？吾姑使知之耳。"太息而去。

柳自是不齿[⑦]于乡党，亦无肯资济升斗者。挈家夜遁，竟莫知所终。

注释

①募：征求。 ②相契：交情深厚。 ③相周：相互救济。 ④周旋：打交道。 ⑤寇仇：仇人。 ⑥诮：责备。 ⑦不齿：鄙视，看不起。

舅氏张公梦征言：沧州佟氏园未废时，三面环水，林木翳如[①]，游赏者恒借以宴会。守园人每闻夜中鬼唱曰："树叶儿青青，花朵儿层层。看不分明，中间有个佳人影。只望见盘金衫子，裙是水红绫。”如是者数载。后一妓为座客殴辱，恚[②]而自缢于树。其衣色一如所唱，莫喻其故。或曰：“此缢鬼候代[③]，先知其来代之人，故喜而歌也。”

注释

①翳（yì）如：茂密貌。 ②恚：恨，怒。 ③代：替身。

青县一农家，病不能力作。饿将殆，欲鬻妇以图两活。妇曰：“我去，君何以自存？且金尽仍饿死，不如留我侍君，庶饮食医药，得以检点[①]，或可冀重生。我宁娼耳！”后十余载，妇病垂死，绝而复苏曰：“顷恍惚至冥司，吏言娼女当堕为雀鸽，以我一念不忘夫，犹可生人道也。”

注释

①检点：收拾，照料。

侍姬郭氏，其父大同人，流寓天津。生时其母梦鬻端午彩符者，买得一枝，因以为名。年十三归余，生数子，皆不育。惟一女，适[①]德州卢荫文，晖吉观察子也。晖吉善星命，尝推其命，寿不能四十，果三十七而卒。余在西域时，姬已病瘵[②]，祈签关帝，问：“尚能相见否？”得一签曰：“喜鹊檐前报好音，知君千里有归心。绣帏重结鸳鸯带，叶落霜凋寒色侵。”谓余即当以秋冬归，意甚喜。时门人邱二田在寓，闻之曰：“见则必见，然末句非吉语也。”后余辛卯六月还，姬病良已。至九月，忽转剧，日渐沉绵，遂以不起。

殁后晒其遗箧，余感赋二诗曰：“风花还点旧罗衣，惆怅酴醿片片飞。恰记香山居士语：春随樊素一时归。”姬以三月三十日亡，恰送春之期也。“百折湘裙飐画栏，临风还忆步珊珊。明知神谶曾先定，终惜芙蓉不耐寒。”“未必长如此，芙蓉不耐寒。”寒山子诗也。即用签中意也。

注释

①适：女子出嫁。 ②瘵：病重。

世传推命始于李虚中，其法用年月日，而不用时，盖据昌黎所作虚中墓志也。其书《宋史·艺文志》著录，今已久佚，惟《永乐大典》载虚中《命书》三卷，尚为完帙[①]。所说实兼论八字，非不用时，或疑为宋人所伪托，莫能明也，然考虚中墓志，称其最深于五行。书以人始生之年月日，所直日辰，支干相生，胜衰死生，互相斟酌，推人寿夭贵贱，利不利云云。按天有十二辰，故一日分为十二时，日至某辰，即某时也，故时亦谓之日辰。《国语》“星与日辰之位，皆在北维”是也。《诗》“跂彼织女，终日七襄”。孔颖达疏：“从旦暮七辰一移，因谓之七襄。”是日辰即时之明证。《楚辞》：“吉日兮辰良。”王逸注：“日谓甲乙，辰谓寅卯。”以辰与日分言，尤为明白。据此以推，似乎“所直日辰”四字，当连上年月日为句。后人误属下文为句，故有不用时之说耳。余撰《四库全书总目》，亦谓虚中推命不用时，尚沿旧说。今附著于此，以志[②]余过。

至五星之说，世传起自张果，其说不见于典籍。考《列子》称：禀天命，属星辰，值吉则吉，值凶则凶，受命既定，即鬼神不能改易，而圣智不能回。王充《论衡》称：天施气而众星布精。天施气而众星之气在其中矣，含气而长，得贵则贵，得贱则贱。贵或秩有高下，富或资有多少，皆星位大小尊卑之所授。是以星言命，古已有之，不必定始于张果。又韩昌黎《三星行》曰："我生之辰，月宿南斗，牛奋其角，箕张其口。"杜樊川自作墓志曰："余生于角星昴毕，于角为第八宫，曰疾厄宫，亦曰八杀宫，土星在焉，火星继木星工。杨晞曰：'木在张，于角为第十一福德宫。木为福德大，君子无虞[3]也。'余曰：'湖守不周岁迁舍人，木还福于角足矣，火土还死于角宜哉。'"是五星之说，原起于唐，其法亦与今不异。术者托名张果，亦不为无因。特其所托之书，词皆鄙俚，又在李虚中《命书》之下，决非唐代文字耳。

注释

①完帙：完好无缺的本子。 ②志：记载。 ③虞：忧虑。

霍养仲言：一旧家壁悬《仙女骑鹿图》，款题赵仲穆，不知确否也。仲穆名雍，松雪之子也。每室中无人，则画中人缘[1]壁而行，如灯戏之状。一日，预系长绳于轴首，伏人伺之。俟其行稍远，急掣[2]轴出，遂附形于壁上，彩色宛然。俄而渐淡，俄而渐无，越半日而全隐。疑其消散矣。

余尝谓画无形质，亦无精气，通灵幻化，似未必然。古书所谓画妖，疑皆有物凭之耳。后见林登《博物志》载北魏元兆捕得云门黄花寺画妖，兆诘之曰："尔本虚空，画之所作，奈何有此妖形?"画妖对曰："形本是画，画以象真，真之所示，即乃有神。况所画之上，精灵有凭可通。此臣之所以有感，感而幻化。臣实有罪"云云。其言似亦近理也。

注释

①缘：沿着。 ②掣：抽。

骁骑校萨音绰克图，与一狐友。一日，狐仓皇来曰："家有妖祟，拟借君坟园栖眷属。”怪问：“闻狐祟人，不闻有物更祟狐。是何魅欤?”曰：“天狐也。变化通神，不可思议；鬼出电入，不可端倪[1]。其祟人，人不及防；或祟狐，狐亦弗能睹也。”问：“同类何不相惜欤?”曰：“人与人同类，强凌弱，智绐愚，宁相惜乎?”魅复遇魅，此事殊奇。天下之势，辗转相胜；天下之巧，层出不穷。千变万化，岂一端所可尽乎?

注释

①端倪：推测事物的始末。